苗族史诗《亚鲁王》百名东郎传承史

杨兰 刘洋 杨琼艳 杨正江 著

中国社会科学出版社

图书在版编目（ＣＩＰ）数据

苗族史诗《亚鲁王》百名东郎传承史 / 杨兰等著． —— 北京：
中国社会科学出版社，2024.10
ISBN 978-7-5227-3648-8

Ⅰ．①苗… Ⅱ．①杨… Ⅲ．①苗族—英雄史诗—诗歌
研究—中国 Ⅳ．①Ⅰ207.22

中国国家版本馆 CIP 数据核字(2024) 第 110713 号

出 版 人　赵剑英
责任编辑　吴丽平
责任校对　夏慧萍
责任印制　李寡寡

出　　　版　中国社会科学出版社
社　　　址　北京鼓楼西大街甲 158 号
邮　　　编　100720
网　　　址　http://www.csspw.cn
发 行 部　010 - 84083685
门 市 部　010 - 84029450
经　　　销　新华书店及其他书店

印　　　刷　北京明恒达印务有限公司
装　　　订　廊坊市广阳区广增装订厂
版　　　次　2024 年 10 月第 1 版
印　　　次　2024 年 10 月第 1 次印刷

开　　　本　710×1000　1/16
印　　　张　34.25
字　　　数　515 千字
定　　　价　178.00 元

"民俗文化志"的概念首先为钟敬文先生提出，他对"记录的民俗学"进行了界定，认为民俗是一种文化事象，对它的研究，不仅仅是理论考察，其资料本身也极具价值。中国社会科学院研究员巴莫曲布嫫认为地方民俗志的书写当以"标志性文化"为重心，在麻山这个曾经交通闭塞之地，"亚鲁王"的存在、成长、发展均依靠其传承者——东郎的口述，基于此，本书通过记录近百名东郎口述，重现麻山东郎的传承之路。

前　　言

作为中国文化十大新发现、非物质文化遗产普查工作重要成果，苗族史诗《亚鲁王》从面世起便备受关注。源于大规模的田野采录为中华史诗学奠定了坚实基础，学术话语体系、行政话语体系和民间话语体系的三维互动和理论反思，取代了曾经的描述与记录的史诗学研究。同时，史诗唱诵场域、口头程式和社区传播的关注凸显了史诗诵唱中"人"的主体地位，史诗传承人便从幕后走到台前。东郎（传承人）是《亚鲁王》活态传承的根本原因，他们有着超凡的记忆力，也有着在唱诵过程中引人入胜的魔力。史诗几乎贯穿了他们的一生，从拜师学艺开始，至魂归故土结束，从最初的历史使命到最后的精神支撑，是构筑中华民族共有精神家园的范型，也彰显出中华民族奋进新时代的强大精神力量。

整理完这些年采访的东郎口述内容，陡然发现从 2012 年至今已有十余年的时间，有的东郎在与时间的抗争中回归了祖先故地，有的东郎仍然在那山嶙之中不停吟唱着这穿越历史的亚鲁遗音。口述的重点在于重现历史，而非解释历史，正如群众的历史性和历史的群众性，均可以口述史表征。"亚鲁王"系南方少数民族口头文学典范，东郎口述史有重要意义。一方面，"亚鲁王"并非仅是静卧沉默的文本，而是依托麻山生存、依托麻山繁衍、依托麻山传承的生命体，它依靠东郎口传心授而得以流布；另一方面，作为涵括文本、东郎、受众、仪式的生命体，已然内嵌于麻山，难以脱离东郎独立存在。在漫长的传承演进中，东郎成为"亚鲁王"的传承与守护人。基于此，如以衍生视角来看，已有"亚鲁王"文本是对东郎口述的记录，是东郎对古代苗族社会的重现，如要系统梳理"亚鲁王",必然要以东郎切入。

保尔·汤普逊认为:"借助历史,普通人想要理解的是他们亲身经历的动荡和变迁:比如战争、能够使年轻人的地位发生改变的社会转型、能够使蒸汽动力寿终正寝的技术变革、或者是个人向新的社区迁移等等。尤其是家族史,可以使个人产生某种强烈的感觉:他们觉得个人的寿命会延续得更长些,甚至在他们死后仍旧可以存活下来。通过地方史,村庄和城镇可以探索其自身变迁性质的意义,而新来的人则可以在其个人历史知识中增加些根源感。"① 因此,"亚鲁王"东郎口述内容的采录至少有三个方面的必要性,一是"亚鲁王"的重要价值通过传承人体现,传承人的特性势必会在口述文本中呈现出来;二是"亚鲁王"作为文化事象,对其研究不仅是理论视角的突破,其研究资料本身也有重要价值;三是当代地方性民俗志的书写更关注"标志性文化",更注重民俗传承的连续性,在麻山,标志性文化必然是"亚鲁王",其核心便在东郎。因此,本书以仍在麻山传承习唱《亚鲁王》史诗的东郎为主要观照对象,进行不限于口述的书写,还涉及麻山地区的社会生活,将东郎的个人经历与社会历史背景、地理环境紧密联系在一起,通过"亚鲁王"的师承谱系、传承背景、传习过程,展示史诗传承的深层动因,重现麻山东郎们的传承与守护之路。

在长时间的调研中,必须承认苗族史诗"亚鲁王"传承面临两大困境。一是传承人较多,但传承体系不完整,传承人年长者较多,年轻者较少,年龄呈倒"丁"字形结构。二是大部分传承人掌握的史诗内容不全面,收徒面临困境。由于史诗内容冗长、语言晦涩难懂、学唱枯燥乏味,年轻一代畏惧学习、不愿学习的情况较为普遍,给史诗传承的延续性和本真性带来了严峻挑战。史诗的传承范围、传承规模不断缩小,传承难度、传承困境不断扩大,东郎生存空间受到挤压。目前来看,东郎们的传承现状呈五个特点。

---

① [英]保尔·汤普逊:《过去的声音:口述史》,覃方明、渠东、张旅平译,辽宁教育出版社 2000 年版,第 2 页。

传承内容的地域性。从宏观看，"亚鲁王"传承极具地域性，史诗展现的是麻山古代苗族的社会历史风貌，其传承地以麻山区域为主，并未涵括全部苗族地区。从微观看，"亚鲁王"家族谱系功能必然导致家族支系传承不尽相同，每一家族传承内容自"开天辟地""亚鲁王"后，便自成体系，十二个王子的后代分支，经历不同，唱诵内容亦不同。因此，东郎传承的史诗内容受地域影响明显。

传承内因的稳定性。东郎传承史诗的根本原因是家中老人的嘱托，老人认为年轻一代如果不学唱史诗，史诗将无法传承，子孙们将失去他们的"根"，一旦有人去世，将回不去祖先故地，亡人的心愿也不能达成。东郎大多受家中长辈教授，史诗传承于东郎而言，是不容拒绝的。

传承方式的变异性。历史演进中的史诗赓续依靠东郎世代口传心授。机器媒介和技术变革为口头传统文本经典化带来了新的可能性，录音（像）设备已经成为传承的基本方式，当下年轻人学习"亚鲁王"多在返乡之际，在传习所或家中录下师父唱诵内容，此后通过录音学习。新的设备带来新的便利的同时，也在事实上产生了传承者的惰性，因为录音可长期保存，学习没有紧迫感。由于师父不在身边，这种学习离开了展演场域，可能导致史诗传承神圣感、仪式感、肃穆感的消逝，从而带来文化内涵的弱化。

传承目的的唯一性。史诗传承方式的改变与史诗传承目的并无显著相关性，东郎传承的目的仍属"一核多元"。一核，即传承目的的唯一性，一方面以家族谱系功能增强族群凝聚力，另一方面则是以神圣性介入亡人从世俗世界进入祖先故地的特殊阶段。多元，即传承目的的多样性，诸如回归东方故国荣享繁华，又如回归祖地与族群团聚等。以汉族传统葬礼内涵比较，便发现有两层意义的相近，一是基于对死后世界的不可知，亡者均魂归某处幸福之地；二是基于死者与生者的不可交，亡者均通过神圣仪式进入异质世界。以此而言，传承目的仍以家族谱系为核心功能。

东郎生存发展空间被挤压。伴随着城镇化进程的快速发展，麻山地区逐渐从曾经封闭的状态融入现代化浪潮中，在外来文化与本土文化的交流与调适中，"亚鲁王"文化也历经了"复苏—衰落—自在—坚守"的过程，如余秋雨在《文化苦旅》中所慨叹的那样，"这里正是中华历史的荒原：如雨的马蹄，如雷的呐喊，如注的热血……"即使"亚鲁王"文化的复兴，麻山苗族人民对自身文化的认同，东郎在麻山又开始重新成为主流，但是生存与生活的需要，多元文化的精神需求，让东郎的生存发展空间逐渐缩小。

钟敬文先生在谈中国史诗研究的时候，提出要从"具体的文本"和"特殊的传统"去深入体悟史诗，"只有在对一个个史诗传统做出全面细致的考察后，才能进一步从更大范围的全局上看中国史诗"。因此，本书使用第一手资料细致呈现麻山东郎群体的生存环境、传承环境、传承经历、人生经历等，展现东郎与"亚鲁王"之间的互动图景，希望这些内容可以为"亚鲁王"的研究供给资料学意义上的帮助，为史诗传承人的研究提供个案经验。

目 录

CONTENTS

一

祖辈仙逝无人诵
自力更生把"史"唱：
杨昌学

访谈人：杨兰、刘洋、杨正超

访谈时间：2017 年 7 月 12 日

访谈地点：宗地镇火石关村

　　一个人对所从事行业的选择，或是不经意间的结缘，或是深受他人的影响，或是自己的兴趣驱使，多是顺理成章的。而他的选择，是一个让人难以置信的意外。祖辈仙逝无人诵，自力更生把"史"唱。

互帮互助寨邻人，奈何祖辈仙逝无人问

我今年68岁，属马，我家共有四兄弟姊妹，我排行老二，大我的是哥哥，他叫杨昌林，属蛇的，在家务农；弟弟名叫杨昌银，属鼠的，在家务农；妹妹名叫杨小妹，属狗的，也是在家务农。我们都这么大年纪了，出去打工别人也不要了，在家种点庄稼就行了。我的父亲叫杨老炯，母亲叫梁杨氏，二老都已经逝世了，父亲享年89岁，母亲享年90岁，都属于高龄老人。我妻子叫岑幺妹，今年68岁，和我是同庚的，我们有三个孩子，一个儿子，两个女儿，最大的一个是儿子，他叫杨小国，今年43岁，属羊的，现在在广东那边打工；大女儿叫杨二妹，今年38岁，属鼠的，在外务工；小女儿叫杨银凤，34岁，属龙的，也是在外务工。我们这一辈都是在家干农活，下一辈都是外出打工，时代变化了，我们跟不上了，只能在家里照看孙子孙女，给孩子们减轻负担，等我们老了，他们就只能依靠自己了。现在，能多做一点我们就多做一点，毕竟给孩子们提供不了其他的，买房子我们也没钱，更不要说小汽车那些了，家里这个房子都是他们在外面打工挣钱一点点修起来的。

我成为东郎，是因为年轻时，遇到的一些事情。那个时候，我家里有老人去世，按照村里的风俗习惯，东郎们要到丧家为亡人唱诵《亚鲁王》史诗，确保他们能回到祖先生活的地方。但是，我家里老人去世的时候，没有东郎来唱诵《亚鲁王》，这件事情给我带来特别大的影响。我们都住在一个寨子里，大家都是互帮互助，不管谁家有什么大小事情，都是尽力去帮，即便偶尔有一些小摩擦，讲清楚了就又和谐相处，关系都处得比较好。那个时候，我年纪轻，也不知道是什么原因，老人去世时冷冷清清的场景，到现在我都还记得。

他人难依赖，万般靠自己

没人为家里去世的老人唱诵《亚鲁王》的事，对我打击很大，我一边气愤，一边告诉自己，任何人都靠不住，只有靠自己，就像古话说的"靠人人要跑，靠山山要倒"，所以我决定自己学唱《亚鲁王》，在家里有老人去世的时候，我将会把他们的后事处理好，让他们能魂归祖先生活

的地方。那一瞬间，我突然觉得自己长大了，应该肩负起晚辈的责任。就这样，我开始了《亚鲁王》的学习之路，虽然当时迫使我学习《亚鲁王》的原因让我很难受，但现在看来，我应该感谢那一件事情，如果不是发生那件事情，我可能无法意识到唱诵《亚鲁王》的重要性。所以说，有时候坏的事不一定就一直坏下去，它有可能改变人的思想，转化成好的事情。

开始学习《亚鲁王》的那一年，我23岁。当时，我带了一只鸡、一块肉、一点黄豆到师父家，每天晚上需要到两个师父家去学，从腊月开始一直到正月底，每天都是白天做工，晚上才去学唱，唱累了，我们就吃点豆子喝点酒，休息一下，再继续学。我总共学习了9年，到32岁的时候开始和叔叔"开路"①。我共有三个师父，一位是"布蹦"（苗语音译），一位是岑老六，还有一位是杨老立，但是他们都已经逝世了。我有一个舅舅名叫岑明强，他也会唱《亚鲁王》，他已经八十几岁了，但是我没有跟他学。学会《亚鲁王》后，我在家唱了几年，一九九几年的时候，我就外出打工了，后来在外面自己租地种蔬菜拿去卖，一种就是13年。其间，由于没时间回家，所以就没有唱《亚鲁王》，导致后面有一段时间记不清楚《亚鲁王》的一些内容。好在原来学习的时候学得扎实，通过复习慢慢地又回忆起来了，所以现在又能继续唱下去。现在，如果几年都不唱我几乎是不会再忘记的，因为已经学到心里面去了，想要忘记很难。现在我一边做农活，一边唱《亚鲁王》，平时也给别人做"老摩公"②。别人需要我唱《亚鲁王》或者做"老摩公"，我就先去帮别人完成，空闲的时候才在家做农活，反正只要有人找我，我都爽快地答应，除非有特殊情况，因为我知道自己家里有事别人拒绝帮忙的滋味是很难受的。唱《亚鲁王》，一般是一个月唱三次左右，有时候要一年才能唱一次，这个是要根据实际情况来看的，不是想唱就去唱的。但是做"老摩公"，我基本是天天都去做。

---

① 东郎主持葬礼仪式。此处东郎加引号，后文不再加引号。
② 祛病禳灾的人。

刚开始出去给人家唱《亚鲁王》的时候，我都是不收费的，别人就会拿肉、糯米饭等物品来表示谢意，那时候大家经济条件都不太好，一方面，大家只能拿得出一点食物，有的人家甚至是从牙缝里挤出来的；另一方面，给我食物，也是我需要的。随着社会的发展，大家的条件都变好了，现在没有哪家还存在缺吃少穿的情况，所以，人们都喜欢用钱代替物品送给别人，因为给钱的话，别人喜欢买啥就买啥，送实物的话别人不一定喜欢。因此，我现在去给别人家唱《亚鲁王》都是收费的，收1200块钱，这并不是说我现在变得不近人情，会一点技能就越来越高傲了，而是我们也需要生活，得赚点生活费。实际上，现在帮人家唱诵《亚鲁王》，不光是我一个人收费，大家都会收费，这已经成为一个大家都熟知的规则。现在的东郎绝大部分年纪大了，不能出门打工赚钱了，只能留在家里种庄稼，而且也只能种点离家近的地，远的种不动了，这样收成就很少，并且他们主要是种一些瓜果蔬菜来做汤菜。因为去买外面拖来卖的，花钱不说，有时候还买不到好的，好多菜他们用车拉着卖，已经不新鲜了。你们在山里面转，也听到有小货车卖菜的叫喊声，卖一些洋芋、面条、豆腐干，有的还卖水果。

我一般给别人唱《亚鲁王》都是唱一整夜，有时候也去"砍马"。做"老摩公"我做得挺好，有很多人来找我，我们这里好多地方都没有诊所，能帮助别人也算是做好事。做"老摩公"我是不收费的，但是主人家也不会让我白做，他们都会给一些"礼信"①，只是这种"礼信"我不会给主人家提要求，主人给多少就是多少，一般情况下，他们都是给12块钱或者36块钱。其实做"老摩公"也能赚得不少生活费，有时候就要给别人做三四次，有时候做一两次，一天差不多就有百八十块钱，也能维持生活了。在做"老摩公"的过程中，我也会用到《亚鲁王》中的一些内容，比如唱《开天辟地》，而且在"老摩公"中其他大部分没用到《亚鲁王》的词也是围绕《亚鲁王》的内容来创作的，所以我觉得"老摩公"和唱《亚鲁王》没有什么特别大的区别，都是希望"亚鲁"祖先

---

① 礼节性的礼物。

保佑我们平平安安、顺顺利利。

现在我们寨子里的大部分年轻人都出门打工了，在家的基本是一些老弱病残幼群体，因此学《亚鲁王》的也不多，即便有一部分人学，他们也学得不认真，就是兴趣来的时候学一下，或者没事的时候学一下，但过了这个劲或有其他事情，他们就放着不管了，说白了就是他们根本没把心思放在这上面，这就是为什么现在的东郎大部分是年龄大的。所以我现在也没有徒弟，每次唱《亚鲁王》的时候都是我自己一个人去的。如果以后有人要跟我学，我会毫不犹豫地教他，但是我有一定的要求，就是不能三天打鱼两天晒网，感兴趣的时候来一下，学得一点了不感兴趣又不来了，过了很长一段时间想起来又跑来学一下，这种我是不能接受的，因为这样可能永远都学不会。你看我，当初立志一定要学会，而且在学的时候我也很认真，即便白天做农活很累，我也不会以这个为借口不去学习，反而坚持学了九年，而且后来因为一段时间没唱，还忘记了一些内容，幸好又慢慢地回忆起来了。当然有的人悟性好，学起来比较快，但也需要花费一些精力的，因为《亚鲁王》的内容太多了，不是偶尔学一下就能学会的。其实，我这样严格要求，也是希望他们能独立把《亚鲁王》传承下去，等哪天我们不能唱了，就不担心后继无人了，这也算是我们对前辈的一个交代，同时，也有人为我们唱《亚鲁王》，让我们顺利回到祖先生活的地方。

二

泥水瓦工甘于乐
兄弟同心唱"亚鲁"：
杨昌伦

访谈人：杨兰、刘洋、杨正超

访谈时间：2017 年 7 月 12 日

访谈地点：宗地镇火石关村

　　即便是为了生活在泥水土瓦中找到支柱，他依然牢记心中的使命，生而平庸却不甘于平庸，他与兄弟们承担起了火石关的历史责任，希望将史诗的唱诵传承一代又一代。

东郎世家担重任 儿女却无后继人

杨昌伦，1959 年生，属猪，性格开朗，对他的采访是偶遇。他和弟弟杨昌荣在村中为一户人家修房子，我们路过的时候正巧碰见他在搅拌水泥，在我们讲明了来由后，他就暂时放下手中的活路①来和我们聊天，他打工的那户人家也很支持。我们聊到很晚，虽然很疲惫，但是他很乐意和我们聊《亚鲁王》。杨昌伦的父亲还健在，母亲已经去世，家有兄弟 6 人，子女 4 人。

父亲杨老福，87 岁，务农；母亲韦乔妹已去世。杨昌伦是老大，有 5 个弟弟；老二是杨小六，54 岁，现在在家做活路，没有做其他事情；② 老三杨昌荣，53 岁，务农，东郎，经常与杨昌伦搭伙做活路，帮人开路；老四杨小富，48 岁，务农，东郎；老五杨小七，45 岁，务农，东郎；老幺杨昌龙，务农，东郎，早逝，享年 38 岁。杨昌伦兄弟 6 人中有 5 名东郎，是火石关村的东郎世家。

杨昌伦有 4 个子女，均已成年。大女儿杨琴，38 岁，外出务工；大儿子杨胜海，35 岁，外出务工；二儿子杨胜广，33 岁，外出务工；三儿子杨胜祥，29 岁，外出经商。4 个子女无人继承《亚鲁王》。杨昌伦有两位师父，一是伯伯杨老炯，二是邻村杨光祥；有 4 位师兄弟，杨昌伦是大师兄，二师兄杨昌荣，三师兄杨昌华，四师兄杨小腊，小师弟杨小立；有 1 个徒弟杨昌兴。

杨昌伦 6 岁（1965 年）入学，7 岁（1966 年）读一年级，10 岁（1969 年）辍学，文化程度初小。

家庭困难勇在前 婚姻圆满是心愿

我出生于一个贫困家庭，是家里的老大，父亲杨老福 29 岁（1959 年）的时候生了我，至于为什么这么晚才生我，我就不太清楚了。6 岁的时候，我进了我们村的小学读书，村小人不是很多，我们一个年级的都

---

① 做家务活、种地等。
② 在紫云县，当地居民一般不单纯务农，同时也兼任其他工作，如本地临时务工等。

是平时在一起玩耍的小孩，老师上课用的是方言，不像现在的学校上课都用普通话。说实话，我都还不太清楚上学是干什么的，就这样迷迷糊糊地去了。上学的第一天，到教室，就六七个人，教室很破陋，光线很暗，可以进光的地方就是教室里唯一的一扇窗户，我们是两人一张桌子，桌子是学校老师自己用木板搭的，还算是结实。我和村里另外一个男生坐一桌，大家都在小声讨论着。老师是村里的代课老师，名字也不记得了，时间太久，他一进来就说能够来读书的人，都是想要学习的人，学习是为了能够甩掉锄头，吃公粮，当时我也不懂，好像明白读书就是为了有饭吃，那是我的第一次课。读到三年级（1969 年），妈妈怀了我的第三个弟弟（杨小富），家里的活没有人做，吃饭的人也多，所以我就没有继续读书了，开始参加劳动。说实话那个时候的大环境都是这样，我们这些娃娃长大一点能干活了，就要参加家庭劳动了，不参加劳动，哪里有饭吃，劳动都是算工分的，肚子都不能填饱，哪里还有钱去读书，你说是不是这个道理。虽然心里面有埋怨，但是也理解，毕竟现在我也是几个娃娃的父亲，也清楚生活的压力。我们这里，好的土地很少，一个家庭分下来的土地，勉强够吃，但是如果没有人去种，是要饿肚子的。我辍学后，就成了家里的主要劳动力，妈妈拖着几个弟弟在家喂猪、喂牛、煮饭，有时候还会跟着我和父亲去地里干活，特别辛苦。我和父亲是男人，所以好多重活儿都是我们做。一年的收成除了自己吃，还要养牲口，基本没有剩余。但是不做活路，又没有其他的收入来源。靠山吃山，靠水吃水，想到我们的祖先，他们生活的地方比现在这里富裕多了，有大米、糯米，有鱼、有豆腐，现在我们的主粮就是土豆、玉米，还时常供应不足。这里离县城远，有几十里山路，交通不便，要出去赶场不是很方便，早上出去，晚上才能回来。好不容易赶一回场，买得少了不划算，买多了靠双脚走回来，也不容易。所以我们这里好多老人几乎没有出过村子，一辈子守在这里。

我在家帮助大人们做农活，一做就是 8 年。还记得有一回，我和我爸爸去地里收洋芋，他在前面挖，我在后面捡，不到半小时的时间，我的背篓里就装不下了，背篓很重，我就把背篓放在地里，继续跟着他捡洋芋, 我们家种的洋芋不算多, 一下午就挖完了。但是往回背的时候就很吃力, 爸爸身体壮实, 背起来虽然费劲但也还背得动。我也背起小一点的背篓往家里赶, 爸爸走得快, 很快就不见影子了, 我在后面紧赶慢赶都没有追上他, 越走背篓越重, 肩上火辣辣的痛, 回到家把洋芋往堂屋里一倒, 我就把背篓甩下来, 悄悄扒开衣服, 肩膀都被勒起了水泡, 又辣又痛, 我还跑到房子背后去躲着哭, 但没有哭出声音, 就淌眼泪。

19岁的时候 (1978年), 我结婚了, 心里高兴得很, 觉得自己有了一个家庭, 怎么说呢, 就好像回家了有人会做好饭菜等你, 会觉得安心, 日子过得舒服, 特别幸福。第二年 (1979年) 我的大女儿杨琴出生了, 一家人很开心, 老人们也算是看到了自己的第一个孙女, 我干活也更加卖力了, 希望给家里人不愁吃的生活, 虽然比不上有钱人家吃的穿的样样都好, 让老婆、孩子不挨饿受冻就是我最大的愿望。老婆来家后很勤快, 我们一起下地做活, 农闲的时候我也在村子里面找点事情做, 挣点娃娃的零花钱, 后来我大儿子小海 (1982年) 出世, 家人更是高兴得不得了, 干起活来更卖力、更起劲。娃娃们都很乖很听话, 一家人也和和睦睦的。我家大儿子很小的时候突然生病, 一直发烧, 我也不太记得有几岁了, 我们当地又没得医院, 那个时候我和我老婆简直要急哭, 娃娃一直不见好, 我到处去找草药, 也没得用, 后来请来个宝目帮娃娃看, 他用鸡蛋在娃娃身上滚了几下, 然后放在火里面烧, 可能烧了有两三分钟, 他拿出来就看着鸡蛋给我们讲娃娃的情况, 并让我们准备一些东西, 然后他就开始做仪式, 也给娃娃吃了草药。结果娃娃真的好了, 我觉得宝目多少都还是有点医术傍身的, 所以我也想过学宝目, 但是一直学不成, 后来还是我弟学得了。他学得了嘛, 我也就懒得学了, 反正有什么问题找他就行, 我也是这段时间开始学唱《亚鲁王》的。后来我家二儿子杨胜广 (1984年)、小儿子杨胜祥 (1988年) 都出世了, 家里人口多了, 就我和我老婆两个人做农活, 感觉肩上的责任越来越重。我们一家6口人, 勉强可以过生活, 有时候地里的野菜也是美味, 有客人来, 会做上几盘肉菜。养的猪和牛, 不舍得吃, 可以换成钱贴补家用。

当时村里不是搞集体嘛，我还当了我们组的组长，说起来好像是个官，其实就是带着大家做活路的。那个时候靠挣工分吃饭，我们家就我和我老婆两个劳动力，所以我就想当组长，有时候开会也会算工分，这样人也稍微轻松一点。当组长也比较辛苦，每次大家一起干活的时候，要带头然后清点人数，把自己负责的组的人一起带着去做。当了几年组长，生活还是没有很大的改善，后来大家都出去打工，听说出去打工，一个月有几百块钱，我也就跟着去了，那个时候娃娃们都大了，读书要用钱。

1997年（38岁），我正式离开麻山，离开紫云，我那个时候第一次出门，觉得很紧张，也觉得很新奇，马车倒是常见，汽车不常见。去到外面，我们这种不会讲普通话、又没有文化的人，就只能做苦劳力，当时我就跟着去菜场种菜，菜场离城区也比较远，也交不了什么朋友，就是每天面朝黄土背朝天地做活路，比在家好的就是有钱拿，做了两年，还是想家，加上我大女儿结婚我就回来了。2001年（42岁）我又去打工，这回去时间就长了，虽然中途又回家了几天，但是算下来一直到2007年（48岁）才回来。2007年的时候我大儿子25岁，他结婚后就带着老婆出去打工，他在外面做机修，工资一个月有几千块钱，能养活一家人，二儿子也有23岁了，小儿子19岁，身上的负担一下子减轻了，人也觉得轻松了，总算是熬过来了。娃娃们读书读得不好，因为家里没有人懂，都教不了他们，他们可能也觉得家里条件困难，就不愿意再读书了，都出去打工了，个个每个月差不多两千块钱，现在都有三千块钱左右了，比起我们在农村做活路还是好的。

孙子、孙女都在外面读书，家里面就我们两个老的，还是清闲，现在我还能干得动也不想给娃娃们增加负担，就自己出来找点零工做，有时候想抽点烟，想喝点酒，手里还是有点钱好。

家族传承是使命　教育后辈记心间

要说学唱《亚鲁王》的原因，应该要从小说起，我们家算是东郎世家了，对史诗从小耳濡目染，大概知道大人们唱诵的一些内容，但是当时也不晓得为什么要唱，有人请他们开路的时候，他们会带着我一起去，我就站在一旁听，就这样，时间久了自己也能哼唱几句。那个时候他们正年轻，个个都能唱，我们还小，就没有想着让我们学唱。大概到我24岁（1983年），他们年纪大了些，记忆也不如以前了，身体也吃不消，就对我们说，要让我们学，如果不学以后家族中就没有人会了，于是我就开始学唱史诗。

肩负起家族的使命是我学唱《亚鲁王》的一个原因，另一个原因则是希望自己成为有用的人。可能现在你们都不能理解，唱个《亚鲁王》去帮别人开个路就能成为有用的人了？简直就是笑话。但如果使时间倒流至我们那个年代，就会发现，能唱《亚鲁王》的人都是寨子中的优秀青年。至少有三点是值得肯定的，一个是能够坚持，学唱《亚鲁王》不是一天两天就能学成的，学习的过程很枯燥，很无聊，时间短的都要学一年，时间长的学十多年的都有，所以能够唱《亚鲁王》的人，一定是特别能坚持的人。另一个是记忆力够好，你想一下《亚鲁王》我们要唱十几个小时，它的内容是非常丰富的，一篇课文有几百字，你都要背一天，我们唱《亚鲁王》要背这么多，还要长期这样唱诵不能忘记，所以能唱《亚鲁王》的人记忆力很好。再一个就是有文化受人尊敬，以前我们这个地方能读书的人不多，基本小学没有读完就辍学了，那时也不兴打工，就在家种地，寨子里面有老人去世，人们就会去请东郎来料理亡者的后事，丧事完成后，东郎会得到糯米饭，会得到肉。那个年代能吃上糯米饭和肉，已经是很高的待遇了，东郎在寨子上的地位是很高的，所以能唱《亚鲁王》就能够得到人们的尊重，也能够偶尔改善一下伙食。

这个时候学唱，我算是正式拜师学艺了，因为是跟着家族中的老人学唱，相对于外面的人来说，要方便很多。家里面的老人给家族中的人开路的时候，我们可以在旁边学，过年那段时间，就在家里跟着老人学，慢慢地就学会了。一般来说主要是晚上跟着老人学，晚上家里的活都做完之后，我们几个就和老人围坐在一起，时常喝点酒吃点小菜，然后就开始唱，老人教一句我们就学一句。但并不是每天晚上都能去学唱，史诗的学唱是有时间规定的，主要集中在正月，那个时候农村的活基本做完了，没有什么要忙的。天气也冷，外出做事的少，所以正月那一个月是我们学唱史诗的主要时间。当然那个时候不仅我们自己家族的人会来学，别的寨子的也会来跟着学。就算是这样，到现在我也还没有学完，这个《亚鲁王》实在太长了，而且没有文字，只能靠自己的记忆力来背，就是在校的学生，只安心读书恐怕都难以将这部史诗背完，更何况我们不识字，还有很多农活和其他的事情要做，要背完史诗就困难得多。所以我学了三十多年了，一直也没有完整地唱诵过。虽然不能全部背诵，但是我也已经开过几十次路了（在葬礼上唱诵过几十次了）。

我原来是跟着杨老炯学的，杨老炯是我的伯伯。我跟着他学了二十多年。我第一年跟着伯伯学的时候，从家里面拿了点酒去，到他家就和他们在火塘那间边烤火边学，来学的人很多，我们围着火都坐满了，刚开始学大家都很积极，伯伯教一句大家就跟着背一句，伯伯教一段大家就跟着背一段，边喝酒边唱边学，第一段学的就是"开天辟地"，学到半夜大家都饿了，就煮点饭吃，有的熬不住就找来一捆干草垫着，就在火塘边睡了，到第二天的时候来的人就少了，最后能够坚持学完的就个把人。伯伯去世了十来年了，但是我还没有学完，也想要继续学下去，所以我又跟着杨光祥学，现在杨光祥也有七十多岁了。老的一代把任务交到我们手上，我觉得肩上承担的责任很大，不仅我们这一代的要学好，我们还要考虑下一代东郎的问题，不能让祖祖辈辈传下来的东西到我们手里就断了，这样我会觉得自己是罪人。

现在家族中只要有事情，我们都和师父一起去开路，开路这个事情，一个东郎去肯定是不行的，至少也要三个东郎换着唱，因为时间太长，要唱一个白天一个晚上，而且都要站着唱，一个人是不可能完成的。我和弟弟杨昌荣是一起学的，我们既是亲兄弟又是师兄弟，这样学的时候有个伴，后面去开路的时候也有个伴。杨昌荣现在也已经53岁了，他是我们寨子里唱《亚鲁王》唱得最好的，而且已经出师了，他比我厉害多了，是我们家族的骄傲，他学唱《亚鲁王》非常用心，可能是受到我家大儿子小时候生病得到宝目医治的影响，他觉得这个是非常有用的东西。现在他已经开始收徒弟了，他的徒弟叫杨小洪，36岁，还很年轻。我还有个师弟叫杨小腊，快50岁了，还有个既是师弟又是徒弟的叫杨小立①，有40多岁的样子，杨小腊和杨小立是两兄弟。还有一个年纪比较大的师弟杨昌华，他快70岁了。除了教杨小立外，我还有一个正式的徒弟，叫杨昌兴，有44岁了，他是我的堂弟。最近没有找我学唱《亚鲁王》的，因为我在给别人修房子，没有时间教，只有过年那段时间才会在家坐下来好好教。

现在家族中，只要有老人去世请到我们，我们就会放下手中的活路去开路，就算是我现在在给别人修房子也一样要丢下活路。这个事情，我们修房子的那家也会理解和支持的，丧事办完后，再去帮忙把房子修完。如果不去帮忙，会招来闲话，说自己家族中的事情都不帮忙，这也不是别的事情，是有人去世，就算不是去开路，去帮忙做点其他的也都是应该的。而且我们去开路，人家想得到就给斤把两菜，想不到我们就一样都不得。② 相比道士先生，他们一场葬礼要收取几千元到万元不等的酬劳，我们分文不取。但有时候主人家也还是会请道士先生来办葬礼，这会使我们产生比较大的心理落差，我们完全是做善事，做公益，为大家奉献，还是不能得到大家的理解和支持。你请道士，他们开路和我们完全不一样，他们也不懂得我们的迁徙路线，唱的也不一样，很无奈。

我现在也想收徒弟，但是这段时间都不得空，你也看到了最近寨子里面修房子的人多，一般只有七月、正月才有空教徒弟，那个时候我们手中的农活都做完了，可以安心坐下来慢慢唱。这几年我也经常喊我们寨子里面的年轻人来学，只要他们回寨子中，我遇到了都会要求他们跟着我学，他们嘴巴上答应得好好的，但是就是不来学，反而跑去学唢呐

---

① 杨小立后来跟着杨昌伦学了一段时间。
② 方言，表示没有。

了，没有时间来学唱《亚鲁王》。没得办法，每一年我都去喊两三次，但是年轻的还是不愿意学。寨子中有办葬礼的，这帮年轻人都是拉几张桌子去打牌，要么就是去吹唢呐，觉得热闹，也不用记那么多，学起来要轻松许多。你去催他们学，他们就会说我要先学唢呐诶，过年那段时间大家都是吹几天唢呐敲几天鼓，混过那几天到初几又出去打工了。史诗的传承遥遥无期，我始终放心不下。

三

传承在心不能忘
兄弟同心唱"亚鲁"：
杨昌荣

访谈人：杨兰、刘洋、杨正超
访谈时间：2017 年 7 月 12 日
访谈地点：宗地镇火石关村

　　与兄长一样，始于长辈耳濡目染，加上学生时期的遭遇，让他更加坚定地学习唱诵史诗《亚鲁王》，并且加入了宝目的行列，在精神上成为当地人的支柱，在身体上成为当地人祛除病痛的依靠。

杨昌荣，东郎、宝目，1964年生，属龙。杨昌荣与杨昌伦是亲兄弟，采访时他和哥哥杨昌伦正在为一家农户修房子。相较于杨昌伦，杨昌荣内向腼腆，访谈中，他的话较少，不知是不是因为杨昌伦在场，他显得有点局促。

与杨昌伦一样，他们的父亲杨老福，87岁，健在；母亲韦乔妹已去世；杨昌荣兄弟6人，老大是杨昌伦，59岁；老二是杨小六，54岁，现在在家做活路，没有做其他事情；杨昌荣是老三；老四杨小富，48岁，东郎；老五杨小七，45岁，东郎；老幺杨昌龙，东郎，早逝，享年38岁。

妻子岑若妹，53岁，属龙，务农。大儿子杨胜江，32岁，外出务工（菜园种地）；二儿子杨胜忠，28岁，外出务工（工厂务工）。杨昌荣师承杨老利（已去世）和杨光祥。师兄是杨昌伦，有徒弟3人，分别为杨小腊、杨昌兴、杨小利。

条件渐好有学上　调皮爱玩做农忙

我与兄长杨昌伦一样，6岁（1970年）入学，因为在家中排行老三，家中事务有哥哥和父母操心，所以我上学上到初中，哥哥比我大5岁，我入学的时候，他已经11岁了，能够帮助父母做一些力所能及的事情，而我就在父母与哥哥的关照下，度过了美好的童年。我读书的时候，学校条件稍微好一点，但依然很简陋，我还记得那个时候去读书，很调皮，也很爱打架，男孩子嘛，多多少少都有这样的经历。我三年级的时候，那会儿差不多9岁（1973年）的样子，同村一个男孩要看我的作业，我没有给，他那天就没有交作业，被老师罚站。因为这样，他很恨我，把自己被处罚的责任推到了我的身上，说就是因为我不给他看作业，他才会被惩罚。接下来去上学我都很小心，就怕被报复。这样的担心是没有错的，在他被惩罚的第三天下午，那天是星期五，大家放学都回家了，刚好我扫地最后走，在我走到离学校1公里远的地方，他就跳出来了，还恶狠狠地说："小子，就是因为你，就是因为你不给我抄作业，我才会被老师罚，才会被同学们笑，这样吧，你学习好我晓得，但是你打架厉不厉害，我就不晓得了，今天我就要和你单挑，谁输了都不允许告状。"当时，我不答应也要打，答应也要打，就干脆说："好！"其实我的心里很害怕，因为我从来就没有打过架，他是出了名的打架王，不用打都知道谁输谁赢，但是没有办法，这一架必须打。我放下书包，冲上去就是一拳，他闪开了，往我屁股上一踹，我就往前摔了一跤。他还在那里笑，我就冒火①了，恨不得把他打得爬不起来，我爬起来就抱住他重重地往地下摔，两人就这样在泥巴地上打滚，我使劲地勒住他，不让他有打我的机会，但是他哪里肯就这样顺从，他也使劲儿地往外掰我的手，我没劲了，他趁机逃了出去。我心中的怒火就更大了，准备跳起来再跟他拼，可是他这回根本不给我还手的机会，直接按住我的头，骑在我的身上，开始狠狠地揍我，我都感觉到自己流血了，可他还是不肯放过我，只听见一声："嘿，你找死啊，放开我弟弟！"那人才从我身上跳下来，一溜烟儿跑了。哥哥跑过来，把我拉起来，拍了拍身上的土，问我怎么回事儿，我一五一十地告诉了他，他没有骂我，就看着那人跑走的方向，骂了句："别让我遇见他！"然后拖着我回了家。

这是我第一次被打，也是我第一次明白力量的重要性，所以我开始在家里做一些重活，不仅可以帮助家里，还可以锻炼自己。我第一次做的重活就是喂猪，说起来挺好笑的，因为地里的活很辛苦，妈妈说让我先在家做做看，我就开始学怎么去喂猪。平时这些活儿都是妈妈在做，我也常常看见，但是没有亲手试验过。那天放学后，我就在妈妈旁边看她怎么煮猪食，等猪食煮好，妈妈给了我一个桶，让我装满后自己去猪圈喂猪，然后她就去忙别的活儿了。我提着一个可以装二三十斤的水桶，就开始往里面舀猪食，心里想着被打的事情，越想越生气，一气之下把桶给装满了，我一提，根本就提不动，又往回舀，差不多到一半，我就提着桶慢慢往外挪动，从灶房②到猪圈不过百把米远，我提着桶走了20分钟，好不容易走到了猪圈门口，猪圈门又难住我了，猪圈门很高，我

---

① 生气。
② 厨房。

不能将桶里的东西全部倒进猪槽里。一瓢一瓢地舀，又浪费时间，也不能锻炼我的体力，我干脆搬来一张凳子，踮着脚，将桶里的猪食，全部倒进了猪槽。

有了第一次的经验，后面喂猪的活也就越来越熟练，接着我开始学着去挑水，我们村子里面有一口水井，但是离我家还有一段路，每天早上爸爸就要早早地去挑一挑水来供一家子使用。一天早上，我摸索着挑着两只空桶去了水井旁，趴在水井边缘，将身子探进去，往水桶里面舀水，每只桶我只装一半的水，装好后，就开始往家里挑，谁知这水桶根本不听我的，两边不停地甩，害得我走路都走不稳，还摔了一跤。衣服鞋子湿了，水也洒了。不能这样就算了，我挑着两只空桶又回到水井边重新装水，这一次小心翼翼地，装的水比上次要少些，在慢慢走的过程中，我发现了诀窍，即我的身子要跟着水桶摆动的方向走。

在一次一次咬牙坚持的时候，我发现自己的力量要比以前大了，我在下课后找到了打我的那小子，把他教训了一顿，他也说以后再也不欺负我了，后面也没有人欺负过我。小学就这样一年一年地度过了。

到了初中，我住进了乡中学，开始了我的住宿生活，班里面都是从各个村里来的学生，也有乡镇街上的学生，初中的学生要比小学的时候多，老师安排的任务也重。以前在村里的时候，我的成绩算是很好的，但是来读初中的学生都是班上成绩好的，因此，我的成绩就显得没有那么好了，为了能给家人争口气，我还是老老实实地学习。在村里面读书的时候，老师平常都和我们讲苗语，只有在教的时候才说方言（汉语，与普通话有区别）。来到镇上的中学，班里的同学除了苗族的，还有汉族和布依族的，所以老师们讲的都是方言，我那个时候方言说得不是很好，与同学们交流，有一点困难。班上也有调皮的同学，他们嘲笑我，笑话我不会讲方言，还记得有一回我们在学校操场打扫卫生，有一帮比我们高一年级的镇上的学生就来挑事，我不服气就和他们干（打）了起来，当时有四五个学生一起来打我，我们村里面来的几个，看情况不对，都过来帮我的忙，这个事情就变成了打群架，还被老师批评。由于语言的问题，我的学习成绩一直没有起色。

辍学之后，我就回到家里，跟着家人去搞合作社，老人说我年纪也大了，喊我找个人结婚，读书读不了，就成家算了。因此，我在 16 岁（1980 年）的时候，就和我的老婆岑若妹结婚了。老婆和我是同年的，结婚的时候年龄很小，那个时候也没有什么出去打工的人，我们就在家种地，当时分得了两口人的地，我们两个就开始过起了自己的日子。由于我和老婆还没有自己修房子，结婚后就跟着父母住，父母给我们分了一间房作为我们的新房。我和老婆商量，先挣点钱再生小娃，她也同意了，我们两个就找父母要了几头小猪，几只小鸡，老婆在家里喂猪喂鸡，我主要就是种地，四年的时间我们积攒了一点钱，就请寨子上的人帮忙，修了我们之前住的那座房子，只花了一点人工费和材料费，地是自己的，家具是请寨上的人帮忙做的，像柜子、凳子都是我们自己做的。日子渐渐好起来，那年我的大儿子杨胜江出生了，我和老婆很高兴，这就意味着我们的家庭已经正式圆满了。我经常在外面找活儿做，修修房子，做点木工，这样来钱快一点，如果专门在家搞养殖、搞种植，要很久才能见得到成效。我没有外出打工，就靠着一点手艺，在老家找饭吃。1989 年我的第二个儿子杨胜忠出世，我就安分在家里种地了，因为两个娃娃都小，老婆一个人招呼不过来。这样过了四年，我还是决定外出打工，那时候听说打工可以挣到钱就去了，我是坐火车去的，第一次见火车很长很长，里面可以装很多人，因为去的时候刚好是过年后返工的那段时间，人很多，都没有位置，我就在火车厢中间的接头那里蹲坐着睡，睡了十几二十小时才到了广东。哎呀，到广东的时候，那些车、那些房子是我见都没有见过的。跟着老乡一起到菜场，干了有两个月的时间，我觉得不太适合我，就跑到另一个厂去了，做了大概有半年的时间，我就回来了。现在两个孩子都已经长大成家了，大儿子去打工了，在菜场种菜，二儿子在工厂里面打工，不需要我们操心，现在我就是有多少用多少，平时吃的就是家里种的菜，日子也过得悠闲，很知足。

说起学唱《亚鲁王》，我学得早，在十三四岁的时候就已经开始学了，是家里面老人叫我学的，说是我们家族的老人们学得了这个《亚鲁王》，但到了我们这一辈没有人接班，就喊我去跟着学。我也没有想些什么，反正读书也读不上去了，学一门另外的手艺，也还不错。所以，老人叫我学，我就学了，我是和我大哥一起去学的，两个人去学，有个伴，比如他不想学了，但是我在学，他就不会真的不去学，起到一个督促的作用。当时我的老祖①在家族里面是非常厉害的东郎，他又会唱《亚鲁王》又会做宝目，我的爷爷也是跟着我家老祖学的，他学得一般，所以教我们的时候就教得简单一点。他告诉我们如果我们不去学，家族里面就没有人会唱了，就要去外面找人唱，那样很不方便，别人家的东郎来给我们唱，不了解我们的族谱，不一定会规规矩矩地给你唱，而且不是自己家族的人去请人家，人家不一定会来帮忙，万一有老人去世了，不能就这样不开路，所以我们就跟着他边学边唱了。

我学的时候年纪小，记忆力也好，学了一年的时间就跟着师父们一起去开路，给他们搭把手。我15岁的时候跟着师父杨老利去开路，不光是去学《亚鲁王》，也要学一些相关的仪式，如果不会做这些仪式，就主持不了葬礼，也就不能成为一名真正的东郎。平时我们在家中学唱都是师父教一段，我们唱一段，在葬礼上，东郎们则是要一气呵成，将全部史诗内容在规定的时间之内唱诵完，因此在葬礼上学唱，能够学到完整的《亚鲁王》。这是学唱过程中，最难得的时候。

我是和大哥杨昌伦一起去学的，那时候也有其他人一起来学，我们去学没有拿些什么，都是家中老人，不讲那些礼节，别的人家来就提些酒啊，拿些菜来当夜宵。正月的时候我们晚上去学，那段时间，家家都有吃的，也没有农活要做，所以师父的时间也多，能够坐下来认真地教我们。我们都是坐在火边，师父坐在上座，我们就随便拉张凳子或者铺些干草坐下，师父唱一句，我们就唱一句，口渴了就喝点酒，饿了就煮点饭吃，很随便的。当天去学的时候，唱到半夜，有的坚持不住，就直接倒在干草上睡着了，第二夜来的人少了，只有我和大哥坚持下来，因为家中老人要求我们必须学，想不学都不行。每个正月，我们都要学一个月，天天晚上去学，刚刚学得一部分，有几天不去回忆，就会忘记，

---

① 指祖父。

学唱《亚鲁王》真的很难。

我是边学边唱的，先学一段，然后就去开路，第一年学的时候，他们去哪里开路都会喊我们一起去。刚开始学的第一段就是"开天辟地"，讲的是世界万物是谁创造的、如何创造的，师父在教的时候我就很好奇，原来太阳、月亮、树木等都有自己的来历，所以后面我就有兴趣学下去。跟着师父去开路的时候，师父在唱，我就在旁边听，因此我知道史诗里面还讲了我们为什么要砍马，为什么要抽鸡，等等，以及我们为什么来到麻山这个地方，是怎么来的都说得一清二楚。

那一次去开路，我很认真地记下了东郎要做的所有事情。师父在正酒的前一天到丧家后，先看一下丧家的事情做到什么程度了，然后就吩咐丧家打粑粑，准备供饭的食物，师父就在亡人棺材旁边，一日三餐供饭。正酒的早上就会有客人来祭奠，师父会唱念一些祝愿词。丧家客人来完后，师父就根据丧家发丧的时间来确定唱诵《亚鲁王》史诗的具体时间，一般都是下午两三点钟就开始了，有时候三个人轮流唱，有时候是五六个人轮流唱，每个东郎唱诵自己拿手的一段，但必须穿着盛装，站着唱诵，唱完自己的一段之后才能休息。正酒的那天晚上，东郎一整晚上都不能睡，一直到第二天发丧之前，东郎还要举行一些其他的如生死分隔、打扫房屋的仪式，所有仪式结束后，东郎会得到丧家给的糯米饭和一坨肉，有的是一只鸡，现在有的人家还会包个红包表示心意。东郎开一次路基本就要三天的时间，是非常耗时、耗体力的。

我也会做宝目，是跟着师父学的，想着反正都是学，就一起学了，以后也能用得着，以前杨小冬的爸爸在家里面的时候，就是他爸爸做，现在他出去打工了，我就做得多一点，一般就是给人家看期辰①，帮别人"解帮"② 这些。做宝目也不是固定的每天都会有人请，都是人家有事了才会来找你嘛，现在做宝目大多数都是晚上去做，白天没得时间，以前倒是没有时间规定，人家什么时候来喊就什么时候去。

---

① 方言，好日子。
② 音译，指祛病禳灾。

　　不管是做东郎还是做宝目，我都没有收钱，这些能来找你帮忙的，都是家中的亲人，不是遇到困难了，人家也不会来找你，所以我们都不好意思收钱的。我现在也收了徒弟，是和我大哥一起教的，有杨小腊、杨昌兴、杨小利这些。像做我们这个的，人家一来请就必须要去，除非两家刚好同一天来请，那就只能去一家了，不然即使是家中收苞谷也要把苞谷丢在地里去帮人家开路，所以我就算是去做活路，也还是继续唱《亚鲁王》的。

　　现在我都50多岁了，年纪大了，种地也种不动了，有时候有修房子的活路，我们就去做一点，弄一点生活费，买一点烟抽，买一点米吃。要说赚什么大钱，都是假的，我就希望能够健康、安逸地过日子就行了。如果说政府支持我们这些老人家，支持这些唱《亚鲁王》的，需要我们做什么，我们就做什么，这个是我们民族的大事，不是我一个人的小事。

四

家族谱系诵顺溜
搜集整理等落实：
杨光祥

访谈人：杨兰、刘洋、杨正超
访谈时间：2017 年 7 月 13 日
访谈地点：宗地镇火石关村

　　人生四大悲，中年丧偶为其一。一位勤劳朴实的庄稼人，命运却同他开了一个玩笑，妻子突然离世，留下两个年幼的儿子和他，三个男子就此相依为命，亦父亦母的哀苦无处诉说，唯有自己知晓。勤学勤记获"亚鲁"，大小内容熟于心，杨吴二家谱系背顺溜，记录杨家谱系上议程，搜集整理等落实。

中年丧妻，哀苦唯已知

我叫杨光祥，我是1946年出生的，亲眼见证了在中国共产党的领导下，我们中国发生的巨大变化，我们从饥寒交迫、流离失所的苦难日子到衣食无忧、安居乐业的幸福日子。虽然我现在的日子不算好，但比起几十年前，已经好了几十倍，中国共产党用几十年的时间，就把我们国家和人民从水深火热中解救出来，太不容易了，小时候，我们连做梦都没想到会有今天这么好的生活，那时的愿望就是能吃饱、穿好。

我父亲叫杨老六，母亲叫吴连妹，但他们都去世了，只留下我们三兄弟，我排行老大，但有一个兄弟已经去世了，现在就只剩下两兄弟了。去世的那个兄弟叫杨光兴，他的老婆也就是我弟媳妇，是罗甸那边的，他们在那边结婚然后就居住在那里了，婚后他们生了两个女娃娃，但后来我这个兄弟不幸去世了，他老婆就带着两个娃娃走了，另嫁他人重新组建了家庭。在世的这个兄弟叫杨光全，1957年出生，属鸡的，在家里做点农活，比如看下牛、看一下马，平时也不做些什么了，毕竟年纪也不小了。我读过书，读完二年级也就是小学课本第四册后就没读了，因为那时家里条件不好，我又是家里的老大，稍微大点有力气了就要去干活，挣工分，那时我们是记工分，根据一家人所挣的工分换取粮食，挣得多就多分点粮食，挣得少就少得点粮食，为了家人少挨饿，只要有点力气的都要去干活，不做没吃的，所以我就没读书了，回家跟着父母做农活。直到20世纪七八十年代，我们才分得了土地，分到土地以后就是自己种植自己收割，粮食都是自己的，这样生活才慢慢变好。我一直都是在家里干农活，没有去过外面，而且我们那个时候也不兴去外面打工，大家都是在家里围绕着这一片土地生活。原来都不知道外面的世界是什么样的，现在可以通过看电视看到一些外面的情况，也不知道是真还是假。

我是20岁结婚的，我老婆叫黄三妹。婚后我们有两个小娃，都是儿子，大儿子叫杨昌韦，1971年出生的，现在在外面打工；小儿子叫杨昌福，1974年出生的，也是在外面打工。我老婆命苦，去世的时候才31岁，那时候两个娃娃都还小，大儿子还不到十岁，小儿子也才五六岁的样子，她就这样撒手人寰，留下我们父子三人相依为命。当时也有人劝我再找一个，毕竟还很年轻，后面几十年的时间还长着呢，找到以后不说帮我减轻什么大的负担，至少可以帮我照看一下孩子和家里，我可以安心去种庄稼，这样孩子和我的生活都会好一些，一个家里面没有女主人还是不行。我当时也挺犹豫的，我担心如果找了她对我的两个孩子不好，那就对不起逝去的老婆，但我既要当父亲又要当母亲，确实挺为难的，比如孩子衣服破了我就没办法缝补，农忙的时候顾得到家里就顾不上地里，有时候为了抢栽种或收割时间，就不得不让孩子们跟着挨饿，经过几番考量，我想如果能找还是再找一个，但是人家看到我带着两个男娃娃，都不愿意，时间长了我也就没有再找的想法了，想着我们三个就这样过算了，于是，我就一个人把他们两个带大。一个人带两个孩子，真的好不容易，家里遇到什么事情，连个商量的人都没有，什么事都只能自己扛，特别是看到别人家的孩子都有母亲陪伴，母子在一起有说有笑，而自己的两个孩子孤苦伶仃地在那里，心里面五味杂陈，这些哀伤、苦楚只有自己知道，也只能烂在自己的肚子里。

家族谱系诵顺溜，搜集整理等落实

我是 29 岁才开始学的《亚鲁王》，学了有四五十年了。我是跟着杨昌华学的，师父教的时候，我就用汉字或者拼音记下来，到开路的时候就照着念。因为我读到二年级，能够认得一些字，也能写得出来，可惜读得不多，所以不认识的字太多，但用来记录《亚鲁王》的我会一部分，不会的就用拼音记。我学唱《亚鲁王》的时候师父教起来比较轻松，我自己会做记录，他只用教一遍，然后后面就是我自己看着笔记去学，遇到不清楚的地方才去问他。虽然说我去给人家开路是翻开我的笔记看着开的，但实际上它只是一个提示，我一般都只看前面的几个字，其他的不用看都唱得很顺溜，特别是族谱这一块，我很擅长，我们杨家和吴家的家谱我都能唱诵。

因为我擅长背诵家族谱系这一方面的内容，而且用文字记录过《亚鲁王》史诗，所以有人就一直想请我把我们这个大家族，也就是麻山整个杨家的族谱全部唱完，然后把它记录下来，但是因为一些原因这个事情一直没有落实下来。我的两个儿子都在外面打工，孙子们都是我帮着带，大的孙子都没有读书，已经出去打工了，但现在还有三个小孙子和我在家，还在读书，所以我要照顾他们。同时，我还种了地，虽然已经这个年龄了，但没办法，家庭条件不好，现在能动就给孩子们减轻一下负担，我家有五口人的土地，种出来的粮食能够保证我们的生活，还有点剩余的。就是因为这些杂事，一直没有完成记录我们家族谱系的事情，后面，我会抓紧时间搜集整理，把它全部记录下来，我觉得这个工作是很有价值的，至少以文本的形式保存下来，就不怕我们的家族谱系在时间的流逝中被人们遗忘。原来我们一直是口耳相传，但是一旦哪一代人不会，后面就再无人可知晓了，所以有必要把它们整理成书。我现在有一个徒弟，就是我家大儿子杨昌韦，因为他常年在外面打工，只有过春节才回来一小段时间，学习的时间很少，所以到现在还没学完，不过没关系，只要他想学，早晚都能学会的，年轻人上有老下有小，经济压力很大，没办法为了学唱《亚鲁王》而不出去挣钱，这也是现在学唱《亚鲁王》的人越来越少的一个重要原因。

五

斑驳中的童年忆
泥土里的"亚鲁"情:
杨小二

访谈人:杨兰、刘洋、杨正江
访谈时间:2017 年 7 月 14 日
访谈地点:宗地镇歪寨村

　　童年的记忆,本应是美好而难忘的,但他却未得到如此宠幸。幼年痛失父爱,让本就拮据的家摇摇欲坠,养父犹如救星,拯救了这个摇摇欲坠的家。不堪的童年,没有阻碍他对生活的向往,可敬的《亚鲁王》,带给了他无穷的希望。斑驳中的童年忆,泥土里的"亚鲁"情。

一母二父的凄惨命运　破碎斑驳的童年记忆

我叫杨小二，我是1949年出生的，与新中国同龄。我母亲叫韦瓢妹，已经逝世了，我有一个亲妹妹叫杨腊妹，1953年出生的，在家务农。生长在新中国，是非常幸运的事，但不幸的是，我小时候生父就撒手人寰，丢下我们孤儿寡母。由于那时太小，对父亲的记忆非常模糊，只记得父亲很瘦，会唱诵《亚鲁王》，所以每次他给人家唱完《亚鲁王》回来的时候，经常会给我们带一些吃的，我和妹妹就围在他的身边，等他从口袋里掏出吃的来。那个时候，经济不好，人民的生活都十分困难。父亲去给人家唱《亚鲁王》的时候不收钱，但有的人家会给一点"礼信"，那时的"礼信"基本是一点吃的，因为大家拿不出什么东西，只能勒紧腰带挤出一点食物来表达谢意，父亲就带回来给我们吃。长大后，很多关于父亲的记忆都是从母亲的口中得知的。母亲告诉我们，父亲是一个不善言辞的人，但对我们的爱却是重如山、深如海，他不会用语言来表达对我们的爱，却用实际行动呵护着我和妹妹。父亲宁愿自己饿肚子，也要尽可能让我们吃饱，所以，当饭菜很少的时候，父亲都是最后一个吃饭，他让我们先吃好，再吃我们吃剩，实在没剩的，他就喝点水来填一下肚子。但屋漏偏逢连夜雨，一场突如其来的病痛，将父亲从我们的身边夺走。当时因为没钱，父亲生病了也没有去医院治疗，就找了一些草药来吃，但是没有效果。母亲告诉我们，当时父亲预感自己时日不多，一看到我们两兄妹就悄悄流眼泪，他恨命运的不公，也恨自己的无能，生了我们却不能将我们抚养成人，在他快断气的时候，一直用手紧紧地握住母亲，说自己对不住我们娘仨，让母亲一定要把我们抚养长大，如果有中意的让母亲也找一个，不要一个人孤孤单单地生活。

父亲走后，母亲忍着悲痛当起了家里的顶梁柱，一个人屋里屋外、白天黑夜忙不停。但在那个靠体力吃饭的年代，一个女性要养活一家人真的是太难了，虽然我和妹妹也力所能及地帮助母亲分担一些活，但我们还是经常吃了上顿无下顿，为此夜里经常听到母亲的哭泣声，母亲也变得少言寡语。后来有人给母亲牵线说媒，为了使我们兄妹有一个依靠，母亲抛下世俗的眼光，决定改嫁，这个人就是我现在的养父杨老四。养父的到来，为我们这个家带来希望，他接过母亲手中的重担，逐渐成了家里的主心骨。虽然不是亲生的骨肉，但养父却视我们为己出，有什么吃的都先递给我们，这让我们感受到了久违的父爱，也让母亲露出了久违的笑容。之后，我的弟弟妹妹相继出世，二妹叫杨田妹，1967年出生的，属羊；三妹叫杨七妹，1968年出生的，属猴；弟弟叫杨小高，1970年出生的，属狗。两个妹妹都在干农活，弟弟也在家修房子，在羊场做生意。

由于儿时家里情况特殊，所以我没有进过一天的学校。后来我成家立业了，也一直在家种地，没有出去打过工。我老婆叫岑田妹，是1952年出生的，比我小3岁。我有三个娃娃，一个儿子，两个女儿。儿子叫杨小全，1973年出生，属牛的；大女儿叫杨冬妹，1974年出生，属虎的；杨连妹，1977年出生，属蛇的，他们三姊妹都是在家做农活，也没有出去打工。

歌声里的故人逢 泥土里的"亚鲁"情

我是22岁的时候开始学习《亚鲁王》的。那时候，经常听老人们讲，年轻人应该学习《亚鲁王》，一个是可以纪念老人，另一个是以前大部分人都没有读过书，学《亚鲁王》，也就相当于懂点知识，知道自己本民族的历史，而且原来不识字的人很多，大家基本是用嘴记，最后真正学到的人很少，所以会受到别人的尊重。两个学习理由我都占了，而更让我坚定学习《亚鲁王》的则是可以纪念老人，因为生父已经去世，所以我想通过唱诵《亚鲁王》怀念他。我父亲原来是会唱《亚鲁王》的，只是由于他在世时我还小，无法把这门技艺教给我，我学习《亚鲁王》，虽然不是他亲自教的，但也算是继承了他的衣钵，我也相信父亲的在天之灵也是这样认为的。所以，我唱诵一次《亚鲁王》，就觉得是和父亲的一次重逢，感觉父亲就在我的身边，未曾离去，他给了我巨大的力量，让我放声把《亚鲁王》唱诵出来。

因为养父不会唱《亚鲁王》，所以我是跟着我的叔叔杨老嘎、杨老扭学习的，另外，我也跟着杨老五、杨老厚学得一些，杨老五是杨老厚家娃娃，所以我的师父比较多，但是几个师父都已经去世了。我学了五六年才开始唱诵《亚鲁王》，我一年学一点，而且是边学边用，所以花费的时间就比较长，家里人一直都是很支持我的。当时和我一起学的还有杨小科、杨小福，我们都是堂兄堂弟，他们两个也六七十岁了，都在家里务农。我们去学的时候没有举行什么仪式，也没有提酒拿肉，都是本家人大家都不会计较的，就跟他们说想跟他们学一下就可以了。因为那时正值"文化大革命"，唱诵《亚鲁王》是被禁止的，所以我们只能在每年正月的晚上悄悄学。刚学会的时候，我一次唱两晚，现在大多是一晚上，砍马就是两晚上，开路就是半晚上，现在我一年大概要唱七八次。"文化大革命"期间，我们是偷偷学、偷偷唱，那时候因为情况比较特殊，所以仪式减少了一些，但唱的内容不减。仪式的减少就是不吹唢呐、不请客人，就自己家人举行仪式。那时候，唱《亚鲁王》如果被发现是要被抓去学习的，但我们刚开始学，所以没有被抓，我们整个队里面只有一个东郎被抓去学习了。

我们去给人家开路，就是先去看看主人家家里有什么，找主人家拿一些东西来供奉老人，这些东西主要有鱼、酒、糯米等，如果没有糯米用黏米也是可以的。供完饭后，客人也差不多来完了，我们就可以开始唱了，一般从晚上唱到第二天差不多天亮，通常我们四五个人换着唱，就要一个砍刀站着唱。第二天是送逝者上山埋葬，但我们东郎不送，我们就在家，在家里需要做一个仪式，做完仪式吃完饭后我们就走了。以前别人请我们去唱《亚鲁王》的时候，就给点糯米饭之类的，现在也不给钱；原来都是给本家的逝者唱，但现在不是本家的逝者我们可以当帮唱，至于钱，人家给多少就是多少，我们不会讨价还价的。在我们的葬礼中，砍马仪式是非常隆重的，但对我们东郎来说，如果是给本家的逝者主持仪式，砍马和不砍马其实没有什么区别，因为自己姓氏家的不能砍，也不能吃。丧葬是一个人的最后一个仪式，非常重要，在我们这里，死者超过十二岁都要举办丧葬仪式，十二岁以前相当于只有灵魂，但十二岁以后就成人了，所以要为其举办葬礼。特别是凶死的一定要举行仪式，让其灵魂得到安息，否则就会扰乱我们的生活秩序。我们东郎还有一些规矩，比如我们主持仪式后，遇到有人家结婚，我们是不能去的。

我现在的徒弟只有杨小东，他四十多岁了，在家里的。我不太擅长教徒弟，因为我不识字，所以我学的时候全是靠死记硬背的，这就存在一个弊端，你让我把内容唱出来不管怎么着都难不住我，但是你要让我讲我就讲不出来，但现在的人大部分识字，他们好多就会让我们先讲出来他们用笔记，然后再唱，所以我就不太在行。我除了会唱《亚鲁王》，还会做"老摩公"，而且已经做了二三十年了，我四十几岁的时候跟着杨老厚学的，现在也还有很多人找我去做，比如家里人有病有痛了就请我去做。别看我这么大年纪了，我现在还在种地、养牲畜，我们家有五口人的土地，虽然地不少但产量也不高，种了都是自家吃，我还喂有猪、牛。虽然天天跟泥土打交道，但是只要有人找我唱《亚鲁王》，我都会丢下手中的活，因为我对《亚鲁王》有一种特殊的情感。

六

总角之年求学艺
青壮之年已为师：
杨小东

访谈人：杨兰、刘洋、杨正江

访谈时间：2017 年 7 月 14 日

访谈地点：宗地镇歪寨村

　　嬉戏打闹的年纪，他毅然选择了学艺，做了同龄人未做的事情。时光没有辜负他的努力，亦也没有辜负他的期望，熟唱的《亚鲁王》，梦中的先祖，都成为他勇往直前的动力。总角之年求学艺，青壮之年已为师。

蓬头稚子求学艺，得心应手获知识

我叫杨小东，1981年出生的。我12岁的时候就开始学《亚鲁王》了，我父亲就是一位东郎，也会唱《亚鲁王》。我的父亲叫杨毅风，1945年出生的，已经70多岁了；母亲叫韦八妹，但她已经过世，离开我们了。因为小时候家里条件不好，上不起学，所以在家里除了帮父母做一些活之外，就到处玩泥巴，但看到有的同龄人天天去上学，很羡慕，突然觉得自己虽不能上学，但也不能到处玩泥巴了，要找点正事做。当时就看到村寨里有人去世，人们都会来家里请父亲去唱《亚鲁王》。父亲就会和其他的伯伯叔叔一起去给人家唱，一去就是几天，要等人家办完事情才能回家。回家的时候有时主人家会给他们一些吃的，他就带回来分给我们大家吃。有时候，离我们家近的我们也会去人家家玩耍，看到他们东郎去给人家唱《亚鲁王》，就觉得他们好厉害，心中的那种崇敬之情油然而生。而且从小受父亲的影响，每年正月经常听到他们在家唱《亚鲁王》，父亲说唱《亚鲁王》是我们民族的传统，每个人去世都要请东郎给他们唱《亚鲁王》，让他们的灵魂能够顺利回到东方故土。父亲还给我们讲了许多先祖们征战的故事，让我们好好记住自己的历史，要铭记先祖为了族人的生存发展而作出的牺牲，同时也要学习他们的那种勇敢、不怕吃苦的精神，不管自己在生活中遇到哪样难事都要勇敢面对，不能轻易放弃。那时对父亲讲的这些道理，听得懵懵懂懂，后来长大了才理解父亲的苦口婆心，但当时对东郎和先祖英勇行为的崇敬之情是很坚定的。因此，12岁那年，我就告诉父母我也想学《亚鲁王》，父母都很开心，尤其是父亲，因为我学了就可以传承他的衣钵，他也算完成了自己的心愿，所以他们都全力支持我学习《亚鲁王》。我除了向父亲学习外，还跟着杨小福学，所以杨小福是我的师父。

我跟杨小福学的时候，只有我一个学生，就像他们说的"一对一教学"，规格有点高。以前我们学唱《亚鲁王》的时候没有拜师这一说，大部分是大家在一起喝酒就学习了。但是只有正月才能学，其他时候是不能的，酒可以一起喝，但学唱《亚鲁王》是绝对不允许的。正月不分白天夜晚，什么时候学都可以，我那时是白天学了晚上继续学，因为只有我一个学生，所以时间就好安排一些。我没有读过书，一字不识，不能像人家多少读了点书的人学习的时候可以拿一个本子做笔记，回去后自己还可以翻本子复习，我全靠死记硬背，所以学的时间就要长一些。我一边学习新知识，一边复习之前学的，在复习前面的知识时，有忘记的师父就会马上提醒我，这样重复多次后就记得差不多了。除了正月找师父学习《亚鲁王》外，平时假如师父去给人家开路，我也会跟着去观看，在一旁默默地学习。

因为年纪小，加上我记忆力还可以，即便不识字没法做笔记，但没多久我就全凭大脑记下来了，也就是学会了唱诵《亚鲁王》。学成之后，我就跟着他们去给人家开路了，第一次去开路的时候还是有点心虚，担心唱着唱着忘了，幸运的是最终还是顺利完成了。第一次顺利完成后，后面就更加自信了，唱诵《亚鲁王》也更加得心应手了。

时光不负赶路人，青壮之年已为师

学成《亚鲁王》之后，我就开始给人家开路，那时还没结婚。我是二十几岁结婚的，我老婆叫罗三妹，和我是同年的。我们有两个孩子，大的叫杨胜龙，2011 年出生的；小的叫杨胜云，比老大小两岁，2013 年出生的。我老婆对于我唱《亚鲁王》还是蛮支持的，我出去唱《亚鲁王》的时候，她就一个人在家带两个娃娃，但从来没有说过一句抱怨的话。我原来出去打过工，大概有一两年的时间吧，这个已经是十多年前的事情了，后来回家后我就没再出去打工了。因为现在娃娃还小，还是要陪在他们身边，让他们感受到父亲对他们的关爱。我看很多家庭就是父亲出去打工，母亲一个人在家带孩子，甚至有的家庭是父母都出去打工，孩子留给爷爷奶奶或者外公外婆带，我觉得这些孩子很可怜，此外，如果长时间不和孩子生活在一起，慢慢地关系就变淡了，偶尔回一次家孩子都不和你亲热，这不利于孩子的成长。现在，我基本就是在家里种地，给人家修房，当然，有人请唱《亚鲁王》的时候也去。虽然说在家挣的钱没有去外面挣得多，但一家人能在一起开开心心地生活也是很幸福的事情。

我每年要给人家举行很多场开路，如今年就已经举行三四场了。我除了给本寨的人唱《亚鲁王》之外，也会给远处外寨的人家唱，但都是给我们杨氏家族唱。因为我年轻些，出行方便，路远了那些老人出行比较费力，所以无论再远只要人家请到我，我都会去的。我唱《亚鲁王》，就是为了更好地纪念老人，而且要把《亚鲁王》传承下去，所以人家请就必须去。原来只有自己家族中有人去世我们才去唱，其他家族人家不会来请我们，我们也不会去，因为那时，每个寨子、每个家族都有自己的人做东郎，因为有一段是要唱家族历史，外姓人的话就不太了解。但现在因为学《亚鲁王》的人少了，有些家族已经没有人会唱，或者很少有人会唱，所以家里有人去世的时候即便是外姓人也来请去唱，但这些人去了以后就要先把人家的家族历史搞清楚。我们去给别人家开路的时候是不谈钱的，因为都是给自己家族的老人唱，本身就是应该的。但是，主人家还是会给"礼信"，就是会提一些东西比如酒、肉等来感谢我们。我们一般是需要唱一天一夜的，这段时间都不回家，一直在逝者家待着，直到全部完成再走。所以主人家也觉得我们很辛苦，因此无论多少都要拿点"礼信"送给我们。

我一般都是去给人家开路，但事实上，其他的我也会，因为学的时候我全都学了，比如砍马经、老摩公我都会，但我基本不唱。虽然说唱《亚鲁王》是没有钱的，但是为了能够更好地纪念老人，我们还是会把这样的一种仪式继续传承下去的。我们对祖先是很敬重的，在我们这个地方，七月半就是祖宗过年，春节是我们过年，所以不管怎么样，七月半这一天我们必须过，这种意识已经在我们的大脑中固定了。在七月半的这天，我们得陪祖宗，请老人喝酒，用食物供奉老人，一般情况下都不唱《亚鲁王》，只会简单地提一下，但是开路这一段是不会有的。

我现在有一个徒弟，名叫杨小洪，他是上寨的，1977年出生的。他虽然是我的徒弟，但比我还大四岁。他都是正月的时候和我一起学习，我也没让他进行拜师，他现在还没学完，所以还没有去给人家开路，但是我去开路的时候，他会跟着我去，我们唱的时候他就在旁边默默地学，就像当初我跟着我的师父杨小福学习唱《亚鲁王》一样，他们唱，我就一个人在旁边学。

现在好多人都跟我开玩笑说，年纪轻轻就当了师父。可是他们不知道，我学的时候有多辛苦，有多费力，这些都只能自己体会。那时白天夜晚不停地学，因为每年就正月那一小段时间，错过了就得等第二年了。我又不能像其他读过书的人可以用笔记下来，假如哪里忘记了还可以翻笔记，所以，当时我心里特别难过，实际上，不止那时，不识字给我带来的困难现在都还存在，只是当时我不能表现出来，怕父母知道了伤心。不过好在最终通过自己的努力学会了，如今还有了自己的徒弟，也算是给自己一个安慰了。我对《亚鲁王》的爱，是永远不会改变的，尽管现在好多人都觉得唱《亚鲁王》挣不到钱，无法维持生活都外出务工，慢慢地就不唱了，但我会一直坚持下去，而且还会继续教更多的人，只要大家愿意学，我都会尽我所能教大家。我经常晚上做梦都在唱《亚鲁王》，《亚鲁王》已经深深地刻在我的头脑中。更奇妙的是，有时候梦见自己开路，之后确实就有人来找我开路。

七

接过接力棒
做好传承人：
杨再明

访谈人：杨兰、刘洋、杨正江
访谈时间：2017 年 7 月 15 日
访谈地点：宗地镇歪寨村

　　他以惊人的速度，接过父亲手中的接力棒，以实际行动践行着曾经的诺言，从束发之年到佳偶天成再到花甲之年，他从一而终地坚持着。

接过父辈手中接力棒，从此吟唱声中多一人

我叫杨再明，1956年出生，属猴的，现在在家务农。我父亲是杨老五，他是我们这里的一位东郎；母亲叫韦面妹，两个老人都已经去世多年了。我这一辈共有五姊妹，我是家里最小的一个，大哥叫杨小维，他是1951出生的，属兔，比我长5岁，也是在家务农；大姐叫杨母妹，1945年出生，属鸡的，是我们兄妹中的老大；二姐叫杨红妹，1947年出生的；三姐叫杨木妹，1954年出生的，三个姐姐都在家里务农。由于我是家里最小的，所以我很幸运地进入学校学习，我8岁的时候开始上学，就当时的情况来说，我上学还算是早的，因为那时我们身边十岁、十几岁才得以进学校的人多得很，有的甚至从来没有踏进学校一步。我一直读到小学六年级，小学毕业后就没继续读初中了，回到家中跟着父母、哥哥姐姐们做农活。我的这一生出去打过两次工，但时间都不长，是在50多岁的时候，出去打工给人家种菜，其余时间都是在家中做农活。

我读完小学回到家中的第一年，也就是15岁那年，开始学习唱诵《亚鲁王》，我只花了一年的时间就全部学完了，16岁的时候就开始给人家开路了。那时正值"文化大革命"，唱诵《亚鲁王》等活动是被禁止的，但是我们在家里悄悄地学。我的师父有几个，一个是我爸爸杨老五，一个是杨老六，还有一个是杨老嘎，跟着这个学一点，跟着那个学一点，转眼间就全部学会了。当时和我一起学唱的有杨小二，我们两个每天就在家里悄悄跟着师父学，我们主要是在正月的晚上学，白天有时间也学。像我们这种父亲会、儿子会的现象多得很，叫作子承父业，也是家族传承。因为长辈们很重视让逝者的灵魂有所归属，所以经常会告诉晚辈们，你们年轻的一定要学唱《亚鲁王》，否则今后我们去世的时候都没有人给我们唱《亚鲁王》了。在丧葬仪式中，我们唱诵《亚鲁王》，有两个重要的目的。一个是告诉后辈人先辈们是如何历经各种磨难，才让族人在麻山这个地区安居乐业的，让后辈记住这些英雄祖先，了解自己的历史文化；另一个是让逝者的灵魂能顺利回到东方故土，保佑子孙后代繁荣昌盛、绵延不息。

学成《亚鲁王》之后，父亲在世时，我基本是跟着他们去唱，有时

候父亲因特殊情况不能去也让我和其他东郎一起去，但这种情况少之又少。所以那会儿去唱的时候，因为有父亲做坚强的后盾，根本不用担心唱不下去的问题。心态其实很重要，当你处在放松的状态下去唱的时候，反而能很好地发挥出来；当你很紧张，生怕哪个环节忘记的时候，就容易出现怕什么来什么的问题。所以，尽管《亚鲁王》的内容很多，也很难记，但从第一次开路以来我都没有出现唱诵的时候突然忘词的情况。但父亲去世以后，我就失去了有力的后盾，尽管有其他东郎一起，他们也很好，但总感觉肩上的压力大了不少。

信誓旦旦，从一而终的坚定

当时和父亲说我要学唱《亚鲁王》的时候，父亲用带着些许疑惑的眼神看着我，问我说是真的吗，我告诉他我是说真的，于是他就给我讲述学习《亚鲁王》的困难，但也给我讲述了一些他自己学习的心得，并再三强调决定好了就一定要坚持学，不能中途觉得学起来困难就放弃了。我不停地向父亲表达我学习《亚鲁王》的决心，我告诉他："我一定会坚持学，而且还要学成，不会因为觉得困难产生半途而废的想法。如果中途放弃，您怎么处罚我都行。"至此，父亲悬着的心才放下来，然后才开始教我学唱。为了弥补父子关系造成的学习缺陷，他还让我跟杨老六和杨老嘎学习，这和现在很多说法一样，很多老师会教别人家的小孩，但不一定能教自己家的小孩，就是因为这种血缘关系的特殊有时候不能让教、学顺利地进行。可以看出，当时我父亲为了让我学好《亚鲁王》是花费了不少精力和心思的。后来学成之后，父亲告诉我，他在给我讲学习《亚鲁王》的那些困难的时候，其实很担心我真的放弃了，但他又不得不说，一方面，是考验一下我的毅力；另一方面，他也是怕我真的中途放弃，那就浪费了大家的心血。

我学成《亚鲁王》之后给人家开路了五六年才结婚，那时我22岁，结婚之后，我老婆也非常支持我，所以我一直都有唱《亚鲁王》，即便打工的那段时间，家里有人需要唱诵《亚鲁王》我也会回来。我老婆叫秦米妹，她是属鸡的，和我大姐是一样的属相，但她比大姐小一轮。我们共有四个孩子，大儿子叫杨长友，他是 1980 年出生的；二儿子叫杨小石，1992 年出生的；大女儿叫杨金凤，1979 年出生的；二女儿叫杨升妹，1990 年出生的。现在四姊妹都在外务工，只有过春节或其他时间有特殊事情需要处理的时候才回来。现在我和老伴在家就是种点地，因为年纪大了身体吃不消，好多稍微远点的土地都已经丢荒了，我们就在家附近的土地里种点苞谷、洋芋、豆类、小瓜等，种出来的东西基本只够我们吃，所以也没有多余的粮食拿出去卖，平时买生活用品的钱都是儿女们每个拿点来买的。

从一开始给人家唱诵《亚鲁王》到现在，找我的人家还是很多的。原来我们只给自己同姓的人家唱，但现在其他姓氏的来找我们帮忙，我们也去了。因为现在的东郎越来越少，有的人家已经没有会唱诵《亚鲁王》的东郎或东郎数量较少，所以就找其他姓的东郎帮忙。其他姓氏中，我去唱得最多的就是王家。现在，我一年基本上要去给人家开路十多次，在我们东郎中流传着这样一种说法，哪一年春节来找你开路的人多，那么这一年你开路的次数就会很多，就是我们所谓的"开门红"，它虽然没有科学依据，但却是作为人的一种心理暗示而存在的吧！我除了给人家开路外，还会做"老摩公"，比如人家请我去做"老摩公"，我到主人家里后，主人家就需要准备鸡来祭祀。

我现在有 4 个徒弟，韦小合、韦小龙、陈正学、陈小详，他们 4 个和我都不一个姓，但是我也教他们。原来我们学的时候，都是跟着自己家族中的东郎学的，基本不会和其他家族的东郎学，因为各个家族的家族谱系是有差异的，作为一个外姓人不一定了解。但现在东郎越来越少，在自己家族中找不到师父的情况下，大家就不得不开始向其他姓氏的东郎学习，学成之后，他们把自己的家族谱系那一部分加进去就可以了。实际上，这也不是特别困难，只是稍微有些麻烦而已。韦小合、韦小龙是从一开始就跟着我学的，陈正学和陈小详之前跟着其他东郎学过，之后才来到我这里学，他们是中建那边的人，学完之后就回他们那边去了。现在的年轻人大部分都到外面打工，像我们村大家基本都出去了，没有几个年轻的在家，所以来学习《亚鲁王》的人越来越少。一个原因是大家常年在外打工都很辛苦，春节回来在家也待不了多少天，陪一下父母、孩子，再拜访一下亲朋好友，自己都没好好地休息两天，就差不多又到返程的日子了，因此他们确实没有时间学习；还有一个原因就是这些年轻人在外面时间长了，就不太喜欢《亚鲁王》了，而且这个不好记，这些年轻人也不愿意记，这样就导致《亚鲁王》的传承人越来越少。我真的很担忧我们的《亚鲁王》会随着我们这些东郎的老去而慢慢消失，但是又无能为力，我们能做的，便是不断给年轻人讲述我们的历史文化，增加他们对民族文化的情感，进而觉悟到要抓紧时间来学习唱诵《亚鲁王》。此外，就是在我们的有生之年，继续认认真真地把《亚鲁王》唱诵下去，无论如何一定要坚持到最后。

八

时光里的记忆
血脉中的传承：
杨光傅

访谈人：杨兰、刘洋、杨正江

访谈时间：2017 年 7 月 15 日

访谈地点：宗地镇歪寨村

　　《亚鲁王》是麻山苗族人民的迁徙史，也是麻山苗族人民的创世史，记录了他们几千年生活的点点滴滴，是他们时光里的记忆。承续父辈口中的《亚鲁王》，传递自己口中的《亚鲁王》，只愿在血脉中将亚鲁赓续。

哀哀父母，为子为女劳瘁

我叫杨光傅，1963年出生的，属兔。我父亲叫杨通云，母亲叫罗胖妹，二老都已经去世了。我们总共有九姊妹，五个女生、四个男生，我在家排行老四，大姐叫杨晓云，1954年出生的，属马；大哥叫杨富贵，1955年出生的，属羊，在家务农；二姐叫杨田妹，1961年出生，属牛的；三妹叫杨泽妹，1965年出生，属蛇；四妹叫杨春妹，1969年出生，属鸡的；三弟叫杨小华，已经去世了；四弟叫杨云才，也已经去世了；五妹叫杨瓢妹，1973年出生，属牛的。四个兄弟中，两个弟弟已经去世了，真是不幸啊！

虽然我们家姊妹多，但我还是上过学的，一直上到小学五年级，因为家里实在太贫困中途就辍学了。家里那么多口人，全靠父母种点庄稼来维持生活，那时候生产力又低下，粮食产量低，加之打工潮还没兴起，大家都是围绕着那一点土地生活，所以，别提有多艰难了。辍学后我就在卫生所当兽医，就是给猪、牛等牲畜打预防针，当了3年的兽医，后来一些原因就没做了。之后，我就在家里务农，帮人家修房子、做木工之类的活。我是22岁结婚的，当时已经不当兽医了，我老婆叫杨二妹，她是1967年出生的，比我小4岁。婚后我们共育有3个孩子，3个都是男孩，老大叫杨国富，1985年出生的，在家里做农活；老二叫杨年华，1986年出生的，比老大小1岁，在外面打工；老三叫杨建伦，1991年出生，属羊，他是2015年毕业的，现在在广州打工。

俗话说："儿多母苦"，这句话很适用我们家。我们九姊妹，就算一人一顿吃一碗饭，那一家人就需要11碗，需要一个大甑子做饭才可以，一天还是要吃不少粮食。而事实上如果可以吃饱大家并不只吃一碗，因为那时的生活条件很差，没有油吃，也没有多余的菜吃，不像现在吃一顿饭都有几个菜，还有汤，那时即便是家庭条件好的人家，通常也是饭一甑、汤一锅，而条件差的，汤里面就是一锅水，没有多少菜在里面，所以一碗饭往往是不够的。现在还经常听到年纪大一点的人讲，现在的洗碗水都比原来的大富人家的汤更有油，可见我们那时的生活之差。父母为了让我们能吃一口饱饭，通常都是天不亮上山，天黑了才下山，忙完山上的，又来忙家里的，十分辛苦。而且那时是按工分计算，不劳作没有工分，到年底就分不了什么粮食，所以父母只能拼命去多挣一些工分，后来分得了土地，自己种粮食自己吃，生活稍微好一点，但任务仍然很繁重，播种时节要抓紧播下种子，秋收时节要抓紧收割庄稼。尽管我们逐渐长大可以帮他们分担一点家务、农活，但生活的重担还是压在他们的身上，让他们喘不过气。由于常年辛苦劳作，加之营养不良，父母积劳成疾，身体早已不堪重负，所以母亲在四十八九岁时就去世了。父亲体质稍微好一点，但在 64 岁时去世了，也是走得很早。父母就是因为我们才将身体拖垮，不幸早早去世的。

时光中的记忆，血脉里的传承

《亚鲁王》详细记述了我们的先祖"亚鲁"开天辟地、创造万物，后来因为战争带领族人奋起反抗，而后为了族人生存不断迁徙，最后定居到麻山地区，在麻山地区重建家园的事迹，是我们了解古代先民社会生活的重要渠道，也是我们民族的历史记忆。千百年来，我们世世代代口耳相传，使先祖们艰苦卓绝的奋斗历程流传至今，他们英勇无畏的精神深深地刻在每一个苗族同胞的骨子里，成为我们后代子孙奋勇前行的精神指引，给予我们无穷的力量，这也是我们每个家族都有东郎传唱《亚鲁王》的原因。

我是 21 岁左右跟着父亲学唱《亚鲁王》的，我大哥杨富贵不会唱，我们几个兄弟中只有我会唱。学了一两年后，我就跟着父亲去给人家开路了，后来我就边唱边学，到二十五六岁的时候，我就学会了。当时和我一起学唱的还有杨长安，他好像是 1959 年还是 1960 年出生的，比我大几岁。我从二十几岁开始开路，到现在已经二三十年了，从未中断过，因为我一直都是在家里，没有出去打工，所以哪家有老人去世，我都能够参与。我们一年开几次路其实没法讲清楚，主要是由当年的去世人口决定的，比如有时候一个月就有两三次，有时候一个月也没有一次。我们去给人家开路都是不收钱的，但是当事人一般都会多少给一些表示感谢，这个就要看当事人的心情，他们有意给我们就收下，无意给就算了，反正我们都不计较这些的。

　　我现在已经有好几个徒弟。我家三个孩子都会唱《亚鲁王》，都是跟着我学的，我跟着我父亲学，他们跟着我学，以后孙子又跟着他们学，就这样祖祖辈辈传承下去。除了我的三个孩子以外，黄小荣、杨小全、杨小民也都是跟着我学的。黄小荣是1987年出生的，杨小全是1975年出生的，杨小民是1981年出生的，都比较年轻，现在他们都可以自己开路了，已经出师了。我们家族的《亚鲁王》传承问题目前不用担心，现在有这么多的人会，而且年纪都不大，只是到他们那一辈的时候不知道会是怎样，所以我现在经常提醒他们，《亚鲁王》是我们祖祖辈辈流传下来的东西，是了解民族发展历史的窗户，无论时代怎么变化子孙后辈都应该保护好、传承好它。

九

古规古理先祖兴
为己为人功法练：
杨长安

访谈人：杨兰、刘洋、杨小冬
访谈时间：2017 年 7 月 16 日
访谈地点：宗地镇歪寨村

　　五十六个民族五十六枝花，多姿多彩的民俗文化争奇葩，民族后裔可以不尽皆知，但不可以不晓其一。丧葬礼仪唱"亚鲁"，先祖世世代代兴，勤学苦练求技艺，为己为人功法练。

民族后裔可以不尽皆知，但不可以不晓其一

我叫杨长安，1957 年出生的，属鸡。我父亲叫杨光明，母亲叫韦大妹，二老都已经离世了。我们共有六姊妹，我在家排行老二，但是是家里的长子，因为老大是姐姐，她叫杨木妹，已经 60 多岁了，在家务农；二弟叫杨小六，1965 年出生，属蛇的，也是在家务农，我这个弟弟命有些苦，妻子、子女都去世了，就留下他一个人孤零零地生活，听说的人都觉得太可怜了；二妹叫杨拥妹，1966 年出生，比二弟小 1 岁，属马的，在家里面做点农活之类的；三弟叫杨小天，1970 年出生的，属狗，在家务农；四弟叫杨小利，1975 年出生，属兔，他还年轻，外出打工了。我是 20 岁结婚的，我老婆叫罗幺妹，她比我大两岁，是 1955 年出生的，在家里做点农活、带孙子，我的孙子都有 10 多岁了。我们共有三个孩子，两个儿子一个女儿，他们都已经成年了，没有读书了。大儿子叫杨小高，1980 年出生，属猴的，外出打工了；大女儿叫杨米妹，属虎，1986 年出生的，在家务农；小儿子叫杨德华，1987 年出生的，属兔，也是去外面打工了。我一直是在家里种地，从未外出打工，现在就是农忙时节种庄稼，农闲的时候帮人家修房子，做一点水泥工之类的工作，自己挣点零花钱，尽量不给孩子们增加经济负担。

我读过书，但是没读多久，所以也算是文盲了。我后来之所以没读书，是因为当时老师教我们认字，如果不认得就要用竹片打人，那个打在手上还是很痛的，打一两下手就变红了，所以我就不去读了。当时家里面条件也不好，我说不读了父母也没有阻止我，就让我回家跟着他们做农活了。现在学校禁止老师体罚学生，是有一定道理的，因为体罚有时候会对学生的身心产生一些不利影响，更为重要的是增加了学生的心理负担，会让学生产生厌学等情绪，从长远来看是不好的。像我们那时候读书，父母都不认识字，教不了我们，全靠老师教，一遇到不认识的字老师就打，不仅疼，而且当着那么多同学的面被打很丢脸，我们就不愿意去学了。但有时候回想起来，老师也是一片苦心，因为那时年纪小比较贪玩，老师用竹片打我们也是想让我们长长记性，但没想到适得其反了。

我学《亚鲁王》先是跟着杨老炯，后来也跟着杨昌华学了一点。杨老炯教我们的时候，就告诉我们，"虽然我们都是少数民族，都有自己民族的风俗习惯、历史文化，即便是同一个民族，也因为居住环境、生活方式、历史迁徙等不同而导致风俗习惯、民族文化有所差异。当然，因为各个民族、各个地方的风俗、文化都很多，而且有区别，我们不可能全部都知道，但是，作为一位少数民族的后裔，我们不可以一无所知，必须学习、知晓一点自己的民俗文化"。我觉得他讲得很有道理，如果自己民族的一些风俗文化连自己都不晓得，那就真的不配说自己是这个民族的，也是从那时起，我就特别关注自己民族的文化，我也经常给我的孩子、孙子们灌输这种思想，作为苗族后代，必须学习了解一些自己的文化。

古规古理世代兴，为己为人功法练

老人去世唱诵《亚鲁王》是我们麻山苗族古老的规矩，是先祖一代一代流传下来的，经久不衰。《亚鲁王》内容丰富，从"开天辟地"开始，讲述了我们先祖"亚鲁"在几千年的历史进程中，是如何创造世界万物、推进民族的繁衍与发展的，从一定层面上来说，它是我们民族的生活史，我们在丧葬上唱诵《亚鲁王》，就是为了怀念已逝的亚鲁。

我是 24 岁的时候开始学唱《亚鲁王》的，我的师父就是杨老炯和杨昌华。学习《亚鲁王》，是受到我的师父杨老炯的影响，当时，他告诉我："我们苗族兴古理，你还是要学习《亚鲁王》，这个东西就是你会的时候可能不管钱，不觉得它对你有多么重要，但如果你不会，你需要用的时候去外面请别人，没钱给人家的话人家是不会来的，即便是来了，别人也会搞得有始无终的，所以还不如自己去学。学会了以后，不仅你自己需要的时候可以用，还可以为家族、寨上做一些贡献。"听完他讲的，我就想起老人们经常说的"靠山山要倒，靠人人要跑"，确实凡事都得靠自己，有甘有甜众人来，有苦有难自己渡，我决定跟着他学习《亚鲁王》，所以杨老炯不仅是我的师父，也是我人生中的领路人。我们学习《亚鲁王》的时候，是师父一段一段地教，我们跟着一段一段地学，全凭口头背诵。学习的时候我就想，既然决定学了，就一定要学好、学成，如果学不好怎么能为自己、为大家所用，所以我就不断告诫自己一定要好好学。我是一边学习一边出去唱诵的，有人来请他们去开路，我就跟着去，会唱哪段就唱哪段，由于经常去唱，所以差不多年把的时间我就学会了。

学会《亚鲁王》之后，也印证了杨老炯的话，我们家族老人去世、寨上老人去世，基本上我去唱了，像小冬家的奶奶和四姐去世的时候都是我去开路的。寨子里面也有好多人记得我们的好，有些请过我们去开路的人家，有时候在路上遇见都还会说我们曾经帮助过他们，并说一些感谢的话，这让我们非常感动。但也有一些人家，我们去帮他做完事情后，有时路上遇到招呼都不打一声就走了，有点像翻脸不认人的那种，遇到这种我们虽然嘴上不说，但还是感觉很辛酸，不过慢慢地也想通了，人和人是不能相提并论的，有的人就是会想得多一些，知道感恩，有的就不会，人家就是这种性格，你也没办法改变，所以没必要去计较这些了，而且老人们也曾说过，"人情不在嘛就算修阴功①了"，因此我们就当为子孙后代积福了。

现在我们寨子里只有我们几个老人家在唱《亚鲁王》了，其他会的年轻人都出门打工去了，在家里的这些都不会。我带了好几个徒弟，如杨国富、杨吉华、杨德华、黄小荣、杨小全等，有两个杨小全，其中一个是高寨村的，他们年纪都不算大，杨国富是 1984 年出生的，杨吉华是 1980 年出生的，黄小荣是 1986 年出生的，高寨村的杨小全和杨吉华是同年的，另一个杨小全是 1975 年出生的，年纪要比其他人大一些，杨德华是 1987 年出生的，是他们几个中最小的一个。我们苗族老人去世，都是请东郎去主持仪式，有一次，我们去芭茅唱《亚鲁王》，有几个汉族先生就在我们后面看，我们就问他们认不认得我们的字，他们就说看不懂，他们的我们也看不懂，这就是杨老炯告诉我们的，每个民族都有自己的风俗习惯和文化。

---

① 积福。

十

深山里的忧郁
歌声中的激昂：
韦老五

访谈人： 杨兰、刘洋、杨小冬
访谈时间： 2017 年 7 月 16 日
访谈地点： 宗地镇歪寨村

　　一次意外，竟是一场生死离别，永无相会之日，妻子失去了丈夫，孩子没有了父亲，任凭撕心裂肺地呐喊，那熟悉的身影、慈祥的笑容再也无法看见，深山里只多了一份永远挥不去的忧郁。总角之年学"亚

鲁"，学习目的很明确，通宵达旦认真学，一两年后启开路，门前桃李喜笑颜，歌声激昂惹人慕，东郎赛里勇夺冠。

意外一场两相隔 深山一家忧郁来

我叫韦老五，1957 年出生，家住歪寨村山脚寨。爸爸叫韦老宝，去世得早，他不会唱《亚鲁王》，我妈妈叫杨为志，也去世了。我家有四姊妹，三个兄弟一个姐姐，老大是哥哥，叫韦老春，七十几岁了，他也是一位东郎，平时就在家种地；老二是姐姐，她叫韦米妹，1949 年出生的，在家务农；二哥叫韦老四，1955 年出生，属羊的，以前在村里面当组长，平时就在家务农；我是家里最小的。我是 25 岁结婚的，我老婆叫熊芹妹，她是 1955 年出生的，属羊，比我大两岁。我们有三个小娃，老大是女儿，叫韦金妹，1987 年出生的，属兔，现在出去打工了；老二也是女儿，叫韦二妹，1989 年出生的，属蛇，也到外面打工去了；最小的一个是儿子，叫韦小龙，1991 年的，属羊，和他两个姐姐一样，也打工去了。

我上过学，上到二年级，因为爸爸去世了，我就没有继续读书了。我生来命苦，一辈子没享过什么福，受苦受难到现在，想起来心里都不好在（难过）。我是 8 岁开始上学的吧，10 岁的时候读二年级，有一天，我在学校上课，上得好好的，突然就看见有人在门口和老师打手势，老师就出去和那个人说话，因为隔得有点远，我没有听清楚，但是那个人是我们寨子的，我认识，我叫他二伯。老师进来就喊我，叫我不要上课了赶紧回家去。我心里面惊了一下，感觉很不好，就慌忙收拾了一下我的书装在袋子里面，提着就跑出教室了。

出了教室，我就问我二伯："你来干什么？哪个叫你喊我回去啊？"他说："你赶快一点，你爸爸死了，快回家！"那个时候我才 10 岁啊，二伯的话，对我来说简直是晴天霹雳，脑子一片空白，过了几秒我才回过神，觉得这下完了，随后我就只晓得哭了，我扔下袋子，书也不要了，飞奔着往家里跑去。边跑脑子里边想，明明早上我出来读书的时候爸爸还好好的，怎么可能一下子就死了呢？但是这么大的事情二伯不可能骗我的，怎么办？我越跑越快，脑子里浮现出无数关于父亲死的场景，多希望只是虚惊一场。跑到家门口，看见好多人在我家院坝里，我就觉得肯定是真的了，还没走进家门，我就听见我妈在哭，哭得撕心裂肺，我的腿一下子瘫软了，就呆呆地站在门口，走不动了。后来我又听见我姐在哭，我就推开站在门口的那帮人，跑进家里面，看到我爸爸就躺在床上，闭着眼睛，一动不动。我转过身来指着大家问："是哪个干的？你们是哪个打死我爸爸的？他早上的时候都还是好的，不可能就死了，你们说！是哪个？站出来啊！"我像疯了一样在那里疯狂地咆哮着、哭着，哭声、咆哮声混成一片，大家都不出声，只是默默地擦眼泪。我两个哥哥跑过来拉住我，说："你不要乱发疯了，不是哪个，是爸爸自己死的，他就这样一下倒下去就起不来了。"说完，他们也忍不住哭了。我不相信，一直大喊大叫，最后哭累了就睡着了，后面是怎么样的我也记不清楚了。

一家人在哭声中为父亲办完葬礼，大家都默不作声，每个人都萎靡不振，而且谁都不敢提起关于父亲的事，生怕给大家造成二次伤害，甚至后来的很长一段时间，我们都不敢提及。后来我也没去读书了，一是不想读了，二是没钱读。当时大哥已经结婚分家了，家里就妈妈、大姐、二哥和我，本来条件就不好，如今家里的顶梁柱也倒了，二哥也就12岁，所以家里的重担就全落在母亲和姐姐的身上，我要是继续读书，根本没有钱供。爸爸安葬几天后，我妈妈喊我回去上课，我就说我不读了，不想读，去了也听不懂，浪费时间和钱。我妈妈听后很生气，她苦口婆心地劝了好久，我都没答应，她就用条子（小木条）打我，我还是犟，没有去上课。最后，她也没办法，就随便我了。不读书后，我一直在家里面做农活，帮助家里挑水、挖土、栽菜、放牛，样样都做。后来，大姐出嫁了，家里面就只有二哥和我跟着妈妈。我和二哥年纪差不多，所以家里的事情我们两个都是抢着做，妈妈这么年轻爸爸就不在了，我们都怕妈妈不要我们走了。大概是我14岁的时候，那是个夏天，晚上妈妈睡了，我就在门口的木棒上坐着，二哥跑过来和我摆龙门阵（聊天），他问我："你是不是还想读书的？"我说："不啊，本来就不喜欢读书的。"他捶了我一下，说："你就不要骗我了，下面小虫说你学习是最认真的，你怎么可能不想读书？"二哥又说："那你以后有钱了还要读书不？"我说："年纪都那么大了还读个鬼哦！"说完就哈哈笑起来。二哥接着说，其实他害怕妈妈丢下我们走了，要是妈妈走了，就只有我们两个小娃娃在家，我们已经没有了爸爸，要是再没有妈妈，就不知道怎么过下去了，所以我们两个一定要把家里面的事情做好，这样妈妈就不会走了。我的二哥说得对，爸爸走了，是没得办法，但是不能再让妈妈走，因此，我和二哥每天天不亮就起床，挑水、拉磨、煮猪食喂猪、做饭，尽可能把要做的事情都做了，这样妈妈压力就小一点，想法也就会少些。

后来，我二哥也结婚了，结婚后他和二嫂还与我们住在一起，没有分家，他说我还没有结婚，分家以后老妈和我就没有人管了，他不忍心丢开我们，等我结婚了再说。二嫂过来后家里面就热闹了，尤其是添了小娃以后更是热闹，有了儿媳妇和孙子的陪伴，妈妈也越来越开心了，平时她在家带孙子，家里面的活路就我和二哥、二嫂一起做。我二哥为了让我妈妈日子过得舒坦一点，非常努力，即便没读过什么书，但经过他的努力，后来还当上了村里面的组长。虽然后面的日子比原来要好一点，但是父亲的意外去世，是我们一家人永远无法抹去的痛。

门前桃李喜笑颜　歌声激昂惹人慕

我十三四岁就开始学唱《亚鲁王》了，一直唱到现在。当初学唱《亚鲁王》，没有什么特别的原因，就是为了我们的老人，从这几代人下来，每家有人去世都要唱，所以就去学了。虽然我爸爸不会唱《亚鲁王》，但我们这辈人中我和我大哥都去学了，我大哥也学成了。我的师父叫韦老鹏，已经去世了，他没有儿子，和我一起学的有好几个，但最后只有我一个学得了，其他人都不会了。

以前我们学《亚鲁王》的时候还是非常辛苦的，不像现在可以录音，学习不受时间和空间的限制，自己有空的时候就能拿出来学。原来是师父一晚一晚地教到天明，而且我们不是随时随地都可以学的，一般是正月学，不是正月的话，通常要先把粮食收回家里面才能学。我们以前去找师父学唱《亚鲁王》，会带一些吃的东西过去，比如一两碗黄豆，有肉就拿点肉，有时候拿一只鸡去，因为去学要学一晚上，饿的时候可以拿来煮着吃，我们不好意思在师父家吃，他辛辛苦苦教我们唱，又没有什么回报，还要让他倒贴吃的就说不过去了。我们不举行拜师仪式，因为我师父就是我的大伯，所以没有那些规矩。我学得后，就跟着他们去开路了，去开路的时候我15岁。我们这边开路，要先编篓篓，背麻拜老人，我们要在亲戚悼唁的头一天就去准备，第二天客人来了，就从下午四点唱到第二天早上七八点钟，还唱不完，唱完要两天两夜。我们开路不收钱，人家本来就死人了，你再去收钱就不好了，但有时候主人家会给一斤左右糯米饭、豆腐等，现在一般拿36块钱，这来源于我们常说的一年有360天，不管去几天几夜都是36块钱。遇到有人请去开路，就算是有庄稼要收也要等唱完回来自己再去收，都没有人帮忙的。我们唱《亚鲁王》什么都得不到，但老人去世必须唱，所以学了之后，不管自己有什么事都要放下，死者为大，要尊重死者。现在一些年轻人不愿意学，就是因为这个，就算是学了的，学了一遍不去用就又忘记了。

我唱了几十年的《亚鲁王》，我对里面的内容理解得清清楚楚，还有《砍马经》里面的内容我都写得完，为什么要砍马我很清楚。我现在收了很多徒弟，而且也有好多个学得的，有一个叫韦小付，快四十岁了，但出去打工了；我儿子韦小龙也会，也是出去打工了；下板桥的秦小宝也会，四十几岁了，打工去了；韦老强也会，他在家，给别人修房子，快五十岁了；还有一个韦小彭也学得差不多了，他四十多岁了。他们都觉得学这个没有意思，没有钱，也不好收钱，收了良心不好过，不收自己又吃亏，所以都去广东、广西这些地方打工了，他们很容易出现出去打工几年回来就已经忘得差不多的现象，所以我还是有点担心的。老人去世了要唱，这是传统的规矩，所以没有钱也要学，现在都没有哪个请道士先生，太贵了，几天就是一万多，每天每人还要发一包烟，还要吃肉，我们的话不吃肉，只是偶尔吃鱼。

以前我们都不去打工的，都在家做农活，打工都是在本乡给别人打地基、修房子。后来也想出去打工，但年纪大了，人家不要，就又回来了，外面确实好赚钱一些，所以我也理解现在的年轻人，但理解归理解，传统的东西还是要跟着学的。现在我们寨子里面会唱《亚鲁王》得多，一年我都要教好几个，但就是学得不好，认真点的学得一半多，有的学不好的教好几遍都不会。现在只要有人来学我就很高兴了，什么都不用给，我也不抽烟，他们都晓得，有的会给一瓶酒，就喝点酒。我因为唱《亚鲁王》唱得还可以，声音好、内容也丰富，所以在东郎大赛中获得了第一名，但是现在腿痛，我怀疑是帮别的家族开路的时候，被下药了，所以心里面还是有些难过的。

十一

世代传唱《亚鲁王》
宝目也来记心间：
杨昌华

访谈人：杨兰、杨琼艳、杨小冬
访谈时间：2017 年 7 月 17 日
访谈地点：宗地镇歪寨村

世代传唱《亚鲁王》，雄心壮志不能忘；宝目也来继续学，帮助寨邻解病痛。

不忘前人教诲 甘心滋养后人

我叫杨昌华，1943 年生，今年 74 岁，与小冬的父亲同名，我们的母亲是亲姐妹，相当于是从一个爷爷分下来的。我妻子叫岑正英，今年 76 岁了，比我大两岁。我的兄弟姐妹有四个，兄弟叫杨昌林，72 岁了，现在在家做农活；大姐叫杨春妹，现在有 80 岁，在家里做农活；二姐叫杨红妹，77 岁了，也是在家做农活。本来我们是有五姊妹的，但是有一个兄弟杨昌勇去世了，就只剩四个。

我有四个子女，大女儿叫杨珍妹，现在 40 多岁了，在家带孙子；大儿子叫杨小福，51 岁了，他现在也是在家做农活；二儿子叫杨小宝，已经去世了；三儿子叫杨小满，今年 42 岁，在家做农活，也是砍马师和杀猪匠，他很厉害的，经常和小冬舅舅们一起去砍马，哪里有砍马都请他们一起去。

说起《亚鲁王》我这一辈子都与它有着纠缠不清的联系，我的父亲叫杨老炯，是一位了不起的东郎，他是我们这一片唱《亚鲁王》唱得最好的，我也因此感到骄傲。还记得很小的时候，我根本不晓得什么是《亚鲁王》，只记得时常有人来请父亲去开路，来的人都毕恭毕敬，不敢有丝毫怠慢，父亲在我的记忆里永远是那么受人尊敬，我当时就想我以后也要像父亲一样，受人尊敬。父亲每次出去，如果是在寨子里面白天就在家里，晚上去办丧事的人家，如果是去别处就要连续出去好几天，最少也要三天。父亲回来的时候，手里总不会空着，基本是肉啊，饭啊，鸡啊，一回来我们一家就可以吃一餐好的，在我们乡下，能吃上一顿肉，实在是太难了，没有什么特殊的就只有过年过节或者有客人来的时候，才能吃上肉。糯米饭也不是什么时候都能有的，平常我们都是吃一点玉米饭，大米、糯米都是这些年才能够常吃的。

父亲只要一出去，家里面的农活就不用他干了，我们姊妹几个和母亲就硬撑着每天放牛、喂猪、种地、挑水、做饭，这样的事情每天都要来一遍，那时候年纪小，肩膀嫩，经常会磨出血来。

我的《亚鲁王》也是他教的，也因为他我才学到现在。那个时候有好多人来找我父亲学，原来有个叫杨德全的，现在已经去世了，他家住在紫云，他经常来找我父亲，都有三十多年了，那时候他就拿着个小录音机来录，有时候没有电池，但电池这个东西只有城里面才有，因此，他又回到城里面去买电池，应该是七几年的时候。那个时候就要求不能做这个，不能开路了，我父亲就被喊去水塘上学习班，去了二十多天，后来我们就不敢说我们在做这个了，也没有做了，怕继续做下去不好，人家来问，我们也说没有做了。但是这个杨德全，还常常来找我，一来就好几天，找我们摆龙门阵，我还和他跑了几天的路，我们跑到芭茅寨、丰塘寨去找（东郎），又转来打若组找（东郎），后来杨德全叫我们有空去紫云找他，我也没有去，不过他早就去世了。（注：也就是说在《亚鲁王》还没有引起人们的关注之前，有一部分人曾经来到这里做过相关的研究，但是没有成型，没有成功。）这个杨德全是苗族人，也是我们杨家的，我当时和杨德全去丰塘寨找东郎，有几个人正在锯木，杨德全这个人很爱开玩笑，他比我小一点，然后就喊我大哥，他说："大哥啊，我给你说，我们两个吓一下他们。你看一下这几个锯木的哪个是东郎啊？"，我就悄悄指给他看，他就假装正经地去问那个人说："你是韦老长不是啊？"那个人答应说是的，然后杨德全说："哦，你就是那个老摩公哈？"韦老长一听，还以为杨德全是来抓他的，就赶紧说："不是的，不是的。你说的可能是杨老友，不是我呢。"后来杨德全就说："你不要怕，我们是来做亚鲁王的，你们喊杨六郎，你就给我们说说亚鲁王的起源。"韦老长还是很害怕说："我不晓得，你说的可能是杨老友吧。"韦老长就一直不承认自己东郎的身份，就这样我和杨德全两个在丰塘寨休息了一夜。他喜欢听苗歌，寨子里面就有好几个姑娘一起来唱苗歌，一唱就唱到了天亮，结果他的录音机电池就全部用完了。

天亮后我们两个来到打若找岑万堂，只有识字的才完全知道这个根据，岑万堂会唱《亚鲁王》，也识字。找到了以后，岑万堂就杀鸡来招待我们，我们三个人都没有吃完，然后我们就回去了。再后来他又来找我，那时候有个叫杨老田的在我家上面那里打粑槽（做粑粑的木槽），他看见了就去问杨老田这边有没有老摩公，杨老田说："我们这里没有老摩公，也没有哪个来做呢。"杨德全又故意问他说："杨昌华在你们打若这里住，他是哪个啊?"杨老田不告诉他,他就一直在杨老田家坐着和杨老田聊天,直到杨老田的粑槽打好,他还帮忙拿回家去。杨老田又煮饭,喊他一起吃饭,但是杨老田一直都没有给他说,他就跑来我家,住了三天,那个时候我爸爸杨老炯都想教我们了,只有他教了我们,我们才知道这个是什么东西。后来嘛就是我、杨光荣、杨长安、杨光祥四个学了,我们几个是师兄弟,他们也算我的徒弟,因为他们也跟着我学了一部分内容。还有几个出去打工了,就剩我们几个在家,如果有人找,我们都去,不过不要人家钱。但是别的地方的人来请,耽误时间有点长,就会收钱,就算不说要钱,别人家请去也都会给点钱,打开一看如果是百把块钱就高兴了,也有可能是十二块,还有可能是一块二角,但是一般最高只有三十六块钱,这个红包都是封好的,人家给了我们就接着。

继续学宝目　能解人病痛

我的父亲既唱《亚鲁王》,又去做宝目,帮人家杀提("打扫"家里)。后来,毛主席的时候不准做这些东西,我父亲就被喊去水塘住了二十多天,县里面的杨秀芳县长就来找我父亲,叫他去开会,杨秀芳县长是我的伯伯,算是亲戚了,他在这个时候来看望我的父亲,然后说:"今天晚上的我们要开一个会议,明天你们就可以回家了。"我们跟着我父亲学,不仅是父亲教,还要亲自去做、去学。他慢慢地教,我们也就慢慢地学,渐渐就知道了什么是《亚鲁王》。他说趁着记性好就多学点,年纪大了就算能够学完,农村活路多,也不是天天学,后面也会忘记的。

有一次,我们三兄弟去高寨,帮别人"开马路",晚上人家亲戚都回自己家休息,我们三兄弟就去坡上玉米林里面守着那匹马直到到天亮,喊别人,别人也不起来,主人家的老妈和媳妇就去喊寨子上的,说你们快点来,这里没有人做事,人家说我们不欠你们家的,害得这家媳妇和老妈就开始哭。说来说去,就是我们这些唱《亚鲁王》的很苦,很累,但是又没得办法。

我现在的师兄弟还有好几个,杨光荣年纪大了,都快八十岁了,还有杨长安和杨光祥,他们既是我的师兄弟也是我的徒弟,我们其实没有明确非要跟着一个师父学，就是谁学得多点，学得好点，就找他学。我是因为我父亲就是老师，我就先学，他们就跟着我父亲学，也跟着我学一些，哪个有时间就哪个教，一个教一个学得快，有人请去开路的时候，一个唱一个听，最终只要都学会就行了。

像"杀提"这个就只有我一个人去，他们都是开路的，不会这个。只要有人请，我都去的，做老摩公，要有鸡，没有鸡有鸡蛋也可以，如果没有鸡蛋就用猪脚、羊脚，猪脚和羊脚不是真正的一整只猪脚和羊脚，而是以前我们做仪式的时候留下来的猪的脚趾和羊的脚趾，只是一个象征性的东西。做这种仪式，我们一次要用一天的时间。我现在也还在做这个事情，我也想传下去，但是没有人来学，没有人来做。学这个还是要有点胆量的，做事比较认真的，你做不好就会导致把人家弄好了，自己家却变得不好，所以不能乱送。以前也有人去送，但是把别人家说好了之后，自己家的猪啊牛啊都死了。我这个是跟着我父亲学的，以前他还活着的时候我是不能做的，他去世了才开始做，这个是规矩，在我们苗族就是一种尊重。但是现在我的小娃不学，其实他也会一点，只是说我还在做，他就不能做，但是他们不会唱《亚鲁王》。

我们寨子里面的杨光清以前和我学过老摩公，但是他已经去世了，当时我父亲不知道他那个时候遇到灾祸，就说喊他来学最后一段，因为其他的我们都学得了，结果第二天晚上他就去世了。他做老摩公做得好，东郎也做得好，但是那天他是帮他儿子烘烤烟从炕上摔下来摔着了头，脑髓摔散了，去安顺花了好几万都没医好，回来一年就去世了。如果当时他儿子不去烘烤烟，那么现在我们寨子还有五个东郎，虽说有些年轻的也会，但是都出去打工了，不在家里面。

高寨小全是我教他的。我们一般都是在冬腊月教，收玉米的时候不唱，要把玉米收回家再唱，这个是有忌讳的，我们这边冬腊月都属于我们的春节，这段时间就随便唱。如果收玉米的时候唱玉米就会长不出来；如果收玉米的时候被叫去开路，开路回来的当天就不能去收玉米，过一天才能收。有一次我们去马场做客（开路），回来当天都不敢去收玉米，其他的活路可以，而且回来的路上我们遇到很多柴也不敢扛回来，如果扛回来，意思就是捡棺材了嘛，不吉利。且不说我们苗家，即使是客家也相信这些，现在好多客家都喊我去帮他们送呢，也就是有人痛，喊你去，你把他弄好了，第二天要是还有人生病，他就会来找你去看病。之前有一家老人过世，我们喊他杀倒头猪，回来他就病了，现在给他多少钱他都不愿意了，说我们搞得不行，去杀个猪回家就生病。其实这个只是巧合，只是他害怕了。像我们这个一般是有什么事来找，你去给他弄好之后他以后还是会来请你。前一个星期，鸡公山廖老华和他家儿子，两个人打架，他儿子跑出去了，什么东西也没拿，就连手机和钱都没拿，都出去四五天了还不回家，不知道跑去哪里了。他们就来请我，我让他们拿儿子的衣服来，我看了之后说这个人有点事情，不过人没事，但是要"杀提"，不"杀提"就不知道他会不会回来，他有 9 道伤亡 9 道神，我告诉他们要 9 个人送，然后他们八个人和我送完之后第二天人就从三合到百花那边转到大营来了，但是这家人不怎么放心我，还跑去妹场找先生翻书看，但是先生做不了这个事，还是要用我们苗族的方法，也就是用茅草来掐一掐。有人笑话我们老摩公"三匹茅草掐一掐，不吃鸡就吃鸭"，但这个是有我们的方法的，不是乱说的，掐这个茅草，我们会根据茅草掐剩下的长度和样子来判断。做这个，鸡是一定要有的，鸭可以用鸡蛋代替，我们不是说到你家要这些活的牲畜，只是要干的，狗的脚，羊的脚，牛的脚，都是一小点干的，是一些代替的东西。以前也是用代替的，没有哪家有这么多牲畜来杀，都没有钱。只是有些特殊情况要用活的，比如活狗。这种就是给妇女看病用，如果怀孕了，身上不舒服，我看了之后，就会用茅草来掐算，该用狗的时候就要用狗来"杀提"，鸡也要用活的，其他的就随便点，不用活的。

十二

几番努力不负众
脱颖而出成传人：
杨小科

访谈人：杨兰、杨琼艳、杨小冬
访谈时间：2017 年 7 月 17 日
访谈地点：宗地镇九远塘村

功夫不负有心人，学习四载终脱颖，美酒佳肴待恩师，一心要把知识承。青春年华显峥嵘，带领村民齐致富，一时糊涂陷泥潭，误入歧途坐鸣呃。

几番努力不负众　脱颖而出展才学

我叫杨小科，1952年出生的。我是21岁开始学习《亚鲁王》的，花了三四年的时间，我就学成了。虽然说三四年，听起来很久，但真正学习的时间算起来也就三四个月，因为我们学《亚鲁王》只能在每年的正月，这是一代一代传下来的规定，我们不能随意更改，如果随意更改那就是对老人们的不敬。我唱《亚鲁王》主要是和杨小二、杨小天学的，师父挺严格的，我们学习之后还得考试，不过这样也好，可以让我们学得扎实一些，人们经常说："严师出高徒"，就是这样的。当时和我一起学习《亚鲁王》的共有六七个人，包括杨小傅。杨小傅的爸爸会开路，所以他就不用考试，我们其余的几个人都要进行考试。

我们跟师父学习的时候没有什么拜师的礼节，但是出于对师父的尊重和感谢，我们在吃住方面把师父招呼得妥妥帖帖的。师父一来到我们家，我们就杀鸡、铺床，和师父吃饭喝酒，然后师父就开始教学。那时候，大家条件都不好，没有什么好吃的东西，杀鸡就是高级别的款待了。不像现在条件变好了，哪天想吃点鸡肉就去鸡圈里捉一只杀来吃，家里没肉了想吃的时候就去街上买，家里来客人这些都是必备的菜，有时候还要买点鱼、虾来招待客人，好吃的多得很。我没上过学，但是我父亲原来是教书的，他在家里教过我读书、认字、做算术，所以我会写字，因此学唱《亚鲁王》的时候，我就边学边做一些笔记，把自己认为最难记的内容写下来，复习的时候如果忘了就翻出来看一下。那段时间，除了师父教学的时候我认真听、跟着唱外，师父教完休息后，我还一个人复习，翻来覆去地背诵，加之我自认为我的记忆力还可以，所以很快就能全部背下来了。学了一段时间之后，师父就检查我们学得是否合格，合格了之后才能和他们一起去开路，我们五六个人中，只有我一个人通过了考试，达到了和师父一起去开路的条件，成了一位传承人。通过了师父的考试，我很开心，说明我得到了师父们的认可，这使我信心倍增；但是我又有些难过，因为和我一起学习的几个人最终没能通过考试，我也替他们感到惋惜。

我们出去给别人开路是不收钱的，从之前到现在一直都不收钱，不过主人家都会给我们"礼信","礼信"有多有少，由主人家自己来定，我们不会计较是多还是少。"礼信"通常都是日常生活物品，有些是吃的东西，有的是生活用品，比如开"马路"的人，就会得到一个马头。一般情况下，唱《亚鲁王》我们都是搭伙一起去的，最多的时候有四个人，大家换着唱，一个人唱一天一夜的话是唱不起的，嗓子唱哑也唱不完。周围哪家需要我们去唱《亚鲁王》，我们都会去唱的，一是大家都是团转寨邻，一家有事大家帮忙，这已经形成习惯了，不会唱的就去帮忙做饭、招呼客人；二是当初选择学习《亚鲁王》就是为纪念老人，如果人家请去唱《亚鲁王》，不去的话就违背了自己的初衷，也是对老人的不敬，是要不得的。就今年来说，我已经开路四五次了。当然，我们都希望平时没有人找我们，我们自己在正月唱唱巩固一下内容、怀念一下祖先，不让这一传统丢失就可以了。因为开一次路就意味着有一个人离我们而去，开的次数越多就代表去世的人越多，这是我们所有人都不愿意看到的。但生死是自然规律，我们哪个都无法阻止，只能顺其自然地接受，因此，老人在世的时候就好好孝敬，让他们吃得好一些、穿得暖一些；老人去世后，好好地给他们唱诵《亚鲁王》，让他们的灵魂得以安宁，也算是对自己的一点安慰了。

青春年华显峥嵘　误入歧途坐呜呃

我父亲叫杨国芳，母亲叫秦莽妹，前面我说过，我的父亲之前是教书的，母亲就在家里务农。我们共有五姊妹，我在家里排行老二，我上面有一个大姐，下面是两个弟弟、一个妹妹。二弟名叫杨小苟，他是1963年出生的；三弟名叫杨云书，是1968年出生的；大姐叫杨大妹，是1952年出生的；二妹名叫杨六妹，我们几姊妹都是在家务农，没有出去打过工。我父亲不仅是教书的，他的业余爱好也挺多的，他之前经常写繁体字，还会搞阴阳先生这一块，而且他也会哼《亚鲁王》。我学习《亚鲁王》，很大一部分就是受父亲的影响，他经常给我说《亚鲁王》是先祖们世世代代流传下来的，我们小一辈应该记住我们的祖先，应该学习《亚鲁王》，在他的教导下，我才去跟着师父学习的。

我是在学习《亚鲁王》期间结婚的，我老婆名叫钱万芬，是1955年出生的。我一直都是待在家里的，当了二十多年的组长，因为我会写字、会算数，在当时还是比较能使人信服的。当了组长以后，就带领大家共同致富，改善生活条件，但是那时因为全国范围内经济发展都比较缓慢，生产力也比较落后，加之没有出过远门，眼界不开阔，只知道一心一意把地种好，但是由于我们的土地比较贫瘠，遇到天干地旱的时候庄稼就颗粒无收，所以也没有带大家真正脱贫，说起来现在都还有些惭愧。不过，担任组长期间我确实努力为村里办了不少事，为村民解决了不少矛盾和其他问题，他们对我还是比较认可的。

我有两个孩子，都是男孩。大儿子叫杨小笔，他是1976出生的；二儿子叫杨毛崇，他是1984年出生的。我的两个儿子现在都在广东工作，家里就剩我们老两口，他们逢年过节的时候才回来看我们，有时候家里有什么特殊事情他们也会回来。大儿子杨小笔之前在家里代过几年的课，也就是当代课教师，之后才去广东的。因为计划生育，我就到监狱里面待了一年，回来之后就没有再担任组长了，政府也给了我一定的补偿金。哎！因为自己的一时糊涂，不仅给社会造成了不好影响，还毁掉了自己的后半生，让自己一直生活在愧疚中。我现在经常在想，要是当时没有糊涂，我这后半生又会是什么样的，各种各样的生活都被我幻想过。

现在的年轻人对于传唱《亚鲁王》，很多持无所谓的态度，不像那时的我们想着要从上一辈的手里把班接过来。这些年轻人小时候都去学校读书，读完初中后成绩好的继续深造，然后在大城市定居下来或者有的读完书回来也忙于上班；读完初中成绩不好的甚至有的初中都没读完就出门打工了，只有逢年过节才回一次家。一方面，这些年轻人或因为常年在外，或因为工作很少有机会接触《亚鲁王》，故而对《亚鲁王》的情感也就淡漠一些，不像我们是在耳濡目染之下成长起来的，对《亚鲁王》有一种说不出的情感；另一方面，这些人常年在外，深受外面多种多样文化的影响，对外面的文化比较好奇，为了融入外面的世界，他们就会更加关注外面的文化而忽视自己的文化；加之常年在外，也确实没时间学习《亚鲁王》。因此，这些年轻人就不太想学《亚鲁王》了，就连我的两个儿子，都不太愿意学习《亚鲁王》，但说实话，我还是很想让他们把我的班接下去的。

此外，现在也没有其他人跟我一起学，所以我一个徒弟都没有，说起来心里还是有一丝难过的，不过，我还是会耐心地等待他们，等他们哪天突然醒悟过来，肯定就会来找我学习。同时，我们老一辈也应该加强对晚辈的教导，教育他们在接收其他文化的同时，也应该将自己本民族的文化传承保护好，如果忘记自己民族的历史，忘记自己的老人，是会被大家嫌弃的。所以，我会一直等他们，然后把自己的班交到他们的手中。

十三

有心栽花花不开
无心插柳柳成荫：
岑天伦

访谈人：杨正江、杨兰、梁朝艳
访谈时间：2013 年 7 月 10 日、2017 年 7 月 20 日
访谈地点：宗地镇大地坝村

　　总角之年才入学，且为中途插进班，脑子灵活记忆好，成绩堪比循序人。本是作为陪读郎，正遇姑父教徒弟，听闻几日记于心，徒弟却未能践行。自此学习兴趣来，完成作业唱亚鲁，有心栽花花不开，无心插柳柳成荫。

总角之年才入学　　成绩只能循序进

我叫岑天伦，1964 年出生的，属龙。小时候，家里条件差，所以我去学校读书很晚，是 12 岁才去的，而且还是春季去的，3 月份的时候去报名，那时候已经是下学期，也就是说我是从一年级下学期开始读的。当时去的时候老师就不愿意接收我，说我第一册的基础都没有，直接学第二册肯定听不懂。我就问老师："第一册教的是什么嘛？我可以从一数到一百。"老师惊讶地问道："真的吗？"我回答："真的呀，我能读又能写，一加一等于二，二加二等于四，还有拼音的声母我全部都读得了!"老师一听觉得我还是有一点基础的，所以就改变了看法，于是说道："那好嘛，既然你都会数数、计算，还会一点拼音，你就先来学着，到后面再看情况。"我就顺理成章地进入一年级第二学期学习了。经过一学期的学习，期末考试的时候我语文得了 85 分，数学得了 100 分，语文丢分主要是读拼音写汉字那一部分，我写不出来，只写了两三个，所以就丢了十多分。虽然我的语文考得不太好，但和其他同学相比，成绩也算是可以的。老师看到我的成绩后，就说："你这个可以不用再读第一册了，可以直接去读二年级。"所以我就没被留级了。那时候我们没有幼儿园，都是从一年级开始读，成绩不好的话就会被劝留级重读。

我记性好，所以学东西学得比较快，成绩在班上一直都靠前。但是因为一年级第一学期没能到学校跟着老师学，在家他们只教了我声母，没有教韵母，一年级考试就是韵母不会吃亏了，所以一直到现在我对韵母都很生疏。虽然我 12 岁才进学校，但是我一直读完初中，到 20 岁的时候才离开学校。当时小学是五年制，也就是读完五年级小学就毕业了，按照正常的时间算，我应该是 19 岁毕业，但是因为初中我复读了一年，所以就花了四年的时间。读初二的时候，我辍学了一个学期，当时觉得父母负担重就想着不读了，回家后就被他们骂了一顿，然后我又回去插班读初二。初中读完后就回到家里干农活了。

在家里种了一段时间的庄稼，1987 年的时候，我就结婚成家了，后来觉得在家里种庄稼给不了家人更好的生活，所以 1989 年我就去开阳打工了，去了以后觉得那个活路不好做，也挣不了多少钱，做了 4 个月我就回家了。第二次出去打工是 1993 年，我去了贵阳的铁合金厂，在那里一直做到 1999 年才回来的，在家里待了两年，我又去了广东，在广东做了二十个月后就转回家来，回来之后我就没有出去了，目前为止就出去打了三次工，两次在省内，一次在省外。我的手艺很多，木工、石工、中医都会，所以没出去打工的时候我除了种庄稼还做这些手艺活。2010年，村里面搞选举，我去参选就选上了，所以从那时开始到 2017 年 4 月，我就在村里面上班。因为村里面的事情比较杂、多，所以我比较忙，村里的工作就是拿钱不多管事不少，但这个主要看当地的经济收入，有的地方他们的工资已经一两千块钱了。因为搞得太累了，2017 年 4 月我就给村书记讲我要辞职，他不同意，我就打个电话给他说我打工去了，然后过几天他遇到我，就问我："你不是去打工了吗？"我就讲我又转回来了（哈哈）。主要是村里面的事情太多，天天都要在办公室，我自家修房子太忙，虽然是请别人来修，但是主人家必须在场，如果我不在，工人找不到事做就回家去了。

陪读瞬间变徒弟　得来全不费工夫

我学习《亚鲁王》，是一次偶然的机遇。当时我有一个老表特别贪玩，从白天玩到黑，作业一点都不做，他姓韦，他爸爸也就是我姑爹，名为韦老幺，是一名东郎，我这个姑爹就让我晚上去他家做家庭作业，顺便教一下我那个老表，要不然第二天他又要被老师罚站一天，于是我就经常去他家。我姑爹有两个徒弟晚上在他家里面学习《亚鲁王》，他先教他们唱一段，一个晚上教三遍。他教他们的时候我在旁边一边做作业一边听，但没有跟着他们唱。我姑爹教了二十个晚上，就让他们两个唱给他听一下，结果他们两个都没有唱完，我就给我姑爹说："姑爹，要不让我唱一下嘛？"他说："你会唱啊？"我回答道："我试一下。"于是我就唱了，没想到竟然唱完了。我姑爹就对着他的那两个徒弟说："哎呀！你们两个我教这一段就花了二十个晚上的时间，而且一晚上教三遍，你们竟然都没得到，你们看他听一下就全部得完了，你们两个还有什么说的呢？"从那天晚上之后我就有兴趣了，那时我又转学，但仍然经常去他家，就是白天去学校读书，晚上赶紧把老师布置的家庭作业做完，差不多十一二点的时候就喊我姑爹教我，教到一两点钟的时候，他就说："不学啦！休息一下明天还要读书。"我学了七八个晚上就开始唱，然后就唱得了，就这样一直跟着我姑爹学到进初中，进初中我就没去学了，因为任务更重了，学校离家也远了，就没时间了。

读完初中以后，我又回去学习，去充实一下嘛！但是不是跟着我姑爹了，我读初中的时候他就去世了，那时他才56岁，非常可惜，而且他死的时候我还有一段没有学，这件事令我十分遗憾。后来我又跟着另一个师父杨通华学，杨通华是一个老师父杨老贵的徒弟，杨老贵有四个徒弟，一个是我的师父杨通华，一个叫岑小才，但已经死了，还有杨小宋、杨通国。现在这些老歌师年纪也大了，我就觉得他们很清闲，我不在家的时间多，参加工作的这几年我有点忙，如果遇到砍马什么的我就跟着去了，要是没有他们自己就去了，他们自己去的时候要是有几段忘记了还会找我，但是我也只是帮那一段，因为我太忙了。我的《砍马经》是跟着另一位师父学的，所以算起来我有三个师父，即韦家师父、岑家师父、杨家师父，我是两姓，既是杨家又是岑家，所以才会有岑家师父和杨家师父，韦家师父是因为他是我姑爹。

我21岁就开始去开路了，是跟着师父一起去的。我记性就是这么好，学什么东西要不了多久就会了，当时学《亚鲁王》的时候没有手机录音这些，但我有学习技巧，我不让他们教，我让他们以故事的形式讲给我，每一段说一个故事，说到一百年以后我就自己思考，总结了一遍，然后我又说给师父听，他说就是这样，之后我就唱，由讲变成唱，就这样学得了。要是慢慢唱慢慢教的话很慢，讲故事的话就很快。学得以后他们去哪里都要喊着我，在开阳和贵阳打工的时候，有时我还回来给人家开路，就是家里有人去世，他们写信给我，赶得到我就赶回来，实在赶不上就没得办法了，我在铁合金厂的六年差不多有九次，在广东的那一年多时间就没回来开路了，因为太远了，但去的时间不长，所以我其实都没有中断过。我要保持我的记忆力，我计划以后写一个我的个人经历。前两天，我请了一帮人来帮我家砌堡坎，他们聊天就问我收不收徒弟，我说收嘛，只不过我以后教徒弟就不像现在这样教了，我要先教你讲故事再唱，这样学的话就快点。我原来去找师父学习的时候没有什么仪式，就提了一小壶酒和一碗黄豆子去，而且都是晚上去，白天的时候师父不得空，我也不得空。

我们去给人家主持仪式，就是只要家里面有人过世，他们就会马上来接我们过去，到那儿先给死者装棺、供饭。我们一般是三五个人去，但如果主人家要砍马的话，就得几天，因为砍马的时候就要开始唱，这样我们去的时候人就要多点，大家换班。我就会跟他们说，第一天砍肉你们先去，第二天我再带这帮师弟来。我们去了以后，就要去"走亲戚"，就是牵着马去死者亲的女儿、亲的舅舅家这种，自己的堂兄弟这些不去。他们家族还要找几个人陪我们去，他们负责牵马之类的事情。在这头（逝者家中）先给马配好鞍，配好以后要装备粮食，还有饭箩箩这些去装东西，也就是带个空瓶子去找酒、带个空盒子去找饭等。从开始去就和马讲，"今天我们为什么要牵你出去'走亲戚'，原因是亚鲁王和长子在龙心战争的时候，长子战死了，他担心他的长子去老祖宗那边他们不接收，他就拉一匹战马来砍，从那时候到今天，前朝人兴后朝人跟，我们今天也是这样，那今天我们牵你过去'走亲戚'，走哪家就去要哪样东西"。去的话要配备一支弓箭、一把马刀、一支枪，就像是去打仗。

到亲戚家后，还要唱一段，去拿糯米饭、糯米粑、酒，还有马的干粮等东西，拿到了以后就磕个头，保佑他们，让他们发家致富、丁财两旺。哪家砍马，就要把他家留在最后去，"走亲戚"完成之后，就转来逝者家里。这些亲戚不跟着我们一起回来，他们要到做客的那天才回来。我们回到死者的家里以后，就要给死者说："今天我们去某某家，得了什么东西回来，你拿这些东西放好，等你拿去阴间，你好拿来做什么，吃不完的存起来，在下面永久不得饿。"唱完之后我们就去休息，然后在客人来的前一天，我们就开始准备砍马桩，把马拴在桩上开始唱，从晚上一直唱到第二天天亮。第二天砍马的那家就请砍马的来砍，砍马的这家是有规定的，不是想让哪家砍就让哪家砍，如果是父亲死，那就是姑娘家来砍马，若是老妈死，是她的兄弟家也就是舅舅家来砍马。虽然砍马是亲戚家来砍，但马是孝子家自己买的。如果族中有会砍马的就不用请人，要是族中没有人能砍那就要他们家请人来砍马。好多人觉得砍马很可怕，我就不觉得，没什么好怕的，砍马这个仪式是亚鲁王的妈妈去世以后他给她办的一个仪式，流传到现在。砍马的时候会有一个道具，上面立一颗杆子，杆子上有个女人的衣服，上面有一把伞，它实际是先祖奶奶的意思，就是亚鲁王的娘。但是各个歌师流传下来的都不太一样，这个礼节是各方行各礼。比如陈志品就说是因为以前的歌师是女的，所以做这个道具来纪念她。但是我们没听说过，我们的歌师从来都不是女的，我们流传下来的是造人是女的造的，是为了纪念造人的这个女祖。

砍马的那天晚上，我们继续唱《亚鲁王》，也是唱一晚上，第二天把死者抬上山，死者上山我们东郎是不跟着去的，我们要回避。死者抬出去以后，我们在门边拿一个鸡蛋把它砍了，意思就是阴阳分开，鸡蛋是生的，就用我们手上的大刀砍，砍完以后我们就去屋里躲着，等他们把死者抬上山去。至此，我们所有的仪式就结束了，砍鸡蛋是最后一个程序，表示死者安心去，我们和你家里的这些人，全部平平安安。

《亚鲁王》的内容是有先后顺序的，第一部分是"开天辟地"，我们苗语说的"yahoyaho"，是一个皇帝，开天辟地的时候有很多人来帮他，然后就是伏羲造文竈。第二部分是唱《亚鲁王》，亚鲁王南征北战，战胜了在哪个地方，战败到了哪个地方，流到了一个地方生了一个儿子，然后流到另一个地方又生一个，他的儿子媳妇太多，他每到一个地方就生几个，然后几个就成一个部落，分哪个在哪个地方，全部分布好。那个时候是母系社会，他和女的结婚，女的姓什么他的孩子就姓什么，这些后族还可以结婚。第三部分就唱亚鲁王的十二个儿子，他们再开天辟地。之后唱的就是家族族谱，哪个分哪个，最后到我们这一批人。正是因为要唱族谱，所以原来我们只给自己家族的死者唱，不给其他家族唱，但是现在很多人出去打工了，家里会唱的东郎少了，因此，有时候其他家族东郎不够的时候也请我们去，我们就搞其他的，比如开天辟地这些家家都用的，族谱的那一段就让他们本家族的人唱，这个只有他们自己最清楚。唱完族谱之后就唱《鸡经》《砍马经》，砍马就唱《砍马经》，不砍马就唱《鸡经》。唱《鸡经》的时候不杀鸡，到最后直接把鸡打死，比较残忍，但是在史诗里面，这是鸡的祖宗和亚鲁王的约定，所以我们就按原来的这样做了，打的时候我们会说："今天我打你，你不要怪我，不但不要怪我，反而要让我平平安安地度过终生。"唱《砍马经》也是这样的。

在我们苗族人的观念里，人去世后是回到了原来的地方去享福，但是那些女性拿着帕子盖在脸上哭得很伤心，所以有的人很疑惑为什么要哭丧，是不是向汉族人学的。实际上，它是原来就有的。哭丧是哭送嘛，按道理不应该哭，他们去那个地方应该是欢欢乐乐、开开心心地去。但是，一个人去世了，他虽然是去享福，但对于我们活着的人来说，永远就见不到了，所以作为子女不免伤心，她们哭的是几十年的养育之恩。还有一个要注意的就是，我们史诗中有一段，这个哭声在那边听着是笑声，就是在快要发丧的时候，送死者归西方的途中，那边有人来迎接，这边也要送，所以唱到这一段的时候，就要喊她们哭，对于那边来说就是他们用笑声来迎接这边用笑声欢送。

丧葬仪式上，第二天我们把史诗唱完后还要做交易，意思就是把死者的那些整理好的东西交给他，比如五谷这些东西，要给死者交代这些东西都是送给你的，你把它们带走，这样回到祖先的地方才会有五谷种子，才能继续耕作，此外，还有鸡、猪，女儿们做的什么花花绿绿的东西都要一并交给死者。做交易我们也叫它宝目，唱史诗的叫东郎，会交易的叫宝目，东郎有东郎的那一套，宝目有宝目的那一套，有些东郎他不懂宝目的那一套，有些宝目也不懂东郎的那一套，但有些人两种都很精通，我就是。还有比如死得不正常的也会请来看，看蛋、看米，看出这些就喊宝目来送嘛。死得不正常的除了一般的仪式还要多举行一个仪式，就是请宝目把死得不正常的人身上不祥的东西清除干净，让他重新做人。像我们这种既会唱《亚鲁王》又会宝目的，主人家就不用请宝目，我们自己就做了，如果东郎不会宝目，就需要先请宝目来做。

非正常死亡的人，在我们看来是不干净的。非正常死亡就是意外去世的，比如从崖上跌落死的，从树上跌下来死的，捉鱼死的，被别人杀死的，饿饭死的，挨枪挨炮死的，这些都是不干不净的。意外死亡的方式不同，做交易用的东西也不同。比如捉鱼死的，要用一只鸭子、一个笆笼，还有鱼，还要用红布来包脚，意思是死者天天在河里捞鱼可怜，那就拿一只鸭子来帮他捞，完成他的任务，拿红布包他的脚是他怕脏不下河，那只鸭子就用来下河去捞鱼，笆笼就帮他装鱼。坐月子死的也是要用鸭子、笆笼、鱼来做交易，因为坐月子死的到了那边，有人让她专门从事这个捕鱼的劳作，如果不用这种办法帮她、解救她的话，她一辈子就得捕鱼，所以要用鸭子来帮她捕鱼。这个仪式也是需要唱诵的，唱一小段，差不多半小时的样子，唱的内容大致是说你惹到这个，那我把这个东西交给你这样。这种交易是在三岔路口做，这个三岔路口就相当于一个小集市。做完仪式后，鸭子是宰不得的，也不能卖，这个交易的对象不是真正的人，而是一个亡灵，宝目用一定的语言给鸭子交代好，然后就把鸭子放进河里去了，笆笼放在河边，红布是包着鸭子的脚的，所以也跟着鸭子一起放进河里了。非正常死亡的都要去三岔路口做，不能喊进家里面去做，因为这是不吉利的在家里做仪式会影响到家里人，这种非正常死亡的即便是宝目做了仪式后也不能抬到家里面，只能抬到家门口。

做交易除了丧葬仪式，其他时候也会做，比如阴历正月大祭的时候，也在三岔路口做。另外就是比如家里面哪一个人不舒服，惹到那些不干净的东西，身体不健康了都可以用蛋、米或者茅草看，没看之前就要预先判断是哪种交易，是哪个人，你要找到这个人，然后告诉他我们已经看到是你了，你就放过他吧这样。做交易很容易被外面的人理解为汉族解鬼之类的，就是一个交易。一个人，如果我们用米看了四肢无力，看到魂魄不在身上，一个最简单的办法，就是请宝目来为其喊一下魂魄。有些人又没有哪个人供他，他找不到吃的，就经常来骚扰镇上的这些活人，所以被他骚扰的这些人，就必然要像我刚才说的通过做交易来送给他一些东西，让他不要来骚扰自己了。交易的东西有鸡、鸭、羊、马、牛、猪等，不过该用什么就得用什么，是相互对应的。这个不同于汉族的解鬼，比如说这位同志身体不舒服了，那么我们就找一个宝目过来，让宝目看是不是有不干净的东西来他们家，这个不干净的东西是想要猪、牛、羊、马还是其他的，如果它想要这些，这个人的身体自然就会不舒服了，宝目看清楚是某东西之后，就将这些东西给他，之后它就会拿着这些离开，人就会平安无事了，它主要是来要这些东西。所以，一般人家身子不好、吃饭不香等就经常来找我们，这种一般就是犯血光，我们也不收钱，但我们做完仪式后会在他们家里吃一餐饭，比如做仪式需要鸡，他们就会把杀了的那只鸡做来招待我们，没有的话就是家里有什么就吃什么，由主人家自由安排。因为这个仪式有时候需要羊、牛、狗等这些动物，但这些要花费好多钱，现在一只羊子就几百千把块钱，牛更贵，不可能为了这个杀一只羊或一头牛嘛！为了不浪费，除了鸡用活的，其他的我们都用干的物品来代替，这个干的物品是我们自己准备的，用一个盒子割一小点干的物品放在里面，当作一只羊或者一头牛或一条狗给亡灵，亡灵就要还这个人平平安安，就是你想要的东西人家已经给你了，你应该要还人家平安了，互相交换嘛！

我们用鸡蛋、茅草、剪刀、babang（苗语）之类的给别人看病，具体是这样操作的，比如说用蛋的话，要拿一个碗固定好东南西北，将蛋打破放入碗里，蛋黄往哪边流动则哪边有问题。大多看蛋的规矩是这样的，东方固定的是家里面的老祖宗，南方的是"tianzetianze""tianhaidi-hairenhai"（苗语），这个用汉语翻译不了，西方固定的是死不干净的那些，北方的是药，所以看它朝向哪个方向就晓得了。苗语里面其实是没有东南西北这种说法的，它说这一方是太阳升起来的地方，那一方是太阳落下去的地方。如果是用剪刀的话，就找一条绳捆着剪刀，然后用嘴巴讲你是哪样某某人啊，比如说他看到的是老祖宗，他就说是三辈的老爷爷找了，如果是三辈的老爷爷找的话你就甩长绳然后手不动，他讲是的话就不要动，然后剪刀就不动了，这个要做三次，每一次的长短都要一样。babang的话就将小米放在碗里，babang立着，然后嘴里念："你是什么东西，你站着不要倒"，如果是的话babang就不动了，这个一次就可以了。我是用剪刀和鸡蛋给别人看，不搞babang和草。

东郎、宝目都是亚鲁王教给他的十二个儿子的。相传亚鲁王教了十二种技能给他的这些儿子，除了东郎、宝目，还有木匠、铁匠、石匠、做针线花线、开田、挖地、做官、医生、菩萨等，这个十二是一个虚数不是实际的十二，它包含了很多种。这里面宝目、医生、菩萨都可以给人治病，只是看病的方法不一样，医生是通过摸血脉、摸耳朵之类的来辨别脉搏的跳动情况、体温的高低，判断应该用什么药来医，药的话以前基本使用草药，后来用西药或草药。菩萨用我们苗语说就是偌、婉，偌、婉是同一种身份、同一个意思，只是发音不同而已，这个菩萨仅仅是一个能够占卜，或者是能够预测，或者采取某一种祭坛方式，在面前摆上一个坛子，然后就借着某一种比如还魂仪式什么的给人招魂的人，他不是其他人理解的那个菩萨，我们苗语里面没有这个词的。在进行这个仪式的偌或婉通过寄魂或者一种另类的方式走过去之后，他只是到祖宗那里，不像佛教是去那个圣地，他走的那个路程就是葬礼上歌师们唱诵的回家的路的那一段，那一段好像是有47个地名或者是49个地名，反正各个家族都不同，走完之后就回到了祖宗 faidu 和 wuli（苗语）的地方通过这两个关卡就又往前走，然后就回到我们祖宗最原始的地方，他去了之后会看到我，这个人在某个地方丢魂了，然后就用一种我们看不见的形式，详细地给你说，到了祖宗那里，如果他是我的岑祖，我就可以通过偌与祖宗对话，表达我的诉求，这就是偌的功能。

偌和婉，就相当于一个先知者，就是说站在一定的高度，然后下面的这些人生病、生什么病他都会知道，你问了他之后他就会告诉你该怎么做，只要按照他给你说的做，一切都会平安。宝目是在民间，他的能力可能就要差一点，他在无法解决问题的时候，就会通过最高处的偌还有婉来解决。一个人生病，请宝目、菩萨、医生都可以，但一般是先请宝目，如果宝目弄清楚了就不用菩萨了。他们三者的区别就是菩萨先来看病，然后医生来医，宝目的话就是做仪式。

从我以前学的时候去给人家举行仪式到现在，我们的这些仪式都没有改变过，比如原来在葬礼上用活物的，现在依然要用活物，不能像其他可以用干物来代替。其他仪式用干物代替活物的情况倒是很常见，除了开头提到的，我再给你们讲一个，就是我们以前用的铜锣，它是 zamo

（苗语）制造的，zamo 制造的乐器，比如铜锣、唢呐、鼓这些，不响不叫。但是有一天，zamo 去赶集的时候，他的儿媳妇在家坐在铜锣上做针线活，不小心针扎到手出血了，她把血擦在铜锣上，铜锣就响了。她老公公回来知道后，就把她杀了来祭铜锣。后来就有了每年阴历正月初一到十五，要选一天祭铜锣，这个仪式是由东郎来做，原来是 zamo 杀了他的儿媳妇来祭铜锣，后来就改了，我们现在是用一只鸡来代替，由每一家杀一只鸡来祭祀。以前我们都有铜锣，但现在很多铜锣价格很贵，所以就少了。

我现在有三个徒弟，一个叫岑仕伦，他是 1972 年出生的，属鼠；另一个叫岑仕明，他是 1977 年出生的，属蛇，他们两个是亲兄弟，都是我的堂兄弟；还有一个是我的小侄儿，岑仕明的孩子，名叫岑小明，他是 1996 年出生的，属鼠，他还在读书。他们三个是一起来学的，是从 2015 年开始学的，学的时候他们就录音，一两个晚上就录得差不多了，然后他们就去打工或者去学校了。以前学都是死记硬背，听师父唱了以后跟着学；现在的人都是用手机录音，然后自己拿去听，不懂的就打电话来问，不像原来要一晚上一晚上地来家里学。目前我是全部教给他们了，但是最终学不学得会就要看他们的毅力了，现在最厉害的还是岑小明，只是因为他读书还没去主持过仪式，他伯伯和爸爸已经开始主持仪式了，我去主持仪式的时候就带着他们。他们也没有经常在家，出去打工了，广东、河南、宁夏、福建等到处都去，进厂、搞菜场或搞建筑这些。他们来找我学的时候也没有什么拜师仪式，因为都是内亲，想学就来学了，有的去和其他外亲学或去其他村寨学，就会拿一点酒，斤把两菜去。反正这个只有我们苗族的人才学，其他人不会来学的，所以其实都是一家人，不用那么客气。

我们学的时候不需要什么，所以学得后去给人家开路也不会收钱，从以前到现在都是不兴的，兴的是给一点糯米饭和一小点肉。我教徒弟，除了每年正月在我自己的家里教个把月外，遇到主持仪式时也会带着他们去学，就是先给他们讲故事，然后我唱他们听，听完以后就跟着唱。我们这个只有正月可以在家里唱，除此之外，就是有人去世的时候，正月在家里唱，是我们大家都知道的规则，所以不会被别人误以为家里有人去世，正月是大祭，大祭的话德行好学得快。大祭就是祭祀亚鲁王，就是一个组哪里有歌师的话附近的人就会来祭祀，这个时候唱的和葬礼上唱的内容是完全一样的。对于带徒弟，我的观念就是不管是我们寨子还是其他寨子的，只要想学我都可以教他们，但最好是三十来岁、四十岁的来学，当然二十来岁的是最好的，他们学得最快，超过五十岁就不太好学了，年纪大了思想包袱重，而且事情多。

除了你们之外，也有其他研究《亚鲁王》的人来找我们做调查。之前有一个叫杨春艳的就来过两次，第一次来了十多天才返回，她是2012年8月6日来的，十几号回去。那次她来的时候正好遇到我家一个外公去世，就看了我们完整的葬礼，然后她说："哇，我看到好多葬礼都好热闹，就这里不热闹。"实际上，不是我们这里不热闹，而是因为他们家经常不在家，别人有事的时候他们没去帮忙，所以他们有事的时候别人也不帮忙，寨上的就是你经常帮人家，人家才会来帮你。她第二次来的时候，我很忙，我当时正在给村民征地种烤烟，整天跑东跑西根本没时间，然后第三天她跟我说我太忙了，她就先回去了，下次再来。像我们接触到的会唱《亚鲁王》的人，你要说谁唱得最好还真不好评，各有各的长处，要说最全的话，就数大地坝村老一辈的杨顺清，他全部都得，而且一个人可以站一晚上，现在六七十岁了都还能站，因为他只抽烟，不喝什么酒，所以记性好、身体也好。

十四

课堂教书育人
为徒铭记历史：
杨秀忠

访谈人：杨正江、杨兰、梁朝艳

访谈时间：2017 年 7 月 21 日

访谈地点：宗地镇巴陇村

　　杨秀忠，40 岁，东郎；妻子王秀芬，38 岁，个体户。父亲杨胜民已去世，母亲杨陈氏 60 岁。杨秀忠排行老二，大哥杨秀清，42 岁，宝目，泥水工；弟弟杨小四，36 岁，外出务工。杨秀忠有 2 个小孩，大儿子杨忠荣，16 岁，读书；二儿子杨忠广，12 岁，读书。

杨秀忠师承大伯杨胜方，杨胜方是巴陇村村主任，76 岁。杨秀忠有三个师兄弟，一是叔叔杨胜达，38 岁，东郎，务农；二是堂弟杨小全，36 岁，东郎、宝目，外出务工；三是杨小落，32 岁，东郎，外出务工。

年幼受尽苦难　成家妻儿圆满

我叫杨秀忠，1977 年生，属蛇。我这个人生来命苦，父亲死得早，我们几兄弟受的苦很多，想起来都觉得凄惨。和那些五六十岁的相比，我们这个年纪这个条件应该算是稍微好点的，因为出生年代不一样了，我们那个时候已经没有大集体了，不用挣工分吃饭。但由于父亲死得早，我们的日子也并没有很好过，我们有三兄弟，父亲去世的时候我们都还很小，生活的重担全部压在母亲身上，母亲一个妇女，力气有限，能做的活也十分有限，好的是我们三兄弟能够帮忙分担一点，能勉强吃饱。我有一个哥哥叫杨秀清，他不会唱《亚鲁王》，但是他是宝目，常常给别人看蛋做仪式，平时的正式工作就是泥水工，哪里有人修房子，他就去做泥水工，一天也有百把块钱。我的弟弟叫杨小四，现在在外面打工。

我 8 岁那年进入学校读一年级，我们在这边读书的时候，学校是已经建好的，那个时候读书就是读不了就不读，考不起也不读，反正就是从一年级开始，你能考及格就读二年级，如果不能及格就继续读一年级。我还记得我读到四年级后，原来的学校要倒闭了，我就到处考学，跑到九远塘读书，最后原来的学校有人来接手，我就又回来读到五年级，但是因为这边生源太少，学校支撑不下去，最终还是被拆了。六年级我去了打郎读书，才读了一个月，我的父亲就病了，那个时候最害怕生病，因为没有医院，也没有钱。母亲到处找赤脚医生给父亲看病，吃了很多草药都不见好，最终父亲还是丢下我们走了。那是我第一次失去亲人，好像从此就没了依靠，心里很难过。父亲的去世对母亲的打击很大，只记得她刚开始的时候哭得很伤心，后来就常常发呆，坐着坐着眼泪就留下来了。父亲走后家里经济很困难，很自然地我就不能上学了，哥哥也不能上学了。我 13 岁辍学，回到家后整天无所事事，我们土话叫作东蹉西浪，就是东家跑西家窜的意思。那个时候我们这边没有什么零工可以做，如果有人户办酒，我就去帮忙，然后就在人家家里吃饭，唱歌。后来我觉得这样天天没有正经的事做，也不是那么回事，就去学校当代课老师，我们这个地方老师少，都是寨子里面能够识一点字的人来教孩子们，学校一个月给代课老师 50 块钱。当了几年代课老师，学校就被拆了，不当代课老师后，就觉得自己好像没有了希望一样，看着寨子里的年轻人都外出打工，我也跟着凑热闹去了，反正在家也是闲着，做农活太辛苦太累，还挣不到钱。大概是 18 岁的样子，就去了广西打工，打工也没有我想象得那么好玩，其实和在家做活没什么区别，因为太年轻又是单身一个人，花钱特别洒脱，根本就存不了什么钱，在广西做了一年，就回来了。

家里老母亲觉得我年纪也差不多了，说让我找个老婆结婚，这样她就放心了。刚开始我不太愿意结婚，毕竟年纪还小，但是又想了母亲的话，在反复考虑中，遇到了我现在的妻子王秀芬，她比我小 6 岁，很温柔，很贤惠，第一次见面我就觉得这个人一定是我的妻子了。我就开始追求她，她也答应了，在和家人商量后第二年我们就结婚了。结婚后，我和妻子两个还没有想好要做什么，所以刚开始也只是种点菜，保证不饿饭就行，在这边也找不到什么事情做，以前是打工，这边也不流行打工，也不晓得打什么工，就一直在家。秀芬看我每天都没个笑脸，也很焦急，她没有逼着我去挣钱，也没有和我吵闹，只是做好她自己的事情。有一天她对我说："你以前是代课老师，也做了几年，你看现在寨子里面也没有学校，要不我们自己办学校？方便寨子里面娃娃读书，你自己也有事情做。"我觉得自己挺适合当老师，也喜欢教这些孩子读书，于是在一九九几年的时候就自己办学校了。说起办学校，也不怕你们笑话，就是借的别人家的一间茅草房，我自己搭了几块板子，就成了一个简易的学校。那时候可以向学生收杂费，一、二年级收 20 块，杂费拿来买书，一套 19 块钱，剩下一块钱用来做学校的经费。

学校学生不多，一个年级也就四五个人，但是他们很爱学习，刮风下雨都来，还记得他们对我说，杨老师你一定要继续让我们有学校读书，我们很想读书。我就想起自己小时候因为家庭条件没有读好书，现在我会让这些孩子都能有学校读书。你们不知道，这边的冬天有多冷。麻山这边没有什么大树，也没有什么房屋，一到冬天走在路上，大风刮得呜呜响，钻心的冷。但是这些娃娃呀，穿着几件破破烂烂的毛衣和外套，脚上的解放鞋都破洞了露着大脚趾头，鼻子冻得通红，几个人紧紧拉着相互取暖，每天都坚持来上学，看得我特别心酸。还记得有一次，那一次让我心里很不是滋味。学校里有一个小女孩，父母都在外面打工，她和爷爷奶奶住，爷爷奶奶觉得本来就没钱，没有必要让个小女孩来读书，反正以后都是要嫁出去的，但是小女孩很倔强，坚持要上学，宁愿不买衣服、不买鞋，恳求能让她继续读书。也是一个冬天的早上，同学们都已经在教室坐好了，就她的位置上没有人，我以为是天气冷路滑，她可能走得慢点，就没有多想，继续上课。但是一早上过去了，小女孩还没有来，放学后我跟着同学们顺着她家的方向去找她，听见一阵阵哭声后，才从路边的坑里找到她，当时她就穿了一条单薄的秋裤，一件烂洞的毛衣，已经冷得浑身颤抖，只剩下几根带子拴着的鞋子上还滴着血。她说因为路太滑，不小心从上面滚下来了，把脚也摔伤了。我抱着她回到学校，让妻子烧了点热水给她洗澡，弄了点热汤和饭，她好像是许久没吃一样大口地刨了起来。吃完饭，她喊道："杨老师，我想上学，我喜欢上学。"她说着眼泪就流了下来。其实像这样的孩子，我们这里有很多，受家庭条件的限制，没有继续读下去，我自己也是这样的，所以我就坚持把学校办了下来，刚开始只有我一个老师，每天上课、照顾家庭还是比较辛苦的。这样的日子过了两年，赵老师就加入了我的这个队伍，一年之后韦平也过来了。老师就这样从一个到两个再到三个，我信心满满，我在村里面代课代了四年，从 1999 年开始到 2003 年 12 月。2003 年 10 月，我被选为村主任，也兼任村医也就是村卫生员，一直到现在。

　　我从 2002 年 4 月 20 日任村医一直到现在，今年就想退出了，不想再干了，主要是因为我文化程度不高，现在政府对卫生员要求很高，我去读医学中专也一直没有拿到证书，没有证书我的工资就不能涨，现在是400块钱一个月，但是先发200元，剩下的200元要到年终考核才一起发，但是从2016年到今年7月都还没有发这个200元，等这200元钱养家是养不活了，我们一家四口人，总不能靠这几百元来生活吧。今年我脖子上长了一个包，去检查说不能做重活，我就继续在村里面干，只是今年的活多一些。村里面的工资不高，刚开始的时候是150元，然后到200元，后来加到600元，后又加到800元，再到1500元，然后加到1800元，今年支书是2000元。虽然看起来工资还不错，在村子里面又没有什么要用的，吃菜都是自己种的，最多就是年把买点衣服，娃娃用点，但是现在物价高，想买个房子，还是很困难的。今年村里面的工作多，休息时间短。像我自己种的粮食，已经成熟了都没有时间去看。因为母亲年纪大了下不了地，妻子秀芬生了两个孩子后，没有人照看坐月子，身体一直都不太好，做不了农活。她也闲不住，说我这点工资不够两个娃娃用的，就自己想了个法子，在这里开了一个小店，缝制点衣服鞋子卖，她就这样日日夜夜在家用缝纫机做她的工作。我们现在住的这里是学校，也利用这个便利开了个小卖铺，现在家家条件都比以前好太多了，学生的家长们在外打工，时常给孩子们寄生活费回来，有时候天气热口渴孩子们会在这里买点水喝，我们也可以挣点钱供平时的花销。

妻子为了支持我干工作很辛苦，而孩子又不怎么听话，我还是想等有能力的人来担任这个职务，帮助村子里的人看病，然后自己想想办法，不管是出去还是做点别，都要把这个家撑起来，我以前吃了没上学的亏，现在不想让我的孩子们继续吃这样的亏，没有毕业证书，他们想要在外面打工，拿高一点的工资是很难的，为了他们我也应该尽到做父亲的责任，他们能读个高中上个大学最好，能上个职业技术学校也行，要多少钱我都去借，只要他们愿意读书，我和妻子吃多大的苦都行。现在村卫生室的工作也很多，天天都在上班，星期六星期天也不休息，根本不能到处走动。我心里面想的是今年7月份如果证书到手了，也可能离开这个卫生院，但现在要先把村里面这个做好，等这几个娃娃不在村里面读书了，该做什么就做什么。我们是为了这几个娃娃才不想出去的。小的那个今年该上初一了，大的这个初中毕业了，但是分数很低，不知道能不能考上高中，不行的话就让他去读个五年制大专，我是想如果可以交高费我也交，有个证书还是要好点。孩子贪玩的读高中也没什么好，读个大专出来也好，因为读高中就是三年，再读个大专又是三年，那就是六年。所以，如果可以交高费，就算是借钱背账我也让他去读。他的体育都是满分的，就是文化成绩差，让他去读大专也是没有办法的事情。听说贵阳有一种技校，可以免费读，毕业之后包工作的，但我不怎么相信。村里面曾经带我们去猫营参观，也是进厂去看，那里面的人说工人工资是1000元或者960元，正规工资是1500元还是1600元，但是我们去问那些学院的学生他们做这个多少钱一个月，他们说不知道，说是职校老师带他们过来的。我想来打工连一个月多少钱都不知道，是不是和老师签合同或是怎么样，不太敢相信。

也有人建议说等他16岁就直接送他去富士康，虽然累但是工资很高，说一个月至少五六千块钱。但是我家这个小孩，也不怎么跟我们在一起，他是住校的，在家里都是自己在房间，去学校后我们更不知道他的情况。他去年考了220分，今年是280分，虽然有一点进步，但是每一年分数线都不一样。就算进厂里面打工，也要自己争气，能挣多少钱也看自己命里有没有，就算有钱他也不会打算。大的这个娃娃，我也是操碎了心，你替他焦急，他自己不急，我们住在下面看店子，他住旁边，有时候几天都见不到他，想和他好好摆谈一下是不可能的，我觉得这就是他学习不好的原因，经常去外面混，谈朋友，怎么可能安心学习嘛，我真的是恨铁不成钢，我在这个学校里面，什么样的学生没有见过，条件比我们差得多的人家的小孩成绩好，但是没有钱读书，我们家这个你努力创造条件，他却不好好珍惜，真的是寒心啊！

借助拼音学习　东郎宝目都不忘

说到学唱《亚鲁王》，我学得不算早，是我刚结婚的时候学的，当时20岁左右，跟着我家一个隔房的大伯学的，他叫杨胜丰，今年有76岁了，他既是东郎又在村里面任村干部，到第三年的时候村里面工作还没有结束就搬出寨子了。因为他要从巴陇搬去另外一个地方，虽然离得不远但以后回来也不太方便，他怕走了之后寨子里面就没有人会了，就喊我叔叔（堂叔）和我去他家跟着学了几天，我们跟着他学的时候又有好几个来学的，但是他们不认真，就我和叔叔学得了。他在教我们的时候如果遇到寨子里面熟悉的人家办事，就会让我们去主持仪式。学这个史诗不用学几年，我就是好好学了几个晚上，刚开始他教我们唱，之后记不得的我就自己写字来编，写不来的就用拼音代替，但只有我认识，其他人不认识。我这个人接收快（学习能力强），他教我们的时候我自己记住唱的是哪个音调，后面自己就用拼音的音调写下来，再看着唱就行了。有时候你看到我本子上是个汉字，其实不是，是音译的，只有我认识。不过现在村里面一起做这个的人也有好几个，只是我在村里面办事没时间和他们做这个，所以现在都是他们几个在做。我的堂叔他家之前也在这，但现在已经出去住，不回来做这个了。

我们刚刚学得的时候，唱的时间都比较短，每个人只能唱个把小时，我叔杨胜达是和我一起学的，有时候我们想偷懒就避开点，他一个人唱都能唱完，他有点老实，你不去换他，他就一直唱。他虽然是我的叔叔，但是年纪比我小些，好像是1979年出生的，初中毕业，现在外出打工去了，过年过节都回来，而且现在即使出去打工了寨子有什么事也都会回来，这几个不能全部回来的都会派一个回来。我堂哥杨小全也会，他不仅是东郎还是宝目，他和我一样大的年纪，他刚出去打工几个月，听说也要回来了，他在家的时候一个星期最多两天在家，其他时间都出去做这个，哪里的都请他，就算是没有钱，他也会去帮忙，是个热心的人，不过现在条件好了很多人家会给红包表示感谢。他对草药也很熟悉，自己还会弄点草药去卖贴补生活。还有一个叫杨小落的，算是我们的兄弟了，他是1981年出生的，年轻得很，现在也是外出打工去了。他们现在出去打工，工资很高，有点技术的工资都有四五千块钱，一般的都有三千多块钱，比我们在这边做要划算多了，但是家庭原因，我还是想再坚持一下，不行再去打工。

　　对于我来说，我学得之后，就是主持下家族里面的开路仪式，有些远的就委托他们去，我事太多了没空去，寨子里面的我就白天忙自己的，晚上去。我们这个纯属帮忙，家族里面的去之前都可以不吃饭，遇到就吃，我们学这个都不收钱，现在去给人家开路也就不收钱了。以前回饭菜的礼节都没有，因为穷，当时主人家杀一只猪都不够吃的，根本就没有多余的给我们，现在条件好些了，会拿肉和饭来，但是我们也吃不了，所以一般我都不要。我学这个史诗，还有一个原因就是我家一位大伯，他是年纪很大才学史诗的，他告诉我说他家爷爷去世的时候，家族里面没有东郎，没有会唱史诗的人，于是就跑去另外的寨子里请，请了一个东郎，这个东郎就说要和另外一个东郎一起，他去这位东郎才来，他不去这个东郎就不来了，就这样绕来绕去，找到一个还要等另外一个，一个来一个不来的，人都死在家里面了，等得心慌。所以说远处的东郎还是很难请的，就喊我们必须要学。那些老人都是四五十岁了才学，学了之后就传给我们，然后一代传一代。为什么不提钱？因为大家都会了，你不唱别人也要唱，所以就没有收钱。

　　我有个堂弟，会吹一点唢呐，以前一直喊他学他不学，有一次他家有事，就去别人家找唢呐匠，找了三次，情况都是一样，一家说在另一家，让他们帮忙吹唢呐，他们都已经答应了，但是到那天他们又不来了，说是其他地方有事他们就先去了，搞得那天又急忙去别的地方找唢呐匠，很麻烦。后来他下决心学习，会吹了，虽然不好，但是有调了。现在我也收徒弟了，但是我觉得学这个要识点字，像我们以前学都要多腾出点时间，不识字学起来时间要长一点。不想学的，到时候就给他们讲，人家请那些东郎去砍马，要唱几天几夜，旁边那些小孩都能够哼。而且这个都是用我们的语言说的，有什么学不成的，好多是我们唱的时候他们跟着哼，后来就自己哼会了。

　　小孩会模仿葬礼上东郎主持仪式自己去坡上种上一棵树，自己转自己唱，做了几次他们也就学会了。我家两个小娃现在还在读书，我还没有想过教他们学唱《亚鲁王》，到时候没有了会一个逼着一个学，而且亲爹不能教亲儿子，只能教别人家的，听老人说是这样，因为史诗这个东西，如果老人得他就不得，他学得老人就不得了。

徒弟呢还没有出师，主要是几个自己学的都能够唱了，就没有好好教，但是这些人都还很年轻，他们没有学完的每年都跑去达邦学。现在条件比以前好，买个大点的内存卡，和人家去唱一两天，录下来，回家之后自己想什么时候听就什么时候放，听多了基本上就能背得下来。我们学那会儿是有点辛苦的，还要点煤油灯，然后边学边剥玉米，不然瞌睡，瞌睡来了还烧玉米吃，这样才能提起精神。我们都是晚上学，白天没有时间。我大伯要搬去达邦的时候，我也学得很辛苦，他把那些事全部给我们交代好，比如人刚死的时候要怎么整理，之后要怎么办。但是要我说我也说不好，做就可以做很多。一般老人快要死的时候，要把他抬到火坑边睡，但也不能睡时间太长，给他把衣服换好再抬到堂屋中间放在一边，这个涉及男左女右，然后一天或者两三天才装进棺木。而且刚死的时候可以掉眼泪但是不能哭出声音，把那些弄完之后从火坑边抬回来要用三吊小米在后面跟着，然后念，再拿鼓来敲，敲响之后才可以哭。他们哭完之后才弄一点黄豆和一些别的供饭，喊他吃饭也不能大声说话，时间也不能长，然后再看装棺木的时间，如果家里面东西齐全就可以装，不然就多等两天。装好棺材之后就喊亲戚们来，家里面宽点（有钱一点）的就买牛、买猪，没钱的就买猪、买鸡，鸡和猪是一定要有的，但是这一天鸡和猪不能动，那个倒头猪要在正酒的前一天杀，杀猪的那天晚上就要开始唱《亚鲁王》了。唱完之后把倒头猪杀了，如果有马的话就要唱一晚，因为在仪式中，不仅要开人路也要开马路，不开马路的话不可能砍活着的马，也不可能让人家随便砍，这样怕犯下罪过，那些程序全部做完之后才能砍，砍马师如果砍得不对也可能会有灾难。砍的时候一定要砍马的脖子，如果不小心砍到马背了，回家之后就要赶紧找人来"杀提"（音译：一种禳灾仪式），即使是这样还多多少少会有一点不顺利。

我去帮别人开路的时候，也是要换着唱，一次不可能唱太久，嗓子受不了，也不能站那么长时间。有些受得了的两个人唱一晚上，不过那种都是拿钱的，我们一般都是瞌睡来了就换着唱，开始唱了就不能停，只有在半夜阴间人吃中午饭的时候可以休息一会。换的时候是可以的，我唱到这停下来，别个接着唱就行了，就是这样。

我也是宝目，宝目是跟着我大伯学的，我会做一些仪式，但是寨子里面现在有个年轻的在做，我也没时间就没去做，有人来找我我都让他们去找那个年轻人做，这个没有什么钱，程序也很烦琐，我很少去做。以前我们连搭桥、送火星都做，搭桥是生小孩的时候需要做的，我们苗族多半都做这种。火星是我们民族春节的时候搞的，每一年二十七或者二十九送，如果不送的话哪家茅草房被烧了就会说是我们没有去送火星，那是要被骂的。

十五

辛勤劳作把家顾
子承父志喜笑颜：
杨盛清

访谈人：杨正江、杨兰、梁朝艳
访谈时间：2017 年 7 月 21 日
访谈地点：宗地镇宗地村

　　"家和人兴百福至，儿孙绕膝花满堂。"幸福温暖的家庭是每个人的追求，只要拥有一个温暖的家庭，即便是布衣粗食心也甜。他便生活于这样的家庭，小时候，为了减轻父母的负担，他放弃了上学的机会，开始跟着长辈挣工分。结婚后，他早出晚归，辛勤劳作，只愿能让父母妻儿吃饱穿暖。如今年过花甲，依然干劲十足，发展养殖以缓解儿孙压力。他还将毕生所学教给儿子，儿子亦不负父母期望，成为领头人。

年过一旬弃学业，勤勤恳恳把家持

我是1955年出生的，今年已经66岁了。我的父亲名叫杨老五，已经去世30余年了，我的母亲叫杨布都，已经去世十二三年了。父母很疼爱我们，小时候，虽然家庭条件不好，但是父母都很重视对子女的教育，他们认为，无论怎么样，都应该让子女去上学，懂得一点文化，对今后的生活都是有利无害的。所以，我7岁时，就开始去读书，虽然这个年龄读书对现在来说是很晚的，但是在我们当时的那个年代，我是同龄人中上学上得比较早的了，有的八九岁才去上学，有的甚至十几岁才去上学。我一直读到小学五年级，那一年12岁，已经能做得一些体力劳动了，所以我就没有继续读书了。那个时候，土地还没有分给农民，是归生产队集体所有，农民每天去干活获得工分，然后按工分去分粮食，工分挣得多的人家可以多分得粮食，挣得少的人家就少分得粮食。为了能多挣点工分，那时候的小娃娃只要有点力气就去生产队干活赚工分，所以，我也不例外。我们小娃娃挣的工分没有大人的多，但是积少成多嘛，挣得一点是一点，一个家庭就靠工分吃饭。要是现在的话还可以读到初中，读得好的还可以继续读高中、大学，但是我们那个时候没办法，想读父母也没有条件供，我还算是好点的，能读到五年级，那个时候没进过学堂的人多得很。所以，我一直都很感激父母。

从学校回来后，我就一直在家里，没有出去打过工。刚开始那几年，我就和父母一起去挣工分，到了十六七岁的时候，我就结婚了，我结婚比较早，我老婆叫王小梨，她比我小一岁，今年65岁了。后来，生产队需要记分员，这记分员呢必须得识点字、会点加减乘除，否则连人家的名字、每天挣了多少工分都写不出来。我因为受过教育，能完成这项任务，所以我就去帮人家记工分，记了五六年后就没记了，因为土地都分给了农民，大家自己种自己家的土地，种多少就收多少，不需要人去记工分了，我也回家种自己的土地了。分土地的时候我们家分得不多，共分得了 8 个人的土地，当时种出来的粮食够一家人吃了。我们共有三个娃娃，两个儿子一个女儿，大儿子叫杨天雀，今年四十六七岁了，现在在外面打工。女儿叫杨小红，现在 40 岁左右，也是在外面打工。小儿子叫杨长能，今年 37 了，也去外面打工了。

没有结婚之前，家里的吃穿住行都是父母打理，我主要是帮着父母干活减轻一些负担，还没有感觉到生活的压力之大。结婚之后，自己养育了孩子，家里的所有负担就压在了我的肩上，才深刻体会到父母的不容易。因为一个家庭里面，开支最大的就是娃娃，娃娃要吃饭、穿衣、读书，这些都是钱。父母养育我们的时候，自己没有土地，光解决吃的问题就够他们操心的了；到我们养育孩子的时候，已经分得了土地，自己种的粮食能够解决吃饭的问题，比父母辈稍微轻松些。但为了让孩子吃得好一些、穿得暖一些，能够多读一点书，我和老婆除了把土地种好外，还搞了一些副业，比如养猪、鸡等家禽，等它们长大后卖了补贴家用。

父慈子孝互体谅，子承父志喜笑颜

我父亲不会唱《亚鲁王》，所以他就告诉我："我年纪大了，学《亚鲁王》太晚了，你们还年轻，趁现在赶紧去学唱。"于是，我就听从了父亲的意见去学唱《亚鲁王》了，那时候我 23 岁，我总共学了一年半的时间，但实际上只唱得六个晚上，学的时候是晚上去找人家学的，过年的时候可以在家里头随便唱，但其他时候是不能唱的，唱了不太好。我现在还记得，第一次开路是我家二伯杨小满去世，他是杨小维的父亲。我去给人家开路是不收钱的，也不像有的人出去开一次路就一箱一箱地带回来，我们是根据老祖公教的去办事，主人家拿什么招待我们就是什么，一两碗酒也行，第二天起来吃点饭就可以了。2016 年和 2017 年我都没有去开路，因为去世的人少，现在我年纪大了，行动、体力这些都没有原来好，基本不去开路了，都是让年轻人去。我们出去开路的时候，如果一家有两个人会，一般只去一个。

我带了好几个徒弟，比如杨小高、杨小保，杨小高是我的兄弟，还有的学倒是学，但只得了一点。此外，我的两个儿子也跟我学了《亚鲁王》，我告诉他们，趁我们可以教他们，让他们抓住机会，否则等我们唱不动了他们想学也不好找人教了。两个孩子也比较听话，就跟着我一起学了，他们都学会了，以后能替我唱下去，我也算是完成了一个心愿。大儿子现在可以说是我们这里的头头了，当时他学的时候是非常用功的，他还去找杨胜方学习，其他地方他也去学，所以他的师父比较多。他现在能成为我们这里的头头也是他自己努力的结果，古人说的"一分耕耘一分收获"就是这个理。

现在迫于生活压力，两个儿子都去外面打工了。他们上要赡养我们两个老人，下要抚养自己的孩子，开销很大，在家做活路的话根本不够家里的开销，我的孙孙现在一天三四十块钱都不够他用哦。我家原来有8个人的土地，三个孩子长大后分家就把土地分了，女儿分走了两个人的土地，两个儿子每家就分得三个人的土地，我呢就在老大家住，我老婆就在老二家住，一家人的生活光靠那两三个人的土地是完全不够开支的，所以必须要出门打工，能多挣点钱。我们老的嘛对现在的这个生活条件已经很满意了，主要是要给孩子们创造一个好点的生活条件。现在孙子们都跟着他们在广东那边的，最大的那个孙子也已经出去打工，自己可以养活自己了，但小的那两个在广东那边读书，正是用钱的时候。

虽然我们已经完成对孩子的抚养义务，也没有什么压力了，但是孩子们压力很大，所以就想趁现在还能做点事就帮孩子们减轻点负担，因此，我现在还在家里喂猪，而且还喂了好多，每年都可以卖点钱，不说贴补他们，至少够我们两个老人的日常开销，孙子们放假回来的时候还可以给他们一点零用钱。但他们经常劝我不要喂了，说我这个年龄应该享福了，按理来说本该是他们在家陪伴我们两个老的，但现在大家压力都大，只能出去打工，把我们留在家里他们已经很愧疚了，我们在家还要喂这么多猪，天天都要打猪草，打回来还要煮给它们吃，辛苦得很，想要去哪里玩一下都走不开，他们又不在家，帮不上一点忙，最重要的是怕我们爬坡上坎干活时摔倒。还说我们已经辛苦了一辈子了，应该好好地休息下，享受生活。他们这么孝顺是好事，我是很开心的，但我告诉他们，我们在家喂点猪就相当于锻炼身体，一样都不做的话容易生病，而且还不习惯。不管孩子们怎么说，猪我还是要喂的，趁现在能做就做一点，到以后真的动不了了，就没办法了。现在我们两个老人的心愿就是他们在外面把孙子们管理好，把他们的小家庭维护好；我们能做的就是在家里帮他们打理一下，让他们逢年过节回来时能感受到家的存在。

十六

二十有五学"亚鲁"
三十余载固于心：
陈正学

访谈人：杨正江、杨兰、梁朝艳
访谈时间：2017 年 7 月 22 日
访谈地点：宗地镇宗地村

  孩童读书正当时，瞬息变为放牛郎，欢蹦乱跳四五年，紧随其后立家业。二十有五学"亚鲁"，三年五载终得成，若遇老人赴黄泉，田间地头活放下。情同手足最为贵，其他事务怎能比，长年累月唱"亚鲁"，三十余载固于心。

正值读书遇变化，辍学几年成家业

我叫陈正学，1952年出生的，属龙。我爸爸叫陈换荣，他已经去世了，他去世的那一年是1996年，已经离开我们二十多年了，我妈妈被称为杨氏，也去世多年了。我兄弟姐妹很多，但是有几个很早就去世了，现在就只有四姊妹，我排行第三，比我大的两个都是姐姐，第四个是妹妹，最大的姐姐叫陈正英，1940年出生的，也是属龙，在家里务农；第二个姐姐叫陈七妹，她已经快70岁了，也是在家里头做农活；妹妹叫陈小满，她比我小两岁，1954年出生的，属马，也在家做农活。

小的时候，家里面条件虽然不好，但是父母思想比较前卫，想方设法送我们去上学，所以我从7岁开始就去学校读书了，一直读到初一，后来遇到"文化大革命"，社会发生了变化，我就没继续读书了，要不是这样，至少也能把初中读完，我那时的学习成绩还是可以的。没读书后就回到家里看牛喂马，边帮助家里做点事情边玩耍，几年后，父母就托人给我说媒，19岁那年我就结婚了，我老婆和我是同龄的，就叫她陈杨氏吧，她现在就在家里做一些家务活。婚后我们其实有好多个小娃，但都没得带，只剩下两个儿子，大儿子叫陈云保，他是1973年出生的，属牛，他没有出去打工，在家做农活；小儿子叫陈小才，他是1980年出生的，属猴，也是在家里头做农活。

结婚后，肩上的责任越来越大，负担也越来越重，30岁左右，我就出去打工，想着去外面做能多挣点钱来贴补家用，但事实上也没挣到多少钱，因为一直来来回回的，挣的一点钱大多都花在车费上了。我还记得，第一次出去打工的时候，才去了两个月，领到了第一个月的工资，第二个月的工资都没领，陈小祥的爸爸去世了，我就回到家里，一直到过完年才又和他们一起出去，出去后心里一直牵挂着家里，毕竟上有老下有小，担心他们出什么问题，所以顶多一年我就要回一趟家。我去过很多地方打工，比如广东、浙江等，活路也是什么都做，菜场、货场里面都待过，我记得有一段时间在大市场里面做，做了一年，然后我觉得不太自由，就一个人跑到货场里面去做。四十多五十岁的样子，我就没出去打工了，回来后就在家种地，也没有其他活可以做，家里的收入来源就是一样一点，比如谷子、养牲畜，没有娃娃读书了家里的开销就小了很多，生活方面实际上花不了什么钱，米、菜都是自己种，送娃娃读书的家庭靠种地养活一家人就很困难。

二十有五学"亚鲁"，轻车熟路铭于心

我是 25 岁开始学习《亚鲁王》的，学了三五年才全部学得，当时学的时候全靠背，老人们唱一段，我们跟着唱一段，反反复复地唱，然后就背下来了。我爸爸会唱《亚鲁王》，每年过春节的那段时间，他们都会在家里唱，我就跟着学得了一些，也跟着陈小祥的父亲学了一些，就这样一个教我一点最后就全部学得了。陈小祥是和我一起学的，那时候我爸爸和他爸爸每年春节唱《亚鲁王》的时候都会喊年轻人来学，但是有的不耐烦（不愿学）或者学了没用，最后就只有我俩学得了，那时候本来我们寨子里面的人好多都学得了，但是他们出去打工回来也忘得差不多了。我第一次去开路时将近 27 岁，等于是学了两年就跟着他们去开路了，之后经常给别人开路，所以把《亚鲁王》的内容会在心里面（铭记于心），已经三十余年了。我们现在开路要开好几小时的，比如从今天的三点半开始，一直要到明天的七八点钟才刹脚（结束），唱的内容就是说他跟哪个亡人上天去的，一是求宗，二是唱猪和鸡，这个是正规的。说实话，唱猪和鸡，也是要唱三小时。我们是在做客的头一天去到主人家里，去了以后先在那里编箢篼、箩箩，编好之后就休息一下，等时间到了就开始唱，这一天还要供饭，一天三餐。第二天亲戚来也要供饭，比如死者的女儿，她们要拿粑粑、酒、糖、蔗秆等，进行供饭，来一批客人一般要半小时才能供完。主人家有钱的亲戚可能就是拉猪、拉牛来，这样我们还要念诵，就是念他的猪、牛，需要多加一小时才能结束。每个地方的程序基本相同，比如我们这边和四大寨那边就基本一样，内容上主要是家族部分不同，因为亚鲁王有 12 个娃娃，分布在各个地方，所以唱来就不同了。

我们去给人家开路是不收钱的，再怎么耽误自家的活路也不能收，耽误几天都不行，因为这个是有传说的，也就是亚鲁王的传说。相传他

家老的和我家老的是两兄弟，现在我们也是两兄弟，所以哪怕你在田头或者挑粪到地头，只要人家喊，都要丢下手中的活去。但是主人家会给我们一点礼信表示感谢，等我们把仪式做完，将老人送上山以后，我们走的时候就给我们斤把肉这样子，钱不收，一直以来都是这样的，老人们怎么做的我们就跟着怎么做。到现在，我已经不记得帮人家开了多少次路了，反正有时候一年两三回，有时候一年一次都没有，需要开路的时候就去，不需要的时候就自己在家里干农活，各人做各人的事情。

我已经教了好多徒弟，他们来找我学的时候，有的会拿来一壶或一瓶酒、斤把糖这些，有的做夜饭（夜宵），学的时候都是一大帮人而不是一个人，大家唱饿了都要吃点东西才行。我虽然徒弟很多，但最后学得的人很少，就两个得了，两个都叫陈小平，但是住在不同的寨子，一个陈小平住在大地寨，他是1971年出生的，属猪，他现在没在家，出去打工了；另一个陈小平是本寨的，他是1981年出生的，属鸡，也出去打工了。这两个人学的时候也是全靠背，没有用录音机、手机这些录音，大概学了五六年才学得，他们都已经开过路了，现在就是回来的时候刚好遇到有人需要，他们就去开路，其他时间没法参加。

十七

闲时学在身
用时免求人：
陈小祥

访谈人： 杨正江、杨兰、梁朝艳
访谈时间： 2017 年 7 月 22 日
访谈地点： 宗地镇宗地村

（陈小祥为右边）

　　家中父辈是东郎，家族老人去世无须愁，假若后辈无人继，老人去世只能求于人。为其做活方肯来，完成任务便走人，日后七零八碎事，还需三番五次请，思来想去如何是，自力更生是王道，闲时学在身，用时免求人。

贫穷阻止了学习道路　却难以阻止前进步伐

我叫陈小祥，是1961年出生的，属牛。我爸爸是一名东郎，只是去世很久了。我家姊妹很多，我讲一下主要的几个，比我大的有一个姐姐，比我小的有两个弟弟、一个妹妹。

大的那个兄弟叫陈小满，他是1969年或1970年出生的，也是在家做农活，他也学得了一点《亚鲁王》，但他不是你们知道的那个陈小满，那个是德昭那边的，我们这里同名同姓的人太多了，要记好地名才能区分。第二个兄弟叫陈小福，他也学得好几段《亚鲁王》，可惜已经过世了。姐姐叫陈一妹，她的出生日期我记不清楚了，应该六七十岁了，在家务农。妹妹叫陈春妹，也记不清楚她的出生时间了，应该三十多四十岁的样子，她不在家，出门打工去了。

我们姊妹多，父母负担重，再加上当时的经济发展不好，所以家里十分贫穷，我是11岁才开始读书，读到三年级，父母实在没钱供我上学，我就辍学了。辍学后就跟着父母干农活，有时候干农活非常疲倦就会有一些感触，要是能继续读书，像那些人一样提着笔杆子吃饭多轻松啊！甚至还幻想了一下那样的生活该怎么安排，但事实终归就这样，所以提醒自己要面对现实，虽然经济条件有限，我无法通过读书改变生活，但可以通过自己的劳动改变，俗话说："三百六十行，行行出状元。"这样一想，干活的劲头就起来了，那时候虽然还没成年，但是力气很大。后来，我就经常提醒自己，任何困难都是暂时的，只要自己努力，日子都会好起来，直到现在，我都还坚持这样的信念，所以我现在除了唱《亚鲁王》，平时什么都做，农活、建筑等每样都搞一点，这样收入就会多一些。也许是因为我比较乐观，也认识一点字，所以原来我还在村里面担任过组长，就是当时的生产队负责人，每天早上负责集合人去哪里干活、干什么活这些，那时任务比较简单，不像后来的村委要负责的事情很多，担任组长一年有一百块钱的工资，也算是一份收入。

后来没当组长后，我就出去打工了，出去的时候 33 岁，当时去的是广东，去那里做菜场，但我只去了一年就回来了，因为家里有老人、孩子，放心不下。回来做了几年农活后，就开始学搞建筑，搞建筑都搞了十多年，比起农活，搞建筑能多赚点钱，一天可以挣得一百六七十块钱，两百块钱的样子。我老婆叫韦云凤，我们俩是同龄的，都属牛。我们有四个小娃，最大的一个是女儿，名叫陈金芝，已经三十多四十岁了，和她满嬢（陈小祥的妹妹）一样大，她去云南打工了。第二个也是女儿，名叫陈桂英，她属猪，1983 年出生的，也出去打工了。老三是一个儿子，名叫陈小义，是 1985 年出生的，属牛，他没有出去打工，在家里面做农活。最小的这个也是儿子，叫陈小三，他是 1987 年出生的，属兔，他往年都在上海，2017 年才回来。

闲时学于身　用时免求人

我唱《亚鲁王》是跟着我爸爸学的，我爸爸也是一位东郎，他在世的时候经常帮别人家唱《亚鲁王》。当时想学《亚鲁王》，是因为老的这一批都学得了，但他们都渐渐去世了，我们就想谁来帮我们这个家族开路，如果是找人，你去了以后要帮他做点活他才来，再去找其他人也是一样，而且等他来了以后，他把自己的任务完成也就走了，到后面挂纸这些又要去求他来，就会让我们觉得很烦，想来想去都觉得不行，然后就想，《亚鲁王》都是用我们的话讲的，本身就是谈我们自己，人家都会谈，难道我们不会谈？想起来有点寒心，所以就决定自己硬学。人家都说不寒心不做事，寒心了就自己去学了。这个东西它不是随时都要用，平时不觉得它重要，但是需要用的时候，你就知道它的重要性了，所以还是平时学一下，关键时候不用四处求人，自己人办自己事方便一些。

我大概学了两年才把《亚鲁王》全部学完，第一次开路是帮我家下面的那个叔叔家开的，当时我爸爸刚去世两个月，没人能去开路，我就硬着头皮跟着陈正学去开了。那次过后，家族里面有人去世我都去开路。《亚鲁王》的内容很多，一般我们唱一段就有一段的故事，比如他和他哥哥那一段，就是讲开天辟地的时候，亚鲁王各种各样都得了，比如盐海、江海、蒜、蒜地等,他哥哥就寒心了,为什么我家兄弟得了这么多,他心里面不服,于是,他就派了七个手下挑七挑担去亚鲁王家,里面装了盐、蒜、辣椒这些。七个手下到了亚鲁王家门口,就喊道:"亚鲁王,亚鲁王,今天赶场没有?"亚鲁王答道:"没有,有哪样事?"他们就回答说:"你没有赶场,你这里离街上远,没有盐巴吃,我们帮你挑盐巴来;你没有蒜吃,我们帮你挑蒜来;你没得辣椒,我们帮你拿辣椒来……"亚鲁王说:"昨天的场我赶了,我天天都赶场,我的盐成海成江吃不完,我的蒜我也嚼不完……"

亚鲁王紧接着问道:"你们会不会熬盐?会不会抽蒜薹?"那些徒弟说:"我们不会熬盐,我们不会抽蒜薹。"亚鲁王就让他们熬盐、抽蒜薹,七个人熬了七斗盐,抽了七斗蒜薹以后,就挑回亚鲁王的哥哥家。亚鲁王的哥哥就说:"我叫你们帮我挑盐去给我家兄弟吃,你们为哪样把盐挑回来?叫你们把蒜薹挑去我兄弟家,你们为什么又挑回来?"他们回答说:"他不需要你的盐,不需要你的蒜薹。他盐海也有了,盐就多了。"亚鲁王的哥哥问道:"你们说的是真的还是假的?"这些手下就说:"你说我们说假,我们七个人熬了七斗盐才挑回来的。"亚鲁王的哥哥听完很不舒服。他就说亚鲁王是我小的兄弟,我是当哥的,等哪会我有空,早上我要和我家兄弟吃早饭,这个时候是惹到了,但还没有打。第二步就是亚鲁王的婆娘多,就在他旁边说很多话,然后他又打得了龙,打得龙后,他的七十二个婆娘就说:"亚鲁王,你打得牛腿,你不喊我们吃;你得猪腿、狗腿,你不喊我们吃;你得花花米米,你不喊我们吃。"亚鲁王就说:"肉不够,随我喊,饭还不够你们挣。"后面还有好长,没有三个小时理不清楚,后来他们就打起来了。

我有两个徒弟,是和陈正学一起教的两个陈小平。我们这里现在除了我们就只有两个陈小平得到了,其他都不得,实际上,他们也不是不得,他们是记不住,唱调不会,我们一唱最低都要三小时,还是不得,所以好多人得不到。再记不住也要记得一段,如果一段都得不完肯定不行,那就有点老火。我是觉得,要学就全部学完,你一唱心头一记,一唱一出来,然后就学得了,只要用心,也不是特别困难。

十八

儿时生病致失明
二十又八学"亚鲁":

岑万保

访谈人：杨正江、杨兰、梁朝艳

访谈时间：2017 年 7 月 23 日

访谈地点：宗地镇宗地村

　　儿时不幸染上小儿麻痹症，右眼自此无法见光明，学习成绩猛然下滑，无可奈何把学辍。人生虽坎坷，仍需向前看，18 岁自学刀工艺术，只为多一条谋生路，二十又八拜师学"亚鲁"，只缘民族世代永需求。

儿时生病致失明　五六十岁未成家

我叫岑万保，我是1962年出生的，属虎，住在宗地村西道组。我读过书，但是只读到小学四年级，那时家里的条件并不好，所以我11岁的时候才开始进入学校读书。面对来之不易的学习机会，我非常珍惜，每天上课时认认真真听老师讲课，放学回家后，帮着父母做一些家务、农活，晚上就抓紧时间做作业，预习第二天的内容，遇到不懂的地方就问老师，功夫确实不负有心人，一、二、三年级的时候我的成绩都是班上的第一、第二名，但到四年级的时候成绩就迅速下滑了。14岁的那年，我不幸染上了小儿麻痹症，然后右眼就失明了，眼睛没坏，就是视力不通了，别人看到都不会觉得看不见亮，只是觉得眼球有点不正常，但它确实就是看不见。这件事情对我的影响特别大，一方面是身体遭受的痛苦，另一方面是心灵的痛苦，当然更严重的是后者，我觉得自那以后，到哪里别人都会用异样的眼光来看我，有的同学不知道从哪里得知我眼睛失明了，下课后就会嘲笑我，我非常难过，慢慢地，对学习也不上心了，所以成绩就一落千丈，读完四年级，我就告诉父母我不想去读书了。父母听了之后非常难过，一是我选择不读书，让他们难过；二是父母为我的遭遇感到难过，却又无能为力，因为他们也知道我所承受的打击和嘲讽，最终父母强忍泪水，答应了我的请求，自此，我的读书生涯就结束了。

我父亲叫岑正荣，已经去世了；我母亲叫杨二妹，她是1942年出生的，属马，现在就是在家里帮忙做一点家务。我们共有六姊妹，我是家里的老大；老二叫岑万林，1966年出生，也是属马的，他现在在浙江打工；老三叫岑万仓，他是1969年出生，属鸡，他没有出去打工，就在家里种地；老四叫岑勇，他有工作，就是住街上，在供电所上班的那个，他是1974年出生的，属虎的。老五和老六是妹妹，老五叫岑七妹，她是1976年出生，属龙，她去外面打工了；老六叫岑幺妹，她是1978年出生的，属马的，她也出去打工了。

我的弟弟妹妹们都成家了，我因为一只眼睛失明，也没有什么文化，所以到现在都还没成家。年轻的时候，父母也托人给我说亲了，附近的人都知道我的情况，就直接回绝了，远一点的人家，刚开始不了解情况的时候有点口气，但打听后也拒绝了。原来的时候，我觉得这些人都好势利，只看外表不看内里，产生了一些怨恨的心理，但是随着时间的流逝，经历的东西多了，我也逐渐看开了，任何人都希望自己的人生能够幸福、圆满，作为父母长辈，也希望自己的女儿余生过得好一些，试想一下，如果别人把女儿许配给我，旁人肯定会说他家女儿嫁了一个盲人，这话听起来就让人很难受，所以知道我是一个残疾人人家不愿意也是正常的。如今，都这个年纪了，我也不奢求能找到另一半了，一切随缘，我现在的想法就是尽力孝敬母亲，关心一下弟弟妹妹和侄儿侄女、外甥外甥女，其他的就别无所求了，平平淡淡地过完这一生就行了。

二十又八学"亚鲁" 只缘民族永需求

刚失明的那两年，我的生活灰暗至极，感觉人生已经没有什么希望和盼头了，外面大好的世界都与我无缘，所以整天都是萎靡不振的，父母一直给我做思想工作，母亲给我说："一个人，四肢健全是最好的，但实在碰上了也没办法，你虽然一只眼睛失明了，但还有一只是好的，你也可以看得到东西，而且手、脚都是好的，相比于那些缺胳膊少腿的，你算是幸运的，所以你要振作起来，过上正常人的生活。当然，你眼睛失明，都怪我们没有能力给你医治好！我们非常痛心，如果你这样下去，我们会无法原谅自己，你可不可以为我们考虑一下，振作起来，我们相信你一定能行的！弟弟妹妹都希望你能和他们打闹玩耍！"说完，母亲忍不住流下了泪水，父亲的眼圈也红了。我被母亲的话刺痛了，是的！不能因为我一个人，让父母生活在自责中，让一家人生活在忧愁中。之后，我就开始改变自己，和父母下地干活，带弟弟妹妹玩耍，逐渐开启和正常人一样的生活方式。

18岁的时候，我觉得光靠种地养活一家人很不容易，得学点技能贴补一下家里的开销，所以我就自学了编织技艺，我们称为篾匠，就是用竹子来编织一些常用的生活物品，比如簸箕、箩箩、背篼等，这些是每家每户都能用到的，自己会的话就不用出去买，节省了一笔开支，编织出多余的还可以卖得一些，虽然价格不高，但多少有些收入，对我们来说也是好事。竹子是我去找人家买的，一般一棵大竹子是 10 块钱，如果是编一个箩箩的话，需要一棵半的竹子，我要编一天多才能编出来，这个还是很耗费时间的，而且我们卖的价格都很低，比如背篼就只卖 25 块钱一个，簸箕也是二三十块钱一个，编出来的东西要等赶场的时候拿到街上去卖。这些东西在正需要用的时候就会贵一点，比如收庄稼的时候，花篮、簸箕会贵一些，簸箕就可以卖到四五十一个。为了多赚点钱，我有时候就编来放着，等需求量大的时候再拿去卖一个好价钱，我现在就是以编织为职业。

28 岁的时候，我就跟着我父亲学习《亚鲁王》了，但是我父亲只学得了一半，所以他也只能教我一半，跟他学了一半之后，我又跟罗老脚学。当时学习《亚鲁王》，就是觉得我们苗族老人去世都需要用，去学了方便自己也方便大家。老人去世的时候，我们要理开天辟地以来人类的历史，亚鲁王的子孙后代分到各家、分到各个民族，理他在世的时候和哪个抢寨子、抢地盘，原来我们讲他有 12 个儿子，就分成 12 个民族，这样以后好开亲。后来我的师父罗老脚也去世了，我又跟岑万云学，跟我一起学的还有韦邦德、韦邦明，岑万云是 1943 年出生的，属羊，他家是大坝房子的那家，他在家种地、编织背篼。韦邦德和韦邦明是堂兄弟，也是我们寨子里面的，就在我家下面，他们两个既会唱《亚鲁王》，也会编织。

我 28 岁开始学，大概 36 岁的时候才去开路，边学边开，现在已经学得了，但因为我们这边不砍马，所以《砍马经》这些我不会，鸡的话我们经常去做，对《鸡经》再熟悉不过了。我现在带了徒弟，但会的只有两个，其他的都还没学会，一个叫岑万忠，他是 1978 年出生的，属马的，他在家里面给别人修房子。另一个徒弟是岑万明，他和我是同龄的，都是 1962 年出生，他也在家给别人修房子，他们这个也相当于打工，有事情做的时候都是早出晚归，没事或下大雨的时候才在家里休息。我除了会编织、会唱《亚鲁王》，现在还学会了看期辰。我们几兄弟中除了我会唱《亚鲁王》外，我的三兄弟岑万仑也会一些，大概会一半的样子吧！

　　《亚鲁王》是我们祖祖辈辈传下来的，每家老人去世都要用，所以我们必须要传给下一辈人，否则就失传了，到那个时候如果家里有人去世，都找不到东郎学了。我还会再教徒弟，只要他们愿意来学，我都会教他们，只是现在的年轻人基本都出去打工了，来学的人很少，有的来学得一两次，觉得太难就放弃了。有时候我还鼓励年轻人，你们的知识文化水平比我高，我一个残疾人，我都学得了，你们也能学得，一年学不会就两年，两年学不会就三年……我就学了七八年才去开路，主要是你们要下定决心，要有学不会绝不罢休的这种勇气，这样才有可能学成。学《亚鲁王》就是特别考验意志，因为它的内容确实太多了，梳理的历史时间也很长，所以是需要花一点功夫的。

十九

退隐千余日
缘愁似个长：
韦邦德

访谈人：杨正江、杨兰、梁朝艳

访谈时间：2017 年 7 月 23 日

访谈地点：宗地镇宗地村

　　儿孙绕膝喜笑颜开的年纪，怎奈迎来妻离子去的结局。人间世态变化无法预料，身为当事人者心结难解。愁满千丝唯己知人间凄凉，自此柴米油盐皆难入心间。二十七八学"亚鲁"，学成助人数余年，家庭变故使人颓，唱诵之事不再续。退隐千余日，缘愁似个长。

注：虽然采访到了东郎韦邦德，但因其妻子兄弟小孩均去世，老人情绪不好，已放弃唱诵《亚鲁王》两年有余，故未深入采访。

妻离子去徒凄凉，柴米油盐皆无心

我叫韦邦德，我住的这个村叫格崩村，我是 1952 年出生的，属龙。我读过书，但只读到二年级，因为要回家帮父母做农活，就没读了。那个时候全国上下经济条件吃紧，做了活路不一定能吃饱，但不做一定没吃的，而且家里面兄弟姐妹多，靠父母两个人换来的粮食是无法满足这么多人的嘴的，所以我们只要稍微长大点，有点力气了就要跟着去做农活。刚开始的那些年，我们是大家在一起做农活，每天记工分，大人、劳力好的工分就多，我们力气小的就少算一点，最后根据一家人所得的工分来换取粮食。后来土地下放，我们每家人都分得了自己的土地，分到土地后就是自己种自己家的，收得的粮食也是自己家的，只要每年交点农业税就行了，前些年国家还取消了农业税，为农民减轻了不少负担。

我从辍学回家就一直在家里做农活，从来没有外出打过工。我家土地还是多的，至于有多少人口的土地我记不清楚了，现在土地都丢荒了，我也没心情去种。我老婆去世了，小娃们也全部去世了，现在只有我家儿媳和孙子在了，我的兄弟也去世了。哎，命不好，人家是人老了儿孙满堂，一家人开开心心地在一起，我却与老婆、儿子阴阳两隔，死了老婆就够悲惨的了，谁知孩子们也陆续去世了，白发人送黑发人，真的是雪上加霜。原来的时候我除了做农活，还会在家里编点竹箩去卖，卖点钱来补贴家用，现在编得少了，也没有心情编，孤孤单单地活着，已经没有多大的念想了。

二十七八学"亚鲁"，饱经世变难继续

我们家其他的兄弟不会唱《亚鲁王》，我就想一家人一个都不学还是不行，所以我就去学了。我学唱《亚鲁王》的时候还年轻，可能是二十七八岁开始学的，我跟着两个师父学，一个家住在板桥那边叫韦老明，

一个是这边罗家的罗老脚，我就是这个东郎这里学一点，那个那里学一点，所以学了好几年才学完。当时和我一起学的有两个，一个是韦邦权，另一个是韦邦明，我们几个都学得了。

学成之后我就跟着韦邦权、韦邦明他们去给人家开路了，我们一起开了好多年，但是现在我不和他们去了。我已经两三年没有唱过《亚鲁王》了，心情不好不想唱，所以我现在都已经忘记了。现在让我去开路已经没法完成了，但是听人家唱的时候，多少可以回忆起一点，可让我自己去理顺来唱就理不清楚了。而且现在我们年纪大了，差不多也该退休了，等年轻人来学，就要把舞台交给他们了。我没有收徒弟，我们家还有我侄儿韦汉学会唱，他是我大哥家的娃娃，他就住在西道，就是从这三排房子过去的那边，我大哥也去世了。我这个侄儿不是和我学的，他是和韦老五学的，韦老五带了很多徒弟，为《亚鲁王》的传承做了很大的贡献。

二十

长江后浪推前浪
一代更比一代强：
韦邦明

访谈人：杨正江、杨兰、梁朝艳
访谈时间：2017 年 7 月 24 日
访谈地点：宗地镇宗地村

　　儿时为做活路把学耽，成年只能学艺补遗憾。两年时光学"亚鲁"，三十余年帮开路，三五徒弟教出师，残年余力偶开路，其余之时给徒弟。徒弟不负恩师望，超越师父为族人。长江后浪推前浪，一代更比一代强。

出生环境不由人，为做活路把学辍

我叫韦邦明，我家住在格崩村，我属鸡，是 1957 年出生的。父母已经去世很久了。我们有六姊妹，我在家里排行第二，比我大的是姐姐，名叫韦田妹，1950 年出生的，属虎，她在家里面做农活。老三是妹妹，名叫韦连妹，比我小 1 岁，1958 年出生的，可惜她已经去世了。小时候，我上过学，但是没上多久就被父母叫回来做活路了，因为我是家里的长子，下面还有几个弟弟妹妹，随着时间的流逝，我们长大了，但父母却老了，弟弟妹妹还没有什么力气，所以也没法做很多体力活。为了解决一家人的温饱问题，无奈之下父母就把我叫回家来，帮助他们做农活，自此我读书的时光就结束了。

回到家后，刚开始是挣工分，按工分换取粮食，后来我们自己分到土地后，就我们自己种多少收多少。不管是哪一种方式，都必须亲自去做才能有吃的，天上不可能有馅饼掉下来，但是分到土地后，生活条件还是有很大改善的，自己种自己收，粮食就会多一些，而且除了种苞谷，我们还套种了大豆、小豆、小麦、土豆、南瓜、红薯等，苞谷不够吃的时候，这些食物也可以填一下肚子，所以温饱问题基本解决了。我自己其实很想读书，父母实际上也想让我读，但没办法，当时大家的条件就那样，没有什么事情比填饱肚子更重要了。

从辍学回家后，我就一直在家做农活，没有出去打过工，都在和锄头打交道，一辈子围绕着一亩三分地转。我是 22 岁的时候结婚的，我老婆叫岑二妹，我们俩是同龄的，都属鸡。我们有两个小娃，大的是儿子，叫韦汉中，1984 年出生的，属鼠，现在外出打工了。小的是女儿，叫韦二妹，比老大小一两岁，现在也是在外面打工，她出去打工比较早，19 岁的时候就出去了，不想读书就只能早早出去打工养活自己啦。现在和我们那个时代不一样了，我们不读书了就是回家做农活，但是现在的这些孩子，不读书后百分之九十几的都是出去打工，所以好多不会种庄稼。不过现在不会种庄稼也不得挨饿，出去打工比在家种庄稼挣钱，所以会不会种庄稼对他们年轻人来说已经不重要了。

两年时光学"亚鲁"　三五徒弟已出师

我是30岁开始学《亚鲁王》的。因为儿时没有读到什么书，就回到家里种地了，后来突然意识到这一辈子不能就这样守着那一亩三分地，一无所成地度过一生，还是得学一点什么技能，就当弥补没文化的苦恼。因为当时也不知道学什么好，看到周边好多人都去学《亚鲁王》，我想了想，觉得学习《亚鲁王》也是不错的选择，反正自己都用得上，而且也能帮到家族里面的人，所以就决定学了。

当时学的时候就是我们和师父坐在一起，师父教，我们在一旁学，现教现学。即便当时我已经30岁了，但我记忆力还可以，师父教了几遍，我就记得了，所以学了两年，就开始跟着他们去开路了。那个时候我们去学《亚鲁王》，没有给师父钱，就拿点酒给他喝，我们是正月学，其他时间不可以。因为那个时候庄稼都收了，得空的时间多一些，就白天晚上都去学，师父就是我们寨子上的，离得近，所以我们都是去他家学。七月也可以学，但是那时是农忙的季节，大家都要去忙农活，白天累了一天晚上都没有什么精力去学了，而且也怕去了耽误师父休息，毕竟他白天也要做农活的。

我带了好几个徒弟，韦小华、韦小利、韦汉学、韦汉中、韦云权等，他们差不多是三四十岁的样子，韦小华、韦小利这两个已经出师了，其他的还没全部学完，有几个出去打工了，没时间学。韦汉中是我家大儿子，他可能会一半的样子，如果不是出去打工的话，早就学会了。但这没办法，年轻人必须要努力挣钱，不然上有老、下有小，一家人的生活就没着落了。我已经有两年没好好去帮人家开路了，主要让年轻人去，我就偶尔去一下，有时候是主人家要求，有时候是他们年轻人忙不过来就去帮一下忙。我们年纪逐渐大了，身体没有原来硬朗，去唱一晚上都体力不济，再说也要让年轻人多去锻炼一下，长时间不用是会忘记的，因为《亚鲁王》是口耳相传的，而且都是在特定场合唱诵，如果可以唱诵的时候都不去复习巩固一下，时间久了自然会慢慢忘了。我就一两年没有去，现在都只记得一些了。

实际上，把机会留给他们年轻人是正确的选择，现在他们比我都懂得多，作为他们的师父，我为他们感到无比高兴。同时，也希望他们能够继续发扬这种学习精神，学习是永无止境的，要持续充电，才能超越前人，文化才能越来越繁荣。我也希望他们今后能带出自己的徒弟，不光要把《亚鲁王》传递给下一辈，也要把这种学习精神传递给他们。现在年轻人好多都出去打工了，在外面的时间长了，他们就不太重视自己的文化，而《亚鲁王》又是我们民族的一项重要文化遗产，不能让他们不闻不问，得抓住机会开导他们。现在，给我的感觉就是在传承民族文化这方面，当前的情况还是不太乐观，得靠大家努力解决。

二十一

二十有七打工仔
年过半百学艺人：
韦汉学

访谈人：杨正江、杨兰、梁朝艳

访谈时间：2017 年 7 月 24 日

访谈地点：宗地镇宗地村

　　父母省吃俭用供上学，奈何贪玩好耍误正业；学习成绩不尽意，初中毕业把家还。少年不知勤学苦，二十有七打工仔。"亚鲁"世世代代传，仪式节日常常用，年少未醒悟，时下才清醒，学无早迟唯真心，年过半百学艺人。

少年不知勤学苦　二十有七打工仔

我叫韦汉学，1967 年出生的，属羊。我父亲叫韦启才，他曾经当过兵，但已经过世了；母亲叫岑三妹，也去世了。我们有三姊妹，我是老大，老二已经去世了，老三是妹妹，名叫韦春妹，四十多岁了。我是 25 岁时结婚的，我老婆叫梁中英，她小我两岁，1969 年出生的，属鸡，在家里做农活。我们有两个小娃，老大叫韦小毛，1993 年出生的，属鸡，小他母亲两轮，没有读书，已经出去打工了；小的孩子叫韦小乐，1998 出生的，属虎，也是没读书打工去了。本想让他们多读点书，但是他们读不进去，不感兴趣，所以就只能让他们出去自食其力了。

我是 8 岁开始读书的，在那个年代，读书算读得早的，好多十来岁才开始去读。因为我是家里的老大，所以那会儿父母的压力不是太大，就早早地把我送进学校去读书，而且我父亲当过兵，见识要广一点，他深知知识给人带来的力量，对人的命运的改变，特别是对于我们农村的孩子。因此，再怎么苦怎么累，也要送我们读书，不让我们吃没文化的苦。但我们那时没有幼儿园，直接从小学一年级读起，一直读到初中毕业，那时的小学只有五年，不像现在要读六年，所以我初中毕业时就是 16 岁。虽然父母很想让我们通过知识改变命运，但我还是让父母失望了，直到我自己当了父亲，我才体会到想要送孩子读书，孩子不想读的那种愤怒、失落但又无能为力的感觉，真的是少年不知勤学苦，老来方知读书迟。

小时候太贪玩了，课间休息的时候，就和同学嬉戏打闹，上课的时候就觉得有点累，甚至有时候还沉浸于玩耍的场景中，老师教的知识基本是左耳进、右耳出。放学回家的路上，也是和寨子上的同伴一路打闹着回来，回到家后，就帮忙做一些家务，很少拿出课本来学习。就这样，在学校里没学好，回到家中没学，再加上学习内容越来越多，也越来越难，不会的也越来越多，慢慢地，就对学习失去了兴趣。初三毕业的时候，没有考试，就不读回家了。回到家后就种庄稼，种了十余年，到 27 岁的时候就外出去打工，当时去的是广东，进过菜场、虫场等地方，那时候工资有三百多块钱，而且那个时候钱比较管事，1 角钱都能买几颗糖，所以三百块钱还是能做一点事的，后来娃娃逐渐长大，要上学，我就回来陪他们了，回来以后就没出去过了，一直在家做农活，现在在村里面担任组长，为村里面解决一下需要处理的问题。

学无早迟唯真心　年过半百学艺人

我是2015年才开始学习《亚鲁王》的，学得非常晚，那时我已经48岁了。好多人都很诧异，问我为什么那个时候才想着学。其实我学《亚鲁王》的目的很简单，一个是方便自己用，另一个是为以后做打算。丧葬仪式上唱诵《亚鲁王》，是我们代代传承下来的习俗规约，也是外面大多数人所关注到的，实际上，除了丧葬仪式上唱诵《亚鲁王》，其他的时候也会唱，比如春节、元宵节、清明节、中元节等节日中祭祀老人时都会唱，如果自己不会，就得请其他人来唱，一年这么多节日，而且年年都要举行，长期请人是一件非常麻烦的事情，你一年请个一两次，那人家即便有事都会抽空来，但次数多了人家不一定能来，所以我就想现在没有什么太大的压力，老人去世了，孩子都出去打工自己谋生活了，我只要管住我和老婆的吃、穿就行，正好有时间学习《亚鲁王》。此外，现在学习《亚鲁王》的人越来越少，我的两个孩子也不会，所以我们要抓紧时间学，学会了好教给他们，不然怕以后我们去世或者平时节庆活动中祭祀祖宗的时候没人能给我们唱《亚鲁王》了。虽然已经年过半百了，但是我觉得只要用心，什么时候学习都不晚。

在所有的节日中，祭祀祖宗的活动在春节最隆重，吃饭前要先供奉自己家的老祖人，在桌子上摆放一些饭、菜，喊他们来吃饭，唱诵《亚鲁王》，然后我们自己才能开饭。春节期间供奉的东西比其他节日要丰富一些，唱诵的《亚鲁王》也要多一些，而且这一天唱《亚鲁王》一定要请会唱的人。其他节日中也是要先喊祖宗吃饭我们才能开饭，《亚鲁王》的话自己念念也可以，相对简略些。除了节日外，每年杀年猪后也要天天给祖先供饭，供饭的时候也是自己念念就可以了。

我是跟着韦老五学习《亚鲁王》的，就只有他一个师父，没有跟其他人学过。和我一批学习《亚鲁王》的有韦小华，他的父亲韦邦明也是东郎，但他现在不在家，出去打工了，他小我十来岁的样子。还有一个叫韦云权也是外出打工了。从 2015 年开始学习《亚鲁王》以来，我都去开路好几次了，边学边开，会哪一段就唱哪一段，不会唱的那些就在旁边听他们唱，顺便学习。我学的时候都用笔把内容记在本子上，不管是平时跟着师父学，还是出去开路的时候，我都拿着一个本子，随时做记录，俗话说："好记性不如烂笔头"，我这个年龄记性不好了，光靠脑子记是不行的，必须得想点办法。我记录的时候用汉字和拼音混合起来记，有时候记不得字怎么写就用拼音代替，这样要快一点，而且我们是用苗语唱的，有时候发的那个音用汉字和拼音都表达不出来，我就用画图的方式来解决，自己做的记录，只要自己看得懂就行了。因为我自己做了记录，所以除了正月跟着师父学，平时我也自己学，不懂的时候就向师父请教。我们开路都是给周围的人，他们其实都不用来请，我们就当是帮忙，因为都是自己家族里面的，而且他们不给钱都行的。原来他们给人家开路都不给钱的，但是现在大家条件都好了，所以有的人家就会包一个红包表达谢意，没有的我们也不会问，给不给在于主人家。我现在还处于学习阶段，没有带徒弟，但等我学会了以后，我肯定要收徒弟，让他们把这门技艺传下去。

二十二

叮咛嘱咐听进心
读书学艺两相宜：
岑万云

访谈人：杨正江、杨兰、梁朝艳

访谈时间：2017 年 7 月 24 日

访谈地点：宗地镇宗地村

　　父辈的嘱咐，开启了他的学艺生涯。他将读书与学艺兼顾，既能教书育人，也能唱诵"亚鲁"。一路走来，虽然平凡，但身体康健、儿孙满堂，亦足矣！

父辈的嘱托，便是学艺的开始

我之所以学《亚鲁王》，是因为父母给我们几兄弟说，让我们去跟着那些会唱的老人学一下，要把《亚鲁王》传承下去，否则等他们百岁（去世）的时候，就没有人给他们开路（唱诵《亚鲁王》）了，如果没有人帮忙开路，去世的老人就回不去老祖宗那里，会很麻烦。我们家一共有三弟兄，我是家里的老大，1944 年出生的；老二的名字叫岑小莲，今年 70 岁了，在家里面做农活；最小的弟弟名叫岑小满，但是他已经去世了。作为家里的老大，听父母这么一讲，我决定去学习，不为别的，只为父母去世之后可以满足他们的心愿，为他们开路，也算是对父母的一种孝敬吧，再加上家族中如果没有人去学，以后老人去世就没有人来指路，请别的村寨中的人来指路，人家也不熟悉你家的族谱，不了解你家的情况，就只能唱一部分内容，唱不全，所以为了不让老人担忧，我就想学就学嘛，以后都是会用到的。我去学的那一年 13 岁，白天去学校读书，晚上就回家跟着二伯岑老二学唱《亚鲁王》。我二伯现在都还在世，二伯和我父亲是亲弟兄，我父亲在他们姊妹中排行第三，名字就叫岑老三。按照传统，学习《亚鲁王》是要在正月学，但是我学的时候，都没有那么讲究了，因为师父是我的亲二伯，又住得近，想学就去学了，而且也没有什么拜师仪式，因为要上学，我平时都是晚上去学，周末就白天晚上都学。虽然学了好几年才将《亚鲁王》全部学会，但是我去学的那一年就开始去给人家开路了，边学边开，按照传下来的规矩必须要学会了才能去给人家开路，但是因为我们家族中的这个情况，也就允许我边学边开，我也是在这个过程中加深记忆的，因为哪一个程序要唱哪一些内容，在开路的时候通过不断练习已经深深地刻在脑海里了。

寨子里面一旦有人去世，都不需要人家带着东西来请，我们听说了就会主动去，或者隔壁邻居来喊，就会跟着一起去帮忙。像我们开路这种不是去一天两天就行，必须从开始坚持到最后，帮人家把所有事情弄完才能回家。虽然可能耽误家里干农活的时间，特别是农忙的时候，但也没办法，都是家族里的亲戚，谁家都会发生亲人去世的事情，我们去开路就相当于去帮忙。所以老伴同意也要去，不同意也要去，但是我老伴很支持我做这些事情，而且她非常善解人意，我去帮人家开路的时候，她就一个人带着娃娃去干农活，把家里操持得井井有条，从来没有一句怨言，她名叫韦大妹，今年已经71岁了。现在我们去开路，也不需要人家拿什么东西来请，《亚鲁王》内容比较多，我虽然全部都会唱，但有时候还是会忘记一些内容，但是去给人家开路的时候在现场是不会忘记的。现在我们寨上已经有好多东郎，大家你一段我一段地交换着唱，晚上大家还会在一起，如果哪个忘记了，其他人就给他说，大家就是一个给一个讲，相互提醒。其实这个和学生考试要复习一样，比如快到我唱那段的时候，我就会提前把那一段背熟，有忘记的内容就赶紧找大伙儿问问，所以，正式开路的时候就不会忘记了。

有的人以为我们现在唱的《亚鲁王》和以前唱的不一样，其实他们错了，我们对传统文化的保护还是比较重视的。现在唱的和原来唱的是一样的，没有加也没有减，即便是"文化大革命"时期，我们开路不被允许，唱诵的内容也没有发生任何改变。为了《亚鲁王》能传承下去，我们还是悄悄地学、悄悄地唱，一般都是晚上在师父的家里学，我睡在他的脚边，他一边教我一边学。不过那时我也很少去开路，一是因为那时去世的人并不多，我们两个寨子加起来就二十多人在那段时间离世。二是因为那时的丧事是不允许办的，所以好多都没有办，也就不需要我们了。说的不允许办其实就是要简化程序，比如一个人死了，就只是家族中自己的人去招呼一下，不用吹唢呐，也没有什么客人来，将死者抬上山的那天只安排七八个人抬去就行，其他人全部都要去干活，不准丧家随意拉劳动力。虽然是这样，但是有些人家胆子要大点，而且觉得为逝者开路是老祖宗流传下来的，不为逝者操办的话心里总觉得不安，所以就偷偷地喊我们去给死者开路。虽然是偷偷地去唱，但我们并没有删减任何内容，也是像往常一样一字一句地唱完，全部唱完之后我们才各自回家。我现在虽然七十多岁了，但是依然能唱得完《亚鲁王》，有些忘记的地方只要别人稍稍提醒就记起来了。没想到当年父母的一句话，竟然影响了我的一生，与《亚鲁王》结下了不解之缘，但我并不后悔这样的选择，能传承自己民族的文化，是一件非常荣幸的事情，也是在唱

《亚鲁王》的过程中，我晓得了我们民族的历史，我们是从哪里来的，生活习惯是怎么样的，来的过程中发生了一些什么事情。所以，现在我也经常对年轻人说，让他们来跟着我们学，否则等我们老的这一批东郎都去世后，他们想学都没机会了。如果亚鲁王文化失传了，那将会是我们这代人的悲哀！这不是我想看到的。

也曾手握三寸粉笔，脚站三尺讲台，点亮孩童的人生

我的父母比较重视对子女的教育，尽管那个时候生活条件特别差，但为了我们今后的生活更好，他们起早贪黑，夜以继日地干活，努力赚钱供我们读书。因为我们这边那时候读书的意识不强，我10岁的时候才开始去读书，我们读书都比较晚，不像现在的小孩子四五岁就开始上学了。我一直读到六年级，也就是读完小学，小学毕业后就没再读书了，那时我已经十六七岁，就回家帮忙干点农活，减轻一下负担。

后来，大田坝村里面办了小学，没有老师，我就去那里教书，就是当民办教师，在那里教了十多年的书，但是学校合并到宗地去了，我们这些代课老师不能跟着去，我就回家做农活了，一直没有外出打过工，当时如果能再坚持几年，是很有可能转为正式教师的。那个时候学校只有四个老师，共有四个班级，一个年级一个班，相当于一个老师就要负责一个班。我当时不仅教授语文、数学，还教美术、体育、音乐等文艺类课程，那个时候因为老师比较少，所以我们的工作不像现在分得那么细——文科的老师就一门心思地教文科，理科的老师就专门教理科，我们是全能的，哪科都要上。那时我没有当上校长，但当了几年的学科负责人，在学校的那十几年，工资也从六块钱涨到了二十四块钱左右，这个工资现在看还没有小孩子一次的零花钱多，现在的小孩子出去买一次零食或者玩具都是大几十块钱，但是在那个时候还是很管用的，可以支撑我们一个家庭吃饭。

虽然我只是小学毕业，但是在学校教书的那段时间，我仍然坚持不懈地自学。因为我知道，很多孩子和我一样，希望能学到很多知识，能用来解答生活中遇到的各种疑问，同时，他们身上更承载着父母的希望，

有的甚至是一个家族的希望。因为那时大家都太穷了，而且每家的孩子都比较多，要供所有的孩子上学真的太难了，所以只能让一个或者两个学习比较好的继续读书，目的就是希望他们能多读些书去改变自己和一家人的命运。所以我们做老师的，只有不断充实自己，才能向学生传递更多的知识，俗话说："老师要给学生一杯水，老师必须要有一桶水"，就是这样的道理，如果老师自己只会一点，那是教不了学生的。其实我当时非常满意自己的那份工作，但遗憾的是，我们大队撤销了那个教学点，那些学生也被合并到乡镇去了，但我们老师不能合并过去，因此我就失业了。要是大队不撤销我们那个学校，我再坚持几年就能成为正式的老师，成为正式的工作人员了，现在的话还能领一些退休金，但是这个东西谁又能说得清楚呢，错过了也就只能那样了！

一生虽平凡，但亦足矣

我是在教书的那段时间结婚的，婚后我们共育有 5 个孩子，5 个都是儿子。最大的孩子叫岑世华，今年 58 岁了，现在在家做农活，他不愿意出去打工；老二名叫岑世荣，今年有 54 岁了，在浙江打工；老三名叫岑世昌，他 50 岁了，也是在外面打工，除了老大没出去打工，小的四兄弟都在打工；老四叫岑世学，今年 47 岁；最小的那个名叫岑长华，今年 45 岁。现在年轻人都流行到外面打工，确实外面那些地方发展得好，工厂多，去那里打工一是好找工作，二是工资也比较高，在家里只能靠天吃饭。反正现在我们两个老的身体也还算好，有老大在家照顾我们就可以了，他们趁年轻赶紧在外面挣点钱，回来把房子修好，以后年纪大了人家也不愿意让他们去做了，主要是他们不识字，去外面打工也都是些力气活。他们逢年过节就回来，一大家人开开心心地聚一段时间，我们已经很满足了！

不管是教书还是做东郎我都认认真真地对待，把自己的任务完成好，无论是对学生还是对徒弟，我都是毫无保留地把我知道的东西传授给他们。当时和我一批学《亚鲁王》的几个人中，只有我一个人会唱，我也教了好多徒弟，包括岑万华。文化就是这样，老的一辈传承给我，我又把它传承给比我年纪小的，这样才能代代相传。在《亚鲁王》的传承中，我比较遗憾的是我家五个孩子，都不会唱，因为除了老大，其他四个常年在外，只有每年春节才回来，所以没有时间学。我现在想，等他们回来不外出打工了，我就让他们跟着学唱，民族的传统文化，不能只靠几个人去传承，需要大家的共同付出，即便不能精通，但能掌握一些也是好的。现在孙子也长大了，等他们回来了就有时间坐下来慢慢地学，慢慢地唱，以后我走的时候，也有人来帮我唱，也就不遗憾了。总的来说，我这一生，虽然没有做出什么惊天动地的大事，就是平平淡淡地活着，但一家人平平安安、和和睦睦的，也是值得欣慰的事情！

二十三

目不识丁羁绊他的人生
却无法阻止他的热情：
岑万明

访谈人：杨兰、刘洋、杨正超
访谈时间：2017 年 7 月 28 日
访谈地点：宗地镇宗地村

　　背诵成千上万行的《亚鲁王》，是东郎必修的本领，亦是对东郎的挑战，对只字不识的人更甚。但对《亚鲁王》由衷的热爱，让他战胜重重困难，抵达心灵的彼岸。目不识丁羁绊他的人生，却无法阻止他的热情。

不幸的童年，让他与学堂错失良缘

我叫岑万明，和岑万云是堂兄弟，我今年 60 岁了，他比我年长，是哥哥。我们共有 5 姊妹，我排行第三，比我大的是两个姐姐，比我小的是两个弟弟，也就是说，我是家中的长子。大姐名叫岑大妹，70 岁了；二姐叫岑小勇，有 68 岁了；大的弟弟叫岑小宝，今年 57 岁了；最小的弟弟名叫岑小八，今年 56 岁了，他比二弟小 1 岁，他们都在家做农活，没有出去打工。我和他们一样，也是常年在家做农活，从来没有出远门打过工。因为我没有上过学，出门一字不识很不方便，而且进厂也会受到人家的歧视，比如说出门要坐车，但因为不认识字，连车是从哪里开到哪里都搞不清楚，你说问一下旁边的人吧，由于我们不会说普通话，运气好的时候遇到可以听得懂方言的人还好办，要是遇到听不懂方言的人，别人想帮你也帮不了啊！再比如你进厂了，发工资的时候要你核对一下工资或者签字，你没办法核对也签不了字呀！所以，吃了没文化的亏，一辈子只能与庄稼打交道。

小时候，家里很穷，都是过着有上顿没下顿的日子。在我的记忆中，父母为了几姊妹，每天起早摸黑，就连过春节也没时间休息一下，而且那个时候科学不发达，苞谷种子产量都不高，也不像现在有尿素那些可以让庄稼长得很好，就只能靠一点农家肥为庄稼提供养料，从家里挑肥去山上施肥，路途很远，一天基本也就只能挑两三个来回，多了身体吃不消。其他的全看天气，雨水充足粮食就会多点，遇到天干，粮食产量就会下降，那么这一年的辛苦就白费了，又要经受饥饿的考验。

那个时候人多地少，产量低，所以除了少数人家会有点存粮外，大多数都是新的刚出旧的已全部吃完。靠天吃饭的日子，并不是你勤劳就能不愁吃、不愁穿，所以尽管父母风里来雨里去，也没办法让一家人吃饱穿暖。为了让我们多吃点，父母总是忍着饥饿，让我们先吃，等我们吃完他们才吃，但大多数情况下，我们几姊妹吃完以后饭菜就没剩多少了，他们就只能喝些汤汤水水。现在我都还清楚地记得，有一次吃饭时，母亲已经很饿了，她的肚子一直咕咕叫，但是吃的东西不多，她就说她还不饿，让我们先吃，但我发现她不停地吞口水，那天以后我吃饭就不再自顾自地吃，会压着自己的肚子，尽量给父母留一点，毕竟他们干得都是重活，如果吃不饱饭，是没有力气的。命运总是这样不公平，对于在温饱线上挣扎的家庭，老天不但没有怜悯，反而让我们雪上加霜，母亲因为营养跟不上，过度操劳病倒了，由于没有钱医治，母亲强忍着病痛坚持，但最终还是没能摆脱病痛的折磨，在29岁那年永远离开了我们，留下了我们五姊妹。父亲不止一次给我们说，母亲在快断气时，紧紧地抓住他的手，给他说无论怎么困难，都希望父亲把我们抚养长大，她一定会在天堂保佑我们。由于母亲去世得早，我们都还小，所以不知道母亲学名叫什么，只知道她的乳名叫韦丽妹，父亲的名字叫岑老连。

母亲走后，家庭的重担全落在父亲一个人身上，里里外外都只能靠父亲打理，一家人的生活更加拮据。到了上学的年纪，由于交不起学费，我们只能眼睁睁地看着别人蹦蹦跳跳地去学校，等他们放学回来，我就跟着他们读白口书，就是他们拿着书本读书或者是背书的时候，我就站在旁边跟着学，他们读一句或背一句我就跟着学一句，有时候背得滚瓜烂熟，但实际上不知道是什么意思，更不用说把它写出来。幸好都是团转寨邻，他们也不会嫌弃我，有时候还特意教我背书。随着年龄的增长，我们也开始替父亲分担一些活，比如捡柴、做饭、扫地等，父亲去地里做活时，我们也会跟着去打下手。现在回想起我们小时候的日子，都还记得清清楚楚。

对"亚鲁"的挚爱，让他披荆斩棘获得一抹暖阳

都说穷人的孩子早当家，我们就是这样的。作为家里的长子，从小就帮助父亲做农活，成为父亲得力的助手，18岁的时候我就结婚成家了，我老婆叫杨羊妹，今年60岁了，我们俩是同一年出生的，她和我一样，也是从未出过远门。那时候嘛，没有谈什么恋爱，就是人家介绍觉得合适就结婚了，大家的心思都不在这上面，只是觉得能有一个女孩子跟着我就不错了，我本身家庭条件就不好，还担心人家不愿意，让人家受苦受累。婚后我们生了两个小孩，老大是男孩，名叫岑小贵，他今年44岁

了，现在在外省打工；老二是女孩，名叫岑韦香，今年40岁了，也是在外面打工。到他们这一代，打工已经是常事了，现在哪个寨子里的年轻人不出去打工？在家做农活根本就养不活一家人，更不用说挣钱翻修房子了。再加上我们分得的土地，只能满足一家人的口粮，有时候有点剩余的喂下牲口，根本没有能拿出去卖的。所以，生活很拮据。

小时候，我不仅喜欢读白口书，还喜欢听东郎们唱《亚鲁王》，但是当时条件不允许，所以没机会请他们教我。结婚后，老伴看我很喜欢，就支持我学唱，而且我也想着应该要接老人的班，我们不去学的话等老人们去世之后就没人会了。于是我就开始认认真真地跟岑万云学习，成为他的徒弟之一，那时大概二十多岁吧。尽管我是因为喜欢去学的，但是学的过程并不是很痛快，因为我一字不识，全靠死记硬背，而《亚鲁王》内容特别多，所以要全部背下来对我来说是非常困难的。我没办法像他们识字的人那样，边学习边用笔记下来，在后面的唱诵过程中遇到记不住的，看一下自己记的笔记就回想起来了。我记不起的时候，只能靠自己慢慢地回忆，或者问其他人，但俗话常说："好记性不如烂笔头"，我确实深有体会。我知道自己的短处，所以在学习唱诵《亚鲁王》的过程中，我从来不敢懈怠，每次都认认真真地听，然后在心里默念，不仅在农闲时抓紧时间背，甚至在做农活的时候，我的脑海里都不断闪现《亚鲁王》的内容，师父唱诵的画面都深深地记在我的心里。但遗憾的是，无论我怎么努力，翻来覆去地背诵，还是不能百分之百地把《亚鲁王》从头到尾唱完。算起来，从学《亚鲁王》到现在已经有三十多个年头，我仍然不能全部背完，这说起来有的人可能觉得不可思议，甚至有的人会看不起，但我这个人耿直得很，会就会，不会就不会，不怕被别人嘲笑和歧视。有很多东郎会因为自己不能完全记住，就认为自己不合格，但其实没有必要，我们承认错误，努力去记忆就行了。

我第一次开路大概是在二十年前，也是学了很长一段时间才去开路的，没有把握的事情，我不做。要是一学会就去开路，在开路的过程中搞忘记，唱不下去的话就丢脸了，所以有把握的情况下我才去。

当时是我们寨上的一个女性老人去世，我去给她开路，其实当时还是有点紧张的，我担心我唱得不好或者唱的过程中突然忘记，但想到我和她的儿子都是称兄道弟的，只要我尽最大的努力去完成，他们肯定也不会说什么，而且还有其他东郎在，我要是忘记了他们也会提醒我的，这样安慰自己后，紧张的状态就缓解了很多。当时我去唱了两段，还比较顺畅，经历过一次之后，我去给人家唱《亚鲁王》就不会再紧张了。我们给人家开路都是几个东郎一起去，因为内容太长了，一个人唱嗓子受不了，我们都是一人负责一部分，但并不是负责的内容唱完后就先走了，要等到第二天整个仪式结束才能走，比如我负责的部分唱完后，我可以在那里和他们坐着等，也可以在主人家睡觉，但就是不能先回家。

唱了几十年的《亚鲁王》，虽然还不能全部唱完，但它依然让我获得自豪感，我自己也不知道为什么，一唱起《亚鲁王》，我浑身都充满了力量，平时因为不识字所带来的烦恼也被忘得一干二净了。当时和我一起学唱《亚鲁王》的还有岑万忠、岑万华、岑小权等，我们几个年纪相差不大，岑万忠比我小一岁，但是他现在不在家，出门打工去了，所以没唱《亚鲁王》了；岑小权也是五十多岁，他在家里面做农活；岑万华比我小一两岁，也是在家里面的。现在我们在家的三个，有人喊的时候就一起去帮人家开路，没人喊的时候就在家做自己的事情，寨邻需要帮忙的也会尽自己的力量去帮助。在我们家呢，我这一辈的只有我会唱《亚鲁王》，两个弟弟都不会，老人们觉得一辈只要有一个人来学就可以了，一个人就能完成全部家族的任务，所以也没有强行要求其他兄弟来学。我家儿子岑小贵也非常喜欢《亚鲁王》，可能是因为我在做这个事情，他从小就跟着我到处走，所以我在唱的时候他就会跟着学唱，他现在是会的，但是由于一直在外面打工，到现在都没得机会出去帮人家开路。除了我家儿子，我还没有教过别人，可能有的人觉得我自己都还唱不完，没资格教其他人，所以不愿意来找我学；还有一个原因就是现在的年轻人基本都在外面打工，根本没有时间在家学。

但无论如何，今后有人想要跟我学的话，我都会尽力地教他们，把我会的全部教给他们，反正人活一世嘛，就是应该争口气，不能老是被别人瞧不起嘛！但这些都是次要的，更重要的是作为一位东郎，我们有责任把这些东西教给下一辈人，让《亚鲁王》世世代代地传递下去，现在国家大力倡导弘扬传统文化，紫云亚鲁王中心的一直都在鼓励我们继续唱，要找到年轻人来传承，不能让这个文化失传，我们作为老百姓，只要国家是支持的，我们就要好好地执行。

二十四

百善孝为先
学习贵于坚：
岑万忠

访谈人：杨兰、刘洋、杨正超

访谈时间：2017 年 7 月 29 日

访谈地点：宗地镇宗地村

　　养育之恩，真金难酬，纵使他乡薪水高，亦要放手回家乡，因为家有老父亲，年事已高难行动，意外猛如虎，百善孝为先。"亚鲁"先祖

传，逢事必要用，学好助自己，亦可帮族人；心诵笔记久长用，尘封多年不得漏，遗产重而珍，学习贵于坚。

意外猛如虎　百善孝为先

我叫岑万忠，1975年出生，属兔的。我父亲叫岑老岩，1934年出生的，他出生的时候我们新中国都还没诞生；我母亲叫杨乔妹，她已经去世了。我们共有五姊妹，我排行老三，我上面是一个哥哥和姐姐，下面是两个妹妹。大哥叫岑万周，1962年出生的，比我大7岁，现在在家里做农活；大姐叫岑田妹，她是哪年出生的我记不太清楚了，也是在家做农活；二妹叫岑杨妹，在家务农；三妹叫岑红妹，比我小两岁，1977年出生的，属蛇，她出去打工了。

我上过学，但只上到小学五六年级，那时候我14岁，因为当时不太喜欢学习，加上家里面条件也不好，就辍学回家了。回家后就帮忙看牛、砍柴这些，差不多20岁的时候，我就出去打工了，因为光靠做农活还是没办法改善一家人的生活。我当时去了广东，主要是进厂，去菜场种菜，刚去的时候两百多块钱一个月，后来逐渐增加，从七八百块钱、千把块钱涨到两千多块钱，后来又涨到三四千块钱，这些钱完全够我们家生活了。当然，同一时期因为做的活不一样，工资也不一样，辛苦一点的工资就会高一些，为了多挣点钱，我都是去做那些工资高一点的活。当时还是能存一点钱的，但这个也是看个人，有的人一天一两百块钱都不够用，有时候还负债，但我不能和人家比，我家里有老有小，吃穿用度主要靠我在外面挣的那点钱，所以我除了买点吃的和穿的，其他的都不会去买，而且广东天气好，都穿不上什么厚衣服，那里衣服也便宜，因此，买衣服也花不了多少钱，主要满足吃的就行。

我觉得在外面打工确实比在家里种地要好一些，但是现在我不能出去打工了，因为父亲年事已高，行动这些都不太方便了，我怕老父亲在家里出什么事赶不回来，比如摔倒，要是没有一个人在身边，万一他爬不起来，没有人知道，那后果就不堪设想了。意外这个东西说不清楚，毫无征兆地就发生了，能做的只有尽量预防。而且我父亲辛苦了一辈子，之前都没有过上几天好日子，现在日子好过一些了，但母亲去世了，留下他一人，他心里不免有些凄凉。从内心来说，我还是想在外面打工，但想到这些，我就放弃在外打工的念头，回来守着他了。俗话说："百行孝为先"，外面的工资再怎么高，生活再怎么好，都抵不过照顾自己的父母重要，父母养我们小，我们养他们老，在他们本该安享晚年的时候，我们绝不能让他们孤苦伶仃地守在老家。

我结婚比较早，我老婆叫韦定英，1974 年出生的，比我大 1 岁，现在是在家中干农活，有时候也在周边打点零工挣一些零花钱，比如去帮别人打烟这些。我们有两个孩子，老大叫岑龙燕，是女儿，1993 年出生，属鸡的，现在在广东打工；老二叫岑松，是儿子，去浙江打工了。实际上，现在娃娃们大了，个人能够承担自己的生活了，目前暂时也没有孙子，所以家里面也没有什么大的开销。我们两个老的现在就是在家做点农活，周边有活路时去挣点零花钱，我一般就是去给别人修房子，这些做零工的钱也够我们走人亲、购买生活物资了，我们的目标主要就是解决我们的吃饭问题，照顾好我的老父亲就行了。

遗产重而珍　学习贵于坚

我 18 岁的时候开始学习《亚鲁王》。因为除了会做点农活，什么技能也没有，而且也不识多少字，所以我就想一个人不能这样浑浑噩噩地过一辈子，至少得学会一门技艺。经过反复思考，我觉得学习《亚鲁王》是最贴近现实的，一方面，《亚鲁王》是老人去世时必须用到的，在我们乡下都是这样的，哪家老人去世，都需要请人来唱《亚鲁王》，反正都离不开的，学会的话以后自己家的老人去世用的时候就方便，如果自己一点都不会，全部都找别人来帮忙也不好找，特别是现在，会的人都不多了。另一方面，当时在我们周围，老一辈会的技艺就是唱诵《亚鲁王》，其他的他们也不会，我想学也没人教，像我们这样的家庭，也没办法出去找人教，所以学其他的基本算是空想，唯有《亚鲁王》容易实现，决定以后我就开始跟着会唱的人学了。

我学习唱《亚鲁王》的时间不长，我们一般是正月学，像现在这段时间（阴历七月）都不能学，我一直跟着一个师父学，开路已经开了这么多年，现在我基本上学完了，也差不多记全了。当时和我一批学的有好几个人，但现在他们基本都出去打工了，除了我之外，还有一个在家里，就是你们刚刚去的那家。虽然我基本上学完了，但是这种东西也不是天天用，而且原来我在外打工，即便家里有老人去世我也很少参加，有些时候一年用上两三回，有时候几年才用回把，所以唱起来不太顺口，要经过复习才行。比如别人请我开路，我就会提前背一下，如果马上去就会有一些记不住，这个东西少一句都无法继续唱下去，就像唱山歌一样，少一句转不了弯你就没法继续，但只要有一个人在旁边指点你就接得下去了。《亚鲁王》要唱诵的内容很多，一般情况下，我们这里哪家有事，如果要请我们东郎去唱，都会提前五六天来请，这样复习时间比较充裕，就没什么问题了，就算有时候掉了句把话，也不是很要紧。

《亚鲁王》是先祖世代代流传下来的智慧结晶，是我们民族的一项文化遗产，也是我们怀念先祖、了解自己民族历史的一个途径，至关重要且弥足珍贵。学习《亚鲁王》，不能急于求成，需要坚持不懈，因为它所包含的内容十分庞大，且就像我前面所说的，它不是天天用，所以很容易忘记，需要不断地去学、去巩固。我自己就抄得一本手稿，忘记了随时可以拿出来看一眼，即便是丢个两三年，我也不担心，根在本子里面保存着，它就漏不到哪里去。但是如果没有留稿子，很长一段时间不唱就忘记了，那就只能重新学一遍，所以保存稿子是最安全的做法，也是我们实现持久学习的一个基础。这几十年，我就是靠着这个本子，不停地学习、背诵。

我现在还没有教徒弟，教徒弟可能还要等几年，因为我觉得现在年纪还不大，自己还需要继续学习，等自己强大了才能更好地教他们。我们这个寨子里面，不会唱《亚鲁王》的人好多也能懂点，只是懂得少一点而已。对于唱《亚鲁王》的这个事情他们有点矛盾，觉得我们搞的这些是迷信，不太愿意接触，但是家里有老人去世的时候，又要登门入户地来请我们去唱。我们呢不和他们计较这些，不管他们平时怎么看，需要我们的时候我们还是会去唱的，毕竟都是自己家族的人。我们唱《亚鲁王》是论家族的，哪个家族就用哪个家族的人，也就是你是哪个姓的就找哪个姓的唱，各家是各家的，比如我们岑家就只能是我们姓岑的东郎去唱，请其他姓的东郎来也完不成。教徒弟的事情急不得，现在的年轻人基本都出去打工了，没有时间学，而且他们现在可能还没有这种意识，等他们年纪大点，自己的长辈年事越来越高，想到自己也会需要的时候可能就有人来了。那时候无论如何，我都要教他们，即便是到了六七十岁，在身体好的情况下依然不会改变这个主意。如果不收一些徒弟，这些年轻人不学，我们的丧葬仪式就没人主持了，那我们的这个文化就会消失，等我们离世的时候都没人给我们唱诵，我们就无法去见祖先了，也没脸去见祖先，所以这样的事情无论如何我们是不能让它发生的，之前条件不好都坚持下来了，现在个个都有手机，有收音机，可以帮助我们记忆，我们更要好好学习唱诵《亚鲁王》，不让它失传。

二十五

多子多孙多福气
勇担传承的责任：
韦老王

访谈人：杨兰、刘洋、杨正超

访谈时间：2012 年 7 月 21 日、2013 年 11 月 15 日、2017 年 8 月 3 日

访谈地点：宗地镇坝绒村

韦老王，1937 年生，属牛。韦老王很乐观，也很乐于与贫苦的日子做斗争。这次是对他进行的第二次采访，还记得第一次采访是 2012 年，

老人和他的家人非常热情，那时候去他家还是羊肠小道，现在却能直接通车了。这次老人因为接到电话说我们要去采访他，所以早早就在家等我们，几年的时间过去了，他仍然精神矍铄，开朗健谈。

韦老王的父亲叫韦仕龙，已经去世了；母亲叫梁米妹，和他妻子同名，她也去世了；妻子叫梁米妹，1938 年生，梁米妹主要在家中照顾韦老王，为他洗衣做饭，现在年纪大了并不种地，有时会养点鸡，作为营养补给；韦老王有 6 个儿子，孙子重孙有 20 余人，人口众多，韦老王的子孙都很孝顺，所以他目前都还继续传唱《亚鲁王》，家中的事情由孩子们照料。老大叫韦东华，今年 60 岁，在做生意；老二叫韦小乔，今年 57 岁，在家做农活，会唱史诗，是东郎；老三叫韦小连，今年 53 岁，会吹唢呐；老四叫韦小光，今年 46 岁，在家做农活，韦老王现在跟着老四住；老五叫韦小瓢，今年 43 岁，也是在家务农；老六叫韦成保，今年 41 岁，在外面打工。提到自己的 6 个儿子，韦老王很骄傲，说自己一辈子就这件事情做得很成功，多子多福在他身上得到了体现。

韦老王兄弟姐妹 5 个，大姐叫韦卖都，90 多岁了，因为年纪大了，只能在家放牛；哥哥叫韦老脚，已去世；韦老王与大姐、大哥 3 个是同一母亲所生的，后面 2 个是继母所生，兄弟叫韦小毛，今年 70 岁；幺妹叫韦十妹，今年 74 岁，在家里做农活。

儿孙满堂乐融融　安安稳稳享晚年

我叫韦老王，我记得你们前几年来采访的时候，我 76 岁，遇到你们的那个时候我刚好从坡上做完活路准备回家做饭吃。既然今天有时间，我们就慢慢说，慢慢讲。我年纪也大了，说不准哪个时候就不在了，我现在讲给你们听，以后就不用说了。

我是读过书的，但是我们那个时候读书和现在不一样，我读的是私学，你们应该没有见过，就是读什么《三字经》那种。我读书读得晚，是 10 岁才开始读的，读了两年，读到《诗经》《幼学》就没有读了，那时候不像现在，我们那时候，今天老师教你这篇，你会了要念给老师听，认不得的字要学好了才教你下一篇，现在的老师都是按照他的（进度）来，他今天教你写了多少字，不管你会不会，第二天他就会教下面的内容。我们那个时候也写字的，我学了好多，但是我现在写不成了，时间太长忘记怎么写了，而且我平时就是在家种点地，也用不上。

我 12 岁（1949 年）的时候，我的妈妈去世了。妈妈走了之后，爸爸一个人很苦，他也不说些什么，只是自己干活，但是我晓得他心里不好受。那段时间，是我们家落难的时候，因为大姐和大哥都成家了，家里就我和他两个人，也是因为这个，我就没有读书了，一个是经济困难，另一个是没有心情读书了。去学堂读书，看到人家个个都有妈妈，我没有，心里难受嘛。不读之后，就回家来参加劳动。妈妈去世后，我的爸爸就给我们娶了一个后妈，生了我的幺兄弟和妹妹。后妈来到我们家后，也很贤惠、勤劳，跟着父亲种地，喂养牲口，我们家又慢慢好起来，不怕笑话，那个时候算是条件好一点的人家。

我 20 岁的时候，还在公社当计分员，因为我读过两年书，大家都相信我，就喊我去做这个工作，其实做这个工作得罪人，你记多了怕上面的查，记少了大家有意见，所以我当了两三年的计分员，就不干了，专门开路，其他时间就在家做农活。

史诗内容记心间 开路传统莫相忘

我 13 岁（1950 年）就开始学唱史诗，到 20 岁（1957 年）才去开路，学了 7 年的时间，到现在，也有 50 多年了。我从开始学到学得，花了 1 年的时间吧，我和别人不一样，因为我的老爹就是东郎，我是跟着他学的，跟着他学呢，没有什么讲究，天天都可以学，不用等到正月才学，我的老爹要求我每天吃完饭念几遍，然后睡觉，鸡叫了又起来学习，自己想一下差什么然后在他们念的时候再记一下，就可以了。基本上我每天晚上都学，但是一般都是个把小时，因为时间长了嘴巴也说不清楚了，而且心里也记不了这么多。一般来学《亚鲁王》都是一两年才可以学完，因为以前都是在心里面记的。现在有录音机，有手机了，大家学的时间就少点了。

我学《亚鲁王》也是我老爹要求的，他说本来家里面就是搞这个的，难道他去世了还要去请别人来开路啊，害羞得很，所以我就被喊着学唱《亚鲁王》了。当时处于特殊时期，不过我们也不怕，还在悄悄地学，那时候老爹在家就跟着老爹学，有时候学得慢了，学不会了，还会被骂，所以我很用功，基本上都会了。我家小娃也是我老爹教的，他教的是我家第二个小娃。我家老爹说我教唱史诗没有耐心，教的时间不长，怕我教不会，所以他就自己教了。这也省得我再去一遍一遍地教，他爱教他就教嘛，反正现在年纪大了也没有事情做。

我一年要主持带有砍马仪式的葬礼三四次，到现在为止已经记不清有多少了，现在还有罗甸县的人来请我去砍马，葬礼上砍马是有根据的，以前不砍，现在砍得多，现在有钱的人家多了，就都想砍马了，以前好多都买不起马，砍马主要是去世的人需要用这个马回到祖先的地方。我也想在自己去世的时候，有一匹马送我回家，所以我就跟我的六个儿子说，我死后不用他们给我买马，我自己给自己养了一匹马。这匹马从2009年就开始养了，养了好多年了。有人打趣说，我去世了，还有谁来给我砍马啊，我说要看我家老二能不能学完了，学得完就老二给我砍，要是学不完，还有小乔、小光都会的。他们现在学，还是拿手机跟着我学，能学得快一点。

算上不砍马的仪式，我一年要主持二十来次开路仪式，这个次数算是很多的，我的父亲也会砍马，所以我们家这个算是家传了。我们那个时候人家来请去开路，都是空着手来，现在嘛，经济社会了，去开路人家会给包把烟，瓶把酒，有时候还会给点红包。去开路的头一天，要弄倒头猪①，我们这边死人要用一只倒头猪，等客人来了就用这只倒头猪做饭菜来给亡人供饭。像亡人的老姨们，老舅们拿饭来供我们就念，念的内容就是保佑他们一家平安健康这些，如保佑他们一家老小，夫妻团圆，子孙安康等。客人都来完了，我们就要开路了，那个时候开路要开一夜，就只唱那一晚上，或者今天去明天唱，然后明天下午唱到第三天早上大

---

① 用来祭祀的猪。

概天灰亮的时候，抬上山①就不唱了，我们东郎是不能跟着上山去的，②要留下来打扫家里，打扫家里就是用鸡做仪式，③ 帮主人家还有唢呐队住过的那些人家打扫，希望亡人不再留念，回去祖先的地方。我们这边老人死都要在木头上放一把伞，然后上山的时候这个伞也要拿着去，这个纸伞跟其他地方的一样，只是我们是撑开放在木头上的。这种伞要在长顺那边买，以前这边是有的，现在没有卖了，因为这种伞淋雨了很容易坏，没有人买，就没有人卖了。我们这边用得多，只要死人都要用。我以前买了两个，我和他奶奶的，如果实在没有的话也可以用斗笠代替。

我虽然年纪大了，但还在帮别人开路。我还会做老摩公④，今天早上还在帮竹里冲⑤那两家弄，你们来早点都可以去看了。那边是一个老人家，已经75岁了，他不能吃饭，只能喝水，所以喊我用鸡卦⑥看看情况好不好，如果还有救，他家就要把房子修整一下，如果不行了，就不能修房子了。但是他家的第二层还是要打板⑦，不打板他家老爹去世了不好弄。搞完之后他家说要杀只鸡让我吃了再走，但是我有事情就先回来了。

现在我也收了很多徒弟，他们来学唱《亚鲁王》，都没有什么拜师仪式，就是有的想得周到就买点水喝，想得不周到就什么都不带。当时我的徒弟们来学《砍马经》的时候，也只是带了一瓶水，我教了他们一整个晚上，也没有什么拜师仪式。他们心情好就会给包把烟抽，心情不好就不拿了，不过也都是自己的侄儿，一样都不要也是可以的。别人来请我去开路都是带吃、喝这些，吃的就是糯米啊，酒啊，不过糯米和酒是要交给亡人的，不是自己要的。

现在我的三个儿子都在跟着学唱《亚鲁王》，寨子里面的，还有其他村的也有好多来找我学唱史诗，学出师的有杨云保、韦小华、韦小乔、

---

① 送殡。
② 东郎需与亡人隔断联系。
③ 用鸡做清洁仪式。
④ 宝目。
⑤ 地名。
⑥ 一种占卜仪式。
⑦ 修建房子的一道程序。

韦小光，他们基本都四十多岁了。他们都是十七八岁就来学，要学好多年才能学成，年纪大了就不能学了，记忆力不好了。但是也不是天天唱，天天唱也记不住。我教徒弟，也不是教几年就完了，徒弟们中间有不记得的，不会唱的都会来找我继续教。我在主持仪式的时候，徒弟们都要在旁边跟着，边听边学，这个也不是强行要求的，我在去之前会询问他们，愿意去的就去，不愿意去的就可以不去。来跟着学的，最少也要学两年才能开始开路，因为史诗内容太多了，只能够用心记，[1] 还是不太好记住的。

我平时在家都不唱《亚鲁王》，因为《亚鲁王》没有仪式是不能乱唱的，如果唱，别人会以为家里在办仪式，这就不好了，会造成误会，自己家也不吉利。唱诵"亚鲁王"这一部分内容，要从天亮一直唱到晚上一两点，从亚鲁王到他们的祖籍要唱到天亮，哪个分到哪个地方，分到哪个寨子都要唱完。唱的这一天一夜，内容都是不一样的，不能循环，不能反复唱。而且每一家唱的都不一样，各家唱各家的，只有"亚鲁王"的那一部分是一样的，到各家的祖籍就不一样了，所以不能唱一样的内容，而是要按照各家的家族谱系来进行唱诵。[2]

如果你们要去问东郎哪家的祖籍是怎么样的，请他来理顺一下这个分支，东郎自己是理不清楚的，必须要唱才能理得清楚。比如迪德伦是亚鲁的大儿子，是开天辟地那个时期的，但是传到我这一代，有好多代都记不清楚了，但是如果从头开始唱，我就能唱得完整，让我自己讲，我讲不清楚。

现在，有的人家既用道士也用东郎，这种情况比较少见，嫁去汉族的女儿，可能会在父亲或者母亲的葬礼上请道士先生，但是我觉得汉族的道士先生与我们东郎唱诵的是一样的，只不过他们是拿书来念，我们

---

① 当时会写字的东郎不多，大多都是口传心授。

② 因为亚鲁是祖先，他有十二个儿子，各个儿子各为一家，所以后面的发展也不一样，就像一棵树的分支一样。（韦老王的解释：亚鲁王的儿女太多，同爹不同妈的儿女太多了，男男女女相互谈恋爱，乱套了。然后亚鲁王就爬到一棵树上去讲，大家来树下集中，你们要分开走，一双一双的，会讲侗话的去侗家，会讲布依话的去布依家，会讲汉话的去汉家，会讲苗话的来苗家，就是分成了各个民族。实际上侗族、布依族、苗族56个民族都是亚鲁王的子孙。）

却要自己背下来唱，还有就是多了敲锣打鼓这一样。其他的我觉得没有什么不同的，都是一家的嘛，祖先都一样，用哪种都可以。人是由亚鲁王家十二个儿子分开发展来的，是由董冬穹（亚鲁的祖先，是创天地万物的人）发展来的嘛。董冬穹主要负责开天辟地，创造万物，他就是创造万物的祖先，而大家所说的祖奶奶，是在另外一个天上，这个要用很多道具，你才能清楚地看到他们的构成。

《亚鲁王》里面还讲到了几堵乌利，几堵乌利是个女的，是董冬穹的妹妹。几堵乌利嫁不出去，她去找了神人，神人告诉了她嫁出去的方法，后来她就煮了很多粽子和糯米饭，并把它们悬挂出去，说谁来吃我的糯米饭和粽子谁就是我的儿女，结果一直没有人去吃这些粽子和糯米饭，几堵乌利回来之后就非常着急，她在回来的路上全身被分解，变成了所有的森林。在麻山，男的老人去世和女的老人去世唱的都是一样的，因为祖籍一样嘛，但女性嫁人之后，唱的就是男方这边的家谱。不管你是布依族还是汉族，你嫁过来以后，都要按照男方这边的习俗来办。我们东郎没有女的，也没有听说有哪个女的开过路，这个是不允许的，开天辟地的时候都是男的开路。我叔家那个女娃哩，是她家老爹会搞①，每天晚上他老爹教人家唱《亚鲁王》，她就在旁边听，听多了就学得一点，但是都是东一句西一句的，这种是不能作数的。

说到传承《亚鲁王》，当时和我一起跟着我爸爸学的有很多，但是现在就剩下我和喜望的韦小保了，其他的都去世了，韦小保也有 80 岁了。我的徒弟倒是有很多，比如喜望的韦小王，今年 40 多岁了，在家里面做农活的；杨云保，属龙的，有 59 岁了；韦小权，40 多岁了，现在外面打工，他已经学得了，都开路了；韦小卫，今年 33 岁，在外面打工；韦小乔，57 岁，是我家老二，已经出师了；韦小银，50 岁，在外面打工。我也教我家这几个小娃，但是有几个还是没有学完。除了我家小娃，来找我学的这五六个徒弟哩，学会的少，就小权学完了，其他都没学完。

现在他们学起来简单，别人开路唱的时候他们用手机录，不知道他

---

①　会唱《亚鲁王》。

们是怎么录的，你唱完他就录完，然后拿回去学就可以了。小权更会弄，他把我们唱的弄成一段一段地分开放，不知道他怎么弄那个手机，一直重复放，不懂的他就倒回去听。他们录去了之后就不来家里面学了，没成家之前他们学得很专心，现在成家了，有很多事情要做，就没有时间来学这个了。

现在我们去开路，一次会有200块钱，我们一去就是两天，有时候还要休息一下，就要耽搁三四天的时间，收点钱也是应该的，不收钱的话，年轻人都不愿意来学了。现在我们寨子就只有我还在唱《亚鲁王》，我很想他们来学，没有什么拜师仪式，也没有其他要求，他们愿意来我就教，他们想得到就给点烟抽，有些时候他们来我还要给他们烟抽，还要煮饭给他们吃，平时只有我一个老人在家，饭菜难得弄。（杨）正江他们在我家这里设立了一个传习所，现在都没有什么人来学，过年的时候也没有人来，你看现在路修通了方便了，也还是没有人来。

二十六

人生天地间
多学总益善：
梁忠成

访谈人：杨兰、刘洋、杨正超
访谈时间：2017 年 8 月 4 日
访谈地点：宗地镇宗地村

　　人学始知道，不学非自然，读书虽无门，学技亦可行。从小学"亚鲁"，十六正式跟，十八出门闯，获得四级工，家中为独子，四年便回家，队长保管员，东郎老木工。人生天地间，多学总益善。

无缘学校门　学习在社会

我叫梁忠成，1940 年出生的，属龙，我家在山脚村盖角组。我父亲叫梁拉纳，母亲叫杨拉若，都已经去世几十年了。父母就只有我一个孩子，尽管这样，我小时候还是没有读过书。那会儿新中国刚成立，整个国家都比较贫穷，我们这偏远地区，没有什么产业，祖祖辈辈都是靠种地为生，而土地又比较贫瘠，所以解决吃的成为首要问题，大部分人家都是吃了上顿愁下顿的，特别是到了春夏季节，头一年的粮食吃得差不多了，第二年的粮食还没出来，我们就只能去山上挖一些野菜、采一些野果来充饥，所以根本没钱交学费读书。

我虽然没有读过书，但是胆子大，脑袋也算灵活，因此没机会进学校学习知识，我就在社会里面学习技能，不得一样得另外一样也是可以的，至少比什么都不会强。18 岁那年，我就外出去打工，当时出去打工的人不像现在那么多，那会儿人们基本都在家，只有极少数出去，现在是人们基本都出去打工，很少在家。我去了乌江修电站，虽然没有知识，但是我天天跟着那些师父学技能，后来就拿到了四级工。我在那里做了四年，1962 年的时候回来了，因为家里只有我一个孩子，父母不愿意我一个人在外面，其实他们是担心我在外面出什么意外，或者出去时间长了在那里安家，也不愿意看到家里冷冷清清的，所以就把我叫了回来。我也想着家里面只有我一个孩子，留两个老人在家里也不放心，我就回来了，如果一直在那里，那我都成为老工人了。

回家后就一直以种地为生，其间，担任过队长、保管员这些，就是因为我脑袋比较灵活，所以即便不识字，大家也让我去担任这些职务。队长是回来的第二年担任的，当了四年，这期间也当了保管员，四年之后就不当队长了，只当保管员，一直到 1972 年。

从小学"亚鲁"　技多不压身

我父亲不会唱《亚鲁王》，但是其他长辈会唱，小时候，他们唱的时候我喜欢跟着去，他们教其他徒弟的时候我就在旁边学，长辈们看我喜欢，也经常教我，所以那时候就会唱一些，但当时只觉得好玩，慢慢懂事后，才知道《亚鲁王》的重要性和严肃性，它是我们的丧葬仪式和一些节日中必不可少的东西。16 岁开始，我就正式找师父学习了。我师父叫韦老别，我去找他学的时候，没有拜师仪式，我也没提东西，空着两只手就去了。17 岁开始，我就跟着他们去帮人家开路了，那时候没有全部学完，属于边学边唱，后来我出去打工，回来后又担任队长、管理员那些，实在是太忙了，去唱《亚鲁王》的时间就少了，没做这些后，我才经常和他们去唱，所以严格算起来，我唱《亚鲁王》只唱了三四十年。现在我还搞不完，因为我们每个人搞的不一样，要学完太难了。

我们去给人家唱《亚鲁王》，都不要钱的，全凭主人家的意愿，想给就给，不给就算了，我们也不会追究，但一般人家都会给，以前大家条件都不好，就给一小坨糯米饭，现在不给东西了，一般都是给 100 块钱左右。除了会唱《亚鲁王》，我还会老木工，也经常去帮人家做，也是不要钱。一样学一点有好处，技多不压身嘛，学得了需要用的时候就自己做不用去麻烦别人，同时，别人来请你帮忙以后你有事需要人家的时候，人家也会来帮忙，这些都是礼尚往来，你帮不了别人，别人就不一定来帮你了。

到现在我还没有徒弟，这些小伙子都不爱学，我的儿子、孙孙都不愿意学，逢年过节我供老祖公的时候我的孙孙都不看，我经常教育他们，这是我们的传统文化，不管喜不喜欢都要学，而且哪家有老人去世都要用，但他们还是听不进去。我是 23 岁结婚的，就是去乌江修电站回来的第二年。我老婆叫韦田妹，但她 40 岁就去世了，我们有两个小娃，大的那个叫梁小成，已经去世了，小的这个叫梁金华，四十多岁，出去打工了，现在就是我带着孙子们在家里，他们过年时才回来。《亚鲁王》的传承情况在我们这个寨子还是很糟糕的，目前就只有我和另外一个会，我年纪都这么大了，也唱不了几年了，熬夜身体撑不住，但又没年轻人来接班，所以心里面很着急。

二十七

有志不在年高
无志空长百岁：
杨方明

访谈人： 杨兰、刘洋、杨正超
访谈时间： 2017 年 8 月 4 日
访谈地点： 宗地镇宗地村

　　因为"亚鲁"，他们成为师兄弟，血缘与学缘，让他们的友谊更加深厚，但时间的飞逝，让昔日同窗而今天各一方，为了曾经的理想，虽已年迈，但前行的脚步依然坚定，有志不在年高，无志空长百岁。

生不逢时需克服　为饱肚子唯辍学

我叫杨方明，1942 年出生的，属马。父母已经去世很多年了，我们有五姊妹，我是最小的一个，大哥叫杨老贵，二哥叫杨小保，他们两个都去世了。大姐叫杨红妹，1928 年出生，属龙；二姐叫杨米妹，1935年出生，属猪，两个姐姐年纪大了，就在家里面，基本上不做什么事情了。我们出生在动荡不安、物资匮乏的年代，前半生基本都是在饥寒交迫中度过。小时候，虽然家里很贫困，但父母还是让我去读书了，他们觉得不说靠读书过上衣食无忧的日子，但能认识一点字，在生活中少吃一点亏也是好的。我不记得是几岁开始上学的，但我上到三年级就辍学了，因为当时需要劳动赚工分，有了工分才能吃上饭。我读小学的时候，大的哥哥姐姐都结婚成家了，他们需要养活自己的小家，没办法顾全父母和小的弟弟妹妹，所以长大有点力气了就得去干活。现在看来，十多岁的年龄肯定是读书重要，因为现在没有哪家还愁吃不饱，差别只是吃得好一点和吃得差一点，所以读书是首要的任务，但在我们那个年代，保命才是最重要的，你饭都吃不起、命都保不住还谈什么读书，因此，大多数人都是有点力气了就得去挣工分，工分是大家的命根子，很少有人能一直读书的。我们是孩子，力气自然没有大人的大，所以我们去参加劳作挣得的工分没有他们的多，但有一点是一点，不能单靠父母去挣。

我是 20 岁的时候结婚的，我老婆叫梁妹都，她和我是同一年出生的，都属马，在家做点家务活。我们有六个孩子，三个儿子三个女儿，一样一半。儿子中，老大叫杨再清，1965 年出生的，属蛇，在家务农；老二叫杨福宝，1972 年出生，属鼠的，也是在家务农；老三叫杨福寿，1977 年出生的，属蛇，去外面打工了；女儿中，大女儿叫杨福英，1968年出生，属猴的，在家务农；二女儿叫杨福妹，1975 年出生，属兔的，外出打工了；小女儿叫杨凤英，1977 年出生，属蛇的，她在家务农、带孩子。我这一生，从来没出过远门，一辈子就生活在这座大山里，也没有在村里担任过什么职务，只是为不少逝者唱过《亚鲁王》。

有志不在年高　无志空长百岁

我是 30 岁开始学《亚鲁王》的，学了 3 年才学完，但只是在这 3 年里的正月学，其他时候是不能学的。我们那时是很严格的，老人们说只能正月学我们就只在正月，不像现在，大家思想都比较开放，有的年轻人将《亚鲁王》录在手机上，什么时候有空或者什么时候想学就拿出来跟着学了，所以严格算起来我只学了 3 个月。我是跟着隔房的爷爷杨老佑学的，他已经去世很久了，那时候他一段一段地教我们，大家就围坐在一起，一段一段跟着他唱，一段唱会了再进行下一段。我们拜师没有特别的仪式要求，一般就是给师父送一两瓶酒，不送也没关系，只要你想学他们一般都会教的，因为师父都是自己家族里面的人，所以没那么讲究，大家都是为了家族好。我们这里但凡有人去世，都要请东郎主持仪式，唱诵《亚鲁王》的，而且都是自己家族里面的人唱，别人来不了解我们的家族谱系唱不了。几十年前，由于条件太差，有的人家有人去世，他们没有能力为逝者举办丧葬仪式，就先把逝者埋葬了，等后面条件好一点了再给逝者补办，但现在基本没有这样的情况了。

当时和我一起学的有好几个人，那会儿正是不允许唱《亚鲁王》的时候，他们认为我们唱《亚鲁王》是在搞封建迷信，所以禁止我们唱诵，如果抓到，是要被拉去学习的。但是我们认为并不是这样的，唱《亚鲁王》就是我们纪念祖先的一种方式，它讲述的就是我们的祖先开天辟地、创造万物，还有亚鲁王为了大家的生存，不得不英勇抗敌，然后不断迁徙，最终在麻山安定下来的历史。但是政策明文规定，我们还是有点担心的，所以就晚上偷偷学。当时我们就是担心这样下去，今后没人会唱《亚鲁王》了，那样家族里有老人去世的时候，都没人能唱，这世代流传下来的习俗就消失了，所以我们几个人就约好一起学唱了。当时我们的想法很简单，就是要学，不然以后老人去世没人唱了，如果被抓，那也是几个人一起，一个壮一个的胆，就这样去学。学了之后我爷爷去给别人开路的时候就把我们带去，刚开始的一两回还是有点紧张，怕唱错，但后来去唱的次数多了也就不怕了。我爷爷唱不动之后，就是我们几个搭档，一起去唱。但可惜的是，跟我一起学习《亚鲁王》的人都已经过世了，现在只剩下我一个人，有时候真的很想念他们。

　　我有两个徒弟，一个叫杨云保，1972年出生的，属鼠，现在去外面打工了；另一个叫杨友元，1967年出生的，比杨云保长5岁，现在也在外面打工，是杨正兴的哥哥。他们很少有时间在家，都是过年的时候回来，我教他们的时候他们就用手机录下来，出去后就跟着手机录音学习，不懂的回来再问我或者打电话问我。我已经这么大的年龄了，孩子们也都有自己的家庭了，几个儿子现在有钱了就修房子，还喂点猪，已经够吃够用了，我没有什么特别大的压力，所以除了唱《亚鲁王》，就是在家里面做点农活，在物质上没有什么追求了，有多少就用多少。但是对于唱诵《亚鲁王》的这件事情，我一直都是很重视的，我希望在我有生之年还能带出几个徒弟，这样不枉我们那时冒着生命危险去学，也不辜负余生的时光。如果不能多带几个徒弟，那我剩下来的时光就毫无意义了。

二十八

技多不压身
知识才是领路人：
陈小满

访谈人：杨兰、刘洋、杨正江

访谈时间：2012 年 7 月 12 日、2013 年 6 月 23 日

访谈地点：宗地镇德昭村

  陈小满既是东郎又是偌，他还是史诗《亚鲁王》的翻译整理者之一
杨正江的师父。陈小满很好客，很善良，他家坐落在宗地镇德昭村，主

要依靠耕种和养殖满足日常生活需求，陈小满的妻子除了做家务事外还染布制衣，手巧能干。

神授为偌来治病 善心善行为寨邻

我叫陈小满，1956 年生，我的妻子叫张春知，我们育有四个孩子，两个儿子、两个女儿，大儿子叫陈小海，小儿子叫陈金全，大女儿叫陈海英，小女儿叫陈柳妹，现在他们都成家了，有自己的生活。我上学上到初中，算是东郎里面文化程度高一点的。我是 19 岁左右结的婚，我和我的妻子算是一见钟情，我们是在一次赶场的路上遇见的，因为她长得漂亮，也有文化，我们就聊得来，自然而然就走到一起了。我 20 多岁的时候就去给人开路了，37 岁的时候成为偌①，那时经过神人指点，我才知晓了东南西北，到我这一代已经是第三代偌了。说起变成偌，是比较复杂的，当时神人向我扑来，我就坐着头发都变白了，那一整天人都是昏迷不醒的，到第二天，我去坡上，就想起了前一天神人教的所有事情。变成偌的那天，我感觉不舒服，以为是生病，于是就烧纸点香，祭拜东西南北四面神灵，这样做了之后人会舒服一点。但是这种情况并不是真正的生病，所以在烧香的时候，香会说话。② 一般来说，它分管的族群不同，就会说不同的语言，这是别人不知道的，只有偌才知道，在他触摸到香的时候他就会感受到不同。这个香就是神灵，也是我们所说的"当官人"③，香在说话的时候，我们是不能插嘴的，它会自己慢慢给你说，而你要按照它说的做，它怎么说你就怎么做。成了偌，我可以帮助好多人，有些人生病了拿不出钱来医治，就会请我去给他们看病，通常都是自己带香、带纸，因为上天安排的就是要我们治病救人，所以谁有什么病了，我们就会立刻救人，有时候会拿白色粉末（一些西药）来救，有时候会拿草药来救，有时候拿毛巾给病人擦身上。我到现在都还记得成

---

① 与宝目一样治病救人，区别是宝目可通过学习获得技能，偌由上天选定，通常"通灵仪式"由偌来主持。

② 据陈小满说，只有特殊的群体才能听得见。

③ 具有一定神职的神灵。

偌的时候看见的那些事物，在那间屋子里，那些神灵一个教我一种方法，有要鸡的、有要鸭的、有要狗的。到了晚上，主官来安排，主官告诉我什么病用什么药，但他不会重复，所以要用心记，比如肚子痛要用什么药，头痛要用什么药都会讲得清清楚楚。

成偌的时间是不确定的，神灵每天晚上都会来教我，学会了他自然就离开了，有病人来请，我也就自然去解决了。他们教的有很多奇怪的药，又是草药又是官药，样样病都有药。去给别人看病，偌会得到利是钱①，从1.2元至120元不等，1200元的很少给，也不能收，天上的神灵知道后，会认为你的贪念重，如果判定你有贪念，他们会来对你进行审判，如果真的犯错了，就会生病，所以这个是不能乱收钱的。他们是如何判断的呢，一般会在路上设局骗你，如果你贪念重，收了天神的钱，那以后天神就不会信任你，你再给人家医病你就医不好，天神就把你的这个技能收回去了。

我的医术可以说是从我变成偌学会的，天上东西南北四个角，分别有四个主神来管辖，天上的东西很神奇，我们解释不了，有时候人们遇到医院里无法医治的病，或者是无法解释的事情，必然需要亚鲁王来挽救。那个时候有人说，哪个人的心地善良，或者是命格能够承受得住，那么就会在一定的时间，变成偌。当然这个偌也不是随便就能当的，有些人在得到神灵的启示后，会变得疯癫，甚至要疯两三年，这就是他们的命格承受不住。有的想要成为偌的，心地不善良，也成不了。而有些即使脾气不好，说话粗鲁，但他的命格能够压得住，也可以做偌。这个偌，就与现在法庭上的法官差不多，在法庭上，有人犯法了需要开庭来审判，需要有人来解释，来救这个人，在偌的工作中就有这样的内容。比如，不管你是在广东、广西还是在世界上哪个地方，你生了病，就算你去医院，有医术高明的医生给你看，有很好的药给你吃，但是你的病情仍然反反复复不得好转，于是就需要偌来帮助，化解病痛。我们认为生病的根源就是星宿的强弱，俗话说男怕三六九，女怕二四八，如果是

---

① 费用。

男的，在年纪逢三六九的时候受难，得了病，那你心里应该有数，所以可以使用现代医学进行治疗并以偦进行心理引导作为辅助治疗。

人的出生时间是有讲究的，看你出生在哪一年，是火命，还是木命、金命，也要根据你的八字结合你生的那一年的环境来判断。其他先生也要根据几个方面来综合判断，但是来找我，我就会做"划断阴阳"①的仪式，保护人不生病。有些在月子里的产妇，如果不请老摩公来干预一下，晚上睡觉都是迷迷糊糊的，看哪里都是一点红，一点绿，一点青，好像不省人事，娃娃也哭闹得很。所以，人在刚出生的时候也要划阴阳，这个仪式需要用到火。宝目在做祛病仪式的时候，就要烧香点火，将鸡和羊作为祭祀物。

现在的病比以前复杂，以前的病有单方药，一般我们请示偦，就会得到药来医治。现在的这些病，什么经脉痛，肚子痛，头痛，麻木或者是缺钙，这些病都要配方，要复杂一点。现在化学药品使用面太广，好多用在吃的上面，比如饲料鸡、饲料猪这些，人们都喜欢吃，越吃越胖，这些化学药物就渗入人体里面，导致生病，这些病毒在身体里面很难排出来，如果使用单方就没有办法医好，因此需要多种药物搭配使用，但是见效慢。这五六年间的病变得越来越复杂，治疗起来越来越慢，主要与气候和环境有关，现在科学发达了，吃的也会用到一些科技，如果不这样做就富裕不起来，但是生病的人就多了，甚至医院床铺都不够用。

做偦这个职业的，很害怕出门，害怕生病，偦生病了自己是医不了的，要请别人来医治，在哪里生的病就要去哪里找人医治。据说是另外的偦让他生的病，那么，遇到这种情况，两个偦就会有一场比试，失败的那个就保不住偦的身份。也就是说，上天安排了很多偦来治病救人，但是偦和偦如果相遇，他们就会争斗，是在没有意识的情况下，相互追打，追打一段时间后，胜利的那个就会继续成为偦，另一个就会失去偦的功能，变回普通人。有人如果被药婆②下药生病了，偦会拿血点一下病

---

①　将亡者与生人隔开的仪式。
②　会使用药物让人生病的女性。

人的眉心，病人就会恢复意识，大家也就知道是谁下的药，但是没有实际证据，也拿这个人没有办法。就打个比方，如果这堆药是1200块钱的药，但是我没有拿这么多药给你，你的病就不会好。现在很多集市上摆摊卖药算命的那种，都是这样，是假的，他们收钱然后给你说好话，但其实没有用。

东郎与偗是有区别的，东郎是唱诵《亚鲁王》的老师教授的，是用来开路的；偗是天神任命的，是用来治病救人的。有一次，一户人家办丧事，一只公鸡就跑到香火上面叫了三声，这就表示有不好的事情发生，三小时不到，堂屋里来了一条小蛇，三天后这家的两个小娃娃半夜在堂屋里走动后，就晕倒了，不会讲话了，他们站在床边就不会睡，站着就不会坐。后来，这家的媳妇烧火做饭的时候，火塘边上的炭灰上就长出七八朵蘑菇，这样两个小娃娃就会走了，会坐了，但还是不会讲话。接着，这户人家的老公公又生病，一病不起。他家有个小娃娃痛肚子，跑到我们家来，喊我去医治，第三天我的药起作用了，他们的病也好了，我们还帮助他家举行仪式，然后给这家老人拍打身上的经脉，他的病就好了。

偗看病呢，不只是在村里面，到处都要去看，其他民族的来请，也要去帮助医治。偗不能吃狗肉、羊肉、水牛肉、蛇、青蛙，如果你不按照这个规矩来，吃了这些肉就会身上发痒、发热，眼皮也会不停地跳动，好像疯癫了一样。成为偗最重要的就是吃的方面要忌讳，成为偗之前是可以吃的，但是成偗之后就必须要忌口。

在治病救人的排名中，偗是第一，宝目是第二，因为天神管天下，所以偗要比宝目厉害。在寨子里面既有宝目又有偗的情况下，没有什么先后之分，生病的人想请谁来看病就请谁。平时寨子里面人人都说医院医不好、宝目医不好的可以找我，所以好多都是生病了直接请我去治病。我会宝目也会偗，大家都很信任我。偗在遇到重大困难时就会用偗的方法来救治病人，一般的病就是结合宝目与偗来医治。我基本上都用宝目的方法，宝目治不好的才用偗，用偗会很累，一次就要做一晚上，要烧几大把香，到半夜鸡叫才回家，第二天连翻身走路都困难。偗一般是在晚上进行，白天偶尔也可以做，但是天快亮的时候不能做，这个时候神灵要挪动地方，你在这个时候用偌的话，他听不见，就没有人帮助你看病了。能成为偌的不多，所以生病了要找偌来医还是要碰运气。以前有一位年纪大的偌，去给别人看病回来之后就意识不清醒了，不管你怎样叫他，他都不理会你，还沉迷在偌的世界里。他给病人看病不摆桌子，是比较简单的那种，就在石板上放上六个碗，倒上三小杯茶，六个碗中三个是口朝上的，三个是口朝下的。放完碗后，他就开始"打扫"，将香点燃插在火坑上，用嘴巴咬紧点燃的那一头香。可能十分钟左右，香就落下来，但香还没有熄灭，等他抽了一支烟回来，就会让你打开看看里面装有什么东西。如果碗里面是碎木屑，就意味着这个人还有得救，如果是泥巴就意味着没救了。目前，有人跟着我学宝目，但还未出师。

麻山这边有一种药叫作黏黏药，如果有人喜欢你，他就会通过一种仪式把黏黏药用在你身上，你就会被迷住，看到他就会喜欢他了。这边还流传着一个故事，说有一个人因为长得丑，一直娶不着老婆，就用黏黏药娶到了一个很漂亮的老婆。但是因为这件事这个男的受到了惩罚，一直都不能生小孩。

谨慎严肃传承　故事内容丰富

学史诗比较困难，我是跟着廖长华、廖友生两位师父学的。有些学了一点觉得学不好就出去打工了，到正月回家又学一点，都是一个阶段一个阶段地学。主要学的是亚鲁王开天辟地，也就是怎么来造人烟，怎么来造山岭、造土、造锅，学的是我们民族的历史。其中最难学的就是上天堂，上天堂是正月或者敬老祖宗的时候唱的，这一段一定要非常熟练，不然有些人上天堂后，就会把亡人的灵魂带回来，有的还会死亡。所以，在这个阶段一定要用心学，用心唱，不能漏掉一处，教的时候要教清楚，学的也不能胡乱来，不可以用性命开玩笑。你引他回去，如果你引不好，可能你自己的性命都不保，因此这个要十分重视。在砍马的时候，如果你懂得多，别人怎么问你都能回答，但是这里要注意的是，在砍马仪式上，如果偌或婉①将马交给"鬼门关"②，没有转回来回话，那么半年左右你就会有一点小病痛或者小灾难。

史诗的内容，我记得很清楚，亚鲁王家几兄弟，因为争夺权力，造成了兄弟之间不和睦，产生冲突就直接以武力解决。亚鲁王的兄弟们招兵买马，追杀他，他就带着族人过河来到贵州，贵州山高林深，从平原来到这里，对这边地形不熟悉，自然会害怕。亚鲁王来到贵州，在这边也算是一个大的统领了，他想在这边建造一个和原来一样的疆域，因为他带来了很多弟兄，所以就边走边看，看哪里适合居住，就在哪里定居。安居下来后，人口也逐渐增多，亚鲁王就开始分家，他将子女们分别安置好，一个在一处，这样后面的人才好开亲③。分家以后，又讲不同的话，就这样分成白族、苗族、彝族、青族。东郎在开路的时候会唱到这些内容，在讲到为什么开亲的时候也会涉及这些内容。

亚鲁王古城遗址是在德昭的一座山上找到的，亚鲁王破难（战败）后由柳州、江苏打过来，④但不是很准确，他一直被追，赛阳、赛霸一起追杀亚鲁王，亚鲁战败后就往大地方南京江苏那面走，但是那面地势太平，害怕打不赢，又跑来过河到柳州，过柳州、浙江以后，追兵紧跟着又追过来，亚鲁王继续带着人跑，又来到贵州，贵州山高林深，亚鲁王就在这边占山为王了。他们说亚鲁王在北京、南京，苗语最初是 pei jing、nan jing（音译），之后一个传一个，有些东郎相互传的时候就直接说北京、南京。根据书上的描述，那里土壤肥沃，可以种水稻，可以捕鱼，太阳出来的地方，有盐，那么亚鲁王最初应该是在沿海地区。有盐以后他就能够有钱，有钱后兵马才能壮，亚鲁王专门经商卖盐，然后他就发大财了，他弟兄眼红就又来起兵，亚鲁王打不赢就逃走，他有盐的时候没打，有龙心的时候才打，龙心战争就是如此。

龙心是一个宝物，有了龙心他就能善兵善将，他又有很多士兵，他

---

① 史诗中的天神。
② 借用汉语表述，实际为进入祖先故地的关卡。
③ 结成婚姻关系。
④ 这两个地名由东郎音译过来。

是个大人物，他可以得到盐，得到米，因此，亚鲁王就不声讨别人，也不去买别人的盐，而是自产自销。他就不去求他的哥哥，他哥就说我是长兄，你应该经常来。他的哥哥还派人去调查，知道亚鲁王得到龙心了，就要去抢。亚鲁王抵挡不住他哥哥们的攻打，就把龙心拴在房子中间的柱子上，瞬间就天摇地动，打雷下雨、下雪、下雹子，树都被大风刮倒了，下的雪就像龙角亮晶晶的，又像银子，好像是天上的仙人来阻止攻打亚鲁王的这些人一样，这是第一次保卫。第二次是来争夺亚鲁王的南京、北京这两个地盘，因为亚鲁王得了龙心、龙角这两样宝物，哪个来都不能攻打他，亚鲁王用龙心后，就一直下雨，一直打雷，风吹得又大又猛，敌人进不来他家，只能带领兵将转回去。

　　这个龙心只是保护亚鲁王的地盘，在那个地方下雨下雪，让这些人都进不了他的疆域。后面他的哥哥们又接连攻打了几次，但因为有龙心的保护，连连失败。北京、南京的地盘很宽，亚鲁王的哥哥们为了抢夺这个地盘想尽了办法，派兵遣将去攻打都不行，他们就想办法让自己的两个儿子潜入亚鲁王的地盘去给他当长工，这两个娃娃的任务就是去打探龙心的真假，并想方设法把龙心偷回来。这两个娃娃到亚鲁王家后，就去和亚鲁王家的那些小姑娘玩，设计从她们的口中得到龙心的消息，但是亚鲁王以前就交代过，谁要是说出去就要用命偿，这些小姑娘都不敢说，只有一个小姑娘她把敌人当作亲姊妹，告诉了他们藏龙心的地方。这两个娃娃去看了之后，确定是真龙心，就起了偷盗的心思，他们去给亚鲁王汇报，说他们来这里时间最长，想回去看一下家里面的老人，亚鲁王同意了他们的请求，这两个人就回去告诉了亚鲁王的哥哥们，告诉了他们藏龙心的地方。这两个哥哥在赶场的时候看见了一头牛，牛的角闪着白森森的光，和龙角很像，他们就买下了这头牛，并将牛角锯下来，把牛杀了，并将牛心取出来，牛角就像龙角一样，牛心就像龙心一样。两个娃娃带着牛角和牛心转回亚鲁王家，他们继续在那边当长工，寻找机会把龙角和龙心换出来。亚鲁王的哥哥们得到龙角和龙心后，又带着兵马来攻打亚鲁王，战争又开始了。

二十九

无声中的抗争
骨子里的坚持：
韦幺记

访谈人：杨兰、杨正超
访谈时间：2017 年 8 月 7 日
访谈地点：宗地镇湾塘村

　　父辈多技能，自小受熏陶，垂髫开始学，学得帮人去，恰逢不允时，被进学习班，出来不忍弃，暗暗把技传，不仅自己唱，还把徒弟教，回忆当年事，无悔选择续，无声中抗争，骨子里坚持。

父辈多技能　垂髫学"亚鲁"

我叫韦幺记，属狗的，1934 年出生，我没有上过学。也正因为没有上学，所以我七八岁时就开始学习《亚鲁王》了，是跟着我父亲学的。我父亲不仅会唱《亚鲁王》，还会做老摩公这些，他懂的技能多，所以他在世时很多人都找他帮忙，他也带了很多徒弟，我和我大哥都是跟他学的。我父亲叫韦老保，已经去世很久了，母亲叫梁居妹，也去世了。我们有五姊妹，我是最小的一个，上面是两个哥哥、两个姐姐，大哥名叫韦老厚，他会唱《亚鲁王》，只是没有我精，他已经去世了；二哥叫韦老尤，他不会唱《亚鲁王》，但是会吹唢呐，他也去世了；大姐叫韦妞妹，也去世了；二姐叫韦田妹，她 90 岁左右。

我这一生也没外出过，一直在家里面做农活，四十多岁时，我开始在我们这里担任队长，一直到 61 岁才退休。当时我们的工作主要就是在组里面带着群众干活，有时候去公社开会，有时候去紫云开会，我们那时当组长没有工资，而是得工分，一天一天地记，干活有工分，开会有工分，不做事的时候就没有。其实我们那时的工分也相当于现在的工资，就是给我们的报酬，每年按工分去换取粮食这些生活用品。

无声中抗争　骨子里坚持

《亚鲁王》我学了七八年才学会，16 岁时开始去帮人家开路，除了学习《亚鲁王》，我也跟着我父亲学了老摩公，18 岁我就当上了老摩公。"我 41 岁那年去做老摩公，进了一个学习班，学习班一共待了 16 天，自己带着干粮去，里面没吃的，我在学习班学习的时候，还当了组长。从学习班回来以后，我还是悄悄地去帮人家开路、做老摩公，他们认为是牛鬼蛇神，可我们不这样认为，《亚鲁王》是老人去世必须唱诵的，要指引老人回到祖先那里，给大家一种心灵安慰，而且里面讲述的都是我们先祖创业、迁徙的历史。老摩公是原来我们给病人治疗的一种方法，一方面，那时的医院比较少，而且医疗技术没有现在好；另一方面，那时我们农村也不得钱，生了病就只能用一些草药，或者做老摩公，主要是为了给病人减轻痛苦，所以我认为是可以做的，而且像我们这些会的，人家来找也不忍心拒绝。因此，我们就晚上悄悄搞。

现在我年纪大了，走不得，已经有几年没去开路、做老摩公这些了。现在都是他们年轻的去，比如住在我们前后的韦金发和杨小保。当时和我一批学的有四个，分别是韦小桥、韦小发、韦小天、韦小金，我们是堂兄弟，我们老家是各达的，是搬迁到这里来的，但有两个已经去世了，只剩韦小发和我了，韦小发比我小，他是1941年出生的，属蛇。我带的徒弟有杨老天、韦金发和杨应伟这些，韦金发是我的儿子，杨应伟是我女婿，杨老天和杨应伟都已经去世了，现在只有韦金发了。到了现在这个年龄，身边的人都陆陆续续离开了，比我年纪大的、小的都有，所以有时候还是觉得很伤感，但一个人总归都要面对生死，只能尽量看开吧！

三十

历经鬼门关
何惧前路难：
韦金发

访谈人：杨兰、杨正超
访谈时间：2017 年 8 月 7 日
访谈地点：宗地镇湾塘村

　　身为最小儿，备受家人爱，家中三姊妹，唯一上学人，成绩本优良，中考疾病生。错失升学缘，归家农活干，随父学"亚鲁"，唯一继承人，辗转各城市，努力谋生活，生死已走过，何惧前路难。

家中唯一上学人　奈何中考疾病生

我叫韦金发，1967 年出生的，属羊。我的父亲是韦幺记，我有三姊妹，我是家中最小的，比我大的是一个哥哥，一个姐姐，哥哥名叫韦小二，他是 1957 年出生的，属鸡，在家干农活；姐姐名叫韦五妹，她是 1964 年出生的，属龙，也是在家里干农活。因为我是家里面最小的孩子，所以小时候爸爸妈妈、哥哥姐姐都特别宠爱我，有一点吃的都先给我，上学也只有我一个人得上，哥哥、姐姐都没有上过学。那时家里条件不好，没办法让几姊妹都去读书，所以他们就把机会留给我了。

我是 1975 年开始上学的，也就是毛主席逝世的前一年，一直读到了初三，不幸的是中考的时候我生病了，没法参加中考，就这样辍学了。实际上，那会儿我的成绩总体还是可以的，就是物理、化学要差一点，讲起来有点害羞，但是语文、数学、历史等就比较好，我偏向于文科。那一次生病，我差点都死了，幸好命大，活过来了，至于是什么病，我们也不知道，那个时候条件差，去了医院，医生说要住院治疗，但住院要花很多钱，干脆不去了，然后就回家吃点草药那些，我以为自己挺不过去，没想到竟然好起来了。

病好了以后，我以前的老师都跑来找我，让我去补习，但没有钱最后还是不得去啊！那会儿学杂费一个学期大概需要 13 块钱，现在看来不值钱，但那时候的钱很管用，能办很多事，哎，那场病真的是把我这辈子搞坏了，否则我应该能接着去读高中，靠读书来改变命运，那样生活应该就会好很多，最主要的是他们把读书的机会留给我，我却这样丢失了，觉得好对不起家人。现在老了想起来，读不读都没多大关系了，反正老一辈没读书也过来了，我们三姊妹，哥哥不识字，姐姐不识字，我呢，多少懂一些，但现在老师教的那些全都忘记了。

鬼门关里已闯过　何惧前路荆棘多

没读书以后，我先是在家里养病，然后 21 岁的时候就结婚了。我老婆叫韦金妹，和我是同龄的，我们只有一个小娃，是一个儿子，名叫韦小国，1992 年出生的，属猴，他已经去广东打工了。他学了一点《亚鲁王》，但是还没有全部搞清楚，是我教他的。我也是跟着我父亲学的《亚鲁王》，我父亲是跟着爷爷学的，都是一代传一代，但我哥哥不会唱，只有我会。我学《亚鲁王》，讲起来有点害羞，就是根据我们民族的这个风俗，老人去世都要用到，我听父亲讲，以前梁家有个老人去世，找不到正宗的本家东郎去开路，就去请了其他人来开。我听完以后觉得喊人家来开路不太周全，所以我认为自己应该学，然后就学了。

我在我们村里担任过组长，也到过广东、贵阳、安顺这些地方打工，一路走来，也是跌跌撞撞，但是作为一个在鬼门关闯过的人，生活中的一些不如意都算不上什么，我依然会勇敢面对一切。我担任组长的时候28岁，那时候作为知识青年在小岩当代管主任，总共做了三年。结婚之前，我就去安顺、贵阳这些地方到处找活做，但实际没挣多少钱，一个是工资不高，另一个是年轻不会用钱，爱乱花。后来我就去广东打工，去广东是结婚以后去的，那个时候一个月有两三百块钱的工资，工资不算高，现在一个月有三千多块钱，算起来，我在外面打工有七八年的时间。今年没有出去是因为我出车祸了，没法去，这次车祸伤到了我的胸部和腰杆这里。我们自己买了一辆摩托车，有一天我小娃娃就带着我出去，是他开的，结果不注意车就翻到坎子下面去了，我就受伤了，治疗都花了14900元，报了合医（农村合作医疗保险），但因为我们是出车祸，所以报得少，只报了3000块钱。而且报这3000块钱都是经过村里面开证明才得到的，村里面的证明很细，证明人、证明电话、年龄、年月日等都要，因为人家怕是假的。

我带了几个徒弟，除了我儿子以外，还有韦小华、韦小三等五人。韦小华是1984年出生的，属鼠，在家务农；韦小三有四十多岁，出去打工了；韦小权也有四十多岁，出去打工了；罗长伦是1980年出生的，属猴；杨云发是1974年出生的，属虎，这几个都出去打工了。他们都已经去帮人家开路了，但是还没有全部学会，就是搞自己熟悉的那几段。他们来找我学的时候没带什么礼物，都是空手来的，如果我这里没吃的大家就饿着。现在他们学《亚鲁王》都是拿手机录，然后每年正月都来学，其他时候不懂的就打电话问我。我们寨子里面出去打工的年轻人还是很多的，他们不太好学，在家时听我们唱都听烦了，所以不太愿意学。

三十一

身无一技之长不可行
学习"亚鲁"只需记忆好：
杨小保

访谈人：杨兰、杨正超

访谈时间：2017 年 8 月 8 日

访谈地点：宗地镇湾塘村

少年不识生活味，年到三十方醒悟，历经事故知难易，身无一技不可行，学习其他需投入，"亚鲁"只需记忆好，一年时间把路开，自此就把"亚鲁"传。

儿多母苦皆无怨 兄妹打闹梦也甜

我叫杨小保,1954 年出生,属马的,我家住在竹林组。我爸爸叫杨老天,他是东郎但已经去世了,2016 年 9 月 15 日去世的,我妈妈叫韦留妹,1930 年出生的,属马。我们家总共有七兄妹,之前常听父母说起我们小时候的事情,我们都是一个大另一个几岁,平时他们忙于干农活,就让大的带小的玩,虽然有时候也会因为一些鸡毛蒜皮的事情发生争执,甚至是打架,但一会儿就和好了,反正一天要吵闹好几次,转过身又开始嘻嘻哈哈的了,完全不影响兄妹之间的情感。看着我们那样,父母既生气又想笑,一天耳根都得不到清净。我们姊妹多,在那个时代要养活这么多人非常辛苦,因此我们的父母也积累了很多疾病,这就是所谓的儿多母苦,但是他们从来没有抱怨过,反而觉得是幸福的。

我们七兄妹中,我排行老二,比我大的姐姐叫杨妹妞,她比我大三岁,1951 年出生的,属兔,在家里务农;第三个是妹妹,名叫杨莽妹,1958 年出生的,属狗,在家里头做活路;第四个也是妹妹,她应该是 1963 年出生的;第五个是弟弟,叫杨正河,在家做农活;第六个也是弟弟,名叫杨小春,但 2016 年去世了;第七个是杨罗华,他属鼠,1972 年出生的,也是在家做农活。虽然那时条件不太好,但我还是上学了,不过只读到三年级就没读了,我是 11 岁开始读的,14 岁就去集体做工了,因为家里人口多要吃饭,那时候只有最小的兄弟没出生,爷爷奶奶还在世,共有 10 个人吃饭,但能干活的就是爸爸妈妈和姐姐,我那时也有一些力气了,所以就不读去挣工分了。我去做虽然只算半个劳动力,但也比没有好,其他弟弟妹妹太小也做不了。

我是 26 岁结婚的,我老婆叫罗丽妹,她比我小 1 岁,1955 年出生的,属羊。我们有三个小娃,最大的是儿子,名字叫杨通云,1981 年出生的,属鸡,他现在在家搞养殖,主要是养猪;第二个是女儿,叫杨婷,1985 年出生的,属牛,在家里;最小的一个叫杨通荣,是儿子,1988 年出生的,属龙,他去贵阳打工了。

学习其他需投入 "亚鲁" 只需记忆好

年轻的时候就只知道干农活，一天浑浑噩噩，也没有为自己的将来打算，直到结婚成家，有了小孩之后才醒悟过来，一样技术都不会还是不行，学木工不得钻研，打田也不得工具，学《亚鲁王》的话不需要什么成本，只要记性好就能学会，所以我就选择学习《亚鲁王》了。我是30岁开始学的，学了一年得了两段，我就是靠自己的大脑记，没有用录音机那些。31岁开始帮人家开路，《亚鲁王》内容太多了，那些老人都去世了，我们都得不完。我的师父是杨佑文，我去学的时候没有拜师仪式，酒也没提，空着手就去学了。我的师父已经去世好几年了，当时只有我一个人去学，我现在也还没有徒弟。

1992年，我出去打工，就没有时间唱《亚鲁王》了。我去的是广东，在农场里面上班，主要是管理橡胶树，广东、海南、福建这些热带地方好多都做这些，我们平时看到的胶鞋、轮胎都是以这些为原材料加工出来的，那会儿一个月工资有三百多块钱，那时的大米六角一斤，现在的大米都几块钱一斤。我在那里做了20多年，到2014年4月份我才回来的，而且中途没有换过地方。那个工作工资不太高，它是按照产量来发工资，但是比较辛苦，白天叫你施肥、涂药，一个月要涂两次，中午12点才叫你做饭吃，晚上要割橡胶，割了又称，要到凌晨两点才让你回家，挺累的。现在他们在那里做，两夫妻一个月最高是5000多块钱，做其他的有的人能挣7000多块钱。

回家后我就做农活，平时有老人去世，他们来请就去开路，我都是和杨小保一起去的，我打工的那段时间都没有去开路，有些已经忘记了，都是现在去开路又捡起来的，但依然没有全部学完。那会我们去给人家开路都不给钱，但是有礼信，会给一小坨糯米饭，我从广东回来后，我看他们又搞成给120块钱，还有一斤肉、一升米这些，搞得增加人家的负担了。

三十二

渡人如渡己
渡己亦渡人：

杨小权

访谈人：杨兰、杨正超
访谈时间：2017 年 8 月 8 日
访谈地点：宗地镇湾塘村

　　山路崎岖阻学路，无可奈何别学堂；务农生活一辈子，丧子悲痛后半生；担当组长五六载，与民齐心共奋进；竹编技艺制农具，出卖赚取零花钱。二十学"亚鲁"，动机朴而实，渡人如渡己，渡己亦渡人。

山路崎岖阻学路　务农生活一辈子

我叫杨小权，1968 年出生，属猴的。我爸爸叫杨老岩，已经七十多岁了，在家做点农活，我妈妈叫韦田妹，已经去世了。我们有四个兄弟姐妹，我是老大，第二个是妹妹，叫杨小妹，1970 年出生的，属狗的，目前就在家里面做农活，她的小娃都成人了，已经到外面打工挣钱了，我们这边流行小的出去打工，老的留在家里带孙子、做农活；第三个是弟弟，他叫杨小文，大概是 1973 年出生的，我记不太清了，现在也是在家里做农活；最小的那个也是弟弟，名叫杨小成，1976 年出生，属龙的，他虽然年轻点，但也没有出去打工，在家里面做农活。

小时候，虽然家里面经济条件很拮据，但是父母还是省吃俭用、勒紧腰带让我们几姊妹上学了，他们吃过了没文化的苦，所以不想让我们再步人后尘。我是几岁开始读书的已经不记得了，但是我从一年级一直读到了五年级，相当于小学毕业，因为那时还没有六年级。我住的这里离初中的学校太远了，而且那个时候没有现在的这些水泥路，全是崎岖蜿蜒的小路，如果去读书的话，需要大清早走着去，一直到晚上才回得来，早上去的时候，刚从家里面吃了东西还有力气走，但是放学后走回来就很吃力了，因为在学校饿了一天，已经没有力气走，而且年纪又小，身体承受不住，那时候家里根本没有零花钱给我们，自己带东西的话说实话也没有什么可带的，所以，不继续读书了。不读书以后呢，就在家里跟着父母做农活，后来就成家了，成家后也是一直在家做农活。因为我读过书，识字，所以在大队里面担任过组长，那时候大概 30 岁，一共当了五六年，在这期间，也主要是带领大家种地，思考怎么样才能在有限的土地上种出更多的粮食，我们农民嘛，主要就是抓粮食生产，粮食产量高了，大家的生活才能提高。

我是 20 岁左右结婚的，我老婆叫梁小妹，她也是 1968 年出生的。我们本来有两个小娃，但是小的孩子杨小义已经死了，现在就只有老大一个孩子，他叫杨小年，1989 年出生，属蛇的，现在去外面打工了。杨小年已经结婚了，小孩都已经有几个了，现在我们老两口就是在家里带这几个孙子，主要是我老伴带，我就是帮一下忙。平时我除了去给人家唱《亚鲁王》，就在家里编一点竹编，你们看到的这些簸箕、竹篮、篙箕、筛子都是我亲手编的，实际上编织方法很简单，就是先做一个框框起头，然后就胡乱编，这些不值什么钱，只是我们这个年纪也没有其他的挣钱渠道了，就靠这点技艺挣点瓜子钱。像这个筛子，都是做好先放着，等到秋天才拿去卖，现在没有多少人要，秋天收了苞谷这些农作物以后，人们需要用筛子将苞谷和其他杂物分开，所以那个时候拿去会好卖一些。原来的时候人家还称赞说我命好，有两个儿子，我们这一代正赶上计划生育政策，好多为了要儿子吃了不少苦头，所以他们就羡慕我。谁知道小儿子竟然英年早逝，白发人送黑发人，小儿子的去世，对我们打击很大，刚去世的那段时间我们两口连饭都吃不下，至今都还无法释怀，经常做梦都梦到他在我们身边，醒来发现是一场空欢喜。

渡人如渡己　渡己亦渡人

我是 20 岁左右开始学习《亚鲁王》的，是跟着我爷爷杨重友学的，但是他已经去世了，2013 年或 2014 年去世的吧，具体记不清楚了。我当时学习《亚鲁王》，就是想着学了这个以后，我可以帮助别人，当我有事情的时候也好请别人来帮忙，如果你不帮别人，等你有事的时候别人不一定会来帮你，这是礼尚往来。

我学《亚鲁王》史诗学了年把，就跟着他们去开路了，其实这个不用学好多年，有些人几个月就学会了，虽然到现在我还没有全部学完，只是得了几段，但不影响我去开路。因为我们都是几个东郎一起去，大家分来唱，我就唱我会的那几段就可以了，不会的给其他会的人来唱。当时和我一批学唱《亚鲁王》的有一个叫杨小宝，他有六十多岁了，大我十来岁的样子，还有一个，我们当时叫他来，结果他跑去拔三堂菌（鸡枞菌）了，就没有来。杨小宝唱《亚鲁王》史诗唱得很熟，算是我们这里唱得最好的了。学唱《亚鲁王》要会说话，脸皮还要厚，脸皮不厚就没办法去唱，就不能成为一名真正的东郎。像有的人他学会了，但是在葬礼上正式唱的时候，看见人多，他就不好意思，然后就唱不出来了。

葬礼上团转寨邻、逝者的亲朋好友都会来，几百人看着东郎唱，有的还会在下面讨论一下，如果脸皮不厚，就吃不消了，那样即便学会了也没什么用，东西学了就要用，这样才能彰显出它的价值，否则和不学没什么区别。

我们这边的葬礼一般不砍马，只是杀牛。砍马主要是看逝者家中的经济条件如何，家中富裕的就可以砍马，如果家里经济薄弱就可以只杀牛，因为马比牛贵一点，而且买牛的话杀牛的时候可以自己完成，不用花钱请人来杀，但买马的话就需要请人来砍，这个就要开别人工钱。此外，杀牛的话那些牛肉可以用来做菜招待客人，这样又节省了一部分菜钱，但砍马的话那些马肉是不能拿来招待客人的，马肉是要让砍马的那帮人拿走的，所以，经济条件差的家庭是无法支付砍马的这一大笔费用的，而我们这里，大家的条件都不是特别好，所以砍马的情况就很少。

我们去开路都是不收钱的，一般都是自家人来请，虽然去开路有点耽搁活路，特别是农忙的季节，但学这个本来就是为了帮助别人和自己。不过现在流行给个红包，所有去帮忙的人都有，钱虽然不多，但也是主人家表达谢意的一种方式。除了唱诵《亚鲁王》外，我还会做"老摩公"，说实话，会唱《亚鲁王》的人不会做"老摩公"是假的，我的"老摩公"也是跟着我爷爷杨重友学的。我们唱《亚鲁王》、做"老摩公"的都是男生，女生是不能做的，世世代代都是这样的。在我们寨子上，倒是有几个会唱苗歌的女生，但是她们都不能在葬礼上唱，她们唱的是杨小远他们唱的那种歌，竹林寨那边也有两三个会唱苗歌，但她们唱的不是正规的苗语。

我现在还没有收徒弟，一是因为我还没有全部学完；二是因为现在我还没精力来教，我现在要帮着带孙子，挣点零花钱，帮助孩子缓解一下经济压力，不然以后他们负担重得很，要送几个孙子读书，我们两个老人生病或者动不了的时候也要靠他们，所以趁现在我们还能动尽量帮点忙；三是现在没有人来学，我们寨子里面年轻的大多数都出去打工了，在家的都是老年人，也都是在家帮忙带孙子、做一些农活。现在，寨子里面就我和另外一个会唱《亚鲁王》，所以《亚鲁王》的传承情况实在令人担忧，等我年纪大一点，各方面条件都成熟的时候，我就要收徒弟，无论如何都得把《亚鲁王》传到下一代的手里，不能让它在我们这一代终止了，那样以后我们去世了都没人来给我们唱《亚鲁王》，我们就没办法回到祖先那里了，也愧对我们的先祖。

三十三

东郎宝目为人学
死生契阔天地间：
岑小宝

访谈人：2017 年 6 月 7 日

访谈时间：杨兰、梁朝艳

访谈地点：大营镇芭茅村

　　岑小宝，1956 年生，51 岁，贵州省安顺市紫云苗族布依族自治县大营镇芭茅村芭茅组人。芭茅组是自然集村，分上芭茅和下芭茅，共 60 户。

　　岑小宝的太公（父亲的爷爷）是东郎，也是家族中唱《亚鲁王》唱得最好的，苗名叫 bot dzod，没有汉名。岑小宝的爷爷是东郎，在国民党时期两次被拉壮丁，但都逃跑回家，1949 年后担任过村干部。岑小宝的父亲叫岑万民，系东郎、宝目，中华人民共和国成立初期当过 5 年志愿兵，返乡后没有分配工作，以务农为业。

兄弟姊妹多　依靠土地过生活

我有兄弟姐妹 7 人，大姐岑小珍，二姐岑春妹（去世），我排行老三，四弟岑仕发，五弟岑仕德，六妹岑六妹，七弟岑仕学。兄妹 7 人学历都不高，以务农为主，偶尔外出务工。我们家 7 姊妹，其他几个都没有学唱这个史诗，只有我一个人来做这个事情，做这个事情实在是耽搁活路，一个月如果去开路两三回，那么这个月算是白做了，一点收入都没有。因为去开一回路，要耽误三四天的样子，一个月做个几回，就没有时间做其他事情了。

我 8 岁（1964 年）入学，三年级（1967 年）辍学，文化程度初小。辍学有两个原因，一是人民公社时期，收入按人头和工分计算，10 岁后，可以从事劳作，大多辍学参加公社劳动。二是我对读书不感兴趣，成绩也不甚理想，所以果断弃学了，辍学后，以务农为主。

我 22 岁（1978 年）结婚，在当时的情况下是晚婚。婚后育有 5 个子女，3 个女儿，2 个儿子，其中 2 个儿子去世了，只剩 3 个女儿，大女儿岑小梨，32 岁；二女儿岑腊妹，31 岁；小女儿岑兰九，29 岁。3 个女儿均已结婚且嫁在芭茅，以务农为业，有的已经有了小孩，我现在有 3 个外孙。我倒是希望女儿们去紫云县城讨活路，但女儿们认为紫云县城没有土地，吃饭都困难，做生意要有能力才行，在芭茅离家近，想吃啥就种点，等到成熟去挖就行，很方便，在城里面居住还是不适合她们。

我外出务工较晚，47 岁（2003 年）到广州打工，前后外出 3 年。第一次外出务工 1 年，返家半年后又外出务工 2 年。种过菜园，拌过混凝土，当过家具厂杂工，做过铜粉厂工人，在铜粉厂务工 18 个月，感触很多，铜粉厂里面有硫酸、王水等化学药品，用铁来熬，熬成水，变成铜水起铜丝，然后送到加工厂去加工成铜砖，再继续加工成其他成品，虽然危害蛮大，但每个月有2000多元的收入，18个月存得31000元，而之前在菜园种菜每个月只有几百元的收入。外出务工期间，就没有唱诵《亚鲁王》了，在外面也用不着。

目前以种地为主，大部分收入是养猪及打零工。现在年纪大了，饭量小，将多余的粮食拿来喂猪，运气好的时候可以卖万把块钱，运气不好的时候，猪养到半大就生病死了。寨子上有些小活路，人家喊就去做点，一天得几十到一百块钱不等，可以用来补贴家用，没得活路也就算了。前两年和村里面的人一起修过房子，这两年没有修了，就在家种地，现在买了一台机器锯木料，有人要修房子，就会来我这里锯木板。主要是家里面还有父母在，在家里有什么小病小痛可以照看，去远了他们生病就没有办法照看。

学习《亚鲁王》的原因很简单，人来到世上，总要有一项自己的技能，在社会上人们都要互相帮助，别人在一处帮了你，你也可以在另一处帮助别人，所以多学多做，有一项技能学一项技能。同时，家族中老人年纪大了，想学也学不了了。还记得第一次找师父学唱《亚鲁王》的时候，有时带点酒，有时带点黄豆，在师父家学习的时候用来做夜宵，因为学唱《亚鲁王》师父没有收钱，不能还要师父拿自家吃的来招呼我们，所以每次去学的时候，都会带点东西和师父一起吃，算是一点学费，大家都高兴。学唱《亚鲁王》的时候，没有拜师仪式，师父是家族中的老人，没有什么礼仪。不去学老人家还会骂你，责备徒弟们不好好学、混日子。

史诗中去学知识　年少开路记忆长

我14岁（1970年）开始学唱《亚鲁王》，师父是岑老桥，是我的大伯，已于2016年过世。以前读书的时候不好好读，也学不进去，爸爸就说你读不好书就跟着他们去学史诗。当时和我一起学的有岑老桥的儿子岑仕才，师父说如果你要来学，那就让小才和你一起，有个伴，你们两个好好学。所以我们两个是一批的，学完之后，又有岑小宝、岑小祥来和他学。这边，能够唱《亚鲁王》且唱得好的就只有岑老桥了。

16 岁（1972 年）第一次跟着师父去开路，是寨中一个奶奶去世，老一辈的人说第一次开路，主人家是女性，以后记忆力会变好，如果不是，以后记忆力会变差。《亚鲁王》这部史诗太长了，不可能一下就学完，起码要两三年才能学得完，因为光是不停地唱诵都要唱一天一夜，更何况是学唱。那个时候去学《亚鲁王》，师父的教授方法就像老师教书一样，我们一边学一边唱，苗族古代没有文字，再加上不识字，不知道怎么记录，学唱都是靠自己背，边听边背，记在心里面。

很多东郎不会《砍马经》，但是我会，寨子里面砍马的内容是黄老华教的。但是当时我学《砍马经》不是和黄老华学的，是和黄老桥学的，我与黄老华算是师兄弟。那时候我基本上把《砍马经》学完了，但是时间长了现在又搞忘记了。当时黄老桥去打哦寨教黄老扭，我和黄老华就悄悄跟在后面，我们两个去学，但是一直都在打瞌睡，还被黄老桥骂。他教了两三遍，那帮徒弟都没有学得，反而是我和黄老华两个学得了，黄老桥还说他的这些徒弟带着酒、带着肉来学都不得，我们两个悄悄来学，既得饭吃又学得了，真是奇怪。这批学《砍马经》的有黄老扭家儿子黄东能、岑小宝、黄老华和我。当时去学的还有好多，但是记不清了，反正最后学得的就我们两个，不光他们这样，其他的那些学的也是这样的，学的时候有一大批人，但最后学得的就只有那么一两个。学完《砍马经》，已经帮人砍马好多次了，光是自己去砍马都有四五次。那时候砍马的人多，但是找不着人砍，所以好多都拿点利是钱（红包），下次有事的时候好再请去砍马。

从学唱史诗到现在共主持了多少场仪式，我自己也记不清了，光算给人家开路，到现在起码有两百多次了。16 岁开始开路，有时候一年要开十多次，现在 56 岁了，最少都有几百次了。我们家族中的东郎，除了自己本家族中的人请，还有姓黄的家族来请。因为岑家和黄家的祖先是一样的，是两姊妹，一个是舅舅家，另一个是娘娘家，到后面分家后，才各唱各家的，所以他们来请，基本上都是唱到同一个祖先那里，他们再请自己家族中的东郎来唱，或者是提前给我们看族谱，根据族谱来唱。

第二批岑春华去学的时候，学得一小点，就有人喊师父不要教他了，说他心地不善良，他家孙子现在在村里面干工作，身上长满了小疮，他就去找一些药来涂，然后人家就来说他的坏话了嘛，说他家不得什么良心，你看他家小娃娃身上长这种东西，后来就没有教了。

说起现在和以前的区别，其实没有什么区别，现在的葬礼上唱诵《亚鲁王》，不存在缩减的问题，以前是怎么做的现在还照样，不能随意增减，唱诵的时候如果忘记一句，接下来的就会全都不记得，所以需要两三个人一起去唱诵，有一个在唱的时候忘记，旁边的人就可以提醒一下。至于有些人提到的缩减的问题，应当是去外姓人家开路，因不清楚别人家的家谱，一般只唱到"亚鲁王"那一部分可能就不继续唱了，除非主人家提供家谱，东郎才会照着家谱即兴发挥。因为外姓人家来找，本就是族中没有东郎，实在没有办法才来请，所以一般东郎都不忍心拒绝。

说起葬礼仪式，东郎要做几件事情，主人家那边首先是要杀猪，客家说是倒头猪，他们讲就是把猪交代给亡者，让他拿去另一边的世界做种，在那边可以继续喂猪，有肉吃。并不是拿给他吃的，在交代的时候都要给他讲清楚，说这个是拿来做种的，你不要拿来吃。杀了这个猪，意思就是他家亲戚、家人都得到保护，也要把他的衣服、裤子交代给他，让他保护一家人。

开天辟地的时候，那个雷和龙，两家是亲家，雷的女儿嫁到了龙家当媳妇，那个时候龙家喜欢吹唢呐和打鼓，但是唢呐吹不响，鼓也擂不响，那天只有他家这个儿媳妇在家，龙回到家来，就喊这个媳妇拿他的唢呐来吹，拿他的鼓来敲一下。他家这个儿媳妇正在院子里面用线穿针缝衣服，针就把她的手指戳破了，血流在龙的唢呐和鼓上了，这个时候听见龙喊她把鼓和唢呐拿进去，她就照做了。结果龙一吹唢呐，唢呐响了，敲鼓鼓也响了，龙就觉得奇怪，问儿媳妇今天谁在家，儿媳妇回答是我在家，龙又追问："你在家做些什么？""我在家补衣服，不小心把手扎出血来了，滴在你的鼓和唢呐上了，所以你的鼓和唢呐才能响。"龙明白了自己的鼓和唢呐能响的原因后，对儿媳妇动了杀心，他就对儿媳妇说："我现在要把你杀了，来祭祀我的唢呐和鼓！"儿媳妇被龙的手下捉住，两只手被踩住，她知道自己今天逃不过这个劫难了，就对龙说："你要杀我可以，以后这个鼓和唢呐就是没有仁义的鼓和唢呐。我要求，下一辈中，不管是男方还是女方去世，都要用一头猪来供（祭祀）我，要用一只鸡来开路。"这就是为什么要用猪和鸡来开路，这些都可以从史诗中找到。这个女子去世以后，她的父亲雷来找她了，问龙："我的女儿去哪里去了？"龙说："我不知道诶，不知道是去坡上做活路了，还是砍柴去了，或者是挑水去了，又或是走亲戚去了，我也不太清楚。"雷说："如果是走亲戚，就是去舅舅家、外婆家，但是都不见人啊！你是不是骗我，你怕不怕打官司？"龙说："我不怕，就算你三年下雨，三年天干我也不怕，天干我就吃我的粮食，下雨我就吃我山上种的粮食！"后来，中午的时候出太阳，后又下毛毛雨。雷和龙就去房子里面躲，结果雷女的血就流出来了，雷立马拿来砍刀，对着血说："你是我的女儿你的血就往刀锋这边流，如果不是你就从刀背这边流。"结果血从刀锋这边流出来，雷就知道自己的女儿已经被杀害。他对龙说："老亲（亲家）你把你这个房间的门打开，我看一下。"龙说："不能打开，我晒着我的玉米。"于是两个人就打官司，后来雷上天去了，雷问他的老亲怕什么，他的老亲说就怕火。龙又问雷："老亲你怕什么？"雷说："我就怕那些用茅草盖的棚子。"后来龙拿竹子的壳搭棚，雷公再来的时候就踩着竹子的壳掉了下来，于是就被关起来了，后来遇到了女儿的两个娃娃，他对他们说："我实在口渴，你们两个就给我舀点水喝嘛？"两个娃娃告诉雷公没有水，水被爸爸妈妈倒掉了。雷公问："你家爸爸走哪里去了？"娃娃们回答："赶场去了。"雷公又问："妈妈去哪里了？"娃娃们回答："去坡上做活路了，但我家猪槽里还剩一小点水，你要喝不嘛？"雷公也不管脏不脏了，就让他们去舀来。雷公得水喝了就表演给两个小娃娃看，小娃娃们都很开心，大笑起来。雷公又要求小娃娃再舀水给他喝，趁着这个机会雷公逃跑了，为了感谢两个小娃娃的救命之恩，雷公给两个娃娃葫芦种子，让他们把这个种子种在土里，等葫芦长大了，让他们把里面的心抠掉放着并对他们说："我走了，这里要下三年的雨，你们就住在这个葫芦里面。"雷公走了以后，这两个娃娃就按照雷公说的去做。雨下了三年，到处都是水，除了这家两姊妹，其余人都死了。后来这两姊妹成婚，生了几个娃娃，大的那个是红族，我们的老祖宗是第二个，第三个是汉族，第四个是布依族。我记得在广东打工的时候，有人骂我，我就让他告诉我，我是哪一支系的苗族，讲不出来就不允许他走，后来经理来调解，经理告诉那个人说他骂人在先，这个事情怎么说都说不过去，而且关于苗族的支系，他肯定不清楚，让他给我赔礼道歉。对于这件事，我很自豪，用民族知识打败了欺负我的人。再说回来，我们刚刚讲这两姊妹成婚，布依族是他们孩子中最小的一个，因此也是最受宠爱的一个，所以哪里有田哪里有水，就分给他们。所以说现在布依族居住的地方都是有山有水的。红族是哪里的山高就住在哪里，汉族就是可以有田也可以有土。现在国家的政策也有变化，哪里有平土也坐得，哪里有水田也坐得，不像以前了。望谟县那边好多苗族也住在山上，住在洞里面。

唱完《猪经》，唱完《小米的根据》，接着就唱人是怎么来的，就像客家说的散花。唱完人是怎么来的后，还有一小段要唱的，接着就到亚鲁王了，就是杨鲁嘛，电视上说的杨六郎。这个史诗不休息地唱，要唱好几个晚上，从开天辟地一直到把整个寨子、整个家族的人全部唱完，例如去开路的这家，他家生有几个小孩，大的这个儿子又生有几个孩子，都在史诗的唱诵范围内。像我们这个姓氏的，有三个大的，现在在广西的有一百多户人家，我们这边的四家也有一百多户。

家里面的人都很支持我唱诵《亚鲁王》，现在家族中就只有四个人会唱，包括岑春华、岑小祥、岑云保，岑春华还年年外出打工，如果家里人不支持的话就没有人会唱了。现在家族中有事都是喊这三个在家的去唱，一般都是黄家和岑家两家喊。今年黄老华都不怎么去开路了，他快80岁了，精力跟不上，还有就是他现在年纪大了对死亡有恐惧，就不去开路了。

东郎去开路都不收钱，对本族中人是这样的，外族中人可能会觉得耽误他们三四天的时间，就给包把烟钱，给一点肉，糯米饭以前会给，现在不流行了，有的时候还会得 120 元的利是钱，但是大多数是没有的。东郎的收入可以说几乎为零，但也不排除个别东郎开价收钱。虽然收入不多，我们仍然要坚持将《亚鲁王》传承下去，因为家族需要，也希望后面的年轻人学起来，就像我们三个人一样，一个不记得还有另外的记得，可以相互帮助，相互合作把史诗唱完。寨子里面唱《亚鲁王》声音最好的就是黄老华了，记得最全的也是黄老华，岑小强也记得全。我有近十年的时间没有好好学唱，所以相对来说就要差一点。因为当时村里面的人认为我学不好《亚鲁王》，就让我的师父放弃教我，其实我记忆力还是可以的。后来正式学的时候，基本上学三遍就能全部掌握了，现在寨子里面小祥和云保唱得都可以的。我虽然还能记住史诗的内容，也在葬礼上唱诵，但是至今还未收徒弟，主要是寨中青年无人愿意学。年轻一辈的要么读书，读书读不成就跑去打工了，在家的很少，无人可教。但是如果以后有人来学，我很愿意教他们唱，因为这个史诗必须要传承下去。

在我们看来，道士先生们的仪式，就是用一些书来念一下，不费精神，每天每人还能有 120 元的收入。寨中也有苗族人家请道士先生来主持仪式，这主要看丧家的意愿，东郎不能干涉。《亚鲁王》的主要作用就是理顺家族的关系，对于亚鲁王这个人，我们觉得他还是比较狡猾的，因为他利用计谋取得了荷布朵王国。在争夺荷布朵王国的时候，有一次比拼的是亚鲁王和荷布朵比喊祖奶奶，亚鲁王的家族人多，就安排了人在坟边，亚鲁王一喊，这边的人就跟着答应，以此证明荷布朵王国是属于他的。

我不仅是东郎还是宝目，平时宝目的事务比较繁忙，一两天一次，甚至一天之中有两次。做这个事情，有时候会得十几元，有时候就只是吃一顿饭，寨子中的人一般不会给钱，都是稍微远点的人家觉得路途远，会给 12 元钱作为辛苦钱。但是做宝目，通常都会用到公鸡，做完仪式后这只公鸡就会归宝目所有。我曾遇到过生病比较严重的人，因为这里离医院比较远，就试着用自己配制的药医治他，把他医好了。我会宝目，是一次偶然的机遇，有一次在外村帮人锯木，那家孩子刚好生病，没有办法，就自己弄了一碗水，喝一口喷在这个小孩身上，这个小孩就好了。还有一次是另外一个小孩脚痛，也用相同的办法治好了那个小孩。有人可能嫉妒，给我吃了不干净的东西，村中就有宝目找到我，说我心地善良，外出只是求财，担心我以后会遇见不好的事情，就给了我解药，于是我就依靠这个药在寨中行医治病，还医治了不少病人。

三十四

少小离家难团圆
为伊消得人憔悴：
岑小祥

访谈人： 2017 年 6 月 8 日
访谈时间： 杨兰、梁朝艳
访谈地点： 大营镇芭茅村

　　从小就离开父母，跟随养父母生活，有三个姐姐陪伴和爱护，虽苦也幸福。被动学习唱"亚鲁"，已将责任扛在肩。

我读到二年级就没有继续读书了，一直没有出去打工，主要在家里面给人家修房子。我有两个儿子，大儿子叫岑龙，有32岁，属羊，小儿子叫岑桥明，有22岁。老大和老二都在打工，老大在浙江打工，去了好久了，小儿子也是去打工，去的宁夏。我自己的兄弟姐妹有四个，我是被抱来这里的，是最小的一个，有三个姐姐，大姐叫岑春妹有60岁了，她一直在家种地没有出去打工。二姐叫岑九妹，属虎的，50多岁了。三姐叫岑银妹，属鸡的，几个姐姐都在家干农活。我的父亲叫岑万友，84岁了，母亲叫杨大妹，已经去世了。我的爸爸妈妈还有姐姐们都不会唱《亚鲁王》，我的爸爸去年还跟着我们做农活，今年身体不行了，就在家看牛。

养父母身边长大　是苦也是甜

我叫岑小祥，1975年生，今年47岁了。我是芭茅村人，一直都生活在这里，我们这个组就叫芭茅组，你也看得见，芭茅是一个很贫穷的地方，我们组每家都住得很近，周围是山，所以我们的土地相对来说质量很差。我是一个命苦的人，说来也不怕你笑话，我是被别人抱养的，因为我现在的父母生了三个女儿，没有办法就找到我的生父说要抱我去养，算是弥补他们没有儿子的遗憾了。所以，我从来都没有跟我自己的父母和兄弟姐妹生活过，我说的命苦就是这样，但是我来到养父母家后，他们对我很好，因为我最小，而且是他们唯一的儿子，我也很受姐姐们的喜欢。养父母还送我读书，我很感激他们。我大概是8岁才读书的，那个时候我父亲已经50岁了，我勉强读到二年级，因为我们这里小学离得远，我不好走，再加上父母年纪大了，供不起我读书，所以我二年级读完就没有继续读书了。没有读书后，就跟着在家里做活路，大姐、二姐那个时候都出嫁了，就我和三姐在家，三姐比我大一岁，都是十多岁的样子，还能帮家里做点事。我们四个人，吃也吃不了多少，喂点猪，种点地，就够生活了。后来我三姐也出嫁了，就剩我一个人承担家里面父母的生活了，那时候他们都快60岁了，说老也不算老，但是不年轻了。

那个时候我们组的年轻人好多都出去打工了，说外面钱好挣，随便就可以挣几百块钱，我们在家好几年都见不到这么多钱，我不是没有心动过。但是家里就只有我一个小娃啦，我走了万一他们有个什么病痛，没有人照料，也是一个麻烦事情，所以我就没有跟着朋友们去打工。我16岁左右就结婚了，结得很早，主要是想让父母早点抱孙子，这也是他们的想法。因为姐姐们走了以后，家里很冷清，他们就说干脆给我找个媳妇，家里面能热闹点，以后生个把小娃就好了。于是我就在父母的安排下，结了婚，第二年就生了我的大儿子岑龙，小龙出生后，父母开心得不得了，在取名字的时候，也是想了好多名字，因为我们都没有文化，不知道取什么名字好听，我父亲就说，是个儿子就希望他能够成龙，能够有出息，能够把我们岑家发扬光大，所以就取了岑龙这个名字。

我家老大出生后，老婆主要就是带娃娃，我就要想办法挣点钱了，当时年纪也不大，没有什么技术，没有什么文化，也离不开家，就在寨子周边给人家修房子，赚点钱。后来没有办法，我就去广东打工，第一次出远门，我记得特别清楚，那时候不要说坐火车，连火车影子都没有见过。在和家里商量好后，我就背着大包小包，去到贵阳，那也是我第一次到贵阳，以前连紫云都没有出过。我在紫云买了车票坐到贵阳，到客车站下车，车站人很多，我也不清楚要坐什么车去火车站，完全就是找不到路，我就到处问人，别人就告诉我路线，我好不容易来到火车站，在一个大姐的帮助下买了票，是站票，但是要到晚上才发车。我就一直在车站门口等，站也难得站，我就到处去晃，看看贵阳这个城市。贵阳真大，房子也比我们老家修得好，还有好多商店，好多吃的，好多东西我从来都没有见过，逛着逛着天也黑了，我也饿了，身上也没有那么多钱，不敢去那些商店里面吃饭，我就在路边一个卖包子的摊子上买了十个馒头，吃了三个，剩下的放在口袋里到火车上吃。那是我第一次看见这么大的车，太长了，可以装好多人，上车之后，没有位置，我看有的人就在过道上站着，有的随便找个角落就坐着或者直接垫张纸就躺下睡觉。我不好意思，就一直站着，但是时间很长，站不住了，我也不管那么多了，就把带的口袋垫在屁股下，靠着车厢壁开始睡觉。十多个小时，实在难熬，这个火车坐得我肚子特别难受，就像胀气一样，好不容易熬到广东，已经累得不行了，我们村的一个小伙来接的我，到了他那里我倒头就睡，第二天才开始找班上。找了几天，还没有遇到合适的，家里面就带信来了，说我的母亲病重喊我回去。

我又匆匆忙忙收拾东西，赶回老家，母亲已经不行了，算是看了她最后一眼。后来，我也不去打工了，我怕我去了我的父亲一个人在家出什么事情，就一直待在家里面干活。还好有娃娃在，可以陪他说话，等到我家小龙上学了，我们才生的我家老二，老二也是个儿子，父亲更加高兴了，说我算是把岑家救活了，不至于断后。两个娃娃再加上我的父亲，我和老婆两个人过得比较辛苦，我除了要干家里面的重活，还要负责在外面找活做，都是帮别人修房子的活，修一次房子可以得百把块钱，现在就得的多一些了。我两个小娃，成绩不好，读书也读不进去，就外出打工去了，老大去的是浙江，老二去的是宁夏，老二今年才去的，去了有一个月了。现在他们去找自己的生活，我和老婆只管我们自己就可以了。我的父亲现在身体不好了，他去年还能跟着我们一起做农活，今年就不行了，只能帮忙看一下牛。

我这两天都在帮寨子里的人修房子嘛，就在这旁边，你看得见的。我们三个人修，从打地基开始，拉砖、拉水泥、拉沙是主人家的事情，其他的活路就是我们的了，我们去做嘛，收不了多少钱，在主人家吃饭，然后修一间房子下来要几个月，可以得大几千万把块钱。大家都是乡里乡亲的，你收多了，以后自己修房子，或者有事情求人的时候，不好开口嘛，所以我们就是收点生活费。我有一回帮人家修房子，那时候刚开始，没什么经验，在挑沙上楼的时候踩滑了，从那个木梯上摔下来，把脚摔骨折了，在床上躺了好久。我们这边都不兴去医院，去医院贵嘛，骨折去医院起码要五六千块钱才看得下来，那我不就白干了这么多活路啊。所以，我就没有去医院，而是请我们这边的一个赤脚医生给我医的，他也看好了好多这种骨折的，所以他有经验，草药由他找，我也不清楚那是个什么药，他也不会告诉我的嘛，告诉我了他就没有饭吃了，你说是不是这个道理呢？那个医生把草药捣碎后给我敷在小腿上，用竹子帮我固定，基本上两天换一次药，就这样我在床上躺了几个月，人家都说伤筋动骨一百天，我这个算是好的了，不严重，三个月就可以下床走路了。医药费是主人家出的，他说有点对不起我，如果不是他家修房子，我也不会摔倒，也不会骨折，他们每天都会来看我，搞得我也不好意思。受到这一次的教训，我就研究以后爬楼的时候怎么才不会滑倒，我专门跑去看那些老师傅是怎么做的，回来我就把我的木梯每一梯的板子上钉上一块小板子，防止脚踩上去的时候踩滑，然后我会在鞋子上绑上谷草，这样后来我再去爬楼的时候就没有摔过了。

亲人引导唱"亚鲁"　　兄长陪伴记忆深

我16岁左右就跟着我大伯学唱《亚鲁王》了，他是我的亲大伯，名叫岑老桥。刚开始我们十多个人一起跟着我家大伯学，但是好多都学不好，慢慢地，很多都不学了，只剩下岑春华、岑云保和我三个人，都是寨子里面的人。岑云保就是刚才在工作站和你们聊天的那个了嘛。我们找我家大伯学唱《亚鲁王》的时候都不兴拜师仪式了，就是喜欢喝酒的就提斤把两酒，口渴的时候可以喝点酒，因为学的时间太长，我们一般都是把农活干完，庄稼收了，到年边十月、冬月的时候去学，一学就是一晚上。喜欢抽烟的就拿包把烟去，没有跪拜这些仪式了。我学了三四年才学完，但是在学的时候可以边学边去唱了，师父看我们学得了一小段，就喊我们去唱，学多学少都要去实践一下，所以我18岁左右就跟着师父去主持葬礼仪式了。刚开始我是不想学的，他们都学了十多天了，我还一句都没有学，后来我家大哥来喊我，我不想去，就说你先去我过会儿来，他走之后我就睡了，到了三十的晚上，也是最后一晚上了，我家大哥就来守着我，我不走他就不走，实在没有办法，我就和他一起去了。去的第一天晚上，我都没有去记，从哪里开始哪里结束我都不清楚，那个时候教的那段比较长，他们都学了两晚上了，差不多学得一半了我才去，到第二天晚上，他们都学完了，我还一半都没学到，心里面开始着急了，怎么办呢？我就趁他们没学的时候使劲学使劲背，最后就和他们学得差不多了。本来不想学，但是年纪大了，没有人继承，这个《亚鲁王》都是各家唱各家的，不学到时候就没人来唱了。今年到现在我都主持了四五次葬礼了，而且这几场葬礼都砍马的，从我学得到现在主持的仪式可能都有百把场了。我家里面的人，除了我和我家伯伯，还有我家叔叔黄老华，黄老华是我家公从黄家抱养的，因为我家公没得娃娃了嘛。我到现在都还没有收徒弟，因为有黄老华在，他老人家还可以教，他年纪大了，经常在家，没得什么事情要忙，等我老了没得事情忙了，我也可以收徒弟了。我们民族的葬礼，好多都砍马，也有一些不砍马的，砍马的人家大多数都是有钱人，没得钱的就不砍马，但是如果不是正常死亡的人家即使没有钱也必须要砍马，因为只有马才能背着他回去（回去和祖先团聚），不砍马呢，这个亡人就回不去祖先的地方。我们唱《亚鲁王》就是教的时候可以唱嘛，在坡上回忆的时候如果有忘记的，也可以慢慢唱慢慢回忆嘛，没得事的，没有什么禁忌。我觉得寨子中的族人们来找我们去唱《亚鲁王》，都是十分尊敬的，那个时候他们来找我们，会包两碗糯米饭，拿两斤肉，一根肋骨，猪大一点的就给两三斤，猪小的就给个一斤。条件不好的就包两碗糯米饭就行了。虽然现在条件好了，但是我们也不说什么钱不钱的问题，现在吃也吃不了多少，也不怎么爱吃糯米饭。像我们主持仪式，一去就是两三天，头天杀猪给我们送来，我们在这边唱一天，第三天转回家送来的猪肉都已经臭了，糯米饭也都臭了，所以现在都不拿肉和糯米饭了，多少拿点红包，买双鞋子穿就可以了，主要是看主人家的心情，他拿多拿少我们都没有意见。学唱《亚鲁王》，必须是各个家族学各个家族的，不然别的家族的人来和我们岑家的学，就算是学会了，他也只能给岑家主持仪式，不能给自己家或者别的家族主持仪式。在唱诵的过程中，我们也是可以休息的，如果当时忘记了，那么我们也可以停顿一小段时间回忆一下，回忆起来再继续唱。平时如果不去主持仪式我就在家干活，有人来找就丢下家里的农活去唱嘛，虽然唱《亚鲁王》没有钱也耽误做农活，但是如果连自己都不唱了，以后等我老了，也没人给我唱了。而且我也不能忘记，老师父已经去世了，如果忘记了就没有人教了，我现在还能记得完，大概能唱一天一夜。和我一起去学的那些，学习好的就抓紧时间搞学习了，学习不好并且记性也不好的也不学《亚鲁王》了。其实我也想过去外面打工挣钱，但是年轻的时候我去打工才去了7天，我母亲就去世了，所以我又回来了，后来想去又觉得自己年纪大了，干脆就不去了。

我们去主持仪式一般都是三五个东郎一起去，一个唱累了就换另一个东郎继续唱，一两个东郎是不可能唱得完的。我们东郎之间也不会因为哪个人某一段唱得好点，就去跟着他学唱，而是师父怎么教的，我们就继续怎么唱，不能变，不能加也不能减。现在的仪式和以前也没有区别，以前怎么做的，现在我们也还这么做，唯一的改变就是，以前葬礼大家都要吃素，现在的葬礼就只有主人家吃素，来的客人是可以吃肉吃油的。火葬嘛，就只有国家工作人员或者说是领国家钱的人才实行火葬，我们这些都是传统的葬礼，火葬的那种其实也没有改变多少，我们也一样给他们唱诵《亚鲁王》，唱完后就拉去火化，然后抬回家来安葬。我们寨子的东郎都相互认识，就是那几个，打俄那边有一个，就是黄老扭，黄东能的父亲，我是跟着他学的《砍马经》，我家大伯不会唱，我就自己去找黄老扭学唱《砍马经》了。我也和黄老华学过《亚鲁王》，学的是《砍马经》，黄老华的师父是黄老乔。黄老扭脚受伤了，勉强能拄拐棍站一下，他现在也不能去主持仪式了。我只学了《亚鲁王》，没有去学宝目，宝目的主要工作就是送菩萨，例如我生病了，请他来给我看病，他就会帮我看是什么原因导致的，然后帮我去化解，病就会好。宝目不会使用药，一般就是用鸡、鸭、猪或者狗，杀狗的时候把脚留下来，然后用火烤，根据骨头上的纹路判断病情，然后就送菩萨。我们这个寨子里面的宝目还是挺多的，有七八个的样子，但是已经去世了两个。我们这里没有女宝目，也没有女东郎，以前女的就不能唱《亚鲁王》。有人说睡一觉起来就会唱《亚鲁王》的那种情况我没有见过，一般都是通过跟着师父学唱才能行，睡觉会唱的那种可能是一种传说，我们去学一小段都要学一两晚上，你睡一觉就学会了是不可能的。现在有人来找我去唱《亚鲁王》，也不会提酒来，也不会跪拜来请，只拿一包烟就可以了，一般接了这包烟，就代表答应去帮他家唱《亚鲁王》了，像跪拜这种以前也是没有的，都是家族中人，互相帮助，他来请我们就去帮忙嘛。如果是别的家族的人，家族中没有东郎的，他们就会提着酒来请我们去唱；

有砍马的也会来请我们去唱《砍马经》，不过他们会提酒、提鸡来。因为不是本家族的东郎，怕不提点礼物来，东郎不会去帮他们主持仪式。我们寨子里面好像没有什么节庆，一般就过7月半、端午、新年，都没有什么活动，就是在家煮饭吃，以前还煮糯米饭，现在都不煮了，只是一些小的细节会用到糯米饭，比如接媳妇的时候会包点糯米饭去后家。

我们去给人家主持仪式，一般总的时间是根据主人家的安排，但是我们东郎唱诵的时间是自己安排的，想什么时候开始唱就什么时候开始唱，只要给他们家完成就行。唱诵时候的装扮，一般都是在秋天、冬天穿，夏天太热就不穿这样的衣服，但是还是要扛刀，唱《砍马经》的时候扛的是梭镖，站在马旁边唱，告诉它们亡者是怎么出生的，怎么死的，等等，站在桌子上宣判是后面的部分了。我也经常去传习所和东郎们交流，有时候约上三四个人一起去。寨子里面的年轻人平时都出去打工了，过年回来的时候就会来传习所看热闹，喜欢的就会接着来两三天，记性好的多来几天就会记得，记性不好的来了几天还学不会，就自己走了。我们过年那段时间都是晚上去传习所，一般连续去五六个晚上，有时候有客人来家，就没空去那里了。关于亚鲁王这个人，我没有什么看法，师父教我们唱，我们也只是唱，他们也没有和我们讲过亚鲁王是什么样的人，也没有讲过相关的故事，所以我们也就没有去想过。我觉得亚鲁王就是我们的祖先，是把我们带来这里定居的功臣。虽然现在政府很支持《亚鲁王》，但是也有好多不理的，不过寨子中的水泥路就是政府的支持和帮助，我从来没有想过要用《亚鲁王》去赚钱，都是家族中的人，忍不下心。

三十五

仰天大笑拒之者
促使后辈明方向：
岑云保

访谈人： 2017 年 6 月 8 日
访谈时间： 杨兰、梁朝艳
访谈地点： 大营镇芭茅村

　　人生万般，唯靠自己。感恩先祖去世无人津，激励后辈子孙强自己。时代变迁生活变，"亚鲁"传承责任大，墨守成规不可取，与时俱进方远行。感谢他日拒之者，促使后辈明方向。

万般皆可能　唯有强自己

我叫岑云保，1975 年出生的，属蛇。我父亲叫岑世才，1953 年出生的。我命不好，母亲生了我以后就不幸去世了，所以我对母亲一点印象都没有，有关母亲的事情都是从爷爷奶奶和父亲口中得知的。母亲去世后，因为我太小需要人照顾，而且当时父亲才二十几岁，还很年轻，所以就给我找了一个继母，继母叫梁五妹，她比我父亲要大几岁。后来继母又生了四个弟弟妹妹，此外，父亲和继母还领养了一个妹妹，所以算起来，我们共有六个兄妹。我是家中的老大，老二叫岑小元，1977 年出生的，他去广东打工了；老三叫岑荣富，1981 年出生的，他在家修房子，也在村里面担任副主任的职务；老二和老三都是兄弟，后面的三个都是妹妹，老四叫岑三妹，1987 年出生的，她就是父母领养过来的，实际上，她是我舅舅家的女儿，我们的表妹，但因为他们家条件不好，就送到我们家来养了；老五叫岑六妹是 1989 年出生的，老六叫岑生妹是 1991 年出生的。三个妹妹都已经出嫁了，最小的妹妹就嫁在我们这个寨子里，她们三个都到外面打工去了。现在这个年头，打工是一种潮流，绝大部分的年轻人都出去打工了，极少有人在家，因为在家挣不了什么钱，没钱用。

我上过学，大概是八九岁的时候开始上学的，我们乡下一般都是这个岁数才开始读书，有的甚至十多岁才上学，不像街上五六岁就开始上幼儿园了。我上学上到二年级就没有继续了，因为那个时候要去挖地干活才有吃的，为了填饱肚子，只能不读了。就我们当时来说，能进去学校读得几年书已经是很不错的了，好多人连校门都没踏过半步，像我们这种姊妹多的家庭还能进学校读书就更不容易了。我没有外出打过工，一直都是在家里，在寨子附近挣点钱，然后再种一些地，喂养一些猪、牛等牲畜，就勉强能够维持生活了。现在我就在寨子周边修房子，我修房子的时间很早，28 岁左右就开始给人家修房子了，现在已经成为老师傅了。

我是二十多岁开始学唱《亚鲁王》的，我们几兄妹中只有我一个人会唱。我们家里我爷爷会唱，我父亲也会唱，只是我父亲现在身体不好，就没去唱了。父亲是跟着爷爷学的，爷爷是跟着别人学的。以前我太祖爷去世，我爷爷请人来开路，半夜没人愿意来，我太祖母就让我爷爷自己去学，难得求人，后来爷爷就跟别人去学了。我爷爷叫岑老桥，他没有其他徒弟，就只教了我的父亲，所以，我们也算是祖传的。刚开始，我不太愿意学，爷爷就骂我，并说道："我八九岁的时候，你太爷爷去世，我去求人家来唱《亚鲁王》，人家都不来，不管怎么样你们都要去学！"爷爷平时对我关怀备至，我长那么大，爷爷从未骂过我，甚至连一句重话都没说过，可是那一次，爷爷真的生气了。看着爷爷颤抖的嘴唇，我的心感到刺痛，也很生气那时他们为什么那么过分，但终于明白爷爷为什么一直坚持要让我们学《亚鲁王》，于是我下定决心一定要把《亚鲁王》学会。我也告诉了爷爷，因为原来我不知道缘由，所以就比较任性，如今知道了，我一定会把《亚鲁王》学成，不让自己家人再受任何委屈。爷爷告诉我，他之前不愿意把真实原因告诉我们，就是不愿意让我们产生任何心理阴影，影响大家的关系，但他还是希望我们自己能够强大，毕竟人心有时候很难测，没事的时候大家都是客客气气的，一旦有事有的人就会为难你了，所以自己的事情尽可能自己解决，少麻烦别人。后来我爷爷去世，我们就是自己唱的。其实，也应该感谢当初拒绝我们的人，让我们找到了方向，至少我们家现在已经是三代都可以唱诵《亚鲁王》了。

墨守成规不可取　与时俱进方远行

我学习《亚鲁王》除了跟爷爷和爸爸学习之外，还跟着我叔学。我们学的时候，都是冬天没有活路的时候学，一晚上学一小段，我爷爷在世的时候，我们大概有二十多个人一起学，从白天学到晚上，哪个会唱哪个就可以去吃饭，不会唱的就不能吃饭，到最后就只剩几个人了。因为学起来太困难了，好多坚持不住的就慢慢放弃了。后来我爷爷对我说："你去跟着别人边学边唱。"我就跟着我叔一边学一边唱，我们寨子有人去世就跟着他们去唱。第一次去唱《亚鲁王》的时候我23岁，但是去给哪家唱的已经记不清楚了，因为时间太久了。从23岁开始，除了中途我出去打工的两三年时间，其他时候都有唱《亚鲁王》，到现在也没有计算过总共唱了多少家，但一般一个月会有两三次，冬天的时候会多一些，因为冬天去世的人要多一些。虽然唱了很多年，但是我依然没有全部学完，唱不全，《亚鲁王》所涉及的范围太广了，内容庞大。

我们这边举行砍马仪式的有很多，基本上家家都要砍马，但是我爷爷跟着别人学的时候没有学《砍马经》，所以我父亲和我都不清楚《砍马经》的内容。因为大都需要，所以我就想向黄家的一个东郎学习，但是他不教我，然后我又找了别人，最后是跟着黄老华学的。以前没学《砍马经》的时候，我看到别人砍马觉得很血腥、很残忍，后来学了《砍马经》才知道，砍马是有理由的，并不是我们一定要去砍杀它，而是早在我们的祖先亚鲁王时期，他与马就有了约定，后代的子孙们是为了遵守这个约定才去砍马的。知道这个缘由后，就不觉得砍马是一件很残忍的事情了，而是对它产生了敬畏之情。

我们去开路是不收钱的，但是现在人家来请我们的时候会拿点东西，比如拿一两包烟来表示一下，没拿东西我们也不会拒绝，因为我们知道被别人拒绝的感受，加之大家都是乡里乡亲的，相互帮衬一下也是应该的。我们到主人家家里后，先给逝者穿衣，剃头时唱诵《亚鲁王》，然后入棺，入棺时要塞银子到嘴里，还要烧香、供饭，我们要一直坐在棺材旁，供饭给逝者吃。亲友送饭时，我们要唱是谁给去世的人送饭，然后要一段一段唱《亚鲁王》，一两晚上才能唱完。逝者上山仪式举行完，我们随后拿饭供逝者，然后回来再吃饭，我们上山之前不能吃油荤，上山时要把茅草烧成灰兑水喝了以后才可以开荤。现在我们唱《亚鲁王》和以前是一样的，以前怎么唱现在就怎么唱，没有什么改变的。我们这里的葬礼都是由东郎来主持，还没有出现请道士先生来主持葬礼的情况，因为大家都是苗族，还在坚守传统礼节。我爷爷那时候去给人家办完葬礼，看人家心情好就会拿两碗糯米饭、两三斤肉。现在我们也是，主人家心情好的话就会包一个红包，里面一般是百把块钱，反正就是主人家拿多少算多少。我们当东郎的，虽然没有什么收入，靠这个不可能养活一家人，但是为了我们家族，为了将老人传承下来的东西继承下去，我们就不会去计较这些得失。

唱诵《亚鲁王》我倒是没有感觉到责任重大，因为我觉得这个古老的东西，应该是大家主动传承。原来我也觉得去唱《亚鲁王》很耽搁时间，但是随着年龄的增长，对《亚鲁王》的情感越来越深，我想很多人应该都会和我有同样的经历吧！在我们寨子上，唱《亚鲁王》唱得最全的就是岑小祥了，我还需要继续学。许多东郎除了会唱《亚鲁王》，还会做其他的比如"宝目"这些，但是我不会做"宝目"，没有学过。成为东郎后，我也没有什么忌口的，只是感觉学了这个后，寨子里的人对我们都还挺尊敬的，有老人去世，就会好声好气地请我们去他家帮忙料理。

我现在还没有收徒弟，想收也没有人来，一来耽搁时间，二来好多人都外出打工了，在家的基本都是老人和小孩，年轻人逢年过节回来玩的时候，会跟着唱一下，但他们只是用来娱乐，那几天过后，他们又各自出去打工了，所以没人学。但《亚鲁王》作为我们古老的文化，丢了也是不行的，根据现在的这种形势，我觉得《亚鲁王》要传承的话需要改变传统的传承方式。比如原来《亚鲁王》都只在仪式上唱诵，但现在我们也会在春节或七月半（中元节）等节日上唱一下，但只是唱一部分，全唱要不得，我觉得通过这种方式可以让大家对《亚鲁王》有一定的了解，对《亚鲁王》的传播、传承是有利的。此外，我觉得每个家族都必须要有个把人来传承，因为不同家族的谱系不同，所以唱诵的内容有所差异，因此每个家族应该至少推选一个人来传承，以防传承中断。

我家有两个娃娃，一个儿子一个女儿。儿子叫岑海，2001年出生的，女儿叫岑香，2005年出生的，两姊妹都还在读书。我还没有教他们唱《亚鲁王》，学这个会影响他们学习，所以等他们读完书，想学的话我就教他们，他们识字多，学得快。要是他们读完书不想学，即便我家没有人来继承，我也不会逼着他们学，这个年代和我们那时不一样，不能赶鸭子上架，需要他们主动学，教了才有意义。我也不分男女，如果女儿想学我也教，我们这边祖祖辈辈都是男孩子唱，没有女孩子唱过，但时代不同了，我觉得只要女儿愿意学，也是可以的。如今，唯有改变传统的某些规矩，才能让《亚鲁王》走得更远。以前老师要教八九遍，慢慢教慢慢学，所以时间比较长，但现在的年轻人既有手机录音，又识字，只要想学学起来就会很快。我呢，只要有人愿意来学，我都会教他们，本来这个就是需要一辈传给一辈的，老人教我们，我们就有义务继续传下去。对于《亚鲁王》，我觉得现在政府还是非常重视的，但是在经济上没有多大的改变，希望以后会有这方面的改变吧！

三十六

廪生坎坷让人悲
从容面对志不移：
黄老华

访谈人：2017 年 6 月 9 日
访谈时间：杨兰、梁朝艳
访谈地点：大营镇芭茅村

　　漫漫人生路，几多坎坷途。他的一生，荆棘载途，幼时家境贫寒，本是读书年华，无奈成放牛郎；成年学"亚鲁"、立家业，无奈丢弃"亚鲁"十余年，而后再重来；夫妻本是比翼鸟，妻子命薄早离开，只能再

娶固家庭，儿女成行有十一，奈何已有十子逝，唯留小女在人间，小女有家难相伴，孤身一人度晚年，廪生坎坷让人悲，从容面对志不移。

荆棘载途无畏惧　丧妻丧子最是痛

我叫黄老华，1942 年出生的，目前一个人在家种点苞谷，养点猪牛，也可以安逸地过完后半辈子了。我的父亲叫黄老机，母亲叫岑老雍，两老已经百年了（去世）。说起我的父母亲，回想起小时候的生活，现在仍心有余悸，我那时没有上学，就在家做活路、放牛、帮助大人做点力所能及的家务活。我们农村的娃娃都是这样，现在条件好了，像我的孙子这辈的就可以去上学，不用做家里的活了。

我结婚的时候 22 岁，我的妻子叫梁小丽，她 46 岁的时候去世了，后来我又娶了一个妻子，就是现在的妻子，叫罗朝英，1956 年出生的。我有 11 个小娃，7 个女儿 4 个儿子，现在只剩一个女儿，其他的都去世了，小女儿叫黄连妹。我是跟着黄老桥和岑老乔两位师父学的《亚鲁王》，我的父亲没有学过，否则我肯定跟着父亲学唱了，也正是因为他不会唱诵，所以我才想着要去学习。我的大哥也会唱诵，他叫黄光明；二哥叫黄老二，他没有学唱《亚鲁王》；我是第三个，我的大名叫黄光强，小名叫黄老华。现在两个哥哥都已经去世了，我的三个姐妹也已经不在了，只剩下我一个人。我的女儿已经出嫁了，现在已经生了两个孩子，她平常都是在云南打工，最近才回来。我的第二任妻子，现在经常去帮她带孩子，基本都是在那边的，偶尔来我这里住。我自己还抱养了一个小娃，是男娃，来我家照顾我。

舞象之年学"亚鲁"　丢弃十年再重来

我是 18 岁开始学习《亚鲁王》的。我们家有 5 个人的土地，现在是我一个人种，都是种苞谷，基本不卖。这几年没有喂牛了，都是喂猪。我学得《亚鲁王》后，开得几年的路，"文化大革命"期间就没有开路了，丢下了有 20 来年。后来允许搞了，才开始继续唱。其间，我也教徒弟的，一边教一边自己复习，如果不教自己也不去复习的话，肯定就会忘记。18 岁学得以后只唱了两三回就没有唱了，到 35 岁才开始去学第二次，那个时候如果去学，就要被拉到公社的学习班去学习，还要去挖水塘，进行劳动改造，我当时是刚刚学，所以没有被拉去。那个时候老摩公这些也不能搞，老摩公就是帮人们"杀提"（杀提就是做消灾除病的仪式）。我也会做老摩公，是 40 多岁的时候跟着岑老乔学的，开路也跟着他学。和我一起学的有黄老扭，还有岑万荣、岑小友，但是岑万荣和岑小友已经去世了，这些都不说了，说起来伤心。

我主持的开路仪式中，有砍马的也有不砍马的，去世的人如果是"干净"的，砍或不砍都可以，但是如果是不"干净"的，不管是老的还是少的，都要砍马，不然就不能去到阴间，也去不到祖宗那里，一般来说就是让马驮着去世的人去，这样祖宗才会认，而且回去的路很凶险，没有马，就没有办法爬山过河。

我当时去学唱《亚鲁王》的时候也没有什么拜师仪式，我自己收徒弟也没有什么仪式。我当时就拿了点酒肉去，师父教得辛苦，我们在那里学也要吃饭，就自己带点酒菜去。去学唱没有时间限制，什么时候都可以学，学得了，想去开路就去，不愿意去也可以不去。因为帮人主持开路仪式，很耽误时间，一去就要两三天。我当时去学唱，是想给自己的祖公主持仪式，理顺自己祖公的历史，从开天辟地一直到现在，能清楚地知晓我们是怎么来的。

我们去主持仪式，正式仪式还没开始的时候，就要准备各种东西，要去家里找一些粑粑、米这些物品来送亡人，还要孝子牵马来请。东郎一般是 5 个、7 个、9 个这种单数，不能双数。孝子牵马去亲戚家，要请亲戚家准备点粑粑、豆腐，煮点豆子这些。

三十七

纵使大石压断腿
"亚鲁"在心难忘怀：
黄老扭

访谈人：2017年6月9日
访谈时间：杨兰、梁朝艳
访谈地点：大营镇芭茅村

　　黄老扭是芭茅村老年一代的东郎，由于脚受伤，已将唱诵《亚鲁王》的任务递交给自己的儿子黄东能，虽然现在不能外出去主持开路仪式，但心里仍然记挂，时时教诲儿孙要将传承重任坚守下去。

外出务工不适应　受伤在家干农活

我是 1941 年出生的，那时候我们这一代的人基本没有上过学，再加上我们住的这个地方，是没有学校的，想要上学都没有地方去，所以一直就没有出过这个寨子，一辈子在这里做农活，比如在山上放牛啊，在地里挖土啊，农村就是做这些。

倒是后来流行打工，好多年轻人都去，我也想去见一下世面，就跟着寨子里面的人一起去了，当时我年纪已经很大了，去广东进厂这些工作不适合我，再加上我也不识字，就去广西种菜地，在那里打了个把月的工，就不想再去了，感觉不适应外面的生活，于是就回来做农活。我有三个小孩，有一个已经不在了，黄东能是我家老大，他也是东郎。老二叫黄银妹，47 岁，属龙的，她就住对面这里，她现在去广东打工了不在家。黄东能就在家负责照顾我，本来他可以去打工的，因为我就不得不留下来，我的脚虽然当时也去医治了，但是没有彻底医好，所以他就在家照看我，避免再出意外。我这个脚已经受伤 9 年了，当时是去割茅草，在树林里面被石头砸伤的，已经完全不能走路，也去不了很远的地方，已经不能去给别人家主持葬礼了。

我的母亲我不记得叫什么名字，就称她为梁黄氏，我父亲叫黄景清，两个人都已经去世了。我家共有四姊妹，我就是老大，第二个是弟弟，叫黄光银，已经去世了；第三个是妹妹，叫黄三妹，是属猪的；最小的是黄田妹，属龙的。这两个妹妹，有一个嫁到火石关了，有一个就在我们寨子这里，都隔得不远，有时候想去看看她们，小孩就带我坐摩托车去，她们想回来看看也方便。

传习所里来教学　不忘唱诵为根本

我 25 岁开始学的《亚鲁王》，我是跟着芭茅那边的黄老桥学的，学了两三年才学得，这个很难学，太长了，我们又不识字，师父怎么教我们就怎么学了。去学的时候都是晚上去，我那个时候去学，没有举行什么拜师仪式，当时就是愿意去学就去，不愿意去学就算了。我们当时去学的时候也有好多个一起的，有黄老华、黄小合，还有其他几个人，现在只剩下我和黄老华了，那几个都去世了。以前我和黄老华去主持，现在腿脚不便就都是黄老华去主持了。从学会到现在我主持的有四五十场了，紫云城里我都去过十五六天。一个寨子遇到就又去嘛，这些年下来，差不多也有这些场数了。我们去唱，还是收钱的，不收钱也没有动力。我现在虽然不主持了，但是还能记得很多内容。黄东能是跟我们一起学的，跟着黄老华、黄老桥还有我，他跟的师父多。

我的徒弟有我们寨子的杨小开、梁小河他们都是30多岁。外地的，像罗甸的黄小宝，30岁，学得好几年了，现在已经出师了，可以自己主持仪式了；大地坝村的杨小河、杨小三，他们是两兄弟，他们的父亲杨丁宝也是东郎，至于又来跟着我学是为了学我们这边家族的，想多学一点；还有马宗丰塘的杨小银和杨小友，他们和杨小河是隔房兄弟，都是30多岁。现在这几个徒弟都学完了，6个徒弟外出打工了，只有杨小友在家里面种庄稼。我教徒弟没别的，就是希望我以后过世了有人来帮我主持仪式。当时去学这个《亚鲁王》是老人们要求的，不然家里有人去世了，就没有人会。我们当时学的时候没有什么要求，就是从开天辟地的根据讲起。当时学的时候就是白天在山上种地做农活，晚上再去学。去帮别人主持仪式，没有什么钱，会喝酒的就得点酒喝，不会喝酒的就吃饭，现在出门去做事就开点脚步钱，买双鞋穿，以前自己家族的就不要钱，现在大家都去打工挣钱了，我们没有出去打工，人家请做事，就会开点钱表示一下。我觉得我们这些唱《亚鲁王》的并不分高下，我熟悉的这些哪个都唱得好，各有各的特点。我们这边还有老摩公，他们也会一点我们的东西，但是我没有去做老摩公的那些，没有去学。老摩公是专门去给人看病的，那些仪式程序麻烦得很，他们也会唱《亚鲁王》，他们唱诵的内容和我们唱的不一样。好多人家说的那种做梦就学得《亚鲁王》，我也相信，因为我也做过梦，就比如你们上学专心，晚上就会梦见自己学习一样，我们学唱《亚鲁王》的时候，晚上睡觉也会梦到自己把《亚鲁王》学完了，你们念书有些成绩好有些成绩不好，我们学《亚鲁王》也是一样，有十个人去学，但是能学成的只有几个。

如果有人去世了，一般就会来通知我，也不带什么东西来，就口头说好，告诉我是哪天的日子，我在家里准备需要用的东西，到那天才动身前往。一般来说，只开人的路，就两天的时间，如果要开马路，就要三四天才能结束整个仪式。

现在人家来邀请，我就喊上几个人包括我的徒弟一起去主持仪式，一般找的人都是擅长这一块的，我们一个人负责一块，按照这个去找人，就像教师一样，擅长哪一块就教哪一科。我的徒弟来学，就是哪一部分学得好，以后他就专门负责这一部分的唱诵。我们去给人家主持仪式的时候，我就会安排哪一个唱诵哪一段，这样分工合作，大家都能去唱诵，都有参与感，一个人一直唱也不行。

芭茅的传习所，我经常去，人家想来学，就开着摩托车来接我。那里的人多，基本都是年轻人，打工回来过年的时候，大家就聚在那里学唱，学个七八天、十多天，然后就又出去打工了。年轻人不可能一直在这里学，都要养家糊口，再说他们也坐不住，所以学习的时间就少一点，学习的年限就要长一点。人家愿意学，我就教，不愿意学，我们也没办法。

三十八

地偏路远难读书
学习"亚鲁"补不足：
黄东能

访谈人： 2017 年 6 月 9 日
访谈时间： 杨兰、梁朝艳
访谈地点： 大营镇芭茅村

　　山庄地偏路遥远，祖祖辈辈守蓬茅，无师无钱难读书，长此以往成陈规，幸而知道传"亚鲁"，弥补精神之空缺。束发之年学"亚鲁"，师从多名老东郎，父在子不收徒弟，百年之后再继承，子孙后辈必有学。

山庄地偏路遥远　　无师无钱难读书

我叫黄东能，50 多岁了，1968 年出生的。我的父亲就是刚刚你采访的黄老扭。我 7 岁上学，读到 12 岁就没去了，我们农村的，好多都是这样，去上学又远，每天天没亮就走路上学，上了小学，就没想过要去上中学了，十几岁可以在家分担点事情，就回来做活了。我一直在家，没有出去打过工。那时候比我们大一点的，要去鸡公山妹场这边读，我们这边落后，三四年级都办不起，后来人也不多，也没有老师和钱，好多人都没去读了。

我是差不多 20 岁的时候结婚的，我的妻子是芭茅村打俄组的杨三妹，比我大一岁。我们有三个小孩，大的是女儿，叫黄长英，现在应该30 岁左右，已经结婚了，嫁到猴场那边快十年了，外孙都近 10 岁了。老二是儿子，叫黄长华，25 岁左右，现在在浙江打工。老三也是个儿子，叫黄吉成，现在有 20 岁，去广东打工了。他们打工都是去几个月快过年就回来，经常去去来来的。去年我兄弟的媳妇去世，他们又回来家里，待到今年才去打工。我还是喜欢在家里，不喜欢到处跑，家里有 5 个人的土地，现在寨子里好多土地都丢荒了，所以也不存在要出钱找人家承包土地，都是哪个想种就去种，种得的粮食自己吃，也不用给主人家。一年差不多可以得一两万斤粮食，自己也吃不完，剩下的就拿去卖，一年毛收入一两万块钱。娃娃们都长大了，也不需要我们供，我就种多少吃多少，没有什么负担。

师从多名老东郎　　子孙后辈必有学

我 15 岁左右开始学唱《亚鲁王》，学了四五年才学得，跟着我的哥哥们学，有时候还跟着哥哥们去芭茅寨，那时候年纪还小，黄老桥他们看我喜欢学，就一个教一点，慢慢地就学会了。我也跟着我父亲学，这样看来我的师父很多。当时就想着《亚鲁王》是我们的传说，很早就有，里面有我们的祖籍和教我们的一些礼节，是不能中断的。如果一点都不懂，也不去学唱《亚鲁王》，那么找先生（道士先生）也可以，但是学会唱《亚鲁王》，就不用去找先生了。当年，和我一起学的那些好多都不搞了，现在只有我一个人搞。有人说搞这个耽误做事，自己有很多土地要种，有牲口要喂养，就都不愿意再去唱了。我的两个儿子现在虽然年轻而且经常出去打工，但是他们也想学，回来的时候就跟着我学一点。他们上过学，会写字，现在有手机，可以录音，就把唱的这些内容录下来，记在本子上，外出打工的时候想学就拿出来学，相对于我们来说，他们要学得快一点，毕竟现在有好多方法可以帮助他们学，要简单得多。

我现在还没收徒弟，老人家在我不收，他收他教。我就在家做点家务活，栽点苞谷，照顾父亲。偶尔去帮人家开路，但是没有一个人去帮人家开路的这种做法，都是几个人一起去。第一次去帮人家开路是 16 岁左右，其实也不是我去开，我只是在旁边学习。后来就没有去了，时间长了就会忘记，再说去开路一去就要三四天、四五天，帮完人家，我自己连饭都吃了不到。那时候我们种庄稼，要薅土，薅好几道，一年四季要弄两三回。我有十来年没去开路，后来我父亲腿受伤了，我才继续学唱和开路的，他不能去了，我就必须要接上来，不搞不行。从我父亲摔到腿开始到现在，我都开路好多回了，就拿今年来说，我都耽误了一个多月的活路，算下来也有 10 次左右了。一场算三四天，从正月到现在，要是到年底，就不知道总共有多少了。

老摩公的活我没有做，活路多了也没时间去，那个也不是必需的。我们去唱《亚鲁王》最主要的是各自家的族谱，其他部分的内容，哪个东郎都可以来帮助完成，相当于这部分内容是大家通用的。我那个时候去学，一个星期去两三次，都是晚上去学，七八点钟去，学到十二点左右，一般都是冬天去学，冬天夜长，可以多学一点。我们学的时候不识字，没有文化，师父就像教学前班小娃娃读书一样，一个字一个字，一句一句地教。学一两个小时，累了大家就休息，结果睡起来又忘记了，学得很艰难。现在年轻人，有文化，有录音，双方结合就学得快。我们打俄组有 30 户人，他们好多都在外面打工，像我们这个年纪的，基本也有一半的人在外面打工。平时的节日，就是过年和七月半这些，过年的时候外面的人就会回来，七月半就没有那么隆重，在家的人就会过，有些会请老摩公去搞仪式。我们寨子的人都很重视《亚鲁王》，也都很支持，毕竟这是我们一直都在做的东西，是自己的。像我们的后辈，孙子辈、重孙辈，不管愿不愿意，都还是要找个把人来学，这是祖传的东西，不学、不唱，后面的人就不知道了。我现在也去传习所教的，去过好几次，年轻的每年回来去个十多次，差不多就又离开寨子外出奔生活了。黄老华在家的时候，他们基本都去他家，一去去十多个，拿手机去录音，录好回去学。以后我年纪大些了，也要收个把徒弟来教，但是土地也还是要种，都要吃饭，土地丢不得。我现在的想法就是，如果国家支持我们，能够把这个文化产业做起来，我们非常愿意去做，在家能有钱挣，哪个还愿意出门打工，老板些一个吃（剥削）一个，到最后还不是我们这些工人遭殃，所以就不愿意做了嘛。要是能像黔东南那边一样，有老板愿意来投资，大家都愿意好好搞的。

三十九

"亚鲁"亟须传后代
遗憾无徒师无助：
梁小合

访谈人： 2017 年 6 月 10 日
访谈时间： 杨兰、梁朝艳
访谈地点： 大营镇芭茅村

　　人生路漫漫，踏歌向前行。家中需要劳动力，读书一年便辍学，弟兄原本好几人，现在只留三人在，人生已到中年时，独自漂泊家未成。

十五六岁学"亚鲁"，他人敷衍使心寒，边学边唱全得成，不求回报为人唱，"亚鲁"亟须传后代，遗憾无徒师无助。

人生已到中年时　独自漂泊成心患

我叫梁小合，1974年出生，属虎的。我父亲叫梁为富，属鸡的，但已经去世了，2011年去世的。母亲叫岑三妹，她是1935年出生的，属猪，她身体还算硬朗，还在做家务、喂牲口那些呢！我是家里面最小的一个，本来我们有几兄弟的，现在只剩下两个哥哥和我了，其他的都去世了。一个哥哥叫梁应光，他是1962年出生的，属虎，比我大一轮；另一个哥哥叫梁应国，1972年出生的，属鼠，他们两个都在家务农，都不会唱《亚鲁王》。

我读过书，是十一二岁的时候开始读的，但只读了一年级就没读了，因为家里需要劳动力加之那会儿也没有钱，所以我就没读了。回到家后就跟着父母、哥哥们种地、放牛这些，我们农村就是做这些，虽然说不出做了些啥事，但一年到头都忙个不停。从28岁开始，我就出门打工了，年年都出去，家里有事时才回来，广东、河南、宁夏、云南等地方我都去过，主要是去菜场。前几天家里有人去世，我回来帮忙，昨天才到家里。

我这个人性格比较内向，和不熟悉的人交流时比较紧张，所以到现在还没有成家，一个人到处漂泊，家里人也为我着急，特别是父母，原来他们也到处托媒人给我牵线，但最终都因为各种原因没有成功。现在父亲去世了，母亲更担心，其实我自己更着急，看到身边同龄的、比我小的人都成家立业，孩子都读书了，我很羡慕，但是没办法，只能顺其自然了，现在男女比例严重失调，女性少男性多，随着年龄的增长，希望也越来越小。我有时候都在想，缘分实在不到，那就一个人过了吧，以后赡养好母亲就行。

他人敷衍自己学　遗憾无徒师无助

我是十五六岁的时候开始学习《亚鲁王》的，当时学习《亚鲁王》

是因为听长辈们讲，原来我们家没有人会唱《亚鲁王》，老人去世的时候，就去请人家来唱，结果那些东郎来了以后敷衍了事，家里人非常寒心，就立志要让自己家人学会。听长辈们讲的时候，我们自己也非常心寒，想着靠人不如靠己，所以就跟着我爸爸学习了。我爸爸是一位东郎，他也是听从父辈的教导，要把《亚鲁王》传给我们。

当时跟我一起学的有好多人，但是现在他们都忘记了，不搞了，只有我一个人学得了。我是边学边唱的，学完一段我就唱哪一段，虽然我比较内向，但是唱《亚鲁王》的时候，我又不紧张，我也不清楚是什么原因。我是十六七岁跟着他们出去开路的，到现在，我已经全部学得了，但是去唱的时候还是要两三个人一起，虽然我能把全部内容唱完，但是一个人唱一夜太累了，嗓子也受不了，都要几个人分着唱，一个人唱一点轻松些，他们让我唱哪里我就唱哪里，反正我都会的。到现在，我都唱了几十场了，虽然从 28 岁开始我就出去打工，但只要家里有人去世，时间赶得及我就会回来唱，这一次也是因为有人过世我才回来，否则都要到过年的时候才回来陪我母亲。我们去唱《亚鲁王》是不收钱的，因为都是家里面的人，相当于帮忙，我回来车费那些都是自己掏腰包，这也是打了这么多年工，我没存到钱的原因之一。虽然我家条件也不好，但我更看重的是邻里、家人之间的情感。

我现在只带了一个徒弟，叫杨小开，1975 年出生，属兔的，比我小 1 岁，他现在也不在家，到广东打工去了，他已经可以自己主持仪式了。现在好多人都出去打工，不愿意学这个了，觉得学来也挣不到钱，我为了让我哥哥们的孩子学会唱，我给他们录音，让他们拿去自己学，不懂的地方问我，但是到现在，他们也没有问我什么问题，我也不知道他们学没学。现在就是因为大家都不太愿意学，所以导致《亚鲁王》的传承遇到了危机，急需年轻人来接上，不然等我们唱不了就没人教了。但学这个东西又只能看他们自己的意愿，他们不愿意学也没办法，我们也不能强迫他们，面对现在的这种情况，我们这些东郎也很无助。如果后面有人愿意学，我肯定尽心尽力地教会他们，他们肩负着更重要的使命。

四十

身在城市望故乡
生活爱好难平衡：
岑万学

访谈人：杨正江、刘洋、杨正超
访谈时间：2017 年 8 月 11 日
访谈地点：大营镇星进村

　　为了生活与妻子在县城做环卫工人，希望孩子们学成之后，能回归乡村，土地才是农民的根，乡村才是农民的家。

外出务工见世面　回乡为娃前途忧

我叫岑万学，1971 年生。我老婆叫杨小英，43 岁了。我父亲叫岑正福，85 岁了，以前是村里大队的。母亲叫杨四妹，83 岁，做农活。我大哥，岑大文，61 岁，在广东打工。二哥是岑万宏，今年 53 岁了，是新进村大队副支书。姐姐岑匀珍，58 岁，在家做农活。妹妹岑小花，40 岁，在广东打工。幺妹岑小琴，37 岁，也在打工。我有两个孩子，老大岑仕通，今年 23 岁，老二岑仕益，20 岁。

我师父是岑仕文、岑仕明、韦老五、杨再强、杨通学。当时和我一起学《亚鲁王》的还有岑万云、岑荣书、岑荣海、岑荣辉。堂兄弟岑万云，48 岁了。岑荣书，和我一样大的年纪。他们除了唱《亚鲁王》就是打工或者在家，我认识的东郎杨小富、杨小成都在打工。

我老家在韦老五家那边，歪寨村山脚寨。现在因为生活，在紫云县打工，在县城租房子住。我在我家里面排行老四，上面有两个哥哥一个姐姐，以前还没成家的时候在家里面不做什么重活，都是哥哥姐姐们在做，我就帮忙做点家务就可以了。我 11 岁才去学校上学，上学后成绩也还不错，就一直读书，因为我读书晚，成绩也不差，那个时候在班上就有点调皮，经常惹事。

我读四年级的时候，都 15 岁了，我们班有个小崽①才 11 岁，我比他高出一个头，有一回考试，我得了班上的第一名，他的分数比我少一点，他不高兴就找我出气，其实我也没有惹他，放学的时候，他就喊了几个小崽拦在门口，喊我不准回家，我当时就火冒三丈了，我说你让不让开，他说你慌什么，留下来帮我看下我错了的题目，我说我要回去吃饭，要看错的题目你去找老师。他不干，就拦着门不准我走，我生气了就提着板凳冲出去，几个小崽看我提板凳了，就一个人一坨泥巴往我身上甩，我更火冒了，逮到一个就按在地上打，他们比我小，哪里是我的对手，我看不对劲，怕把他打坏了，爬起来就跑。我快跑到家，他们才回去。

后来再去读书，我就喊我大哥送我去，经常去吓一下他们，他们就

---

① 小孩。

没再找我的麻烦了。上了初中，我也懂事了，专心学习，但是不晓得是年纪大还是其他什么原因，好像学不进去，成绩就下降。勉强读到初三，没有考上高中，我就不读了。你想下初三毕业我都快20岁了，再读下去我这个年纪不合适了嘛，我们寨子那些青年，哪个在我这个年纪还在读书啊，都结婚了，有的小娃都好几岁了。没有读书了，我就去打工嘛，我是1993年外出打工的，去广东做菜场工作。种地嘛，是我们农村人的老本行，但是我有一点文化，老板就叫我管财务，我没有下地干活。做财务工作虽然身体不累，但是很磨人，你稍微不注意就会出错，就要赔钱。我刚开始也怕，管钱这个事情，不比其他的，风险比较大。但是我不管，我的工资就没有这么高，所以我还是认认真真地学，把每一笔账都记清楚。我刚开始上班的时候，人家都下班了，我还在办公室里面用笔慢慢算，用计算器又算，就这样一遍一遍地，我不会电脑，只能用这种最笨的办法。做了三年，我就回家结婚了，我老婆就是我们当地人，老人家做的媒，之前也找了几个，人家说我都这么大年纪了，又在外面工作，怎么可能找不到老婆，还说我是不是有什么病或者其他原因，才没有结婚，所以她们都不同意。后来这个呢，也不知道怎么就同意了，我想年纪也大了，那就结嘛，因此1997年我就回家结婚了，结婚后还是去打工，因为在老家这边没有什么活路可以做。我就带着我的老婆一起去打工了，我们两个都在我之前的那家菜场打工，一做就做了10年。我们在广东生了我的两个儿子，都是带到快一岁的时候送回紫云给我老爹老妈带，然后我们又出去打工。有了娃娃以后，我就没有像以前一样从来都不回家，基本上我和老婆都是过年就要回家去看两个娃娃和老人，和他们在一起待十天半月的就又要回去打工。回来呢我老婆就和他们在家，我就在紫云周边找点零工打，毕竟回家来也要用钱，你不去挣点，根本就不够用。

后来菜场倒闭了，老板给了我们一点钱，让我们另外找地方打工，我就带着我老婆去北京进厂了，我从来都没过能去到首都北京，那里简直太好了！刚开始我只是厂里面的一个小员工，负责装零件，我做得好又快，我们那个组的人也都和我关系好，后来就让我当了组长，一当就当了 8 年，工资从原来的几百块钱，慢慢涨到了几千块钱，我也觉得特别知足。我在广东和北京一共待了 20 年的样子吧，娃娃们大了，学习紧张，我就想还是回来，老人年纪大了管不住他们，我们还是要在身边看管下，希望他们能有出息嘛。

我是 2013 年回来家的，那个时候大的娃娃读初中了，小的在读小学。小学的那个暂时可以不管，但是大的那个正处于关键时期，不敢不管，我那时就是因为没有考上高中，只能依靠打工生活，所以，我不能让我的小娃们像我一样。我回来就专门在紫云租了一间小房间，照看这两个娃娃读书。来县城里面，不像农村，有土地可以种，在城里住，什么都要用钱，不挣钱不行，我就到处托人打听，看看有什么可以做的，他们说在县城外面的打沙场打工工资还算可以，但是在家的时间很少，我想了下还是算了，回来的目的就是要照顾两个娃娃，如果还是以打工为主，我还不如就在外面打工了。后来就找得了现在这个打扫卫生的工作。

刚开始我还担心，打扫卫生这个工作，在人家看来是不体面的，我怕两个娃娃会觉得丢脸，我和老婆就商量，干脆以后我们出去扫地的时候都戴上口罩，免得娃娃们的同学撞见了。就这样我和老婆两个一辆车，我拉车她扫地，早上五点钟就要出门扫地，我们四点钟在家把早餐做好，他们两个起来吃了好去上学。早餐做好之后，大概五点十分出门，扫一圈下来，老婆就去菜场买菜，我把垃圾运去垃圾站。回家差不多十一点半了，做好饭菜等两个娃娃回来吃饭，然后老婆就开始洗衣服，我就再去找点其他事情做。打扫卫生工资很低，但是勉强够我们生活。星期六星期天我都骑摩托车回家去种点菜，这样能贴补一下，光靠工资买来吃，还是不太现实，农民始终都离不开土地。我们在地里种菜，不需要太大成本，自己种的够一家人吃。如果去菜市场购买，一年下来开销很大。现在我这两个小娃呢，大的一个读高中了，小的这个也上初中了。我们两个大人，都不敢有外出打工的想法了，只能一心想着他们读书的事情，要是他们有个把能上大学，我的心愿就算了了。

学唱来把堂哥拜　砍马开路广积德

说到《亚鲁王》，可以说是我的一个爱好了。我家爷爷是一名东郎，我的堂哥也是一名东郎，他们唱诵《亚鲁王》，我是从小听到大的，熟悉得很了。我爷爷不光是一名东郎，还是一名老摩公，他可以一个人单独主持开路仪式，还可以帮助人家看期辰，写毛笔字。我三叔也会唱《亚鲁王》，他不光会开路，还会八卦，看期辰这些。我幺叔有书，但是他不会唱，我爸爸也不会。我那时候年纪小，我爷爷就把这些传给了我的堂哥，我堂哥叫岑世文，今年有73岁了。他对《亚鲁王》掌握得很好，从"开天辟地"到亚鲁王的十二个儿子分到哪一家，他都记得非常清楚，包括广西的、罗甸的他都晓得。我就是跟着我的堂哥学的《亚鲁王》，在我15岁的时候，也算是有点懂事了，我本来就很羡慕我堂哥得到我爷爷的真传，所以我那个时候就跑去找到我堂哥，请他教我，他同意了，我就这样跟着他学了。

本来我们就是一辈的，找他学就不用带什么东西了，我一有时间就去找他，基本上都是晚上去，白天他们都要干活，但是教得最集中的时间还是正月，我去找他就是边喝酒边唱，也没有其他人在。我一去呢，我嫂子就笑话我说："哎哟，我家小老摩公来了，哈哈哈!"笑话归笑话，我去了，我嫂子还是要做饭给我和堂哥吃。那个时候我们都是过嘴巴学，没有东西录，学得苦。后来我不是出去打工嘛，就只有过年的时候偶尔学一下了。过年的时候，匆匆忙忙的，白天在外面打工，晚上就提点酒去他家，或者他来我家，我们煮点饭，边吃饭边喝酒，边唱《亚鲁王》。后来也有一二十个人来找他学，那时候大家坐在一起，一坐就是一个晚上，师父唱得累，我们也学得累，学的人很多，坚持下来的人少，学下来的人更少。所以这就是一个家族中东郎只有几个甚至只有一个的原因了。

到现在《砍马经》《鸡经》这两个我都得了，就是祖籍方面差一点，好多还没有学完，所以我现在都还在学嘛。我15岁学的，到28岁才开始开路，杨家、韦家我都去开过路的。我们这边开路还有一个规矩，不知道你们知不知道，我们开路从来不收钱，现在条件好了他们愿意给多少就给多少。过世的人年龄在 12—18 岁的，我们一般不收钱，50 岁以上的人家给多少就是多少。如果是一个女人来找我们去开路，我们是不去的，如果背一个男娃娃来，我们就非去不可了。

我是跟着我哥学的，没有跟着别人学过，听他们说，有的去找东郎学这个《亚鲁王》，还要带酒带肉去，师父好心就会把他的东西全部教给你。还听说以前东郎去开路，是不能吃肉的，因为东郎开路都是给这些家亲内戚开路，所以主人家不吃荤，东郎也是不能吃荤的。但是现在可以了，只要去世的这家人和东郎没有亲戚关系，东郎就可以吃荤。不过跟着主人家吃的那一桌是没有一点油荤的，一点点都不能有，而客人的桌子上有油荤，如果东郎在客人桌子上就可以吃油荤。葬礼上还要砍马，砍完马，这个马肉一般都是拿来分给亲戚和东郎的，但是东郎如果和主人家有亲戚关系，那这个马肉他是一点都不能吃的。东郎开路的时候，必须要穿长衣，这个是规矩，五个人去，三个人要穿长衣。我们去开路，要提前一天就去，因为你走路都要走好久的嘛，如果是离得近就在寨子里面呢当天去就可以了。当天就要去给亡人供饭，供三餐，客人来，就唱诵保佑的歌词，告诉亡人是谁来看他，请他保佑来的客人一家平平安安，健健康康，大概就是这些内容。等到下午三四点钟，我们就要开始唱了，有的可能下午五六点钟才开始唱，这个主要看东郎的时间。东郎要是觉得自己能够在这么长的时间内唱完，那他就可以在这个时间唱，不固定的。

说起收徒弟这个事情呢，我现在还没有收徒弟，现在还在让我哥收徒弟，他收我们就不收，这个也是规矩，如果我现在收了徒弟，他这个师父就没有地位了，只有等到师父不收了，我才能收，这样才好。现在有手机很方便，我把我之前没有学会的，用手机录下来，记不得了就一遍一遍地放来听，有时候我在扫地的时候都放来听，这样学得快，比起以前要快很多，你想一下以前只能在正月学一个月，现在我们是想学就学，一有时间就学，肯定要比以前学得快了。我今年开路都开了五次了，往年呢讲不清楚，有时候一年有十多次。我虽然在紫云当环卫工人，但是家里面有人去世，请我回去开路，我都会回来的，都是家族中的人，不忍心拒绝，所以，我们这个就是做好事，给自己积德。

四十一

一片丹心照前行
传知传艺显担当：
杨再强

访谈人：杨正江、刘洋、杨正超
访谈时间：2017 年 8 月 12 日
访谈地点：大营镇偏岩村

　　生于农村、长于农村，他深知庄稼人的不易，深刻领悟知识改变命运的哲理，于是将其践行于一生，三尺讲台，一片丹心，照亮他人前行。遨游海内，艺不压身，多能多艺强自身，传知传艺显担当。

三尺讲台几十载 一片丹心照前行

我叫杨再强，1939年出生的，属兔。我父亲叫杨老红，七十多岁的时候去世了；母亲叫韦大妹，70岁的时候去世的，父母都是地地道道的庄稼人。我有三姊妹，一个姐姐和一个兄弟，姐姐叫杨春妹，她已经去世了；弟弟叫杨再国，他是1949年出生的，属牛，他的出生时间好记，只要一说1949年，大家都会想到中华人民共和国的成立，所以就记住了，他在家务农，也跟着一起去开路。实际上，我还有一个兄弟，杨再国是最小的一个兄弟，只是那个兄弟去世得早，所以好多人都不晓得。

我是10岁开始上学的，上得比较晚，因为家里面条件不好嘛，没办法。但是我父母很重视对我们的教育，即便家里经济再困难，都坚持让我上学，我也深知父母的不容易，所以在学校里我认真听老师讲课，趁课间抓紧把作业做完，回到家后就帮助父母做一些农活。功夫不负有心人，我的努力没有白费，也没有让父母失望，后来我就当上了教师，一当就是几十年，我是教小学。语文、数学我都教，先是在茅坪教了两年，后来就到了妹场，最后到大营中心小学，在这里，我当选了校长，任职有二十年。作为一位农民的儿子、一名乡村教师，我理解父母对孩子们寄予的厚望，也能体会有的孩子渴望知识的眼神，因此，不管是担任普通教师还是校长期间，我都始终秉持教书育人的初心，潜心教学，当好孩子们的引路人。担任校长期间，我时常提醒年轻教师，不要忘记教师肩负的职责，一定要用心、用情对待学生，因为这些孩子的父母大多不识字，不仅在学习上难以帮助孩子，而且很难在心灵上启迪孩子，所以我们的责任很重大。

如今，我已经退休二十余年了，退休后就在家里做点农活，帮助儿子带一带孙孙。因为我是高级教师而且还是校长，所以退休工资还是很高的，每月有七千多块钱，光这退休工资都足够我用了，但是我还是多少做点农活，带带孙子，就当锻炼一下身体，还能减轻孩子们的负担，两全其美。我老婆叫班幺妹，她是1955年出生的，比我小十几岁，她现在没在家，去浙江帮女儿照顾外孙了。我是二十多岁结婚的，我们有两个小娃，一个儿子一个女儿，儿子叫杨正海，1990 年出生，属马的，也是教师，而且他也会唱诵《亚鲁王》，还跟着一起去开路呢！女儿叫杨吉英，1992 年出生的，比她哥哥小两岁，去浙江打工了，因为他们在浙江打工，所以我老婆也去了那边。

多能多艺强自身　传知传艺显担当

我是 17 岁的时候开始学《亚鲁王》的，学了三年才学得。我父亲不会开路，所以我是跟着伯伯和叔叔学《亚鲁王》的。从小就听长辈们唱《亚鲁王》，不知不觉就对《亚鲁王》产生了一种特别的情感，所以就想着也要学习，毕竟这是我们民族智慧的结晶，我们应该把它传承下去，而且学成了也让自己增加了一门技艺，对自己是有利无弊的，正可谓艺不压身嘛。

一开始我是跟着伯伯杨金宝学的，他是 68 岁去世的，已经去世一二十年了，后来也跟着我叔叔杨老妹学，但他也去世了，他是八十五岁去世的。当时还有一个和我一起去学的，但是他爱打瞌睡，最后就没学得。那时我们学习《亚鲁王》是靠嘴记，一天到晚烧着火，坐在火边学，因为内容多，学起来还是比较辛苦的，加之坐在火边暖和人就很容易犯困。我不仅会开路，还会做老摩公，有人生病了就用茅草来掐算，知道是什么病了，再找药来医。

原来我是边教学边唱《亚鲁王》，白天教书，晚上就和我叔伯他们一起去唱《亚鲁王》。"文化大革命"期间，我们开路的仪式要简化一些，因为那时候不让开展这些活动，如果违反被发现了是要受处罚的，但是我不怕，因为我觉得这个开路又没有什么，这是老祖宗传下来的东西，已经形成了一种风俗习惯，它不仅是我们了解民族历史的一个重要渠道，同时也对增强民族向心力和凝聚力有一定的积极作用。但是因为有政策，所以我们就简化一些，晚上悄悄去做，政府官员也是睁只眼闭只眼。那时候也有老人去世没开路的情况，是后来才重新为他们开路的。

我现在已经教了一些徒弟了，三个兄弟和几个侄儿。这三个兄弟就是杨再国、杨再富、杨再龙，杨再国是亲兄弟，其他的是堂兄弟，杨再富是 1967 年出生的，杨再龙是 1969 年出生的，两人相差两岁。实际上，还有另外一个兄弟杨再民也学了，但是他已经去世了。侄儿有杨小成、杨小富、杨小兴、杨小民等，他们几个都是三十多岁的样子，比较年轻。现在我教他们这些年轻的学习《亚鲁王》比较方便，我教他们唱的时候，他们就用手机录下来，然后平时自己有空就拿出来学，遇到不懂的才来问我。原来我们学的时候，全靠现场死记硬背，为了让我们记住，师父得重复唱好多遍，大家都比较累，现在有录音、录像了，我只需要唱一两遍就可以了，这就是科技给我们的生活带来的方方面面的便捷。原来我们只能在正月学，但随着时代的变化，我们的生活方式、文化传递方式也要跟着变化。

有人去世后，来请我们去开路，我就带着几个徒弟去，去了之后我们念诵怎么穿衣服，拿银子放在亡人嘴里，入棺材，供饭，供饭是一天三次，分早中晚。供的饭倒在一个篓里，等亡人上山的时候拿到山上去。到了晚上，开始唱诵《亚鲁王》。做客的前一晚要一头倒头猪，做客当天拿来供，然后开路，上山的时候跟着一起上山，用朱砂糯米画八卦。实际上，我们只能送一次不能送二次，也就是说，我们唱《亚鲁王》就是送亡人了，一般情况下我们就不跟着其他人送亡人上山。但因为我们会画八卦所以就不得不跟着去，要交代他们在什么地方、怎么做。发丧前要举行分魂，就是拿一个鸡蛋放在上面，用马刀砍，砍完之后就起身，然后画八卦的先走。送亡灵上山后，如果时间宽裕的话，可以先回来吃饭，中午再去扶山，但这要根据人家看的期辰时间定。我们这里给亡人打的鸡不能吃，砍的马也是跟着埋在一旁。

我是开路、看期辰、画八卦，样样都可以做一点。现在我去开路的次数少了，年纪大了不能站得太久，身体扛不住，所以就交给徒弟们了，如果非要我去的话，我就抬鼓坐着唱。

我们开路的时候是不给钱的，但有的人家会给点糯米或者肉之类的食物，无论人家给不给我们都会去唱，因为学习《亚鲁王》的初衷就是老人去世时有人为他们唱诵，而且我们这个都是自己姓氏唱自己姓氏的，都是一家人，相互帮衬是应该的。也正因如此，我带的徒弟都是我家兄弟和侄儿，一般都是自己家传自己家的。原来每个姓氏都有东郎，但随着时间的流逝，有的姓氏没有了传承人，所以老人去世时就只能请外姓的人来帮忙，这种情况我们去唱的话就要按照他们家的祖籍念。我对我们家族传承《亚鲁王》还是比较有信心的，因为我带的这些徒弟有些还比较年轻，他们将来还能带出更多的徒弟，就是这样一个传一个，这是每一个东郎应有的责任与担当。唯有如此，才能确保不会断代，这项文化才能长久传承下去。

四十二

骨子里的情怀
铜鼓上的吟唱：
杨再傅

访谈人：杨正江、刘洋、杨正超
访谈时间：2017 年 8 月 12 日
访谈地点：大营镇偏岩村

　　家中久存的铜鼓，是刻在骨子里的情怀，两三载学成的技艺，成为他一辈子的坚守。生活的不易、岁月的沧桑，都映在他瘦弱的身躯上，即便如此，他仍坚持坐上铜鼓继续吟唱。

一面久存的铜鼓，成为他一生的情怀

我叫杨再傅，1957年出生的。我25岁开始学习唱诵《亚鲁王》，学成总共花了两三年的时间。我们之前学习的时候，是师父们教一句我们跟着唱一句，他们教得很仔细。我是跟我大哥杨再强学习《亚鲁王》的，所以按道理来说我应该叫他师父，但是因为我们是堂兄弟，所以我一直都叫他师哥，这样不乱辈分。当时和我一起学唱《亚鲁王》的还有杨再国，他也是全部学得了的。我们当时是在晚上学唱的，白天师父没有教我们唱。但是白天我就自己复习头一天晚上学唱的，所以我学习《亚鲁王》没有花费太多时间就学会了。我学得《亚鲁王》之后，就开始帮人家开路了，一直持续到现在，中间没有间断过。

对于我学习《亚鲁王》，家里面的人都是非常支持我的。我们家里有一面古老的铜鼓，自我有记忆，那一面铜鼓就一直存放在家里。铜鼓上面有许多花纹，小时候，我们觉得那个花纹挺好看，就追问父亲为什么要在铜鼓上刻花纹，父亲告诉我们，那些花纹不是为了美观才刻的，它有深刻的含义。他接着告诉我们，铜鼓是我们"亚鲁"族人创造的，为了让后人记住先祖曾经居住过的地方，他们就把这些地方刻在铜鼓上，把这些地方连起来就形成了花纹样。在葬礼、祭祀等活动中，都会用到铜鼓。在丧葬礼仪中，一边敲击铜鼓；一边吟唱《亚鲁王》，铜鼓是我们民族重要的文化符号，成为我们民族认同的一个重要依据。丧葬仪式中唱诵《亚鲁王》就是为了让后辈记住先祖、纪念先祖。父亲还经常给我们讲述一些苗族的历史文化、世世代代的英雄故事等，让我们对本民族的历史文化有了一定的了解，也增加了对民族的情感。

此后的生活里，每当见到铜鼓，我就会想起父亲告诉我的那些先祖们曾经居住过的地方以及其他的民族历史文化知识。在父亲的教导和耳濡目染之下，我决定开始学习唱诵《亚鲁王》，纪念我们的先祖，同时，也想要把这些民族文化传承下去。当我告诉父母我要学习唱诵《亚鲁王》时，他们可开心了，嘱咐我一定要认认真真地跟着堂哥学，也许是源自家里的那一面铜鼓，我和我的家人对民族文化有着更为特殊的情感。我结婚有了孩子以后，也给孩子讲述了铜鼓上的花纹所代表的意思，还有

我们苗族的历史等。现在，我儿子也学成《亚鲁王》了，也是一名东郎。我儿子名叫杨正云，1977 年出生的，他是我一手教唱的，也就是说他不仅是我儿子，还是我的徒弟。和他一起学习的还有我家侄儿杨正国，他们两个是同龄的，并且都是学了一两年就全部学会了，现在已经帮人家唱《亚鲁王》了。他们两个学得以后，我很开心，因为现在的年轻人好多都不愿意学，他们两个学会了可以接我的班了，我苦口婆心的教导没有白费，也对得起老人们了。但我的理想是收更多的徒弟，让他们在唱诵《亚鲁王》的过程中熟知自己的历史、自己的文化，这样一传十、十传百，就能让我们的文化一直传承下去。所以，我非常欢迎大家来跟着我一起学习《亚鲁王》，当然，跟着其他东郎学我也是非常支持、鼓励的。

瘦弱的身躯，没有阻止他在铜鼓上吟唱的热情

小时候，正遇上国家处于困难时期，因为那时比较小，所以记忆不是太深刻，但大家的生活都是非常拮据的。"文化大革命"对我们的直接影响很小，但是由于经济仍然不景气，所以生活依旧很艰辛，挨冻受饿是常有的事。幸运的是，虽然生活拮据，但是父母比较重视对我们的教育，倾尽所有让我进入学校学习，所以我一直读到小学五年级，之后就一直在家中务农。

我有一个儿子三个女儿，我老婆叫韦秀妹，她是 1958 年出生的，比我小 1 岁。我儿子就是杨正云，他也是家里的老大，但是他现在去外面打工了。大女儿叫杨莲妹，她是 1978 年出生的；二女儿叫杨金妹，1983 年出生的；小女儿叫杨钱妹，1985 年出生的，三姐妹也是在外面打工。他们都成家立业了，最小的孙子是 2001 年出生的，大的孙子都有成家了的，重孙都有了。他们为了养家糊口，只能出去打工，现在有一些孙子在外面读书，正是花钱的时候，在家的话没有什么经济来源，在外面多少还可以挣得一点钱供娃娃们花销。为了减轻儿女们的生活压力，我现在在家中还种地、喂羊、喂牛、喂马，种出来的庄稼就供自己吃，剩余的用来喂牲口，牲口喂大了就卖一些，换点钱买一些日常的生活用品，

还有人情往来的礼钱。他们经常说我都这把年纪应该让自己享一下福，劝我不要种那么多的地、喂那么多的牲口，辛苦得人都皮包骨头了。但是作为父母，哪个不心疼自己的儿女，我们也是想着趁现在还能做就做一些，最起码能把我们这张嘴顾上，让他们可以安安心心地抚育孙子。

尽管现在年纪大了，身体没有原来硬朗了，但是有人请我开路的话我都不会推辞。自我学成后，请我开路的人还是很多的，一年可能要主持10次左右。每一次去给人家开路，我们都不收钱，但是主人家会根据自己的经济情况送给我们一些"礼信"。我们唱《亚鲁王》都是只给自己家人唱，自己给自己家人开路，从开天辟地开始唱，全部唱完的话至少得七八小时。因为演唱的时间比较长，在我体力实在支撑不住的时候，就坐在铜鼓上唱一会儿，缓解后又站起来接着唱。我们唱《亚鲁王》时，因为是纪念老人，所以一般来说是不能坐的，但是在年迈或者身体受限的情况下可以适当坐着唱一会儿，这不是我们有意为之，相信老人们的在天之灵也能看得到，会体谅我们。

2015年，政府组织了千名东郎唱诵史诗《亚鲁王》的东郎大赛，但是由于我没有接到通知，不晓得所以就没去参加，我的师哥杨再强也没有接到通知，我们感到非常遗憾，没有去演唱《亚鲁王》，传播我们民族的历史文化，同时，也错过了一次观看其他东郎演唱的机会。后来我听别人说其实参与的人很多，有一千多个东郎去参加了，是一次规模很大的赛事。虽然那次没参加东郎大赛使我们感到很遗憾，但这不影响我们为老人们唱诵《亚鲁王》，有人请我唱《亚鲁王》，或者有人向我学习《亚鲁王》，我都会认真地去唱、去教。如果以后还有东郎大赛之类的活动，我也会积极参加，一方面去检验一下自己的能力，更重要的是去宣传我们的民族文化，让更多的人了解《亚鲁王》，了解我们麻山的苗族，也给不想学习《亚鲁王》的一些年轻人增加一下信心，让他们看到自己民族的文化是多么受人关注，从而自觉学习、传承本民族历史文化。

四十三

子承父业育人忙
"亚鲁"新声唢呐响：
杨正海

访谈人：杨正江、刘洋、杨正超

访谈时间：2017 年 8 月 12 日

访谈地点：大营镇偏岩村

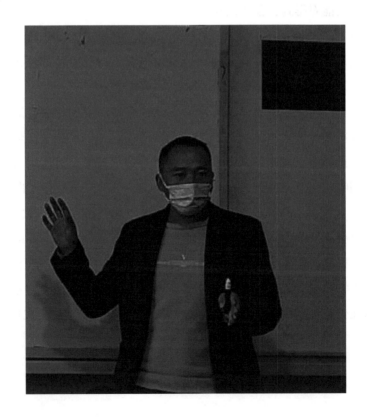

　　父亲是大营小学校长，曾在妹场小学任教师，杨正海学成归来后继续在妹场小学教书，满足父亲的愿望，将村子里面的孩子们送到县城去，送到省城去。

　　父亲杨再强，83岁，退休教师；母亲班由妹，67岁，务农；妹妹杨吉英，30岁，打工。妻子陈小英，今年31岁，在家里做农活。我有2个孩子，大女儿叫杨玉梅，15岁，上六年级；小儿子叫杨通贵，10岁，上小学。

照顾父亲守身边　耕种教书两头忙

　　我叫杨正海，今年32岁，小名叫杨冬生，我是冬天出生的，所以取了这样一个名字。我的父亲是一名老教师，退休的时候已经成了校长，小时候我的作业都是父亲辅导的，我7岁左右开始读书，读到初三没有考上高中，然后17岁就工作了，工作也不是正式的工作，就是去鸡公山代课，基本上都在家里，也出去打工，但是很少，因为我父亲有脑癌，所以必须在家照顾。去鸡公山代课有两年，在那里代课期间认识了我现在的老婆陈小英，她当时才15岁，比我小两岁，那时候刚刚参加工作，工作的地方离家也有点远，主要是我们这边不通车，就骑摩托车去，一个人去去来来的也比较孤单，看着别的老师们好多都成家了，自己也开始有这方面的想法了。与老婆认识是因为老人的关系，家里面老人觉得我的年纪也差不多了，现在也上班挣钱了，就想帮我介绍女朋友。第一次见到陈小英的时候，觉得她比较害羞，长得也挺好看的，就有一句没一句地聊天，一来二去的也就熟悉了，我还记得有一次我发了工资，就骑着摩托车去镇上给她买了一个小礼物——口红，男生嘛我们自己也不用这个，村里面的女孩也都不用，我是看电视上那些明星的嘴巴擦上口红后很好看，就也想让她擦，变得更漂亮一点。我骑着摩托来到了宗地，那天正是赶集的时候，人很多，路上摆摊的也多，我就一家一家地挨着找，终于在一个小铺子上找到了，但是我要买的时候才发现原来口红还分这么多颜色，直接傻眼了，对于我们男生来说好像没有什么太大的区别，我就随便拿了一支，付了钱后我把口红揣在上衣内袋里，就骑着摩托车返回去，回去的路上，我骑得很快，就想着能早点把口红送到她的手上，结果一不小心，摩托车车轮压着一块石头后侧滑了，我从摩托车上摔了下来，掉在了路坎下面，当时腿已经不能动了，我就在地里躺着，疼得晕了过去，我模模糊糊地记得腿是流血了的，我在地里昏了好久，才听见有人叫我的名字，是路过的人把我抬了起来，我被他们送到了离这里不远的卫生室，用碘酒简单处理了伤口，医生说没有伤到骨头，休息一下就可以走了，我就在那张白色小床上睡下，等我睁开眼睛的时候她就在我面前坐着，一句话也不说，不停地掉眼泪。我说你咋啦？她还是不说话，我从衣服内袋里掏出那支口红递给她，她哭得更厉害了。那天是她把我扶回去的，一路上也没说什么，不过那个时候我觉得挺好的，有一个女人这样默默地在我的身边，所以我跟她说了想和她结婚，她那天就同意了。

我回家给我父亲说了这个事情，我父亲很高兴，就和我母亲商量着找人看期辰，最终把结婚的时间定在2009年的3月，就这样我们结婚了。结婚后我们感情很好，那一年我转到岜蒿去教书，没有多久小英就怀孕了，家里面知道这个消息都很开心，我的母亲就专门来照顾小英，她就在家做点简单的家务活，其他的重活由我和父亲承包了。那时候她的胃口很大，也想吃一些平时不喜欢吃的东西，有一回她想吃粉，我们这里哪有什么粉卖，镇上才有卖的，没办法，我又骑着摩托车跑到宗地去，宗地也没有卖的，我又跑到紫云去买，买回来粉都凉了，又在锅里加热了才给她吃。不过看着她吃得开心，心里就舒服了。时间过得也快，小英为我生了女儿，女儿出生后我们的花销也大，我就和小英商量出去挣点钱。在女儿杨小梅出生三个月的时候我们就一起去广东打工，刚开始是进的菜场，她在家带娃娃，我就干活，但是觉得种菜还是不行，在菜场做了不到四个月，就进厂里面打工了，因为小英带着娃娃，不方便打工，我们三个人在广东又要租房子又要吃饭，我一个人的工资还是不怎么够，所以不到一年我们就回家了。回来后我就在岜蒿代课，一代就是两年，小英就在家做农活，妹妹外出打工，父亲退休在家也有些工资就作为家里的补助。

　　2012 年小英怀了我家第二个娃娃，当时没有钱，压力很大，我又外出打工，因为在家里当老师没有多少工资，我觉得我还年轻，就这样在家里面耗着，心里还是不怎么痛快，就去了一年。2013 年的时候回来了，因为我的哥哥修房子，我想着反正都是要修的，就干脆和他一起修。回来以后也没有闲着，转来妹场教书，教了一个学期，第二个学期到竹林小学教书，2014 年又转回妹场小学教书。在修房子的这段时间，我又上课又出力，累得很，我们这边修房子不像外面的，材料可以直接运到家里面，当时这里的路都不怎么好，有一段路不能通车，我就请人背沙背水泥，自己也跟着背，我是在那个时候学会做饭的，请来帮忙的人都是周围团转的寨邻，就算是开了工钱，也是要请他们吃饭的。我记得有一天，天快黑了，我看他们都还在背砖，我就和他们说好留他们在家里吃饭，酒嘛就是家里酿的，鸡是自家养的，我就逮了一只鸡，把鸡杀好，煮了一锅，听小英的就在院子里面摘了点花椒丢进去，洗了点白菜、小瓜这些，就叫大家吃饭，感觉味道也还可以，吃完饭喝完酒，大家就各自回家了。第二天一早，我们又开始开工，那天我也来背砖，拿着家里的大背篼跟着他们走到路口，装了有十多块砖，我就觉得不行了背不动，但是一想，一回只背那么一点，来来回回要多走很多路，就硬着头皮多背了几块，平时只有十多分钟的路程，那天我背着砖感觉走了好久都走不完，一天下来我背了七趟，就感觉不行了，晚上擦汗，脱衣服的时候就感觉我的肩膀火辣辣的痛，我喊小英来看是怎么回事，她说："哎哟，你肩膀上的肉被勒出血了，熟浸浸的（皮肤呈现出暗红色）！"她焦急地找来毛巾帮我把伤口擦干净，把家里面的止痛片捣碎了敷在出血的地方，用布包起来，后面的时间我就不能继续干活了，只能看着大家忙，个人干着急。房子修了一层我就没有钱了，就去找朋友借钱，东找找西借借，勉强把房子修完。2015 年的时候我就去浙江打工了，因为欠下钱了，我没有办法，只好出去打工挣钱来还，小英也跟着我一起去，留下两个娃娃在家里面跟着爷爷奶奶。这次进厂，我们铁了心要好好做，不能像之前一样，做一段时间又不做了。为了省钱，我和小英租了一间很破旧的房子，吃饭睡觉都在这一间房子里面，卫生间和洗澡的是公共的，房租一个月也就百来块钱。把房间简单布置了一下，我们就拿着从家里面带的几百块钱开始了在浙江的打工生活。买菜我们也不敢买肉，每天下班后到菜场买点别人买剩下的那种不好的菜吃，有时候有些卖菜的好心，会送我们一点菜，其实那个菜他也是卖不出去的，只是看着我们可怜，就送给我们吃了。每天吃饭也就几块钱，电费水费一起，一个月不到两百块钱。我们两个一个月有六千多块钱的工资，每个月拿出一千块钱，剩下的都寄回来给我父亲存着，这一千块钱，我们都还有剩的，但是就是怕生病，所以手里富裕些也好。

因为太节约了，我们吃得都很素，由于营养跟不上，小英就生病了。那天也是要去上班，我早早起来，就开始洗漱，喊了小英半天，她只是答应我，但是不见起来，我觉得有点不对劲，就去床边喊她，她的脸红彤彤的，嘴巴干得起皮，我摸了一下她的脑眉心（额头），觉得很烫，赶快烧了杯热水给她喝。我不晓得该怎么办了，她好像还烧得厉害，我跑出去买药，药店医生问我，我就只会说发烧了，问我有多少度，我也不知道，医生没有办法，就给我开了散列通，花了几十块钱，回家就给她吃了，等了半小时，我看她情况有所好转，就去上班了，也帮她请了假，让她在家休息。小英从来没有生过病，这次只是发烧，我就想是哪里出了问题，要是她不在了，我该怎么办？越想越害怕，一天我都心不在焉的，担心她在家里会不会又烧起来。下班后，我破天荒地买了半只鸡，老人们不是说鸡汤最有营养嘛，我想她喝了鸡汤就能好起来。回到家，我看她还躺在床上，她说浑身很痛，头也很晕，我用手试了试，没有感觉很烫，就给她喝了点水，开始忙活炖汤。鸡在火上炖着，我跑过去坐在床边，自己哭起来，她抓着我的手，问我哭什么，我说我对不起你，跟着我没有过好日子，还要遭这样的罪，听我这样说，她还骂我，说我没出息，生一个小病就被吓着，还浪费钱去买什么鸡，我说，这次就当是奖励自己，也存了有几万块钱了，不能把身体搞垮了，我们应该每个月吃一次好吃的。她也答应了我，因为我们欠的钱差不多还完了，也不应该亏待自己。就这样我们在浙江一待就是两年，过年也没有回家。还记得 2015 年过年的那天，街上很热闹，也很冷，我和小英忙完了厂里的活，老板就同意我们回家过年，从厂里出来，我们俩手拉着手说来了这么久，我们去走走吧，不要到回去的时候都不知道浙江人是什么样的。

于是我们两个，就去逛街了，我和小英匆匆买了几个包子，吃完之后，就坐地铁去到最热闹的天一广场，感觉我们紫云一个县的人，可能都没有那个地方的人多，人挤着人，卖什么的都有。逛了一会儿，什么都舍不得买，小英就说还是先去超市买点菜吧，不然下午人家都关门回去过年了，我晓得小英是怕花钱，就说你先去，我去上个厕所，一会儿就来找你，她往超市去了，我就趁机去帮她买了件衣服。在商场里面好不容易看见一件好看的，偷偷看了一眼价钱，吓死我了，贵得离谱，要好几百块钱，后来我就转到了卖平价衣服的那一层，给她挑了一件粉红色的棉衣，我就在超市门口等她。她付完钱，出来看见我手里的东西，先是很开心，后来还是免不了被骂了一顿，不过并没有太生气。我们回家后，我负责打扫房间，她负责做年饭，虽然地方小了一点，但在我们的忙碌下也有了一点年味，房东看我们没有回家过年，还专门送来了一盘小菜，小英不是个爱贪小便宜的人，她炖好的猪蹄也给房东送去一碗。她在电磁炉旁边拴着围裙挽着袖子忙着，我就边打扫，边和她聊天，这算是我们一年来说得最多的一次话了，她很想两个小孩，做着饭本来是笑着的，慢慢地就不笑了，我知道她的心思，就给我的父亲打了电话，两个小孩在那边你一句我一句地说着，为了生活，没有办法，农村的人家都是这样过的，我们也免不了。和小孩打完电话，东忙西忙的就到了晚上，我们把炒的小菜端上了桌子，没有鞭炮的声音，也没有电视，就这样我和她静静地坐着吃，我说喝点酒吧，她没有拒绝，和我喝了起来。那天是我们一年来吃得最好的一次了，也是最香的，吃完了饭，房东喊我们一起去他家看春节联欢晚会，房东人还挺好，我们一直看到晚会结束才回来，算是结束了一年的劳动。

第二天，开始了 2016 年的劳动，我们正常去上班了。我和小英算了一下，我们存了将近 10 万块钱，除去借的钱，自己也还剩一点，就想再拼一下，多存一点再回家。但是有时候老天就是这样不让你如愿，我的父亲被检查出来患有脑癌，母亲在我的妹妹家带小外孙，我们只能回去，简单收拾了一下，年初我们就回来了。父亲把手里的工资卡交给我，说："有什么要花的就用这个钱，反正一辈子也没做什么，年纪大了所有的东西都该交给你们，你们负担也重，我也只能做些简单的事情，也还需要你们照顾我。"我接过父亲的卡，"说没有什么的，你会好起来的，我们都回来了，不出去了"。回来之后我又续去妹场小学教书，现在都还在教。一边教书，一边照顾我的父亲，小英挑起了家里的重活，继续搞农业生产，喂猪喂牛。我在没课的时候，也参加家中的劳动。父亲主要的任务就是做饭，也没有什么别的事情要他做。现在我学了一些唢呐调子，村里面有哪家老人去世，我也会去帮忙吹唢呐。

传承父志唱"亚鲁"　各种根源都能讲

我学唱《亚鲁王》没有什么太多的原因，我父亲也是老东郎了，小的时候就知道他们会在有人去世的时候唱这个《亚鲁王》，我的父亲会，我的叔叔会，他们都是几十年的东郎了，看着他们去做这个我就想和他们学。但是我真正开始学这个，是在我24岁，才学了两三年，算是一个刚入门的东郎。现在我父亲身体不好，他也教了很多徒弟，我想我是他的儿子，我不学好像也不行。现在我们学的几个人中，有好几个都出师了，加上我应该有5个，有一个已经去世了。我学得快主要是因为我天天在家和我父亲学，周围有人去世，我都跑去听，因为我的师父就是我的父亲，所以我学唱《亚鲁王》就没有什么拜师仪式了，自己家的东西本来就应该传承的。我记得小时候，天天都在听他们说这个亚鲁王的故事，讲的是亚鲁王有个儿子，是哪一个儿子我记不清了，说他已经死去七天了，当时还没有开路的这种仪式，就没有给他唱诵史诗，他死去七天都已经埋了又还阳了，大家都被吓着了，不敢和他说话，看见他就跑，因为他的尸体都已经生蛆了。没有办法，这个事情总是要解决的，亚鲁王就问他，说："你死都死了，尸体都生蛆了，为什么还要回来?"他就讲："因为去到那边，过不了那一关，没得路走，找不到路我就只有转回来了。"亚鲁王又问："那你要什么你才找得到路，才走得到?"他就告诉亚鲁王要砍马、要杀牛，还要杀小猪仔，还有鸡，一小只大概一两斤的那种，今天晚上就要用，天差不多要亮的时候，就把这些拿给他，这样他才能找到路，然后这些家畜把他送到哪里就要把他唱诵到哪里。比如说这些兄弟姐妹，他们分布到哪里，讲到哪里，他才能去到哪里。因为小时候经常听就对这个《亚鲁王》有点好奇，所以就想学。这个算是我学唱《亚鲁王》的一个原因了，我说的这个故事就是为什么我们这里有人去世了要开路，不开路，不唱史诗，这些人找不到路回去呢，他们就会返回来找你，很麻烦，所以必须要开路。

要说我什么时候去主持仪式的话，我是去年才去给人家开路的。找我开路的人也不算多，因为我才刚开始学，平时都是跟着老人们一起去的，他们唱，我就在旁边帮忙。我第一次开路的时候是在我家上面一点的人家，是我家一个叔娘去世。因为我们这个民族有很多习俗，自己的内亲去世，在办理丧事的那几天是不能吃荤的，所以我们那几天都不吃油，为什么不吃油呢？我也是听老一辈的人说的，说人去世后要回家，在回家的路上，有一个石头，如果这个老人的后辈子孙吃油，油就会敷在石头上，石头就会很滑，老人不能过去。这个在史诗里面都有交代的，我现在才明白。但是在这个过程中我们是可以吃鱼的，鱼是水里面的东西，它不含油，就不忌讳，因为在这个回家的路上，必须有些客人，老人要用这个来待客。就是忌讳猪油等动物油，菜油是不忌讳的，鸡蛋在葬礼上也不能吃，因为鸡蛋能孵化出小鸡。

以前，老人过世后都要穿长衣，这是历来的规矩，为什么要穿长衣呢？因为前朝亚鲁王在打仗抢江山的时候，他们穿的都是现在我们这边老人去世穿的这种长衣，所以老人们去世了，要回去祖先居住的地方，就必须要继承这个长衣，相当于继承我们这个民族的服装。以前我们就经常穿这种衣服，开路的时候东郎也经常穿。现在时代不一样了，我们年轻人都很喜欢打扮，看到外面的人穿的那种衣服好看，我们也就跟着穿，现在老人们还穿长衫，我们年轻人只有在有人过世的时候才穿。去世的老人穿长衫，就是穿本民族的服装，是我们的"祖服"，只有穿了这个衣服，你去到祖先的地方，老祖宗才认识，才晓得你是他们的后代，才会被接过去一起生活，否则穿现在的这些衣服，老祖宗不认得，老人去了之后得不到接纳，就会成为孤魂野鬼。

在老人去世还未上山的这几天，东郎每天的任务就是供他三次饭，这个也是有原因的。因为去世的老人刚去那边，还不得成家，就是他刚死还没找到他的那些老人、他的那些祖宗，他没饭吃，也煮不了饭吃，就必须要这边的人供他吃饭。上山的时候，老人的祖服和其他的东西一起交给老祖宗后，他才能在那边得到饭吃，这样这边的人们才能不用管他，也就意味着他在那边已经安定下来，能够自己吃饭和生活。如果他在那边需要一些东西，自己又不能得到，这个时候他就会安排一条蛇或者蛤蟆这些来找他的后代，一般有这种动物来家，我们都会请宝目来掐茅草（占卜），宝目通过掐茅草分析是哪位老人来找，要些什么东西，然后宝目就找一只鸡，整一点饭，拿着香和纸这些去做仪式了，仪式做完，就意味着已将老人需要的东西送去给他了，这些动物就不会再来打扰这户人家。这些仪式每一项都有根源，都可以从史诗当中找到根据。

还有我们砍马的时候绳子上面要打一把伞，那个伞的意思我也不是特别清楚，好像说的是那个伞代表老人回去要是遇到下雨的时候，就会有人打伞来接他走。如果我们这边是晚上，在他们那边就是白天，你看当官的那些都有人给他撑伞嘛，这个差不多就是那个意思。还有在老人的棺材前面必须点上一盏灯，那盏灯不能熄。汉族也有点油灯，但是他们的意思我不晓得，这边点灯可能是因为人死了以后需要用灯来照亮家里，有人说人死如灯灭，点亮灯意思就是人虽然死了但是他还在家里。

其实，我们的开路仪式中，东郎做的所有的程序，都能够在史诗当中找到相应的依据，史诗不仅仅是东郎在唱，也指挥着整个开路仪式的所有程序，一点都不能乱。我现在学了史诗，也在学吹唢呐，我们在葬礼上也是要吹唢呐的，特别是在砍马的时候，我们这边的唢呐曲调很多，我只是学了几种，觉得很好玩，我还要继续学下去。成为东郎，成为唢呐师，都是为了帮助我们这些乡亲，我们去帮人家做这些活路，都不收钱的，纯属帮忙。我今天帮了他家，以后我家有事情，他们也会积极地来帮我家的忙。这个就是一种交流嘛，如果不这样互帮互助，人活着还有什么意思呢？我今天就到上面那家去吹了唢呐，也就半天的时间，不吹唢呐的时候，就去看看有没有其他的事情需要帮忙的，办事情嘛靠的就是人多，人多好办事就是这样来的，如果样样都要算钱，以后我要办事，人家也会收我的钱，那哪里有这么多钱来给啊！

我们的这些史诗都是一代传一代的，我才刚学成，我想等我学好了，学精了，就要交给我的儿子，还要教给一些想要来学的人。这个是我们老祖宗传下来的东西，没有这个，以后我们的人就回不去，这是千万不行的。

四十四

壮年生儿育女
老来照顾孙子：
杨再国

访谈人：杨正江、刘洋、杨正超

访谈时间：2017 年 8 月 13 日

访谈地点：大营镇偏岩村

　　生儿育女乃法则，吃饱穿暖是责任，儿女成群是幸福，生活支出让人愁，家中农活难满足，辞别妻儿去打工。几年之前才回家，帮助儿女

带孙子，平时种地以自足，他人需要唱"亚鲁"，壮年辛苦养孩子，老来忙于顾孙子。

生儿育女乃法则　为了吃穿别妻儿

我叫杨再国，我是 1949 年出生的，属牛。杨再强就是我的大哥，我们的父母去世很多年了，我们本来是有三兄弟、一个姐姐的，我是最小的一个，但是二哥在年轻时就去世了，有四十多年了，我的姐姐也去世了。我上过学，只读到二三年级就没读了，家里经济困难，再加上我成绩也不太好就没读了，我家大哥读的书要多一点。我是一二十岁结婚的，我老婆是陈氏，现在已经不在人世了。对于我们那一辈的人来说，一长大先考虑的就是成家立业，俗话常说："不孝有三，无后为大。"生儿养女是自然法则，我们都要遵从，其他的都是后面再说。现在的人就不一样，有的人就是先搞事业，结婚都是放在后面的。

我们婚后生育了四个孩子，两个儿子两个姑娘。最大的一个是女儿，名叫杨小芝，已经四十多岁了；第二个是儿子，叫杨小明；第三个也是儿子，叫杨小云，1985 年出的，属牛；最小的一个是女儿，三十来岁，几姊妹都出去打工了。他们小的时候，我们家条件很差，一家人是吃不好也穿不好，没办法，那时大家都是靠那点土地吃饭。后来开始流行出去打工，我就想着也出去，挣点钱来改善一家人的生活，不然不光我们会苦一辈子，孩子们也会跟着遭罪，但是之前一直没出过远门，包括我们的父辈，一辈子都是守着这座大山生活下来的，我就有点舍不得走，不忍心把父母和妻儿丢在家里，所以就暂时打消了出去的念头。

后来，看到他们出去打工的人好多确实让家里的生活条件改善了，而且他们也给我算了一笔账，当时在外面打工一个月至少能挣几百块钱，在家里种庄稼的话一年可能就是千把块钱，而且都是零零散散的，根本见不了什么样子，加上人比在外面打工辛苦，因为打工做的活比较单一，不像在家里活路多，一年三百六十五天，天天忙不停，综合下来，出去打工还是最好的选择，我就把我的想法跟我老婆说了，她想了想，也说让我跟他们去，家里面她负责照顾，庄稼她也照样能做，就这样，我就跟着他们去打工了。事实也证明，家里的生活确实得到了适当的改善，妻子在家里种的庄稼不用拿去卖，基本能够一家人吃，我在外面打工挣的钱就负责其他开支，比如孩子的学费、买肥料等，这样，家里的吃穿住行用就不像原来那么拮据了。

平时种地以自足　他人需要唱"亚鲁"

我是二十岁左右开始学习《亚鲁王》的，就跟着我哥哥杨再强学，我哥哥也是一位老东郎了，学的时间长了，自己一个人也可以去开路。当时学《亚鲁王》也没有多想，就是觉得这个老人去世都要用到，是我们祖传的，所以应该学，然后就去学了。我是边学边开路的，就是跟着我哥哥他们一起去，但后来出去打工就没怎么去开路了，因为从外面回来不仅耗费时间，而且也花车费，所以都没回来，但每年回来过年的时候，如果刚好遇到有人去世，那就会跟着他们去。

我是前几年才回来没再出去打工的，因为四个娃娃都没在家，都出去打工了，有两个孙孙要读书，得有一个人在家里照顾，我想着我年纪大了在外面也不好找活做，干脆让他们年轻人去打工，我回来给他们带，趁我还能动，让他们安心在外面挣点钱，等我动不了啦，他们就得回来照顾我，那时就没办法出去挣钱了。我现在带的这两个孙子一个读二年级，一个读三年级。他们四姊妹一起在河南做菜场，但是是给老板打工，自己承包一个是需要成本的，他们自己没有那么多钱垫；另一个是自己找不到销售渠道，外地人去那里人生地不熟，不认识那些工厂的老板，种出来的菜不知道卖给谁。他们什么菜都种，种类很丰富，菜成熟后就把菜摘好，卖给那些工厂的老板或者包装好销往其他地方，这些买家都是菜场的老板自己联系好的，他们只负责种菜、择菜，称好秤就可以了。

我平时就是种地，然后做点饭给两个孙子吃，他们比较懂事，都不用我管什么，衣服那些都是自己洗。几个娃娃都叫我不要种地了，生活费他们会寄给我们的，爷孙仨也吃不了多少，但是我觉得吧，还是要种点，不种地在家没事做，天天玩着也不行，自己种点菜、豆那些还可以吃点新鲜的，而且还不花钱，也可以给他们减轻一些负担。有老人去世主人家来请我们去开路的时候，我就丢下手中的活去开路，我们不收钱，就是乡里乡亲的帮个忙。我哥哥的孩子杨正海也在跟着我学，他已经去开过路了，我家大儿子杨小明也在学。

四十五

青石茅草起坟茔
再见音容于梦里：
杨再龙

访谈人：杨正江、刘洋、杨正超
访谈时间：2017 年 8 月 13 日
访谈地点：大营镇偏岩村

　　孩童 10 岁正无愁，父母双亲继离世，只留兄妹来长念，哥姐辛苦带大弟。26 岁学"亚鲁"，全凭大脑去背诵，四年时间才学得，而后便为家

族开。往事暮暮再呈现，思念父母涌心间，青石茅草起坟茔，再见音容
于梦里。

父母双亲继离世　哥姐辛苦带大弟

我叫杨再龙，我是 1967 年出生的，属羊。我父亲是杨老鹏，母亲是
班大妹，我家有四姊妹，但我们都是苦命儿，我十岁的时候，爸爸就去
世了，没过多久，母亲也去世了，我们就成了孤儿。因为我是最小的一
个，哥哥、姐姐们和我年纪相差比较大，因此他们就轮流照顾我。我哥
哥叫杨长有，现在已经去世了，他是 65 岁时去世的；大姐叫杨米妹，
1954 年出生的，属马；二姐叫杨四妹，她应该是 1957 年出生的。我上过
学，但只读过一年级，就是因为父母相继离世，我就没读了。那时候，
哥哥姐姐都还年轻，有的刚成家，有的还没成家，他们哪有钱交学费让
我去读书，供我吃住都实在是没办法了，他们自己的生活都成问题。我
能长大成人都是哥哥和姐姐们的功劳，对于我来说，他们不仅是哥姐，
也像长辈一样，所以现在我对他们都是很敬重的。

我结婚很早，十几岁就成家了。因为哥哥姐姐都陆续成家了，有时
候照顾不上我，他们就希望有一个人能随时陪在我身边，那样他们也放
心，所以他们就托人给我说媒，然后我就成家了，确实，成家后，生活
比原来更有生机些，走到哪里都有人陪着，很幸福。俗话说："穷人的孩
子早当家"，就是说的我们嘛。我老婆叫班云妹，我们俩是同龄的，只是
她比我大两个月，在家里面做农活。我妈妈姓班，我老婆也姓班，我们
家两三代的媳妇都是班家来的，都是班家那边的姑婆。我们有三个小孩
子，两个儿子一个女儿，老大是儿子，叫杨小合，1982 年出生的，属狗，
现在出去打工了；老二也是儿子，叫杨小真，比老大小五岁，1987 年出
生，属兔的，也出去打工了，两个孩子都是出去做菜场；最小的一个是
女儿，叫杨乔英，2003 年才出生，比大的两个小一二十岁，她还在大营
中学读书。因为大的两个都是儿子嘛，我和老婆就一直想要一个姑娘，
儿女双全人生才算圆满，而且人家都说女儿是父母的小棉袄嘛，我们也
想要。说实话，姑娘确实比男娃娃要心细，懂得心疼父母，现在我们去

地头种庄稼，她都要等我们回家才吃饭，晚上还会烧点洗脚水给我们洗脚，那男娃娃们就不管你吃不吃、洗不洗，他自己得了就行。我们的这个愿望一直到 2003 年才实现，盼了 16 年，不过能实现已经很满足了。

唱诵"亚鲁"往事现　思念父母涌心间

我 26 岁开始学习《亚鲁王》，我的师父有好几个，除了跟着杨再强学习外，我还跟着我的那些叔伯学了一些，只可惜现在只剩下杨再强一个人了，其他的都已经去世了。不管是跟着哪个师父学，我都是全凭嘴巴记，没有用什么录音，就是师父唱，我就跟着唱，边唱边记忆，反反复复唱几遍基本就会了，后面自己再默唱，想不起来的就跑去问师父，慢慢地就学得了。我一共学了四年才得到。我是边学边开路的，但我都是给自己的家族开。我之前去打过一段时间的工，那段时间不在家就没唱，后来回到家里，就又开始跟着他们去唱了。今年开路我都开了三四次了，去世的人有点多，心痛但是也没有办法，只能顺其自然了，生死这东西我们常人无法改变。

虽然我现在儿女双全，生活也比原来好一些了，本应该开心，但是回忆起小时候，悲伤之情还是忍不住涌上来，有时候我还在想，要是父母不早逝，我们几姊妹的生活会不会不一样，我会不会多读一些书，日子是不是比现在好一些甚至是好很多？特别是去给人家开路的时候，我总会想起自己的父母，无比怀念他们，多希望他们还在身边，甚至还能再见他们一面，但这些都只是空想，永远没法实现。我只能拼尽力气，大声唱诵《亚鲁王》，将对父母的思念融入歌声中，希望父母在天堂能听到我的声音。可能是因为太想念父母，有几次，我做梦就梦见他们了，父母轻言细语地和我们说话，满脸慈祥，那场景好幸福，我们也有说有笑，结果笑着笑着我就惊醒了，然后发现这只是一场梦，父母的尸骨依然躺在那石头砌起的、长满茅草的坟墓里面。

四十六

学之用之乃常理
规矩准绳应遵循：
杨光明

访谈人：杨兰、杨小冬

访谈时间：2017 年 8 月 15 日

访谈地点：宗地镇打若村

  "亚鲁"可是苗族魂，世代子孙记于心，兄弟三人承父志，老人去世唱"亚鲁"。学习之时分文未交，学成之后分文不取，礼俗规约前人定，

古老古代皆如此，奈何有人置度外，违礼违约不可取。学之用之乃常理，规矩准绳应遵循。

"亚鲁"可是苗族魂 兄弟三人承父志

我叫杨光明，我是一位人民教师，1974年出生的，属虎。我妻子叫韦朝英，她和我是同龄的。我们只有一个小孩，叫杨斌，还在读书，但是他的成绩一般，2017年中考的时候只考了455分，不能去安顺读高中，就只能在紫云读了。他们班上有两个600多分的，一个600分，另一个601分，厉害得很。虽然很羡慕别人家孩子成绩好，但是想一下，只要他有恒心，身心健康，懂得为人处世，以后继续努力也是可以出人头地的。现在的孩子，受各种因素的影响，心理问题比较严重，所以身心健康是最重要的。

我父亲叫杨通学，他是1946年出生的，属狗，已经七十多岁了。我母亲叫吴正珍，她已经过世了。我们共有三兄弟，本来有一个妹妹的，但她去世了。三兄弟中我排行第二，大哥叫杨光辉，他是属狗的，1970年出生，现在去外面打工了。我弟弟叫杨小平，他比我小五六岁的样子，具体是哪一年出生的我记不清楚了，他也外出打工了。

《亚鲁王》是我们苗族的民族魂，史诗主要讲述了我们先祖亚鲁创世、征战、迁徙的伟大事迹，苗族人民以口耳相传的方式，世世代代流传至今，《亚鲁王》中先祖们无畏艰险、披荆斩棘、英勇奋斗的精神，一直激励着苗族儿女不忘历史、砥砺前行。我父亲杨通学就是一名东郎，钱万学来跟着我父亲学过一小段，所以他也叫我父亲师父。小时候，我父亲就经常给我们说，《亚鲁王》是我们必须学习的一门技艺，因为老人去世，必须要唱诵《亚鲁王》，这样老人才能回到原来的地方与先祖团聚，而且它也是我们了解民族历史的重要途径。在父亲的教导下，我们三兄弟都跟着父亲学习了《亚鲁王》，我们是一起学的，而且都学得了，他们也去帮别人开路了，只是现在大哥和兄弟都外出去广东打工了，只有春节那段时间在家，所以唱《亚鲁王》的时间比较少。现在是暑假，要是你们寒假来的话，说不定就遇到他们了。我们会唱《亚鲁王》的这些人，年纪不大的很多都出去打工了，现在打工是一种重要的谋生方式。我们唱《亚鲁王》是不收钱的，年轻人上有老下有小，在家做农活很难养活一家人，外出打工，有的人除去一家人的开支，还可以有部分存款，所以这是没办法改变的。

我们除了跟我父亲学习《亚鲁王》外，还跟着我两个叔叔学了一部分，他们来我家串门的时候我们就跟着他们学唱，相当于我们有三个师父。我这两个叔叔都是我爸爸的亲兄弟，一个名叫杨通富，他和我父亲是一年出生的，只是一个在年头出生，一个在年尾出生。另一个叔叔叫杨老城，这是他的小名，他的笔名我还不晓得，他比他们要小一两岁。我父亲和两个叔叔除了会唱《亚鲁王》，还会做宝目，现在都还有好多人来找他们看茅草。我没跟着他们学宝目，不是说我年轻不能学，而是因为我的职业，在学校上课，如果去帮人家做宝目，学生会说我搞封建迷信，那影响就不好了，所以我就没学。我父亲和叔叔的徒弟除了我们三兄弟外，还有另外一个地方的几个人。

礼俗规约前人定　规矩准绳应遵循

我已经有两个徒弟了，都是我们周围团转的人，一个叫杨光顺，他家住在卡若那边，他比我小十来岁的样子，他学得还是可以的，和我们一样，都已经帮别人开路了，但是他现在出去打工了，也只有春节那段时间在家，如果那时正好有人去世，他就会跟着我们去唱。另一个叫杨小米，他家也是卡若的，他可能要比杨光顺大两三岁吧！他只是爱学，但是还没有去给人家唱过，他就是对《亚鲁王》感兴趣，他没有出去打工，在家里面干农活。我有时候还给他说，既然你对《亚鲁王》那么感兴趣，都来学了，哪里有老人去世就要去唱一下，否则学来不用，它就没有多大价值了。他们有时候还说就喜欢跟我这样的人学，自己有文化，又教徒弟。我自己觉得，不管有没有文化，只要自己会的，都要毫无保留地教给他们，就像我们在学校当老师，都要把自己知道的知识传递给学生一样，这样才能配得上别人叫你一声师父。

我们去给别人开路，是要老人去世了才去，所以有人问我一年能去开几回路，我还真没办法回答，因为这个与当年老人去世的情况有关系，没得人去世我们不可能去开路，去世的老人多，开路的次数就会多一些，去世的人少，开路的次数就少，当然，我们更希望去开路的次数少一些甚至是没有。有人去世，我们去主持仪式的时候，先是搞一桌饭，男左女右，然后敬五行酒或者七行酒、九行酒，所谓的五行酒、七行酒、九行酒就是倒酒要倒五次、七次、九次。摆饭是有多少人就摆几个碗，但要以单数为准，要先用酒敬东郎，酒的话倒不了多少，实际上也还是要少喝点，要是喝多了，人都喝醉了就唱不了了。开路一般都是要站着唱，坚持至整个仪式结束，然后把逝者抬上山，我们的任务才算完成。

在唱诵《亚鲁王》的过程中，我们东郎一般都要站在棺材前为逝者唱，要为其唱述历史，但如果东郎年纪大，站一晚上可能体力不支，是可以拿一面鼓坐在上面唱的，这种情况特殊大家都是可以理解的。站着唱《亚鲁王》是一直以来的规矩，但是我们听说，有些地方因为东郎太少，就形成了一种不良的风气，就是东郎都坐着唱《亚鲁王》，不管年纪大不大都一样，他们坐着唱就算了，还要拿一张毯子来垫在凳子上，凳子硬，垫上毯子的话坐着就舒服多了，这种情况太过分了。唱诵《亚鲁王》本来是一件庄重而又严肃的事情，但是被他们当作一个普通的活动，自由散漫地去做，太不像话了！虽然《亚鲁王》史诗的核心区不在那边，那边已经边缘化，而且他们东郎人少，主持一场仪式确实不容易，但也不应该以这样的态度去做事。

此外，他们那边去给人家开路都要讲钱，虽然他们唱得也还可以，但是我们学习《亚鲁王》的时候没有花一分钱，去帮别人家唱《亚鲁王》是不收钱的，这也是我们原来约定俗成的一项规矩，因为人家为逝者买棺材、举办葬礼这些，要花费不少钱，如果我们再去收费，增加了人家的经济负担是不好的，况且我们去唱的一般都是自己家族的，自己给自己家人办事都要收费，于情于理都有些说不过去。因为那边东郎少，所以有时候那边有人去世的时候，都会来找我们去唱，我们虽然距离远点，但人家来请了我们都会去，他们会拿钱给我们，但是我们都不会收的，因为我们的父辈传给我们的时候不收钱，所以到我们这里也是不收钱的，我们要把这种好传统继承、发扬下去。当然，他们会给我们每人一双鞋子，第二天发猪肉、牛肉的时候也会给我们每人一小点，这种我们就收下，这些东西管不到什么钱，是主人家的一片心意，如果我们拒绝的话就是不给人家面子，因此我们就会收下。

四十七

同期泉下泥锁骨
我寄人间把古传：
杨通学

访谈人：杨兰、杨小冬

访谈时间：2017 年 8 月 15 日

访谈地点：宗地镇打若村

　　没有他人的指引，没有复杂的想法，就是觉得《亚鲁王》是一代一代传下来的，不学可惜了。但这个毫无杂念的想法，成了他毕生的荣耀。他仅用两年的时间，便可自己独当一面，开路、主持仪式，几十年来，

他已记不清为别人开了多少回路。同期学习的人相继离世，除了长叹人
生苦短，他仍拖着沉重的身躯唱诵《亚鲁王》。

没有冠冕堂皇的缘由，只觉不学史诗很可惜

我家住在新厂组，我是 1947 年出生的，今年 75 岁了。我父亲叫杨老
贵，因为母亲去世得早，我已经记不清楚她的全名了，只记得是吴杨氏。
我共有四姊妹，我是老三，我上面还有一个哥哥和姐姐，但是我姐姐已
经去世了；哥哥名叫杨通文，今年 81 岁了，在家里面干一些农活；弟弟
名叫杨通秀，今年 70 岁了，也是在家里面做农活，他家只有一个女儿。
小时候，因为家里条件差，所以我读书读得比较晚，10 岁才开始去读书
的，读到二年级由于交不起学费，就辍学回家帮着长辈做农活了，因此，
我也算是文盲了。实际上，我们小的时候，不光是我家家庭条件不好，
大家的条件都不好，这是社会造成的，那个时候，大家都在饥饿线上挣
扎，不管在学校能读几年，能进学校就已经很不错。我们这一辈人，
不识字的多得很。现在我把我们小时候的经历说给小孩们听，他们都觉
得不可思议，但那个时候，生病没钱看病，病死、饿死都是常见的事情。

我回家跟着父母做了几年的农活后，就去水城打工，到那里打了两
年工，我就回家了。回家不久，我就结婚成家了，从此就再也没有出去
打过工了。我是 20 岁结婚的，我老婆名叫吴正珍，但是她已经过世了，
离开我们十个年头了，她娘家是火花那边的。她去世的时候开路了，这
是习俗，必须要遵守的，更何况我自己就是一个东郎。我们共有三个小
娃娃，大儿子名叫杨光辉，已经 53 岁了，二儿子名叫杨光明，小儿子叫
杨小平。结婚后一年，也就是我 21 岁的那年，便开始学习唱诵《亚鲁
王》，说起唱诵的原因，很简单，我当时什么也没想，就是觉得这部史诗
是老一辈人一代一代传承下来的，不学的话可惜了，所以我就开始学唱
了。唱《亚鲁王》有一些禁忌，这个是陈规，老人过世下葬以后有些规
矩，是不轻易学的。虽然我的父亲也是一位东郎，但平时他也没有刻意
要求我们必须去学《亚鲁王》，所以我的哥哥和兄弟没有学唱，到现在他
们也没学。现在回想起来，虽然当时学习《亚鲁王》只是觉得不学可惜，

但实际上，应该是无形之中受到了父亲的影响了，毕竟从小就听父亲唱，否则也不知道《亚鲁王》是一代一代传承下来的。

我学《亚鲁王》共学了两年，但事实上真正的学习时间就是两个月，因为《亚鲁王》平时是不能在家唱的，只有正月才能在家里学唱，所以，我学习唱诵《亚鲁王》的时间就是两年中的两个正月。学得后，我就开始自己去开路了，第一次去开路，心里面还是有一点紧张，担心唱诵的时候忘记内容，但幸好一切都顺利。第一次给人家开路的时候我唱的是《开天辟地》，就是唱天是谁造的、地是谁造的、人间是谁造的，唱三牲（鸡、鸭、狗）的起源等，也就是唱诵万物的根源。第一段唱的是保佑，然后再唱死去的这个人一生的故事，这个故事实际上也是所有人一生的故事。这些逝者离开我们去到阴间，在那里他们的看法与我们不一样，在他们的看来一个人的一生不管多长或者多短都是完整的，而且在他们的历法里面，一个星期是十二天，和我们七天为一个星期是不一样的，但是一个月三十天是一样的。

第一次开路顺利，心里面就踏实了，之后每次去开路就不会紧张了。我是和杨老乔学唱《亚鲁王》的，但他已经去世了。不过当时我学《亚鲁王》，不只跟他学，还跟了很多人学，所以，我的师父有很多，比如杨老雀、陈老满等。我唱的《开天辟地》就是跟着金竹镇的陈老满学的，他是我家姑爹，所以当时我就去他家跟着学了几夜，就学会了《开天辟地》，因此，我唱的《开天辟地》和他们那边是一样的。跟着杨老雀学是因为那个时候他刚好来我们这边，教人们唱《亚鲁王》，所以我就跟着去学了，他在我们这里教大家唱了三天三夜，一段一段地教。那时候我们学唱《亚鲁王》，全靠死记硬背，因为那时没有手机这些，大家也都不太识字，用笔记不下来，就只能靠大脑去记，师父怎么教我们就怎么唱，这种学习方法呢就会让我们遇到一个问题，不管记性再怎么好，都会有记不得的时候，遇到这种问题就只能慢慢回忆，或者找别人问，不像现在他们学的时候用手机录下来，遇到忘记的内容在手机里面找出来听一下就可以了。

适归高壤抱长叹，且寄人间把古传

因为我的师父很多，因此和我一起学习的人也很多，但是现在很多人都已经去世了，有的甚至已经去世好多年了。和我一批学的还剩杨冬付、杨冬华这些，杨冬付和我是同龄的，也是 75 岁，杨冬华已经 81 岁了。人啊，就是这样，来的来、走的走，就像四季轮回，春天花开，秋天落叶，冬天凋零，任何人都逃脱不了生老病死，像我们这个年龄的，得一年算一年了。但无论如何，只要我还能动，我就会坚持唱诵《亚鲁王》，替这些已逝的同人也是为自己把我们这个古老的传统文化传承下去。

自二十三四岁第一次开路到现在，我已经记不清帮别人开了多少回路了，只要有人需要，我都会去唱。年轻的时候，全部唱完一点问题都没有，但是现在年龄大了，体力不如以前了，去唱《亚鲁王》的时候，我们年纪大的一个两个都站不久了，所以现在去帮人家唱《亚鲁王》，一开始我先唱，我唱完他们其他人接着唱，唱到最后，我再去结尾。原来我们唱《亚鲁王》，一般都是在寨子里面，但是现在因为有些地方没有东郎了，所以很多距离很远的人家也会来请我们去唱。2017 年的时候，猴场那边就有一家来请我去开路，从我们这里到猴场走路的话要走七八小时，很远的，不过他家是用车子来接我过去的。《亚鲁王》主要是在丧葬仪式上唱诵，但在婚礼仪式上也会唱，只不过不是全部唱，因为全部唱是不合适的。婚礼中最多就是供奉老祖宗的时候唱，喊年纪大的人去供一下，意思就是请那些过世了的亲人们也来参加这个盛大的宴会，喊年纪大的人去做也表示一种尊重，是尊老爱幼的表现。我给人家唱《亚鲁王》，有的人家会给一些东西或者钱，以前一般是拿一双鞋子，现在一般是一百二十块钱；有些是属于帮忙，比如给家族里面的老人开路，是什么都不拿的。

除了会唱《亚鲁王》之外，我还会做老摩公，寨子里面的人都会来找我去做老摩公，远一点的还要用车子来接我。做老摩公和唱《亚鲁王》差不多，有的人家会拿钱，一般也是 120 块钱；有些属于帮忙，不拿任何东西，像给自己家族里面的做事情就不收钱。现在我们周围会唱《亚鲁王》的人还算是多的，我们寨子里面就还有两个兄弟会唱，只是他们到高寨上门去了，不过我们离得近，我们家族有什么事他们都会过来的。我的大儿子也会唱《亚鲁王》，他都已经开过一两次路了，只是现在他去广东打工了，很少在家帮人家开路。所以，即便我不能唱了，家族里面有老人去世了，也不用担心没人来唱。

现在，国家大力提倡弘扬民族传统文化，很多年轻人原来出去打工没有学唱的意识，但现在好多都有了，所以现在学唱《亚鲁王》的人也还是多的。我这里也有好多人来学唱，他们主要集中在正月学，来学的有杨小成、杨小付、杨小米、杨宝顺、杨光明等，他们基本都学得了，有几个去开过路的，都唱过几回了。杨宝顺、杨小米四十多五十岁的样子，具体记不清他们是哪一年的了，其他几个记不得他们的年龄了。杨小米除了跟我学以外，还跟着其他人学。现在他们学唱要比我们学唱的时候方便些，因为每个人都有一个手机，他们来学唱的时候，就用手机录下来，忘记内容的时候，就把手机拿出来重新听一遍，或者有的学的时候没有用手机录音，就直接打电话询问，这样学习起来就特别便捷。

四十八

只守其一与人和
百计千谋为儿孙：
杨小才

访谈人：杨兰、杨小冬
访谈时间：2017 年 8 月 16 日
访谈地点：宗地镇打若村

　　舞勺之年，辍学归家耕田地；而立之年，四处游走转"亚鲁"；不惑
之年，空床卧听南窗雨。尝尽人间的喜怒哀乐，历尽世事的变化无常，

练就了豁达慷慨之胸襟，他虽平凡，却又伟大。走村串寨学"亚鲁"，固守其一与邻和，百计千谋为儿孙，人间甜苦独自品。

走村串寨学"亚鲁"，只守其一与人和

我是 1964 年出生的，属龙。小时候，因为家里姊妹多、负担重，家庭条件不好，一直过着吃了上顿无下顿的生活。我父亲名叫杨老春，母亲叫韦冬妹，但已经去世离开我们了。我是家里的老大，下面还有几个兄弟和妹妹，二弟名叫杨小平，他属羊，是 1967 年出生的，现在出门打工去了；三弟叫杨小关，他是属鼠的，1972 年出生，他近两年在家修建新房子。妹妹也是有三个，大的妹妹叫杨腊妹，属鸡的，但她已经过世了；二妹杨晓英，她是属虎的，现在出去打工了；三妹杨小团是属龙的，她也在外面打工，但她是在工地做苦力，最近把脚弄伤了，走路都成问题，所以就回来养伤了。

由于家里负担重，我 10 岁的时候才得以进入学校，但学费都是父母勒紧裤腰带挤出来的，读到二年级后，由于弟弟妹妹相继出世，家庭负担越来越重，就是人们常形容的雪上加霜。为了让一家人少挨饿，父母实在拿不出学费，无奈之下我就退学了。回到家后，我就帮助父母挖土种庄稼、做家务等，有时父母去地里做活我就在家里照顾弟弟妹妹，煮饭等父母回家。俗话说穷人的孩子早当家，说的就是我们这辈人，可以说，在我们周围，几乎没有哪个有幸福的童年，大家都是在饥寒交迫中长大成人的。不像现在的孩子，十几岁了还什么事情都不会做，都是被爷爷奶奶、父母捧在手心里长大的。也没有经历过吃不饱、穿不暖的日子，他们的衣服穿都穿不完，我们那时是新三年、旧三年、缝缝补补又三年，他们现在逢年过节都有新衣服穿，一件衣服穿两年的很少。我现在给我孙子们讲我们那时的生活，大点的都觉得不可思议，小点那些就问饿了为什么不吃呢？我告诉他们说没吃的啊，他们还会说那为什么不去买？现在的小孩子都有零花钱，所以没有东西首先想到的就是买。我们那时有什么零花钱哦，正经的花费都不够，还是现在的孩子幸福，生逢盛世，不愁吃不愁穿。

我是 30 岁开始学《亚鲁王》的。在学《亚鲁王》之前，我出去打过工，但时间都不长，那时年轻，沉不下心，就想到处跑，先是去了广东省的阳山县，在那里待了四个月就回家了；回家待了一段时间后，还是觉得在家里种地没有打工挣钱，所以又去了广东的另一个地方，但是两个月后又回家了。因为在外面到处游走总沉不下心，回家之后我决定开始学《亚鲁王》，让自己沉心静气一段时间。事实上，我父亲也会唱《亚鲁王》，所以小时候对《亚鲁王》有一定的了解，但是因为记性不太好，所以很容易忘记。我正式学《亚鲁王》，也花了三四年的时间才学完。我们都是每年正月学，平常是不学的，所以真正学习的时间也比较短。学的时候我们也不是固定在哪一家学，而是去寨子里面一家学一晚上，那时我们也不提酒，就是走去哪家就在哪家唱，主人也不会因为我们不提东西而不开心，反正在寨子里已经形成了一种风气，所以大家都是欣然接受的。但是去跟杜排那边的师父学就不能空手去了，要提半截肉去，我们是从杜排那边分过来的。去杜排学《亚鲁王》的时候，我是跟着杨老天学的，但是他现在已经去世了。后来没去杜排那边学了，过来以后就和我们下寨的杨老付学，杨老付现在也已经过世了。和我一起跟着杨老付学《亚鲁王》的还有一个，他的名字和师父的一样，也叫杨老付，但他家是板桥的。我们这个地方因为家族人口多，所以同名的人也比较多，我们通常都是按居住地和年龄来区分。和我一批学《亚鲁王》的这个杨老付是 1970 年出生的，比我小 6 岁，但他是我的叔叔，还是亲叔叔。我父亲那一辈有四姊妹，他在他们姊妹中排行老三。

学完《亚鲁王》之后，我第一次去开路是给一个老妇人家开的，她家住在关口寨那边，这个奶奶去世后，她家就来请我们去开路。那一次我们好像去了十来个人，人还是比较多的。那是我第一次开路，说实话当时还是有点紧张的，担心上去忘记了，所以我提前做了好多准备工作。由于准备工作做得比较充分，所以正式开路的时候就顺利地唱完了，为此我特别开心。经历了一次开路后，我觉得我的记忆要比原来好点，因为学的东西用到了，心里就踏实多了，而且唱的次数多了，慢慢地就找到适合自己背诵的方法了。但直到现在,我去给人家开路的时候都要带上一个小小的笔记本,去到主人家里后,问清楚人家的相关信息,然后记录在这个小本本上,如逝者的名字,哪个是大姑,哪个是二姑,这些信息都要全部搞清楚,因为开路的时候会唱到,唱之前就不停地拿本本看,把相应的信息都背下来,因为这是很严肃的事情,我不能随便敷衍。实际上,这也是一个态度的问题,我就是觉得人家信得过我,找到我帮忙,我就得尽自己的能力把它完成好。仅 2017 年上半年,我就给两三个老人开了路。

我去给人家开路是不收钱的,我们周围寨邻都不兴这些。我们觉得大家都是团转寨邻,哪家有事大家去帮帮忙都是应该的,这样大家生活在一起才开心;哪家都会遇到事,你不去帮人家等你有事的时候别人也不会来帮你,人都是相互的嘛,所以大家住在一起相互照应是应该的。家里有人去世后,主人家就会来请我们去开路,一般是第一天请我们,第二天我们就去,去了以后先休息,然后上山的头一天要唱一夜,但具体时间是根据主人家选择的期辰决定的。我们唱《亚鲁王》虽然不收钱,但主人家都比较记情,觉得我们熬更守夜在那里唱比较辛苦,无论如何都会拿点东西感谢我们这些歌师。原来的时候,大家的生活条件都不是很好,所以他们杀猪啊或者是杀牛啊,还有做糯米饭这些就分一些给我们,这样大家都可以得点吃,解决温饱问题;但现在不兴这些了,现在家家户户条件都好了,肉啊、糯米饭都充裕得很,不愁吃的,所以主人家就花几十块钱买些鞋子等物品来送给大家,因为这个比较实用,哪个都会花钱买鞋来穿。他们给我们的时候,我们都会说:"算了,买这些做哪样,都是自家的不用花钱买这些东西啦!"他们就会说:"没得哪样就用这些送你们啦,感谢你们为我家老人唱《亚鲁王》,指引他们回到东方故土。"

人家老人去世请我的话我只给人家开路,不做老摩公,老摩公好多人都会做。一方面,是因为我记忆力没有那些做老摩公的好;另一方面,我平时会去给人家割猪,生计途径多,不能和那些会做老摩公的抢饭吃,这样我会觉得对不起他们。只去开路,我既帮助了别人,也算是把父辈的衣钵接过来，完成了父辈的心愿；而且这样能减少与会做老摩公的人之间的竞争，这样的话，我就能与做老摩公的人和谐相处。大家都是为生活所迫，能方便别人就方便一下，实际上也方便了自己。

我目前的徒弟很少，就只有杨云贵一个人，他还年轻，属狗的，现在去广东打工了。他才学了一半，目前还没有和我去开路，一是他没学完不敢上台；二是年轻人都害羞。

亦父亦母忙不停，百计千谋为儿孙

我是二十岁左右结的婚，相比于现在结婚算早的，但对于那时的我们来说不早了，好多人都是十多二十岁就结婚生娃了。我老婆叫韦九珍，婚后我们育有三个女儿一个儿子，老大名叫杨小莲，是个女儿，她属牛，1985 年出生的，都已经三十多岁了，去外面打工了；老二叫杨小仙，属虎，也是女儿，她也在外面打工；老三是男娃，名叫杨小晨，他是属蛇的，1989 年出生，也在外打工；最小的女儿名叫杨小礼，我们都喊她小礼妹，她属猴，他们四姊妹都在外面打工。

在学《亚鲁王》之前我去广东打了两次工，但时间都不长，几个月就回来了。后来我又去了几次，其实那几年我去外面打工还是挣得了一点钱的，之前是因为三天打鱼两天晒网不好好做事才觉得挣不了钱。但后来娃娃们逐渐长大要用钱，我就开始好好做事，所以还是挣得了一些钱。要是我一直都去打工的话挣的钱都用不完，只可惜后来没办法出去打工了。那段时间，虽然远离家人，一个人在外很孤独，但想到家里有老婆、娃娃，还是挺开心的，挣得的钱就寄回家给老婆花销，她一个人在家带孩子，把家里照顾得好好的，逢年过节我就回家和她们团聚一次，虽然没有大富大贵，但那时一家人其乐融融。然而天有不测风云，一场病将我们幸福的小家拆得支离破碎。家里人通知我说老婆生病了，暂时照顾不了孩子，让我回来照顾一下孩子。我当时就有不祥的预感，假如是平常的伤寒感冒，是绝对不会通知我回家的。所以我就急急忙忙收拾行李，买了车票匆匆往家里赶，在回去的路上，我还在想先回来照顾好老婆和孩子，等她病好了我再回广东打工，多挣点钱让一家人过得更好一些。但谁知道，这一梦想变成了空想，我再也没能回广东。

经过医院检查，我老婆得的是胃癌，当时给她动了手术，但还是没能治好，从医院回到家里两个月，她就丢下我和孩子们走了，那一年，她才39岁。她没过一天好日子，就这样离开了人世，我遇到什么事情也找不到可以商量的人了。这个癌症啊，即便现在医疗技术好多了，但人人听到都还是害怕的，因为目前还没有研究出能百分之百治好的药，更何况一二十年前医疗还比较落后。她走了以后，我就在家照顾孩子，实际上，我当时也想过让孩子们自己在家，我回广东打工给他们寄钱回来买吃的，那样可能他们吃穿都会好一些。但转念一想，孩子刚失去妈妈，已经很可怜了，如果我再丢下他们去打工，那他们不就等于孤儿了吗？没有父母的照料即便吃得好一些、穿得暖一些那又有什么意义呢？所以我决定放弃去打工的念头，在家既当爹又当妈好好把孩子抚养长大。为了孩子们，我起早贪黑，忙里忙外，每天忙个不停，但幸好孩子们都比较懂事，大的孩子会帮我分担一些家务比如做饭、洗衣服、带弟弟妹妹、喂猪等。那时，我除了种庄稼，还会去给人家割猪、做木匠、铁匠等挣点吃的或者零花钱来补贴家里，这些手艺全是从我父亲那里学来的，反正就是什么都会一点的那种。所以前面我说，我只给人开路，不做老摩公，不和其他人抢饭吃，就是因为我的手艺多，生计方式多。但现在不做木匠和铁匠了，因为大家为了美观和方便都去街上买了，而且木匠和铁匠的活也不好做，很辛苦的。割猪的话现在都还有人请我，我给人家割猪就去吃点饭、喝点酒、开点玩笑耍，至于钱，他们给多少就算多少，不给也行，我都不会计较的，就当作修阴功做好事了，给儿孙积点德。

现在，因为儿女们都外出打工了，我就一个人在家里带孙子。我儿子家有一个女儿两个儿子，负担也挺重的。我现在身体也还硬朗，除了照管好孙子，我还种庄稼、喂猪、喂马，还给人家割猪，当然还会去给人家开路。我种的地，一年可以收五六千斤的粮食，他们讲实际上我的土地可以做得万把斤粮食，但是我做得五六千斤都觉得吃力了，这些粮食完全够我们爷孙几人吃了，甚至吃不完。多余的粮食我没有拿出去卖，而是拿去换成酒糟来喂猪。我喂了一头母猪，有两百来斤，这个是准备过年的时候杀来吃的，还有五六头小猪仔，等这些小猪仔再长大一点，我就留一个当明年的过年猪，其他的全卖掉。马的话就只喂了一匹。趁现在还能动，多给儿孙们做点事情，帮他们减轻一点负担，也让他们的日子过得轻松一些。现在和我在家的孙子虽然花不了什么钱，但在外面读书的那些需要用钱，所以儿子儿媳得在外面打工赚钱，他们平时就是春节回来过年，其他时候如果家里有什么重要的事情他们就回来几天，事情处理完之后就又回去了。我经常给我儿子讲："我现在自己还能挣钱，不仅能养活自己，和我在家的孙子你也可以不用操心，零花钱这些我都会给的。你们就安安心心打工，多存点钱，现在我能帮你把这个家撑起，等我真的老了动不了，就需要你们自己来扛了。"

四十九

"马经"最能显专长
方圆几里皆合心：
岑万之

访谈人：杨兰、杨小冬

访谈时间：2017 年 8 月 16 日

访谈地点：宗地镇打若村

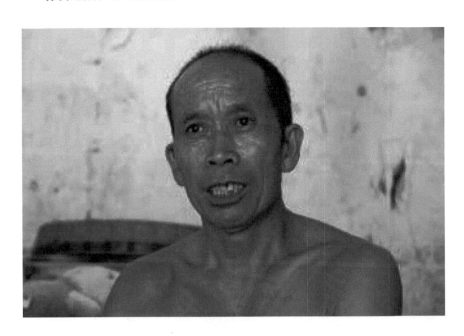

　　自幼兴趣在"亚鲁"，十七八岁烧瓦时，便与师父相交换，玩伴二人为烧火，他教二人唱"亚鲁"。跟师学成"亚鲁"后，为家为族尽余力，

"亚鲁"内容很丰富，最为擅长《砍马经》，他人需要都帮忙，方圆几里皆合心。

纵然只字不识，也然出入他乡

我叫岑万之，我是 1953 年出生的，属蛇。我父亲叫岑正友，他不会唱《亚鲁王》，已经去世二十余年了，我母亲叫杨胖妹，也去世了。我们有七兄弟姊妹，四姐妹中最大的姐姐已经去世了，叫岑小英，第二个叫岑小妹，第三个叫岑七妹，她属狗，她们都在家。三个兄弟中我是最大的，二兄弟叫岑万昌，他属龙的，1976 年出生，在家务农；三兄弟叫岑小岩，他属蛇，1977 年出生的，他也是在家做农活，最小的弟弟叫岑小九。我二十几岁就结婚了，结婚已经四十多年了，我老婆叫杨长妹，她是 1956 年出生的，属猴。

小时候，我们姊妹多，家里条件很差，经常都是锅中没米，吃了上顿无下顿的那种，所以父母根本没钱供我们去读书。就这样，我一直无缘学堂，只字不识。同龄的伙伴去上学的时候，我就在家帮着父母做农活，看着他们每天背着书包兴高采烈地去学校，别提有多羡慕了，一直盯着他们的书包，心想，要是哪一天我也能背上书包和他们一起去上学就好了，上课可以听老师讲各种知识，下课可以和同学玩各种游戏，那样多美好啊！就那样一个人沉浸在幻想的世界中，直到看不见人才缓过神来，心里好难受，但又怕被父母发现，所以赶紧控制好自己的情绪又跑去干活了。那时候太想读书了，经常做梦都是和他们一起去读书，可终究还是败给了现实。

我一直在家做农活，那个时候也没有什么其他的谋生方式，就是在家种庄稼，都是过着靠天吃饭的日子。直到 31 岁，我才开始出门去打工，当时和罗老田他们一起，去的是广东省电白县（2014 年与茂港区一起被合并为电白区）。第一次出门打工一天就八九块钱，我们主要是搞木工，去做了半年，结果那个老板不给我们工钱，相当于我们给他做了半年的免费劳动力，没办法，大家都人生地不熟的，即便有理也找不到地方主持公道，就只能自认倒霉了。后来我们几个人就逃去了深圳，在深圳的良化半新砖厂做了几个月，挣得一点路费就回家了，回到家一分钱不剩。后来我又自己去了广东阳春等地方，基本就是两三年回来一次，因为路太远了，那时候的交通又不像现在这么方便快捷，我们那时候都是坐大巴车，要转好几个地方才能到，路上都要花好几天的时间。在广东待了好多年，觉得老是在一个地方待着没意义，应该到处去看看，所以，2015 年我去了安徽，2016 年我又和我家哥们去了河南，去这些地方主要是在菜场里面打药。

不识字出门还是很困难的，不知道怎么走，刚开始去的时候心里还是有点担心的，怕不晓得怎么坐车，幸好是几个人一起，一些不晓得一些晓得，就顺利到达了。这样去过一两次，知道车怎么坐，在哪里坐后，就可以放心大胆地随便跑了。我刚到那里，出门都是跟他们一起，因为不认得字，语言又不通，对当地的环境也不熟，怕出去了自己找不到回去的路，所以只能先跟着他们把环境混熟，那样随便怎么走都能找到回去的路。刚开始的时候因为自己不认识字还觉得有些辛酸，但在外面时间长了这种感觉就慢慢淡化了，有可能是看开了，也有可能是四处奔走习惯了。总之，现在一个人出门也没有那么多顾虑了。

自幼兴趣在"亚鲁"，为家为族尽余力

我是十七八岁的时候开始学习《亚鲁王》的，我自幼就喜欢《亚鲁王》，那时候搞集体烧瓦，就是烧我们盖房子的这个瓦，我和我家对面的那个杨小三在一块儿烧，他比我大两三岁，也很喜欢《亚鲁王》，我们两个就经常一起唱《亚鲁王》，然后我们旁边的老公公杨正方听到了，他会唱《亚鲁王》，他就说："你们两个还爱学这个啊？来我教你们嘛，但是你们要帮我烧我名下的柴火，我就一边烤火一边教你们。"我们就说可以，于是就跟着杨正方学了。当时跟我们一起学的还有杨小三的哥哥杨老富，他们是亲兄弟，杨小三爱唱，平时从家里出门去都爱唱，但是正式的丧葬仪式他没去唱过，他不愿意去唱，只喜欢平时唱着玩，可惜他家两兄弟都已经去世了。

跟着杨正方学得一部分后，我又跟着三角寨的韦老鹏学，韦老鹏已

经去世。《亚鲁王》我是全部学得了，但我唱得最多、最全的是《砍马经》，我的重心主要放在《砍马经》上，打洞、卡若、偏沟寨、新厂、岩脚这些地方，哪个要砍马都离不开我，岩脚杨家有老人去世，杨小冬家老爹也离不得我，我和他喝酒摆白①，一起开路，我也离不开他老爹，我们两个是念过家族谱系的，家族谱系在杜排、邑蒿、偏岩、歪寨这些地方有些许不同，各是各的，而像开天辟地、破狱这些都是一样的。上面说的这些地方我都去唱过，偏岩我和他们去做过两次，歪寨他们喊我和他们做过一次，在山脚寨韦小波那里我也和他们杜排②的做过。他们有砍马的都会留给我，小德和小河他们还在讲，反正你不来我们也喊不动你，你来的话就能帮助我们，帮一点是一点，要不然我们两个站一夜还是很难的。我就说我去也是喝酒嘛，我们还开玩笑说我们各有所求，我就喝点酒，他们叫我念哪一段我就帮着念哪一段，帮他们减轻点负担。还有靠近望谟那边的王家，他奶名叫什么我忘记了，他们那边的人过世，他原来是打算找韦小德的，但是又觉得小德念得不大好听、不大顺耳，最后就来找我去开路。第一次来找我后，后来每次有人过世都来找我，我说我喝酒了，唱不了，帮不了什么忙。后来他又来找我，我也说我喝酒了，这次他就说不怕，我叫你搞哪一段就搞哪一段，都是家族中的，你帮我讲有哪些老人的名字，我就告诉他，其实大家都住在一个地方，应该相互帮忙。现在我年纪大了，他们喊我，我说不去了，人家就笑，说我和他们那一帮人摆来都是合心得很③。前面几天我走打郎，就是火寨那边，说让我过去，就说我和那些老摩公也是摆得合心得很。

我觉得，学得了有人需要帮忙就应该去唱，否则学来就没意义了，我们的《亚鲁王》就是为我们民族服务的，即便不是一个家族的，其他的家族也要尽自己的力量帮忙。我原来在外面打工的时候，家里面有老人去世通知我，我都会尽量赶回来，比如2014年，我家上面的那个大奶去世，我就从阳春回来，然后我们家族就是杜排那边的老二伯又去世了，

---

① 聊天。
② 苗语音译。
③ 聊得来。

我就把两个老人的葬礼办完了才转回去。现在传承人也算多，但是好多不太履职，像我们《亚鲁王》的传承人，要申请两个，一个是省级的，另一个是国家级的，申请国家级的要一年。比如岑天伦他们一年得几千块钱的传承经费，但也不来搞什么，有时候喊他来，他就讲他忙这忙那的，不像陈志品这些一喊就来，他的这种做法确实对不住国家给的那个费用。

我有几个徒弟，但是现在这些年轻人都出门打工去了，他们都不爱学了，所以学的人也越来越少。我的这几个徒弟就是岑小华、岑小笔和我家上面的杨云贵，岑小华和岑小笔勉强学了一点，叫他们练他们不愿意练，岑小笔大概是1974年出生的，岑小华比他大一些，可能是1962年左右出生的。杨云贵很年轻，是一个"90后"，他没什么耐心，我一边教他一边带他出去学，他和我出去唱过《砍马经》，已经去开过一两次路了，但还没有全部学得，只要他坚持就会学得。对于教徒弟，只要他们愿意来学，我都会一心一意地教他们，但最终学得如何还是得靠他们自己，需要他们自己去背诵、去练习，我是没办法帮忙的。

五十

打破常规广拜师
国家使命代代传：

陈兴华

访谈人：杨兰、梁朝艳、杨兴华

访谈时间：2012 年 6 月 27 日、2013 年 11 月 16 日、2017 年 8 月 17 日

访谈地点：猴场镇打哈村

  陈兴华一直坚守《亚鲁王》，不但通过自己的努力在没有电脑的情况下完成了五言体的史诗著作，还严格遵守传承人的职责，培养更多东郎传唱史诗。陈兴华有三位师父，分别是陈老幺、伍老乔、韦昌秀，他的

徒弟也有很多，学成的主要有陈世清、陈小华、陈小安、陈小杯和伍兴志。

公职碗中求信仰　国家传承使命扛

我叫陈兴华，今年73岁，是紫云县粮食局退休职工，也是东郎，被评为国家级传承人。我们那个地方离学校太远，我13岁才开始读书，但刚好赶上1958年搞"大跃进"，搞钢铁卫星，老师是哪个也不认识，教室在哪也不知道，成天背个书包就是去参加劳动，没有学到什么东西。读到几年级，我们也不懂，我们是正月去的，谁知过了年不是人家招生的时候，因此就去插班，直接得的第二册书，也属于一年级，到下半年就得二年级的书，但也没上课，到1959年又得了三年级的课本，也没上课，成天就是到处跑，于是就没读回家了。回家之后就搞扫盲运动，我就去参加扫盲班了，因为我1959年前后认识了一个老师叫龙光学，是龙家田坝的，写毛笔字还写得挺好，我就去收别人的纸壳然后拿去他家让他写，当时的口号是"鼓足干劲，力争上游，多快好省地建设社会主义"，我就叫他写这几个字，写"社会主义是天堂，没有文化不能上"，扫盲班里面有这些内容的，我就让他写在硬纸壳上一个字一个字地学，学会之后我就拿去教别人。1959年我虽然已经十四五岁了，但是那几年身体不行，农活还是搞不了，我就采取这种办法，拿着几个卡片去学写字，学会了就教别人，1960年以后我就去当夜校的老师了，也是和之前一样，先自己学好再去教别人，也一直搞这个扫盲运动。有一天赶场，扫盲班的就去街上扫盲，说不认识字的就不准进去赶场，还拉了一些木棒来拦着，认识字的人就过去，不认识的就不让过去。我因为身体不好，不能去搞农业生产，就借此机会弄识字卡片，拿个包包跟着搞这个活动。搞农业生产的，我们就在他们休息的时候去教他们，这样子就清闲得多，他们干活的时候我就写字、识字，他们做好了我再去教他们，我也照样得工分，也算是没有给家里人拖后腿嘛。

1959—1963年连续搞了五年的扫盲运动，我确实也学到一些东西，到1964年，政策又变了，这时候提出搞半耕半读，半农半读的学校，意思是半天干活半天读书，于是就在我们这个地方又建了个学校。学校建起来了，就要找老师了，但是喊谁谁都不来，喊老洞勾的，人家住得远，路也不好走，因此人家不来。从猴场喊人也没有人来，然后他们就说喊我来当老师，搞半耕半读，我又去当老师了，我想这样也好，和娃娃学习，也得半天闲，自己也不劳累还能学到东西。搞半耕半读的课本和全日制的课本是一样的，所以当时我们地方就说怎么都是全日制的课本，我们要学拼音。哎呀！我哪里认识拼音，我就想办法，跑到猴场厚着脸皮喊那个老师教我汉语拼音，学得一点就回来教给学生。我们少数民族的这些学生不会汉语，来上这个课不知道是什么东西，别人来听课我也不知道害羞，用苗语做了个双语教学，应该算是最早的双语教学了吧！我脸皮厚，那个时候半工半读，有些当官的也来听课，我也不管了，也是用苗语上课，说汉语娃娃们听不懂，说让他们读哪他们也听不懂，所以要用苗语提醒他们，这样竟然还得到他们的夸奖，说我教得可以，后来就说这个效果不错，就从半耕半读变成全日制的教学了。

做成全日制之后，我觉得努力了对自己还是有好处的，从扫盲班到半耕半读再到全日制，他们就说我教书好，不要让我教半天了，直接教一天，这样就更好了，不用去挖地了，还学得到东西。在正式转为全日制的这一年，也就是1965年嘛，我就结婚了。转成全日制学校之后，我也专心教书，当时上的课和猴场那些中心学校上的课是一样的，课本都是一样的，考试的时候，我们不会出题，就由他们来出，结果考出来的成绩，平均分还不次于他们，我们就更高兴了，认为这样的教学方法还可以，而且考试是中心小学出的题，我们没有作弊。得到肯定后，我就趁此机会去找我姓韦的师父学"亚鲁"史诗，边教书边去学。

到1966年，学校停课，我不能教书了，就去生产队熬硝做瓦。熬硝就是去洞里面挖那个泥巴来熬成硝，做瓦就是拿那个硝来做瓦，自己还是觉得很累吃不消，不过也是这时候才有机会学唱《亚鲁王》，唱《亚鲁王》是不能在家里面唱的，在家唱是爱挨骂的，但是我在洞里面唱应该不会有人骂我吧？我们熬硝的时候住在洞里面，做瓦的时候住在瓦棚里面，后来到生产队有个仓库，里面有粮食，需要有人去看守，我就去守了仓库，一个人在里面挺冷清的，也怕小偷来了守不住，所以我就召集了几个人去那学唱《亚鲁王》史诗，也有几个人在那唱苗歌，所以我又在那学了苗歌，为了吸引大家就唱苗歌。后来生产队长说我这样不仅守了仓库还能跟大家唱歌，所以又让我教大家学《毛主席语录》，于是我每天就背着《毛主席语录》到处教别人唱毛主席的革命歌曲，那时候提倡唱革命歌曲。

到1969年的时候我们弟兄分家了，分家之后我不得不做农业生产，我做农业生产还是不行，身体吃不消，但是分家之后就是家庭的主心骨了，肩上就有责任了，有老人又有小孩，我觉得我自己升级了，不得不挑起这个重担。在我们这个地方生产的粮食全部收到仓库里面了都不够供余粮，这样一来我们就挑去然后又反挑粮食回来，来回折腾，身体挨不住啊，挑回来的粮食又是发霉变质的，没有营养。我们那个村当时成了贵州省的全免村，为什么会全免呢？主要是当年土地改革的时候，工作队的来村里面，我们村的那些地主富农就喊了一些人来，为了让别人成为地主富农，就把土地产量提得很高，那么有的老干部就说："你们这个产量还讲什么挑数，什么叫挑数你们明白吗？你们这个产量定得太高了要改！"当时讲这个话的老干部就是燕世昌，还有个叫罗正芳，另外一个叫罗朝芬。我们那个农会主席为了让人家成地主就说："同志啊，不高啊，我们这是崖旮旯，一碗泥巴一碗饭啊！"然后就把土地产量提得高高的，把产量提高以后曾家和姚家就成地主户了，但我们其他的都是贫农，就来分土地，分了土地以后就要按照产量来上粮，这就完蛋了，收来的粮食都不够上余粮就是这个意思了，后来我们全部挑来都不够供余粮。我就说这个家庭主父不好当啊，就努力奔出去，1969年搞秋征我就出来帮忙收粮，来了以后现学说汉语，字是认识一些，但不会算，秤也不会认，虽然之前会讲一些，但讲得不是很好，所以来参加秋征三个月就被要求回去，我来了以后身体就已经好点了，觉得还可以，比做农业好，所有的背包活、扫地、扫仓库我都干，后来就留下来了。他们留我的时候，是这样说的，这个人说话都说不清楚，但是勤快、听话、老实。因此我就正式进入粮食局工作，开始就帮忙背包、扫地，人也老实，后来又做销售、出纳，还有统计、会计，所以在猴场的时候又让我当副所长、所长，1979—1993 年就一直在猴场，1993 年情况有些变化就又回到粮食局。我一直都没放弃唱诵《亚鲁王》，到了粮食局都还在偷偷摸摸地去，因为放不下，这个东西确实放不下。后来有个同事说我不知道说了多少假话，但我首先是把自己的工作做好，把自己分内的事做好，自己也赢得人家高兴，所以才没被揭穿。这四十多年总会想到这个饭碗是会被砸掉的，回到我们的地方连饭都没得吃该怎么办，本来就是没有饭吃才出来的，现在我们那个村有一半的人过年都不回来。因为没有吃的，土地生产不出粮食你吃什么嘛。

我家有六姊妹，有个姐、有个妹、一个兄弟、两个哥。大哥叫陈兴和，他在家务农，现在生活都不能自己料理了。我二哥都七十多岁了，叫陈兴学，他开始算是有工作的，后来由于地方落后就把工作甩丢了，他原来是唯一一个和我们去学"亚鲁"史诗但是没到丧葬仪式上去唱的，因为当时搞钢铁卫星，他身体好，也高大，所以最先进入贵钢，后来又到宝钢，那个时候好多人没去过的地方，他都去过，厉害得很。我二哥说东北冷得很，是中国最北边的地方，有鼻涕的时候要赶紧擦干净，不然会结冰，我妈和我大哥就说不要让他去受这种苦了，那时候没有电话，就发个电报骗他说老爹老妈去世了，让他赶紧回来，回来之后就不让他走了，不然他还是宝钢的工人。回来之后就不争气了，什么都不做，在家干农活，当过赤脚医生，现在也去世了。我是家里面的老三，我还有个兄弟叫陈兴章，他 65 岁了，算是什么都不做，农业也不做，我们那个地方没办法做农业，不像宗地的，人家都说宗地的地难种，但我们这更难种，都是石板，地宽但是不产粮食，所以现在大家都不做了，都出去打工了，不去的有低保。你养鸡、养猪、养鸭、养鹅都要有粮食，没有粮食养什么都不行，就只有打工了。我家第五个是妹妹，叫陈满妹，小我三岁，在家务农。我兄弟陈兴幺是最小的，我还有个姐叫陈艾妹，属龙的，八十几岁了，总共是六姊妹。

我有四个小孩，大的叫陈仕兴，五十多岁了，现在在猴场医院当医师。第二个叫陈仕光，四十多岁了，现在一样都不做，务农。老三叫陈仕学，三十多岁了，属鼠的，在给外国老板打工，是一个叫威登的外企，当时他的成绩很好，是通过考试进去的，这个企业是在四川的达州，他们是跟着新加坡的老板做，本来这个厂是中国的，但是管理人是外国的。陈仕学没有读什么大学，就读个初中，因为我们负担太重了，连高中都没得读。就陈仕光读了高中，剩下三个都没读。还有一个叫陈仕龙，现在在福泉，跟他三哥一起，但隶属不同的分公司，他现在也三十多岁了。我就这四个儿子，没有女儿，就因为想要个女儿才生了四个，谁知没有如愿。

因为读书的事情，老大一直心情不好，因为他当年读完初中是要被送到北京去读的，就是当医生那个，去北京读要七年，高中和大学一起读，这个挺好的，但是后来负担重，那时候我们又都是无家可归的人，安顺卫校的又来要人，所以我就送他去安顺读了，因此他一直有想法，但他没说出来。当时贵州省就要两个，他就得了一个名额，可惜了。去读卫校三年就出来了，出来就有份工作，但是出来以后他不安心，刚开始的几年都不安心，三四年之后才稳下来，但他从来不问我们为什么不让他去北京。他外科、内科都做过，现在主要负责外科。带着几个娃娃长大，苦得很，他们几个就属老四最差，老四假如和老三一样就好了，老四成绩不好，调皮捣蛋，后来只得读技校，毕业安排了工作，厂里又不景气，他三哥就喊他跟着过去了，但是那个单位要求太严了，进了六年都没进去，还把原先的工作丢了，我又负担不起。他按照那个厂的要求去读了本科，但是还是没能正式进入企业里面，他之前的那个老婆也跑了，他的女儿一直跟着我们两个老的生活。当时他和他老婆在安顺，两个都是有工作的，但是他放弃了他的工作，又难以就业，他老婆灰心就走了，后来他拼命地读书才得工作，就是福泉的那个。大家都替他焦急，后来他重新组建家庭，但是那个老婆又得了绝症，她是生了一个小孩后才得的病，得的是子宫癌，之前化疗的时候头发都掉了很多，把子宫全部切除了，现在恢复得不错，头发也开始长了，三个月去检查一次，医生说癌细胞不在了。她这个一检查出来都没说什么良性、恶性，直接宣布是癌症，但是我们想的就是不管怎么样都要尽最大的努力，我的工资、我的卡都交给他们了，就希望她心情好点，前天打电话喊去复查，回来说没什么事了。她受了很大的罪，半年挨了三刀，她生这个小女儿是剖腹，都还没愈合，又检查出阑尾炎，又动了一刀，伤口一直不愈合，去检查说是癌症，就又动刀。她很坚强，也很乐观，去做手术的时候她说："老爹我不会死的！"化疗的时候她也说这点小事没事的，都不让我们去照顾，后来她说我们的负担也重，老四请假多了老板也不高兴，她说她自己去医院，所有的事情都是自己去做，单位提出要捐献我们都拒绝了，而且她主动给老四说不要请假，不要让领导为难。她去年体重上升我们都担心得不得了，可能是用那个药有激素，今年体重降下来了，看起来精神也好，她打电话给我说没事，她不会死，头发都掉完了还说受得了，去年她就没戴假发了，头发慢慢地长了，恢复到以前的样子了，总算是挨过一关，好了就好。

打破常规看全貌　汲取众家之所长

我是 16 岁开始学《亚鲁王》的，在学的四五年当中，是师父带着去的，二十来岁就可以独立主持仪式了。当时跟我一块儿学的人很多，有一些学得比我好，但是我们不能出场，因为你把这个史诗学完了之后，也只能占三分之二，还有三分之一如开头有个开场白，途中有个交代，最后有个结尾，这个是不能教的，需要你根据环境、观众、时间地点现场发挥，所以有一些人能够掌握史诗，但是不能出场。因为这个史诗太多，有时间顺序，如果不能全部连续唱完，一间隔我就唱不好了，但是我不会缩短内容，缩短这个比较难（缩短之后怕第二回接不上了），意思要在，内容要在，如何来缩短，这个就要对史诗了如指掌，你不能丢一节，要学会找重点，要根据仪式灵活把握。有的人不理解，师父教我的，我就生搬硬套地记下来，出场的时候就难了，因为出场的时候有开头、有交代、有结尾。而且对一件事的叙述，你要根据具体情况来说，并且你要思考如何说才能让大家听得入耳。所以说主持仪式面对的不光是东郎，是所有的人，难就难在这里。你不是代表你个人，我们在交代的时候，个个都是护送亡灵的，你唱得好与不好，通过观众的表情就看得出来。

当时和我一起学唱史诗的有七八个人，最后就我出来了。我们都是一个师父教的，也一样地掌握，但是观众的评价就不一样。重要的是如何交代，如何开头，如何结尾，以及时间的掌控，内容是不能变的，但是这个要灵活把握。在学唱史诗方面我打破了常规——只能在本家学，找一个师父去学。一开始我找我的一个堂伯学，学了以后呢，我又听了其他人唱的，就决定打破这个常规，我就去找了韦昌秀，学了之后，增加了不少知识，接着我又找了第三个师父。三个师父有不同的知识，主题都是一样的，但是在叙述每一件事情的时候，交代的时候有不同的规律，确实有增加知识。

我当时打破这个规矩的时候，遇到了很大的阻力，当场就有人反对，说凭什么要找外姓的人，我说有什么不可以的，你把我好的东西吸收了，是可以的。为什么打破这个常规呢，不是说我有多聪明，那个时候听他们说伍老乔也是向陈家学习，当时我就有点为难，不知道真实情况是不是这样，我就壮胆去问，他们都说是向陈家学习的，以前还有人说这个应该是各姓做各姓的，我就想伍老乔这是个突破，他都能突破为什么我不能突破呢？另外，他都是向陈姓这边学习的，让我去学就更不会坏了规矩，所以我就壮着胆子去了。虽然每一个家族讲得都不一样，但是主体是一样的，"亚鲁"的主干是一样的，只是在分支以后就各支唱各支的。陈老幺把亚鲁王的一生教给我之后就去世了，亚鲁王的子孙后代这部分我就没办法学了，所以就找到姓伍的教了我这部分，这部分包括了迁徙的内容。亚鲁王本身是很聪明的，但他不忍心用武力去对付他的哥哥们，所以征战的时候他就逃跑了。跑到云贵川这边，当时这个地方被一个王子占领了，但他比那个王子要聪明些，再加上年轻，所以他就想尽办法征服他，经过各种比试后亚鲁王把那个王子赶跑了，不花一枪一炮，就占领了这片土地。他把他的子孙们安排在那个地方，安排在哪就管理哪里，也住在哪里，所以那部分内容涉及得相当广泛。就是哪个支系归哪里，都是划分好的，这就叫作"落地方"。

我学《亚鲁王》学了5年，但实际上前前后后也有很多年了。我刚刚谈的是 2013 年的时候，我跟着伍老乔学，又对比陈老幺教我的，虽然陈老幺教我这部分我也唱给他听，请他帮我纠正，但是后来跟着伍老乔学我发现他们两个唱得有出入，所以我想到这个东西没有文字依据，几千年来都是口头传唱，而且这个音有一些变化，时间长了就会有一些误解，到后面就有些不一样了，所以找几个师父学还是有好处的。我们这个《亚鲁王》都是你会这部分，他会那部分，总是不全，所以后来我就又去找姓韦的那个学，他叫韦昌秀。我是想着不能只找一个人学，毕竟是人，一个人记不了多少，时间长了就会忘记，所以我就找了这个又找那个，一共找了三个师父来教我。找姓韦这个就是学一些为人之道和送亡灵回归的这部分。到 1964 年，虽然生活好了点，但是运动越来越紧，我的老师父也死了，姓韦的和姓伍的年纪也大了，后来有几个带我们去唱，都是偷偷摸摸地唱，由于他们老了不方便，随时都会被抓，我看到他们觉得特别可怜，我就想既然他们教我了，我应该帮一下，我也年轻，所以我就把这三个师父教我的内容综合起来，并对师父们说："你们该休息的就休息，不要被抓起来，这样你们不好。"1965 年我就开始唱了，第一次唱这个东西真的不是一般的难，心里很紧张，因为"亚鲁"史诗这个东西老师是按照正文来教你的，大家都是这样教的，像开场白、途中交代、结尾这些他不会教你，得靠自己去听去发挥，因为这些都没有什么固定的诗词，是根据现场具体情况来唱诵的，而且这个不好教，平时也没有实际例子，农村也很忌讳这个东西，他就更不好讲了。只有具体实施他才来教你，所以 1965 年我就开始主持了。另外，老师教的时候是全部教给你，但在丧葬仪式上由于时间受限，如果唱得很全面，时间就不够，所以我们还要考虑如何浓缩，哪些该唱哪些不该唱，而且要自己掌握时间，假如到发丧时间了还没唱完怎么办，继续唱也不好，不继续唱也不好，所以如何缩短很难。这个缩短只能说是简化，不能说省略，也就是唱中心内容，一个章节会有一个中心内容，实在没办法的时候就唱中心内容，这个也有难度，因为在丧葬仪式上学的人多，懂的人也多。那为什么没有几个能在丧葬仪式上唱？主要是平时叫他随唱，他可能会唱，但是叫他唱中心内容就可能唱不下去，因为唱也不好，不唱也不好，传说唱"亚鲁"史诗一定要唱好，唱不好的话亡灵会来找你，弄得大家都很害怕，所以有些人家丧都抬出去了，他还要跟着唱，因为他没唱完，他担心得很，因此有人笑他们的时候我说不能笑，他们心里有压力。这个也只是传说，没有发生过，但是一直到现在都还是这种说法，包括这些东郎的家人都说不能丢，要综合起来唱，不然亡灵会来找的，做这个思想压力很大。

我有一段时间没有去唱《亚鲁王》了，但是那些年轻的在外面打工不回来，人家来请我去，我又去了，丢不下。我记得在1969年参加粮食局的工作以后，我去主持仪式，唱了一次，听说有人来抓，我就跑了，他们被抓了，因为他们打了个手势让我赶紧走。我都跑了好几次了，每次都弄得狼狈不堪，牛屎、马屎都粘过，但是我还是跑出去了，跑不出去的那些就被带去学习了。农村的都说我现在有工作，是国家的人，有这个身份就不太好搞开路，看来还是不能再做下去了，但是这个又不能丢，他们就劝我培养几个接班人，所以我就培养了七八个，后来有四个出息了，分别是陈世清、陈小华、陈小安和陈小杯，我就丢了一段时间，然后有打工这件事之后，我才又开始去唱《亚鲁王》。那时候不太好搞，原来也是偷偷摸摸的，天黑了才悄悄去，天没亮就回来了，当时我听说来抓的那些人还有我们单位的，我想我要是跑不掉的话，单位的那两个人也不好交代，大家都为难，我跑掉了其他人就被喊到山上去进行教育，说人死了就抬到山上埋了，不要再去搞什么开路了。他们一走我就悄悄跟在他们后面，我们来到猴场天都没亮，我看他们有没有什么行动，然后看到他们进区里面了，我就回粮管所换衣服，若无其事地上班。后来又到紫云跑了几趟也没有什么事。

当时在粮食局，怕饭碗被砸掉，那时候执行下乡，单位里都是知识分子，他们下乡也难，所以不管分配哪个下乡，我都替他们去，我是想除了把我自己的工作做好，下乡去还能得到大家的好评，又能接触这些东西，一举几得。这人天天在一起工作，你做了什么人家是知道的，只要把工作搞好了，也下乡了，他们高兴，这样我也好，后来也一直没有揭穿我的问题，我也很知足。你看我们这些东郎这样冒着风险去主持仪式，可能会觉得有钱赚，其实我们是没有的，这就是一种责任，因为这个东西是一定要去做的，而且大家都信得过你，就更应该去做，况且你去帮别人做，虽然没有什么报酬，但是当你有什么事的时候都不用你去叫他，他都会来帮忙，他心里感激你，所以都会来的。后来陈小华和陈小杯一前一后去世了，就剩陈世清和陈小安，但是陈世清出去打工了，连过年都不回来，所以我又出动了。因为这个一个人是做不了的，以前我们都要四个人才能进行，因为我们唱的内容有四个部分，每个人只能担任一个部分，还有一个是主持，主持葬礼的那个一开始就喊亡灵，做了这个之后就不能唱《鸡经》啊，《回归路》啊，以及自家的祖先这些了，所以低于四个人是不行的，一个主持和亡灵打交道，一个唱《鸡经》，一个唱《回归路》，还有一个就把亡灵归给祖先。但现在没有办法，两个人也要进行。现在我也还在唱，只是唱《鸡经》这段的不要唱《回归路》那段，唱《回归路》的不要唱《鸡经》那段，有砍马的地方就唱《砍马经》，不砍马的地方就不唱了。有砍马的仪式按规矩是要五个人，但是现在四个人也可以进行，因为砍马是在白天唱，可以错开时间去唱的，我刚才说的是晚上的时候以前是四个人，现在两个人也在唱，所以这个情况还是不妙。到 2009 年就放开了，当时我还是不敢相信，喊我去听的时候我还是怀疑的，因为这个思想啊很难转换，包括现在有些农村还是偷偷摸摸的，怕被抓。另外一个问题就是"亚鲁"史诗在语言里面属于古老语言，大家有些不理解，就像有人问他唱的是什么，说出来听听，他也说不出来，他知道是什么意思，但是要用汉语翻译就翻译不出来。像我们接触多了让我翻译也不能全部翻译出来，因为把苗语翻译成汉语难度还是相当大的，有些翻译不过来，而且有些苗语有汉语没有，苗语比汉语多一半，多的一半翻译不出来。

我现在唱的这个都是意译，非要按照那个来翻译的话是翻译不出来的，只能尽量地还原，按照苗语直译出来大家也看不懂，因为苗语有些是反的，写了别人也看不懂，所以只能意译，但是意译也不一定全面，有些实在翻译不了的就用同音字代替，一直到现在都还存在这个问题。因为有些苗语是无法用汉语翻译的，在语言中它比汉语多了一半，现在我们说话都说汉语了，出去打工的就更不用说了，所以有人就说我们是什么苗族，连苗语都讲不好，我们现在说话是顺着汉语走，也不是正规的苗语，正规的苗语美得很，你说一句苗语就能知道当时的场景。就像我们坐车是高兴还是怎么样，一句苗语就能表达当时的场景，就连走路的姿势、幅度都能说清楚了，但是用汉话翻译不出来。假如你们会唱就不难了，以前没有条件去读书，就来学这个，如果有条件读书也学不成这个，这个不是一天两天就能学成的，所以就成了两个极端，汉语基础好的人不会唱，会唱的人汉语基础又不好，所以他们现在说我是第一，我也承认了，我是不会害羞的。而且我出门多，多少会讲几句汉语，汉语也听得懂，很多东郎都是听不懂汉语的，你叫他叙述个东西，太难了，因为如果他可以去读书，他也不会跟着你学唱《亚鲁王》，用我们苗语讲唱《亚鲁王》的人是最底层的，最愚蠢的，以前都是这种说法，我们现在都还被讲，但有事的时候他也会喊，不过他们仍然觉得唱《亚鲁王》的人是最愚蠢的人，有条件、能读书的人是不会去唱这个的。这种说法是在 20 世纪八九十年代，包括现在都还在讲，就像现在嘛，大家都出去打工了，假如谁还待在家里面，就会被说是愚蠢了。好在我学的时候大家思想没这么开放，经济也没这么好，所以打击得比较少，那时候就是怕丢了，所以老人们都说不学不行，不学就相当于不会说话，唱这个东西用我们的话来说就是学讲话，我们每个人都要去学，但是学成的也只有几个，学成的就是学会了讲话，因为这个史诗里面包括一些老人的话，让你背下来就是学讲话，有些为人之道处世之礼，不学不行，如果老人说你什么都不会，而不是真的说你什么都不会，而是说亚鲁王送你来到这世上，你什么都不会，就是亚鲁王枉自丢你在世上，什么都没给你，给你你又不学，是这样骂人的。所以这个东西很重要，不学不行。在我们这些地方，懂"亚鲁"史诗的人不少，成功的就不多了，大家都是为了学知识，学道理，学为人处世，但是真的到丧葬仪式上去唱的就占少数了，因为学这个东西不是为了丧葬仪式，它是方方面面的，只是丧葬仪式要集中一点，体现了整体，花费的时间要长点。"亚鲁"史诗是包罗万象的，所以苗人每天念很多遍，修房也好，结亲嫁女也好，办点什么事也好，都要履行祭祀。这种平时的祭祀其他人也会，当然东郎会的要多点，无非就是在丧葬仪式上要在前面点。其他人也会一些，但他不愿意去做。我们去唱的时候，有个知识我们不懂，旁边有个人不是东郎，还能指导我们，但是很可惜，没过几年他就死了。我们在唱的过程中，如果有人提意见，说应该往哪个方面唱，他要是讲得合理我们就会听，他讲得不合理就是另外一回事了。我刚才说的这个叫伍祖华，他老爹去世的时候我去帮他唱，就唱他的支系，他讲得头头是道，但是他不会唱，却朗诵得特别好，太可惜了。去学的时候有些寨子不忌讳什么，但有些老人只准在正月和阴历七月唱，其他时间不能唱，有些不愿意的就算是正月也不去他家唱，因此愿意的那几个就换着唱，一天去这家唱，另一天又去别家唱。师父在教的时候会采取两种办法，一个是朗诵，朗诵之后才唱，唱完一段之后给你解释中心思想，所以这三个方面还是有出入的，朗诵就是一字不漏地朗诵，但唱诵与朗诵就不一样，唱诵不像讲话，像什么呢，我无法形容。前面有加，后面有加，但是所加的这部分不是内容，所以现在有很多人建议我在唱的时候能不能像写的那样长短不一，因为我写的是长短不一，但唱出来好像不是，我也解释不清楚，这个唱诵就像我们唱那个《东方红》，里面有一段是"呼儿嘿呀"，像这段就没有内容，就是有这方面在里面，所以要求和写的一样就难了，这个部分有时候在前面有时候在后面，这首诗可能有七句但你唱来就可能有十句，假如在唱诵的时候不加入这部分，就不叫唱诵了，叫朗诵，但是朗诵别人也不听啊，你自己也唱不下去，所以还是要会唱诵，还要知道中心思想。这样以后你教徒弟也好，还是怎么样也好，你才能给别人说出那一段的意思。另外一个，你在丧葬仪式上唱诵，如何来应付这个时间，我们听老人说以前要唱几天几夜，但现在就是一晚上，平时录的就是四十多小时，你想四十多小时的东西要在一晚上顶多十一小时唱完，而且有时候还要耽搁一些时间，这么多东西怎么唱出中心内容，有些就是直接唱中心内容，也就是唱标题，即每一段的标题，这样唱了之后听众会来评价哪个师父唱得好，哪个师父唱得不好，假如连着一段一段地丢他就会说你唱得不好，中心思想归纳得不好别人也会说你唱得不好，所以难度很大。

学唱史诗是定于七月和正月来学，其他时间不学，因为正月和七月是大吉。只有正月和七月才可以叫到家里来，在家里面教，其他时间是不能在家里教的，但在坡上随便你念，随便你唱。但是七月比正月忙，去年的七月我都没喊过，今年的正月我也没喊，这只是个形式。我就静下心来，考虑这个问题，决定改变这个传习的方式，所以我才这样子搞。

平时在外面，或者干活的时候碰到我，你也可以问，在家里也可以问，你可以朗诵，可以解释，但是唱就不行，因为这个是在丧葬的时候唱的，平时是个禁忌。但是你要是很熟悉呢，你可以朗诵，可以逐句逐句地讲，但是这样子传习给他呢，他出不了场，所以教的时候就要唱。在大季节的时候可以喊老祖公来教嘛，可以唱的。

像我们那儿出场要三个人，一个开头，中间要有个交代，最后要有个结尾，所以出场要三个了。诗句全部明白了以后，就要唱，假如你不唱，或者你唱的时间不长，你声音就不好，因为有轻有重，缓缓和和，不掌握这个规律的话，你就唱不好，或者唱不下去。高低缓急是徒弟要掌握的发声技巧，开始的发声，还有结尾的尾声，这些都要讲究，你要长时间唱，你的声带才受得了。而且你模仿别人更不行。发声的技巧，要各方总结，比如正江他们的声腔，假如是我们唱，我们就模仿不了，所以大家唱的都不一样。如何去缓和，要看个人的发挥。因此唱得不整齐，唱得不好就在这里。因为我在这一点上想轻，他觉得在这里可能要重。无论是谁教的，教完之后也要个人去发挥。一个师父教的两个徒弟，发挥都不一样。因为他在唱的时候在哪个点轻，在哪个点重都不一样，他的理解也不一样，如果硬要在某个地方加高，某个地方低，唱几次之后声音就不行了。苗语和汉语不一样，苗语比汉语多一半，多的这一半可以在前面，也可以摆在后面，师父教的时候，我想摆在前面，别人想摆在后面，这都有可能。但多的这一半现在翻译不出来。苗语的一半和汉语的一半就好像是同义，假如你讲苗语，一句一句地教，但是真正讲话的时候要多一半，所以这个很难，我也搞不清楚。举个很简单的例子，比如赶场，翻译过来就是"劳起"，这是正规的翻译，但是苗人在讲赶场的时候呢，要在前面加一句，就是"劳拉劳起"，所以"劳拉"这个就无法翻译。但是说话的时候只说"劳起"，就不全面。再如说走路，翻译过来就是"劳嘎"，在说话的时候就是"劳嘎劳嘎"，所以说苗话多一半。但是唱的时候加的内容是固定的。现在讲的人少，我们听得懂，但是很多都讲不好。汉语讲不好，情有可原，我们是苗族，但是现在连苗语都讲不好了。现在比我们小的这一辈，讲苗语都顺着汉语去讲了，就没有正儿八经地说苗话了。这个苗语是很幽默的。比如说我们一大桌人在这里坐，你听他一讲，就知道这一大桌人坐在这里是高兴还是悲观。有一大帮人来，是高兴地来，还是怄气地来，他在说的时候，你就全部听懂了，但是这个翻译不出来。现在苗语都快要失传了，他们工作站的光应善于总结这些东西，所以我跟他说，要好好总结。我跟光应讨论这个苗语要怎么解释，他说这个话就相当于汉语的歇后语、成语，他讲的是这些。除了比喻、夸张以外还有歇后语、成语，但现在已经失传了。比如说赶场，要表示他高高兴兴地去赶场，就是"少啊撸拉劳嘎劳起（音译）"。这个跟赶场是同义的，它没得另外的意思，但是在说话的时候就加了这么一句。不多这么一句的话，它就不成话了。现在年轻人都听不懂了，现在是模仿汉语，顺着汉语去了。但是苗语有个不好的方面，它翻译不出来，把它直译下来有一部分是反的。比如问"你吃饭不得？"回答"我是在茅草那边吃过早饭过来的"，按照我们的话来讲，就是"我吃茅草来的"。所以如果直译的话，意思就变了。在小范围内解释也有出入，因为在小范围内翻译也是反的。一句汉语在苗语中因为环境等因素，意思就全变了。

我开路的次数很多，几乎每年一二十次，到目前为止，应该有百次之多了。我主持这个仪式的范围只有望谟的一部分，紫云的部分，罗甸的部分，还不是整个麻山。这么多年，我唱诵《亚鲁王》的次数已经数不清了，最深刻的无非就是跑得最狼狈的那几次，其他就是刚主持的时候抖得不得了，大家都说不行，但是唱完之后大家还是肯定我的。我当时是属于打破常规的嘛，刚开始唱心里面没底，因为我综合了三个师父唱诵的内容，他们主姓不是我的姓，我一开始还不是在陈姓的家族唱，我去伍姓唱,唱完之后,他们就夸我说我唱得比他们好,实际上他们会的我也懂,再加上我综合了三个师父的以及自己加工的,所以就听得比较入耳。大家都说其实这个东西是看你如何去叙述,有些话该放在前面还是放在后面,有的音要怎么处理才铿锵有力,其实说谁唱得好不好就是看这些地方。就像我刚才说的《东方红》里面的"嗬儿嘿"这种,在这个史诗里面多得很,就看你如何衔接,要是都是那种没有加工过的,别人就听不下去了,就是看这些不是内容的东西如何安插,实际上内容都一样,你处理好了才唱得下去,处理不好也唱不下去,唱两句声音就哑了。哪里该快、哪里该慢要有个转折的地方,要如何转折,该提高的如何提高,下降的怎么下降,如果不会转折的话唱几句就唱不下去了,改了以后你也好唱,听的人也听得下去,这就是我的方法。

我们四个人唱的话,一个人有时候唱三小时,连唱三小时的很多啊,我徒弟刚开始来唱的时候我就是不帮他,因为我觉得既然叫他来唱就让他唱,然后他唱了六小时,站都站不稳,这个按道理是不能坐着唱的,但是我现在年纪大了,站不住了都是坐着唱,这个是不可以的,但是没办法,年轻的我都不让他们坐。还有个忌讳是不能倒下来,唱的时候不行了倒下来的话就是不吉利,所以感觉不行了就赶紧找个凳子坐下来,站时间长了会晕,倒了也不好,如果倒了就会说是跟着亡灵的魂魄去了,就有点忌讳。前年我们那儿有个东郎去唱,唱的时候被指责说不要这样唱,要怎么唱,然后身体半年没有恢复过来,这用科学也解释不清楚,在我看来可能就是一种思想压力,在这种思想压力下好多东郎都很紧张。上次有个人给我讲王金和梁义唱得很好,但是人家抬丧都抬出去了他还在唱,我就说他也是没办法,他要把它唱完,不唱完怕亡灵来找他,你们不要笑他了,他肯定是唱完那段觉得还欠缺什么东西,所以即使抬出去了也要跟着唱完。大家都在聊这个事,也没谁真的看到,自己也觉得应该唱好,所以不管谁去唱,主人家对他好不好,他都要好好唱,不像汉族的道士先生,我跟他们接触过,他们是根据主人家招待的情况来唱,肉来肉唱,豆腐来豆腐唱,但我们就不敢了,不唱好不行,因为有些东西科学解释不了,只有唱好了心里才不后怕。我也主持过既有东郎又有道士先生的那种丧葬仪式，这个在我们麻山近几年有很多，我也没反对这种形式，因为现在苗族和汉族以及其他民族通婚的很多，既然这些老人的女儿和别的民族结婚了，那她的父亲或者母亲去世，她总是要表示一下，其他民族没有东郎，因此就会请道士先生，因此就会留一些时间给她，因为不管是苗族、汉族、布依族，大家都要祭奠。我们和道士一起呢，时间上不会冲突，这种情况他们一般安排在白天，晚上我们就把这个时间分配好，我不计较，因为大家都是来锻炼的，而且我们的宗旨就是不管搞什么都是为了实现民族团结。因为我们的民族分类是后期形成的，亚鲁王的那一代，现在是苗族在继承，所以说是苗族的祖先，但是我不赞成，因为苗族只是继承了这个文化，亚鲁王应该是人类的祖先。这个我唱史诗，我就知道，以前那个时候没有什么民族之分嘛，我也没读书，也不知道是从什么时候开始有民族之分的，但是史诗透露了这个事情，都是一家，无非就是只有苗族继承了这个史诗，所以说亚鲁王是苗族的祖先，其实亚鲁王是人类的祖先，是人类之王，他不只是为了苗族，是为了人类，所以不能单说是苗族祖先。我分析这个是在亚鲁王之前，在亚鲁王的十七代王当中我也不知道是哪个时候，但我认为那个时候没有族，还是后来慢慢形成的，亚鲁王的前代都是人，只是在互相争斗，所以说你是谁、是哪的人，这很正常，但实际上还是一家人，姓氏是在亚鲁王以后才出现的，亚鲁王以前没有姓氏，更没有什么民族之分，都是一家人，所以现在大家都坐在一起不管是什么民族都会说我们几弟兄，所以祖先是共有的，中华的大众文化也是由各族的文化组合而成，而不只是哪个族的文化，是全国五十六个民族的文化大融合，无非某些时候有摩擦，互相之间指责，这是必然的，但现在看来还是一家，道士先生来我们的丧葬仪式我也不轻易反对，如何把我的史诗唱好、做好才是我应该关注的问题。现在我们这些地方有选择东郎的行为，他家有，但他不用，他要请其他地方的东郎来唱。就算是不知道这个家族的谱系，他也要学，只要他下决心就能学成。不用自家的东郎无非是近期才出现的。就算不是东郎听一下也知道了，就像前段大家都知道，前段分支下来的也知道嘛，像伍姓的近期内容和韦姓的近期内容我就不知道了。如果去的话不会就赶紧学，现在杨姓、梁姓我都去，有人理起（形成了一个条理清楚的族谱）就行，没人理的话主人家就抽一两小时的时间给我说一下，我背不下来的就照着念。这个是他把家谱拿给你，你就一代一代地背，一代一代地记下来，现在朝艳（梁朝艳）他们就很会，他们懂苗文，他一讲就用苗文记下来，所以现在有个懂苗文的在就快了，用背不行，这样很费力。我们这有两个姓伍的，有一个是当老师的，是校长，他觉得他是有文化的记不好怕被别人笑，但是他到现在都没学会；另外一个一字不识，写个镰刀他也不会，他就画个勾，他现在已经会了，唢呐不会写他就画个样子，马草、背篓不会写，他就画。所以我对我的徒弟是这样说的，我写给你你可以变成你的，只要你会就行了，这样他们也高兴，说我放宽政策了，我就说不放宽不行啊，我喊你们来你们也不会来啊，就算来了我一句一句教你们大家都累，录音给你们多好，我让他们帮我录音然后装在 U 盘里面。我现在会唱的都已经录音了，也是朝艳录的，拷贝在 U 盘上，现在他们什么都能放，手机也能放，我觉得很好，他们说只要有这个 U 盘就行了，有这个录音和文字做参考他们就可以学了，差哪个部分就打个电话来问，现在他们的电话我们一点都不懂，他和你对话他也可以录下来，这样他缺哪就问哪，你说他就录下来，效果还不错，所以我觉得这个方法还是行得通的。

现在比以前学得快了，讲老实话你真的喊大家来，这个不懂这个，那个不懂那个，弄得大家都不舒服，这样以后他们就自己去琢磨，然后有问题再问，对大家都好，而且也不耽误他们挣钱。现在我们这边其他的东郎也有这样教的，这个好像已经普遍了，罗甸这边有，长顺这边也有，那天我们到俄去，那里也有个罗甸的东郎是带着本子来的，那几个一直唱不好，他就在旁边给那几个说，我就说不行你来，然后他就来唱，他说我来唱就要看我的本子，后来他唱得还挺好的。罗甸的好像和黄家是家门，他是叫黄什么我忘了，他唱得好得很，所以学唱的方法也很重要。我问这个罗甸的你们只是你这样唱呢，还是个个都有，他告诉我说都有，只是有一些因为害羞不拿出来，我说这个有什么好害羞的，又没人会指责，你拿出来会唱就行了，后来他唱得有点不流畅。你们当时还有个芭茅的唱得也不太好，都是年轻的，不是黄老华，晚上黄老华没有唱，当时是岑小祥和另一个，岑小祥唱得全，另外一个是岑小宝还是哪个，反正就是罗甸来的那个唱得好。那天晚上我去了，省文化中心的李岚主任也去了，我说没事，李主任也不会骂你，后来李主任还到他那去看，吸取经验，写得好不好无所谓，自己拿来会唱就行了，背这个东西唱的时候还是会失误，途中还要加些交代的东西，所以有些唱得好的都唱不好了。因此有个记录的东西摆在那就有个提示，途中交代完了之后就继续看书然后继续唱，不然有的唱不下去。

而且这是口头传唱，为了帮助记忆，还可打些勾勾点点，我在本子上打这个勾勾点点，是正兴和社科院的吴晓东都知道的事情。我也有个小本子随时揣在身上，我也怕别人看见，所以我是偷偷摸摸的，我的本子是怎么被发现的呢？社科院的吴晓东老师来了，那天晚上我和他们在这弄《亚鲁王》的翻译，正巧喊我去，那时候年轻的都打工去了，就剩我和我哥，我哥又病了，弯腰驼背的，唱不下去，最后就只有我一个人，开始唱着唱着忘记了，就装作去厕所，然后打开看，回来继续唱，后来又模糊了，为了把这个事情完成，没办法我就拿出来了，就这样被他们发现了。这个小本子上的内容是 20 世纪六七十年代的时候写的，当时我还觉得不太好，可能不行。被杨正兴和吴晓东问的时候，我说确实是帮助记忆的，最后吴晓东也赞成，于是就不害羞地给他看，上面做了一些笔记，打的叉叉点点，有的用同音字、近音字来代替，因为记忆力不太好，所以就总结了，让徒弟们也采取这种办法。那时候他们说，你这个本子要放好，所以我一直都保存着。

第一个发现我这个小本子的就是吴晓东老师。你想嘛，我们一下子要记几十小时的内容，在途中还要交代，交代完之后就不记得自己唱到哪了，就找不到头绪了，但是看着本子就会记得自己是从哪里开始交代的，交代完之后就接着唱，我就是这样被发现的。所以我现在一直对徒弟们强调，识字的更好，不识字的就划勾、划圈、划点，因为我就是这样学的，那个姓韦的师父，他识字，他也提供给我，他说全部靠记真的很费力，用文字记就省力得多，因此我唱的时候就离不了那个本本，所以我提倡徒弟们用这个办法。记不了嘛，没有个东西记的话开始还好，后面就记不了，老师教的时候全部是记得的，但是实际操作的时候还要加那些保佑词、途中交代，还有安抚亡灵的一些话，想多了就模糊了，有个本子就能有个参考。现在传统的办法已经不适应了，因为大家的生活来源是外出打工，不可能坐下来，所以只能采取这种办法。

去年我们搞东郎比赛的时候，我发现好多老东郎就是这样的，他们唱了四五十年搞比赛还落后了，他不是不会，因为他唱的时候是从头唱到尾，但比赛的时候是人家喊他唱哪段他就必须唱哪段，他起不了头，不知道从哪里开始，而且都是农村人，很少上台，本来心里就紧张，后来就被淘汰了，所以弄个本子还是非常有用的，起码有个提示，不管写得好坏。平时唱熟了在丧葬仪式上唱都可能会漏，因为要兼顾方方面面，比如安抚亡灵，根据他的年龄，为人处世给他安抚，还有他的孝子在那守着你要如何祈福，以及他的亲戚朋友都要兼顾，所以会把重要的忽略。

教我唱《亚鲁王》的三个师父都已经去世了，早就不在了，陈老么是我的第一个师父，他是1963年去世的；韦昌秀是我的第二个师父，是一九八几年的时候去世的；伍老乔是我的第三个师父，是一九九几年的时候去世的。那个时候不只我一个人跟着这些师父学，去找他们学的人很多，我们有七八个，姓伍的有十个，但最后维持下来的就我哥和我。我哥叫陈兴周，他大我五岁，前年就去世了，如果他还在的话今年应该是78岁了，现在就只有我一个了。原来和我们去丧葬仪式上唱得也多，比方说陈兴全、陈兴开、陈兴富以及陈兴国，但是后来看到形势不对他们就打退堂鼓了，最后只剩陈兴周和我。

我的徒弟基本是30岁以上。陈世清差不多50岁了，陈小安将近四十岁了，传承情况还是不乐观，现在没有再年轻的，用我的新方法教出来的都是三十多岁的人。我们家族中除了我哥和我会唱《亚鲁王》，也还有其他人会唱，但是最终都没有坚持下来，就像刚才我点的那几个他们都称自己唱过，但是后来因为种种原因他们都放弃了，有些没参加工作的选择放弃，因为参加工作不能继续搞的也放弃了，我参加了工作但我没放弃，一直坚持下来，我哥没参加工作，他也没放弃，只有我们两个坚持下来了。我父亲叫陈正先，他也会点，但是不多。他是 89 岁去世的，我母亲也是 89 岁去世的，他们以前是在家务农。我母亲叫韦乔音，是我师父的妹妹，我师父脾气很古怪，他只教我，但我也受得了。他和我妈妈是亲姊妹，所以他是我的母舅爷，用文字来记载这个是他教我的，他过去在旧政府的时候一直给姚其武还有韦姓的当秘书，由于他有点文化，他看到这个形势有点不对了，觉得蒋介石不行，所以他就提前回去了。我当时学"亚鲁"史诗也是受这些人的影响。他跟地主富农在一起的时候生活得很好，而且他是秘书，所以他提前回去以后就把他的土地分给大家种了，谁想种哪就种哪，中华人民共和国成立以后他还是个下中农，所以共产党来了他也没受惩处，那些老干部还用了他好几次，那时候他还和那些人打得火热，所以我想学点文化和"亚鲁"史诗主要是受我这个舅舅的影响。陈老幺和伍老乔是务农的，但是伍老乔是个寨老王，就是在那个地方名声很大，他好像是八十多岁去世的。我学得的东西不仅是"亚鲁"史诗，还有很多为人处世的原则，都是受他们感染的，姓韦的和姓伍的真的不得了，他们就是我的人生导师。

东郎们普遍都读书少，因为学这个东西的人都是读不起书的，如果我读得起书，我就学不会这个东西，这个东西不是一天两天就可以学会的，这个要静得下来，读得起书的人，他也没有精力去学这个东西。所以通过正江他们的普查，我的文化算是高的了。大部分东郎连汉语都不会说，我的汉语也说得不好，但是我听得懂，还有很东郎连汉语都听不懂。但这是两个极端，汉语基础好的人，这个他就不懂了。像我们如果当年得到读书，我们也学不成。要想这个史诗不失传，一定要普及苗文，不要看现在形势很好，国家很重视，但是不容乐观，比以往还难，以往我们虽然偷偷摸摸地去学，但是有信心，现在没有信心了，现在农村进步了，都去抓经济了。所以这个知识应该是先进跟着一起来，但是有时候又是反的，这个就是越先进越失传。这个讲来别人又不相信，但普查可以证实这个问题，这个都是边远的旮旯角落，和社会来往不多的地方保存得多一点，和社会来往多的都失传，现在农村也逐步进化了。另外多年来，东郎的地位等各方面，是受歧视的，这是根深蒂固的，转不过这个弯。有苗文总结得恰如其分，意思就是说搞这个活路的人，都是那些呆板的，是憨包，聪明的人不搞这些。所以说现在看也不乐观。

现在还是这样，落后得很，东郎们都穷得很，最好的说是我。你想，我在社会上已经算是不行的，但是据正江他们讲，东郎百分之九十九都穷得很，我是百分之一的了。所以对年轻人来讲，他们不感兴趣。现在我一喊，确实有几十人来学，但是他们不是说来认认真真的学好，而是去带个头，让大家去学，因为这个东西不能丢，所以现在传承难就难在这个地方，这个我有亲身体会。至于我为什么下这么大的决心，是因为老的交给我了，如果在我这一代失传，我就有罪。但是现在大家都抓经济去了，你说农村不出去打工？但是你出去打工了哪还有精力来学，现在出去打工一天就百来块钱的收入，他能够跟你坐下来学？如果坐下来一两个月可以学好也行，但是这个不可以。所以现在他们来学是拿录音机、录音笔或手机来录，录好以后，到广东有疑难问题再和我联系。坐下来那个是个形式，是做给领导看的，搞形式真的不好，这两年我深有体会，所以我搞文本的这个东西交给大家，算把我的任务完成，否则对不起老的。但是现在难啊，以前是我们去求别人学，现在是我们求人家来学。因为现在是经济社会，有一些好心人直截了当地说："你搞这个你一辈子就是！"所以传承真的有点难。

东郎去帮别人主持仪式大部分都不要钱，只是主人家会给些礼信，比如主人家杀猪了就割几斤猪肉给你，杀牛了，就割几斤牛肉给你，就这些，但是东郎也不会去讲这些，全看主人。现在这社会嘛，包个红包最多不过二三十块钱了。现在的人都有经济头脑，都会算账了，把整块整块的土地丢下不挖，去搞哪样，大家都要算账，没什么收入，就吸引不到人，有一些明明自己会，也不搞，尽量避开，就是这个意思。所以我在讲这些的时候，好多领导都不信，以前是打击，现在是放开，但是事实就是这样。以前是落后，没什么电视机，而且在边缘地方，和外界很少接触，老的说不学不行，就逼着去学，现在都出去了，进入社会了，他就不相信你这一套了，就讲现实的东西，讲眼前的东西了。所以这个还是相当难的。

广收徒弟传"亚鲁" 为有人能代代传

自2008年通上电之后，每家都有电视，之前没有电视，没有电，坐在一起聊一聊，有些传统的东西还在。有电视之后，都去看电视，电视里怎么做，大家就怎么做，看着外面的世界好，就都跑出去打工了。这种情况只能是能做多少做多少，努力地去做，我想到的是我的三个师父当时传给我的时候，也交代说："我们教给你，你还要传下去。"所以我不传下去，就对不起老祖先，也对不起我的这几个师父，人家辛辛苦苦地把它继承下来，在我这里丢了不好，所以我才下这样大的决心。因为前几年我是正月和七月喊他们来，一喊个个都来，来了我就看出来他们静不下来，不是真心实意来学，所以今年正月我都不喊了。

现在只有我和我的那个徒弟陈小安，以前出来四个，但是也只有陈小安能够应付，其他的都不行，但是他们四个在一起就能进行，我们就可以休息，现在又要重操旧业。现在我收的徒弟多了，但是现在我的传习方式不一样，我已经突破了以前的规矩，因为以前的方式已经不适应这个时代了。那时候是正月，大冷天的围坐在炉子旁，唱了又讲，讲了又唱，就这样教，瞌睡来了就用草席子或竹席子铺在火坑边，把脚伸在火坑旁睡觉。然后哪有丧事就跟着师父去，你能唱哪段就唱哪段，然后又听着学，就是这样学到的。这个方法历经几千年保存下来，确实精神可嘉，但现在已经没有人能静得下心来学，谁还会跟着你去烤火背诵，第二天起来满身都是灰尘，脚还在火坑边烤，现在的农村大部分都是这种平房，如果在里面烧个火谁会住得下去，烟都会把你熏得受不了，另外他跟着你去唱得口干舌燥的，他也想去看一下其他热闹，甚至打麻将这些。所以我就突破这个规则了，现在不管写得好坏，我都形成文字，然后录音交给他们，无论他们在宁夏、广东、广西、河南、河北，我们一个电话就可以联系，就这样教他们，这样他们也高兴，因为他们又能挣钱还能学到东西。我从2013年开始就采取这种方式，现在已经出师了几个，其他的会一段、几段的就多了，得一个全部履行的，他的小名叫伍小生，学名叫伍生志，这个已经能够主持了，但是他没有和我坐在一起学过一天，前几年他在河南，这几年在宁夏，他就是拿着录音和本子自己看、自己学。他现在都已经自己主持过了，在我面下（当着我的面）都主持过两次了。他年纪不大，应该三十多岁的样子，所以他们很高兴，也在找机会来唱。我现在经常去猴场和打哈，那边的年轻人中跟着我学的人不多，而且都是在外面学，没有在家的。过年都很少来了，开始的时候的，我也组织大家来学，大家也都会来，但是也就是个形式，他们静不下心来，心里都在想哪天要出去，哪天要咋个走法，我已经看准了这个问题。

我有个徒弟帮我带头，但是也是心不在焉，学不到东西。另外有领导来的时候要有个形式，一喊也有几十人来，有些都不认识，所以有人问我有多少徒弟我都说我不知道，但是这个形式是做给领导看，实际上解决不了问题。我有一个和我语言不太通的徒弟，他懂我的一半语言，我懂他的大概三分之一，我就给他说，你听懂我的话，听懂我唱的，听懂我的意思，然后你就变成你的话，在我的面前你就按照你的话去唱，他们就高兴，他们还说那老师怎么教就应该怎么唱，这样不违背规矩吗？我就告诉他们说违背什么违背，我就采取这种方式。这些语言不通的是外村的，外乡的，我问他们说你会不会唱，他说我会唱的，我孩子都会唱了，他说我唱来你听不懂，我说听不懂是我的事情，你会唱就行，不懂的我们多交流，所以这个苗语口音有区别。我来的时候他们说的话有很多我也不懂，都是来了以后慢慢学，有一天杨正兴通知我去开会，他说的苗语，我听不懂，然后我就喊他用汉语说，他才说明天早上，所以不懂苗语，出入就很大，他说"奴耐"，我就听不懂，他说这个"奴耐"翻译成汉语就是明天早上，所以苗语复杂就是在这一点。有些距离不远的地方，苗语有声腔变化还听得懂，有些不是声腔变化而是整个调都变，就听不懂了，像我们说的"走"是"挠"，有些又说"讷"，你看区别有多大，所以苗语很难统一，在这种情况下我觉得就自己按照自己的话来唱。所以我说这个还是不要模仿，一来模仿学不好，你模仿得再像你不懂这个意思也是枉然；二来模仿得不到位，我这样说以后徒弟们都高兴了，都说我放开了。

确实也是，老师怎么教怎么唱，每个老师学的不一样，大家唱得就不一样了，因为古老的规矩就是这样，但是为了原原本本地保存下来，就采取了这个办法，不过有个不好的地方就是老师怎么教就怎么唱的话，有时候有错的地方别人给他指出来了他还不认错，因为他觉得那是老师这样教他的。我是跟着三个老师学的，我是经历过的，所以在他们面前我就不敢说这种话了，这三个老师都是特别出名的，但是还是有不一样的地方，这就是因为时间久了会变，以后我们还是应该及时传诵。主体是不变的，叙述细节的时候就各有各的叙述方法，另外一个是由于传下来的时候有些音变了，就变成另一个意思了，就算我唱了十多年，到现在我都还在纠正我的一些地方，因为不理解里面的东西，同音的很多，但又不是同义，所以会搞错，要前后连贯着来想，有些之前想的是一个，后来理解了又是一个，但是在没理解之前就要原原本本地保存下来。

2012年12月我被评定为国家级传承人之后，肩上的责任就更重了，我认为《亚鲁王》史诗传承不下去，自己是有责任的，而这么冗长的史诗要传承下去，难度太大，所以就决定把自己唱诵的内容全部整理成文字，这个想法由来已久，但一直没有实施，我以前学唱史诗的时候就用一些符号来代替，用以帮助记忆，现在教授徒弟的时候，也改变了传统的教学方法，那种教法很不现实，我虽然苗文写得不好，但是所掌握的部分也能教给他们，所以他们觉得很好，哪怕不标准，但是起码能帮助记忆。所以根据这些年的经验我认为，光凭心记是不行的，因为史诗内容太多了，不管它规范不规范，总要有个依据，帮助记忆。所以才下定决心去搞，搞了半年，初稿出来了，我才算是有一点安心了。

正江以前说过，说找东郎来录音，但是真正的唱诵和表演性质的唱诵还是有出入的。因为在表演的时候，要根据环境，根据听众，根据时间、地点，所以是有变化的，当然万变不离其宗，中心是不能变的。但是在表述、叙述一件事情的时候，不是生搬硬套地就这样子一讲，那是不行的，还要根据时间、地点、观众，特别是观众，要看观众的表情，看观众有哪方面的人，然后去叙述，但是中心是不变的。至于说，要采取多种方法，这次说的和下次说的可能不一样，这个要根据环境，根据观众。你唱每一章节的时候，你看观众，就可以作自我评价，就可以知道自己唱得到不到位。假如说你跑题了，观众是听得懂的。因为这个属于苗文，你一唱，大家都听得懂。他听得多了，你让他唱，他可能唱不完整，但是别人唱，他心里还是有数的。有的就是不能适应这种场合，所以他就不敢唱。实际上，一个是我的记忆力比别人差得多，还有就是某些需要变化的一变化他就唱不好了。但是，能够变化的这种，你要对内容了如指掌，你要晓得哪句在前头，哪句在后头，可以错开来唱，假如你不了解，变化的话你就唱不好了。所以对一个东郎的要求，不光是要记住，还要有应变、表达的能力，这个应变相当重要。

我在2013年年初开始着手将自己唱诵的《亚鲁王》史诗翻译整理，到现在整理出来的史诗文本有630页，一页44行，有将近两万八千行。我觉得，能有自己的翻译，能表达出自己的理解，是对史诗传承的一种交代，可能别人对史诗理解得只有百分之七八十，而自己能够亲自翻译出来，效果就不一样。虽然自己翻译整理的时候，也还存在出入，但是要相对好些。这次的翻译采用的直译，但是用直译，就会将意思弄反，通过很长时间的琢磨，才将这个语句打磨出来。

刚开始的时候我想搞成文字文本，有这种梦想，但不知道能不能实现。虽然初稿搞出来了，能够满足一些，但还是难以实现。不过至少是这样，不管多少年后，人们需要的时候，可以回去看。这个文本，不是这样搞出来就算的，搞出来之后，还要逐句逐句地唱并录下来。也可以找一些优秀的东郎，把这个全部录下来，不光是录音，还有影像，就是在唱的过程中，用录像的方式全部录下来。这个东西保存下来，多少年以后，真的没有人唱了，还可以再看，是很珍贵的。这样逐句逐句地录下来，后来的人可以看到文本，还可以听。因为现在写的这个，毕竟是近音或者同音，所以还是要听才行。弄成文本只是一种无奈，如果有可能的话，还是弄录像，最好是采用U盘或者碟子，找人全程录下来，以后人家听这个录音，可以拿着文本逐句逐句地去学。文本的初稿出来以后，还要注上苗文，但是这个苗文的声调，还要靠正江他们帮忙，因为这个声调我搞不准，怕后人无法学。把苗文注上以后就定稿了。因为不注苗文的话，就只有我一个人实用，把苗文注上以后，等苗文普及了，任何人拿到就可以唱，这样才能达到目的。从头到尾完整唱诵，我需要不止两天的时间，光是唱这个正文，可能就要两天，加上这个开头结尾，途中交代，就不止两天时间了。因为开头结尾，要有对象。

以前我心很大，想全部满足我所有徒弟的要求，但事情太多，心情也不好，所以现在我送出去的就只有二十几本，多的送不了了，原来我是想每个我都送，把我的责任尽完，现在他们来找我，我还要看情况，我要看他是不是诚心诚意地来学，不是的话我送了也是浪费，我这个确实也是费力弄出来的，我汉字功底差，也不会用电脑，这一本看起来不怎么样，但是确确实实是我的心血。遗憾的是还差苗文，我现在做的是汉文的，朝艳也全部给我录音了，我是想假如有录音，有苗文，有汉文，等我以后老去了他们拿着这些也能学，当然这个录音有，汉文有，就差把苗文普及，但苗文普及这个又困难，现在还有国际音标，有李云兵老师设计的苗文，把这些都弄齐了他们拿着就都会唱，你们拿着都可以读，不认识苗文的可以看汉字，大家都能懂。不像以前我们要学很久很久，我徒弟学了三年就出头了。现在也有人提出去学校教《亚鲁王》，但是还没有正式开始，他们学校里面有没有教苗文我就不太清楚了，应该是没有的，现在我有这个打算，但我们这个村我去求他们他们也不相信，李岚主任和我去跑了几次，给他们做思想工作他们都不相信，李岚也给他们讲说陈伯来到这个地方在哪也不会饿死，你们也不用花一分一厘的，只要去和学校说了就可以上这个苗文课，据李岚主任说的我做这个应该要有钱，但是没有哪里给这个钱，说我不花一分一厘，还是不同意。为了这个事李岚主任跑了两趟，我也给那个校长说了，他也不相信，我说你害羞就害羞点，我和你坐半小时给你们讲课，你们就可以上讲台了，他们又说不行，我说你说苗语不行，但你教苗语肯定可以，而且别人讲苗语你也可以记录的，但是他们说没有时间，还是不相信，李岚主任和白老师来这儿的时候，我说给他们听了，所以李岚主任才会这么感兴趣地去跑，国际音标你们大家都知道，只要你把汉语拼音掌握好，把韵母变成苗语的声母就行了，声母也是那一个，韵母也是那一个，无非声母变调，汉语是四声，苗语是十二声，原来是八声，后来变成十一个，现在又说十二个才全面,我不懂布依话,但我发现布依话都是可以记录的,这些似乎是相通的。我倾向于用苗文来记录,国际音标可能太难,但是在乡下应该普及苗文,苗文很简单,只要你把汉语拼音掌握好,要不了一天的时间你就学会苗文了。所以只要会汉语就好学苗语,就可以上讲台教了,讲话可能不会讲,但你可以记录,而且还可以教他苗语怎么用苗文写。我现在可能也不行,我眼睛不好了,我觉得我难以完成这个了,我的这个翻译还差苗文没有记录,我的唱诵内容他们已经全部记录了,因为我们唱的时候可能不太全面,所以我把它全部拼起来以后发现有些不好,但已经很少了,唯一遗憾的就是没有苗文,也算是成功了。

2013 年以后我就拼命地做这个,学电脑,原来的汉语拼音也学得不好,后来又慢慢地学,但现在眼睛不行,苗文我做不了调值,做调值做得太慢,眼睛不好做一会儿就看不清楚,所以很难完成,就算是教给别人,请别人来做,我也要在旁边监督,不在旁边朗诵,可能可以记在上面,但是唱诵得就变调了,和原来的不一样就又会造成意思不一样,所以这个还要时间。做苗文一定要朗诵,不要把其他不是内容的写进去,就一字一句地,不要按照唱调,按唱调就不行,就把重要的东西弄丢了。因为不是内容的那些可以自己去发挥,而且那些也不是固定的,那些是在唱的时候觉得什么顺口就用什么,这些在唱诵的时候起抑扬顿挫和转折的作用,不能固定,固定了之后更难,为什么自己唱"亚鲁"史诗不难,但大家一起唱就难,就是这个原因。因为跟大家唱的时候假如你应该要提高音调的,但大家都降低了,所以你只能跟着降低,这样你就唱得不流利了,你想提高的大家不一定提高,所以唱得不整齐。自己唱的时候想高就高,想低就低,想转折就转折,所以大家一起唱很难唱整齐,你自己唱的一段,唱第一遍可能在这个位置提高,但你唱第二遍的时候可能在另一个地方提高,自己唱都有这种现象,所以定不下来。我认为,苗文离不开汉语拼音,它的起源就是汉语拼音,只是读音不同,韵母是相同的,声母就不同,不过有百分之八十的声母就是汉语拼音的声母,只要把汉语拼音的四十多个掌握了,剩下的十多个就简单了。

五十一

人生可平淡
但需一技之长：
韦国清

访谈人：杨兰、梁朝艳、杨兴华
访谈时间：2017 年 8 月 17 日
访谈地点：猴场镇打哈村

　　学习《亚鲁王》，愿为平淡的人生增添一抹色，为家族的接班出一份力。因为《亚鲁王》，让他找到终身幸福，荷包见证两人的真心，夫妻携手同行共经营。人生可平淡，仍需一技之长。

情投意合两相交　辛勤劳作共经营

我叫韦国清，生于 1967 年，属羊的，是猴场镇打哈村打哈组人。我的父亲韦昌龙和母亲伍若妹都已经去世了，他们两个都是本村人，一辈子在这里种地，很少出寨子，有时赶场（赶集），都是为了换点家里的必需品，其他时候都不会出去。而且当时去街上换生活必需品都是背点自家地里种的苞谷（玉米）、小菜到镇上卖，换得的钱又买些化肥等物品回来。我们这里，以前都没有路，一直到现在都还没有车，没通路的时候要出一趟门就得爬山，累得很，现在虽然有了水泥路，老人们不会骑摩托车的也还是要走路出去，而年轻人大多都骑摩托车，这样外出方便一点，所以你看在我们这些地方，有哪家办事，门口都停满了摩托车。

我父亲和母亲一辈子生活在这里，依靠种地吃饭，没有其他的经济来源。关于他们的事情，我了解得不多，平日也不常提起他们年轻时候的事情，我们小的时候就是跟着他们做一些活路（农活），聊得很少。父母生了我们兄弟姐妹六个，两个女儿四个儿子，大姐叫韦珍妹，1957 年出生的，属鸡，比我大 10 岁，在家做农活。二姐叫韦二妹，1959 年出生的，属猪，在外面打工，今年出去的。大哥韦小毛，1964 年出生的，属龙，他会唱史诗，平时在家做农活。二哥韦国强，1970 年出生的，属狗，平时也是在家做农活，有时也做点泥水工的工作。弟弟韦国明，1973 年出生的，属牛，是一名小学教师。

我是我们家的老四，小的时候没有读过书，在我们寨子里面，有读书的也只读个二十来天就不读了，不读了以后，就在家里种地嘛，我们家人口也多，为了帮助父母减轻负担，就不读书了，在家做农活。我们家分得六个人的土地，但是有些土地在山上，石头多泥土少，有时候种苞谷（玉米）都是看见石头的凹凹里面有一小捧土，就将种子丢在里面，运气好还能长出来，运气不好就变成了死种子。所以，我们干活要勤快点，不勤快就要饿肚子。那个时候家里也养猪，说起来自己养猪肯定会有肉吃，但实际上我们都没有肉吃的。因为土的质量不好，一家人的开支就靠养猪来维持，年底的时候卖猪得的钱，只勉强够一年的开销，那个时候肉对我们来说很奢侈，只有过年时才能吃得一点。

　　我 19 岁结婚，结婚算比较早的，老婆也是我们村的，她叫伍连妹，1965 年出生的，属蛇，和我在家干农活，喂猪、喂牛这些，没有在外面打工。我和老婆认识得早，都是同一个村的，去去来来的都很熟悉。我们是怎么在一起的，这还要讲到我去学唱《亚鲁王》的事情。我学唱《亚鲁王》的时候有 16 岁了，当时跟着舅舅伍老乔和伍洪春学，我老婆伍连妹是舅舅的侄女，当时我学史诗的时候比较用心，她看我经常去学，就和我聊天，觉得我还可以，是个可靠的人，她比我大两岁，在家里也很勤快，平时见到她都是在家做饭，喂猪、喂牛，我觉得是可以过日子的人。有一天我在舅舅家学到很晚，一个人走路回家，她突然就跑过来塞给我一个荷包，然后笑着就跑回家了。虽然她没说什么，但是她送的是荷包，我接过后就知道她是喜欢我的，荷包代表定情信物，我高兴极了。现在说起来，我们都还觉得害羞人得很（很不好意思）。后来，我再去学唱史诗的时候，就偷偷去看她。这样有好几年，我觉得也长大了，是时候给家里人说了，就给我母亲讲了这个事情，她也给她的家人说了这个事情，还算比较顺利的，两边都同意，我们就请人挑了个日子去说亲，然后在我 19 岁的时候结婚了。

　　我们是在我 21 岁生的我的大女儿，她叫韦云妹，女儿要比儿子好带，她相对来说比较安静，也比较懂事，生下来也没有什么不利皮（生病）的事情。那个时候我年纪也不算大，有了娃娃但还没有当父亲的感觉，只是自己做自己的农活，就是觉得要好好挣点钱，让老婆孩子过上好一点的生活。第二年老婆又怀了第二个孩子，是儿子，叫韦朝忠，生老二的时候我 23 岁，两个娃娃的出生并没有让我肩上的负担加重很多，我父母和我们住在一起，有时候帮忙照看一下，我们做农活的时候要轻松一点。27 岁那年，我家老三出生，是个女儿，叫韦朝先，老三的出生，让我的经济压力变得很大，但是要说照顾她主要是妻子和大女儿照顾得多些，那个时候大女儿有六七岁的样子，能够帮助我们做一些事情，这就是人多的好处吧。因为家里人多，比较放心，我就到县城看看有什么零活可以做，因为大女儿马上要读书了，总是要花点钱的，在农村嘛吃的住的不愁，愁的就是娃娃的学费。还记得进城的那天有太阳，阳光明晃晃地照在脸上，热辣辣的。那个时候我们这里还没有通路，去县城的小路上也没有一口水井，我就找了个水壶装满水，带了几个粑粑出发了。心想这次出去总得挣点钱有个交代，不能让小娃们觉得我这个父亲不行。

一路上我很激动又很紧张，激动是因为这是我第一次去城里面打工，第一次可以去好好看看城里面是什么样子。紧张主要是很少进城的我想着这次去找活做，会不会被瞧不起，毕竟我没有读过什么书，不识字。就这样想了一路，中午把带在身上的粑粑胡乱吃了又继续赶路，其实在镇上可以坐车，但是为了节约钱我还是走路去县城，天快黑才到县城。到县城后，没有地方去，就随便找个墙角睡觉，第二天很早就起来了，看见有招工的就去问，最后在人家的介绍下，我到一家砂场做工，砂场离县城远，也不像之前想的能有时间在县城走走逛逛，天天住在砂场的棚子里面。厂里的活很重，从早上做到晚上，过来几天我就开始想家了，那个滋味很难受啊，勉强做了一个月，结了工钱我就回去了，那是我第一次有钱，一个月挣几百块钱，具体的数字我也记不清了。揣着钱连饭也没舍得吃就连夜赶回家，当我告诉大女儿她可以读书的时候，她很高兴，那个笑我到现在都还记得，原来这就是当父亲的责任，看到娃娃开心，我也很高兴。1998 年的时候，我的小儿子韦朝学出生了，这辈子有两对儿女，感觉很值，以后就算我不在了，也还有他们在。

从砂场回来后，我就一直在家里面，一待就是十年，2007 年的时候，我们寨子里面开始有人修水泥砖房，那些外出打工的人都挣了钱了。我大女儿也外出打工了，她成绩不好，读到初中就没有读了，17 岁就跟着别人到广东进厂，一个月有两千块钱左右的工资，比在家里面做农活好，在家里每天一锄一锄地挖，有时候还不够吃的。她现在都嫁人了，嫁去外省了，条件还可以，我和她妈妈都很高兴。好像那个时候大家都出去打工，我觉得在家里面也没有什么钱，也下了决心要出去打工。春节一过，我就跟着寨子里的打工队伍去打工了，这次去的是北京，是我第一次出省，想着怎么着也要像他们一样挣钱回来修一栋房子，去的时候我已经四十岁了，年纪说大也不大，但是说小也不小，因为不识字，文化不高，去了之后和寨子里的大多数人一样去菜场里面打工，农民嘛和土地打交道才熟悉，进了菜场，我们的工作就是种菜，和在老家一样。去了之后虽然和我想象的生活不一样，但是我还是努力工作。还记得有一次进到城里，看着那些高高的楼、宽大的马路，还有那些看起来很奇怪的东西，简直和我们这里完全不一样啊。在北京种菜一天大概有四十块钱，我大概做了 5 个月，感觉没有什么兴趣就回来了，除去生活手里面还有几千块钱，就这样我又坐火车回来这里了。回来后就在家种地，也做牛马生意，如果有哪家修房子，我就去做点泥水工的工作，生活不成问题。我们主要是从望谟那边拉牛、拉马过来卖，那个时候没有车，路也不好，一天就只能拉一次，赚个百把块钱，比种菜场要划算点，挣的钱勉强支持孩子们读书。当时大女儿已经出去打工，二女儿也没读书出去打工了，就是两个儿子还在读书，但 2016 年，大儿子就毕业了，现在已经工作了，好像是在安顺工作，但是具体是做什么的我还不太清楚，听说他们单位要搬到惠水。现在我倒是没有什么经济负担了，也该稍微休息一下了。

人生可平淡 但需一技之长

要说学唱《亚鲁王》嘛，因为我舅舅们、伯伯们是专门唱这个的，他们说让我也跟着唱，他们的东西要有人接班，我想反正也没有读书，一生也过得平平淡淡的，总要学点其他的，让自己有一技之长。而且我们家族里面也有老人，也需要用这个，如果我不学这个《亚鲁王》呢，就要请别人，去请别人不方便，不像客家的请哪些都行，我们苗族有一半的老祖都是各家开各家的路，所以自己去学才方便。于是就跟着我舅舅伍老乔学。因为都是自家亲人，我去学呢也没有什么拜师仪式，就请他来家里吃个饭，喝点酒，然后一边摆嘛一边就开始学了。第一次学唱的时候，对这个史诗还不太了解，平时看见葬礼上都在用，但是没有认认真真听过，现在来好好地学，还真有点难，因为内容太多了，很难记住。虽然是跟着舅舅学，但也不是每天都能学，学这个是有讲究的，只有正月才能学。伍老乔年纪大了，后来他去世了，我又跟着他的徒弟伍洪春学，伍洪春是 1958 年出生的。在伍洪春那里学的时候，他的兄弟伍洪学还有一些其他人也一起学，算是有几个同学，几个人一起学有个伴，要不然学着太孤单了。我学了十多年才学完，学完、学透了才去开路，那个时候我都三十来岁了，有一些开路早的可能就十多二十岁。

刚开始我们开路的时候也没收多少钱，一个老人就收十二块或者十八块钱，现在如果按天数封钱的话一天一百块钱左右。像给一些小钱的事情，都是主人家供，至于多少我们都不说，他给多少我们就拿多少。做了东郎，很多时间都不是属于自己的了，比如我现在正在干活，给别人修房子，恰好有人来请，我就要放下手里面的活去帮别人开路。他们来请的时候，一般就是拿几包烟，提点酒过来，告诉我们是什么时候开始，交代好之后他就回去了，我们就在丧事的前一天过去准备。去到丧家后，要先开张供饭，给亡人供一日三餐的饭食。到开堂的那天就要讲《亚鲁王》的根据，一般是晚上五六点钟开始唱，唱到第二天五六点钟，共十二小时。唱史诗要三四个东郎轮流唱，有时候找不到人两个就可以唱，现在我的师兄弟们除了伍洪学，那几个都去世了，东郎也少了。我出去打工的时候，丢得一段时间，寨子里面的人知道你去打工了，都不会找你来开路，我们打哈组有五十来户人家，东郎就有十多个，所以我不在这里，还有其他东郎可以唱。只是好多年轻东郎都打工去了，只有过年过节的时候才回来，现在就我们几个年纪大点的在家里面开路。我的师父伍洪春也出去打工了，在宁夏和别人种菜场，现在种菜可能工资高点，一个月有可能三千多块钱。目前我收了一些徒弟，学了这么多年，还是想把《亚鲁王》传承下去，能够唱的有韦小强，他是我侄子，但他现在也外出打工了，其他几个还没有全部学完。现在年轻人出去打工是一种大趋势，现在有我们唱着，他们没空来唱也没关系，毕竟年轻人需要养家糊口不容易，但等我们唱不动了，他们的负担慢慢减轻了肯定会回来接我们的班的，这一点，我还是有信心的，因为我也出门打过工，我了解大家的想法。

五十二

身临其境体苦心
持之以恒见初心：
韦小毛

访谈人：杨兰、梁朝艳、杨兴华

访谈时间：2017 年 8 月 18 日

访谈地点：猴场镇打哈村

　　男儿当自强，守护家人本应当，置身事外不知难，身临其境方知苦。为己为家学"亚鲁"，四十余年从未弃，推己及人传技艺，持之以恒见初心。

置身事外不知难　身临其境方知苦

我叫韦小毛，1965 年出生，属蛇的，我家住在猴场镇打哈村打哈组。我父亲叫韦昌龙，母亲叫伍若妹，但父母都去世了。我们家里有六个兄弟姐妹，是一个很大的家庭。父母亲还在世的时候，不怎么喜欢说话，很老实，都是农村种地人。我们村很穷，以前的时候连条出去的路都没有，从这座山翻到另一座山，多是靠老一辈的人用脚走出来的羊肠小路，可以说我们村子里面有很多老人几乎一辈子都没有出去过，路远，没有车，也没有钱，老人们就一辈子在这山里种地过日子，他们根本不知道外面的世界是怎么样的。我的父母就是这样，她们一辈子就围着这个村子，围着几个子女，围着那片土地，就这样天不亮就出去，天黑了才回来，过着早出晚归的生活。实际上，他们不仅是为了自己的生存，更重要的是为了养活我们几姊妹，为了我们的吃穿用尽了力气。现在他们去世了，但是路修起来了，村子里面的年轻人都添置了摩托车，外出方便了很多，可是他们却无法再看见。现在就是年老的那一批不会骑车的人，要步行去镇上赶集，基本上都是早上出去，下午才能回来。现在我觉得我们村子是比较好的，因为大家住得比较近，修了水泥路后，村里面看起来干净整洁，周围的娃娃们玩耍也很开心。

我在家里排行老三，有两个姐姐，大姐叫韦珍妹，1957 年出生，属鸡的，比我大 8 岁，在家做农活。二姐叫韦二妹，1959 年出生，属猪，在外面打工，2017 年才出去的。我是最大的儿子，下面有三个弟弟，二兄弟叫韦国清，1967 年出生的，属羊，他会唱史诗，以前出去打工，现在在家做农活。三兄弟叫韦国强，1970 年出生的，属狗，平时也是在家做农活，有时也做点泥水工的工作。四兄弟叫韦国明，1973 年出生，属牛的，是我们村的小学教师，几姊妹中就他有稳定的工作。

我 7 岁开始上学，上到五年级就没有继续上了。因为那个时候家里没有钱，兄弟姐妹又多，所以就不上学了，我 11 岁时开始就跟着父母亲还有姐姐们去种庄稼。刚开始的时候，觉得自己有使不完的力气，实际上就想证明自己是个男生，是能够帮助家里的，是能够照顾好姐姐、弟弟们的男子汉。直到有一次，我们去坡上收玉米，不幸被现实打败，我才觉得自己不像想的那样力气大，种庄稼也不像自己想的那样简单，让我意识到现实中的自己和想象中的自己还是有差距的。那是七月（阴历七月），正是收玉米的季节，但是也是我们这里最热的时候，早上起来，才六点钟，太阳都已经有了热度，我和两个姐姐跟在父母亲屁股后面，带着镰刀，背着背篓就上山去了。路上很轻松，因为背篓是空的，而我们力气都是满的。到了地里，黄黄的玉米挂在玉米秆上，看得我们心里高兴得很，因为那年收成不错，这样我们就不会挨饿了。因为那时我们都是过着靠天吃饭的日子，收成好，就少挨饿，收成不好，就多挨饿，大家都是这样的，无法改变窘境。父亲把任务分给我们，我们就各人开始干起活路来。我是男生，父亲分给我的收割任务自然就要重些，我甩起镰刀在地里刷刷刷地开始了，玉米秆就三五根、三五根地倒了下来，背篓里面的玉米也一个一个地垒了起来。活儿干到一半，汗水就把衣服浸湿了，大滴大滴的汗水从额头躺下来，流到眼睛里，眼睛都睁不开了，我索性就一屁股坐下了，躺在玉米秆子上休息。平时割猪草喂猪的时候，也是一背篓、一背篓地从山上背下来，但是今天这个活，比以往的都要重，我们不仅要割玉米秆还要将玉米背回家。从早上到下午两点钟，我把玉米全部割下堆放在一旁，玉米秆子堆放在另一边，肚子也饿得不行了，我就装了一背篓玉米开始往家里赶，玉米实在是太重了，走几分钟就要歇一口气。那个时候我才晓得种庄稼的人有多么的苦，坐在土坎子上，汗水顺着头发滴在地上，我怕自己会被太阳晒干，被玉米压死，就拼命地往家里赶，想回去吃上几口饭，喝上一点水。我们这里很缺水，因为山上树少、泥土少，所以水几乎是没有的，要想在路边找到一口井更是不可能的事情，我们都是趁下雨天用大桶接水来用，喝的水，要走很远的山路才能挑到。就这样我走一段路，歇几分钟，用了一小时才从地里回到家里。匆匆忙忙刨了几碗饭，喝了点水，就又继续回去背玉米，来来回回好几趟，我们一家五口人到了六七点钟才把地里的玉米背完。这一天下来，我简直手都抬不起来了，腿也是站着都在发抖。

为己为家学"亚鲁" 持之以恒见初心

学唱《亚鲁王》史诗，主要是我家有老人会唱，所以有这个机缘，而且从小就耳濡目染，对《亚鲁王》有不一样的情感，我就抓住了机会。我的大舅伍老乔就是我们村子里面唱《亚鲁王》的领头人，有一次大舅来家里，看见我没有上学了，就问我要不要跟他一起学唱《亚鲁王》，我高兴极了，当场就告诉大舅我非常想学，因为我知道家族里面的老人去世都会唱诵《亚鲁王》，学了以后肯定用得上。当时弟弟国清也在，他听到大舅给我讲了以后，表示他也想和我一起学，但是因为年纪小，大舅让他过几年再学。于是，我12岁就跟着大舅伍老乔学唱《亚鲁王》，学了两年的样子才学得差不多，到现在我都还差一点没有学完。因为史诗的内容太多了，只是靠心记很难，而且跟着大舅学，也不是什么时候都可以学，基本都只有正月的时候才可以学，一年也就那么个把月的时间，所以时间非常短。有时候他去帮人家开路，我就跟着去在旁边听，也可以学得一点。我17岁才开始去开路的，到现在都不记得有多少场了，从开始开路就一直去帮人家开路，开了几十年了，所以记不清楚了。当时是为了我们家族去学的，反正都要用，自己学了就方便一些。我还记得我第一次去开路，是跟着大舅一起去的，当时紧张得很，怕要是唱不好唱不对，会被大舅骂，也怕那些神来找我。去了之后呢，大舅先安排我做一些杂事，比如说给亡人供饭啊，到正酒的那天，大舅说你哪一段唱得熟你就唱哪一段，他先开始唱，唱到亚鲁王这一部分就换我唱，我唱的时候都不敢看大舅，就一直盯着前面的棺木看，心里面祈求亚鲁王保佑我能唱完，说来也奇怪，我紧张是紧张，但是也算是唱完了。从那一次后，我就开始跟着大舅到处去开路了，慢慢地也就不紧张了，也能根据自己掌握的即兴发挥了。

因为家里兄弟姐妹多，也没有像样的房子，我到23岁才结婚，那个时候大家结婚都比较早，所以我23岁结已经很晚了。结婚后我和老婆两个人也是在家老实种庄稼，也养猪、养牛，希望能过安稳的生活，没有想过大富大贵。后来我老婆怀了我家老大，我当时也没有什么担心的，因为之前两年，我们种的粮食和养的猪牛除开我和老婆吃的还剩余很多，也有一些余钱，所以不愁孩子出生后没吃的、穿的。老婆就在家做一点家务活，我就一个人把地里的活路承包了，有时候有人来请去开路，我就去开，还能拿回来一些肉和糯米饭给老婆补身体。1991年，老婆平平安安地生下了大儿子韦小兴，因为他的到来，我们一家人都很高兴，所以就取了个小兴的名字。他属羊，没有怎么读书，我们倒是希望他能读书，但是他成绩不好，对学习不感兴趣，所以就没读了，现在去外面打工了。老大出生两年后，我家老二韦朝权也出生了，朝权比哥哥聪明，很喜欢读书，从小成绩就好，并且还考上了大学，在贵阳读书哩，读的是师范大学还是师范学院我不太搞得清楚。因为有了两个娃娃，家里的积蓄很快就花得差不多了，为了能给孩子们好一点的生活，那几年我和老婆的心思都花在怎么挣钱上，我们找人借了点钱多买了几头猪，希望能够养肥了卖点钱，老婆在家除了照顾两个娃娃，还要负责喂猪，我就负责把庄稼种好，然后在寨子周围找点活路做，过着女主内、男主外的生活。老婆养的猪没有生病，顺顺利利地长了一年，到过年的时候，我就把消息放出去，也自己跑去镇上联系，看有人要买猪没有，说起来我们运气也好，我们不仅顺利把猪卖出去了，还卖得了一个好价钱，喂的四头猪，卖了三头，留了一头自家过年，得了千把块钱，生活总算是有了保障。现在千把块钱做不了多大的事，什么都没买钱就没了，但那时候的千把块钱还是能做很多事的，那时的钱很值钱。1998年我的第一个女儿出生了，取名叫朝艳，目前在外面打工。2000年、2001年，她的两个弟弟也就是老四韦朝平、老五韦朝华相继出生了，现在他们也出去打工了。没办法，家里没有钱，他们不愿意读的就出去打工了，就只有老二愿意读书。

因为大舅是村子里面唱《亚鲁王》的领头人，所以除了我他还带了很多徒弟，比如韦国清、伍洪学，他们都是我的师兄弟。我的那一批就只有我一个人，因为我还差一点没学会，所以我现在还没有收徒弟，我打算把最后一点学会之后，再去教徒弟。不过教徒弟也看缘分，我想教也要有人愿意来学，强逼着来学的，不一定学得好，因为有的人他不愿意把心思放在这上面，所以教了也是白教。不过，我也会给年轻人做思想工作，激励他们来学习自己本民族的文化。此外，我还有一个打算，因为我有四个儿子，虽然都在外面，很少在家，但我还是盘算着让他们也来学习《亚鲁王》，这样等我们老去，也不愁家族里面没有人唱《亚鲁王》了。

五十三

家中的顶梁柱
村中的主心骨：
伍洪学

访谈人：杨兰、梁朝艳、杨兴华
访谈时间：2017 年 8 月 18 日
访谈地点：猴场镇打哈村

　　本是嬉戏玩耍的年龄，怎奈家父英年早逝，稚嫩的肩膀挑起家中的大梁。趁着春节空闲时光，拜学《亚鲁王》，以告慰家父的在天之灵，安慰自己孤寂的内心。多舛的命运未能将他推入深渊，反而练就了他的刚毅、果敢之志，怀揣着对美好生活的憧憬，凭借一腔热血，带领村民修路、建蓄水池、发展养殖，向理想生活大步迈进。他，既是家中的顶梁柱，又是村中的主心骨。

稚嫩肩膀挑大梁　空闲时光学"亚鲁"

我叫伍洪学，1970 年出生的，属狗，我原来的名字叫伍红学，因为办身份证的时候将红字打成了洪水的洪字，所以后来就用了伍洪学这个名字，现在在村里面担任支部书记一职。我的父亲叫伍少文，他在我 13 岁的时候就去世了，在我的记忆里面他是一个很少说话的人，对我们兄妹几个都很严厉，但是病痛让他早早地离开了我们，他是我师父伍老乔的亲弟弟，所以伍老乔是我大伯。我的母亲叫王金妹，是 2015 年去世的。我们共有 7 个兄弟姐妹，我在家排行老六。大哥叫伍洪忠，他是 1950 年出生的，是一名退休教师；二哥叫伍洪春，1957 年出生的，现在在宁夏打工，他和我一样也是一名东郎；三哥是伍洪先，1962 年出生的，没有正当的职业，就在家做农活；大姐叫伍洪珍，1953 年出生的，也是在家做农活；二姐叫伍秀妹，1965 年出生的，在家做农活；幺妹叫伍满妹，1972 年出生的，原来在外面打工，2017 年回来家里做农活了。

由于我家姊妹多，我是最小的一个儿子，我出生的时候，我的几个哥哥姐姐年纪最大的都有 20 岁了，最小的也有 5 岁了。我 7 岁开始上学，那时候我的两个哥哥和大姐都已经结婚了，家里面就剩下我的三哥伍洪先、二姐伍秀妹、三妹伍满妹和我。哥哥和姐姐两个平时都在帮着父亲和母亲做农活，一家人日子也还过得紧凑。哥哥姐姐因为成绩不好，没有继续读书，家里面就我和妹妹还在上学，我记得我上到五年级的时候因为没有学生和我一个年级，所以我就多读了一年，等有学生来读五年级了我才读的五年级。那个时候我的父亲身体不好，就在家养病，二姐和三哥也都结婚了，只剩下我和三妹在家，我 11 岁，妹妹 9 岁，父亲病倒后，母亲一个人要负担起一家人的吃穿，她依靠种地换来的也不过几十块钱，但为父亲买药都花完了。母亲想着没有钱送到县里面去医，就请赤脚医生找点草药给父亲医治，总能起一点作用，刚开始的时候还稍好了一点，后来越来越严重，看到家里面这个情况，我就没有再去上学了，到处去看有没有能挣钱的事情，去挣点钱来贴补家里，有时候去帮人割点草，能挣得几分钱，就这样一家人不停地求医生给父亲看病，可是该来的还是来了，父亲没能坚持下去，还是走了。给父亲操办完丧事，母亲十分悲伤，精神大不如以前，于是我努力帮助母亲分担，成为家庭的顶梁柱，开始做起了农活。那年我13岁，那天我在山上放牛，太阳很大，在山上也很无聊，我就随便找了棵树，在树下睡觉，睡着睡着我好像见到了我的父亲，他在地里干活，弯着腰在挖土，一锄一锄地挖得很有劲。我刚要上前去喊他，突然脑袋生疼，就醒了，一睁眼看见几个人在看我，看见我睁眼了又全跑了，我嗖地站起来，有几个人就躲在石头后面哈哈大笑，"诶，你这个寡崽，大白天做什么梦哩？""你们才是寡崽，你们全家都是！"我捡起一把石子就往他们躲着的地方甩去，几个孩子看情况不对，就全部跑了。这几个孩子是寨子里面的和我一般年纪的孩子，平时也老是欺负我，没办法，在他们眼里好像没了父亲就没有了靠山，就算被欺负了也不会有人去找他们算账。想着想着，我一个人坐在山上嗷嗷大哭，因为没有父亲的日子我就要挑起父亲的担子，小小年纪就要承担起家庭的重任，想起来很是辛酸。回到家我一句话不说，母亲问我我也不说话，她看我一身的泥巴，就问我是不是出去打架了，说着就拿起棍子打我，我没有叫喊，任她打，她打得越狠，我心里就越痛快，她突然哭了起来，"你们怎么就不听话哩，我一个人带着你们，怕你们吃不饱，穿不暖，在寨子里面就像比别人矮了一截，日子有多苦你们不晓得吗？还去给我惹事……"父亲去世后，母亲总是晚上一个人坐在凳子上发呆，悄悄地哭，白天又继续繁重的劳动。我害怕她憋在心里难受，想让她哭出来好过些。那天下午，母亲、妹妹和我就这样就着泪水下饭吃。那段时间真的太煎熬了，现在想起来都还感觉辛酸。

我学唱《亚鲁王》是1991年开始学的，那时候在家做农活，也没有别的事情做，就找了我大伯伍老乔学唱《亚鲁王》，虽然他是我的大伯，但是也不能天天跟着他学，只能在正月学。我学这个能够全部记下来，还是依靠我会识写汉字的本事。刚开始学的时候，我还是通过口头记，但是学得多了，之前的就会忘记，所以后来就用笔写下来，这样不记得的还可以看一下笔记。其实学唱史诗，还有一个重要的原因，每逢过年的时候，家里特别冷清，二姐出嫁了后就我和妹妹陪母亲在家，人家过年都热热闹闹的，这时我就十分想念父亲，脑子里有时会想父亲应该在天上看着我、担心着我们，有时幻想要是父亲在，我们家也该热热闹闹团聚在一起，所以我就去学唱《亚鲁王》，一是可以告慰父亲的在天之灵，二是也能让自己好受一些，在唱诵《亚鲁王》的时候，可以将我对父亲的思念表达出来。所以每天快天黑的时候，我就会拿点酒，或者带点黄豆去大伯家热闹一下，围着火塘坐着，我们边喝酒，他边唱边教，一坐就会到半夜，饿了就炒点黄豆吃，学累了、教累了就围着火塘睡觉。这一个月的时间，我觉得是最开心的，因为跟着大伯就像跟着自己的父亲一样，每天有说有笑。一个月过去后，还是该做农活就继续做农活。我学了两年才把《亚鲁王》全部学完，我是学完之后才去帮别人开路的，不是边学边开。以前去开路，人家都是给一块两毛钱，现在都有点收入了，就给得高点，会拿一百二十块钱。其实我们做这个都是不收钱的，哪家都有老的，都有困难，就是主人家想到就给，不然我们也不会去要，只是主人家觉得心里过意不去，非要给个红包，我们也就收下了。

多舛命运不能垮　一腔热血谋发展

我是 25 岁结婚的，因为家里面没有钱，结婚就有点老火。我老婆是我们村的，她叫陈芝妹，比我小 3 岁，我也问过她我没有钱，家里面也很穷，你跟着我怕不怕吃苦，她说我们认识这么久了，你做活路很勤快，又老实，钱不钱的都不怕，就这样她就和我结婚了。结婚后，我觉得还是应该让她过点好日子，就想办法到处找事做，那个时候刚好好多人都出去打工，说去外面打工能挣钱。于是我就和她商量了，在 1995 年的时候，也就是我们刚结婚我就出去打工了。我去的是广东，一开始和他们一起进的菜场，当时菜场工资不高，活路也重，做了一个星期，我又打听到进厂能够多挣些钱，我算是识字，人也年轻，厂里就要我了，一个月有四百来块钱吧，进厂没多久家里面就来信说老婆怀孕了，当时是既高兴又担心，我很想回家，但是想想就这样回去了，以后小娃和老婆的生活都要靠我，没有钱不行，所以就咬咬牙在广东做了两年。厂里面福利还算可以，包吃住，我省吃俭用存了千把块钱，后来听说村里面要修路，想着回去修路还可以照顾家里，就带着这些钱回家了。回家时我的大儿子伍光庭也已经 2 岁了，抱着他就觉得自己有后了，以后都有依托了。村子里修路是每家都要出一份力的，为了村里的发展，我们是义不容辞，村里祖祖辈辈出一次远门都要靠双脚走很久的路，老人们甚至一辈子都没有出过麻山。现在政府出物资，咱们出劳力，能把这路修出来，以后的日子总能红火，所以我们就积极配合修路。

在家修路的时候，我们一寨的男人女人们早上四五点就起来了，做点饭装在饭箩里便出发，带着锤子、榔头、背篓，大家一起说说笑笑就去上工了。刚开始挖路的时候我们都不懂，以前也没有修过什么路，况且现在修的还是能过车的路。当时我们也想过，这路修好后，会不会每天有很多车通过，会不会大家都拖着那些货物到街上去卖，然后很快就拉回家里需要的东西，家家都很高兴。这样一想啊，那甩下去的锤子就更快活了，修了一年多的路，也在家待了一年多，手里的钱也快花没了，心想着不挣点钱，往后的日子也不好过呀，路修通了，没钱过日子也不行。所以路修好之后，我又跑去进厂，做工做了三四年才回来。后面这次进厂工资也比之前的高一点了，年轻嘛，趁着这个时候多挣点，不然老了就挣不动了，去到广东后，1998 年，我的女儿伍光琴出生了，过年的时候我就回去看望他们，在广东做了几年，也攒了点钱，想着老婆跟着我这么些年，也没吃什么好的，也没穿什么好的，亏欠她太多了。快要回去的时候，我想给母亲、老婆还有孩子都带点东西，就第一次去到广东的市场，那里有很多卖衣服、卖包包、卖小东西的，我第一次见到这么大的市场，比我们县城的市场要大好多倍，瞬间觉得我们那些地方和大城市果然没法比。我给母亲买了一件外套，给老婆买了一条裙子，给儿子买了双鞋。带着给他们的礼物，我坐着火车又回到了寨子，回来的第二年也就是 2000 年我的二儿子伍兴义出生了。2004 年，我的小女儿伍光艳出生。

后来由于家里母亲年纪大了，老婆一个人要带几个小娃也忙不过来，我就留下来在家里面照顾他们，继续把土地种起来。回到家，村里选组长的时候，我被选上了，其实做组长也没有什么事情做，所以我一做就做了五六年。到2011年的时候我成了村里面的副主任，当了一届，第二届的时候成了主任，第三届就成了支书了。我现在就是支书，虽然听起来很了不起，但其实不是正式工作，我们这个是三年一换，都是村里面选的。现在的待遇也还可以，一个月有两千块钱，够我们一家人的生活。这两年，精准扶贫的事情很繁杂，2016年、2017年天天都在办公室加班弄资料。我们村的精准扶贫是从2006年我还没有来的时候就开始搞的了，但是是从2017年才开始抓得紧。2017年，我们村的项目有很多，包括养殖、修路、修蓄水池这些，但是现在这些项目的款项还没有到账，如果到账的话是有50万元的，还有帮扶单位要给20万元。我们目前三个项目都在做，道路硬化你们刚刚来的路上都已经看到了，都完成了。

县城里面给我们派了个第一书记，叫杨建设，帮助我们村脱贫致富。他考察了我们村的实际情况，这里人均土地少，靠种植业发展基本是不可能的事情，考虑再三决定发展养殖业，我们现在就是以合作社的形式让大户带动贫困户，发展养牛、养猪、养鸡等产业。现在我们村的大院里面，共养了五六百头猪，每月花1800块钱请专门的人来看管。不说麻山了，我们打哈最主要的困难除了土地，就是饮水，没有水，要发展什么都不行。2017年的3月份杨书记还专门针对饮水的问题，向县政府请示，4月就得到了县政府的答复，打哈的饮水已经立项，项目在年底开工。饮水的事情解决了，但是我们不能等水库建好后，才来考虑村里面的其他项目。于是，我们还去了周边的村镇考察，总结下来，最后决定生态放养黑猪、花猪，还成功争取到了集体经济帮扶资金50万元，就是我之前说的那50万元。

由于这段时间村里面的工作任务繁重，我都没有去开路了。但是今后有时间，我还是想把我学的这个《亚鲁王》教给年轻人，这个是我们苗族人的历史，是我们祖祖辈辈传承的东西，是绝对不能丢的。

五十四

兄弟齐心行
共同来传承：
伍兴文

访谈人：杨兰、梁朝艳、杨兴华
访谈时间：2017 年 8 月 19 日
访谈地点：猴场镇打哈村

　　同为陈兴华的徒弟，伍氏兄弟在农忙之余，醉心于史诗传唱，齐心要将师父的愿望延续下去，将年轻一代的东郎培养好。

炸药技艺来傍身　农业生产为生存

我叫伍兴文，1957 年出生的，可以说我是没有读过书的，7 岁的时候读一年级，因为学校没了就没有继续读书了，后来一直在家，17 岁的时候参加办集体，在猫场公社炸药厂做炸药，干了四年。后来又去紫云做炸药，是县政府请我们去的，当了半年的师父。然后就回家了，一直搞生产到现在。我的父亲叫伍洪昌已经去世了，母亲叫陈岩妹，有八十多岁了。我有兄弟姐妹八个，我是老大，老二叫伍兴勇，在紫云工作，现在已经退休了。老三叫伍秀妹，1965 年生，在外面打工。老四叫伍四妹，1966 年生，同样是打工。老五叫伍腊妹，1969 年生，目前也在外面打工。老六叫伍金妹，1971 年生，老七叫伍长娣，1976 年生，老八叫伍兴学，1979 年生，他们都是在外面打工。

我 18 岁结的婚。我妻子叫魏幺妹，和我一样大的年纪，在家务农。我们有 5 个小孩，老大叫伍小芬，1979 年生的，现在在外面打工。老二叫伍春兰，1982 年生，现在在家搞养殖，发展农业。老三叫伍艳萍，1983 年生，外出打工了。老四叫伍俊，1986 年生，现在在我们村当干部，是村主任。最小的一个叫伍小满，1991 年的，现在在紫云县城里面当老师。

孩子长大都孝顺　一心来把徒弟传

《亚鲁王》我之前就学一些了，那时我家老爷爷还在。我 14 岁开始学，是和我家亲爷爷学的，就是伍老乔，他已经去世十七八年了。和他学到 28 岁，26 岁的时候就开始去和他唱了，相当于学了十几年才去唱的。因为年纪小，就不能去唱，必须要满 25 岁，这是他规定的。我学这个呢，他经常都要来考我，看我掌握得怎么样，他教一遍，就要我背给他听，一句不错才算过关，这句合格了，他才教下一句，如果不可以的话，就继续教。我们当时学就是靠背嘛，没得书本。像我也没得文化，我家爷爷也没得文化。

我学得后第一次开路是在望谟县交纳公社，他们来请的，是交纳公社的陇岩，不晓得是村还是组，我也搞不清楚。那次去是给伍老九唱，他和我们是一个家族的，只是他们那里属于望谟县。去唱的时候没有紧张，主要是师父在旁边，他唱主要的部分。自那一次之后，师父就不去远处唱了，都是我和另外一个学徒去。山路不好走，师父年纪大了身体吃不消。我家隔房的二叔①比我学得早一点，他大我一岁，就是刚刚在这里的那个伍龙秋。他现在经常在外面打工，我们在紫云县城帮人家开路，通知他好几回，时间来不及他都没去。但是如果他回老家来，有老人过世我们也喊他一起的。我现在还没有把《亚鲁王》学完，还差《鸡经》这部分，这部分也是比较重要的，因为我们在主持仪式的时候要用到鸡。《砍马经》是学完了的，还有就是"返回"的这部分也没有学，这部分我爷爷不愿意教我，他有他的规矩，说是已经教过很多人了，因为他的徒弟太多了，要分开来教。我爷爷是我们这里的老师父了，他的第一批徒弟有伍老乔、岑老桥，这两个是他的第一批学生，但是这两人已经去世了，第二批学生是伍少强和陈兴华，这两个还健在，伍少强在伍家寨，不过现在搬到火花那边去了。由于他年纪大了，这边有事情都没有去请他了，路有点远，二十来年不管去哪里唱都是我们几个。

我们做这个不收什么钱，以前有一个规定是给一块二，在某一个仪式的时候给，这个是传统的规矩。整个开路结束后，主人家以前是回一壶酒、一坨拿篾条编的箩箩装的糯米饭、杀猪的时候留的一小块猪肉，如果杀牛就得一小块牛肉。这个是以前规定的。现在也还有这些，我们作为东郎我们不讲要多少，但是主人家会给出自己的心意，有一些拿120元，有一些拿160元，拿两百元的也有，但都在五百元以下。这个是我们民族的习惯，多三少二都要有个意思，个人是不能主动去要的。不过我家爷爷过世后，我告诉来请的人，只要一壶酒，大概两斤。打个比方，他家有老人过世，他到我家请我的话，要带上一壶酒、一包烟，烟便宜也行，贵也行。以往也是有这个规定的，我小时候，哪个来请我爷爷都是这样，一壶酒，那时候没有烟。

我记得9岁还是10岁的时候，莫家来请我爷爷，他拿来一壶酒和我

———————

①　堂叔。

家爷爷喝，两个人都没有喝醉。喝完那壶酒他才走，以往酒的度数也不算高。我爷爷带徒弟的时候，徒弟来拜师是需要拿酒和肉来的，正月的时候就拿一些腊肉。像我本来就是他的孙子，所以就没有拿这些，别人来就会拿一壶酒和一块肉，因为要在这里学一晚上，所以拿来的酒和肉就当夜宵吃。徒弟学成之后，第一次去开路，得的肉也是要送来给师父吃的。他们都是晚上唱，白天还要去干活，基本晚上学到一两点钟就休息。头天晚上学不完，那么下一晚上就接着学，不能一晚学到亮。正月间，哪天得空哪天学，没有严格的时间限制。以往老人家规定只能正月学。正月我们还学老摩公、学吹唢呐、学唱苗歌。在特殊时期，这边的东郎们都是悄悄地去开路，如果公社有人来检查，就赶紧跑开，专门有人放哨。那时吹唢呐这些是可以的，但是唱《亚鲁王》就要缩减了，要唱快一点，一晚上把它唱完，唱不完就等于没把主人家的事情办完整。不过一般不存在唱不完的情况，只是说各个东郎不一样，有些长点有些短点，交代的是一样的。

当年和我一起学《亚鲁王》的，有伍洪春，还有伍绍成、伍绍清。伍绍清是我的师弟，也是我的徒弟，我爷爷在的时候，他来学得几年，正月来过几晚上。爷爷过世之后，我就亲自去伍绍清家教他。除了伍绍清，我还有其他徒弟，一个叫伍兴志，他有40多岁了，平时都是在外面打工。另一个叫陈小富，有30多岁，也是在外打工。我的徒弟多，但是学成的没有几个，我说的这几个是学成了的。

五十五

组长工作二十年
转回家中抚后辈：
伍绍成

访谈人：杨兰、梁朝艳、杨兴华

访谈时间：2017 年 8 月 19 日

访谈地点：猴场镇打哈村

　　学校撤校无书读，十岁回家做农活；参与公社搞会计，工分挣来有饭吃；抚育后辈有责任，孙子也把"亚鲁"传。

出生于新中国成立之年　曾任伍家寨组长

我叫伍绍成，1949 年生，我的妻子叫王银妹，已经 71 岁了，就和我在家干农活。父亲叫伍老岩，妈妈叫谢幺妹，他们都不在了。我们姊妹 9个，现在只剩 4 个了。老大是姐姐，叫伍如妹，已经去世了。老二叫伍银华，他是搞《亚鲁王》的，去世了。他是伍老乔的徒弟，也教过我，他去世的时候都是我们去开的路。第三个是伍老二，是我的哥哥，已经 80 多岁了，他不会唱。第四个是姐姐叫伍妹，去世了。老五叫伍老八，也是 80 岁多了，他属猴的，平常在家做农活。第六个叫伍七妹，也是在家做农活。第七个叫伍绍强，在我们大队教过书，他也是搞《亚鲁王》的，是伍老乔的徒弟。还有个小妹叫伍李妹，不在了（去世了）。

我有六个孩子，老大叫伍小毛，46 岁了，会唱《亚鲁王》，已经出师了，现在在外面打工。老二叫伍一妹，有 40 来岁，在打工。老三叫伍洪毕，也是 40 多岁了，会老摩公，在外打工。老四叫伍花妹，36 岁，在打工。老五叫伍五妹，29 岁了，和姐姐们在打工。老六叫伍洪强，27 岁了，是东郎，也在外打工。

我现在这个年纪就在家做点活路，我以前读过书的，读到三年级差不多十岁就不读了，那时候学校垮了，没有学校可以接收我们，就回来家里做农活了。还去搞过会计，就在我们组，做了十二年的会计，当时是大队喊我去的，那时候人们没有多少有文化的，我读过一点书算是有点文化就来喊我去记账，算是去帮忙，也不得点工资，但是有工分，差不多给我算 10 个工分。我当会计的时候也在村里干队长，我人老实，反正喊干什么就干什么，再说当这些也算工分的，分得点粮食家里人也有饭吃。当队长主要的工作就是安排生产队和开会，那时候管的工作人员有六十来个，队长后叫组长，专门组织人上坡去做活路。当队长也是去做活才能算工分，一般一天有 10 个工分，都是按照工分来分粮食的。粮食的数量也是按照当年的收成来算的，产量多就多得点，产量少就少得点。开会这些也算，10 个工分吧，但是不开会就不得，当这个组长当了快二十年，是伍家寨组组长，后来不当了，就回家来做活路了。我是 22岁的时候结婚的，现在孩子们都去外面打工了，不在家。我和妻子两个在家帮忙带孙子孙女，我的孙子孙女有七八个，有的在读小学，有的读初中了。

跟随伍氏长辈学　儿子孙子也来传

学《亚鲁王》是我十五六岁的时候，跟着我家大哥（堂哥）伍老乔学的。学了有一两年的时间，一般就是正月学，学的时候不能去开路，必须要学完了才能去开路。我现在是全部学完了，《鸡经》《砍马经》这些都学了。我第一次开路就在我们伍家寨组，一个女老人过世，我去开的路。老人们说第一次开路要是给女老人开路是最好的，主人家来请的时候带一壶酒来就行了，其他的没有，我也不抽烟，酒也就是几角钱一斤。我们去不仅是去开路，还要帮忙打杂。开路的话，要从晚上唱到天亮，亡人上山的时候我们不能跟着去，我们在主人家这里还有仪式要做，比如说砍鸡蛋，要三根线、一个鸡蛋，鸡蛋要生的。将鸡蛋放在大门边的木头上，线就一头在屋外一头在屋内，放好后就开始念经文，叫《隔魂》，唱个十来分钟，然后再去砍鸡蛋，仪式就完成了。等着快到山上的时候，我们就要喊一个人赶去开棺，帮忙整理亡人的衣着。

我的师父是伍老乔和伍银华，伍银华已经去世了。我们当时一起去学的，现在就只有我一个人了，我的徒弟多得很，大多数都只学得一两段，只有我家两个小的出头，小毛和洪强两个都可以接班了。他们都开过路的，开了好多回了。我的孙子有两三个基本都会了，一个叫伍小海，是老大伍小毛家的儿子。还有个是伍兴勇，是伍洪毕家的，和小海差不多的年纪。另一个是伍兴虎，这个才学不久，十多岁了，差不多学了三段的内容。现在他们都是用手机来录音，录了自己回去学，忘记哪一句再翻来学就行了。

五十六

木工续前缘
六年情意长：
伍绍清

访谈人： 杨兰、梁朝艳、杨兴华

访谈时间： 2017 年 8 月 20 日

访谈地点： 猴场镇打哈村

面对贫瘠的土地，背井离乡成为现在年轻人的唯一选择，外出和归家是一条串联着他们生活的主线，年老归来，乡土才是最终的选择。

种菜做瓦时不长　回乡木工过生活

我叫伍绍清，是打哈村金竹组人，1955 年出生。我父亲叫伍老八，已经去世了，母亲叫谢腊妹，也去世了。我们有五姊妹，我是家里的老大。老二叫五妹，老三叫官妹，两个都在家务农。老四叫珍妹，1969 年生，在外面打工。最小的一个是弟弟，叫伍小平，1971 年生，也是在外面打工。我读书只读到三年级，那时候学校办不下去了，我们没有学校就不读了，回到家里做农活，偶尔也干一下木工。

到 25 岁的时候，我就结婚了，我妻子叫陈三妹，比我小 1 岁，她基本上都是在家里，没有外出过。那个年纪结婚说实话也是比较大了，所以结婚后我们就生了小孩，我有四个孩子，两个儿子两个女儿。老大叫伍小长，是女儿，三十多岁了，在外面打工，都结婚了。老二叫伍洪礼，是儿子，也是在外打工，他会唱一点《亚鲁王》。老三叫伍光秀，是女儿，老四叫伍洪兴，他们都在外面打工，老四也会唱一点《亚鲁王》。

当时生了老大后，我觉得压力大，就跟着寨子里的人出去打工，人家说出去打工有钱赚，想着去挣点钱，把家里的房子修一下，刚开始去宁夏菜场种菜，后来去广西打工，在那里的瓦厂做瓦，一天有二十多元钱。后来家里来信，喊我回来，我就转回家来了。回来后，我就在金竹组当组长，差不多 30 岁的时候当的，做了有十五六年就不做了，让年轻人来做。那时候当这些说是有点工资，大概是 50 元钱一个月，但是只发了一两年，后面就没有了。据说现在有一两千块钱的工资吧，比我那时候多。什么都不做了后，我就在家做农活，还去帮寨邻做木工来维持一家人的生活。木工活也不是每天都有，但是工资还可以，一天有百把块钱。

木工缘分长　画图来帮记

学《亚鲁王》是我二十五六岁的时候，在那边跟韦有生学，后来又来伍兴文这里学，相当于我的师父有两个。刚开始在韦有生那里学，没有学完，学了《鸡经》和《上天宫》的部分，后来又跟着伍兴文学。伍兴文是直接到我家教我的，他年纪比我小点，我们是一辈的。当时，他家修房子，我来给他做木工搞装修，了解到他也是学这个的，我就跟着他学。我第一次开路，也是他喊我去卡坪那边开的。我在韦有生那里学了三年，在伍兴文这里也学了三年，前前后后学了六年。他们有时间就正月的时候去我家教我，学这个还是很辛苦的。学的时候要拿酒拿肉，我第一次去唱，得的牛肉也是拿去我师父伍兴文家吃的，都没拿回家。第一回去，那天晚上我就唱了两段，我称《亚鲁王》叫《十二个王子》，那天晚上就唱的这部分内容。我在唱的时候，大家就在旁边看，但是因为唱的时间比较长，里面的内容可以自己调整，我们会在休息的时候，和师父去开一个小会，师父会告诉我们哪些内容要怎么唱，哪个地方需要调整，还会告诉我们为什么要唱这些内容。比如说在唱《砍马经》的时候，里面会说，它的祖宗有哪些经历，为什么要杀它，因为这是和亚鲁王的约定。

我们来这里跟他学，是那个时候伍老乔在这边，当时有两个人也来学，一个是伍老师，另一个是高寨的小光保，伍老师来这里就专门用拼音来记，我就专门画图来记，因为我写不来苗文，就用画图来帮助背诵。假如我们讲这个芭竹，就画芭竹，镰刀就专门画个镰刀。我有一个小本子，唱的时候要是搞忘记了就拿出来看一眼。如果是我去看人家唱，人家记不起，我就在旁边指教一下，如果是我不记得了我自己翻出来看就行了。

我收了四个徒弟，有几个都去广东打工了。韦小才是我的徒弟，他有36岁了，已经出师了，可以去开路的。还有就是高寨的伍小国和伍兴志，这两个是兄弟，我正月的时候去他家教他们唱了几晚上，但是他们两个没有出师。还有一个伍洪兴，这个是学得了的，都去开过路了。之前来找我学的有好多，但是后来就去打工了，这个赚不到钱嘛，大家都要吃饭。

五十七

愿为唱诵者
从此替父传：
陈仕忠

访谈人：杨兰、梁朝艳、杨兴华

访谈时间：2017 年 8 月 20 日

访谈地点：猴场镇打哈村

　　子曰："父在，观其志；父没，观其行；三年无改于父之道，可谓孝矣。"他便是一位孝道之人，儿时在父亲的叮嘱下学习《亚鲁王》，父亲去世后，他接过父亲手中的接力棒，愿为唱诵者，从此替父传。

父亲的叮嘱，便是与《亚鲁王》结缘的伊始

我是 1975 年出生的，我父亲叫陈兴周，已经去世了，享年 74 岁，母亲还健在，今年 80 岁了，她名叫罗二妹。我们家共有七姊妹，我排行第四，大姐名叫陈友妹，今年 58 岁了，在家务农；二姐名叫陈长英，比大姐小 1 岁，在家务农；三姐名叫陈长妹，今年 56 岁，比二姐小 1 岁，也是在家务农；大哥名叫陈仕荣，现在已经不在世了，是 43 岁那年去世的；还有两个妹妹，一个名叫陈掌妹，今年 46 岁，另一个名叫陈满妹，今年 44 岁，两个妹妹都去外面打工了。

我老婆和最小的妹妹是同龄的，今年也是 44 岁，她叫伍金秀，现在也是在外面务工。我们是我 22 岁那一年结的婚，共育有两个孩子，两个都是男孩，大儿子名叫陈荣周，今年 22 岁，按理来说，他这个年纪正是在学校接受教育的时候，但是由于他成绩不好，没有心思读书，所以就出去打工了。其实，我们自己没文化，还是吃了不少没文化的亏，所以就想要孩子们多学一点知识，但有时候就是事与愿违啊！你想这样它偏要那样，大儿子辍学的时候，我们一直劝他继续读书，怕他将来后悔，但他说他确实学不进去，看到他那可怜巴巴的样子，我也不忍心，我知道那种学不会的痛苦，因为我自己亲身经历过，我小的时候也是因为成绩不好才没去读书的。我二儿子叫陈荣昌，今年才 14 岁，还在读书，现在我们家把希望都寄托在二儿子的身上，希望他能靠读书改变自己的命运，为我们这个家庭争点光。

我 7 岁时开始读书，读到三年级就没读了，因为成绩不好，学不进去，所以就辍学回了。那时候，家里的条件并不好，但是父母还是希望我们能学点知识改变命运，所以咬牙坚持让我们上学，但是我们还是辜负了父母的希望，至今仍觉得很愧疚，对不起辛劳的父母双亲，但又没有办法！辍学回家后，就帮着父母一起做农活，直到现在我都一直在家里做农活，没有外出打过工。我们家有十口人的地，其实土地还算是多的，但是因为很多土地贫瘠，不出产量，所以每年也就能收两三千斤粮食，只够自己吃，没有富余的可以拿去卖，那时即便是卖一点，都不是因为吃不完拿去卖，而是为了换点钱买盐巴、买一些必需的生活用品，

是挤出来拿去卖的，因为除了粮食家里也没有什么值钱的可以拿去卖。现在因为好多人都外出打工，而且现在粮食品种的产量比原来高，所以大家的生活条件也越来越好。原来只有富有的人家在逢年过节时能吃上大米，但现在大家都去买大米吃了。

辍学回家后，除了跟着父母种庄稼外，在我 14 岁那一年，父亲便叮嘱我学习《亚鲁王》。我父亲是一位东郎，我们家的《亚鲁王》是祖传的，所以父亲也特别重视我们对《亚鲁王》的学习，我和哥哥都在父亲的教导下学习了《亚鲁王》，也就是说父亲也是我们的师父。我哥哥也会唱《亚鲁王》，只可惜他去世得太早了！要学会《亚鲁王》还是需要付出很多的，因为它讲述了我们苗族人民从长江中下游、黄河下游历经磨难，最后迁徙到麻山腹地，在麻山腹地开荒种地并定居下来的悲壮历程，而且里面涉及的人物很多，所以要全部记住还是比较困难的，必须花费大量的时间和精力才能全部记住。我学了十余年才学得，我们是一边学一边去给人家开路的。我第一次去开路是我 23 岁的时候，我是跟着父亲陈兴周和三公陈兴华一起去的，当时我唱了三四段，大概花了 4 小时的时间。和我一起跟着我父亲学《亚鲁王》的有我的堂兄弟陈仕荣、陈仕清、陈仕敏，陈仕敏现在已经逝世了，陈仕清五十多岁了，但是现在不在家，去宁夏打工了，所以唱《亚鲁王》的时间比较少。在我还有几段内容没学会的时候，我的父亲就不幸离世了。

接过父亲手中接力棒，从此替父传

料理好父亲的后事以后，为了完成父亲的愿望，也为了民族的情怀，我就跟着三公陈兴华继续学习未学会的几段内容，从此，我就接过父亲手中的接力棒，正式成为一名东郎，开始唱诵《亚鲁王》。前面我说过，我们家唱诵《亚鲁王》是一代一代传承下来的，如果是哥哥在世，他可以唱诵《亚鲁王》，我唱或者不唱都能让《亚鲁王》继续传承下去，但哥哥不幸离世，我们又只有两兄弟，所以继承《亚鲁王》的重任毫无疑问就落在我肩上。父亲特别重视家族传统，他曾告诉我，祖先们留下的传统，后一辈人必须传承下去，这是一项神圣的任务，无论如何，都要确保后继有人，如果在自己的手中将这项任务断送了，那就是民族的罪人，会愧对列祖列宗。在父亲的教导下，我也意识到这项任务的重要性，所以，不管怎么样，我都会继续唱诵《亚鲁王》，把这项文化遗产完整地传给下一辈，我也会教育后辈们，要坚持把这项文化传承下去，这是了解我们民族迁徙、发展历程的重要途径，也是我们民族团结进步的重要指引。

我现在已经有5个徒弟了，一个名叫陈小宝，今年46岁，他已经学得差不多了，但是由于在外面打工，所以唱诵《亚鲁王》的时间比较少，他是我徒弟中年龄最大的一个。一个叫陈常友，今年43岁，他已经会开路了，现在在湖南打工。还有两个是同龄的，一个名叫陈志荣，另一个叫伍广忠，两人都是38岁，陈志荣学得几段了，但是由于在外面打工，所以还没有开路；武广忠已经学得差不多了，但由于常年在外打工，所以也还没有开路。还有一个年龄最小的名叫伍宝建，今年才31岁，但他只学得几段，也是在外面打工。现在带徒弟面临一个大问题，就是大家为了生活，基本上都出门打工了，所以在家学唱《亚鲁王》的时间比较少，就像我的这5个徒弟，都是在外面打工的，所以他们学的时间肯定会很长，不比那时我们都在家，一有机会就可以学唱。但不管怎么说，他们喜欢学我也是高兴的。

接下来，我打算先让大儿子学唱，等小儿子读完书后再教他唱。我要秉承父亲的意志，一定要教会两个儿子，让这个祖传的《亚鲁王》继续传下去，这也算对父亲、对先祖们的一个交代。当然，只要其他人想学，我都会毫无保留地教他们，我希望来学的人越来越多。

五十八

浮云朝露无闲暇
忙里偷闲学"亚鲁"：
陈仕权

访谈人： 杨兰、梁朝艳、杨兴华

访谈时间： 2017 年 8 月 21 日

访谈地点： 猴场镇打哈村

　　先祖基业，几多盛衰荣辱；阅历两千年风霜，祖宗百世不能忘，人生虽苦短，他仍力求活出价值。浮云朝露无闲暇，忙里偷闲学"亚鲁"。

十年寒窗未完成，漫漫长路助后人

我叫陈仕权，1962年生，今年61岁了。我们姊妹6个，小时候家里人口多负担重，父母也没有什么文化，就没着急把我送去学校学知识，所以我读书比较晚，已经9岁了才去读书。现在的孩子，四五岁都已经读书去了，有的读书读得早的9岁已经读到四五年级了。我9岁开始读，上完小学就已经十五六岁了，年纪大了。上到初中，因为没有学费嘛，就辍学回家了，这个年纪可以帮助家里做一些农活了，也算得一份劳力。

我在家排行老二，父母都是地地道道的农民，全靠手里的一点土地，种粮食养活一家人，那个年代粮食的产量又不高，不像现在发明了杂交苞谷、杂交水稻、杂交瓜豆等，产量比原来高了很多，那时候辛辛苦苦种了一年的庄稼，有时候还没到下一年的收割季节就没有主食吃了，这种现象在过去几十年很普遍。父母吃过没文化的苦，所以他们不希望我们走他们的路，等我们长大一些，懂事一些，就让我们去读书，他们觉得读书有一份工作，比种地好，种地一天在地里晒，肩挑背扛很累。尽管父母很努力，但现实还是很残酷，每学期的学费他们根本没办法支付，思前想后我还是放弃了读书这条路。其实我也很想读书，老师那时候告诉我们，要好好读书，以后读个师专，就可以当老师，或者做其他工作，能够领工资过生活，如果不好好读书，就要继续过现在的生活，不断在地里耕种劳作。老师还讲了很多例子，我一直都记得老师的话，把那些读书改变命运的人作为自己的榜样，希望有一天也能像他们那样出人头地，用知识彻底改变命运，但不幸的是，我未能将这条路完整地走下去。

现在，我的父亲陈兴民和母亲韦陈妹都已经去世了。大姐名叫陈仕珍，她比我大两岁，今年62岁了，现在在家务农；三妹陈五妹比我小两岁，今年54岁，也是在家务农；四弟名叫陈仕章，今年50岁；五妹名叫陈仕琴，有46岁了，她现在在外面打工；六弟名叫陈仕周，他比我小21岁，今年才39岁，也是在外面务工。他们年轻点的人都愿意出去打工，因为打工比在家种庄稼赚的钱多些，一个月他们寄回来的就有几百千把块钱，而且还没有种庄稼累，在家务农一年四季都要忙，从白天忙到晚上，零零碎碎的事情总做不完，到年底落到手里不剩几个钱，而且还要看天吃饭，如果遇到天干地旱，收成不好，就只能解决温饱问题。在外面打工上班时间都是固定的，有时候加班还会给加班费，做的事情也比较单一，人过得很轻松。你看他们出去打工的人和我们在家种庄稼的比，我们就更显老哩。娃娃们喊他们哥哥姐姐，喊我们就要喊叔叔娘娘了。

莫愁前路无坦途，平凡岗位见本色

尽管我上到初中就辍学，但我也是幸运的，虽然没有实现用知识彻底改变命运的愿望，但事实上，我后半生的生活是受益于知识的。辍学后，我就回到家里，帮助父母做农活，考虑到弟弟妹妹都还小，我如果出去打工，就不能替他们分担，所以就一直没有出过远门。1996年，我们高寨组的一个民办学校缺少老师，而我受过初中教育，在村里来说，也算是文化程度较高的，于是学校就请我去代课，我在那个学校上了四年的课，可惜那时候没有转正的机会，就只能当一个民办教师，后来民办学校的老师好多都获得了转正的机会，但是我没有。尽管这样，我也是全心全意投入教学中的，因为我深知家长和孩子们的期待，在偏僻的农村，想要出人头地，改变现状，唯有读书。所以这些父母和我父母一样，再苦再累都拼尽全力想要送孩子读书，孩子们也和当年的我一样，充满对知识的渴望，对外面世界的幻想，所以，看到他们，我读书时候的点点滴滴就会涌上心头，更加深了我教书育人的想法。我便默默地告诉自己，一定不能辜负父老乡亲的期望，耽误孩子，孩子不仅是改变家庭现状的希望，也是村寨未来发展的希望，因此，每天上完课后，晚上我就给学生们批改作业，然后备课，丝毫不敢懈怠，就这样日复一日，虽然忙碌但很充实，都说教学相长，我在教学的时候也学到很多知识。其间，我还做了两年的组长。

后来因为一些原因，我就没有在学校代课了，到村里去担任村干部。我连续担任了12年的村干部，说起来我的一生还是很值得的，当过老师，还任过干部，为村里面的孩子，为村里面的发展都贡献了自己的力量，到2014年的时候，我辞去了村干部的职务回到家里。辞去村干部是基于两方面的考虑，一方面，我家离村办公室比较远，我又没有车，随着年龄的增长每天走路上下班越来越不方便；另一方面，我年纪也大了，已经当了十几年的村干部了，我应该退下来把机会留给年轻人，给他们提供锻炼自己能力的平台，年轻人思维比较灵敏，他们有很多新鲜的点子，有很多我们没听过的主意，更能适应当代社会发展的需要，能更好地带领全村人民发家致富。

2017年，因为工作需要，我又回到村里任副主任，现在每天都要去上班，这段时间主要集中于村里建设发展、路面修建工作资料的收集和整理，考虑到我年纪大了，没有让我负责具体的项目，因为我任职年限长，对村里的工作比较熟悉，让我回来是帮助他们年轻人，不走弯路，能帮助的我尽量帮助，毕竟村里面发展了，我们自己的日子也好过嘛，人人都贡献一分力量，村子才能越来越好。刚开始在村里面工作的时候一年有900元的工资，第二届开始一个月就有200元的工资，从2010年开始，每个月的工资就提升到850元，这么多工资，是以前想都不敢想的。无论是当老师还是担任村干部，都得益于知识，如果我没有读到初中，或者只上过一两年的学，那肯定是无法胜任这两项工作的，因此，我说我是非常幸运的。

浮云朝露无闲暇，忙里偷闲学"亚鲁"

对于《亚鲁王》，我从小就听长辈们唱了，但是由于之前忙于读书、教学以及处理村里面的各项工作，所以没有时间学习，但是这些事情总是忙不完，对学习《亚鲁王》的这件事我就一直往后拖，我意识到再不学以后学就更难了，因为伴随年龄的增长，记忆力越来越差，《亚鲁王》内容丰富，需要记忆的内容也很多，所以得尽快学。2012年，在忙碌村里面工作的同时，我忙里偷闲，开启了学习《亚鲁王》之路，我的师父是陈兴周，现在已经逝世了，我的师兄弟有陈仕忠和陈仕礼，陈仕礼已经去世。我学习了两年，由于村里任务繁重，时间特别紧，未能与大家一起去好好学，所以只学得了几段，完全学会的内容是自家老祖辈到我们这一辈的这一段，所以，我还不能开路。现在，每天都在上班，也没有多少时间学习《亚鲁王》，不过，我学习《亚鲁王》的决心是不会改变的，等忙完这一段时间，我就抽时间去学习，必须把《亚鲁王》学完。

学习《亚鲁王》，和许多同年的人相比，我没有他们的学习时间多，但我占有另一个优势，那就是我识字，在学习唱诵《亚鲁王》时，可以用笔将这些内容记录在笔记本里，有空的时候可以随时拿出来复习，不像很多同龄人，由于不识字，所以没办法做笔记，全凭大脑背诵，某个内容忘记后只能找别人帮忙。所以，我对学习完《亚鲁王》是充满信心的，即便随着年龄的增长记忆力变差了，但是我坚信，多看、多记、多背几次就会了。等我学习完《亚鲁王》成为一名合格的东郎后，我就会招收徒弟，不论老少，只要愿意学的，我都会教他们，并把我学习的心得分享给他们，供他们参考，让《亚鲁王》这项国家级非物质文化遗产后继有人，现在很多非遗都面临着技随人走、后继无人的危险处境，所以我们要防微杜渐，趁现在一些东郎还在世，鼓励大家招收徒弟，也要引导青年人积极学习唱诵，不能因为内容复杂就放弃，就丢弃了，这样我们的文化还怎么传承，我们的根也就没有了。

我家总共有5口人，我老婆名叫伍七妹，她比我小1岁，今年59岁，我在村里上班，她就在家里种庄稼、喂养牲口、做家务等。老大是个儿子，他叫陈荣勇，今年37岁了，去外面打工了；小的两个都是女儿，一个叫陈雪，今年35岁，嫁到浙江去了，现在也是打工，在厂里面当工人；另一个叫陈荣霞，今年31岁，也出嫁了，在外面打工。我大儿子由于常年在外面务工，所以也没有机会学习唱诵《亚鲁王》，每年回来过年的时候，我经常提醒他，找机会要学唱《亚鲁王》，我年纪这么大都还在学，你们年轻人更应该学，要将民族的发展历程、先祖的伟大事迹一代一代讲下去，一方面，是要后代记住民族的历史，另一方面，也要让后代学习先祖创立基业过程中那种不畏艰险、奋勇前进、团结一致的精神，从而指引着后辈前行。

五十九

青年一辈的追“风”人：
陈仕贵

访谈人：杨兰、梁朝艳、杨兴华

访谈时间：2017 年 8 月 21 日

访谈地点：猴场镇打哈村

　　为了谋求生活，束发之年便独自远走他乡，打工挣钱养活自己。家庭环境所需，不得不回乡赡养老人、抚育孩子。《亚鲁王》作为当地人重要的仪式活动内容，每个家族都会用到，而且近年来受到各界的关注，他毅然决定开始学习《亚鲁王》，成为青年一辈的追"风"人。

穷人家的孩子早当家　束发之年独自远走他乡

我叫陈仕贵，家住打望组，我是 1982 年出生的，属狗。我父亲叫陈兴荣，65 岁了，现在在家种植、养牛，他身体比较硬朗，为了给我们减轻负担，自己还在劳作，吃、穿、住、行几乎全部自己解决，很少让我们补贴。我妈妈叫杨冬妹，和父亲差不多岁数，在家做农活。我家就两兄弟，哥哥和我，哥哥名叫陈仕乐，有四十多岁了，现在在宁夏打工，在菜场里面上班。

我是 10 岁开始上学的，读到三年级就没有读了，因为家里贫寒，没有钱支持我去读书，就只能辍学回家了，虽然我们家只有两兄弟，但父母都是老老实实的庄稼人，每年就靠种点庄稼养活一家人，原来的时候粮食产量低，加上那个时候生产技术也落后，尿素都很少，全靠人工肥料，遇到天干地旱，庄稼几乎是颗粒无收，所以吃的都成了大问题，哪里还有钱供我们去上学。现在就不一样了，种子都是改良了的，产量很高，而且除了人工肥以外，尿素、复合肥等都是促进庄稼生长的好帮手，每年春耕夏耘时，大家都会买很多复合肥、西洋肥、尿素等，那些做这一块生意的老板每天开着车到每个寨子四处叫卖，所以每年的收成比原来的时候好很多。

辍学回家后，我就帮着父母做一些农活，比如种地这些，在家待了两年左右，15 岁那年我就出去打工了。那个时候改革开放没多久，好多人都南下打工，有些有生意头脑的人还在那些地方站住了脚跟，自己创业成为老板。我当时去了广东，在菜场里面打工，那时候穷，家里只能给我车费，而且都是四处借来的，到了广东后我已经身无分文，进厂后就自己一人边挣钱边开支，自己挣钱养活自己，那时刚出去每个月领了工资后开心得不得了，因为从来没见过那么多钱，虽然在别人看来很少，但对我来说已经很多了，欣喜之余就开始买东西，看到什么都新奇，就想去试一下，所以没存到钱，就像人们说的"找光吃光，身体健康"。

本是无忧无虑的年纪，奈何家庭条件不允许，只得自己出门谋求生活。现在的孩子，哪个 15 岁会考虑怎么填饱肚子的问题，都只知道上学，饭来张口、衣来伸手，现在回想起来都还觉得有些辛酸。出去打工那些年最值得的事情就是认识了我老婆，当时她也去那边打工，她家是苟井那边的，认识并确定关系后就带回家了，没存到钱，但找到了媳妇也是值得的。我老婆叫谢黄琼，她是 1987 年出生的，比我小 5 岁。我们有两个小娃，老大叫陈志念，是一个儿子，2005 年出生的，正在读书；老二叫陈小雨，是女儿，2009 年出生的，和老大相差 4 岁，也在读书。现在因为老人年纪大了，虽然他们身体都还硬朗，但我还是不放心留他们在家里，加上小孩子也要读书，所以我就回来了，我老婆也回来在家做农活了。

万众瞩目受启发　成为一代追"风"人

我是 2017 年开始学习《亚鲁王》的，我父亲不会唱，我哥哥也不会唱。我是觉得现在大家都很重视这个《亚鲁王》，好多外面的人都来我们这里调查，找东郎唱给他们听，我作为苗族的后裔，也应该为这一文化的传承和保护贡献一点自己的力量。而且我们这里老人去世，都要唱诵《亚鲁王》，这是我们的风俗，学习以后家族里面老人去世时也用得到，所以我就来学习《亚鲁王》了。

我是跟着陈兴华学习的，我爸爸和他是堂兄弟，一个家族的。我这一批就我一个人学，没有同学，但师兄弟很多，我师父是国家级传承人，所以跟着他学的人特别多。因为我刚开始学，所以还不会几段，像《开天辟地》我都还记不完整，但是放录音出来我就知道一点。原来学习《亚鲁王》，都是正月大家围坐在一起，师父教一段，徒弟跟着唱一段，第一段会唱了再教第二段，因为那时候没有电子产品，他们就只能现场背诵下来。现在就不一样了，录音笔、手机等随处可见，我们现在基本是人手一部手机，所以师父教的时候我们就用录音笔或者手机录下来，现场先跟着师父学唱，回家后没事就拿出来听，自己跟着慢慢唱，遇到不懂的再去找师父问。

　　现在科技发达了，电子信息技术的发展，给我们的生活带来了很大的便利。比如我刚开始出去打工的时候，很少能和家里联系，那时只有座机，我在广东打电话倒是方便，但是家里面接电话不方便，家里面能安装电话的人家很少，要走很远才接得到电话，所以我就隔好长一段时间才给家里报一次平安，也顺便询问下家里的情况。但现在就不一样了，只要有时间，随手拿出来就可以打电话、打语音，甚至是开视频，不只能听到声音，还能亲眼看到对方，电子科技把人与人之间的距离拉近了。给我们学习也带来了好处，一方面，对于我们学习的人来说，打破了时空的限制，原来学唱《亚鲁王》，都只能是正月学习，且都是大家围着师父坐在一起学，一年只有三十来天的学习时间，其他时候你想学都没机会，而且只能当场跟着师父学，离开了师父就学不成，但现在我们能录音，除了跟着师父学，平时自己想什么时候学就把录音拿出来跟着学，学习的时间、方式都比较灵活。另一方面，对于师父来说，也减轻了他们的压力，原来必须靠他们一字一句，重复地教，遇到记忆力强一点的徒弟，他们可以少教几遍，但遇到记忆力弱一点的人，他们就得多教好几遍，唱《亚鲁王》还是很消耗体力的，如今大家都录音了，师父基本只用教一两遍，不会的自己下去反反复复听录音就可以了，只有听录音遇到困难才去向他们请教，所以方便太多了。我虽然还没有学会，但是我相信，用不了多久我就会了，因为现在的学习方式太灵活了，我觉得只要想学，都能学会，而且还能学得很快。

六十

闯南走北些许年
独属故乡最心安：
韦应伦

访谈人：杨兰、梁朝艳、杨兴华

访谈时间：2017 年 8 月 22 日

访谈地点：猴场镇打哈村

"不经一番寒彻骨，怎得梅花扑鼻香。"他虽不擅于读书，却长于经商，15 岁在家经营药材，22 岁行走天涯。20 年的闯荡生活，丰富了他的人生阅历，也让他意识到唯有故乡才是灵魂的归属之地。于是收起行囊，回到故乡，拾起父辈手中的"亚鲁"，让漂泊的心得以安放。

年少虽轻狂，闯劲不可略

我叫韦应伦，是1975年出生的，我家在打夏组。我父亲叫韦昌学，大概是1951年出生的，他不仅会唱《亚鲁王》，还会写祭文、会记账，以前他一直在我们村里面当计分员，现在没有当了，因为没有这个职务了，如今主要在家做农活、唱《亚鲁王》，有的人家需要写祭文找他时，他也帮人家写祭文。我母亲叫伍满妹，她比我父亲小一岁，现在在家做农活。我家一共有三姊妹，我排行老大，下面是一个弟弟和一个妹妹。老二是弟弟，他叫韦应春，是1978年出生的，他的出生时间很好记，因为那一年我们国家开始实行改革开放，他去外面打工去了；最小的是妹妹，她叫韦小兰，1981年出生的，我们三姊妹都是一个比一个小3岁，她也去外面打工了。我老婆叫陈顺妹，她是1978年出生的，比我小3岁，现在还在外面打工，没有跟我一起回来。我们有三个小孩子，三个都是儿子，老大叫韦乔风，他是1999年出生的，还在读书；老二叫韦朝伟，2000年出生的，这个成绩不太好，所以不想读书，已经外出打工了；老三叫韦朝松，2003年出生的，这个也在读书。

小时候，我父母特别重视对我们的教育，那时虽然家的生活条件较差，但父母都努力让我们进入学校学习，他们认为，要摆脱贫困的生活，对于我们农村的孩子来说读书就是最好的选择，而且父亲自己也体验到知识带来的福利。集体劳动的时候，父亲因为识得一些字，所以就当了记分员，这个工作相较于其他下地干活的人来说，轻松许多，所以，他一直都教导我们要好好学习。我是几岁开始上学的已经记不清楚了，但是我上到了六年级，因为学习成绩不好，没有考上初中就没上了，当时父亲劝我继续坚持读下去，但是成绩不好，慢慢地就对学习不感兴趣了，我想了想，觉得自己不是读书的料，与其去学校里面混时间，还不如出来自己找点事情做，一方面可以帮父母分担一些压力，另一方面可以把机会留给弟弟妹妹。最后，我鼓起勇气告诉父亲我的想法，父亲开始还是比较犹豫的，过了几天，他才默许了我的想法，但我还是能感受到他有些失落，我心里就想一定要闯出一片天地，让父亲能安心些。

不上学后，我就开始做生意了，当时才15岁。那时候，年轻气盛，不怕天不怕地的，说做就做，刚开始我在家里做药材这些，但是大家经济条件都不好，所以生意不是特别好做，赚的钱也不多。22岁那年，我就没在家里面做药材生意了，而是去外面打工，但我是到厂里面给人家做总管，我去过很多地方，比如广东、河南、宁夏等，都是在菜场里面当总管。2016年，我觉得一直给人家做不划算，还不如自己出来做，自己当老板，于是我就和另外两个兄弟合伙开了一个菜场，菜场有一千多亩，但是因为我们管理不好，后面就亏损了，而且亏得特别厉害，一共亏了两百多万元。这些年，虽然说有些轻狂，导致后来亏损这么大，但反过来想，如果不是这些年的闯荡，我的人生阅历就可能比较简单、平淡，我认为钱是可以再赚的，但有的经历错过了就不会再有了，因为这些经历很可能是我这一生最宝贵的精神财富，所以我觉得这些年的闯劲还是值得肯定的。

闯南走北些许年，独属故乡最心安

从22岁一直在外面闯到41岁，有欣喜也有忧愁，特别是在宁夏自己投资菜场导致这么大的亏损对我打击还是很大的，也是这一次亏损，让我意识到家乡才是游子避风的港湾。当初觉得家乡不好挣钱，一心想着到外面赚钱，失败了还是觉得家乡好，所以，我就回来了。但是我老婆觉得一下子两个人都回家，万一在家里面找不到合适的事情做的话经济压力就很大，毕竟小孩读书还需要用钱，所以她先留在外面打工确保家里有一定的经济来源，我就回到家里来开始新的旅程，现在我主要在紫云搞工地，做装修。

学习《亚鲁王》是在近两三年才开始的，虽然我以前做的这些工作都和《亚鲁王》没有一点关系，但我想着这个东西是我们的祖先世世代代流传下来的，是我们民族的精神财富，对我们民族的生存发展具有重要的精神指引作用，因此是不能丢的；而且我自小也听父亲他们唱过，潜移默化中对《亚鲁王》产生了一定的情感，所以，我也应该学习《亚鲁王》，而且还要学会。于是，我就开始找师父跟着他学习了。我的师父是陈兴华，他带了很多徒弟，除了我还有陈仕贵、伍兴志、陈志荣等，我们都是师兄弟。原来他们学习《亚鲁王》都是正月大家坐在一起，跟着师父一句一句或一段一段地唱，唱完一段再继续学唱下一段。但现在陈兴华师父教我们的方式不同于以前了，随着时代的变化，我们的生活也发生了变化，所以教学方式变化也是为了适应新的形势需要。他把《亚鲁王》翻译成汉字，因为《亚鲁王》都是用苗语唱的，但是现在很多年轻人都是既讲汉语也讲苗语，他用汉字翻译出来我们对照着看，就比较容易记忆。而且他看到真心想学习的人，就会送一本书给他，因为《亚鲁王》是我们世世代代流传下来的，而且只要有老人去世都必须唱诵《亚鲁王》，所以来学习的人还是挺多的，但有的人来学一段时间甚至一两个晚上，觉得学起来吃力就放弃了，这种情况他就不会送书，送了他用不上就浪费了。我是一直都坚持学的，所以他看到我是真心想学，也送给我一本书，我得到书后，平时就拿着书自己学。

目前，我还在学习阶段，因为平时要工作挣钱养家糊口，都是抽空学习《亚鲁王》，虽然学的时间有点长，但我相信，只要我坚持，成功是迟早的事情。由于还处于学习阶段，所以我没有带徒弟。我除了学习《亚鲁王》，还学习看屋基、看期辰等，多学一些总是没错的，不仅可以增长自己的见识，方便自己，而且也可以在别人需要的时候帮助别人。我给别人看屋基或看期辰都不收钱的，大家都是乡里乡亲的，大部分都是自己家里面的亲戚，就当是帮忙，我帮人家到我需要他们的时候，他们也会尽力帮助我，这就是礼尚往来。但有一些人家会给一个红包表示感谢，红包里面的数量根据个人的条件来定，有的会装十二块钱，条件好的会装三十六块钱。反正他们装多少就是多少，我不会去计较，不装的我也照样给他们把事情办好。

六十一

丰富阅历让人生精彩纷呈
偶然相遇让身心有所皈依：
陈仕光

访谈人： 杨兰、梁朝艳、杨兴华

访谈时间： 2017 年 8 月 22 日

访谈地点： 猴场镇打哈村

　　他，是一位行走于江湖的"追梦者"。既在政府部门上过班，也进过工厂上过流水线；既有着创业致富的追求，也有着与民众同样的种植经历。帮助父亲记录《亚鲁王》苗文时，无意间让他与《亚鲁王》结下不解之缘，也让他的人生有了方向。丰富阅历让人生精彩纷呈，偶然相遇让身心有所皈依。

曾经行走"天涯"，努力成为江湖的"追梦人"

我叫陈仕光，父亲是陈兴华，家里面的情况在我父亲那里你们也都了解了，我是1972年出生的，有两个娃娃，大的是女儿叫陈荣颖，小的是儿子叫陈荣恒。我应该算是生活条件稍微好点的一代人了，7岁父母就送我上学，他们在当地算是思想比较前卫的，认为只要读好书，学习好就会有出路，所以他们非常重视对我们的教育，从小就一直教导我们，要认真学习，对于我们偏远山村的孩子而言，知识是改变命运的最佳选择。因此，在其他小孩都还在家里帮父母做农活时，我的父母却不让我们那样做，他们不管别人怎么说，还是让我们到学校接受教育，我也深知父母的不容易，所以在学校里我勤奋刻苦，谨遵父母和老师们的谆谆教诲，努力学习，掌握每一个知识点。功夫不负有心人，我的成绩还比较优异，顺利进入了高中学习。但是我们当时的竞争还是很大的，高考我就落榜了，与大学失之交臂，这是我人生中最大的一次打击。本想着靠知识改变命运，改变家庭现状，但还是失败了。当我知道高考成绩的那一刻，我近乎绝望了，我不仅辜负了父母、老师的期望，也愧对那些挑灯夜战的日子。看着悲伤绝望的我，父母心痛不已，不停地开导我，慢慢的我也想通了，"三百六十行，行行出状元"，既然与大学无缘，那我就选择其他的路，我坚信，只要心怀梦想并努力，总会有回报的。人生就是这样，在跌跌撞撞中成长，无论遭受多大的打击，生活还是得继续。但至今回想起来，对父母依然还是愧疚的，因为他们承担了所有的辛苦，唯一的梦想就是我们能考上大学，带着他们的梦想继续前行。

因为受过高中教育，1997年我去了粮食局上班，在粮食局上了两年班后，由于一些原因，我就下岗回家了。回到家后，我一边搞种植，一边搞养殖，我们这里的环境，也比较适合做这些事情，这些工作很辛苦，虽然不像上班一样有时间限制，但是从早上到晚上基本就耗在上面了。

由于我们这里的交通条件不好，经济发展也比较缓慢，所以做这行的收入自然就不高，勉强可以应付。做了六年，我看好多年轻人都出去打工了，我也打听了一下，他们一个月的工资基本就能抵我大半年的收入，2005年的时候，我决定出门打工，进厂做流水线工作，虽然出门打工也很辛苦，但做的事情是单一的，只要把自己负责的任务完成就行，下班时间就可以自由支配了，不像在家种植和养殖，从早到晚忙个不停，种植出来的作物和养殖成熟的牲畜，还要考虑怎样变现，什么时候卖才能获得更高的价格，是体力和脑力的双重考量。2009年，我们当地的《亚鲁王》被发现，那时候我的父亲很开心，他一辈子钻研的东西，得到了大家的认可，2012年苗族史诗《亚鲁王》由出版社出版，《亚鲁王》受到了社会的广泛关注，也就是这一年的7月，我接到父亲的电话，他让我回家帮助成立亚鲁王文化研究中心。当时，我有些犹豫，但父亲在电话那头焦急而又略带一丝恳求的口吻，让我无力反驳，于是，我向厂里提出辞职申请，收拾好行李，踏上了回乡的道路。

回到家后，我就按照父亲等人的意见，开始着手亚鲁王中心的事情，那时候杨正江、杨光应、杨正兴他们都已经在中心了，我去到那里和他们组成了一支战斗队伍。实际上，2009年就已经成立亚鲁王工作室，亚鲁王文化研究中心是它的升级版，经过一段时间的努力，亚鲁王文化研究中心顺利成立，中心的工作人员到处搜集《亚鲁王》素材，为普查到的东郎建档，为《亚鲁王》的传承保护做出应有的贡献。去普查的时候有好多故事，当时村子里面的人们对我们不熟悉，看到我们这么多人去，还问人家的家住哪里，就以为我们是去抓人的，对我们特别防备。有些还没等我们开口问，就直接跑了，工作上面遇到了很多阻碍。后来经过一段时间的宣传，我们去的时候也会在每个人的摩托车上插上写着亚鲁王标语的小旗帜，大家就开始接受我们，给我们讲过去的很多事情。

做到2017年，县里面开始搞合作社，我自己也想做点生意，就回到老家去找项目，我加入紫云县的一个中医药协会，协会为我们开展了培训，每一次培训，我都认真听课，做好笔记，就像回到学生时代一样，学到很多有用的知识，当然，协会组织的考试，我都是顺利通过的。现在，我种植了本地的一些常用药材，如杜仲、金银花、天麻等。除了这些外，我还准备好好地发展养殖业，但是还要等一段时间，因为中医药协会还会开展一些培训，我要抓住这些培训机会，多学学中药材这方面的知识，等把药材这边的事情处理好，就开始发展养殖业，又像十多年前那样一边发展种植，一边发展养殖，但这次肯定会比原来好很多。我是不幸的，但又是幸运的，虽然与大学失之交臂，涉足了很多行业，但在每一个行业，我都努力做到最好，做永不言弃的追梦人。丰富的经历，让我结识了不同的人，在做事和为人处世方面也积累了不少经验。

偶然结识《亚鲁王》，让身心有所皈依

2012年亚鲁王文化研究中心成立后，我就在里面学习苗文，但实际上，早在2009年我就参加了第一批苗文培训班，所以，我学习苗文的时间比现在亚鲁王研究中心的其他几个人都要早。学习苗文之后，我就帮助父亲用苗文记录《亚鲁王》，我父亲是一位东郎，他唱诵《亚鲁王》的时候，我就在一旁记录，在记录的过程中，无意间我就记住了绝大部分内容。我和父亲是分工合作的，我记录整理好一部分内容以后，就先给我父亲检查，然后我又接着整理新内容，父亲反反复复地修改。对于《亚鲁王》的记录，我们是十分敬畏的，丝毫不敢马虎，为什么这样说呢，一个是对于"亚鲁"的敬畏、对历史的敬畏，在记录的过程中，我逐渐对"亚鲁"等先祖产生了无限的崇拜之情，如果不是他们的英勇、无畏牺牲的精神，哪有我们后辈子孙的存在，哪有今天的生活。另一个是我们所记录的《亚鲁王》，是要供给后人看的，如果因为我们的马虎，导致出现一些错误，给后辈人传递错误的内容，那是不应该的。《亚鲁王》讲述了苗族几千年的历史，内容十分丰富，是人们了解苗族迁徙、征战、开疆拓土等历史的重要资料。因为《亚鲁王》结构庞大，到现在为止，我们都还没有完整、全面地整理记录下来，我还在持续帮父亲记录这本书，但是也指日可待了，因为大部分的内容已经记录完了（陈兴

华东郎版本的《亚鲁王》已于 2018 年出版)。

目前为止，我一直忙于记录《亚鲁王》，所以还没有学会唱诵，但等我整理记录完《亚鲁王》后，我就会跟随父亲学唱诵。我相信，用不了多久我就能唱诵《亚鲁王》了。因为这几年的记录工作，我无意间记住了大部分内容，再加上经常听父亲唱诵《亚鲁王》，潜移默化中也学得了不少。父亲当时学唱，前前后后找了 5 个师父学习，他不光没有耽误自己的事业，在《亚鲁王》的唱诵事业上，也是兢兢业业的。所以，我也不能满足现状，一定要严格要求自己，将《亚鲁王》一字不漏地背诵下来，把它全部记在大脑中，随便让我唱一段，就能滚瓜烂熟地唱诵出来，不需要别人的提醒，也不需要翻书查看，我觉得这是一个东郎应该具备的能力。等到哪一天父亲不能唱了，我就继承父亲的衣钵，继续把《亚鲁王》唱下去，无论什么原因，都不能改变我的这个决定，这是我结识《亚鲁王》后，对自己许下的承诺，因为《亚鲁王》，让我找到了心灵的归属，也是我继续前行的不竭动力。对于学习唱诵《亚鲁王》，我不光对自己提出严格的要求，对家族中学唱的兄弟们，我也是这样要求他们的，让他们一定要将《亚鲁王》的全部内容熟记于心，唱诵的时候不能看书。尽管有的兄弟认为我对他们太严苛了，但是我告诉他们，这是作为子孙后辈对先祖和历史应有的尊重，更何况还有另外一个称号"东郎"，唱诵《亚鲁王》不同于其他娱乐活动，它是神圣的、严肃的，容不得半点马虎。经过我的解释，大家也转变了观念。

为了提高大家对《亚鲁王》的重视度，也为了更好地传承和保护《亚鲁王》，我准备在家族中实行这样的制度，就是需要唱诵《亚鲁王》时，把所有的东郎集中在一起，采取抽签的方式来决定哪个人唱哪一段，这样，可以督促大家把《亚鲁王》完完整整地学完，也能展示我们家族中东郎的风采。等我完全学会《亚鲁王》后，我就要开始招收徒弟，让《亚鲁王》后继有人，一直传承下去。我对徒弟的要求就是一定要肯学、能学，在学习的过程中，他们可以根据自己的习惯采取不同的学习方式，比如利用手机录音或者录视频，这是现在的年轻人最喜欢的学习方式，或者一边学唱一边自己做笔记，或者看书背诵，只要学得会，用什么样的方式我都极力支持，但是正式唱的时候，我的要求就是任何东西都不能带，否则，就会受到我的批评，且不能成为东郎。当然，我对家族中的兄弟招收徒弟也提出这样的要求，让他们一定要严格要求自己的徒弟，俗话说："严师出高徒"，就是这样的道理，如果学的时候放任他们不管，等正式唱诵的时候，不是忘记这里就是忘记那里，那肯定是不行的，绝不能让这样的事情发生。

六十二

熟稔于心的程序
薪火相传的使者：
岑小书

访谈人：杨兰、杨正江、杨正超

访谈时间：2017 年 8 月 24 日

访谈地点：猴场镇打联村

　　家境贫困难继学，舞象之年入集体，弱冠之年学"亚鲁"，只为自食其力少扰人。学成"亚鲁"始开路，程序仪式熟于心，学礼传统践于行，师父教之未收费，为人开路也不取，招收徒弟亦如此。

家境贫困难继学，"亚鲁"学习尽自力

我叫岑小书，已经五六十岁了。我的父亲是岑老九，已经去世差不多二十年了，母亲叫杨桃妹，也过世有十来年了。我们共有七兄妹，我是最小的一个，我有三个哥哥和三个姐姐。大哥叫岑小龙，已不在人世了；二哥叫岑小保，1941 年出生，属蛇的，在家务农；三哥是 1945 年出生的，属鸡，也是在家中干农活的。三个姐姐中大姐岑凤妹已经去世了；二姐叫岑福妹，1955 年出生的，属羊；三姐叫岑贵英，也是五六十岁了。他们都是在家做农活的庄稼人，没有外出打工，也没有做别的工作。

小时候，家里兄弟姊妹多，家庭开支全靠父母种地获得，而那个时候生产技术和条件都很差，庄稼收成多少全看天气，雨水丰富的那一年收成好些，吃得就稍微多一点，若遇到旱涝等恶劣的天气，收成就很差，吃得就非常紧张，往往是上一年的粮食接不住次年的，我们这个地方肥沃的土地较少，所以即便是雨水丰富的时候，粮食也很难够一家人吃到第二年，特别是我们这种人口多的家庭，生活更是拮据。我因为是家里最小的，所以进过学校，读过几年书，但至于几岁进入学校我已经记不得了，只记得读到五年级。只上到五年级的原因，一方面是那时考初中没考上，另一方面是家里没钱。因此，我就没有再去上学了，没读书以后就回到家里，十来岁的年纪可以帮助爸爸妈妈做点家务活，农忙的时候也要去栽点苞谷，挑粪肥菜。之后就参加集体去做农活，那时候还是集体化生产，大家在一起种庄稼，然后根据每家出的劳动力记工分，根据工分的多少换取粮食。我参加集体做农活的时候已经 17 岁了，身体、劳力等各方面基本发育完整了，而且由于年轻，做农活时比那些年长的人更快，所以是按照全劳动力给我计算工分的。后来土地下放，实行家庭联产承包责任制，农民分到了自己的土地，实行自种自收，我们家因为人口数量多，所以分到的土地也多。后来我们各自结婚成家后，土地才分开的，所以现在的土地就没有原来那么多了。

20 岁是我人生中影响最大、最重要的一年，那一年，我和我的老婆刘小关结婚了，成立了我们的小家；也是在这一年，我开启了唱诵《亚鲁王》的旅程。我结婚的时候，我大哥就给我说："你现在已经成家了，

我们去学《亚鲁王》吧，因为老人去世的时候都要唱诵《亚鲁王》的，我们自己学会后，以后家里面遇到这样的事情就不用去求别人了。"听了大哥的这一番话，我觉得大哥说得很在理，因为老人去世唱《亚鲁王》是我们的传统，虽然在我们这个地方真有老人去世，家族中没有东郎去请别的家族的东郎来唱诵，他们一般也会来，但如果自己会，就不用麻烦别人了，而且别人需要的时候还可以帮助一下别人。所以我就下定决心学习《亚鲁王》，但我也把大哥让我去学习《亚鲁王》的事情告诉了我老婆，也征求一下她的意见，如果我老婆反对，那我就会说服她，让她改变想法支持我去学。毕竟是一家人，如果她不支持我学，那我去学的时候心里面也是不畅快的。但没想到我老婆竟然爽快地答应我了，全力支持我去学习《亚鲁王》。有了家人的支持，我就开始去学习《亚鲁王》了。我父亲不会唱诵《亚鲁王》，所以我是跟着我隔房的两个哥哥学唱的，一个名叫岑明才，另一个名叫岑明学，但他们都已经去世了。当时去学就我和我大哥，别人都不想学，因为他们觉得学习《亚鲁王》比较耽误时间，也不能赚钱，所以很多人都不愿意花时间来做这个事情。

程序仪式熟于心，学礼传统践于行

我学习《亚鲁王》共花费了两年的时间，学会了以后我才开始去给人家开路。也就是说，我是22岁的那年开始开路的。学了《亚鲁王》之后，我一直都在帮寨上的、家族中的人唱诵，中间只间断过两个月的时间。那是在学成《亚鲁王》之后的第8个年头，我30岁那年，为了改善家庭经济条件，我也跟着大家去外面打工，当时去的是广东省下面的一个镇，叫花山镇，在那里的一个菜场里面种菜、收菜，原计划是在外面多挣点钱再回家，但事与愿违，只在那里做了两个月，我母亲身体不好，我就回来照顾她。在外面打工的时候，经济收入还可以，比在家种地强多了，你看嘛我们基本上都是自家种来自家吃，很少有多的拿出去卖，要是供娃娃上学，基本就拿不出什么钱来，在外面不一样，一个月拿到手几百千把块钱，我一个人随便吃点，有一个遮风挡雨的小房间就可以了，剩下的拿回家来，他们还可以买米吃。想是这么想，但是母亲年岁大了，她身体好转后喊我回去上班，我也和老婆商量了，她同意我在家照顾母亲，钱哪个时候都可以去赚，母亲已经 80 多岁了，还是需要有人照顾，所以我就没回去了，从那以后我就一直在家，再也没出门打过工了。在家里面虽然没有钱，但和家人团聚在一起也挺好的，没钱用了就在周边找点活路做，开开心心也得一年。

我们去唱《亚鲁王》的时候，不是一个人全部唱完，而是几个人合作完成的，东郎多就一个少唱一点，东郎少就一个多唱一点，一人一段地唱，在一场葬礼仪式上，基本上是两个东郎交换唱一个晚上。就我们家族的史诗来说，唱一次《亚鲁王》要十三四小时，每个家族的历史不太相同，所以唱诵的《亚鲁王》内容有一些差异，时间上也有差异，历史时间长、历史丰富的，唱诵时间就长一点，内容少的唱诵时间就短一点。我们一般是头一天晚上六点开始唱，一直唱到第二天早上七八点。史诗的内容包括"开天辟地""亚鲁王""上坡路""族谱"等，这些是大的内容，里面还要分小的部分，比如"开天辟地"就会有"造万物"的内容，《鸡经》《砍马经》的内容可在葬礼上配合仪式单独唱诵。

我从 22 岁开始就一直在给人家开路，所以开路的程序早就烂熟于心了。老人一过世，主人家就会来请我们去开路。一般开路的前一天我们就会过去，主人家给亡人穿好衣服和裤子，我们就负责早上、中午、晚上各供一次饭，有客人来了，我们就会把客人带来的糯米饭、粑粑敬供亡人。唱诵《亚鲁王》的时间是根据主人家算好的时辰来确定的，如果发丧早的话就早点唱，不然唱不完，一般唱完就上山了。我们这边不用砍马，我的《砍马经》是后来我们去紫云那边跟着别人学的。唱完《亚鲁王》送死者上山的时候，我们东郎是不用跟着上山的，有句古话叫作"送一不送二"，意思就是我们唱《亚鲁王》就是在送亡人，送上山的事情我们就不参与了，主要是亲戚们去。亡人出门后，我们就在家里面举行阴阳分隔的仪式，就是用一根红线将鸡蛋从中隔开，然后用刀将鸡蛋砍成两半，代表亡人与生人已经阴阳两隔，从此互不打扰。仪式完成后，我们就要打扫房屋，供奉祖宗牌位。这些就是整个开路仪式中东郎要做的所有程序了。在我们这里，有的东郎除了唱诵《亚鲁王》，还会做老摩公，但是我不会，我只唱《亚鲁王》。

我现在收了几个徒弟，第一个徒弟是岑正名，1957 年出生的，属鸡，现在在家里面。第二是岑正发，他和岑正名是隔房兄弟也是我的师父岑明学的儿子，1989 年出生的，属蛇，现在打工去了。还有岑小明、杨长喜、杨小满等都是我的徒弟。岑小明，有五十来岁；杨长喜的年纪和岑小明差不多，他学了两年了，也到外面打工去了；杨小满比他们两个稍微小一点，也出去打工了。此外，牛月组的岑小全也是我的徒弟。一般情况下，我们学习或者教授《亚鲁王》都是针对同一姓氏家族里面的人，因为不同家族的家族谱系不尽相同，所以内容就不一样。但我们是姓杨的和姓岑的可以在一起学，不分开的。我招收徒弟没有什么拜师仪式，我跟着两个堂哥学习的时候也没有拜师仪式，这是祖传的，一个传给一个，目的就是让我们的祖籍能够有人晓得，能够世世代代传下去。同样，我们去给人家开路也是不收钱的，因为我们学习《亚鲁王》也没有要钱，所以去帮别人开路也不收钱。开路是为了纪念亡人，收钱就没有人情味了。

我的徒弟中有一个身份比较特殊，就是我的大女婿杨小正。我老婆是 1963 年出生的，属兔，现在也是在家做农活。我们结婚后，共育有两个孩子。老大叫岑花兰，1985 年出生的，属牛，与小正结婚成家了，现在去外面打工了；小儿子叫岑堂益，1989 年出生，属蛇的，比老大小 4 岁，也是在外打工。他虽然在外面打工，但已经跟我学得差不多了。因为我们都是正月才学习，这段时间他回来过春节基本都在家，所以也没有落下多少学习机会，再加上从小就听我唱，他个人的记忆力也还可以，所以学得还是非常快的。如今，有了这么多徒弟，我非常欣慰，我不仅自己学成了，也将这门技艺传递给了这么多人，让我们的《亚鲁王》后继有人，从我自己的角度来讲，对得起列祖列宗和我的师父了。我也希望我的这些徒弟能将《亚鲁王》继续传递给下一代，不辜负我的一片苦心。

六十三

专心致志把"史"学
同期同砚变徒弟：
杨光学

访谈人：杨兰、杨正江、杨正超

访谈时间：2017 年 8 月 24 日

访谈地点：猴场镇打联村

　　"父母呼，应勿缓；父母命，行勿懒。"这是孝敬父母长辈的最好证明，他便是这个群体中的一员。年轻的时候，因父母的一句"你们年纪小的应该学一下"，他便开启了《亚鲁王》的学习之路。学习长路漫漫，但他从不言弃，凭着坚韧的意志，他从十余个同砚中脱颖而出，并成为一些人的师父。

生在新中国，长在红旗下

我叫杨光学，现住在打联村打独组平寨，我老家是中寨竹林寨的，我们从中寨搬来得五辈人了。我是真正属于生在新中国、长在红旗下的一代，我1949年出生的，今年74岁了。我父亲名叫杨通明，母亲名叫陈金妹，两个老人都去世很久了。我们家共有六姊妹，四个男孩子，两个女孩子，我是最大的一个，是他们的大哥。大兄弟名叫杨光海，现在应该有70岁了，具体我记不清楚了，他就在家做点农活。第二个兄弟名叫杨光忠，他属虎的，今年刚好60岁了，他也是在家做农活。第三个兄弟名叫杨光毕，他应该有44岁了吧，他出去打工了。大的那个妹妹叫杨腊英，60多岁了，她比大的那个兄弟杨光海小一点，在家里做点农活。最小的那个妹妹叫杨乔妹，她40多岁了，也是在家里面的。

小时候家里姊妹多，父母负担太重了，我是12岁的时候才去读的书，那时候我们是去寨子、团转村里面的学校读，但只读了两年，读到二年级的时候，父母实在没办法给我交学费，我就没去读了，作为家里的老大，又是男孩子，我得回家帮助父母做农活，为他们分担一些负担。没办法呀，生活的时代不一样，古话说："穷人的孩子早当家"，我们那个时代的孩子大多数都是这样，有一点力气了就得帮忙干活，不做没吃的呀！不像现在的孩子，14岁好多都没有做过农活，有的会帮助父母做点家务，有的条件好的人家孩子甚至连家务都不会做。现在时代这么好，大家的条件比原来好了好多倍，说来说去，还得感谢我们党呢！

我十五六岁就结婚了，那时候我们都结婚早，现在不一样，国家规定要20多岁才能结婚，娃娃们读完大学出来基本都是20多岁了，如果现在还是十五六岁结婚，那就犯法了，娃娃们没办法专心读书，干不成大事。我老婆叫王云妹，她比我大两岁，今年已经76岁了，我们生了好几个孩子，现在只剩下两个，其他的都过世了。我这一生也是很曲折的，小时候家庭条件不好，只得了两年的书读，养的孩子们呢好几个先我们而去，白发人送黑发人，这种痛苦不晓得怎么形容，一般人是感受不到的，只有经历过的人才能体会。现在的两个孩子，大的那个叫杨昌友，今年四十多岁了；小的那个叫杨四妹，比她哥哥小三四岁，两姊妹为了生活都出去打工了，在家种地挣不得几个钱，打工嘛一个月少的时候三四千块，多的时候五六千块也是有的。我呢，一直都是在家干农活，没有出去打过工。

只为长辈那一句"你也学一下"，便开启了《亚鲁王》的学习之路

我爸爸不会唱《亚鲁王》，所以他告诉我们要学唱，他说："你们年纪小，应该要去学唱《亚鲁王》，去锻炼一下。"我的一个爷爷也叫我去跟他学，所以，我就开始跟着爷爷学唱《亚鲁王》了，他就是我的师父。那个时候，我才十七八岁，也算是学习《亚鲁王》的人中比较早的了。我的这个爷爷和我亲爷爷是兄弟，他叫杨老离，我亲爷爷也不会唱《亚鲁王》。我爷爷杨老离已经九十岁左右了，他是我们这里的大歌师，很多东郎都是他的徒弟，但我们不兴那些拜师仪式，因为多数都是教家族里的人。遗憾的是爷爷行动不方便已经很多年了。爷爷年轻的时候，十里八乡的都晓得他唱《亚鲁王》很厉害，哪家有事情，都请他去主持，爷爷人很热情，也很善良，所以，有时候就是帮忙，他不计较。我们学《亚鲁王》的时候，只能是正月去学，平时是不学的，因为我们是农村人嘛，忌讳比较多。人们认为，如果我们在正月以外的时间段学唱《亚鲁王》，那么我们在种苞谷的时候它就不生，种其他的庄稼也不生。所以，我们一年实际上就只有个把月的时间学习，每年大概只能学习一段，到二十一二岁的时候，我还没有学完。之后我爷爷去唱《亚鲁王》的时候，就让我们跟着他去，帮忙打下手，他就让我们得哪一段唱哪一段，这样边学边唱，到二十五六岁的时候，我就全部学完了，从开天辟地到家族谱系，整套《亚鲁王》我都是跟着我爷爷一个人学的。这种现场学的效果比私下学的要好很多，因为私下学的时候，氛围没那么浓厚，有时候学累了或者学不会的时候，就想偷一下懒，但去现场的时候，大家都看

着你唱，要是唱错了会被笑话的，所以你就会全神贯注地投入其中，不愿意被别人指指点点，都希望得到别人的称赞，一般人都会有这样的想法，所以就学得很起劲，不敢有一点懈怠，为了尊严和面子，我在唱前都会反复背诵几遍，保证不会出错。从学唱《亚鲁王》开始，我一直都唱，从来没有中断过，原来是跟着他们老人去唱，但从十多年前开始都是我们单独去唱，算是正式肩负起这个责任了。

在主持丧葬仪式时一般需要两个以上的东郎，一个也搞得完，但是很恼火，特别是开堂的那天，如果人家亲戚多根本忙不过来。我们去帮人家主持仪式并不是固定的搭档，还得看主人家的意愿，比如主人家老人过世了来找我，我就会告诉他："我一个人呢搞不完，你要找某某人一起。"有的主人家呢我说找哪个东郎他就去找哪个，有的主人家不喜欢我给他说的东郎，那就是他喜欢哪个呢就去找哪个，反正我只要有搭档就行了，主人家找谁都可以的，只是说我派他找的人呢我们经常在一起帮人家主持仪式，就会配合得更好。主持仪式最麻烦的是开堂那天，因为那天主人家的亲戚朋友都会来主人家家里坐，逝者的姑娘这些就会拿一个绣好的荷包或一条毛巾来，舅家这些亲戚，一般的关系嘛大家就搞简单点，这些荷包、毛巾或者布是亲戚朋友扮演逝者的"情人"（有的可能是逝者生前的恋人）送给逝者的象征爱情的"信物"，但亲戚朋友拿的布它是有规定的，这种白喜事不准拿红布，红喜事才要红布，除了红布外其他青布、蓝布都是可以的。亲戚朋友来了之后，就要给死者举行"旧情人"送"荷包"的分别仪式，这个时候就要一个东郎或者他的徒弟代替逝者与他的"情人"们对唱情歌，这些"情人"也可以请人替他们/她们与东郎对唱，唱的内容有恋爱的兴起、男女青年在交往中应遵守的规则、生者与逝者之间相互思念等，东郎要把"情人"唱输，之后"情人"将他们准备的荷包、毛巾或者布交给东郎，由东郎带到灵床前给逝者。逝者收到的荷包、毛巾、布越多，表示他/她的情人越多，如果收到的荷包、毛巾、布少，说明情人少，情人少了祖宗就不认，那逝者的灵魂就没办法回到祖先生活的地方。这个荷包、毛巾、布就像我们的身份证，是证明一个人身份的，我们没有身份证就坐不到车，那逝者没有布这些东西或者很少，他们去到那边过大江大河需要坐船时，他们就没有布票，上船时船老板问他们要，如果没有船老板就不会收他们。这一段哪个东郎都会唱，只是那天两个东郎一个在家唱，一个供饭，逝者的姑娘、亲戚朋友们来做客的时候，他们都会拿点饭、糯米饭、豆腐、酒等食物来吊丧，就需要一个东郎专门在那里，向逝者说："某某，你家二舅们、三舅们、大姑娘们或者你家亲家们，哪个哪个做客来了。"告诉逝者哪些人来做客了，称呼了这些亲戚朋友后，就说一些祝福的话，祝愿他们一切都好。我们去帮主人家主持仪式，一般都不收钱，大家都是左邻右舍，就等于去帮一下忙。

成功不负奋进人，同砚变徒弟

由于爷爷是有名的大歌师，所以跟他学习的人有不少，和我一起学习的就有十余人，正月的晚上，有时候一晚上有七八个去学，有时候有十余人去学，有的去学了一两晚上，觉得麻烦就不学了；还有的呢，是去学了，但是他就是学不到，所以到最后只有几个学得了，我便是其中的一个。我自跟我爷爷开始学，每天晚上都去，基本没有因为一些其他原因而缺席的，学的时候我也特别努力。一个是因为我自己的亲爷爷、父亲都不会唱，所以父母都支持我学，还有一个是杨老离爷爷也主动叫我跟他学，我觉得我不应该辜负他们的期望，所以学的时候就特别努力。另外呢，我自己也喜欢，小的时候就听长辈们唱过，当时挺好奇的，再加上父母长辈的支持，就满心欢喜地去学唱了，付出总算没有白费，经过几年的学习，我就全部学完了。和我一起学的人中最后学会能搞得的有这几个，一个是杨光荣，他有四十多五十岁的样子，但没有在家，出门打工去了；第二个是杨小书，他有三四十岁，也是出门打工去了；第三个是杨小二，他是属马的，1966年出生，今年56岁了，也是在外面务工。还有一些只学得一部分，比如廖家的廖长富、廖明荣等，但廖长富呢学得点了他就去世了，廖明荣也是四五十岁了，我不晓得他学得了多少，因为他长期在外打工，不在家头，所以就不是太清楚。杨小宝大概学得一半，他有四十二三岁了，可惜的是他脚受伤了，残废了，走路都是一瘸一拐的，在家里连活路都做不了，所以也没有出去给人家唱。

现在，我也带了不少徒弟，其中有一个是我的一个侄儿子杨海忠，他家和我家在同一个寨子，他才二十多岁，但是已经学得差不多了，是很年轻的东郎，他还是一个大学生呢！他以前没读书出去打工了，但打工太辛苦了，他尝试了一段时间后就觉得还是读书好，所以他就回来重新去读高中，最后考到了辽宁的一所大学，他是放假回来才跟着我一起学的，他们读书的，会认字会用高科技来记录，所以学得也快。我儿子杨昌友也是跟着我学的，他其实已经学得差不多了，那时他在外面打工所以没有时间和我去学，不然肯定全部学到了，之前他和我去冗瓦那里唱了一回，就在烤烟房那里。还有几个就是原来的时候和我一起跟着我爷爷学唱的，但是他们当时没学完，后来我爷爷老了走不动了就没办法教他们了，他们就来找我教他们，从原来的师兄弟变成了我的徒弟。

后面，还有一些人也会陆陆续续地来找我教他们，不管怎么样，只要他们愿意来学，我都会教他们，并且要鼓励他们好好学，学得的人越多越好。

六十四

荣誉加身心清闲
一生勤奋勇为先：
杨光国

访谈人： 杨兰、杨正江、杨正超

访谈时间： 2017 年 8 月 25 日

访谈地点： 猴场镇四合村

　　凭着一身志气，获得了学校教书的工作，甚至担任总务职务，在教育子女上面有着自己的一套方法，并把它用在了学生身上，取得了良好的教学效果。

我妻子名为岑长英，今年70岁，在家务农。父亲名为杨通权，2016年逝世，母亲李幺妹，今年88岁。兄弟姐妹一共六个，两个兄弟，一个大姐，两个妹。大姐名为杨秀妹，71岁，在家。我排老二，老三名为杨光志，59岁，现在在打工。老四名为杨金妹，66岁，在家务农。老五杨光龙，52岁，打工。老六名为杨光倩，47岁，在紫云做生意。

我有三个孩子，儿子叫杨昌芦，48岁，在二中教书。大女儿叫杨昌兰，45岁，打工。二女儿叫杨媛，42岁，在水塘中学教书。

心系书本勤学习　函授进修为教师

我叫杨光国，1954年生，属马，今年69岁，初小文凭，是四合村新寨湾村组人。我的父亲杨通权是一名东郎，我成为一名东郎也是因为他，他一直鼓励我，教导我："我们民族的传统不能丢掉，我是一名东郎，我所获得的东西，你也应当要学得，继续传承下去，否则以后我们家族中有人去世，谁来主持，老人们回不去祖地怎么办？"正是因为这样，我才开始学唱《亚鲁王》的，但是很不幸，我父亲去年去世了。我的母亲叫李幺妹，主要在家里面做点家务活，年纪大了，也做不了什么重活了，只要她身体好，我们就没有负担。父母亲生了我的大姐后，又生了我，我算是家中长子了，我的幼年生活是比较幸福的，姐姐带着我，有什么好玩的好吃的都给我。姐姐比我长3岁，读完二年级就没有读了，来家里帮忙做家务和带弟弟妹妹，我是9岁开始读书的，二姐差不多也是这个年纪读书，我读完了整个小学，那时候我14岁，小学毕业以后，也没有做什么，就回来家里面，帮助父母做农活，因为我的母亲在那一年生了我的弟弟杨光龙，家里比较困难，大的弟弟那时候才4岁，母亲刚刚生产不能干活，我和姐姐就跟着父亲承包了家里的活路。我们家的土地不挨着住房，在后面这座山的背面，要走二十来分钟才到。我们有7口人的土地，勤快一点种下来是够吃的。开春的时候，是我们最忙的时候，我们早上鸡叫就起床，应该是六点钟嘛，起来随便吃点冷饭就提着锄头，背着苞谷去地里面种了，除了种苞谷外，洋芋、红薯、南瓜、黄豆、辣椒都是我们每年必须种的作物。我们下地干活，父亲是最辛苦的，因为挖土这种重活都是他一手包办，我们几个小的，主要就是播种，也承包一小块地，挑粪淋菜也是父亲的活，收庄稼的时候，我们的活也跟着重了，要把地里面的粮食背回家，这不是一两天就能够背完的，有时候还会请寨子中的年轻人一起帮忙，大家相互帮嘛，我帮你家，你也帮我家，这样活才能做得快，才能做得好嘛。

我虽然没有读书了，但是心里还是放不下书本，还是想读。所以我去坡上放牛的时候，就会带上课本去坡上读，有一回我去坡上放牛，背书背的忘记时间了，都到午饭时间了我都不知道，父亲可能是等得着急，以为我出什么事情了，就跑来坡上喊我回家吃饭。我听到他的声音就答应了，他说："你在干什么，都到午饭阵（午饭时间）了，你怎么还不回家来?"我回答道："马上来，我忘记时间喽!"说完我就翻爬起来，把身上的泥巴拍干净，牵起牛绳就朝父亲站的方向走去。父亲见我手里拿着小学五年级的语文书，也不说话把放牛绳接了过去，只是喊我下次要记得时间，不要一个人在山上搞忘记了，害得大家担心，我低着头答应着好，跟在父亲屁股后面回家了。第三天，我再去山上放牛的时候，父亲从枕头底下翻出一本中学语文课本，他说这是他找人家借的，喊我看完了就还给他，还有要记得回家吃饭。那天我拿着课本去山上，把牛绳子放开，等牛自己去吃草，我就找了个荫凉的地方坐下读书。拿到书我很激动，但是觉得很奇怪父亲怎么知道我想读中学的课本，而且他是从哪里借来的书，我至今都不清楚。那个时候的中学课本和现在不一样，上面都是一些毛主席的语录，我就在山上的树荫下看完了那本课本。我把课本还给父亲的时候，父亲问我是不是喜欢学习，我回答是的，但是家庭条件使得我不能继续读书。我经常去坡上放牛、种地，常常遇见我现在的妻子岑长英，她那个时候算是大姑娘了，做起活路来，手脚都很麻利，我们常常在通往山上的小路上偶遇，打个招呼，时间长了，也就熟了。农村的小孩都早熟，这是客观条件逼出来的，你不想当家，都要逼着你当家，这似乎是我们农村的一种"潜规则"。我觉得我挺欣赏这个姑娘的，虽然年纪比我大两岁，但是丝毫不输给男生，家务活、农活样样行。

慢慢地我年纪也大了，母亲说我该有个家庭了，我说我还没有想好，但是他们好像不是商量的口气，我思来想去，就觉得我常常遇到的这个姑娘适合我，我就告诉了我的母亲，她打探后说这个姑娘可是可以，只是比我要大两岁，问我想好没有，我很肯定地说："想好了，我觉得她能够在家里面帮助我，也是一个孝顺的姑娘，以后肯定会对你们好的。"母亲同意了，父亲想了好几天才同意的。那天两位老人同意之后，我就跑去长英家的地里等她，等了有一小时，我才看见她背着背篓从远处走来，我跑过去说："长英你有没有喜欢的人？"她好像是被我吓着了，先是愣住了，后面就支支吾吾地说应该是有的。我一听，就想完了完了，她已经有心上人了，我这个不是自己丢脸了啊。我还是不死心，就又问："你喜欢的人是我们寨子的吗？我认不认识？"她笑起来，笑声特别大，说："你肯定认识啊，还很熟哩！"我更着急了，我问道："是哪个嘛？"她笑得更开心了，说："就是你啊！"哎哟，那分钟，我简直心都要跳出来了，就说如果是这样，那么我们结婚可以不嘛？她说我们都还没有好好聊过，怎么就说要结婚了，要不我们还是先了解一下嘛。就这样，我们相处了两三个月嘛，就确定要结婚了，就在我 19 岁的时候，算是成家了。19 岁结婚，20 岁生我的大儿子杨昌禄，大儿子出生后，我就觉得我应该要好好培养他，我以前没有读完书，我一定要让他有书读。所以，杨昌禄在读书的时候，我就一直陪同辅导作业，讲解题目。小禄都快 11 岁了，读到了小学四年级，我觉得我教小学应该是没有什么问题了，当时我的二女儿也上了二年级，我就干脆去干田坝小学教书了，那年是 1985 年，教了几年后，又转到大田小学教书，一教就是 12 年。后来儿子杨昌禄进入了紫云县第二中学教书，小女儿杨嫒也进入了水塘镇中学教书，只有大女儿在外打工。

我觉得我的两个孩子都进入了教师行业，无疑是对我的一种肯定，我有能力教好学生，也有能力教好我的孩子。我小的时候没有能够完整地读完书，就希望我的子女们能够圆了我的这个心愿。到 1997 年，我 43 岁的时候，为了响应学校政策到紫云县学习进修，一去就是三年，那三年我勤学苦读，弥补年轻时的遗憾。中师是中专学历，可能你们不了解中师，也只有我们那个年代有中师，现在没有了，那个时候的中师专门培养小学教师，算是小师范，在 20 世纪八九十年代能够上中师的都是学习很好的学生，我的这个只是函授的，算不上正式，主要是后来学校要求任教的老师都能有中师文凭，所以我就申请去读了这个函授的中师。你们可以去打听，像我们这个年纪的，在当时读中师的，现在都是学校的领导了。那个时候包分配，初中读完读中师就参加工作了，很多农村的学生学习好的都愿意读这种学校，可以不用干农活，还可以拿国家工资，是铁饭碗了嘛。读大学，对于我们农村人来说，简直是想都不敢想的事情，都没有听说过，好多都是在县城读中师，看见别人读出来有了工作，大家就都走这条路。

我的教书工作走得很顺利，连续带了三届毕业生，当然每一届都有感情，因为都是从一年级带到六年级，从他们刚刚跨进学校，还不会拿笔开始，一直到他们能够独立写出作文，没得感情是假的，感觉自己更像是一位父亲，所以一直以来我都觉得我们当老师的使命感很重。人家家长放心地把自己的娃娃带到你这里来给你教，教得好心里面就踏实，教得不好就觉得愧对人家家长。我主要是教语文，语文和数学不同，数学有固定的计算公式，而语文要靠学生的理解能力、想象能力，这种东西你无法教他，只能引导，因为这个是没有模板的。我还记得有一次让学生们写作文，说要写身边的事，学生们交上来的作文，完全就是对一件事情的简单描述，我记得有一篇作文是这样写的，题目是"我的妈妈"，说我的妈妈是一位好妈妈，她在家里面每天都在做事情，早上起来妈妈喊我们自己热饭吃去读书，然后就挑着桶去水井那里打水，打水回来就开始了一天的忙碌，她先把昨天晚上切好的猪草和着苞谷碎加水煮猪食，一边煮还一边磨苞谷面，苞谷面磨好后就开始做饭，做饭的时候顺便去地里扯点菜回来洗，吃过午饭后，她就去坡上放牛，放牛的时候她也没有闲着，要去割草，割一大背篓草回来给牛吃。太阳落山的时候她就牵着牛背着背篓回到家，把牛关进牛圈，就又开始做饭，天黑我们才吃晚饭，吃完晚饭我们洗碗收拾，妈妈就给我们检查衣服有没有破的，有破的就缝。做完了一天的工作，妈妈也累了，我们一家就吹灭煤油灯睡觉。这个作文，完全是记流水账，没有感情。班上大部分学生都这样来写作文，怎么办呢？后来我就想了一个办法，我自己写了一篇作文，在课堂上一段一段地写给他们看，然后告诉他们作文不光是要描述这个事情，也不一定要全面描述，我们只要抓住一个点，去加入感情，作文就会更加感人。因为这些学生小，你让他自己去看别人写的作文，他只是觉得写得好，换成自己写，还是一样的。所以只有言传身教，从我自己出发来教他们，他们才能够得到真正的知识。我也不知道说得对不对哈，就是总结我自己教书的经验，让你们见笑了。

我在学校里面不仅教书，还兼任总务职务，总务你一听这个名字就晓得是做什么的了，就是总揽全务，主要负责财务这一块，但学校里面的基础设施建设、教材经费、学杂费、食堂、绿化都需要总务来管理。我这个人呢，对计算这方面没有太大的兴趣，管钱这样的事情，我也是费尽了脑筋，你管好了是本职工作，管不好就会受到大家的指责，受到处分。当时我们学校在修建操场的时候，我就领会到了管钱的辛苦，学校预算出来以后，行政会议决定修建，那么总务就要安排实施，操场所用材料的选择、进货都要一一跟进，最先的预算，最终的结算，都要一一核实，不能有差错，好几十万的款，我晚上都在加班。1993年的时候，我在村里面任职村干部，干了3年，主要是做文书工作，因为我是语文老师，村里面比较认可我的写作能力，就安排我任这个职务，做文书的，就是要负责村里面各种文书和材料的起草与整理工作，负责记载各种信函、文书档案，以及村中的重要会议，统计各种数据，及时汇总上报。文书工作相对于总务来说，要轻松很多，坐在办公室，坐在家里就可以完成，也是这一份工作，我知道了很多关于农村发展的国家政策。我一个人做几份工作，也拿到了不错的工资，在学校教师工资有21元钱，兼任总务，一个学期多有200元，而且绩效工资可以加分，除了学校的工作，村里面的工作我一个月有几十元的补助，这样每个月我就有百把块钱的工资，那个时候已经很不错了，所以能够支撑起一个家庭的用动（花销）。

东郎父亲来影响　兴趣让我来开路

我学唱史诗《亚鲁王》，是受父亲的影响，他在我15岁的时候就要求我学唱史诗，但是很遗憾，我的父亲去年去世了，你们不能见到他了。他是我们村有名的东郎，我小的时候，常常跟着父亲去开路，他在葬礼上唱诵史诗的时候，我就在一旁玩耍，时常听见一些史诗的内容，所以也对这个比较感兴趣，我18岁就去开路了，但是当时唱不完，只会里面的几段，这个东西都靠背，不可能一下子就学得，需要学习好久，还要不断地反复诵唱才能学得。

学习开路的过程，除了父亲的帮助，还跟着很多长辈在正月期间学习，比如杨老岩、杨通云、杨昌才，因为史诗的唱诵，并不是所有东郎都能完整地唱诵，可能出现这位东郎会《亚鲁王》的一段，另外一位老人会《上坡路》的一段，所以我就不只是跟着一个师父来学习。父亲曾经也告诉我，学习史诗，不能一根筋地只跟着一个师父学，那样学不到很多的东西，也不能成为一名好的东郎。所以，我主要跟着杨老岩学习，补充学习了杨通云和杨昌才的唱诵。

我第一次主持开路仪式，是在女方老人去世的葬礼上。整个仪式程序都是有顺序的。我记得我当时去的时候，在开路之前，也就是唱史诗之前，需要一只鸡，这只鸡叫开路鸡，一个凳箩，一张桌子，一个升子（以前用来量粮食重量的器皿，一升米七斤重），升子里面装满米，上面插上香。这些东西准备齐全后，唱诵的第一段就是引亡人敬老祖公（先祖），这一段就是《上坡路》了，我们会唱老祖公是怎么来到麻山的，来的时候的每一个落脚点都会唱清楚，这样亡人才能顺着这个路线回去。第二阶段是做一些仪式使亡人能够顺利回去，在这个阶段，我们一般都是要打三对（六个）糍粑，打糍粑的意思就是把挡着亡人的这些东西都打走，都引开。歌词是这样的"打三对糯米粑，打老虎让你走，打老蛇让你去，不挡你路，不挡你神"，简单唱几句，复杂的就不唱了。第三个阶段，我们要柴，柴和财在方言上是同音字，所以这个阶段要柴，预示着儿子儿孙们要进财。开路的前一天，也是要供开路饭的，一天供三餐，是由东郎供给亡人的。这个是有一种说法的，因为亡人去世后，在没有举行开路仪式之前，是跟我们在同一个世界的，他在这个时候不能去到祖先的地方吃饭，所以才需要我们给他供饭，与活着的人一样。等到开路后，他去到了祖先的地方，他的生活饮食就不需要我们管了，才不用供饭。我们这边开路，是快到晚上的时候开，到《上坡路》最后的内容，和中建的程序有一些区别，因为亚鲁王的 12 个儿子，东南西北落脚的地方都是不一样的，每个地区都有自己的特点和路线。因此，我们在唱诵的时候，生活和情感的细节路线也要唱出来。

我当时去学的时候，还有杨昌云和杨昌合两个人和我一起学，但是杨昌云已经去世了，杨昌合今年 64 岁，还在家做农活。我们每一年的正月，都会约好时间，去找师父学习，确定好时间后，带着酒，提点肉或者黄豆就去了，一人提一样不用提多。去了之后，就跟着师父在火边坐着，师父就开始教，因为一年中，我们农村人就只有过年这段时间是闲着的，所以，我们也趁这个机会，整夜整夜地学。师父的家里人，就忙活他们自己的事情，师父的时间就全部交给我们。在教的时候，师父都会先告诉我们这一段讲的是什么，讲完了，才开始教我们唱，师父教一句，我们跟着唱一句，教完一段，我们就一个人一个人地唱给师父听，他要是觉得唱得可以了，才开始教第二段。我参加工作后，也会去开路，一般都是白天上课，晚上开路，连夜完成之后再回来继续上课，可能你们会觉得我为什么要这么累，熬夜去开路。其实我们的工资已经够生活了，要说为什么还要去做这个事情，主要还是家族的责任感和自己的爱好吧。我们去开路也是不收钱的，在开路结束后，主人家想得到的就给一些红包，一般都是 12 块钱，有时候没有我们也都不在意。你想，我辛辛苦苦学了这个史诗，如果不去开路，那我学来干吗呢？再说了，一般来请我们的都是家亲内戚，不可能拒绝，你今天去帮了人家的忙，下次自己有事情的时候，也好开口求人家帮忙嘛。现在我也收徒弟的，退休了嘛，也该把家族的这些东西教给年轻的一辈人，现在学得还可以的就是杨小国、杨光伟、杨小石，这三个人年纪都不大，算是中年人，杨小国要年轻点，41 岁，为了生活在外面打工，过年的时候回来学，杨光伟和杨小石，年龄都是 45 岁多，这两个就在家干农活。

六十五

耳濡目染"亚鲁"情
有求斯应即刻归:
杨盛清

访谈人: 杨兰、杨正江、杨正超

访谈时间: 2017 年 8 月 25 日

访谈地点: 猴场镇四合村

　　长辈唱诵的《亚鲁王》,浸润了他的心灵,让他对"亚鲁"情有独钟。垂髫之年便开始学习《亚鲁王》,耳濡目染,加上勤学奋斗的精神,

让他小小年纪便成为一名东郎。即便是生活所迫外出务工，只要家里有人需要他唱诵《亚鲁王》，他都毫不拒绝，千里迢迢赶回家。

耳濡目染受熏陶，动手动脑得"亚鲁"

我出生于1970年，今年52岁了。我父亲名叫杨昌富，今年79岁了，母亲名为岑杨凤，已经逝世了。我们只有两姊妹，就是我和姐姐，姐姐名为杨六妹，今年58岁，她在外面打工。我7岁时开始读书，在当时入学算是早的。因为家里就两姊妹，父母的负担相对来说要小一些，所以我们相比姊妹多的家庭来说享受到的待遇也要好一些。我一直读到初中，初中毕业后才离开学校，没有继续读的。

我爷爷会唱诵《亚鲁王》，所以从小就听爷爷唱《亚鲁王》。那时候还不太懂事，听爷爷唱时，有的地方听得半懂不懂的，但是看到爷爷全身心投入地唱，还有当时那种氛围，就隐约感觉到《亚鲁王》的那种神圣、悲壮。在爷爷的影响下，我喜欢上了《亚鲁王》，所以，还未到10岁时，爷爷就开始教我唱《亚鲁王》，我一边上学一边学唱《亚鲁王》，每年的正月都和爷爷待在一起学唱。刚开始的时候，写不了多少字，也没有想到用笔记，全凭记忆跟着爷爷学唱，像读"白口书"一样，只知道嘴巴跟着唱，虽然小时候记忆力好，但因为《亚鲁王》内容太多，所以还是记不完，唱到后面，前面有些又忘记了。后来，随着会写的字越来越多，也将老师在学校教的做笔记的方法运用到学习《亚鲁王》中来，我先用笔把《亚鲁王》一字一句地记下来，然后再看着笔记背诵，反反复复地查看笔记、背诵，最后，终于把《亚鲁王》背诵完整了。

17岁左右，我就开始开路了，我们是只要学得之后就可以进行开路。刚开始开路的时候，心里面还是有一点紧张，虽然已经背得滚瓜烂熟了，但还是担心上去唱的时候忘词，所以最开始开路的时候，都是在长辈的带领下进行的。几次之后，胆量就锻炼出来了，程序那些也更加清楚了，之后基本上就是自己上，步骤、需要的物品等都是自己准备。我还跟很多师父学习，有杨老岩（去世）、杨通云（去世）、杨昌才（去世）、杨通权（去世）、杨昌云（去世）、杨昌合、杨光耀等，杨光耀马上就 80 岁了。那时候学习《亚鲁王》的人还是很多的，现在学的人就要少很多。

生计所迫需在外，有求斯应即刻回

初中毕业我回到家后，就结婚成家了。我老婆叫吴小兰，她比我长一岁，今年 53 岁，在家务农。婚后我们共育有 4 个孩子，4 个都是儿子。大儿子名叫杨秀忠，今年 33 岁，在贵阳房地产工作；二儿子名叫杨秀官，30 岁，现在在搞艺术；老三叫杨秀刚，今年 28 岁，到外面打工去了；老四名叫杨玉洪，今年 25 岁，已经高中毕业了。

结婚后的前几年，我都在家。但随着孩子们的出世，家庭开支越来越大，当时刚好兴起外出打工的潮流，所以，1994 年，也就是老三出生的那一年，我就出门打工了。在外面打工一直持续了十多年，之后我又回到家里务农。当时想着常年在外都没有好好地和孩子们待上一段时间，一晃眼他们都上学了，而且那个时候正是孩子们最调皮的时候，如果长期不在家孩子会缺少温暖，也没办法对他们进行教育，担心他们学坏，那样会后悔一辈子，几经考虑，我就放弃在外打工，回到了家里。现在孩子们都长大了，所以这几年我又去广东打工了，在外面打工还是要比在家做农活轻松些，而且挣的钱也要多一些。这样说起来感觉我很现实，一天就想着挣钱，但没办法呀，一家人吃、穿、住、用、行样样都需要钱，而且我家是 4 个儿子，他们成家立业多少也需要花点钱，所以，趁现在出去打工别人还要，自己也能做得起，抓紧挣点钱，一是可以改善现在的生活条件，二是以后可以减轻孩子们的一些负担。

虽然迫于生活所需我不得不出去打工，但长久的外地生活并没有改变我对《亚鲁王》的情感。有的人在外面的时间长了，接触了不少新鲜事物，思想就变了，认为《亚鲁王》是很陈旧的东西，再加上长时间不唱诵，慢慢地就淡忘了，即便回到老家也不愿意唱了。但我不会，我认为这是我们老祖宗传承下来的东西，是我们了解自己民族历史的重要渠道，无论走到哪里都应该记住，记住《亚鲁王》，就能记住自己的根。所以，去打工的这段时间，我依然不忘《亚鲁王》，如果家里面有人逝世，需要我唱诵《亚鲁王》的，我接到通知后都会立即买票坐车回来，无论是谁，没有特殊情况我从不拒绝，但有时候遇到特殊情况没办法赶到的，比如每年农历冬月和腊月，因为外出务工返乡的人特别多，车票比较紧张，有时候临时去买票的话会遇到没票的情况，这完全不在我的控制范围内那真的是无能为力了。除了会唱《亚鲁王》之外，我还掌握了其他的一些技能，比如给小孩子写八字、为病人治病、给别人看期辰、看风水等，这些我没有要求别人一定要给多少钱，都是由主人家自己给，现在都是给红包，他们给多少就是多少。因为这些不是最主要的，就当做一些好事，别人用得着我就帮一下他们，反正大家都住在一块，相互帮忙是应该的。当然最主要的还是唱《亚鲁王》。

我现在自己也带了徒弟，因为我是跟着我爷爷学的，所以当时没有行拜师礼。我招收徒弟时，也没有行拜师礼，我的徒弟除了杨小国、杨光武、杨小时之外，还有一个杨金全，今年40岁，在外打工，他们几个都还没学完。科学技术的发展，改变了我们原来的生活方式，给我们的生活带来了很多便利，比如对学习方式的改变，现在的学习方式有很多，手机、电脑、点读机等，不像我们那个时候比较单一，只能自己动手做笔记。他们几个刚开始跟我学的时候，我教他们唱时，他们就用录音机、复读机把《亚鲁王》录下来，然后自己反复听，跟着唱。现在呢，手机成为每个人必备的通信工具，也成为人们学习的一个工具，他们就用手机录音、录视频保存下来，有空的时候就拿出来跟着学。有时候遇到不懂的，他们就直接打电话过来询问，我在外面打工的时候经常通过电话来教他们，方便多了。

六十六

三十余岁立志气
以保房中有人承：
李华学

访谈人：杨兰、杨正江、杨正超
访谈时间：2017 年 8 月 25 日
访谈地点：猴场镇四合村

　　无奈的身份，让他错失入学的机会，由此与文盲一词相伴终生。三十余岁，心有余悸不敢学，叔父三番五次劝，不学"亚鲁"房中丢。幼子出世增信心，立志慢慢学"亚鲁"。学成"亚鲁"宗亲唱，再把弟子带出头。

身份之异与庠别，心有余悸不敢学

我叫李华学，是 1947 年出生的，住在四合村摆里组。我父亲叫李世昌，母亲叫廖小桂，他们都去世很久了。我家共有六姊妹，三个男孩三个女孩，我是家里的老大，二弟叫李华强，他是 1953 年出生的，现在在家务农，他不会唱《亚鲁王》，喜欢喝酒。三弟叫李华成，1969 年出生的，属鸡，也是在家务农，他在家什么都做，种庄稼、搞养殖等，很勤劳，《亚鲁王》他也知道一些，只是还没有全部学会。最大的一个妹妹叫李细妹，是 1948 年出生的，比我小一岁；二妹叫李落妹，1955 年出生的；幺妹李小翠，1962 年出生的，她们三个也都是在家务农，毕竟大家年纪都大了，孙子都有了，没办法出去打工，去打工人家也不会接收了，所以就在家里种一下庄稼、带一下孙子这些。

我没有进过一天的学堂，说起来，既让人气愤又让人无可奈何，我这一生都不愿意去提它，也不想回忆，因为一回想起来，心里就很不是滋味，如今生活已经步入正轨，就不愿去想这些让人糟心的事情。当时说我们家是富农，就不让我们进学堂，不让我们去读书，人家说不让读我们就没办法，只能不读了，真的是毁了我们的前途呀！要是我能去读书，不说能出人头地，有一份工作或者做出一番什么大事出来，但最起码能识几个字，做什么都方便一些嘛。比如现在看电视、玩手机，我们不认识字，看电视就只能听里面的人说，上面有字但根本不认识，有时候人家说了还不懂是什么意思；手机的话更不用，拿给我用我都不会用，还不如一个小孩子，那些小孩子多少识点字的，拿着手机，可以看这样的内容看那样的内容，我们碰都不敢碰。

后来政策放松了，富农的帽子摘了，我们的生活也变得安稳了些，我叔叔李世兴就给我说我没有什么文化，让我跟着他学唱《亚鲁王》，不得文化好歹掌握一门技艺，在生活中也要受别人尊重一些，我就给我的叔叔说："学不学都行，人家都打丢了。"我当时并不想学，因为我还是怕我学了以后被人家告状，然后把我拉去批斗。因为当时的社会还是有点混乱，不像现在这样开明，所以我还是没跟着叔叔学，这就是俗话说："一朝被蛇咬，十年怕井绳"，我当时就是属于这种情况。

三十余岁学"亚鲁"　　以保房中有人承

我和我老婆结婚后，一开始生育的都是女儿，后来才有了一个儿子。我老婆叫岑芝妹，已经去世了。大女儿叫李小英，1976年出生的，属龙，她现在去广东打工了，没在家里；二女儿叫李明珍，1980年出生的，属猴，也是出去打工了；三女儿叫李允娣，1985年出生的，也打工去了。最小的一个就是儿子，他叫李国江，1986年出生的，也在外面，四姊妹都出去打工了。儿子出世后，我叔伯又给我说我们这房人还是得有人学《亚鲁王》，否则以后就没人会唱了，到时候家里有老人去世还得去请其他人。我叔叔李世兴再次给我说："思来想去，你还是得学，不学的话不行，《亚鲁王》就要在我们这房丢了。"我叔叔是一位东郎，他三番五次给我说，加上小儿子的出生，我的想法也发生了一些变化，也考虑到家族未来的生存发展情况，所以就答应跟着叔叔学习《亚鲁王》了。三十多岁才慢慢立志气，开始学习，学的时候心里面都还是有一些害怕的，担心被拉去学习，但我父亲安慰我说："不会的，现在的这个社会环境已经发生了巨大变化，禁止唱诵《亚鲁王》的那些规定已经被废除了，不会有什么问题的。"当时学的时候就只有我一个人，没有其他人。其实我们李家知道的人很多，但是就是凑不齐，所以不好办。

跟着叔叔学了《亚鲁王》之后，我就开始给人家开路了。中间有两年的时间我去广东打工了，因为不在家，所以就没办法帮人家开路。两年后我就回来了，回来之后就一直给人家唱，我们家族中无论是谁过世，都是来找我。为了让《亚鲁王》在我们这一房中继续传承下去，我也带了徒弟。有时候想起来都觉得不可思议，当初我叔叔让我学的时候，我都不学，三番五次的劝说和小儿子的出世才让我改变想法。现在，我又开始劝其他人来学了，这就是人在不同的阶段不同的环境中想法是不一样的。但幸好当时叔伯多次奉劝，我也醒悟了，否则现在我们房中都没人唱了。我带的徒弟有李华成、李小送，李华成是我的三弟，但还没有全学会。我们现在就是过年的时候，家族中的人都在一起，然后大家就学唱《亚鲁王》，但好多都只是随便来学一下，凑下热闹，没有下定决心一定要把它全部学会。教《亚鲁王》就像学校里面老师教学生一样，不断地教新内容，不断地帮助学生复习已经学过的；学生学的时候遇到不懂的要及时问老师。现在他们学《亚鲁王》比我们那时候方便多了，他们可以用手机录下来，遇到不懂的直接拿手机听一下录音就知道了。但我学的时候还没有手机这些电子设备，所以全靠自己背诵，遇到不懂的或忘记的地方就只能去找我叔叔，所以那时候学起来还是要麻烦一些。

我儿子现在因为出去打工，没有多少时间学。有时候过年回来，正月大家在一起的时候，他也会跟着学，但是因为在家的时间不长，所以也没有学到什么东西。有时候我都还在想，让他先回来，把《亚鲁王》学会了再出去打工，因为我想趁现在我还能教，赶紧把他教会，等我教不了的时候，他想学都没办法学了。而且把他教会，我们房中就又多了一位传承人。但他还有些犹豫，现在的年轻人都是这样，常年在外面打工，接触了很多外面的文化，对那些文化很好奇，但自己的民族文化就没有那么新奇了。所以，我们现在每年过年的时候在一起唱《亚鲁王》，就是想让这些外出打工的年轻人来亲身体验一下自己的民族文化，增加对民族文化的了解，慢慢产生兴趣，然后积极主动地学习《亚鲁王》。

六十七

幼年丧母被辍学
吃亏吸训练"亚鲁":
梁忠国

访谈人: 杨兰、刘洋、杨小冬

访谈时间: 2017 年 8 月 27 日

访谈地点: 猴场镇马寨村

　　人生四大悲事,他有其一,幼年丧母,让本就贫困的家庭雪上加霜,父亲变得沉默不语、消瘦不堪,无奈之下他放弃学业,风树之悲只能自

己体会。母亲逝世，他人的敷衍了事，猛然敲醒了无知少年，让他意识到自食其力的重要性。

幼年丧母被辍学，风树之悲唯己知

我叫梁忠国，1963 年出生的。我爸爸叫梁盛清，1938 年出生，属虎的；妈妈叫杨通英，与杨通明是姐弟，她已经去世几十年了。我们有三姊妹，我是家里的老大，我弟弟叫梁小毛，1968 年出生的；我妹妹叫梁小英，1972 年出生的，他们两个都不在家，出去打工了。我 7 岁开始上学，当时进学堂算进得早的，上到三年级，11 岁的时候就没有继续上学了。因为我的妈妈杨通英去世了，那时候，妹妹只有两岁，才开始学说话、学走路，弟弟也只有 6 岁，也还不懂事。妈妈去世后，爸爸很悲伤，他原来话就不太多，妈妈去世后他的话更加少，人也消瘦了很多。妈妈的死，对我们一家的打击很大，也让本来就不富有的家庭一下子变得更加贫穷，爸爸人很老实，就只会种庄稼，所以根本没有钱，不能供我读书，因此我就没办法继续读书了。而且我妈妈去世后，爸爸也没有再娶，他只想一心一意把我们几姊妹带大，完成母亲未完成的心愿。我是家里的大哥，当时也有 11 岁了，有一点力气了，为了帮爸爸减轻一下负担，让家里能够继续生活下去，就回家了。

回到家后我就参加了集体劳动，也算是家里的顶梁柱了，没办法，家里面条件很艰苦，不做没吃的。刚去参加劳动的时候，我年纪小只能算半个劳动力，就比如说我和一个成年人做的活路一样多，他就能算一份，我只能算半份，我觉得这样很不公平，但又没有能力改变，为了一家人有点吃的，只能硬着头皮坚持做。11 岁的时候算半个劳动力，12 岁也还是算半个劳动力，一直到 13 岁才算一个劳动力。当时我高兴得不得了，因为算一个劳动力后，分得的粮食就会多些了，弟弟妹妹也就不会挨饿了。虽然当时我可以算一个劳动力了，但是做的活也越来越重。你们想一下，现在 13 岁的娃娃，都还在学校里面读书，有的条件好的还不会做饭、洗衣服，还过着衣来伸手、饭来张口的日子，我那个时候就要自己去挖土，去种玉米了，有时候无助得只能悄悄哭，泪水、汗水混杂在一起已经分不清是什么了，哭完之后人就会好受一些，然后又强装什么事都没发生。因为怕被爸爸发现，母亲的去世对他打击已经够大了，如果看到我哭，他会更难过，可能会责怪自己没有能力让我们过上好生活。集体生活最难过，活路不好做，实在太累了。后来政策变了，分得土地后，大家就自己种，种多种少全是自己的，这样就好多了，但是如果不种还是没有吃的。有时候爸爸出门种地，我就在家做饭，照顾弟弟、妹妹；遇到农忙时节，爸爸就把弟弟妹妹一起带到地里，让他们在树荫下面玩，我就跟着他挖地种玉米。

随着年龄的增长，我也到了谈婚论嫁的年纪，父亲就托人给我说媒，20 岁的那年我结婚了，我老婆叫王小友，和我同年，都是 1963 年出生的。我们有三个孩子，两个儿子一个女儿，大儿子叫梁小全，1984 年出生的；二儿子叫梁小元，1993 年出生的；女儿叫梁小莲，1988 年出生的，三个都去外面打工了。我爸爸现在和弟弟住一起，因为我是老大，结婚分家的时候弟弟还小，爸爸为了照顾兄弟就和他一起住，后来兄弟结婚了也是和他们住在一起。

年少吃亏，而今再把"亚鲁"细道来

我是 22 岁的时候开始学唱《亚鲁王》的，是在老寨跟着师父学的。当时下定决心去学这个史诗，主要还是因为我自己吃了亏。当时我妈妈去世，去请别家东郎来开路，他们来倒是来了，但是他们不好好唱，就是敷衍了事，来做的就是送神这些不正规的。虽然那时还小，但因为经常看到，所以我知道他们没有认真做。吃亏之后，我就想万般还是得靠自己，自己会的话就不会被别人忽悠了，所以我就决定自己去学，自己学正规的，该用的就用，不该用的就不用。我记得我学唱《亚鲁王》总共能花了三年的时间，我们学唱《亚鲁王》只能在正月学，闲时（平时）是不能学的。师父怎么教我们就怎么学，就用心记，不是因为我没有文化，我是有一点文化的，但是以前学的那些也写不了我们的这个苗语，记不下来嘛。当时是师父教完一段，我们学得一段，就可以去开路

了，就是边学边开路的意思。我 22 岁那年学得了一段，也跟着师父去给别人家开路了。我学的是《九月怀胎》，后面又学《开天辟地》，《开天辟地》就是讲天地万物是怎么来的，是谁创造的谁嘛，比如这个树林是谁造的，这个山是谁造的，这个太阳是谁造的，猪呀牛呀马呀是怎么来的。这个史诗呢是学不完的，内容太广泛了，学得一些就用一些。我们这些认得的，个个都是没有学完的，你再怎么用功地学，都是学不完的，因为全部唱完，应该是要唱十一二段，内容太多，有的记不完全。所以我们就是你懂哪段就唱哪段，你不懂的，就由几个合心的兄弟帮忙搞。不过呢，我几乎可以唱完了，能够单独去开路，但是我一个人熬不住，就要其他人帮我分担几段。一个人唱，唱几小时都累，我们还要站着唱，从头一天晚上唱到第二天天亮，所以一个人肯定是不行的。我们不像道士先生，一些休息一些人帮忙做，我们就是要自己做，不能让别人在旁边帮忙。

我的师父叫梁盛傅，他是 1930 年出生的，我只跟他一个人学，当时我们一起去学的有七个人，但是最后学成的只有我一个。我现在虽然有徒弟，但他们都在外面打工，没有在家学，也还没有学好，不敢让他们去开路。我们去帮人家开路，首先是老人去世了，主人家来请我们，去了后把亡人入棺，然后就打糯米粑粑，粑粑打好后要放在棺木上。老人去世的时候，要请人看期辰，有些老人去世要留下七八天，有些要留十天左右，有些太急了就留两三天，那我们就只搞两三天，摩公、东郎这些等入棺后就来供饭，晌午我们要去供饭，晚上也要去供饭。打粑粑这些都是我们来搞，刚开始搞的就是这些名堂，供饭一天供三次。到开堂那天就是一些亲戚朋友来，那天就是煮饭开客（摆正酒），哪个来做客的话就要给亡人供饭，那个时候又不定时间。我们唱《亚鲁王》的时间是依据发丧时间来确定的，有些看期辰的要看他的时间，如果发丧出门得早的，在开堂那天的一两点钟就要开始开路了，有一些发丧出门得晚的，就可以晚一点开路。我们要算好时间来唱，一般都是在发丧出去前就要唱完，通常都不会搞得太早，如果搞早了中途就休息等一下，反正就是抽鸡（鞭打公鸡）的那段要等到发丧之前开始唱，唱完就发丧；如果时间短发丧出去了还没唱完，就跟着出去唱完，但这种情况比较少，我们都会计算好时间，必须让人家准时出发。

我们在唱《亚鲁王》之前是要杀倒头猪的，唱完《亚鲁王》后开始鞭打鸡，等亡人发丧上山，我们就要扫村寨，一家一家地扫，扫的时候还要用鸡，扫村寨这个事情是必须要做的，如果不扫怕有不好的事情出现，给人家带来灾难，人家会不高兴。因为有时候老人去世，来的客人多了，主人家住不下，就会安排在其他家住，所以事情完成之后得去帮人家扫，不打扫也不奇怪，只是主人家有意见。所以，一般都是客人在哪家住过，都要去哪家打扫，打扫的时候要"打老孟"（唱《开天辟地》），意思就是去世的这个老人家，不管变成什么，客人住在哪里，你不要去找，唱这个就是要把这些不干净的东西请出去。创世纪的内容大概就是，刚开始造人的时候，第一批人造的人不像人，所以这批人会变成一些生灵，还有赛杜乌利，那个人以前很厉害，他可以赶山，把山赶走，雀子看到他把山赶走，它害怕赛杜乌利把山赶到海里面去，它没地方住了，它就骗赛杜乌利，说："你爹你妈去世了，你赶紧回家去。"赛杜乌利很紧张，但是他不相信，雀子就骗赛杜乌利说："你看我的嘴都是红的，你爹你妈去世都杀牛杀马了，流了好多血，我都去喝血回来了，我的脚也是红的你还不相信吗？"后来那个雀子又在后面挡住他的路，他才相信的。然后他就把拐棍扔了返回去了，他回去的时候因为紧张，走得快脚就崴了，崴断了脚他就死了。后来他的脚、手变成了生灵，所以来到家中的客人可能会被这些生灵附身，转到主人家家里来，怕有不好的事情，所以要拿东西给他吃请他出去。这个就是我们要打扫村寨的原因。

我从 1985 年开始学《亚鲁王》后就去帮人家开路了，一直到 2003 年我出去打工，其间，一直都在唱《亚鲁王》。2003 年，我出门去山西打工，先是去树脂厂，在里面做了一段时间后，我就出来跟着其他人去砌墙，山西那个时候在搞核武器，我们是帮他们砌墙来建这个核武器厂的。在那里做了两年，到 2005 年的时候，我的孙子出生了，孩子们没时间照看，就叫我回来帮他们照顾小娃，我就回来了。出去打工这两

年，我就没有时间唱《亚鲁王》了，因为去打工太远了回不来，回来
要花几百块钱，我们这个本来就是不收钱的，我回来一趟还要倒贴钱，
本来就是经济困难才出去打工，所以没办法就只能不回来了。回来之后
一直到现在，我都还在唱《亚鲁王》，只要人家来请，我都会放下手
中的活去给人家唱。等之前跟着我学的那几个徒弟回来后，还是要让他
们抓紧时间来学，他们学成了会唱的人就多了，我也不担心后面没人
唱。我经常给我的儿子说我当时学唱《亚鲁王》的原因，一个是要告
诉他们，什么事情都还是要自己会一些，不仅对自己有利，而且在别人
需要帮助的时候，还可以帮到别人；另一个是想激励他们来学习《亚
鲁王》。

六十八

与父卧学继传统
愿攻苗文为弘扬：
杨光美

访谈人：杨兰、刘洋、杨小冬
访谈时间：2017 年 8 月 27 日
访谈地点：猴场镇马寨村

　　家中幼子备受宠，孩童与父常共卧，为父细把艺传授，为子专心把
艺学。子亦不负老父期，毅然回乡敬孝道，养老抚幼把家持，欲攻苗文
把艺扬，父慈子孝众人赞，家族传统亦不忘。

家中幼子备受宠，与父共卧把艺学

我叫杨光美，1980年出生的。我爸爸是杨老离，这是他的乳名，身份证上是杨通富，但《亚鲁王》传承人证上写的是杨通离；妈妈叫梁高妹，但是她已经过世了。我家共有五姊妹，我大哥叫杨光兴，二哥叫杨光庭，他们两个都会唱《亚鲁王》，但已经去世好几年了；我大姐叫杨小兜，她是1968年出生的，她嫁到望谟县去了，现在外出打工了，没在家；我二姐叫杨小毛，她是1971出生的，比我大9岁，她也出去打工了。哥哥姐姐们都比我大很多，我出生的时候，我父母已经四十六七岁了。我以前上过小学，那时候我们读书比较晚，我9岁的时候才开始上学，读到六年级就不读了。不读书不是我不想读，而是家里面条件不允许，其实我那个时候成绩还是很好的，读书都没留过级，我们这边要是成绩不好的话，就会一直重读，但是我就没有重读过，都是一级挨着一级地往上读的。因为读书读得晚，所以我读到六年级的时候已经15岁了。那时候家里面穷，又挣不到钱，加上我是最小的儿子，我大哥、二哥都已经结婚，然后各自分家了，姐姐们也出嫁了，所以就只剩下我和爸爸妈妈住在一起，那时候他们都已经六十多岁了，挣不到什么钱了，如果我继续读初中的话，家里的压力会更大，不仅没钱用，家里的活也没有人做了，哥哥姐姐们都有自己的孩子要抚养也没办法帮父母分担，所以我就不好再要求去读初中了，因此，就结束了学习生活。回到家后，我就跟着父母做农活了，重的活都是我去做。

我学《亚鲁王》学得很早，六七岁的时候就开始了。因为我是最小的，哥哥姐姐们都大了，所以父母非常宠爱我，哥哥姐姐们也对我偏爱有加。那时候我睡觉爸爸还陪着，也正是这样，爸爸就会在睡觉前教我《亚鲁王》，他告诉我，他七八岁的时候开始学《亚鲁王》，这个时候记忆力非常好，所以他也让我趁这个时间段跟着他学。除了晚上睡觉前爸爸单独教我外，爸爸教其他人的时候我也和大家一起学。以前学的人很多，那个时候没有多少人出去打工，年轻人在家的很多，正月的时候，大家都是一帮一帮的，今天在我家，明天在你家，后天在他家，这样一直学到正月结束。1995年、1996年以后，打工潮兴起，慢慢地年轻人都出去打工了，在家的人越来越少，学的人就少了。那时候因为我爸爸是师父，所以在我们家的时间一般会多一些。大家在一起学的话，学的人也要学得多一点，因为一个影响一个，这个看到别人这里学会了，那里也学会了，他就会反过来看自己学了多少，差了就会鞭策自己赶紧跟上，形成你追我赶的学习氛围，这样就学得多一些了。我学到十四五岁，就学得差不多了。我开路也开得早，是边学边用的，那时候才十一二岁，一般都是跟着我爸爸和大哥他们去开路。我觉得，我们那个时候学《亚鲁王》还是要趁早，如果超过十四五岁，思想、生活各方面就有压力了，为了把各方面的事情都处理好，就会耗费一点精力，记忆就会衰退一点，背诵《亚鲁王》就更加困难了。

养老抚幼毅回乡，欲攻苗文把艺扬

辍学后，我在家里跟着父母种了五年多的土地，但没有什么其他收入来源，家里经济还是拮据，所以到 21 岁的时候我也出去打工了。那时候好多人都是去广东打工，因为大家都说那边好进厂，我也跟着去了广东。去了那边后，我是进菜场里面上班，就是到里面种菜，做了一年多，我觉得还是不太满意，就回家了。在家里待了一段时间，到 23 岁的时候我又去了浙江，也是进菜场，在那里做了几年，时间长了不太放心家里，觉得父母年纪越来越大需要人照顾，自己也过了结婚的年纪但还没结婚，思来想去，还是觉得回家更重要，所以就回家了。回来后我就找到了对象，是 28 岁的时候结婚的，我老婆叫吴应香，她也是这附近的。我有两个孩子，老大是儿子，名叫杨昌恒，2009 年出生的；老二是姑娘，名叫杨昌丽，2011 年出生的，两兄妹都在读书。结婚以后，我也没有出去打工，一直在家中做农活，因为父母需要照顾，孩子也需要抚养，所以不好出去打工，也不忍心让他们老老小小在家里。

我这个人比较老实，在村里面没有担任什么职务，也不会修房的技术，所以在家里就一直靠种地和养殖来养活家里面的人。种地和养殖的工作都特别辛苦，所以一家人都忙前忙后的，我爸爸这么大的年纪了，有时候看我们实在忙不过来还帮着去放牛、割草，为此我很愧疚。我家以前土地很多，总共有 8 个人的土地，但后来我们三兄弟都成家了就把土地分了，一家分得两个多人的土地，因为每家分到的土地很少，收成也就很少，而且我们家的土地都不肥沃，虽然坐在这里可以看到有一点平地，但那是几家人的，每家就一小点，把地全部种完一年也就能得到一千斤左右的苞谷。我们家没有田，以前住的那边有一点田，但是在1997 年前后那边发了大洪水，田就不肥沃了，种粮食也长不出来，所以现在的米都是买来的。全靠种地的话是完全养不活一家人的，所以我就养了一些猪和牛，喂大了就卖一些，这就是家里主要的经济来源。没办法，不多喂一些牲口就没有什么收入了，我刚刚就在山上看牛，听见你们来了我才回来的。现在我家里喂了两头小牛，喂多了就没有草给它吃了，现在不比以前，以前荒坡上到处都是草，不用愁牛吃的。早些时候在荒坡上种树了，现在这些树长高了，所以就没有什么草了。喂牛要赚钱一点，就是离不开手，每天至少要花两三个小时的时间到山上放牛，喂牛不比喂猪，喂猪的话都是关在圈里，到时间了拿吃的倒在猪槽里就行了，你还可以去做其他的事情。但牛是不能关着喂的，如果关在圈里，时间久了，它的毛都不顺、不光滑了，所以不管它怎么吃饱都要放出去一下，毕竟它和猪的养法是不一样的。

我们给人家唱《亚鲁王》，也不经过什么请，因为我们镇上的大部分都是家门亲戚，有哪一家老人过世了的话，就会来说："你们来帮忙开路。"听到这个我们就自己去了，也不需要什么钱。虽然耽搁活路，但都会去的，因为都是镇上的人，不好说不去，而且学了就要去唱，否则就白学了。我开路大多时候是和我家老表梁忠国一起的，我们一般不讲钱，要讲钱的话就是利是钱，这个原来没有，是几年前才兴起来的。利是钱的多少由主人家自己决定，有的封 12 元，有的 36 元，这两年有的封 120 元。主人家封的利是钱我们会拿，反正就是该要的我们就要，不该要的我们就不要，这个对老人有利，我们就是积功德，所以一般都不讲钱的。但如果以后去展演，做其他仪式，能够赚钱的话我也愿意去，毕竟时代不一样了。现在因为我年轻而且负担重，所以找我的人不是太多，也就不经常去开路。有时候他们会叫我去帮忙，分几段给我唱，他们怕我不经常唱紧张忘记了，就安慰我说不要怕，少哪一段他们会给我加上，我和他们去开路应该有七八次了。现在我因为各方面都要考虑，压力大，思想包袱重，确实忘记了一些内容，但只要有人提醒我就想起来了，毕竟原来是跟着我爸爸学透了的。我没有学唢呐，所以不会吹，也不会老摩公，高中周就会老摩公，因为他家老爹会做老摩公，搞老摩公也很麻烦，很累的。

我现在还没有徒弟，其实呢，我也想带，只是根据这个社会现状有一点困难，小的都在读书，大的都出去打工了，没有多少人在家。有时候我也想教我的孩子，别人的娃娃也不经常跟你一起住，教徒弟也只有教自己的娃娃，但是他的玩心有点大，而且又要读书，怕他一下学不会，耽误了学习，因为这个没有规范的文字，他很难在短时间内学到。原来有一些识字的人学《亚鲁王》的时候，就会用笔记一下，但那都是他们自己随便记的，用来帮助记忆，并不规范，而且有的字读音和苗文的音还是有一点区别的，只有他们记的人看得懂，所以最好还是要有一套文字。我听说现在已经创造了一套苗文可以准确地把《亚鲁王》记下来，所以我就没让我的孩子学了，等他长大了再学，毕竟现在娃娃的成长环境和我们那时有区别。

据说亚鲁王研究中心为了记录《亚鲁王》，已经创造了一套苗文（实际是用国际音标记录），可以把《亚鲁王》全部记录下来，而且还记录得标准，通过他们翻译、记录，现在已经出书了。出版成书以后，下一代的人只要愿意学，就可以拿这本书来学，但这帮苗族的后生必须先学会苗文，学会苗文后才能读得准。没有文化的人，把这本书拿去也看不懂。所以，关键就是要先学会苗文。这本书中的苗文是请北京的一个专家来做的，他是云南的苗族，他以前是写白苗那支的，2011年的时候，杨正江、杨正兴去北京找他，他们两个用我们的苗话讲给他听，他就用我们苗话的这个音来定调、定声母和韵母。他不用听懂我们的话是什么意思，因为他是听我们的音，给我们订正调值和声韵母。订正以后，他就读出来，问杨正江他们两个合不合，合了就对了。现在用了好多年了，已经成型了。有一段时间，杨正江和杨正超在望谟帮助那边的苗族人培训苗文，他们还叫了一批老师来，全是苗族老师，他们来自不同的地方，那些老师来了以后，教他们三天基本上就会用了，因为他们有文化、有方法，所以学得要快一些，以后准备让他们到学校里面教学生。这样的话《亚鲁王》的影响力就更大了，而且可能也会培养出很多继承人。

按道理来说，在我们宗地附近应该有一个像北京的这个专家一样的人才行，因为这套苗文是根据我们宗地附近的苗语来定的，要是附近有这样一个人，既能研究苗文又能懂我们的苗话，那学习的人学起来就好学多了，研究的人来研究也方便。等我有时间我都想去中心学习苗文，我有拼音基础，应该会学得很快，而且我学语言的能力还是可以的，我原来出门去外地打工，就学了一些外面的话回来，比如我出门去打猪草就给那些娃娃说拜拜，他们还问我拜拜是什么意思。去把苗文学会以后，我自己也可以拿出版了的那本书来看，也可以用它来教我的孩子，如果有其他人来学，也可以用来教他们，这样的话就可以把《亚鲁王》传承、弘扬下去了。

六十九

竿头日上真经取
备尝艰苦依然唱：
杨通离

访谈人： 杨兰、刘洋、杨小冬
访谈时间： 2017 年 8 月 27 日
访谈地点： 猴场镇马寨村

　　耳闻则诵之本事，让他在短暂的时间里将包罗万象的内容记忆；百折不挠之毅力，让他在燕巢危幕中仍旧坚持唱诵；薪尽火传之志向，让他揽来徒弟尽心教。父传子，子传孙，代代相传保家珍的思想，让他与

《亚鲁王》结下不解之缘，他是人们心中的榜样。

耳闻则诵取真经，燕巢危幕唱不停

我叫杨老离，这是我的乳名，我的学名叫杨通富，但是《亚鲁王》传承人证上写的杨通离。我是1935年出生的，属猪，但是我身份证上的出生时间写成了1934年。我的父母已经去世很久了。我家有三姊妹，只有我一个男孩，另外两个是我的姐姐，我是家中最小的。大姐叫杨凤妹，二姐叫杨通英，她们两个都已经去世了，三姊妹就只剩我一个人在世，有时候想起来心里很难受的。我们生不逢时，小时候，大家都生活在水深火热中，家里穷得都揭不开锅了，根本没有条件送我们上学，所以我一天学堂都没进过，是真真正正的文盲。

我唱《亚鲁王》是跟着我爸爸和杨老保学习的，我爸爸叫杨老三，他当时是跟着宗地的杨老保学的，所以杨老保既是我爸爸的师父，也是我的师父。我们原来是住在宗地，后来才搬到猴场，从宗地搬到这边来已经有五代人了。在我父亲会唱之前，我们这里的家族里面没人会唱，因为祖辈从宗地过来的时候，他们不会，所以到了这里就没有人能继承《亚鲁王》，后来有老人去世，都只能从宗地那边请家族里面的东郎来唱，虽然两个乡镇相邻，但那个时候不通车，只能走路，走起来还是很远的，从这里安排人去请，那边的东郎再过来，大家的时间都耽误了，很麻烦。于是我爷爷他们就想，这样继续下去不是办法，随着时间的增长，人口越来越多，去世的人必然也会增多，长期都靠他们来唱不行，我们这边还是得有人会。所以他们就从宗地请了杨老保来教我父亲他们，他们记性比较好，杨老保来我们这里教了一个月，他们就全记住了，杨老保就回去了，后来这边有老人去世就他们自己主持了。

我是七八岁的时候跟着他们学的，如果年纪太小，很多东西理解不了是学不了的，而且大脑都还没发育完整，记忆是不全的。七八岁的时候，记忆刚刚开始，也是最好学的时候。我那时记忆力很好，好奇心又强，他们唱一两遍给我听我基本就记得了，那一年的正月，杨老保从宗地过来教我，他和我父亲两个人教了一个月，我就全部学会了，当时我父亲和杨老保都挺意外的，因为一般学《亚鲁王》都要花几年的时间，但我只用一个月就学会了，就这样，我算是成功继承了父亲的职业，这个事情在我们当地都传开了的。所以，他们后来也总结说，学《亚鲁王》还是要趁年轻，那个时候记忆力好，而且精力也充沛，所以学得非常快。他们也将从我身上得到的经验告诉其他人，也叫其他人趁孩子好学的时候让他们学习《亚鲁王》。因为我们是从宗地那边学来的，所以我们开路的时候唱的《亚鲁王》都是宗地的口音，而不是这边的口音。我们同是苗族，但居住地方不同音调就不一样，所以我们唱的和这边东郎唱的有一些差异。

我的前半生都是在磨难中度过的，饿得发晕、冷得发抖，都是家常便饭。小时候，因为战乱民不聊生，大了以后又经历大集体、三年困难时期等，生活都异常艰辛，直到改革开放，日子才慢慢好起来。我记忆最深的，就是大集体的时候，两个姐姐出嫁之前，她们帮着爸爸妈妈做就会轻松一些，两个姐姐出嫁后，我作为家里面唯一的儿子，所有的活都是我和爸爸妈妈一起做，太辛苦了，但又不能不做，不做的话就没有吃的，做的话身体受不了，因为那时候身体没发育好，而且我辛辛苦苦做一天，做得腰酸背痛，还只算半个劳动力，所以也分不到多少粮食，现在回想起来都觉得累。

虽然我学习《亚鲁王》很顺利，但是给别人唱《亚鲁王》的过程并不顺利，而且好几次都很惊险。"文化大革命"期间，政府是不允许我们唱《亚鲁王》的，唱《亚鲁王》被认为是迷信活动，是被禁止的。但是老人去世唱诵《亚鲁王》是我们祖祖辈辈的一个习俗，目的就是纪念老人，让后人知道我们民族的历史。所以镇上有人去世，主人家来请我们，我们又不能不去，而且我始终认为我们唱《亚鲁王》并不是迷信活动，因此，我们就悄悄去给人家开路了。有一次我去望谟那边帮人家开路，正酒那天晚上，我正在唱，好像是唱到"上坡路"的那段吧，时间长了记得不是太清楚，就听到外面闹哄哄的，我当时心里面就咯噔了一下，觉得不对劲，突然就有人跑进来喊我快跑，说有人来检查，当时如果被发现了就要进学习班，我立刻把衣服一脱，拿上包包就从后门跑出去了。

我一直跑呀一直跑，一口气跑了好远，转身去看没有人跟着来我才放慢脚步，松了一大口气，但是仍然不敢停下来，怕他们追上来，那天天气不好，路面又滑，而且因为是夜晚，路上也是黑黢黢的，我走得非常吃力。走了很远以后，我估计他们不会追上来了，才适当地休息了一下，然后又接着快步走，直到第二天才回到家。到家门口的那一刻，我才放松下来，进入屋子后，整个人就瘫软在床上了，睡了好久才慢慢恢复过来。

还有一次是在我们这边的岑家，虽然不是我们的家门，但是他们家来请我去开路，我就去了。也是正在他家唱的时候，有人来检查还鸣枪了，听到异响后，我也是赶紧跑出去躲。周围的人就对那些人说："你们找他们做什么嘛？主人家请他们来他们才来的嘛！"大家这样说了以后，他们才没有让我们去学习班，就吓唬一下我们，这种情况我遇到好几次。我们这里以前属于猫场，后来才划归猴场管的，"文化大革命"的时候，我们去给人家开路，有的人就跑去告状，乡里面的领导就带着民兵来，让我们不要进行迷信活动，然后往天上开几枪来警告我们，但是没有抓人。那时听别人说被抓进学习班是很严重的，很多人都吃不消。我也很害怕真的被抓进去，每次唱的时候都心惊胆战的，但是有人来请我去唱的时候，我又不假思索地答应了，什么进学习班都被抛在脑后，我想这是作为一个东郎的本能反应吧，无论上刀山下火海，我们都要去唱，否则对不起逝去的老人，更对不住先祖们。幸好，这样的规定后来被解除了，我们可以放心大胆地去唱，好在当时不管如何艰难，我们都坚持唱下来了。

家珍皆为先祖迹，揽来弟子继续传

《亚鲁王》是我们祖先世世代代传承下来的东西，是非常珍贵的，而且里面讲述的都是与苗族历史文化相关的内容，有讲述原初先民对天地万物来源的认识，有讲述亚鲁等先祖为族群的生存四处迁徙、征战的英勇事迹，有讲述家族谱系，等等，是对不同时期先祖们社会生活的记录。但我明白，只有我一个人坚持是解决不了问题的，尤其像我们这种从外地搬过来的，在这里会唱的人比较少，基础差，我和我爸爸都是跟着宗地那边的老人学，因为这边没人会。我就想我学得了如果不把家门后代教会，以后就没有人会唱了，所以我就给大家说让他们必须一家出一个人来学，虽然这种做法有点霸道，但我是从长远来考虑的，也是为了家族，因此大家都比较赞成我的做法。正月的时候我就喊他们来家里学，大家都比较积极，第一晚上基本全来了，但是有的人来学一晚上就不来了，有的来学几晚上就放弃了，因为他们觉得太难学了，最终只有几个人坚持下来，杨光学就是其中一个，他天天都来学，而且学的时候很认真。我还开玩笑说他太笨了，好多人都走了他还在学，实际上，我心里面高兴得很。我就想，既然他们还有爱学的，那我就努力地教他们，所以我也带出了一些徒弟，除了杨光学，还有杨光美、杨光兴、杨光荣、杨光庭等，他们都出师了。杨光兴、杨光庭、杨光美都是我家儿子，我要求其他人来学，也要求我儿子必须学，几个儿子都比较听话，认认真真地跟着学成了，特别是杨光庭，和我一样学得快。三个孩子都如愿学成，我也算是把我父亲教给我的东西传给他们了，让他们成功继承。但不幸的是我的大儿子、二儿子杨光兴和杨光庭都已经不在了，我既是师父又是父亲，白发人送黑发人，命运太坎坷了。其他的徒弟如杨光荣出去打工了，杨光学、杨光美还继续在家里唱，杨光美是我的小儿子，杨光学还自己带了徒弟。

杨光学带徒弟有自己的方法，现在好多人回来跟着他学。杨光学也继承我之前的传统，就是能来的他都用心教，让他们好好学。这些人来找他学唱《亚鲁王》的时候，好多都带了东西来，有的人带烟，有的人带酒，有的带吃的，大家学累了休息的时候，他就把他们带来的东西分给大家吃，所以他们开玩笑说他家好吃的丰富得很，他们既能学到东西，还能吃到好吃的，两全其美。现在学习《亚鲁王》，人们都会用手机录下来自己听，或者用笔记下来，但仍然要靠脑子记，有一些人记忆力特别好，你一给他讲，他就记得了，杨光学有几个徒弟就很厉害，学几个晚上，叫他背他就能一字不漏背出来，很快就学得了。杨光学为了让徒弟真正掌握内容，还举行考试，他先教他们，觉得教得差不多的时候就会选一个时间考试，他不会提前告诉大家，等学的人来了之后，就说：
"来，我们今天一个一个地单独唱，我先起个头，你们其中一个人就跟着
唱，其他人专心听，看有没有唱错的地方，大家轮流来，每个人都要
唱。"为什么要安排每个人单独唱呢？主要是检验一下大家，让大家能真
正学到东西。如果大家一起唱，有的人本来记不住，但别人唱到哪里他
就跟到哪里，浑水摸鱼，他没办法知道每个人是不是真的学到了。但一
个人单独唱的话，就能很清楚地知道他是不是真的学到了。这个时候如
果有人还没学到，可以多学一下，或者有不懂的地方可以找师父问清楚，
把不会的内容重新学一下，有一个补救的机会，等到正式开路才发现的
话就晚了。因为正式开路的时候就算是正式上岗了，都是一个人负责一
部分，自己要独立把自己的那部分唱完，不可能两个人同时唱的。所以
他的这个方法虽然说是严格了一些，但是也是为了大家能学真本事，能
独当一面把《亚鲁王》唱下去。现在就是学的人还挺多，但是出师得少，
好多人来学个一两天，觉得太难了就不来了，没有几个人能坚持到最后。

七十

父辈当日悉心导
亲手传承为众人：
杨通文

访谈人： 杨兰、刘洋、杨小冬
访谈时间： 2017 年 8 月 28 日
访谈地点： 猴场镇猴场村

父辈有头脑，东郎郎中当，悉心传后辈，服务为众人。后辈不负心，努力把技学，遗憾未读书，错失医生路，父教未学完，再拜师父学，仿效老一辈，来把"亚鲁"传。

少时未读书　错失医生路

我叫杨通文，1943年出生的，属羊，我家在猴场村路马组，我爸爸叫杨老保，妈妈叫谢二妹，他们都去世了，我爸爸是64岁去世的。我们本来有四姊妹的，但是有两个去世了，只剩下我哥哥和我了，我哥哥叫杨通贤，1940年出生，属龙的。我爸爸既会唱《亚鲁王》，也会搞医药，小时候，他就告诉我要学唱《亚鲁王》，搞医药，因为这是祖传的，他就是跟着爷爷学的。受他的影响，我对《亚鲁王》产生了情感，也喜欢去研究医药，父亲就不断地教我，但遗憾的是我没有读过书。小时候，家里面条件不好，父母没钱送我们上学，我们就只能当文盲了，要是读过书，那就厉害了，我现在都退休了。之前有排长问我读过书没有，给我安排工作，也就是如果我读过书的话就安排我去医院，因为我懂医药，但我没读过，就失去了一次能真正当医生的机会。

我是19岁结婚的，我老婆叫王金英，她比我小五岁，1948年出生，属鼠的，她娘家是打郎那边的。我们有三个孩子，老大是儿子，叫杨光毕，他属牛，1973年出生的，出去打工了，在菜场里面上班；第二个是女儿，名叫杨长妹，1976年出生的，属龙，也是出去打工了；最小的一个是儿子，叫杨光平，1982年出生，属狗的，出去打工了，在家挣不了什么钱，出去打工工资要高一点，可以挣点钱来修房子，这样日子好过点。以前的日子很苦，特别是他们读书那会儿，他们苦，我们也苦，所以他们有的只读到初中，有的读到小学四年级就不读了，然后就跟着人家出去打工了。打工也辛苦，像他们做菜场天天都忙个不停，但是也没得办法，不出去打工一家人的生活就没得着落。

现在孩子们出去打工，我们就在家里带孙子，大儿子家有两个娃娃，他家那个男娃娃一岁的时候就给我们带，他们出去打工了。小儿子家有三个姑娘，一个儿子，在家读书。现在就是三个孙子和我们住，我们平时也种地，我们家有两三个人的土地，种的粮食吃不完，虽然几个人在家，但吃不了多少，我们也没有拿去卖，自家用来喂猪、喂牛，今年喂了四头猪，给一家喂两个，一头猪可以卖两三千块钱。大儿子家在这下面，小儿子在上面，我们住在小儿子家这里，他们夫妻打工去了。因为孩子在家读书，他们也经常寄生活费来，小孩子要用钱，现在的孩子不比以前了，多少都要给点零花钱。我们家在狗场街上有田，没有挨着路边，在街的旁边，他们家路边的田都卖给其他人修房了，我家的没在路边，不然都卖了，等以后孩子长大了他们再去修。

不负前辈望　再拜师父学

我是十五六岁开始学习《亚鲁王》的，事实上，从小就听爸爸他们唱，所以已经懂得了一点，只是那个时候没正式开始学，我先是跟着我爸爸，但我还没学完我爸爸就去世了，然后我就跟着谢老二学，谢老二不是我们寨子的，是镖卜①的，这样说来，我的师父就是我爸爸和谢老二，可惜他们都去世了。我跟谢老二学的时候，就去赶集买点肉带去，有酒的时候就提酒去，我们也在那里煮来吃，有时候就请他来家头吃饭，都是正月、二月学，白天干活，晚上去学，一直学到天亮，那段时间农活要少点，所以可以抽点时间补觉。那时学起来还是很辛苦的，没有录音设备这些，全靠自己背。我当时选择学《亚鲁王》也没有什么特别的想法，就是觉得这个是一辈传一辈的，不学不行。我18岁开始去开路，边开边学，到现在都还在不停地学，不学会忘记的。我哥哥不会《亚鲁王》，我们家是祖传的，医药也是祖传的，而且是一辈只传一个，所以我现在都只唱《亚鲁王》，不搞医药了，医药已经传给了我哥哥的孩子，现在就是他搞了。

我们去给人家开路，都是从头一天唱到第二天天亮，我们一般是两三个人一起去，最多就是四个，大家轮流唱。我们现在不单是给杨家开，其他姓氏的来找我们也去。我们这边开路就是老人去世后，他们家里的人就来请我们，原来远的那种我们都是自己走路去，现在都是主人家用摩托车来接。我们去了以后先是敬老祖公，死者的家族为其穿好老人衣后，我们就供饭，一天供三回，供的时候也要唱，唱的内容主要是死者家的老祖公，之后就是等开路那天再去，开路的时间是主人家定的。我

---

①　音译，地名。

唱过《砍马经》，已经唱过几回了，好多人觉得砍马很血腥，问我怕不怕，我说不怕，因为我只是唱《砍马经》，唱完我就走了，他们砍马的时候我不在场，所以不觉得怕。他们砍完马，马肉会给我一点，但是我们是分情况的，亲的不能吃，其他家的人才能吃。我们现在去给人家开路，都是由主人家自己给钱，他们给多少我们就收多少，有的给十二三块钱，有的二三十块钱，有的一百块钱左右。

和我一起学习《亚鲁王》的有杨老幺，他属兔，1939 年出生的。昨天我们都还一起唱《亚鲁王》，昨天有两家，我们先去一家唱前半夜，再去另一家唱后半夜。我现在有几个徒弟，就是我家两个儿子和杨光福，杨光福是 1981 年出生的，属鸡，去外面打工了。他们几个都去开过路，但还不能全部唱完，得到八成的样子了，他们是用手机录音自己拿着去学的，不懂的就来问我。其实有好多来跟着学的，只是没有学得。我从十八岁开始，就一直在唱《亚鲁王》，我没出去打过工，一直都在家里，只是"文化大革命"期间，我没有去唱，因为那会儿不让唱，他们其他人去唱都是晚上才去，悄悄唱，同时还有人帮忙放哨，如果发现政府来人就赶紧通知东郎停止，不然被发现了要进学习班的。

七十一

耳濡目染学"亚鲁"
万事"亚鲁"最为重：
杨光福

访谈人：杨兰、刘洋、杨小冬
访谈时间：2017 年 8 月 28 日
访谈地点：猴场镇猴场村

　　没有父辈苦口婆心的教诲，在耳濡目染之下，他们不约而同地走上了学习《亚鲁王》之路。繁多的生活琐事，也在一句唱诵《亚鲁王》中按下暂停键。

铿锵凝重的吟唱声　不约而同的求学路

我叫杨光福，1980年出生的。我父亲叫杨老春，2016年的时候去世了；母亲叫岑三妹，她是1947年出生的，属猪。我们家有五姊妹，三个姐姐，一个哥哥，我是家里最小的。我大姐叫杨光枝，1967年出生的，在家务农；二姐叫杨光英，1969年出生的，现在出去打工了；三姐叫杨小凤，1976年出生的，她也是在外面打工；哥哥叫杨光全，1973年出生的，他在家里，一边种庄稼一边帮人修房子。小时候，因为家里姊妹多，一家人的吃穿都靠那一点土地，父母经济负担重，没有钱交学费，所以我没上过学。

我是十二三岁的时候开始学习《亚鲁王》的。我父亲是宝目，但不会唱诵《亚鲁王》，所以我是跟着杨通文和杨通明学习的，他们两个都是我的师父。我们学习《亚鲁王》只能在正月学，其他时间段是不行的。我们学习的时候，全凭自己记忆，因为我不识字，不能像人家识一些字的人一样，用笔记下来，全是师父教一段，跟着学一段，然后回到家里后，就自己反反复复地背，直到全部记住，每天去师父家里，师父都会先复习一下头一天教的，让我们自己背诵，如果有不对或忘记的地方赶紧纠正、查漏补缺。复习完之后，师父再接着教新的一段，就这样不断地教，不停地学。那时候又没有手机，现在好多人学的时候就用手机录音保存下来，有不会的地方之后自己再跟着录音学就行了，这样师父教起来比较轻松，徒弟学起来压力也没有那么大，因为他可以随时拿手机出来听，不必当场就记住。说实话，学习《亚鲁王》还是很累的，它不仅消耗体力，也消耗脑力，尤其是我们那个时候，本来生活条件就差，大家都没有什么肉类吃，唱《亚鲁王》的时候还要大声把它唱出来，所以饿得比较快，有时候学得肚子咕噜咕噜叫。《亚鲁王》的内容特别多，光里面的那些人名、地名都够我们背一段时间，加之后期没有复习的资源，只能趁学习的那段时间不遗余力地把它背诵下来，所以整天脑子里面都是嗡嗡作响。

我当时学《亚鲁王》，没有什么特别的想法，父母也没有特别要求我去学，就是从小都会听到老人们唱，那声音非常洪亮，但又给人一种很沉重的感觉，听后总会让人产生一种莫名的崇拜感和亲近感，然后我们就自然而然地跟着会唱的老人唱了，就怕有人教的时候不学以后就找不到人学了。那时候，学习《亚鲁王》在我们族里就形成了一个传统，没有哪个会强制要求年轻人去学，但这些年轻人都会不自觉地去学习，主要就是受环境和老人们行为的影响。我们那时学习的人很多，现在学习《亚鲁王》的人是越来越少了，大家都跑出去打工挣钱养家了。不过我们那时虽然学习的人多，但最后学成的人少，有一部分人中途觉得困难就放弃了，还有的人一心想学，但不论如何努力都没办法记住，最终不得不放弃。和我一批学习的人就有五六个，但最后就只有我学成了，我前面的一批学习的人数也不少，最终只有三个人学成，就是杨光毕、杨光益、杨光满，我们几个既是师兄弟，又是堂兄弟，都是一家。在我们几个人中，杨光益最大，他是1970年出生的，刚好比我大10岁，他在家帮人家修房子、种地；杨光毕和杨光满是同龄的，都是1977年出生的，但杨光毕出去打工了，杨光满在家务农。我们学《亚鲁王》的时候，都是跟着自家的老人学，所以没有进行拜师仪式这些，就给他们说想学，然后就去他们家学了。我是属于边学边用的，不是全部学完才去给人家唱的。

生活烦琐事 "亚鲁"最为重

从小到大，我一直在家务农，从来没有外出务工。成年后我就结婚成家了，我妻子叫韦小香，比我小2岁，1982年出生的。我们有三个孩子，两个儿子一个女儿，老大是女儿，她叫杨昌琴，2000年出生的；大儿子的名字叫杨昌勇，他是2004年出生的，比女儿小4岁；小儿子的名字叫杨昌磊，2007年出生的。刚开始的时候，我们都是靠种地维持生活，后来，我跟着他们学搞建筑，现在我们是一边种地，一边给人家修房子，我老婆也跟着我一起修房子、种地。种的庄稼主要就解决一家人的吃，其他的开销主要是靠帮别人修房子挣得的工钱。现在家里面最大的开支就是住房和小孩子上学，一般情况下，我们去帮人家修房子一人一天就100块钱左右，其实两个人一天挣200块钱也还好，能应付所有的开支，但就是不稳定，虽然我们都是哪个寨子有修房子，我们就去哪个寨子做，不局限于本寨，但有时候没人修房子了我们就只能空着，也就挣不到钱了。在家里虽然经济不富裕，但不管如何，能管教一下孩子也好，他们现在正处在叛逆期，陪在他们身边安心些，也对他们的成长好一些。

在家干活就是繁杂的事情特别多，里里外外都要去做，但如果有人请我们去开路，不论家里有什么事情我们都会丢在一边，先去给人家开路。即便修房子是我主要的经济来源，但如果在修房子期间有人找我去开路，我也会放下手中的活，这是我作为一个东郎的责任和义务，而且学《亚鲁王》不就是为了老人去世好为他们唱诵吗？所以其他事情都没有去开路重要。我们去给人家开路是不收取任何费用的，但他们有的会给我们一两斤肉作为答谢，也有的就说一声就行了，主要是看当事人的心情，我们都很随意的。帮人家开路一般情况下两三个人就行，五六个人也是可以的，一次开路的时长一般为 12 小时左右，人多的话每个人唱的时间就会少一点，就轻松一些，人少那就每个人多唱一点，比如两三个人每个人就要唱 4—6 小时，五六个人的话每个人唱两三小时就可以了。人太少的话我们也承受不住，主要是嗓子受不了。我经常和我的师兄们一起去给人家唱。

我现在还没有收徒弟，因为现在的人只要不读书的基本都在外面打工，他们去外面的时间长了，受本民族文化的影响就少了，不像我们那时一直在家耳濡目染，然后就产生了情感。我们那时到了一二十岁就不自觉地去学唱《亚鲁王》，现在的人到了一二十岁读不成书的就不自觉地出门打工了。所以，现在学习《亚鲁王》的人越来越少。还有一个原因我估计是大家觉得我年纪不大，怕教不好他们，所以有少部分人即使学习也去找年纪大点的东郎了。这和在学校当老师、在医院当医生一样，年轻点的老师或医生都会被认为经历少，各方面不如老教师、老医生，所以好多家长喜欢年纪长点的老师教自己的孩子，病人喜欢找老医生看病。但这些都不影响我继续唱《亚鲁王》，我的心愿就是等两个儿子长大后，他们都愿意来学，最起码有一个来学，那样他们就能接过我手中的这门技艺，继续把《亚鲁王》传递下去。所以，我现在经常会给他们说一些我唱诵《亚鲁王》的事情，也会给他们讲一些里面的英雄征战故事，目的就是从现在开始给他们灌输自己的民族文化，让他们对我们民族的历史有一些基本的认识，培养他们的民族情感，等他们读完书后自己主动学习《亚鲁王》。现在教他们的话还不是最好的时机，他们要读书，让他们学习这个的话就会耽误一些时间，分散他们的精力，所以现在最主要的还是先让他们在学校学点知识文化。现在这个时代，不识一点字都没办法出门，走到哪里都不晓得，我们就是吃了没有文化的亏，所以不能让这种悲剧在下一辈人的身上重演，这也可以为以后学习《亚鲁王》提供一些便利条件，到他们学的时候就可以自己记笔记、用手机录音，因此，不管从哪个方面来考虑，读书都是现阶段他们最好的选择。当然，我希望其他人也能来学习，人越多越好，那样我们就不用担心《亚鲁王》没有传承人了，所有老人去世以后都有人为他们唱诵《亚鲁王》，纪念他们。

七十二

衣不蔽体不言苦
孤儿寡仔互温暖：
杨通林

访谈人：杨兰、刘洋、杨小冬

访谈时间：2017 年 8 月 28 日

访谈地点：猴场镇猴场村

　　生母离走父当兵，入学一年被辍学，祖父祖母年事长，衣不蔽体不言苦。师从祖父学"亚鲁"，祖母去世首开路，同病相怜知相惜，孤儿寡仔互温暖。

生母离走父当兵　衣不蔽体不言苦

我叫杨通林，我是 1939 年出生的，属兔。我是一个苦命的人，我父亲叫杨老连，母亲叫谢金妹，我 11 岁那年，母亲离家出走了，父亲去当兵，家里只剩下年迈的爷爷奶奶带我们几姊妹。我家共有四姊妹，我是最小的一个，比我大的是两个哥哥，一个姐姐，大哥叫杨老科，二哥叫杨老贵，大姐叫杨金妹，他们都去世了，现在只剩下我一个人了。

我上过学，10 岁才开始去上学的，读了一年级就没读了，就是因为父母都不在家，爷爷奶奶年纪大了，做不起重活，而我们农村，全都是体力活，砍柴、种庄稼，没有哪一样是轻松的，他们根本经不起折腾，而且他们也是从小就干苦力，因此积下了不少病根，随着年纪的增长这些疾病的症状也跟着明显起来，但是为了养活我们，他们又不得不拖着虚弱的身子去做农活。那时候我虽然小，但还是懂得心疼爷爷奶奶，加上他们也没钱给我交学费，我就选择辍学，回家替爷爷奶奶干农活了。

那时的日子，至今都记忆犹新，那叫一个苦啊！虽然爷爷奶奶很爱我们，他们对我们倾注了全部的爱，尽可能地弥补我们失去的父爱和母爱，但现实总是残酷的，那个时候整个国家生产发展很慢，再加上我们那样的家庭，真是雪上加霜。秋收过后没多久就开始为吃的发愁了，必须要精打细算，把剩的粮食安排好，让每天都有一点食物来续命，能吃饱的时间少之又少。衣服的话，春秋天就一件薄衣裳，夏天经常光着膀子干活，冬天就再加一件稍微厚点的，那些衣服是补了一遍又一遍，到处都是缝补的痕迹，哪像现在有什么羽绒服、棉服穿。我那时常常因为干活累、吃不饱、想念父母亲而趁晚上躲在被窝里面偷偷哭，看到别人家的孩子父母亲都在身边，唯独我们孤苦伶仃，眼泪就会在眼睛里打转，但是我并没有告诉爷爷奶奶，不想让他们再遭受打击了。我的父亲去当兵后就再也没回来过，我们天天都盼着他回来，可是等了几十年，爷爷奶奶去世了，哥哥姐姐也去世了，还是没等来，时至今日，我都没有得到任何关于父亲的消息，我们觉得他很有可能牺牲了。

同病相怜知相惜　孤儿寡仔互温暖

我已经忘记我是什么时候结婚的了，我老婆和我一样也是孤儿，也许是因为我们都有着相同的命运，不说话都能体会对方的心情，也能感受到彼此带来的温暖，所以我们就成为一家人，相互取暖，相同的境遇让我们终身相伴。我们有三个子女，最大的是一个女儿，名叫杨小碑，1968 年出生的，属猴，在家务农。第二个是儿子杨光益，比大女儿小 2 岁，1970 年出生的，属狗，我年纪大了，他就没出去打工，在家里面帮人家修房子，这样可以照顾家里也可以挣钱，虽然修房子也是苦力活，很辛苦，但是只有这样才可以两头都照顾到。最小的一个是女儿，叫杨小秀，1977 年出生的，属蛇，也是在家务农，两个女儿都已经出嫁有自己的家庭了。

我 18 岁的时候开始学唱《亚鲁王》，学了两年学成的。我是跟着我爷爷学的，爷爷叫 bang bei（苗语），他没有汉语名字。我第一次在丧葬仪式上唱《亚鲁王》是给我奶奶唱的，奶奶带我们太辛苦了，一辈子都没有过上一天清闲的日子，奶奶去世的时候我很伤心，我就想着为奶奶做点什么，但又无能为力，想来想去，最现实的就是为奶奶唱《亚鲁王》，引导奶奶回到先祖居住的地方，我想，虽然我没在正式场合唱过，但是我相信我能唱好，而且第一次就为自己敬爱的奶奶唱，很有纪念意义，奶奶听到我的声音应该也会开心吧！在 20 世纪六七十年代，唱《亚鲁王》是被禁止的，如果发现要被拉去学习班学习，但我们是悄悄唱的，所以没被发现。

七十三

少年未成壮年续
适值其时把艺学：
岑万学

访谈人： 杨正江、杨兰、杨正超
访谈时间： 2017 年 8 月 29 日
访谈地点： 猴场镇冗瓦村

　　贫寒的家境，凄苦的童年，将他的梦想打碎一地。赓续传统的责任，却激励着他奋勇向前，即便进入不惑之年，也要呼兄唤弟学其艺。

儿多母苦古人语，哽咽悲怀藏心头

我叫岑万学，中寨组人，今年65岁。家有七姊妹，两个男孩，五个妹妹，我在家里是老大。我弟弟叫岑小兰，他今年有48岁了，目前在家做农业，没有出去打工。大的妹妹叫岑腊梅，大概五十多岁了吧！因为我家妹妹有点多，所以她们的年龄我记得不是特别清楚。二妹名叫岑小凤，三妹在一岁左右过世了，四妹名叫岑小九，五妹叫岑小秀，六妹叫岑小英，二妹和四妹在外面，五妹和六妹在家里做农活。逢年过节几姊妹你来我家、我去你家，一大家子非常热闹、开心。

古人说："儿多母苦"，这句话真的一点也不假，现在的年轻人姊妹都不多，有的可能是独生子，所以体会不到。我家父亲名叫岑杨保，已经去世四五年了；母亲叫杨乔妹，她40多岁就去世了，去世得早，她去世时我才15岁。那时候家里很穷，再加上姊妹多，为了能让我们姊妹吃上饭，父母不分白天夜晚地干苦力活，尽管如此，我们家还是过着有上顿无下顿的日子，因为没有钱买衣服，一年四季就那几件衣服，不分春夏秋冬地穿，破了缝、缝了破，古话说的"新三年、旧三年，缝缝补补又三年"就是我们那时的真实情况。特别是到了冬天，又冷又饿，那种日子你们真的无法想象。即使这样，我觉得只要人在，就有希望，但是偏偏老天连这么小的要求都不愿意满足你，母亲因为过度劳累，再加上生养我们7个娃娃，身体被压垮了，得了一场重病。由于没有钱，不能将母亲送到医院治疗，只能找一些赤脚医生给她开一点草药，但是这些草药对母亲的病根本不起作用，最终她还是留下父亲和我们兄弟姐妹走了。母亲去世的时候，我的弟弟和最小的妹妹都很小，所以他们都不记得母亲的相貌。父亲没有哭，但是我经常看到他在晚上一个人发呆，我知道他很舍不得，我们简单地为母亲举行了安葬仪式，日子还是要继续过。我母亲的这一生，真的太苦了，在世时从来没有过过一天清闲的日子，去世时也是凄凄凉凉的。母亲的去世让原本一贫如洗的家庭雪上加霜，一方面，家庭少了一个顶梁柱，父亲少了一个重要的帮手，母亲在世时，洗衣做饭照顾我们姊妹都是她包揽，还要协助父亲做农活；母亲走后，父亲既要照顾家里幼小的弟弟妹妹，又要到地里干活，既要当爹又要当妈。另一方面，父亲从此孤苦伶仃，遇到事情找不到商量的人，苦了累了也没有人倾诉，只能自己装在心里。对我们姊妹来说，从此失去了母爱，都说没妈的孩子像根草，我们几姊妹就是草。母亲的去世，让我们的家庭更加困苦了，幸运的是周围的寨邻都很热心，我们有时候没有饭吃，他们如果有多的，就会给我们一点，就这样勉强地度过挨饿的日子，那时候我就想快点长大，长大了就有力气干活。

也正是因为家里的现实情况，我读到小学四年级就没有读书了，一个是没钱交学费，另一个是作为家里的老大，这么多的弟弟妹妹要吃饭，那时候是靠工分分粮食，做的活少得到的工分就少，分得的粮食也就少，就这样我回到家里，开始为家里分担负担，弟弟妹妹们也因为这样，能够吃饱饭了。回到家后，因为多少识点字，我就做了记分员，也算是国家工作人员了，父亲很高兴，我一年可以得到三四百块钱，不光解决了温饱问题，也给父亲争了光。其实那个时候的三四百块钱是很管用的，至少抵现在的四五千块钱。后来因为一些原因，我就没有做记分员了，就自己搞农业一直坚持到现在。改革开放后，好多人开始外出打工，我一方面是为了照顾家里，另一方面是年纪大了点，去做工也跟不上年轻人的体力，就一直没有外出打过工。

少时曾把梦想破，壮年再把梦想圆

事实上，年轻的时候我学过一点《亚鲁王》的，而且我们长辈也会一些，所以我从小就了解《亚鲁王》，对《亚鲁王》比较感兴趣。原来，我们家里的一个老太公拿轿子抬师父来教我们老祖公学，老祖公学了之后又来教我们各个分支的，我家大伯都晓得这个情况，因为我们都是一家分支下来的。我父亲虽然不是东郎，但是也会一点，因为他之前和我伯伯一起学过，但是他胆子有点小，不敢去帮人家开路，一上场紧张得全忘记了。但是如果在旁边听人家唱，他就能知道别人唱到哪一段了。我们练习的时候，他就在旁边督促。

我前面说年轻的时候我也学得一些《亚鲁王》，但后来就没学了，是因为当时教我们的那个师父，他的行为让我们很伙翻（生气），所以就放弃了。他叫岑正学，现在已经去世了，他这个人呢，平时特别喜欢讲笑话，但他说的往往又不是假话，而是他的真心话。当时我们好几个人一起去找他教我们，他对我们说："你们来找我学是可以的，但老祖记的这个调子很长，所以一晚上你们一个人要拿小半截肉、一小瓶酒、一小截柴，这样的话才能坐得夜深长（坐到很晚），我腰痛得很背不到柴来烧，没有柴烧的话我们坐着冷得很，而且这个也是老规矩诶！"他虽然没有骂我们，是很平淡地说这些话，但是让我们几个很生气，因为那个时候我们大家都很穷，一年都吃不上几顿肉，他还让我们一晚上拿一小截肉，这根本是不可能的事情。酒对我们来说同样也很困难，连饭都吃不饱，哪有多余的粮食去换酒，而且那个时候是不允许喝酒的。本来去帮人家开路也不是冲着钱去的，现在学习都要这么多的钱，确实是有点生气。但是想着请他教我们东西也很辛苦，于是我们就想几个人一起凑点酒拿去他家，但是被他听到后就问我们道理。再说柴，虽然很普通，不值钱，但那个时候，做饭、冬天烤火都是要烧柴的，所以每家的柴都很紧张，也没有多的，如果我们把家里的那点柴拿走了，那家里面那么多的人就没有柴烧了。这些累积在一起，我们就没办法再去学了，就放弃了。

38岁时，我又重新学唱《亚鲁王》。那个时候我们把我家那个老房子拆了重新修，修房子期间空闲的时候，我就自己学，为此我家老大还反对我，他说："搞那些鬼名堂做什么嘛，还是不要搞了。"我告诉他说："不行啊，我从小就想做的，只是原来没机会学，现在有机会了，要抓住机会呀！再不学老了就更学不成了。"这个时候，我家一个二哥也来鼓励我学，他说："你一定要去和那些老人学一下，因为我们这里路程远，坎上那个二哥和大哥他们基本上都走过，是知道这个情况的，但是他们年纪大了。如果你不去学的话以后我们家遇到事情不得哪个人能唱，这是要被老人们谴责的，因为这是我们老祖宗留下来的传统，必须有人传承，不能让他毁在我们这一辈人的手里。"我家这个二哥曾经是教师，我想他是知识分子，连他都这样讲，那《亚鲁王》应该就不像有些人说的是不好的东西了，于是我就下定决心一定要学会。因为年纪大，我担心我一个人去学的话，记不了多少内容。所以，我就想着至少得再找一个人和我去学，这样的话两个人可以相互补充。这样确定后，我就去找我兄弟，但是他不答应，我又去找一个叔叔，叔叔也不答应。后来这个事情被我大嫂知道了，她就骂我那个弟弟，叫他和我去学一下，最后我这个兄弟才和我一起去学的。事实果真像我想的那样，两个人学起来确实要容易些，一方面是两个人一起有个伴，可以提高学习兴趣；另一方面是两个人相互学习，效果确实要好些，比如我忘记某个内容的时候，他就会告诉我，他忘记某个内容的时候我又提醒他，这样一个问一个答很快就记得了。但如果只是一个人学的话忘记了就只能停在那里不能继续唱下去了，可能学一年都难得学会。因为两个人学得快，我学得一年左右就去给人家开路了，到现在我都还记得很清楚，我第一次开路是给一个爷爷开的，那时候属于边学边用。从 30 岁学习《亚鲁王》到现在，我基本都可以记住，只是年纪大点、学历低、学得又晚点，所以有时候会突然忘记一点，但是别人一提醒就知道了，去学的时候就是和我一起学的那个兄弟提醒，去给人家开路的时候旁边的人会提醒，开路的次数多了，自然就记得牢了，不会像刚开始的时候时常忘记。我们帮人家开路都是几个东郎一起的，所以不用担心忘记了没人提醒，而且我们都是做了几十年的东郎，忘记的时候还是比较少的。

要说我学艺的遗憾就是我不会宝目，其实对我来说也算不上遗憾，在其他人看来可能就是遗憾。为什么对我来说不算遗憾呢？因为是我自己不愿意学的。那些师父都叫我去学，还承诺一定把我教会；其他人也提醒我，说我应该去学一点，还给我说假如我忘记也不用担心，他们会教我，但我觉得太啰嗦了所以就不想去做。一是我个人觉得不体面，像宝目这个，有人会觉得是迷信，不科学；二是我们做农活确实太忙了没有空去做。这个东西如果想做我肯定学得会的，但是学会以后，就会有很多人上门找帮忙，如果不去帮，是要被人家骂的，他们会觉得，学得一点东西就了不起了，好言好语去求他来帮个忙都不来，架子大得很；但如果去帮人家呢，我家里的活路又实在丢不得，我家儿子儿媳都外出打工了，我和老伴两个人既要做农活，又要照顾孙子，再加上年纪逐渐大了，做事情也没有年轻时那么灵活、快速。我考虑来考虑去，最后还是决定不做这些小头路（事情）了，免得到时候既得罪别人，又照顾不到家里。尽管家里头活路很多，但我有一个原则，就是只要人家喊开路，我一定不会推辞，哪怕是被骂或者在田坎上摔倒，只要能去的我都要去。

一生"亚鲁"情，一代"使命"承

我对《亚鲁王》有一种独特的情感，说不清是什么样的感情，就是一提到《亚鲁王》，我会非常激动，就好像全身都充满了能量，无形中给我一种精神动力。也许就是因为这种力量，促使我到了中年都还义无反顾地去学习《亚鲁王》吧！其实我做东郎，家里人都是支持的，即便是三十八岁学的时候反对的儿子，在我的影响下，态度也有所改变，不再阻挠我出去给人家开路。

我老婆名叫杨乔妹，今年70岁了，她比我年纪要大点。我们共有三个孩子，最大的那个孩子叫岑小金，是儿子，今年45岁了，属龙的，现在在外面打工；第二个和第三个孩子都是姑娘，老二名叫岑二妹，她有41岁了，属龙的，在家搞农业、带孩子；老三名叫岑三妹，37岁了，她也在外面打工。

我对"亚鲁"有一种特别的情感，但是不知为什么，我家老大就是不感兴趣，本来我是想让他把这门技艺传承下去的，但是他不感兴趣我也就没办法。幸好我那个孙子对《亚鲁王》是感兴趣的，他叫岑小亮，今年18岁了，因为他还在读书，我平时就教他一点点，而且他爸爸想让他安安心心读书，不想让他学，所以他老爸老妈打工回来的时候，他就给我说："爷爷您现在不要教我，我老爸爱骂得很，等他们去打工了您再教。"我孙子现在已经学得一段了，等他学习不忙的时候我会继续教他，争取让他接替我的班。包括其他人，只要他们感兴趣想来找我学，我都会毫无保留地教给他们，让《亚鲁王》可以永远传承下去。但现在好多年轻人都外出打工了，忙着挣钱，有些读大学出来就在其他地方工作了，来学的人很少，即便有人来学，也是三天打鱼两天晒网的，觉得好玩来学一下然后又去做其他事了，完全学会的年轻人不多了，现在科技发达了，有很多玩的，比如手机、电视，他们的心思也不在这上面了，我很担心传承不下去。所以我比较关心这门技艺如何传承下去，要是在我们手中失传，都不知道应该如何向我们的先祖交代了！

七十四

少小随父不停学
莫使"亚鲁"空对月：
岑正益

访谈人：杨正江、杨兰、杨正超
访谈时间：2017 年 8 月 29 日
访谈地点：猴场镇冗瓦村

　　总角之年跟随父亲学"亚鲁"，子承父业继续把古传。如今师兄师弟皆离人间而去，留下他一人在台上吟唱。为了《亚鲁王》能传承，他立志努力带出更多徒弟。

总角之年随父学　子承父业把古传

我叫岑正益，属鼠，1960 年出生的，家住冗瓦村冗盖组。我父亲叫岑少民，父亲是高寿，90 岁才过世的；母亲叫熊老满，去世了有二三十年了。我们家有四姊妹，我是家中唯一的儿子，排行老三，我大姐叫岑小香，属兔，1951 年出生的；二姐叫岑小芝，属马，1954 年出生的；妹妹岑小兰，1965 年出生的，属蛇。她们都在家做农活、带孙子。我是七八岁的时候开始上学的，对于我们那时候来说，我上学不算晚，我们那时读书不像现在，要先进幼儿园，城市的那些幼儿园还分小班、中班、大班，读完幼儿园然后上小学，我们那时是直接从小学一年级开始读，没有什么幼儿园的。我读到四年级的时候，我家老爹、老妈就让我们跟着去抢工分补贴家里，所以就辍学了，我现在只认识一些简单的字，太复杂的认不出来。

我是家里唯一的男孩，而且十几岁了也有一定的力气了，为了让一家人能够有点吃的，父母不得不把我叫回家，跟着他们一起抢工分。那时候实行的是人民公社制度，一个人民公社下面设立几个生产队，每个生产队都有自己的记分员，记分员就是记录每个社员的劳动量、计算劳动报酬，这个劳动量就是按工分来计算的。每年年底，每户人家都要根据自己所挣得的工分来分粮食，如果工分挣得多，分得的粮食就多，那一家人的吃穿就会好一些；如果工分挣得少，那分得的粮食就少。所以但凡有点力气，大家都会被父母叫去跟着抢工分，为的就是能养家糊口。一般情况下，劳动一天以十个工分计算，但会根据劳动力的强弱来评定工分数，年轻力壮的就是十个工分，我们未成年的这些一天就是两三个工分的样子。虽然我们得的工分少，但是积少成多嘛，总比一个工分都不挣好。我们那个时候的日子苦哦，吃不好、穿不好，不像现在的娃娃们，什么活都不用做，还吃得好、穿得暖，天天都玩得很开心。

不读书回到家里后，就一直做农活，没有去外面打过工。刚回到家的那一年，父亲觉得既然没办法读书了，那就学一门技艺，这样也有一技之长。父亲是一名东郎，所以他让我也跟着学唱《亚鲁王》，问我愿不愿意，我自小就听父亲唱诵《亚鲁王》，对《亚鲁王》已经产生浓厚的兴趣和情感，听父亲这么一说，我非常高兴，所以欣然答应了父亲。当时父亲觉得让自己的孩子跟着自己学，总有一些时候觉得不好，所以想着让我也跟着其他师父学一些，然后他再给我辅导，但去找其他师父总是时间对不上，所以后来我们就放弃了，干脆一心一意跟着父亲学。学习《亚鲁王》的那段时间，我天天都跟着父亲，他一段一段地教，我就一段一段地背，不论白天夜晚，只要有时间父亲都教我，因为正月农活稍微少点，白天还是有一些时间学习的。父亲教完以后，我一有时间就翻来覆去地复习，遇到忘记的内容，马上就问父亲，就这样，反反复复地背诵几遍，我就学得了。后来，别人来请父亲去开路的时候，父亲就会带上我，刚开始只让我唱一小部分，因为他怕我紧张忘记内容，但看我唱诵得还可以，就慢慢地给我增加内容。随着演唱次数的增多，大家也开始认可我了，所以他们需要唱诵《亚鲁王》的时候，都是说请父亲和我，俗话说"打虎亲兄弟，上阵父子兵"。我父亲除了带我以外，还有好几个徒弟，他们都是我的师兄弟，我们也经常在一起唱诵《亚鲁王》。可惜的是，父亲在90岁时离我们而去了，想着从此以后我再也听不到父亲唱诵《亚鲁王》的声音，我心里无比难受。好长一段时间里，一听到别人唱《亚鲁王》，眼泪就不自觉地在眼里打转，我都不敢去唱。但我后来一想，如果我一直不唱的话，就违背了父亲的心愿，他当初让我学习，不就是希望我能继承他的衣钵吗？人终归有一死，我如果不从父亲去世的阴影中走出来，可能父亲的在天之灵也不安心。所以，我不断提醒自己一定要克服这个心理障碍，又开始去唱诵《亚鲁王》。

立志努力教徒弟　莫使"亚鲁"空对月

父亲去世后，我经常和我的师兄弟们一起去唱诵《亚鲁王》，但人生就是这样无常，真的是没有谁能陪你走到最后，慢慢地，我的师兄弟也陆续离开人世，如今我父亲带的徒弟里，就只剩下我一人了。有时候回忆起和父亲、师兄师弟一起唱诵《亚鲁王》的场景，喉咙就变得硬邦邦的，而我能做的，就是祈祷他们在天堂都安好，此外，尽可能多带一些徒弟，让《亚鲁王》后继有人，这是对他们最好的怀念，我想这也是他们希望看见的。

　　我现在有三个徒弟，岑小益、岑正刚、岑小强，岑正刚是1974年出生的，比我年长，另外两个就要小一些。我现在都还到处给年轻人做思想工作，希望他们来跟着我们学习《亚鲁王》，现在学的人越来越少，我担心再过一两代后，就真的没有人会唱了，老人逝世也没有人能为他们唱了，那样就对不起逝去的先祖和老人们。所以，我现在也经常给小孩子讲一些亚鲁等先祖的英雄故事，就是想让他们从小就对自己的文化有一定的了解，慢慢培养他们的民族情感，为长大后学习《亚鲁王》打下情感基础。我不仅会唱《亚鲁王》，还会送菩萨，现在也还有好多人找我做这个。

　　其实，在培养徒弟这方面我还有一个愿望，就是让我的儿子也来学习《亚鲁王》，等我唱不动的时候，他就可以继承我的衣钵，就如当初我继承我父亲的衣钵一样，让我们家子承父业的传统继续下去。我父亲当时为了唱诵《亚鲁王》，是经历过一番磨难的，就是"文化大革命"期间，他因为唱诵《亚鲁王》被抓去学习过，那时《亚鲁王》是被禁止唱诵的，他说去的这段时间，日子很煎熬。后来，政策放松了，恢复唱诵《亚鲁王》，我父亲为了能让《亚鲁王》传承下去，不仅自己继续唱，还让我跟着学习。所以，我也不能让父亲辛辛苦苦坚守下来的《亚鲁王》到我这一辈终止了，一定要把它传递给我的儿子。我有三个孩子，但只有一个儿子，另外两个是女儿。我老婆叫杨春妹，属鸡，1957年出生的，她比我长3岁。我儿子叫岑光强，是家里的老大，1977年出生，属蛇的，他现在去外面打工了，他还在读书的时候就娶了老婆，那时才15岁，为此我还进了学习班，学习了一个多星期，因为他不满十八周岁违反了相关规定，我作为父亲没有阻止，所以就被叫去学习班学习。二女儿叫岑华英，属猴，1980年出生的，出去打工了。三女儿叫岑小团，属兔，1987年出生的，也是出去打工了。现在他们要养孩子压力大，等孙子们都长大些，我就准备让儿子回来学习《亚鲁王》了，我也把我的想法给他说了，他是答应了的。

七十五

纵使清贫
亦不负使命：
岑正学

访谈人：杨正江、杨兰、杨正超
访谈时间：2017 年 8 月 29 日
访谈地点：猴场镇冗瓦村

　　不同的人，有不同的人生，他的人生虽然平淡，却不平庸。而后师从家父学"亚鲁"，由此接过父辈手中接力棒，不计报酬为人诵，悉心教导传后人，纵使清贫，亦不负使命。

幼年兄妹相约长大　成年按时成家立业

我叫岑正学，1960年出生的，属鼠，冗瓦村中寨组人。我爸爸名叫岑绍华，他是一位东郎，他75岁的时候就逝世了；我妈妈名叫韦田妹，也不在世了，她比父亲晚一些离开我们，是80岁时去世的。我们共有四兄妹，我是大哥，第二个是妹妹，名叫岑金枝，她比我小两三岁，现在在家带孙子，做点农活这些；老三是弟弟，名叫岑云生，他是1969年出生的，属鸡，他就在家中干农活，因为他不会讲话，也没办法出去打工；老四叫岑小乔，也是弟弟，他是1973年出生的，属牛，他不在家，去广东打工了，我这个弟弟也学得一点《亚鲁王》，只是现在在外面打工很少有时间唱。

我是20岁左右结婚的，我们那时的人基本是20岁左右就成家了。我老婆叫韦春妹，她比我大1岁，1959年出生的，属猪，在家里面务农，平时也做一些临时工，像今天就带工人在烟地里面做活。我们共有三个小娃，老大是一个儿子，名叫岑小杰，1982年出生，属狗的，他没有出去打工，在家里面搞建筑，帮别人修房子，我没事时也跟着一起去做，那边路口的房子就是我们修的，昨天才打板的。老二是一个姑娘，名叫岑兰珍，1985年出生的，属牛，她已经嫁出去了。老三也是一个儿子，叫岑建华，他是1992年出生的，属猴，他之前出去打工了，才转回家里来。

师从家父学"亚鲁"　不计报酬来传诵

因为我父亲是东郎，所以从小我们就听他们唱《亚鲁王》，每年正月，大家都会聚集在一起唱《亚鲁王》，听多了，我们无形中就受到了影响，对《亚鲁王》产生了兴趣，而且在我们这里，老一辈将《亚鲁王》传授给下一辈，是一个不成文的约定，因为家中有老人去世，都需要东郎去唱诵，因而必须后继有人。我们三兄弟中，二弟因为不能讲话无法继承，我一直都在唱诵，算是接过父亲手中的接力棒了，三弟虽然没有全会，但是学得一点也算是继承了一部分。我和三弟都是跟着我爸爸学的，所以于我们而言，爸爸亦师亦父。如今，我的两个儿子也跟着我学会了一些，但还没完全学会，还需要继续学习，但是现在的年轻人不像我们那一辈的人，对《亚鲁王》有一种难以言说的情感，他们可能是受外界因素的影响，对《亚鲁王》的情感就没有那么深厚。我时常给他们讲，这是我们世世代代传承下来的文化，我们有义务教授给他们，他们也有责任把它学会，这样才能传给下一代，如果在某一辈人手里中断了，那《亚鲁王》就会失传，到时候去世了都没脸去见祖先了，因此要教育他们抓紧把《亚鲁王》学会。

我们学《亚鲁王》不要钱，去帮人家开路也不收钱，即便自己有活要做，也要放下等开完路再说，这是祖祖辈辈传下来的规矩，因为都是自己的老人，就相当于帮忙，从来都不计回报的。现在，我教了一些徒弟，反正年年都有人来跟着我学，但好多还没学得，学得的只有几个，如岑万明、岑小国、岑小明、岑小富、岑小朱、岑小乔等。岑小明是1961年出生的，属牛，比我小1岁，在家做农活。岑小国有四十多岁，他没在家，在外打工，现在的这些年轻人多半都是出门打工，很少在家。岑小富应该是1962年或1963年出生的，具体记不清楚了，他在家做农活。岑小朱是1975年出生的，属兔。有的徒弟年纪和我差不多，但学习知识这个东西很难讲，谁懂就跟着谁学，不能以年龄的大小来决定这种师徒关系，师父不一定就得是年纪大的，徒弟也不一定就是年纪小的，谁能传授东西谁就是师父。

七十六

结伴学"亚鲁"
携手同登台：
岑小明

访谈人：杨正江、杨兰、杨正超
访谈时间：2017 年 8 月 29 日
访谈地点：猴场镇冗瓦村

少时平淡有如纸，幼时读书大时农。三十有五叔结伴，一起去把"亚鲁"学，边学边唱精于业，携手同行共登台。

少时平淡有如纸　幼时读书大时农

我叫岑小明，1963 年出生的，属兔，我家住在中寨组。我爸爸名叫岑万友，他不会唱《亚鲁王》，已经去世了；我妈妈叫伍幺妹，她是 1938 年出生的，属虎，她年纪大了，就在家里，没做什么了。我们有六姊妹，我最大，而且只有我一个男生，其他几个都是妹妹。最大的妹妹叫岑二妹，她是 1965 年出生的，属蛇，她到四川那边去了；二妹叫岑有妹，她嫁到六拢了，但是已经去世了；三妹叫岑阳妹，她是 1971 年出生的，属猪，她现在出去打工了；四妹叫岑素珍，1974 年出生的，属虎，她嫁到大营了，原来出去打工，2017 年回家了，在家做农活；最小的妹妹叫岑十妹，1977 年出生的，属蛇，和最大的妹妹刚好相差 12 岁，她没在家，出门打工去了。我是 1987 年结婚的，也就是我 24 岁的那年，我老婆叫廖冬英，她是 1962 年出生的，属虎，比我大 1 岁，在家务农。我们有三个小娃，两个儿子一个女儿，大儿子名叫岑银富，他是 1987 年出生的，属龙，去浙江打工了，在那里进厂做工；二儿子叫岑银花，他是 1990 年出生的，属马，也是出去打工了，但没和他大哥去一个地方，他在广东；小女儿叫岑小梅，她是 1993 年出生的，属鸡，也出去打工了。

我是家里的老大，又是儿子，所以我上过学，但是具体是几岁开始去上学的记不清楚了，读完小学后，因为妹妹们逐渐长大，家里的开销也越来越大，父母没办法支付学费，作为家里的老大和最有力气的孩子，我要帮助父母减轻负担，所以就没去读初中。辍学后，就回到家里种庄稼，我没有参加过集体，我回家的时候土地已经下放到各户了，自己种多少得多少，相比原来好很多。后来就这样在家里守着一亩三分地，每天早出晚归，靠种庄稼养活一家人。但光靠那点土地，不管怎么勤劳，还是没办法改善生活条件，2013 年，我也跟着他们出去打工，去了三年，去过广东、云南，主要是在菜场里面帮人家栽菜，2016 年我又回来家里了。因为三个小娃都出去打工了，家里只剩下我母亲和我老婆，所以我就回来陪她们了。

三十有五叔结伴　携手同行共登台

我是三十五岁开始学习《亚鲁王》的，当时是我家叔叔岑万明来喊我一起去学，他说两个人一起去学的话有伴，我想着反正这个《亚鲁王》老人去世都要用，我们祖祖辈辈都是一代传一代的，到我们这一代也应该要有人去学、去传承，不然对不起那些老人家，所以我就和我叔叔一起去学了。我们唱这个《亚鲁王》，有的人讲这是迷信，我们却不这么认为，我们也没有解释，解释多了别人还以为我们在狡辩，反正他们有需要我们就去搞，不需要就算了，我们又不收钱，而且都是丢下自己的活抽时间去做的，免费为大家服务。

我是边学边唱的，到现在还没有全部学完，只学得了两段，我是一段搞精再学下一段，不精不行，我不喜欢为了求速度，上一段没学精就着急忙慌地学下一段。我们当时学的时候，两个人去买了一个录音机来录，那个时候还没有手机，录完之后就跟着录音机学，那样可以让老人家（师父）少耽搁一点时间，那时候也没有笔墨纸张，没有什么可以画的，就靠白口记。我第一次开路是我家奶奶去世的时候，有一二十年的时间了，我家爷爷去世的时候是我家老华叔先开口，我是在我家奶奶过世的时候才开口的，我就去唱我练熟的那一部分，不熟的让其他人唱。唱《亚鲁王》最重要的，一是要有胆量，二是要开得口，不开口没法唱，胆子大的话声音就能搞大一点，有的人脸皮薄，当着几百人的面不敢大声唱出来，那是不行的，要搞定几百人全凭脸皮厚，实际上又不得哪个笑你，很多时候都是心理作用。但我确实被大家笑过，不是因为我胆小，是因为我搞错了，所以他们才笑我，就是我奶奶去世的时候，有一个交接仪式，第一步我就得交那个，我交给了死人的亡灵，但实际上是我奶奶没有死就得交给她，不能交给亡灵，我把它搞错了，大家就取笑我，当时我脸都红了，太尴尬了，也就是从那次起，我要求自己每个内容都要学精，因为丧葬仪式是很严肃、隆重的，不能掉以轻心，惹人非议。

我和我叔叔一起去学，开路我们也基本是一起的，现在好多年轻点的会唱《亚鲁王》的人都出去打工了，在家的都是年纪比我们大一些的，好多七八十岁了，所以有人去世，人家来找我们，我们都会去，不去不行嘛，他们年纪大的去唱站不了多久，我和我叔他们一起去，大家每人分点就多得休息，互帮互助不会那么累。自我奶奶去世开始开路，到现在我都开了十多次的路了。我们是杨家和岑家有老人去世都会叫我们，不像其他的李家只叫李家，陈家只叫陈家，各家搞各家的，我们这里杨家不懂《亚鲁王》《开天辟地》这几段，所以就必须喊我们去，必须用我们，有一次两家都有老人去世，我们搞完累得不行。

我现在还没带徒弟，我自己都还是徒弟，还没资格带，他们倒是有人来叫我教他们，但是我没有答应，我要等我学完了再教，不然只能教他们一部分我觉得不好。只要我学会了，任何人想来学我都教，前提是他们是有心学的，这也是我们的任务，这样等我们唱不动了也有人接我们的班。

七十七

务工赚钱补家用
回乡成为新东郎：
吴国忠

访谈人：杨兰、杨正江、杨正超、梁朝艳

访谈时间：2017 年 7 月 19 日

访谈地点：四大寨乡牛月组

　　作为年轻一辈的东郎，在外务工是解决家里开销最重要的方式，由于照顾老人和小孩，吴国忠放弃了高收入的工作，毅然决然回村生活，纵使生活清贫辛苦，能陪伴在家人身边也是幸福的。

十年菜场打工　家人情深回乡

我叫吴国忠，今年42岁，住在四大寨乡卡坪村六月组。我的父亲叫吴老腊，已经去世了，母亲的名字不记得了，她也去世了。父母亲都是牛月组的人，没有读过书，就在家中做农活，带我们几兄妹长大。我有三兄弟，但是有一个去世了。我哥哥叫吴小书，今年46岁，在外面打工，他的儿子会唱《亚鲁王》，是跟着我学的，算是我的徒弟了。他叫吴八斤，今年25岁，出去打工了。我姐姐叫吴金莲，小我家大哥1岁，45岁了，嫁到广州去了。我有两个小娃，大的那个叫吴春香，有17岁，在读书。小的是个儿子，叫吴广智，12岁了，也在读书。

四大寨，算是紫云一个比较偏远的乡镇了，我们乡缺水，土地也很少，所以发展很困难，我们从小就穷，缺衣少吃，能吃一顿饱饭就已经是好得不得了的事情。我们家有四姊妹，我是最小的一个，哥哥姐姐们受的苦比我多些，因为我年纪小，他们都很保护我，不让我做太重的活，有吃的也是先让我吃。即使是这样，我也觉得我们四大寨很穷。你看这两年乡乡都通硬化路，但是四大寨这条路就很让人恼火，只有底盘稍微高一点的车能过，小车不能过。以前不是有一些标语叫"要致富先修路"嘛，但是我们连一条平整的路都没有，怎么富？

虽然我是我们家最小的孩子，但是我也没有读过书，因为条件限制，我们连基本的生活保障都没有，哪里还有钱来读书。我们四姊妹跟着爸爸妈妈一起劳动，做得多就有吃的，所以从小我们就知道，要努力干活，只有通过自己的努力才有吃的。牛月这里特别缺水，我们小的时候，有一年天特别干，有个把月没有下大雨，而且是七月份，刚好是最热的时候，偶尔飘一点毛毛雨，但是不起作用，土地还是干，我们还是没有水喝。那年，政府的组织来送水，用大货车送，每天早晨来送一回，我们早上八九点钟在乡政府那里集中排队领水，人倒是勉强能够供应，但是地里的庄稼就遭殃了，一地一地的苞谷就这样干死了。我家那一年五口人的土地都种了苞谷，苞谷地里还种了一些豆豆、南瓜，这些庄稼就全部被晒死了，一点收成都没有，没有办法，我就出去打工，想着一个月能挣个几百块钱，把家里面的生活维持下来。说走就走，我收拾了几件换洗的衣服，借了点钱就离开了牛月。走的那天，爸爸妈妈送的我，家里也没啥吃的，就炒了个饭，跟我爸爸喝了几杯酒，爸爸说："自己一个人出去，万事都要小心，钱不钱的都不要紧，人没事就好。我这个爸爸没有能力，不能把你们几姊妹照管好，但是我也尽力了，希望你出去以后，好好工作，好好挣钱，不用担心我们两个老的，我们都很好。"我只是不停地点头答应，也不知道说什么好，第一次感觉到和老人分开的难受，可是能怎么办，生在了这样的地方，过着穷苦的日子，要不是为了生存，哪个愿意离开家乡离开父母。

我没有读过书，不识字，到外面也是进的菜场种地，但是外面种菜和我们这边不一样，我们这里就是用锄头挖，外面是用机器耕种，而且那边的土地特别平，土质也很好，我们那间菜场，有十多亩土地，是老板承包农民的土地来做的，都是用机器来耕地，收庄稼的时候，像白菜还是要我们人工去收，但水稻玉米就可以用收割机收割。那时候我们工资也不算高，毕竟不是做技术工作，一个月也就四五百块钱，老板如果赚得多呢，有时候就会得的多一点。在菜场做呢，一个是因为种菜这种活路，我们在老家都干习惯了，不用再重新学习；另一个是我不识字，去进厂，别人也不会要我。我在菜场一做就是十多年，之前的几百元工资，后来慢慢涨，现在要是继续做下去可能都有四千左右的工资了。在外面打工，确实好，比在家中做农活要好得多，我们在家中做，一年的收成有时候还不够吃，更不要说卖钱了，在外面我一个月除开自己吃的，还能寄钱回来，让家里买米吃。我们一个月的工资都够在家吃一年的大米了，所以想来想去，还是在外面打工最划算。

我二十多岁的时候，大哥大姐都结婚了，大姐因为打工，出嫁到广东，大哥是在紫云这边结婚的，就剩下我一个，老人家就喊我赶快找一个结婚，不要年纪大了再找，到时候怕找不到了。老人们也很心急，因为我也二十二三岁了，在老家来说，年龄算大的了。所以，在老人们的介绍下，我认识了我现在的妻子。她也是本村人，年纪比我小两岁，谈得几个月的时间，我们就确定结婚了，结婚以后我们两个还是要出去打工，现在去打工还能挣几个钱，回家来能做什么，肩挑背扛的日子还是很难过的。我们两个出去呢，不到一年就怀了我家小香，我没有把老婆送回来，在广东我一边上班，一边照顾她，一直到小香三个月了，我们才回来，请我爸爸妈妈帮忙照看，然后我们又继续出去打工，这一去大概去了四年的样子，我爸爸身体不好了打电话喊我们回去。于是，我们就回家了，爸爸确实病得很严重，他说："你还是要再生一个，要有一个自己的秧苗（儿子），我可能看不到了，但是你一定要让你妈妈看到。"后来安顿好爸爸的丧事之后，我们又继续回去打工，我老婆晓得我爸爸说的这个事情，她也很理解，就主动说："爸爸和妈妈也没有什么多的要求，就想要个孙子来保住香火，我也不识得字，但是道理呢我懂。"我心里面就放下了之前担心的事情，怕老婆不理解我，说我还是老思想。很快我们怀上了老二，我就给家里面打电话，请人告诉我妈妈这个消息，妈妈高兴得很，说让我老婆回去，她来照顾，我说她年纪大了，帮我们带大姑娘就好了，不能再加一个来给她添麻烦。我还是像原来一样一边照顾老婆一边上班，她白天就在家里面休息，有时候出去逛逛买点菜，我下班回来就立马做饭做菜，做好了我们两个就一起吃，然后我再收碗、洗碗、洗衣服，把家里面打扫干净，一天的工作才算结束，说实话是很辛苦的，但是想着要是这次能够完成老人们的心愿，再辛苦也是值得的。时间过得很慢，我每天早上醒来都会问问老婆是不是小娃在动，是不是要生了这样的问题，她既好气又好笑，说我也不是没有当过爸爸的人，怎么还不清楚，我们这个小娃出来还早呢，还有好几个月，得再等等。好不容易熬到了时间，还是没有动静，我着急了，都已经一个星期过去了，还不见生。我带着老婆去医院问，医生就给我开单子，喊我们去做 B 超，还听心跳，做了一大堆检查，然后说还要再等等，我又带着老婆回来等。在超期第二个星期的星期一晚上，我睡得正着（沉）老婆使劲打我，把我打醒了，说喊我我没有听见，实在痛得很就打醒我，我醒来看她头上全是汗，就把收拾好的东西提着，扶着她出去打车去医院。我记得很清楚，一路上她痛得捏得我的手都青了，但是我一点办法都没有，只能问司机快到医院了没有，好的是没有堵车，一小时后我们到了医院，挂了急诊，然后就进了住院部的妇产科，在那里排队进产房。终于医生说可以进去了，老婆才被喊进去。我在外面等，一步都不敢走开，好像等到快天亮，小娃才生出来，医生问哪个是病人家属的时候，我都怀疑是不是在喊我，她告诉我说是个男孩。那时候眼泪都要掉下来了，一方面是担心老婆，另一方面是完成了父母的心愿。

老婆出了月子，我们就往老家赶，我把广智交给了我妈，那天她在我爸爸坟前哭，一边说一边哭，我们怕她身体吃不消，就把她拉回家了。回家以后，家里面还是没有什么工作可以做，我就和老婆商量，我出去打工，她和老妈在家里面带两个娃娃，也方便照看一些。现在的工资相比以前高些了，不用两个人都在外面。老婆同意了我的想法，我就继续去打工，工资一个月也有三千多块，每个月我就留一点生活费，剩下的都寄回家了。后来妈妈身体也不行了，老婆在家照看她，不过她还是没有熬住，跟着爸爸走了。

两个小娃现在也是上学的年纪，为了照看两个小娃读书，我才回来的。爸爸和妈妈去世了以后，老婆一个人在家带两个小娃，还要种地养殖，很辛苦，刚好小的这个娃娃今年要上学了，我就回家帮衬一下，毕竟我一个人常年在外面还是不行。回来以后，就是种地，有人去世就和人家去开路，别的就没有做什么了。

国家政策来支持　加入东郎新队伍

我是一个新东郎，因为我是最近两年才开始学的。我十多岁因为生活出去打工，一直在外面，根本没有时间去学这个《亚鲁王》。还有一个原因就是那个时候没有唱《亚鲁王》史诗的老人了，以前的时候政府不允许做这些，说这些是封建迷信，如果做的话，就要被抓进学习班，因此，好多老人都不唱了，也就没有人去学了嘛。当时我听说我们四大寨有一些老东郎被抓进学习班，年纪都那么大了，还要去挖水塘，每天吃得又少，最后受不了就答应不搞这个《亚鲁王》了。好多人因为这样，就不敢学了，怕嘛！

但是现在不一样了，现在《亚鲁王》又发展起来了，亚鲁王研究中心的告诉我们说国家允许搞这个了，刚开始的时候好多东郎都不信，怕是骗人的，怕再一次被抓去学习，就都没有去管这个事情，但是当他们拿着刻的碟子给我们看的时候，我们就相信了，因为我们的《亚鲁王》还在电视上播放了，有好多人来我们这些地方采访。所以，我觉得我们这个《亚鲁王》是有发展的，本来也是我们民族的东西，我们自己都不来学，还指望哪个来学呢？

我是跟着我们村的吴老科学的，他现在都70岁了，我才跟着他学了两年的时间，没有跟着别的人学过，师父现在年纪也大了，我去学都怕他难得教。我们这个学起来很费力，教起来也是一样的费力，如果光是师父口头来教，我们口头来记，如果搞忘记了，再问师父的时候，他还要重新教一遍，所以以前学起来很难。而且那个年代，只有正月才能学，因为东郎不仅是家族里面负责开路的人，也是一个家庭的男主人，他不可能将所有时间都投入《亚鲁王》这个事情中来，他还有小娃要养活，还有生产要做。一般就只有十月、正月，土里的庄稼都收完了，所有的农活都忙完了，才能闲下心来教这些徒弟们唱诵《亚鲁王》。那时候学成的人也少，可能十个人去学，学得的就一两个人。现在不一样了，科技太发达了，什么手机啊、录音机啊、录音笔啊，只要是声音，都可以用这些录下来，你想听哪里就可以点哪里来听，很方便。我的师父现在年纪大了，不方便一整晚地教我们了，我就请他从头到尾地唱一遍，我用手机录下来，这样随时随地都可以学，师父也会轻松点，我要是有不记得的地方，就从手机上放来听，也比较方便。

我的这种学《亚鲁王》的方法，可能是现在大多数年轻人学习的方法，因为大家都有手机，这也是我们《亚鲁王》走进大家的一个好工具。和我一批跟着吴老科学的，好多都外出打工了，以前手机还没有普及的时候，大家也只是过年那段时间学，平时都是在外面打工挣钱的。我们这批学生中，学成的有三个人，一个是吴小名，今年45岁了；一个是吴长孙，今年37岁；一个是岑光伦，今年35岁。后面正在学的人也有很多，如陈小吼、岑小红、吴小虫，吴小虫四十岁左右，他打工去了。岑小红有二十五六岁了，也打工去了。陈小吼和岑小红差不多的年纪，也打工去了。武家还有好几个和我一起学的呢，如武小落、武长毛、武小盆，武家这几个都是亲兄弟，他们都来拜吴老科为师，算下来就是有九个和我一起学唱《亚鲁王》的。我现在也有徒弟，我大哥家的儿子吴八斤，现在跟着我学这个《亚鲁王》，不过他在外面打工，不在家里面。

我那个时候想学《亚鲁王》，主要是为了我们家族的发展，因为以前我们都是一个家族在一个组，所以必须要有人学，要把这个《亚鲁王》继承下来。基本上每一个家族都至少有一个人会唱，只有这样，家族中有老人去世的时候，才会有人来开路，老人的亡魂才能回到老祖宗那里。

我第一次开路是在去年的时候，我主要学的是《开天辟地》和《亚鲁王》，其他的还没有学完。我去开路的时候，师父是跟着我一起去的，我一个人是不能完成全部的开路仪式的，我就唱我会的这些。去的时候我很紧张，头一天就不停地反复听师父的录音，自己先练习唱，我先唱一遍，如果有记不住的，再听一遍，又继续唱，直到唱完全了才算行，睡觉的时候都还默默地在心里面唱。那天，师父帮老人供饭，我在旁边学，有时候他会让我递酒，有时候会喊我递碗，有时候还要递簸箕，师父供完三次饭，到凌晨四点钟的时候，就开始开路了，我们有五个人，每个人负责唱自己的那部分内容。师父年纪大，他先唱，他唱完了我接过来唱《亚鲁王》的那部分内容，我当时紧张得浑身发抖，就怕自己唱不好，或者是搞忘记了，我一边唱一边回忆，耳朵里面都是师父的录音，唱了两小时，越到后面就唱得越自然。师父在我旁边的稻草堆上躺着，我唱完后就跑过去找他，他说你唱得还可以，今天就算出师了，就这样我后面就继续开路了。我们四大寨的"亚鲁王"仪式，比其他地方的仪式要传统一些，来的人都穿长衣长衫，迎客的队伍也很正规，主人家的亲戚来了之后（一般都是一队一队的来），在离主人家500米左右的地方调整好队伍顺序，站着等迎客的队伍来接，这边主人家就会牵着马，放着鞭炮过去把客人接进家里面，然后家里面就会有人打鼓，客人进去吊丧的时候东郎就要念诵一些保佑的歌词，来的这些亲戚会背着糯米饭、一箱啤酒、几床被子、一只小猪等礼物。砍马仪式也是很隆重的，在砍马之前,东郎会在马的旁边搭一个祭祀台,在那里唱诵《砍马经》,唱完后主人家在砍马场地栽好砍马桩,然后就会带着十几二十人的队伍,骑着马,扛着客人带来的礼物,砍马师、东郎们扛着梭镖,伴着唢呐声来到砍马地。在砍马地不是一开始就砍马,还有好多程序,先是妇女们来喂马儿吃稻谷,妇女们走了之后,砍马师、东郎就扛着梭镖大刀围着马转圈,然后是放鞭炮,最后才是正式砍马,砍马的过程比较长,每位砍马师一次只能砍一刀,砍完后交给下一位砍马师,这样轮流来砍,直到马儿倒地了,大家把马分割成很多份交给来吊丧的客人们才算完。好多人来看我们这边的这些仪式,都觉得我们很残忍,那是因为他们不了解我们的历史,不了解我们的文化,要是你真正了解我们的历史,就不会觉得残忍了。

去年的时候,县里面举办了东郎大赛,我没有参加,其实我是想去的,但是因为掌握的内容不全面,就没有机会去。听说好多东郎都去了,包括陈志品,还有我的师父。先是在乡里面比赛,选出几个唱得好的,再去县里面参加复赛,程序还比较复杂。但是他们去的,都得到了奖牌,那个不得了,不是所有的人都能得的,我觉得这是东郎的荣誉,有的东郎去开路的时候还会带着这个奖牌,意思就是他是政府公认的东郎,是有资格的。就像我们以前打工,厂里面会有一个什么上岗证一样的东西。我现在主要还是以唱《亚鲁王》的片段为主,像师父他们在葬礼上做的那些仪式,我还在学习中,希望以后能够熟练地掌握仪式的主持程序,能够唱诵完整的《亚鲁王》史诗。我们村里面唱诵《亚鲁王》史诗的人应该很多,具体的我不太清楚,但是我们寨子里面的东郎我都是认识的。等我小娃长大了,我也会要求他来学唱《亚鲁王》,以后我老了,他还能帮我主持开路仪式,就不用去求别人来开路了。而且,这个史诗是我们本民族的东西,是老祖宗传下来的,能让我们知道本民族的历史,知道我们是从哪里来的,知道我们为什么要开路、要砍马。我们开路也是不收钱的,虽然很耽搁活路,但是都是房前屋后的邻居,都是家亲内戚,人家本来就遇到了丧事,已经很可怜了,你去帮忙还要收钱,这样良心上过不去。一般都是主人家给点东西,猪、鸡、酒之类的。虽然这个耽误活路，也没有钱赚，但我也没有想过放弃学习，如果以后我们能既传承《亚鲁王》又赚钱，那是最好不过的了，我想这也是大多数东郎最想看到的，毕竟很多东郎，家庭条件都不是很好，他们常常在外帮忙主持开路，在家做的活很少，所以家庭经济发展不起来，要是能够帮助他们发展起来，这也是好事情。

七十八

人生总有起落
精神终可传承：
岑小全

访谈人：杨兰、杨正江、杨正超、梁朝艳

访谈时间：2017 年 7 月 19 日

访谈地点：四大寨乡牛月组

　　幼年家贫无钱交学费，只字不识相依伴一生。人生纵有无常变，"亚鲁"相传坚如铁，为引亡灵见祖先，到了我辈仍不改，十七年华开始学，边学边用两三载，得成之后又下传，已有徒弟三五个。

幼年家贫无钱交学费　只字不识相依伴一生

我叫岑小全，1968 年出生的，属猴，那时正是解散大食堂，办事业的时候，我虽然没有经历过，但听老人们讲，我们这里的大食堂在卡坪，他们是用苞谷糊搭配葱来吃，煮苞谷糊时留下的锅巴刮出来晒干，然后将棕树上的棕花筛在锅巴上，做成粑粑送到坡上给他们干活的人当晌午饭。对于现在来说，那个是什么饭，但在那个年代，却是大家的主食，能吃上就已经很不错了。

我家共有五姊妹，一个哥哥三个妹妹，我排行老二。我大哥叫岑小旺，1964 年出生的，属龙，他没在家里，去河南打工了；最大的妹妹叫岑乔妹，她是 1973 年出生的，属牛，她在望谟那边给人家当家教；二妹叫岑八妹，她属鼠的，1984 年出生，她出去打工了；最小的妹妹叫岑十妹，属羊，1991 年出生的，她也去河南打工了，在菜场里面做事情。以前由于家里比较穷，爸爸妈妈没钱给我们报名，所以就没办法去读书，我和大哥都没进过学校，都是文盲，后来在中国共产党的领导和父母的努力下，家里条件稍微好了一些，几个妹妹也获得了上学的机会，但我和哥哥都因为年纪大了就没读了。以前读书是在葫芦寨，但后来搬到卡坪了，就在我们下面，然后又搬到六斤那边去了，现在学校还在六斤那里，葫芦寨这里的房子都拆完了，已经看不到任何痕迹了。

人家都说穷人的孩子早当家，我们就是这类人嘛，从小没读书，一直在家里做农活，十几岁就成家了。我老婆叫魏秀妹，她比我小一岁，属鸡的。十九岁那年我们的大儿子就出生了，我们共有两个孩子，都是男孩儿，没有女儿有一些遗憾。大儿子叫岑小杯，1987 年出生的，属兔，他去外面打工了，在浙江进厂；二儿子叫岑兴志，他比老大小两岁，属蛇的，1989 年出生，也出去打工了，他是在北京，给人家搞菜场。刚兴起打工浪潮的时候，我其实也想出去的，在家种庄稼还是没办法改善家里的生活条件，但因为我只字不识，加上一辈子没出过远门，就担心出去进入黑厂，那时孩子们又小，我害怕出去回不来他们就成孤儿了，所以就没去。其实我胆量不小，就是有家有室的担心出意外，对不住妻儿，不识字到外面去，哪里是哪里都不知道，只能靠嘴巴打听，被人家利用了也不知道。要是我自己识字的话，那我就不怕了，要去哪里自己都能看那些路标，根本不需要向别人打听，这样骗人的人也无法下手，可惜就是不识字。

这一生吃了很多不识字的苦，没办法，只能认命了，但我还是不认输的，前几年，孩子都长大了，看到大家都去打工，我想着也去体验一下，看看外面的世界，所以就跟着他们出去打工了。我是2012年出去的，是在广东省惠州市陈江镇那边，到菜场里面上班，帮老板种菜，什么菜都种，种类很多，比如白菜、菠菜、豇豆等，等菜成熟了我们就把菜割好，老板就按一斤6角钱卖给公司，老板主要负责出地、收菜，平时的管理是专门请了师傅的，我们嘛就负责出力气。我们是计件领工资的，就是多劳多得，做得少就少得，他们割得快的话一天有两三百块钱，我手脚太慢了，一天只能得百把块钱。虽然现在好多已经机械化了，但是割菜还是要用人工，机器没有人工割得好，而且它盘不起菜，甚至还会把菜割烂。这机械化是快，但是在处理细节上面还是差一点，像割谷子，那些田角它割不干净，人工的话哪个角落都割得干干净净的，还有像打谷子，机器也没有人打得干净。在那里做了四年，2016年我就回来了，回来带孙子，我孙子在后塘读书，我共有3个孙子，都需要有人照顾。回来之后有人请我去唱《亚鲁王》的时候就去唱一下，平时我就种一点庄稼，我不会修房子、做木工这些活，就只能挖点苞谷。我家有六个人的土地，但是很多都丢荒了，前几年出去打工都没种，我现在就是在家种一点吃的，现在我没有什么负担了，孙子们要花费的钱娃娃都会寄来，不用我操心，我只要确保他们吃饱、穿暖和、安全就行了。

十七年华开始学　得成之后又下传

我是17岁的时候开始学习《亚鲁王》的，学了两三年就学得了，我的师父多有伍老伦、岑老才、岑老合，这几位都去世了，现在我跟着吴老科学。唱《亚鲁王》是我们民族的传统，那些老人就是一辈唱给一辈，以此流传到现在，我们也要学了然后教年轻人。相传，如果我们不唱《亚鲁王》，那些亡灵回不到祖先的地方，他们就会来找活着的人，那样活着的人会疯的。事实上，我也不知道这是不是真实的，但唱《亚鲁王》已经成为我们的一套仪式习俗，那我们就好好把它传承下去就可以了。虽然会唱《亚鲁王》的人很多，但是自己学了方便一些，自己得了有人来请就去唱，如果他们去请其他人唱也是可以的，我们民族人口多，总有需要的时候。我们大概算了一下，一个寨子基本有三四个东郎，比如我们这里伍家有三四个，我们岑家有四五个，加起来都已经十几个了，六月组那里有七个，陆来（音译）有四个，这边东郎还是多的。我是边学边用，有老人去世的时候，他们就带着我一起去，我记得我最早去砍马的时候是跟着陈志品他们去的，是一个亲戚家，死者是一位女老人，他们家当时要砍马，所以我就去了，去当刀郎。我有好几个师父，比如伍老伦、岑老才、岑老合、吴老科，但前面三个师父都去世了，吴老科就是刚刚在上面给逝世的老人唱《亚鲁王》的那个，刚逝世的这个老人是陈志品家的亲戚，主人家来请了我们，所以我们就来唱了。

　　我和陈志品经常做搭档，他去哪里我去哪里，我去哪里他去哪里。因为现在出门打工的多了，他们赶回来一个是花钱，二是有时候赶不上时间，我们在家嘛就一起去唱了。但是我前几年去打工的时候，家里有事情我一接到电话就回来了，把事情办完之后再回去，一年四季都是来来去去的。我们去唱《亚鲁王》至少要三个人，两个搞不清楚（唱不完）。我们一般要唱五六小时，我说的这五六小时是从晚上的十二点开始计算，前面还有一些要唱的。像今天的这家，早上就供死者吃饭，唱《砍马经》，因为今天是做客，死者的亲朋好友都要带糯米饭、豆腐等东西来祭奠，就要唱某孙孙或某亲戚送什么给他吃，供完饭后就是讲马的家族，把马供给他吃，也就是砍马唱《砍马经》，但是唱《砍马经》的这个环节是主人家砍马才举行，不砍马这一环节就取消了。我们这边是先砍马再开路，反正我们白天也唱，晚上也唱。像今天他家赶时间，我们就提前开路了，现在他们拉那个网去了，我们只能五六点钟再开始，不然现在我都在开路了。我从第一次开路到现在不说开了一百次，至少也开得七八十次了，从十七八岁开始唱，到现在已经三十多年了，一年唱两三次，就是七八十次了嘛。

　　当时和我一起学《亚鲁王》的有岑小岩、岑小全，岑小岩比我小 1 岁，1969 年出生的；岑小全名字和我一模一样，但他是我一个堂兄弟，他是 1976 年出生的，属龙的。我现在自己也教了徒弟，教得三四个了，有一个就是葫芦寨的，他叫岑清林，是 1981 年或 1982 年出生的，他只得了《亚鲁王》那部分，其他的还没学得，他现在出去打工了，也是去做菜场。还有一个学得的，今天也在这里，他以前是跟着岑老合学的，相当于原来我们是师兄弟，现在又变成师徒关系，他来跟我学了两三年，学的是《亚鲁王》的部分。我教徒弟都是一整晚一整晚地教，这样可以趁热打铁。现在来学《亚鲁王》的人没有我们那时的人多，也没有那时的我们积极，主要是环境变了，所以思想也变了。现在的年轻人，只要不读书的，都出去打工了，基本没有人在家，他们一方面是没时间学，另一方面他们在外面待时间长了，对民族文化的情感就淡化了，所以就没有学习的那种欲望了。他们的情况我们都理解，但是作为一位东郎，培养下一代传承人是我们的义务，所以给年轻人做思想工作，鼓励他们来学习《亚鲁王》，是我们现在的一项重要任务，当然这个工作不好做，但无论如何我们也得坚持。

七十九

师徒成群众人欢
满腹心事无处语：
吴老科

访谈人：杨兰、杨正江、杨正超、梁朝艳

访谈时间：2017 年 7 月 19 日

访谈地点：四大寨乡牛月组

　　而立之年专心学技艺，师徒成群齐心传"亚鲁"。本是坐享天伦之乐时，奈何小儿无归处。人老体衰心事多，本想借杯消苦闷，奈何杯中酒太腥。行人只闻忧愁事，难知己方心之悲。师徒成群众人欢，满腹心事无处语。

专心致志学技艺，师徒成群众人喜

我叫吴老科，1947年出生，属猪的。我读书比较晚，好像是十二三岁才进学校的，但读完一年级就辍学了。而且上学的那一年，除了在学校的时间会跟着老师读点白口书，回到家后书包放一边，就开始帮家里面做活，根本没有时间学习，所以虽然读了一年的书，但其实和没上过学的人是差不多的，都不认识字。虽然我出生两年后新中国就成立了，但那时候国家刚从战事中退出来，经济严重落后，百废待兴，我们这里因为地处偏僻，土地贫瘠，人多地少，所以经济更加拮据，大多数人家都是吃不饱、穿不暖的，更没有钱交学费。我上一年的学都是家里勒紧腰带挤出来的。所以我们这辈人都是从饥寒交迫的日子中磨炼出来的。

辍学回家后，我就一直在家里面种地，然后成家立业。到三十一二岁的时候，看到老人们唱诵的《亚鲁王》没有人去学，我觉得很可惜，如果照这样发展下去，等会唱的老人去世了，就没人唱了，但我们这里只要有老人去世，都要唱《亚鲁王》，这是一直以来的传统，所以我就决定去学习《亚鲁王》。在这之前，我会吹唢呐，所以人家有需要的时候我就去给他们吹唢呐。我有三个师父，吴老能、岑老三、伍小华，但是现在他们都去世了。当时和我一起去学的人很多，大概有七八个人，反正我们一去就可以凑成一大桌人了，大家就围坐在桌子前面，跟着师父一字一句地学。我们去学的时候，没有举行什么拜师仪式，是直接去学的，就是正月的时候，晚上去师父家里学。我学的时候，真的是没有丝毫懈怠，一心一意就想着要把《亚鲁王》学成，所以特别认真，读书的时候都没有这样认真、努力过。我天天晚上都准时到师父家，聚精会神地听师父唱，然后跟着唱，回到家后，自己默默地唱，遇到忘记的地方，我就把它记好第二天去师父家的时候赶紧向他们请教。跟着师父学了两年后我基本就学完了，但是有一段"butze"，我还没有完全学会，这段在史诗里面是没有的，很多人都不知道，所以我们常说的已经学得了《亚鲁王》，其实不包含这一段。我花了两三年的时间把《亚鲁王》学完，在当时来说，算是学得很快的了，学了四五年甚至十来年的都有，而且当时我们去的七八个人里，最后就只有我一个人学得了。

　　后来我分析总结了在众多人中唯有我学成的原因，大致有三个方面，我觉得我的这个经验事实上对正在或者想要学习《亚鲁王》的人来说是有帮助的。第一，一定要有明确的目标，前面我讲道，我原来是吹唢呐的，但看到没有人学习《亚鲁王》，而它又是我们丧葬仪式中不可或缺的部分，因此我暗下决心，一定要把《亚鲁王》学会，并将其传承给下一代。有的人是长辈让去学唱他就去了，就是为了完成长辈安排的任务，对未来没有具体的要求和计划，所以学习的时候容易产生惰性心理。第二，一定要有端正的态度，一些人因为没有明确的目标，所以在学习过程不认真、不努力，敷衍了事，抱着能学就学、不能学也不强求的态度，就很难静下心来学习。第三，一定要有顽强的毅力，《亚鲁王》内容庞大，光里面提及的人物就有上万人，地名有几百个，古战场有十几个，所以要记住还是很难的，必须要有顽强的毅力，才能把这成千上万行内容一字一句背熟。一些人就是学一段时间后，觉得内容太多了，记不住，就放弃了，这是非常遗憾的。

　　我因为学习《亚鲁王》的时间晚，所以没有经历"文化大革命"期间的那些禁令，那段时间，唱诵《亚鲁王》是被明文禁止的，如果违反了是要被喊去学习班的，所以当时很多人不学就是怕被叫去学习班。听长辈们说，如果被叫去学习班，日子是生不如死的，所以我第一次去开路的时候，尽管那些规定已经被解除了，但我还是非常紧张，因为那是在大庭广众之下唱诵的，就很担心自己也被叫去学习班。我现在带了很多徒弟，如吴应全、吴小松、吴小敏、岑光伦、岑小红等，他们现在有的出去打工了。我去开路的时候，经常都会带着他们一起去，他们才学的时候，是带着他们去学习，他们学成以后，就是我和他们一起给人家唱，所以走到哪里，我们都是好几个人一起的。我们去给人家开路，都是不收钱的，但主人家会给一些东西表达他的心意，比如几斤肉或者其他一些生活用品。

人老体衰心事多　青山无处话凄凉

　　我有三姊妹，家里只有我一个儿子，我大姐吴幺妹已经去世了，二姐吴七妹是 1943 年出生的，比我大四岁，她现在在家里，现在除了自己的老伴和子女，最亲近的人就是二姐了。我是 18 岁的时候结婚的，我老婆叫陈三妹，她比我大一岁，是 1946 年出生的。我们有三个儿子，我 21 岁的时候大儿子出生，他叫吴兴国，现在在家放牛；老二叫吴长华，1976 年出生的，属龙，他种菜出去卖；老三叫吴云宋，1981 年出生的，属鸡，他外出打工了。那时候，大家都觉得我命好，生了三个儿子，我当时也挺开心的。但随着孩子们长大，就发现老大大脑有一点问题，就是人有点笨，所以到现在都还没结婚。

老大因为一直没结婚，就跟着我们一起住，让他出去做点什么事情他也做不成，我们就只能让他在家帮着放牛。其实，我们也托人给他提亲了，刚开始的时候有的人还是有一点口信的，但人家一知道他有点笨就都不愿意了，现在因为时间长了，他有点笨的这个事情大家都知道了，所以在附近提亲人家一听就拒绝了。但他这样又不能出去，所以他的婚事一直是我和我老伴最着急的。现在我们能动，还可以养他，确保他的衣食住行，但随着年纪越来越大，身体也会越来越差，等我们动不了的那一天，不知道他要如何生存下去。尽管有两个兄弟，但两个兄弟都有自己的负担，要照顾他压力还是很大的。

原来的时候只是一心想着给他找门婚事，都没有想过他今后的日子，但现在随着年事的增长，不得不让我们想到他未来的生活怎么继续。每当想起未来的日子，我和老伴都是哽咽难言，所以，实在太难受的时候，我就想着喝点酒来麻痹一下自己，但越喝越难受，甚至有时还呕吐，我老婆看到我这样折磨自己，她心里更加难受，经常忍不住偷偷流泪。也有一些人劝我们看开点，不管怎么样，他至少能多少做点活，小的两个儿子也经常给我们说，让我们不要太担心，真的到了我们百岁之后，他们也不会看着自己的亲哥哥受苦受难而不管的，到时候他们会轮流照管大哥的。我知道他们的安慰都是为了我们两人好，但他们无法理解我们作为父母的这种痛楚，这种痛只有身在其中才能体会，所以我也找不到人诉说，因为身边人都没有亲历过。我现在就是祈祷上天让我活得长久一些，能多照顾他一些时间。

八十

怀揣梦想把家还
只为能把"亚鲁"传：
吴应松

访谈人：杨兰、刘洋、杨小冬
访谈时间：2017 年 8 月 30 日
访谈地点：四大寨乡卡坪组

　　本是在外谋发展的好时机，只因寨子里无人问津《亚鲁王》，而老人去世需要唱诵与无人唱诵、"亚鲁"需要传承与无人传承的矛盾，让他毅然放弃外地的生活，返回家乡静心学《亚鲁王》，势要酬壮志。

常年在外务工本是好，奈何心中牵挂放不下

我叫吴应松，家住四大寨卡坪组，我是 1979 年出生的，属羊。我的父亲是吴文广，母亲是岑金莲，父母亲都已经去世了。我家有五姊妹，我是最小的，大姐叫吴花兰，已经五十多岁了；二姐叫吴玉蝉，也是五十多岁了；三姐叫吴玉娥，1973 年出生的，属牛；四姐叫吴玉梅，1976 年出生的，属龙。大姐和三姐在家务农，二姐和四姐出去打工了。我是 7 岁的时候开始上学的，一直读到初中，但由于学习成绩不是太好，没考上高中，所以我就没读了。其实当时父母都让我复读，然后第二年再考一次，希望我能继续读书，因为在老人们的眼里，读书是我们农村孩子改变命运的唯一机会。但当时太年轻，不懂得父母的一片苦心，以为父母就是哄我去复读的，就坚持不去读。父母实在拧不过我，就放弃了。后来，我就跟着其他人外出打工了。19 岁那年我结婚了，我的老婆叫岁香妹，她是 1981 年出生的，比我小 2 岁。婚后我们育有两个孩子，一个儿子一个女儿，老大是女儿，她的名字叫吴柳，1998 年出生的；儿子叫吴凯，还在读书。

我是 36 岁开始学《亚鲁王》的，在学习《亚鲁王》之前，我一直都在外面打工，只有逢年过节或家里有人去世我才回来，但每次老人去世我回来都发现唱诵《亚鲁王》的就那么几个人，我意识到《亚鲁王》未来的唱诵将成为一个难题。特别是经历了父母双亡后，我的这种意识越来越强烈。在我们这里，老人去世都要请东郎为其唱诵《亚鲁王》，一方面，是为了纪念老人；另一方面，是为了让老人们能够在东郎的指引下回到东方故土，与先祖团聚。事实上，除了上述两个作用外，在丧葬仪式中唱诵《亚鲁王》也是传播民族历史文化、教育引导后辈的一个重要途径，因为《亚鲁王》从开天辟地开始一直唱到现在，内容十分丰富，再现了不同时期苗族人民的生产生活经历，以及在历史发展进程中为了民族生存繁衍而涌现出的民族英雄，让后辈在享受安居乐业的生活时不忘记先祖们披荆斩棘为我们做出的英勇贡献，也让后辈人向他们学习、看齐。父母去世的时候，我深刻体会到《亚鲁王》的重要性，所以我就想我应该学习《亚鲁王》，为《亚鲁王》的传承贡献自己的一份力量。这

种想法一直埋藏在我心里，随着时间的流逝，这种想法越来越强烈，几番思量以后，我做了一个决定，放弃在外面打工回家学习《亚鲁王》，当时我把这个想法告诉了我老婆，我以为她会劝我先在外面挣点钱缓解一下家里的经济压力，虽然说我们只有两个孩子，但她们都在读书，正是花钱的时候。没想到，我老婆不假思索地接受了我的想法。我在外面打工虽然工资不高，但是一个月还是可以挣得三千多块钱，但回家学习《亚鲁王》的话，就只能在家做农活，挣的钱肯定会比在外打工少，不过想到要传承《亚鲁王》，我就不顾虑这些了。所以就回家开启了学习《亚鲁王》的旅程。

谦虚谨慎努力学，只为能把 "亚鲁" 传

回到家后，我就一边做农活，一边学习《亚鲁王》了。我父亲不会唱《亚鲁王》，而且已经去世，所以我是和我叔叔吴老科学的，由于是跟着我自己的叔叔学，所以没要什么礼，也没有举行拜师仪式。我打工回来就先去了他家，跟他说我这次回来就不准备出去打工了，想要跟他一起学习《亚鲁王》。他当时比较惊讶，问我在外面打工好好的，怎么突然想着要回来学《亚鲁王》，我就告诉他因为我看到学《亚鲁王》的人越来越少了，我们寨子里甚至都没有人学，而老人去世又必须要唱，所以必须有人来学，确保《亚鲁王》后继有人，否则等会唱的老人离世，我们就永远失去《亚鲁王》了。叔叔听了之后露出了灿烂的笑容，长长地叹了一口气，说道："终于有人醒悟了！"此后，我就正式成为他的徒弟，正月就去他家跟着他学，我这一批就我一个人学，所以我没有学友。我去他家学的时候，就用手机录下来，回到家后我就拿手机出来自学。原来的时候因为没有手机，识字的人可以用笔做一下记录，但不识字的人就只能凭大脑记，所以他们学起来还是挺费心的。我们现在用手机就方便多了，不用做记录，可以随时拿手机出来自学，不受时间、空间的限制，也不用天天跟着师父去学，所以我们现在学起来要比老一辈轻松些，但《亚鲁王》内容十分丰富，也需要认认真真地学才能学会。

我当时是一边学一边去给人家开路的，相当于边学边用。现在我对

第一次开路的情景还记忆犹新。那时候我学《亚鲁王》有两年多了，但还没有全部学完，我就跟着我叔叔他们去给紫云县供电所的一家老人唱《亚鲁王》，他家老人去世后就去请我们了。也就是说我第一次开路是38岁，当时我学到了第三段，所以去他家唱《亚鲁王》的时候，我叔叔就让我负责唱我会的那三段，还有念家谱。那会儿我其实很紧张，尽管我已经背得滚瓜烂熟，但因为第一次上台，还是担心一紧张突然忘记或者唱错。所以，在上台之前，我一直在复习，所幸上台后发挥得还算正常，没有出错，顺利把它唱完了。下来之后，我特别开心，觉得自己前面翻来覆去地背诵没有白费。

我学习的那段时间里，晚上我先把新的内容学了，再把原来学的翻出来复习一遍，睡觉前在脑子里默诵一遍，第二天早晨起床前又将头一天晚上学习的内容在脑子里过一遍，如果有忘记的赶紧拿手机翻出来听一遍。我生怕学的时候漏掉某些内容，去给人家唱的时候没唱全，所以不敢有半点马虎。白天的话基本没时间学，因为我要做农活，一家人要吃饭，娃娃读书还要一些花销，负担还是有点重的。

直到现在，我去给人家唱《亚鲁王》之前都还要复习一遍，平时也经常向师父讨教，就是想一心一意把《亚鲁王》唱诵好，等有人来和我学的时候，也能把这些内容完完整整地教给他们，传承好我们民族这份宝贵的精神财产。等我老了唱不动的时候，依然能够听到唱诵《亚鲁王》的声音，让逝去的老人都能安息！偶尔有人会问我有没有后悔不出去打工在家种地唱《亚鲁王》，我笑着告诉他们，我现在是物资匮乏了一点，但我精神十分富足，因为《亚鲁王》让我找到了心灵的皈依，所以不论收入多少，我都会坚持自己的初心，不为利益所惑，只要能把《亚鲁王》传承下去，我什么都可以承受。虽然我的孩子还小，但我经常给他们讲一些关于《亚鲁王》的知识，就是希望儿子以后也主动来学习《亚鲁王》，接过我手中的接力棒，把《亚鲁王》传承下去。

八十一

城乡两头来回转
群山万壑意难消：
岑铁生

访谈人：杨兰、刘洋、杨小冬
访谈时间：2017 年 8 月 30 日
访谈地点：四大寨乡葫芦寨

　　作为家里唯一的儿子，岑铁生不仅要肩负自己小家庭的责任，还要照顾年迈的父母，在城乡之间来回奔走，成了他的日常。

家庭顶梁柱　城乡两边轮

我叫岑铁生，今年46岁，家住卡坪村葫芦寨，父亲岑老岩已经去世，母亲陈四妹还健在。我大概是11岁开始读的书，读到四年级就没有继续读了，因为家里老人年纪大了，只有我一个儿子，姐姐岑小菊只比我大两岁，我就放弃了学业回家干农活。家里面经济比较困难，土地里面收的庄稼有时候连吃的都不够，我们常常去找野菜吃。到20岁左右，我就结婚了，结婚之后家里面人多，做的活就要多点，农村人嘛讲的就是劳力，我结婚一年就有了我的大儿子，隔一年又生了我家的小儿子，老大叫岑材全，现在已经大学毕业了，老二叫岑金亮，读的大专，但是两个娃娃都还不会唱《亚鲁王》，他们现在以学习为主，想唱的时候我再教他们。在农村拉扯两个娃娃读书长大，还是挺不容易的，像我们这些地方，土地比较少，种的粮食基本够自己吃，要想读书还是要想办法挣钱，像我小的时候因为家庭条件不好，只读到四年级就没有读了，我自己这两个娃娃，还是想让他们读书，学得了知识，始终比我们在土里找吃的安逸些。我和我姐姐两个人都没怎么读书，姐姐早早就嫁人了，我一个人在外打工时间长了也不行，家里两位老人年纪大了，生个病还是要人照顾的，所以像我们大多都是出去打一段时间工还要往家里跑。

科技成为主力军　在外也能来学唱

我学唱《亚鲁王》史诗是从前年开始的，也就是2015年，我是跟着梁老合学的，到现在还没有全部学完，只学了比较重要的两段内容，一段是讲述开天辟地的，另一段是讲述亚鲁王一生的。目前为止，就学得了这两段内容，但是现在我们学唱这个《亚鲁王》比以前方便得多，好多我们这个年纪的人，都用上了手机，那个手机不是有录音的功能嘛，我就是用手机录下来学唱的。但是就算是录音，也必须是在过年那段时间的晚上录，平时是不能录的。平时，我们这些人都忙着做农活，要么就是在外面打工，各自有各自的事情，所以没有时间来学，师父也没有时间来教，只有过年那段时间，大家都不忙农活了，才坐下来慢慢教慢慢学。而且我们这边有种说法，意思是《亚鲁王》是在葬礼上唱的，平时不能唱，过年的时候，大吉大利，所以在这个时候唱没有事，正月老祖宗也会和我们一起过年，在这个时候学唱，老祖宗会帮忙，我们就会学得快一些，记得牢靠一些。我们现在学唱这个《亚鲁王》，都是边学边开路，不像以前一定要学完了才能进行开路，边学边开路可以记得牢些，因为随时都在用，不可能忘记。我从学到现在开路开了三四次了，也还处于初始阶段，都还要师父带着我们去开路，唱诵的时候需要他们帮忙。至于我为什么现在才想着学唱《亚鲁王》，是因为我们村子里缺乏东郎，现在年轻的不愿意学，年老的东郎大多去世了，但是这个是我们苗家不得不要的一个东西，如果我不学，以后就找不到人来做这个事情了。现在我们村子里面的师父已经去世了几个，现在只有我们几个堂兄弟还在继续学，跟着陈志品一起学。我们师兄弟有好几个，一个叫岑小友，差不多50岁，一个叫岑清明，30岁左右，我们三个也是堂兄弟。师父说，现在不学，等会唱的老人都过世了想学都没有机会学了，一个家族中始终要有几个会的，有人去世的时候就不至于去请其他家族的东郎，而且现在国家允许唱《亚鲁王》了，以前不准唱的时候，我们偷着都要去学去唱，现在政策这么好，我们更要抓紧学了。虽然找其他家族的东郎也可以来做这个事情，但是他们只能唱主干部分，我们家族中的他们不会唱嘛。我现在还在学唱的阶段，暂时还没有收徒弟，等我学会了我肯定会收徒弟将《亚鲁王》传承下去的。

八十二

责任在身意更坚
村民生产重如天：
陈志品

访谈人：杨兰、刘洋、杨小冬
访谈时间：2017 年 8 月 31 日
访谈地点：四大寨乡上六斤组

　　陈志品，1945 年生，今年有 78 岁。13 岁读一年级，读到三年级就没有读了。老婆叫王何妹，1952 年生。父亲叫陈万邦，已经去世了，他也会唱《亚鲁王》，会做宝目。父亲过世时陈志品才十多岁，还没开始学

《亚鲁王》。母亲叫伍立妹，已经去世。兄弟姐妹较多，有两哥弟，还有个姐姐和一个妹妹。

山歌来引路　家人来劝导

我叫陈志品，70多岁了，家里有四姊妹，姐姐叫陈金妹，记不清多少岁了，比我大点。妹妹叫陈五妹，有65岁了。弟弟叫陈志忠，也快60岁了。现在只有四个兄弟姐妹了，父母亲本来生了十三个姊妹的，大多数已经不在了。我有三个子女，大的小名叫小香，学名叫陈香妹，40多岁，出去打工了。第二个是男孩，叫陈全生，42岁，也是打工。小的是陈磊，属兔的35岁了，也是在外面打工。

我13岁时就已经学唱史诗《亚鲁王》了，那个时候边读书边唱史诗，年纪很小，但是记忆很好。我是跟着大伯和父亲学的，对于史诗，我们一家应有特殊的情感，就最近的几代来说，我的爷爷，我的父亲，以及我还有我的弟弟都是东郎，可以说是祖传的。说起学唱史诗的最初原因，我是被家人逼迫学习的，因为没有人来接班唱诵《亚鲁王》，就让我来学了，加上我本身喜爱唱山歌，有一些功底，于是，从小就走上了史诗传承的道路。"我13岁的时候就刚好58年了嘛，我家老爸和大伯在家就逼我学，大的去搞'大跃进'了，你不学哩寨子上啊，这附近的哪个过世了就不得哪个会搞《亚鲁王》喽。我边学边用，到我十五六岁的时候就可以自己掌握了，我老伯也过世了，我家老爸哩不得老伯懂，因此我自己掌握到现在喽嘛。"

史诗的学习，是师父教一段自己就学一段，当年学的当年唱，学得一段就唱一段。那时候和我一起学的是我叔伯家的哥哥，但是两个哥哥都过世了。现在我的父亲还有两个大伯都过世了，三个师父也相继去世，就剩下我一个人，所以现在我遇到谁都会劝说他们来学唱史诗《亚鲁王》，因此，我现在的徒弟很多。

我也经历了曾经禁止唱诵的那段时期，我记得当时开路时有很多工作人员来过寨子，只要寨子里面有人过世，就会派人在外面看守，东郎就安心在里面唱诵史诗，如果发现工作队下来了，东郎就会迅速收拾好东西躲起来，不然被发现，东西要全部没收，还会被抓。当时我年纪还小没有被抓进去，但是我的大伯被抓进了学习班。进去后别人会问，为什么要学这些牛鬼蛇神的东西，但是不会动手打人，一般都是劳动改造，进去也就十多天的样子就会放出来。我从学会到现在已经有五十余年，一年如果去世的人多，就要主持十几场仪式，而且外县的也有来找我去开路的，算下来到今天大大小小应该有五百多场仪式了。外县的来请我，主要是去帮忙唱诵主干部分，其余的还是要那边的东郎来唱诵，外县一般不举行砍马仪式，砍马是麻山独有的。我自己在主持仪式的时候既要唱诵史诗，也要进行砍马，不仅晚上唱，白天又砍马又唱。我的砍马是和大伯学习的，因为父亲在五十多岁的时候就去世了，和父亲学的史诗就只有几段，主要是和大伯学。

搭桥的这种仪式，是有的小孩生出来带有疾病，就要搭这个桥，或者是有人想生小孩，但是一直没有动静，也会搭这个桥。人家结婚，东郎也要去帮助供奉祖宗，即使是外县的，如果他的老祖宗是这边县的族宗的，都是要去帮忙的，但是很少。

我的师父是伯伯陈老杨和陈老齐，也曾跟着陈兴华学唱，父亲是自己的第一个师父。跟着陈兴华学习的是《亚鲁王》的这一部分。当时和我一起学的有两个师兄，但是现在都去世了，只剩下我一个。我收的徒弟比较多，共有九个，分别是陈志合、陈荣昌、陈长河、陈金福、陈云武、陈小全、陈智荣、陈小平、陈小国。有些四十来岁，有些三十来岁，有些二十来岁。有三四个出师了，都接我的活了。但好多都去打工了，现在别人来请我，我还要到别处去请人来帮我的忙。来学唱的这些都是内亲、内房。现在我去都是指挥、指教，作为老师教他们怎么弄。当时陈兴华也来参加这边的葬礼，就可以来葬礼上学。陈兴华曾经在葬礼上唱得三天三夜，他是国家级的传承人，也是我家的老爷爷。像这个史诗，如果说随着东郎的性子来唱，没有什么时间限制的话，能够唱三天三夜，但是现在只唱一天一夜了，如果要砍马，还要抓紧时间唱，唱不完就会很麻烦。

即便是禁止唱《亚鲁王》的时候，他们还继续传承《亚鲁王》，同样家族中有人去世来请他们去开路，他们也义不容辞。因为是本民族的丧事，不能不去。但是一般都是偷偷摸摸地去，那是要抓人的，抓去搞学习班。所以，在晚上唱诵史诗的时候一般都会派人放哨。

村里生产他带头　大队主任工作忙

当时我还是三年级的学生，没有读书后因为年纪小，也会写一点字，就去当了两年会计，那两年日子过得很好，因为会计不用去做重活。后面又搞记分员，记分员就是给别人打考勤，打迟到、缺席和早退，一干就是六年。我是在做记分员的时候结的婚，这算是人生一大喜事，结婚意味着家里增添人口，也增加了劳动力，那个时候多一个劳动力，就可以多挣工分，就能够多一点饭吃。结婚后，算是担起了家庭重任，因为弟弟还小，姐姐出嫁了，妹妹跟着家里住。父亲是五十多岁去世的，父亲去世后家庭负担更重了，弟弟和妹妹要上学要吃饭，自己又在大队任记分员，所有的劳动都要依靠母亲和妻子，两个妇女体力也有限，所以家里的经济一下子变得紧张起来。刚开始的时候还能勉强支撑，后来母亲生病，身体不好，就只能闲下来帮助村里看牛，这样一来所有的重担就落在了妻子身上，她一个妇道人家，没日没夜地干活，是十分辛苦的，我看在眼里，疼在心里。当了六年的记分员，又转来农业学工作队里面，在这里面主要是配合大队干部抓好全大队的工作，工作性质有点像审计，在这边一干就是三年，反正那个时候觉得好像走上了正轨，应该会越走越好。在干工作的同时，妻子怀孕了，家里面一下子没有了主心骨，能干活的人一个都没有了，弟弟当时也可以参加劳动，但是他还在读书，成绩也还好，不忍心喊他回来做活。就这样生活一拖再拖，妻子没有营养品，身体也不怎么好。于是就说喊弟弟回来帮忙做点农活，挣点工分，让大家都能吃上饭，但是老师不同意，来做了几回工作。第一回没有回学校，后来老师又带着同学们一起来，于是就想还是算了，让他回去读书。熬到妻子生下了大女儿，我又到大队当主任，当主任就更繁忙，要管全队的生产，要搞好大队工作，在家的时间就不太多。妻子和母亲就这样慢慢做活，日子过得很辛苦。大女儿出生两年后，妻子怀上了老二，这下母亲要照顾大女儿，妻子怀孕不能做活，没有办法了，只能再把弟弟喊回来，这样家里才能够勉强糊口。这样的日子过得很压抑，也很痛苦。但是工作上的任务让我没有闲心来思考家里面的事情，我带领村里面的人兢兢业业搞生产，踏踏实实想为村里的寨邻好友做点事情。几年的时间，我工作上算是有了一些积淀，但是妻子怀上了第三胎，没有办法，家里一下子陷入了困境，妻子也受不了长年的煎熬，我就辞掉了大队的工作，回到家里来挣工分，想为家里减轻点压力。

八十三

千磨万击还坚劲
笑看人间话沧桑：
陈志忠

访谈人： 杨兰、刘洋、杨小冬
访谈时间： 2017 年 8 月 31 日
访谈地点： 四大寨乡上六斤组

  曾经为了"亚鲁"的梦想，加入亚鲁王研究中心的团队中，几年的时间穿梭在麻山的大路小路上，泥泞也好晴好也罢，他都乐观积极，愿意为"亚鲁"事业奉献自己的力量。

父亲去世生活苦　要把家庭责任担

我叫陈志忠，1964年生，今年58岁。父亲陈万邦已经去世，母亲伍立妹也去世了。父亲陈万邦既是东郎也是宝目。家中有四姊妹，大姐陈金妹今年有75岁了，在家中偶尔做些农活。大哥陈志品是东郎，现在在家做农活，传承史诗《亚鲁王》，他的声音明亮高亢，很多人都喜欢听他唱史诗。二姐叫陈五妹，今年有65岁了，也是在家干农活。我有五个子女，大的四个是女儿，小的是儿子。

我7岁的时候就去读书了，读到四年级就不能继续读书了。那时候小学是五年级毕业，没有六年级。读书的那会儿我的成绩在班上都是第一，至于为什么没能继续读书，原因真的很让人伤心。因为我读一年级的时候，我的父亲就去世了，我父亲过世后母亲也多病，家里经济困难。当时还是办合作社的时候，去哪里做小工就是全组人，我们一个生产队有三个自然寨，下六斤、上六斤、邑蒿我们三个自然寨为一个组，就是一个生产队。我父亲原来是一个乡干部，那时候叫作干事，其实也就是干部，最后不知道缘于什么问题就没有做干事了。当时我们的乡叫作泉初乡也就是现在的猫场。在泉初乡的时候我父亲是大队支书，也就是村支书，后来我们又被划归为茅坪乡，来到茅坪乡后他也任支书，最后把乡里面（乡政府）搬来卡坪这里，他就任乡干，在这里任乡干的时候是一九五几年，当乡干差不多得两年，然后又搬回茅坪。搬回原地是源于他的文化水平还有家庭条件各方面，不符合乡干要求，然后他就说不当了，但是最后还是免不了当了支书，直到去世的那天。

如果我父亲还在的话，我可能要比现在好过得多。我的父亲过世就意味着我以后的人生坎坷，也影响了我子孙后代的生活及各方面。因为他在的话肯定能从各个方面帮助我们，然后我们的家底就厚了，能为子孙后代打下更好的生活基础。不幸的是他生病去世了，他们说的是他得了水臌病，他肚子发胀然后全身串水，当时的医术不像今天这样发达，家里面把他送到紫云县去抢救也无济于事。每当回忆起我父亲的丧事就掉泪，当时一天都没有几个人在家里操办事情，因为当时我们生产队的组长，可以说是非常积极的，但是在为人处世方面就差点了，你想他也算是我父亲生前的同事了，偏偏在我父亲去世的时候，天天喊人去干活，但是当时的形势确实也是这样，哪个人少做一天都不行，所以当时我父亲过世只能杀一头猪，牛这些都没有，再说当时也不像现在这样，要说得多少客（有多少客人），等于是最亲的那些客来送老人下丧葬就完事了。那时候像唱史诗这种也是不公开的，悄悄地唱，因为那时讲打倒牛鬼蛇神，所以就不能公开，幸好我父亲曾经帮助过很多人，所以办丧事这些也没人来干涉。我父亲在当时也算是个能人，虽然他只读到四年级，但是他的算术很精，口算能力很好，比如村里面人家在算什么东西，人家用算盘他用口算，结果比算盘算得还快。而且他的口才也比较好，只可惜他去世得早。我父亲去世的时候我母亲也是五十多岁，她因为生病就只能放牛，当时放牛也是放的生产队的牛不是自家的牛，放牛也有工分的。所以父亲过世之后，家庭的重担就落到了我哥哥的身上。

在那种情况下，也不能怪我家嫂心狠，主要是她们没有文化，所以就打不开思路。我哥是工作人员，他当时在四清四查工作队，在猴场区工作，相当于现在的包村干部，就像现在的纪委审计，主要是查一个村的村主任、支书吃不吃钱啊，工作队的粮仓粮食，还有生产队的收入这些内容。但是他的级别肯定与纪委那些不能比，只是类似于那种。所以就只有我嫂、我妈、我姐和我在家，我父亲过世没几年我姐就出门了（出嫁），我姐出门以后我读书就更困难了。只有我嫂子一个人干活，我母亲干不了活。你不得工分就分不到粮食，所以没有办法，得的工分少，分得的粮食少，收入也少。每年到年底结算的时候，人家都进钱我家还要倒贴钱。你不贴钱没办法呀，人家劳力多工分就多，算出来人家收入就多，你劳力少工分也少了啊。那时候兴的是人五劳五、人七劳三这种，人七劳三就是你家有十口人，但是只有三个劳动力，有七个人不是劳动力，这种劳动力就得三十，不是劳动力的同样得七十，但是如果这样做的话，你得的粮食多就要补钱。如果是人五劳五，一个劳动力分得五十，不是劳动力的也能分五十，这种算出的粮食你所出的钱也比较少。所以就是我、我姐、我妈、我哥、我嫂五口人，我姐出去了就剩四个，我嫂一个人就养了我们三口人，所以收入就差了。收入差了我就不能读书了，要回来干活。所以我就读到三年级，但是不读书回来，我也做不了什么活，因此又继续回去读，我们那个时候五年级毕业就上初中，初中只读得初一一个学期，第二个学期就不叫我读了，又叫我回去干活。当时，像我们这种还没满十八岁的，只能算半个劳动力，不管你做得多厉害，今天人家挖一块地你也一样，但是你只能得一半的工分，这就是半劳动。我当时回到家就帮我嫂子干活，归在她的名下。后来老师和同学都来找我回去，那时候我是班上的班长，他们说需要我，少了我这个班都不好开展工作了。于是我就回去了，但是回去了也读不下去，因为我一回去我嫂子就开始在家里念叨，然后我就只能含着眼泪回来干活了。

回来干活干了一段时间，老师和同学们又来喊我回去读书，叫我回去把这个学期读完，但是回去也没读完，读到距离考试还有两个星期左右吧，我嫂子怀了我家大侄女，所以我又回家继续干活。当时我们读书首先是去喜翁读，为什么去喜翁读，它位于过去茅坪的地方，那时候茅坪公社的中学是不能办在喜翁那里的，那里是一个死角，是茅坪乡的一个边界，接近望谟。因为我们的中学校长是那边的人，所以就把我们带去那边读。最后还是不行，办不成，就又在公社这里找了块地来修学校，所以就来这里读。我在家里面都不能拿什么去，只能偶尔拿点米，钱就更不用说了，钱是我母亲放牛，以及摘一些私有烟换成的，是用来供我读书的，我不敢乱花一分一厘。然后我三个姐都嫁去茅坪那边，钱、米这些她们都供应我，但是最终还是供应不下去，就让我回来了。我刚才讲过我们家就我嫂子一个劳动力，她都不能干活了你想我们家吃什么，所以我回来就一直在干活，做了三年多的半劳动。到十六的那一年我对我们生产队的队长讲虽然我年龄只有 16 岁，但是人家做多少我也能做多少，为什么不能把我纳入全劳动，当时他还和我争论这个问题，他说虽然我能力达到了但是年龄没达到，我就说等哪天公社开会了我给书记讲看他怎么讲，队长就说那你就和书记讲嘛，他要是说可以的话那你就算全劳动了。公社书记来的时候我就给他反映了这个问题，他说可以的，我可以算全劳动，因此，从 17 岁开始我就成为全劳动了。

18 岁那一年的九月，我们大队叫我到学校去当民办教师，我就去了，我觉得有希望了，我终于从黑暗当中爬出来了，也许这就是我人生的重要转折点。我18岁的时候，我哥也回来了，主要还是我嫂子的思想太封建了。我哥回来后，就想办法去帮我找媳妇，希望我能够组建自己的家庭。当时我这个对象是这样的，不是我心甘情愿去找的，在那种情况下，我哥我嫂在家中，就找了这一个他们喜欢的，觉得适合我的，还对我说："这个我们觉得很好，如果你不合心你就自己找，我们就不帮你找媳妇了。"就这样，我在哥哥嫂嫂的介绍下，19岁那一年就结婚了，结婚后我们就分家了。别的分家还有钱分，我们分家我还倒赔好多钱。原因就是我结婚办婚事是我哥我嫂主办，所以花的钱他们都算在我头上，这是应该的，我的事情我自己来负责是可以的，只是当时我们的条件很差、很困难。然后20岁还是21岁的时候就生了我的大女儿，过了两年又生了老二。当时是实行计划生育的初期，也不得什么规定说满四岁以上才能生第二个，然后生第二个女儿的这一年学校民转公了，当时我们去公社开会，开会的时候书记乡长都讲了，讲我们这些民办教师，想转正的要积极响应国家政策，不能超生。但是我们还是有想法，然后过了两年又生了第三个，第三个我算定是男孩，结果还是女孩，这对我来说打击很大。当时我和计生股的人关系都还不错，他们做计划生育工作，都不会来喊我，都是睁一只眼闭一只眼的，然后我又一肩挑两担地去当公社护林员，护林员做了两年又生了第四个，因为怕又是女娃，所以就去检查，检查的医师就说可以，很好，结果生下来又是个女儿，四个女儿了，真的是头都疼了。后来公社开会又有民转公的机会了，这回来的是罗廷荣，他当时是猴场区的区长，那个区管公社，他来茅坪公社开会专门开了个教师会，宣传计划生育政策。我们有八个和我类似情况的，其中我是最优秀的一个，我在学校每一年都得奖，然而当时区长直接问我们要孩子还是要工作，当时我们就说我们要先考虑半小时再回答，最后来回答的时候，我们大部分人就说我们要娃娃，然后其中的两三个说他们要工作，他们当中有一个是有两个女孩的，其他的记不太清楚了，有两个女孩的那个是喜当村的人，叫王周全，生了两个女孩然后就动手术，现在他任茅坪小学的校长。

　　我们几个选择要娃娃的，这一仗失败了，就回来了，也不上课了。但是最后我们还是被学校喊回去了，当时我们那边有一个叫廖国珍的，他是乡里面的小学校长，他就给领导讲这一批人要是不来学校上课，就相当于断自己的一只手，因为当时我们几个在我们乡里是出类拔萃的优秀教师。于是我们于1988年回学校了，这一次就不是民办教师了，而是代课老师，工资待遇不好。从1988年一直代课到1990年，1990年的时候我在组里面在村里面做一件大事，我准备把我们村里面能够变田的地方全部开垦成田，这个属于水利工程嘛，我就边上课边到县里面去找水利局。当时我们村每一家都得一根钢筋、一把十字镐、一把大锤、一把手锤、一把转子，这个是我弄的，但是呢人民群众的思想不统一，他们就说这个地原来是分过的，你这样做是要重新分土地了呀，但是如果不这样做，这一大坝子的土地，只有平地和小斜坡的土地可以变成田，但是分得这个平地和斜坡的只有几户人家，而这个项目必须要全组来做才能做成功啊，光靠这几家是不行的，所以我们就提出重新分地。重新来分地大家就有意见了，当时组里面的组长又不得文化又不支持我，只有我的一个侄儿子和我哥支持我，所以每一家就只得了一套工具，最终还是做不成。最后一算这个账，还是要我自己去抵（补上），但是上级领导好，我去土管局算账，算得我要赔几千块钱，我就说现在有啥子钱，我做这个事情还不是为了农民，村里面每家每户都得，又不是我一个人得，我也只得一套我又没有多拿。于是他们来查，真的是这样，最后这个事情呢还是平息了。

　　1991年，我的儿子出生了，我的第一个愿望实现了，所以自己主动去做手术，然后仍然在学校里面代课。我们村的学校已经搬了三次了，原来在这里，然后搬到葫芦寨，2002年又搬到我们那里。所以就算再搬，我也一直在学校，直到2010年，正江他们发现了我。发现我之前呢，我已经是有二十五年工龄的代课老师了。我听人家讲其他地方的民办教师有补助，但是我们贵州省为什么没有这个政策呢？现在我们好多代课老师一想到这个问题都伤心。我想去争取，但是我一个人也做不成事情嘛。然后2010年我就到亚鲁王文化中心去工作了，到2012年就正式去上班了。2016 年的时候我家这个（妻子）身体不好，胃穿孔，我就回家里了。现在我家这个身体要好点了，原来是胃病，那为什么又成这个病呢？这个说起来就长了。我家的房子是 2008 年开始修的，到 2009 年修成，我们就学校路口那里开了个小卖部，她每天起来不吃早餐，一卖东西就到十二点过一点才吃饭，后来就病了啊，原来是胃病，我给她讲她不听后来搞到胃穿孔。当时我们是去安顺市人民医院检查的，他们叫我准备五万块钱动手术，我就是不动，说算了不医了，回家。那些医生就骂我："你这个人看起来不简单，你咋不救她的命？你回家去就不得人了（没命了）！"医生这样说，我也没有改变主意，回来后我就用草药给治好了，好了后他们那些医生就打电话来问我拿什么医好的，我说不晓得，吃百草好的，就这样我老婆的胃穿孔医好了。

现在我的孩子她们大了，大女儿、二女儿、三女儿都嫁出去了，四女儿还在读书。我大女儿、二女儿几个结婚我全部盘（操办），最可惜的是大女儿，大女儿当时在卡坪这里读书的时候，有个什么民族寄读班的政策，紫云办了一个，那个时候她考上我送她去，因为她一个人去读，她觉得不好玩，她就说爸爸我不去了，从这里她的前途就这样了嘛，现在就只有打工了。二女儿的话比较笨，像表达能力啊，大脑反映啊这些都比较差，读书读得晚了读不去（成绩跟不上）。三女儿成绩可以，但是当时三个女儿都在读书，她初三毕业后就去考卫校，她当时去的安顺卫校，头一天晚上把钱还有各样东西都准备好，第二天早上吃饭的时候她说爸爸我不去了，不想读了。这个就不得了，我太伤心了，任凭我怎么说她都不去，之后就算了嘛，不去就不去了嘛，过两年就打发了（安排出嫁了）。四女儿也是这样，当时打工的潮流影响了她，她也想和人家一起去打工，读到五年级，我带她把书领回来，她给我说爸爸我不读书了，我就晓得她想去打工，我就给亲戚朋友们说你们不要带她去打工，哪个带她去广东打工我就找哪个的麻烦。最后呢还是去读了，一直读到卫校，现在毕业了，一开始在紫云县人民医院上班，后来她觉得县医院的工资低，就在协和那边上班，那边说工资有五千，就说去攒几年的钱。三女儿还有点运气，我把她打发了以后她就去安顺火车站找工作，在安顺运输公司找得一份工作，是卖票的，一直做到现在。满姑娘（小女儿）读出来了有自己的收入了，满崽（小儿子）也在读着。满崽考上了贵阳学院，今年毕业，边找工作边复习考试了嘛，这个就是我的经历。

兄弟分工来学习　　择期风水为主业

至于史诗《亚鲁王》，我十三四岁的时候就学了，我是跟我侄儿子陈宏昌一起学的，我们两个从小到大都是一起玩的，形影不离这种。陈老杨就是陈宏昌的亲爷爷，也就是我堂伯伯，我们每晚上都随着我哥他们去听，然后他们哪晚上忘记去，我们就去找我伯伯教，当时我们的记性很好，理解得很快，接受得也快，我就学得了《开天辟地》《朝天地》《十二个王子》《王子的分布》以及《上天梯》。当时《砍马经》《亚鲁王》自己的经历这些都没教，但这些我都得了，之后为什么我又不唱了，主要是我哥说一个学一样，于是我又去学择期、看风水，虽然我不唱《亚鲁王》了，但是我还能全部记得。我在亚鲁王研究中心里面工作的时候，有一次我们在讲这个史诗，正江就说让我唱，我还是唱出来了，而且我唱的质量还是行的。我爱开玩笑，我一开玩笑呢正江他就不相信我会唱史诗，但是那天他叫我唱呢，我真的坐在一个石头上面唱了，他就很惊讶，不敢相信我真的会唱。我在亚鲁王研究中心也想多学点知识，可惜的是种种原因我自己回来了，至于史诗这个，我虽然不唱，但还继续学，我还会继续把它写出来，我要把整个史诗特别是在丧葬仪式上所唱的写出来。然后我所做的那些宝目的仪式我要全部整出来，宝目这个东西我也会，用汉语来讲我也会，用汉语来讲我是做什么呢？我是排八字嘛，排四柱，排出来是什么"官刹"我就去解，还有就是看风水、择期。然后就在草药这方面去发展。我还在民间搞吹唢呐这些。像我哥刚才讲的，有一些病也是用一些符法，这些我都会。还有在草药方面也用一些符法，这个呢有些用有些不用，比如说肿瘤，可以用符法先把它枯死，就是不让它再长大了嘛。然后像肚子突然痛、人突然抖这种，要把它区分出来，如果是什么脑出血就不是我讲的这一类了，那个用符法医不好，我们讲话还是要有一定的依据，你不可能说不管是什么病，一倒下来我都可以用符法给你治好，这个是假的，你要看是哪种情况。其实我在学校医过好多人，学生在学校生病身上痛我都可以在我家治，但是它是针对遇到山神的这种情况。他们有些在广东或者浙江遇到了这种情况，打电话过来我也可以治，只是换个地方。这些都不能讲完全可以医治，都是要根据情况来。我觉得这种按照科学来讲，就是一种心理作用。

但是其实在亚鲁王文化方面，还有一定的说法。你说这个东西它不科学，但也可以是科学，也可以讲是超越科学，科学研究不出来。所以在史诗这方面，我虽然不能唱，但是怎么唱，具体唱什么内容我全晓得，我一定要把它写出来，今后我也要把它写得更好。所以我给你说我要写我的一生、我的一家，因为我们家是祖传的，我的祖爷爷会，我爷爷也会，我父亲也会，到我这一辈也会，唢呐也是祖传的，风水这方面也一样。我们家原来有个老人，看风水真的特别厉害，他用的是"阴阳帕"，原来人们讲他走到哪里用它一抹眼睛，那个地方好不好他都能够看见了，这个我们倒是不了解，现在像风水这方面我们要通过研究，不像他们以往这样传说，还是要有事实根据的。

八十四

几经彻骨寒
更知人间暖：
陈小权

访谈人：杨兰、杨正江、杨正超、梁朝艳
访谈时间：2017 年 9 月 1 日
访谈地点：四大寨乡下六斤组

　　爱与被爱，都是生命的火焰，给人无限温暖。乳臭未除家父撒手人寰，只留母子孤苦伶仃生活，幸而继父到来，给予伟大父爱。无所作为三十年，偶闻前辈教导语，决心跟随学"亚鲁"，幸而成为继承人。

家父离世早，幸得继父爱

我叫陈小权，是 1983 年出生的，属猪，是四大寨卡坪村下六斤组人。说起身世，我就忧伤，我命苦，一岁半时父亲就去世了，留下妈妈一个人带我们三兄妹。后来，妈妈改嫁，继父的到来，弥补了我们缺失的父爱。我继父叫罗老三，他是 1953 年出生的，属蛇，他虽是继父，但和亲生父亲一样，视我们为己出，从来不打我们，也不骂我们，不管我们做什么他都无条件支持，把我们照顾得很好。我妈妈叫王周珍，她比我继父大五六岁。我们共有五姊妹，我排行第三，小的两个和我们属于同母异父的兄妹。我哥哥叫陈小明，他属虎的，1974 年出生，他没在家，出去打工了，在厂里帮人家管理生产。我姐姐叫陈秀妹，她属鸡，1981 年出生的，到外面打工去了。老四是弟弟，名叫罗建，1987 年出生的，属兔，他也出去打工了，以前他在家的时候跟我们一样，都在学唱《亚鲁王》，他会得比我多，只是现在不在家，没有时间唱。最小的一个是妹妹，叫罗秋妹，1990 年出生的，属马，已经出嫁了，也去打工了。

小时候虽然家里条件不好，但继父还是咬紧牙关送我们上学了。我是几岁开始上学的已经记不清楚了，就在卡坪这里读，但是那时我有点调皮，每天和同伴爱搞些其他事情不认真读书，不懂得珍惜，读到六年级就没读了，现在后悔已经来不及了。没读书之后，我就回到家里面，帮着父母放牛、做农活，后来，寨子上好多人出去打工，我就跟着他们去了。那时我 22 岁，当时去的是广东，刚开始进了电子厂，这家厂是专门做汽车音响的，我负责检查那些电子产品的线路板，属于技术活，比在家里做农活轻松多了，做了四年，我就回家了，回家结婚，结婚后又出去打工了。

我老婆叫吴小妹，她比我小 3 岁，1986 年出生的，属虎，在家里做农活。我们有三个小娃，最大的一个是女儿，名叫陈朝雨，2009 年出生的，属牛，还在读书。老二是儿子，名叫陈朝怀，他属兔，2011 年出生的，也在读书。最小的一个也是女儿，叫陈欣，2012 年出生的，属龙。因为孩子们太小了，我老婆一个人照顾不过来，2013 年我就回来了。

听得师父语，荣当继承人

打工回来后，我就开始跟着他们学唱《亚鲁王》了，也就是 2013 年开始学习的。当时之所以学习《亚鲁王》，是受陈志品他们的影响，陈志品是我们这里的东郎，很多老人去世都请他开路。有一次和他们聊天的时候，他就给我们说每个人都有责任把《亚鲁王》发扬光大，他把《亚鲁王》传给我们，我们又传给下一代，代代相传才能让《亚鲁王》不消失。我听了之后，想了想自己都三十岁了，还无所事事，不如学习《亚鲁王》，还能为我们的家族做点事，于是就跟着陈志品学唱了。学习的时候，师父就到每家每户去，每天晚上住一家，教一晚上，我们就长期跟着他学。虽然我们学习的时候有手机了，但是师父不让我们拿手机录音，让我们用心去记，装在自己的脑子里，他教了我们，留四五天的时间给我们消化，然后就让我们背给他听，看我们背得合不合，学起来还是比较辛苦的，但学得之后有幸成为传承人，心里还是很自豪的。我的师父带了很多徒弟，学得的共有 9 人，我在我们师门排在第 6 位，就是按照学得的先后顺序我是第 6 个。但现在好多都出去打工了，只剩下师父、陈智荣和我在家了。我的大师兄是陈志合，他有五十多岁了，接下来就是陈荣昌、陈长河、陈金福、陈云武、陈智荣、陈小平、陈小国这些，陈荣昌应该是五十岁左右，陈长河是 1975 年出生的，陈金福是 1973 出生的，陈智荣也是 1973 年出生的，我和他们是一批的，只是我年龄比他们小一些。陈小平和陈小国是最后一批，陈小平有四十多岁，陈小国才三十岁左右，比我小。

我第一次开路是 2014 年，当时基本上每一段都学得差不多，师兄他们不在家，师父就让我去了，后来就是师父叫我和他们去哪个地方我就跟着他们一起去。现在我们大多数时候都是给自己家族的开路，有时候外姓人来请的话我们也去的，还有现在正在开发《亚鲁王》，会有人找我们，请我们去帮忙做点事或者去表演，还原给他们听，我们都愿意去的。这个说实在话，说不是我们的工作吧也算是我们的工作，所以任何人有需要我们都不会拒绝的，而且不管帮谁，我们都不收钱，因为我们学的时候也不要钱。但有些主人家就会拿一些烟、酒或者一两斤肉给我们，有些外姓人会给钱，我们不要，最多就是拿他们封的 12 元或者 36 元的红包，他们说是小礼信我们才拿回来，大了我们都不要。

这几年，我们在家的师徒每年正月都会到每家每户教唱《亚鲁王》，哪个想学，我们就六七个人一起去教，我会的就我教，他们会的就他们教。现在有 6 个侄儿跟着学，但有的年纪还小，只有十几岁，还在读书，他们就说让他们先把书读好然后再专心学。就目前的情况来看，我们不缺传承人，我们有几个才三十多岁，算是年轻的东郎，后面我们再把这些侄儿教会，他们再教下一辈。我们寨子上，基本家家老人都支持大家学习《亚鲁王》，因为每个老人去世都要唱，哪家都是一样的。这里除了我们苗族外，还有其他少数民族，比如布依族、彝族这些，虽然是不同的族别，但大家都很和睦，我们苗族举办有关"亚鲁王"的活动时，他们都会来参观，还会问我们是什么学法，我们也会去参观他们民族的活动，只是我们不会他们那些。大家相互参观，可以促进了解，增进民族情谊。

八十五

学习欲精不欲搏
用心欲专不欲杂：
陈智荣

访谈人：杨兰、杨正江、杨正超、梁朝艳
访谈时间：2017 年 9 月 1 日
访谈地点：四大寨乡下六斤组

　　人因其不同，故思想不一。古今"亚鲁"民族魂，家家户户均所需，众人以为应全学，唯他只专族谱系，只缘族谱唯己知，他人再能难相帮，学欲精不欲搏，心欲专不欲杂。

奉亲养老须早为　粗茶淡饭甚于离

我是 1975 年出生的，属兔，现在担任村里面的副支书，我是 2017 年通过选举进入村委会的。我爸爸叫陈万学，但已经不在了，2015 年去世的。我妈妈叫梁有妹，她也去世了。我们共有三姊妹，我最小，比我大的两个都是姐姐，大姐叫陈花妹，她是 1959 年出生的，属猪，比我大十几岁，现在在家里干农活；二姐名叫陈知妹，她比我大五六岁的样子，也是在家里面做农活，都没有出去打工。我们几姊妹中只有我出去打过工，但时间比较短，加起来就一年的时间。

我是 7 岁的时候开始上学的，但读到初二就没继续读了，因为那时家里经济困难，父母没钱，所以就选择不读了。不读了以后先是在家里面跟着父母干农活，干了几年，到 1997 年的时候，我就去广西打工了，在那里搞果场，就是帮人家种果树，做了半年，下半年我就回家了。一直到 2003 年的时候，我才去了山西，在山西也是做了半年就回家了，一直到现在都没有出去过，因为父母老了，需要有人在家里照顾他们，家里又只有我一个儿子，姐姐们都出嫁了，所以就不得出去了，现在父母离世了，但我年纪不小了出去不好找事情做，也就没有想出去打工的事情了。我在山西打工的时候，是搞铁矿，那个活工资比较高，一个月有两千多块钱，如果做其他辅工的话就是三百多一点，我为了多挣一点钱，就没有做辅工，那时候的两千多块钱还是挺管用的，就是很辛苦，和下煤矿差不多，只是风险要比下煤矿低一些。我去了半年，就挣得一万多块钱，本来是想继续做的，但是考虑到父母都老了，留给我尽孝的时间越来越少，陪伴在他们身边，可能比给他们物质更能让他们开心，所以我就决定放弃那么高的工资，回家陪父母，即便是粗茶淡饭，也能让他们过得安心。

我家有三个娃娃，老大是儿子，叫陈荣庭，他是 1996 年出生的，属鼠，喊他读书他不愿意读，已经出去打工了，在浙江那边，是进厂，但具体做什么我不知道。老二也是儿子，叫陈荣方，他比老大小 1 岁，1997 年出生的，也出去打工了。第三个是女儿，叫陈薇薇，2013 年出生的，因为两个大的都是儿子，一直想要一个女儿，所以她比他们两个小十几岁。

家族谱系唯己知　他人再能难相帮

在我家的亲戚中就我家伯伯会唱《亚鲁王》，但他早就过世了，我爸爸不会。我是2008年开始学习《亚鲁王》的，我的师父就是我哥哥陈志平，我学了一年，只得了我们家族谱系这一调，其他的我都没学。当时我是这样想的，因为我们这边的人经常出去打工，如果家族中有老人去世，会唱的人都不在家，我们就只能请其他姓的人来唱，但是其他人不知道我们族谱这一调，没办法唱，族谱只有我们自己人才清楚，我不经常出去，就想着把这一调学出来，万一遇到这种情况，这一调就我自己来唱。我是觉得，《亚鲁王》内容太多，全部学的话我不一定能学会，但一定要精于其中的某个部分，这个部分就是他人不了解的，必须由我们自己人掌握，这样我也不会受其他因素的影响，可以专心为自己家族做事。

我是2009年开始开路的，一直唱族谱这一调，我家哥们一去都会叫我，反正我们寨子上和牛月那边姓陈的都去，其他姓的做不到，我大概做了十来场。我们去唱的时候都是好几个人一起去，有时候去三四个人，有时候七八个人，反正就是师父和我们这些师兄弟，在家的人多去的人就多，在家的人少就去得少，去了之后就大家一人唱一段，我师父带了很多徒弟，师兄弟多唱起来就很轻松。我现在还没有徒弟，以后有人想学就教他们。

八十六

一壶酒里看生死
带着徒弟开路忙：
王凤书

访谈人：杨兰、梁朝艳

访谈时间：2017 年 9 月 3 日

访谈地点：格凸河镇格崩村

　　偶遇王凤书是在毛龚办丧葬仪式的时候，他作为丧家主请的东郎，要在那里待2—3 天。于是我们同他约好，仪式完毕，抽出一点时间来访谈。王凤书是一个健谈的人，性格开朗豪放，访谈完后与徒弟骑着摩托返回大河苗寨。

目睹父亲做宝目　从此结下"亚鲁"缘

我叫王凤书，今年80岁了，我爸爸叫王小福，属蛇的，已经去世了，以前当过村主任，但他不是党员。我的妈妈叫王珍妹，属鸡的，在家做农活。我家有八姊妹，四姐妹五哥弟，我是最大的。第二个叫王万国，已经去世了，2016年的时候去世的。他不会唱《亚鲁王》，但是我爸爸会唱《亚鲁王》，也是老摩公。第三个叫王凤宇，已经去世了。第四个是王小田，属兔的，69岁，他在紫云公安局工作，是普通工作人员。第五个是王凤国，66岁，比王万国小，他在家做农活。姐姐叫王秋妹，已经去世了。妹妹有三个，王连娣有68岁了；王引娣，今年65岁了；王胜娣，今年64岁了，她们都在家做农活。

我有8个小娃，去世了一个，现在剩7个。老大叫王启忠，今年57岁，在家里干农活。老二王小笔，今年55岁了，也是在家中干农活。老三叫王小国，今年53岁，做生意的。老四叫王小忠，今年51岁，在家务农。老五叫王小海，今年46岁了，在浙江开馆子，做的是农家乐。我大女儿叫王金秀，有44岁，在紫云白灼村当干部。二女儿叫王龙妹，有42岁，在浙江打工。

我没有上过学，我们这个年纪那时候也不兴上学，我和姐姐都是在泥巴地里面玩长大的，年纪稍微大点了，就跟着爸爸妈妈干农活。那个时候爸爸在村里面当主任，平时也做老摩公（宝目），村里面的人都很尊敬他，我们家吃的这些都不缺，但就是因为没有太多的经济负担，我的爸爸妈妈就生了我们8姊妹，人多了他们就开始有压力了。我最小的一个妹妹出生时我都16岁了，能够独立做很多活，我的姐姐比我大两岁，弟弟妹妹们都还小，才几岁，所以就是我和姐姐帮助家里面干活。姐姐还要负责带弟弟妹妹，干活的时候还要用背带背着小的，吃饭的时候还要帮忙喂饭，她是最辛苦的。我们农村嘛，都是生很多小娃，最大的和最小的隔了十多岁，这样大的就可以带小的长大，父母省去了好多事，觉得很快就长大了，但其实我们这些当哥哥姐姐的特别辛苦。

我记得我 8 岁的时候，万国出生了，姐姐特别高兴，她很喜欢小娃，万国出生后几乎都是姐姐在带，帮他换尿片，帮我们洗衣服，样样活路都是她在做，好像不累一样，那时她也才 10 岁。万国还没有满月，大概是十多天的时候天天夜里哭得撕心裂肺的，白天倒是睡得很香，有一天我晚上睡得很着（睡得很沉），突然万国大哭起来，就像有人打了他一样，我赶快爬起来，去到我妈妈的房间，妈妈就说也不晓得是怎么了，连续好几天都这样半夜哭，闭着眼睛哭，哄也哄不好，自己哭累了才睡。我看妈妈的眼睛都睁不开了，就接过万国来抱，那天我跟着妈妈一夜都没睡。第二天中午爸爸回来，我给爸爸说，是不是要带万国去医院看一下，老是这样哭，怕是得病了。爸爸说，我们这里也没有医院，没有卫生所，等他先看一下，如果自己能够医治就自己医治，医院太远，没有车，怕路上不好带。以前我都晓得爸爸是做老摩公的，但是没有看见过，这次因为万国，爸爸在家里面做起了老摩公。爸爸去外面扯了几根茅草，一边掐算一边唱，说是因为有老人要东西，要给他们送点去，然后爸爸就去鸡笼里抓了一只鸡，开始做仪式，我当时还小看不懂这个仪式，只见他拿着鸡，带上一些工具去到路口，在那里开始念唱，烧香、烧纸、敬酒，全部做完差不多半小时了。回来后，那天晚上万国就没有哭了，睡得很安稳，我就开始对爸爸做的这些感兴趣了，觉得很神奇，好像爸爸就是神仙，可以救人的命。

我们大河苗寨挨着河边，不缺水，土地也肥一些。我们家人口多，但是能干活的人比较少，刚开始的时候勉强够吃，后面弟弟们稍微长大一点，就能参加劳动，增加收入了。幺妹出生没多久，大姐就出嫁了，我自然就要接替大姐手中的活，自己"当家做主"，万国和凤宇两个也能干点活了，家里就我们三个跟着爸爸妈妈继续劳动。因为我们是男生，做起活路来自然力气大，比起妈妈做的，我们自然就要多一些，我那时候也算一个劳动力了，两个弟弟加起来算一个劳动力，这样我们家就有四个劳动力，弟弟妹妹们还小，吃不了多少，所以日子还不算艰难。爸爸常常在外面帮人家解邦（音译，宝目仪式），做完仪式回来，都会带一些肉啊，或者一只鸡，我们的生活就能得到改善。我记得别人来家里请我爸爸，都是非常恭敬的，有些人会提瓶把酒，有些人会给包把烟，因为家里总是有什么不顺利的事情，才会来请他去解决，要么是有人生病，要么是家中有动物进来，要么是有什么其他不好的事情。而这些事情，我们都是求助老摩公来解决的。虽然都是亲戚邻居，不收钱是应该的，但是他们总是会给一些吃的，不然心里会过意不去。

到我弟弟小田他们那个时候，可以读书了，家里送他去读书，他也很争气，学习一直很好，我很羡慕，但是没有办法，那个时候我已经18岁了，不能读书了。我记得很清楚，有一天早上他去读书，因为下雨，妈妈不放心，就叫我打伞送他去读书，当时也没有想太多，就跟着他去了学校，他进了教室，我就在外面看，因为我从来没有读过书，也不知道老师们会教些什么，那天我就舍不得走了，一直在教室外面听。老师教的是算术，你们肯定懂得多，我那个时候哪里懂什么算术，听的时候也没有听懂，就觉得读书以后是会有出息的，会端上国家的饭碗，不用再在泥巴土里面刨饭吃了。我很羡慕，但是又能怎么样呢，那天我就打着伞，站在教室外面一直听老师讲课，一站就站了一早上，小田下课出来看见我，问我怎么还没回家，我说怕他回家路太滑，就在那里等他，接他一起回家。小田听我这么说很开心，就拉着其他同学的手，告诉他们我是他的哥哥，但是他哪里知道我也好想像他们一样坐在教室里面，认认真真地读书。

后来，几个弟弟妹妹，就小田读书读得好，给我们家争气了，端上了国家的饭碗。我们其他的7个都是在家做农活。小田去公安局上班的第一天，我们全家都聚集在一起，嫁出去的姐姐妹妹，还有已经成家的我、万国、凤宇都来送他，寨子里面的亲戚还有一些朋友也都来了，说小田是我们寨子的好榜样，有的提来鸡蛋，有的提来红薯，有的提来一些小菜，都是来恭喜小田的，那天我们家杀了一头猪，做了几桌子菜，招待来的亲戚们。那个晚上爸爸喝了很多酒，小田也喝了很多酒。小田后来找到我说了好多话，他说："我晓得你很想读书，所以我就很认真地学习，那天我在教室里面看到你在外面的样子，我就晓得，我不光是一个人读书，你们当时没能读书，我一个人就带着你们的一起读。我就是这么想的，你放心，我现在有了工资，不会那么没有良心不管你们的。"小田也说话算话，这么多年来，有什么好的都往我们手里送，是个好弟弟。

我结婚不早，老婆是本本分分的干活人，就是我们寨上的，因为年纪不小了，老人家帮忙找的。我们结婚很简单，没有现在的这些嫁妆、彩礼，就是有钱的打点家具，没钱的就这样就结了。结婚的时候我20岁多一点，在家里因为都是在干活，体力也好，老婆就在家里做一些简单的家务，我主要去坡上种地。我觉得我的爸爸妈妈养育我们这么多兄弟姐妹都能够养得过来，现在大家都来养他们，他们也过得很好，所以我和我老婆也生了8个小娃，有一个小的时候生病夭折了，现在还有7个。现在他们都大了，有自己的事情和家庭了，不需要我管了，我就到处跑，有老人去世啊，有哪家要解邦啊，我都去，找点吃的，有时候还有点零花钱。我有5个儿子，2个女儿，5个儿子中，老三和老五最会搞，他们因为读书读不进去，就出去打工了，挣得一些钱以后就自己做生意了。小国我不晓得在做什么，只晓得是在做生意，生意做得还可以，娃娃们都在那边读书了，我们不操心。老五小海，在浙江开了个农家乐，一天可以收好几千块钱，比起拿工资的，他们算是有钱的了。女儿当中，老大金秀还当起了村干部，钱不多，但是也是个干部。

学唱虽晚 兴趣很浓

我是32岁开始学《亚鲁王》的，我没有读过书，在学《亚鲁王》之前就一直在家中干活。我是跟着我的大舅杨东林学的《亚鲁王》，那时学《亚鲁王》不光要靠心记，还要背菜、背鸡、背肉，虽然不用给学费，但是去学的生活费也是要自己出的，还要承担师父的生活，不然师父还要赔钱来教你，这是不行的。我们有时候也要背酒去，学的时候唱累了，唱渴了，就喝点酒。那个时候搞《亚鲁王》是不允许的，天天都有政府的人在街上转，来抓我们搞《亚鲁王》的这些，抓到了他还会说："你们做这些是迷信，是哄人的，你说有好多鬼，你抓来我看看！"老人们背亏（吃苦）还要在那种环境下，悄悄地帮家族中人搞这个《亚鲁王》。我大舅杨东林是东郎嘛，他当时还被抓去挖水塘，进行劳动改造，天天去挖水塘，又不给好多吃的，实在是苦得很，他现在已经去世了。

我的外公、大舅、二舅都是东郎，都会唱《亚鲁王》，我大舅和二舅就是跟着我外公学的，我外公叫杨乔巴，早就去世了。他们就是一代传一代的，传了几十代到我们这里，也就是说我们的《亚鲁王》是祖传的，我外公教给我的两个舅舅，我的大舅就教给我们，我们再教给后面的人。我听我舅舅说，他们去学的时候，天天都在学杨家的谱书，大舅学得全面一点，《亚鲁王》的所有都学会了，二舅学得少一点，主要学的是小《亚鲁王》，这个小《亚鲁王》就是搞老摩公那种了。

我就跟着我大舅学，当时和我一起学的还有王凤云，他现在也有75岁了，我们没有论大师兄还是小师弟，不分哪个先学哪个后学。我们两个都喜欢喝酒，去学的时候就背一壶酒去，晚上的时候，我们坐在火塘边，大舅喝一口酒我们也喝一口酒，他唱一句我们就学一句，但是说起拜师父的礼仪，我就没有了，因为是自己的亲舅舅，就不需要这些。我学了好多年，这个《亚鲁王》实在是太多了，我也不识字，没有文化，就一句一句地反复背，我32岁开始学的，一直到40岁才出师，我学了8年，才全部学完。虽然不用给大舅拜师礼，但是我们学得以后，只要去开路就要敬大舅的礼了，我们去开路的头几年得的一些菜，都要送给他，一般我们开完路之后，不直接回家，会带着开路得的东西去他家，送给他，他喊你在那里吃饭，你才能跟着他吃一点，要是不喊就只有空手回家，没办法，你不把开路得的东西送他，他就不承认你是他的徒弟啊，如果你得一只红白鸡，那也要送给他。相当于你去唱，去帮别人主持仪式，别人给你的鸡你都要拿给他。出门去挣钱一定要送，起码要送三年的利是钱，三年过后就可以少拿点，拿肉送他我们就要鸡，拿鸡送他我们就要肉。

这是因为刚开始开路的时候，别人肯定先来找师父，我们才学的，人家也不认得，也不会来找我们。他们来找师父呢，师父就会说我这里有个徒弟已经会了，让他去帮你家唱，这个时候主人家就会对我们持怀疑的态度，觉得我们可能会唱不好，师父就会告诉主人家，说他也会跟着去的，让主人家放心。所以，我们才能得到第一次开路的机会。唱《亚鲁王》不可能一个人唱完，一般都要两三个人换着唱，所以就算我们可以开路了，也是跟着师父一起去帮人开路的。从学唱一直到开路都是师父帮助的，师父教得辛苦，带得辛苦，又不收钱，所以我们开路得的东西就必须要送给师父，孝敬他，这样才算是报答他教我们的恩情。

我的徒弟就只有王凤才一个人，学的人多了没有用嘛，你教的人多了，自己就没有地位了。我当时学了七八年才全部学完，要七八年才精通，苗歌、苗话很难学。我将近40岁才出师，出师一直搞到现在。所以，我觉得学这个《亚鲁王》不一定要很多人都精通，教给一个人，他精通了，你的任务就算完成了，也就是后继有人了嘛。如果教的徒弟多，精力跟不上，不一定都能学会，所以我的观点就是只教一个，好好教。我从学会到现在，帮人开路开了多少回，我已经记不清楚了。比如说前天晚上在毛粪，今晚在格崩，明晚又转到箐寨，天天都有，都是苗族人，人家有事就喊，不去不行嘛。其他姓氏的苗族也请我去，比如这个寨子里姓张、姓韦的。因为我们寨子里面会的人不多，就我和王凤云两个了，所以我们基本上隔不几天就要出门去做仪式，去唱史诗。

我们大河苗寨这边，好多人家都不砍马了，改革了，但猫场的猛林那里非砍马不可。我讲一个故事给你听，等于是我的一个侄儿子，他的口头词就是人吃人，现在是人吃钱，不是人吃人。以前的时候，有个人家的爸爸去世，大家去帮忙开路得几天，就要拿他的骨头分来吃，这户人家的娃娃们就舍不得，于是他们就想办法，干脆去买牛、买马，给兄弟姐妹们、三亲六戚们分来吃，这些娃娃们就悄悄地把他们爸爸的尸体送去山上埋，不让那些狗头人晓得，如果他们晓得了，他们就会嗅着气味来吃人，意思就是说以前有狗头人，怕他们把死去的老人吃掉，就买牛买马给他们，他们自己砍自己吃，个人杀个人吞。现在猛冲、猛林这些地方都是这样的，不砍马不行啊，如果不砍，狗头人就会一起来把死去的老人分来吃掉，一个要一小块，个人回家弄来吃。有钱的人家舍不得自己的娘父母（父母），但是狗头人就牙齿痒，想吃人，都是一副青面獠牙的样子，没有办法，有钱的就去买牛买马给这些狗头人分。现在有些人家有老人去世，都要砍好几头马，四大寨这些地方，毛主席在的时候，搞得严，白天不得砍，就晚上砍，砍来分给大家。我们唱《亚鲁王》都各是各的祖籍，各个家族唱各个家族的，在史诗的内容中，砍牛砍马是有道理的。

我们去开路，不讲收钱不收钱的事情，你把《亚鲁王》的故事讲完，随他给多少，一只鸡，两斤肉，一瓶酒，酒是必须拿的。你想拿多就拿24块钱，少就拿14块钱，都行。以前我家么舅都是得12块钱，但是会得很多东西，那个红稗杂粮各方面的一大堆，红稗一般是养生用的，我们拿回来，累的时候拿来煮稀饭大家一起吃，想着大家都能吃就高兴，自己留着也吃不了多少，只能煮稀饭吃。但是这几年红稗不好栽，因为天太干，但是只要我们学得会我们还是会栽，下雨天过后就可以栽了。

我去学《亚鲁王》是大舅来教我们的，他来的时候是正月，正月的初一二来教，在家里面教，他唱你要听，学会、学完了你再搞，三年之内要学完。我们学的时候，有十多个人来学，几乎满寨子都学，大家凑钱、凑米跟着学。但是一到正式学的时候大家就跑了，因为来学了一次后，听不懂那个意思是什么，就不来学了，最后就只有我和王凤云两个学。

我唱这个《亚鲁王》，肯定是去给人家开路的时候唱得好点，因为老人过世的时候我们都是争取不唱错一句，一点都不能错，这个是有忌讳的。我们去唱的时候有好多人来看，假如他们笑着我就高兴，万一他们不高兴我会觉得唱得不对，唱得不合。他们听的时候都是有表情的，我一眼就可以看到，虽然他们有表情，但是我在唱的时候是不能停的。现在的开路仪式和以前是一样的，没有改变。如果你唱得简单，你自己把它简化了，老祖宗就不会承认你的做法，你回去老祖宗也不认得，所以我们必须要遵守师父教的，师父怎么教我们就怎么唱，免得老人们回不去，出问题。我们大河苗寨还没有传习所，即使有，来学的人也少，现在的这些年轻人来学，我一般都不会教完全，我少教一点，我还可以自己去找口饭吃，教多了他就成师父了，你去开路，人家就会想着还有别人会，师父们教徒弟都是教一路留一路嘛。

八十七

舅舅的期望
后辈的模范：
王凤云

访谈人：杨兰、梁朝艳

访谈时间：2017 年 9 月 3 日

访谈地点：格凸河镇格崩村

　　格崩村这边的东郎不多，唱诵的内容也比较短，王凤云等东郎，继承的史诗都有缺失的部分。他家族这块的，他只知道亚鲁王的两个王子

开拓进麻山的这个历史，但是这两个王子的后代分布，也就是说他们的祖宗来源他就不清楚了。王凤云算是记忆最强的，另外几个饮酒量特别大，年老了之后记忆力就逐渐衰退，这边的传承人现在共有四个。传承情况不是很好。

跟随舅舅学唱　传承徒弟教学

我叫王凤云，1943年生，当时和我同时学艺的有七八个，后来出师了四五个，我就是其中一个。我曾经参加过贵州省少数民族运动会，去金阳表演，表演的时候有一个叫《亚鲁王之刀山火海》的节目，我就去唱史诗。我们那个调子和其他的不一样，是正宗的诗歌的调子。

我学唱《亚鲁王》史诗是跟着自己的大舅学的，他的名字叫杨先维。因为这边东郎少，基本都是我们王家和舅舅李家在传承。我是30岁才开始学唱史诗的，至今已有四十多年了。所掌握的史诗如果全数唱完需要七八小时，而且在正式场合唱的时候要抓紧时间，不能天亮之后还未唱完。这边老人去世都要唱这个，是这边的风俗。我现在有两三个徒弟，是我和我大舅几个师父一起教，徒弟们大约四十岁，跟着我学了十几年了，也是二三十岁的时候开始学的。现在徒弟们都能唱诵史诗了，能独立主持仪式了。有一个徒弟现在是在这个寨子大门那里做清洁工。

我现在去帮别人开路的时候并不强求徒弟们跟着一起去，而是出于自愿。徒弟去的时候自己可以轻松些，如果他们不去，主要还是我们几个师父唱。徒弟们都是自愿来学的，我没有主动去要求别人成为自己的徒弟，他们平时就做自己的事情，如果有老人过世别人来找，谁有空就会去，都是自愿的。

现在寨子里共有四个东郎，但是有两个已经七十几岁了，另外一个小的都四五十岁了。现在好多人不愿意来学这个，都出去打工了，做这个又没有多少钱，出去打工一个月还有两三千块钱的工资，为了生活，他们就都不愿意来学唱史诗。

在教唱的时候有的师父会教给徒弟不同的史诗片段，要求他们以后去给别人主持仪式时相互合作，共同完成史诗的唱诵，但是我教授徒弟都是教一样的，每位徒弟唱诵的都是一样的内容。我们给别人家开路，不是大家一起去，都是一个一个去，但是祭祖，是我和大伯一起去。现在的亚鲁王仪式与之前没有什么不同，如果非要说有什么不一样，那可能就是声音好听点的东郎唱起来好听，现在的亚鲁王仪式举办得和以前一样隆重。

整套工序一直没变过。现在东郎在唱《亚鲁王》的时候所有人都穿传统的服装，至于周围围观的人就随意了。老人去世子女亲属们也穿传统服饰，他们要穿长衣坐一天。至于年轻人就不做要求。这片地方，包括周围邻近的只要有老人去世了就会来找我们，但是如果远了，他们就找先生（道士）不找东郎了。越靠近紫云就越少。有的既请我们又请先生，两种仪式一起做。他们请先生是要看时候的，什么时候好，就会拖到那时候，东郎们要是唱完了的话就休息，要是赶时间的话就抓紧开工，早一点唱完把剩下的时间给他们。

他们请道士先生是要给酬劳的，东郎去主持仪式唱完了之后就吃点饭、喝点酒，不收钱。以前东郎在丧家主持仪式吃素，现在不吃了，因为以前有哪家老人去世，吃的基本是菜油，没有菜油就拿水拌豆腐之类的，现在可以吃荤了。县城里面有人去世有一些也会来请我去主持仪式，但是相对于农村来说还是要少一些，就是苗族人家有的还做，不是苗族的就不做。

我儿子也跟着一起学史诗，现在已经会唱了，而且唱得很好，孙子有二十多岁，现在外出打工了，他现在不愿意学唱这个，等他想学的时候再教，不想学就不强求，就像有些人喜欢听史诗，有些人不喜欢听不愿意听，你强求他也没有多大效果。我教的都是附近的人，远一点的人家不来，懒得跑。

只为寨邻身后事　愿做公益甘奉献

当初学《亚鲁王》主要是想着家里有事情跑去请人很麻烦，自己去学以后方便，本来还想着做这个能赚点钱，但是邻里附近都是一家人，哪家老人去世了大家都去帮忙，不说收钱的事。我们寨子有五十户人家，寨子里面有人去世，去主持都不收钱。别的寨子有人去世，去主持仪式就会收钱，唱一个晚上360块钱。因为也是自己花精力，花工夫学来的，别的寨子不认识的就会收钱。去别的寨子，一年能有几次也说不准，有时候接二连三的，有时候很久也没有一个。比如今年二月的时候连着唱了三场。

去的最远的是外面的镇上，走路两三小时，坐车也就几十分钟吧。只要有人来请一般都会去，人家找到你，你不管怎样都尽量去。这附近只有我们做这个，有时候一个好日子，寨子里面几个人都不够分。如果是寨子里面和外面的人同时请去做仪式，就要一起商量着能不能推迟一家到第二天做，因为这个不能在同一天做，现在的交通很便利，很快就能到第二家的。

以前就有外寨的人过来请寨子里面的东郎，一直到现在都是这样，不管是以前还是现在，寨子里面和外面的人来请东郎开路，都是找我们这几个东郎。因为其他寨子没有，以前还有几个，现在就只剩下我们几个了。现在愿意来学史诗的人很少，周围寨子就是因为没有传承人，才会造成传承终止，但是他们所唱内容与我们几个所唱内容一样，所以，寨子里面有人去世，都会请我们去主持仪式。对于有人说的，做了一个梦就会唱史诗的，这边没有见过，我们都是跟着师父学的。史诗的教唱只在苗族之间，因为不是苗族的，你听不懂苗语，也说不成苗话，以前也有个年轻人来找我学唱史诗《亚鲁王》，但是他说不了苗语，没有办法教，那个年轻人就回去了。在这里虽然有汉族、布依族，但是他们的风俗与苗族不同，所讲的语言也互不相通，所以即使居住时间久，也不会让东郎去给他们举行仪式，他们大多都是请的道士先生。寨子里面还有两家外姓苗族，一家姓廖一家姓魏，他们如果有老人去世，就会请东郎和道士一起，东郎和道士二者举行仪式的时候，相互不干涉，但又同时进行。东郎和道士讲的内容应该都差不多，道士的什么十月怀胎之类的都与东郎唱的一样。虽然现在都用手机，但是请东郎来主持仪式，也要亲自去家里请，而且要下了定钱才去的，空口白话是不会随便去的，要不然别人也来找，到底是先去哪家都没办法定，定金一般就是个意思，主人家给多少就是多少，有一两百块的，也有二三十块的。唱完之后，家里条件好点的要是觉得唱得好就会多给点，但是最低 240 元，最高 360 元，还有一只公鸡，三斤半的肉，一升米，这些都要，这是规矩。

八十八

师徒结对晒真经
一心一意把艺承：
王凤才

访谈人：杨兰、梁朝艳

访谈时间：2017 年 9 月 3 日

访谈地点：格凸河镇格崩村

对《亚鲁王》的相同敬仰，让他有幸成为唯一弟子，一师一生一样情，师徒结对晒真经；弘扬师父择人法，精选细择学艺人，不求数量，但求精益，只愿一心一意把艺承。

一师一生一样情，师徒结对晒真经

我叫王凤才，是格崩村的，我出生于1962年。我的父亲叫王德坤，已经去世了，母亲叫韦乔妹，已经80多岁了。我们家共有九姊妹，我排行老三。大哥叫王凤江，今年已经60多岁了，他平常都在家劳动做农活；老二是大姐，叫王十妹，她是1958年出生的，也是在家干农活；老三就是我了，我除了唱《亚鲁王》，就是在家种地，没有做其他的工作；老四是弟弟，叫王义前，他是1967年出生的，没有正式工作，也是在家做农活；老五是妹妹，叫王兰香，是1968年出生的，她主要是在家带孙孙；老六叫王黄妹，1969年出生的；老七叫王明香，1972年出生的；老八叫王五妹，她是1974年出生的；老九叫王小幺，1977年出生的，他们年轻，现在去外面打工了，不在家里。我自己有四个娃娃，一个儿子三个女儿，老大是儿子，叫王启智，他是1987年出生的，在下面格凸河景区上班，主要是在那里帮他们开船。小的三个全是女儿，大的女儿叫王长妹，她是1989年出生的，已经结婚成家了，女婿家是织金的，她嫁去那边了；第二个女儿叫王桃花，这个是1991年出生的；最小的一个女儿叫王桃珍，比二女儿小一岁，1992年出生。

我是46岁的时候才开始学《亚鲁王》的，学了三四年才学会，好像是50岁出师的。我是跟着王凤书学的，王凤书是跟着他的大舅学的，我和王凤书是叔伯的两兄弟，他年纪长些，是我的哥哥。我就王凤书一个师父，他也只有我一个徒弟，我们都对《亚鲁王》有着崇敬之情。从一开始我就跟着堂哥学，正月的时候，我就跟着他在家里学，天天晚上都去找他教我，我就在他旁边听他唱，然后自己心里记，不用手机录，那时候没有手机的；其他时候就是他出去给人家开路的时候，我跟着去，因为我们有规定除了正月其他时候是不能随意在家里唱《亚鲁王》的，只有老人去世才能唱。我跟着他去给人家开路，一是可以边听边学，二是可以帮忙做点其他的事情，比如给他们打杂。学了两年后，我就开始跟着他去给人家开路了，这是真正的开路而不是打杂，我自己上去唱诵，所以我是一边学一边用的，不是全部学完才去给人家开路。后来我全部学完之后，我们基本都是结伴同行，一起去给人家唱《亚鲁王》。因为

《亚鲁王》内容很多，要几个东郎轮流唱，一个人是唱不过来的。有时候我和他都有人请，那我们就分开去，但是只有一家人来请的话，不管是请他还是请我，我们两个都会一起去，一起唱诵《亚鲁王》感觉很有力量，同时也是展现我们师徒二人真正技艺的时候，而且习惯了搭配在一起做事，大家都有心灵感应，可以省去一些麻烦。

原来我们去给人家开路是不收钱的，但是主人家会给我们一些"礼信"。但现在他们来请我们的话，我们也是要收钱的，人家拿多少就是多少，我们不会讨价还价的，这其实也相当于原来的"礼信"，只是把物品换成了人民币而已。大家都是周围的人，都知道我是王凤书的徒弟，所以给钱的时候给我堂哥多少就会给我多少。

精选细择学艺人，一心一意把艺承

我现在还没有收徒弟，我收徒弟是有标准的，像我堂哥收我为徒弟一样，我们都不追求数量，但一定会求精益，所以我堂哥就带我一个徒弟。来学的人多了，就会分散精力，一个人的精力是有限的，如果人多平摊到每个人头上的精力就那么一小点，很难把他们教好。我会延续我师父的这一择人条件。同时，我不会收年轻人为徒弟，我要收的都是四五十岁的，不到年纪的我不教，实际上好多人也是到这个年纪才学的。我要求年龄是有一定原因的，一是现在的年轻人很少在家，大多都出门打工了，一年就春节那个时候回来几天，短短的时间里还要走亲访友，如果他说他来向你学，你收下了，但他来学的时间可能只有几个晚上，平时我去开路的时候他不在家也无法跟着去学，《亚鲁王》内容那么多，等第二年春节他回来的时候，可能上一年学的都忘记了，所以这是不可能学得成的。二是现在的年轻人大多都比较浮躁，功利心也比较重，有的需要成家立业，有的处于上有老、下有小的阶段，正是家庭开支最大的时候，他们很难静下心来做一件事情，尤其是像唱《亚鲁王》这种又挣不到什么钱。但四五十岁的人，孩子基本上都长大了，家庭负担要轻一些，很多人都回归家里，不再外出务工了，而且到这个年纪人都比较沉稳了，对于人生也有一些思考了，学《亚鲁王》是他们经过再三思考的，所以一旦他们决定要学，那基本就是不学会绝不罢休的那种，一心一意要把《亚鲁王》传承下去。我现在也在等这样的人，我就是希望我带的徒弟，能够专心致志地把《亚鲁王》学会，并能坚持把《亚鲁王》传唱下去，这样我就心满意足了，也不辜负师父当年的教导。

我们大河苗寨这里出去打工的年轻人很多，基本都是三四十岁的，所以都没有人来学，我们寨子的东郎现在就只有三个，除了我和王凤书，还有一个王凤云。但是王凤云喜欢喝酒，喝酒了就有点意识不清醒了，所以大家也不太敢请他去唱《亚鲁王》了。所以《亚鲁王》继承人的短缺是一个很难解决的问题。

我除了会唱《亚鲁王》以外，还会做其他的，比如"看米""看蛋"等，像现在寨子里有人生病找我们看的那种，我们叫小《亚鲁王》，就是你生什么病，哪里不舒服，我去铺点筛盘（做一种仪式）就可以了。我还会"看骨头"，但我们不看相，事实上并没有什么鬼，这是说真的，这样只不过是给人一种心理安慰，给他/她做了，他们心里就会觉得舒畅多了，心情好了，慢慢地人也变好了。如果没做，人们就会想东想西的，心里面老是有一道过不去的坎，很压抑，时间长了，就会让人变得焦虑，小病就变成大病。我们也会送菩萨，菩萨是正月十五、十七送，但是关于土地各方面的菩萨是正月初五、初七送，可以这样说，现在我们很严的。

八十九

一朝梦回"亚鲁王"
十年"亚鲁"守望者：
杨正江

访谈人：杨兰、刘洋

访谈时间：2012 年 6 月 26 日、2017 年 7 月 13 日

访谈地点：格凸河镇坝寨村

　　杨正江，1983 年生，属猪，贵州省安顺市紫云县亚鲁王研究中心主任，现为安顺学院教师。与杨正江首次见面是在 2012 年的夏天，他穿着黑色短袖，爽朗质朴的他给我们回顾了亚鲁王的所有经历，也开启了我与《亚鲁王》的不解之缘。杨正江是贵州民族大学民族文化学院中国少

数民族语言文学专业的学生，因同校同专业，我称呼他为师兄，这次采访算是比较正式的一次，也贯穿了之前的一些内容，因为工作繁忙，杨正江中午几乎都是在办公室的沙发上休息，下午就接着未完成的工作继续忙碌，其实对杨正江的经历已经掌握得差不多，但总觉得要听一下本人的想法，才能算一个正式的采访，所以在他不忙的一个下午，我们就开始了这次的访谈。

杨正江为家中年纪最小的，父亲叫杨再德，今年74岁，是退休教师，曾在中洞小学担任校长，为山区里的孩子撑起了一片希望的天；母亲王启英，今年75岁，以务农为生，现在负责在家带孙子孙女。杨正江家有兄妹5人，大哥叫杨正先，属狗，今年53岁，在外务工；大姐叫杨金兰，今年50岁，务农；二姐杨正秀，今年47岁，务农；二哥杨正超，43岁，曾为亚鲁王研究中心工作人员。

师父杨再华已经去世，另一个师父是杨光顺，师兄弟就杨光应（杨松）一人。

心系唱诵人 穿梭麻山腹地

我出生在紫云县麻山的一个小山村，对麻山腹地的记忆就是很贫穷，因为父亲工作的原因，我们很早就搬到离公路很近的地方居住，在我的记忆里，麻山深处的亲戚们赶集，都会经过我家，有时候赶得巧就会在一起吃饭，他们离开的时候最想要的就是一些大米，如果忘记了这件事情，他们一定是不开心的。而我回到那个地方去，睡觉是最难忘的，只有一捆玉米秆子垫着，那时候因为年纪小，不懂事，最害怕回老家，但是现在老家却是我最牵挂的地方。

我是家中最小的孩子，受苦不多。我初中是在紫云读的，有一次省里面来了一位作家，我去听了他的讲座，之后就决心要去采访我们麻山深处那些在葬礼仪式上唱诵的人们。从那个时候开始我就与《亚鲁王》结下了不解之缘，我家人不理解我，以为我发了疯，就把我关了起来，被关的那几天，我试图逃脱，但都没有用。我记得我还做了很多梦，梦境里面全是东郎唱诵的声音，还梦见了我要带领全族人去做一个什么事情，据我的家人回忆，那时候我差点跳了楼。后来请杨再华帮我做了仪式，我才得以恢复。于是我就对《亚鲁王》产生了兴趣，我决定去学新闻专业，2001年我考上了中国社会科学院研究生院新闻系，去读了大概半年的时间，我觉得与我的想法有差距，所以我就退学了，回来后第二年考上了贵州民族学院的民族文化学院，学习苗语与苗族文化，我边上课，边在麻山调研葬礼，那时候大家都不理解，说一个大学生天天来人家葬礼上做什么，都觉得我不做正事。但是经过了这么多年的努力，我觉得我所受的苦都是值得的。

我来到紫云工作，最初的工作不是做这个，而是在松山镇政府工作，其间，还做了包村干部，但是在这段时间里，我没有放弃我的田野工作，直到2009年贵州省进行非物质文化遗产普查，我才被借调到紫云县非物质文化遗产普查办公室工作，真正的《亚鲁王》工作由此展开。从读大学开始，我就关注《亚鲁王》，深感其内容之庞大，一人之力恐不能完成，于是我上报领导，申请组织一个团队来开展此项工作，这一提议得到批准，我就开始寻找愿意为苗族文化付出努力的同胞们，很快我们的团队就建立起来，刚开始有杨光应（杨松）、杨正兴、吴斌、韦聪、吴刚辉，后来又陆续进来一些，也流失了一些，现在确立下来的就是我、杨正兴、杨正超、杨光应、梁朝艳、吴刚辉、李娅、杨小冬、杨成刚、王彪、杨兴华，还有一个2017年引进的研究生。

有了团队成员，《亚鲁王》工作就开始进行了，最先开始的就是歌师普查，这是最艰难的。2010—2012年，我们花了两年的时间来做田野调查，团队成员配备了摩托车，每两人一组，去到麻山深处随机探访寻找歌师，几乎是每一个乡村都走了，进行地毯式搜索。因为有很多的歌师是你不知道的，然后你问老乡他们也不太清楚，需要亲自到他们的村寨里面去问，进行排查后才知道哪些人是歌师，哪些人不是。当时歌师们是不配合的，他们怕被抓进学习班学习，所以都隐藏自己的身份。为了解开这个结，我们费了不少力气，也做了很多宣传工作，他们还曾遇到过歌师情绪激动，引发打斗的情况，但在努力之下都一一解决了，之后去普查的时候我们都会在摩托车后面插上亚鲁王团队的旗帜。现在这

1700多个歌师都还能唱，还在主持仪式。

亚鲁王研究中心成立后，我们团队也曾经开过一个作风整顿大会，即"亚鲁王团队作风整顿大会——今天我当家"，这个当家的位置每人半小时，这半小时之内，你以主人公的身份，把你的想法，以及开展工作的思路全部讲出来，完全不受限制，有什么说什么。开这个作风整顿大会，用了两天的时间，那时候我们是野战团队嘛，没有编制也没有什么正式工资，只是我们自己给自己一个官当，现在编制是要下文的，不能随意就给你一个编制，这样乱来的话是不妥当的。但是没有编制的工作也有没有编制工作的干法，我们有信仰，我们有民族责任，尽管工作辛苦，偶尔有怨言，但是以自己为主角的整顿大会起了很好的作用，就是这样我们才能一直不放弃走到今天。虽然现在好了一些，但是我们觉得这种方式还是可以继续下去。这其实就是某一个阶段、某一个时期我感觉团队的纪律太松散，凝聚力弱了，就应用这个方法整顿大队。当时我们还制作了一个优秀团队的奖牌，用来鼓励大家，让大家知道我们是一个优秀团队，必须拿出优秀团队的作风，每人一面旗帜，我们一起当家。那个时候我就觉得要管理一个团队很不容易，我们还举行不记名投票，选举办公室主任、政治辅导员、生活秘书员、摄影（像）员等，八个人自己投，最后杨正兴五票，是政治辅导员，杨光应六票，是生活秘书员。

由于刚开始的时候团队里面就只有我会做一些简单的办公软件工作，所以我们的这个传承区域图都是我做的，是买贵州地图裁剪出来的。2009—2010年我不会用文档，关于注释的问题，也询问过周边很多人，他们都不懂，然后就一直用一个很笨的办法做。我以为我成功了，但是再一次进行排版的时候，这个脚注就不会跟着页面的变动进行变动，还需要我一个一个进行剪切和粘贴才能将注释与段落或者词语重新附在一页上，不懂办公的技术，让我在工作上事倍功半。2011年的时候冯骥才的学生才教会我怎样使用脚注。说这些就是想表达一个人在基层要做一件事特别难，要做到面面俱到，包括照相、录音、影视、脚本、编导这些都需要自己来做，比如说我们做的介绍"亚鲁王"的专题影视，其中的脚本都还得自己写，取景都需要亲自去跟踪，整个过程特别艰难。做那个谱系表的时候是最难的，我都是一个方块一个方块、一条线一条线慢慢添加做成的，没有人能帮得了我。我们缺少技术人员，比如说我要做一个插图，都做不了。那些复印、打印店也都只能做一些简单的文档，所以我们的办公软件这块在那个时候基本上是处于初级阶段的，很多事情都是自己来做。

翻译工作在2009年的时候也遇到了很大的困难，我已经交了三稿了，在余未人老师那里总是通不过，老是说不符合要求，不是他们想要的。我之前的翻译，比如说歌师开始唱的时候会有些辅助性的语言，也就是开场白，与宗教有关的一些语言、祷告的内容我都是一字不漏地全部翻译进去，每一个环节做了些什么也都详细地记录下来，结果弄了三千多行都还没有进入正文，然后他们非常生气要我重新做。后来我就揣摩，干脆把前面砍断，直接从《创世纪》开始就连接到亚鲁王了，前面属于宗教、民俗习俗的内容就全部不要了，结果这个文本拿过去就通过了。国家级非遗的要求就是这样的，否则就称为宗教类的东西，宗教类的又不列入民间文学之列，那么《亚鲁王》是宗教还是民间文学就必须有一个明确的界线，后来我才弄懂这个事。也就是说理论要与田野完好地融合是需要很长很长的时间的。有的时候我感觉自己快崩溃了，没有人能指导，也没有模本可供参考，有人问我读过北方的三大史诗没有，我没有读过，以前是没有条件去读，现在是不敢去读，我想把我的做完再读，怕自己的思路被干扰，然后一直不能做不出自己想要的东西。

把《亚鲁王》作为民间文学推出去可以说是当前唯一的办法，之前的仪式那块不能丢。因为那块可能对于他们来说没用，但是对于真正搞学术研究的人来说是很有价值的。后面的这些表述也都是在前面的这个大背景下进行的，是不能丢的，我现在做的就是一个纯记录的工作，我的合作方想要哪个方面的我就把哪个方面的拿出来，但是完整的东西，我想要做一个数据库来保存，以后就可以与有关民族学的、人类学的学者合作，他们需要就再把它拿出来。

我的田野工作有很多，就通过一些图片回顾吧。麻山里面大大小小的城池有若干，没有人来考证这些城池的来历，我们请来的人都是做古墓的，是贵州省考古所研究古墓的，做城池研究的还没有，目前这些城池还没有线索。

　　麻山现在依然保存着一些传统的建筑，比如用木头和稻草搭建的粮仓。粮仓主要有两个功能，一个是装贵重物品和粮食，粮食不放在家里面而放在村院里面，村院就是在一个院子里面建造的一个村集中，所有人家的粮食都放在那里，因为那个地方离烟火远，就算发生火灾，粮食也可以完好保存。一家一个，防鼠和蛇，里面有一个圆板，老鼠爬不上去。另一个粮仓除了装贵重物品以外，以前它还是女人的闺房，就是出嫁女孩的闺房。在麻山，至少在20世纪60年代以前还有这种搭建出嫁女孩闺房的习俗，这算比较隆重的。还有些村落保持得比较古朴的风俗就是，没出嫁的女孩谈恋爱以后可以带很多她的恋人来这里和她过夜，这个在20世纪四五十年代的时候还是很浓的，那时候很多女人没有出嫁都已经有几个小孩了，不是说她生了小孩以后嫁不出去，反而是她生了小孩以后更容易出嫁。这是麻山这种特殊的地理环境导致的，假如我是一个麻山的男子，我在这种恶劣的环境下生存，首先劳动力肯定紧缺，所以要考虑的就是劳动力的问题，如果我娶一个老婆，她给我带来了几个人，那几个人都已经长大，小的不能参加劳动，但大的可以放牛了，至少可以给我摘点猪草，砍点柴火啊。老婆嫁到我家以后，我们生的小孩也有人能够帮忙照顾，这样就会节省很多劳力，两个大人就可以一起下地干活，这是比较合算的。毛主席说过"人多力量大"，不管是不是自己的孩子，我们都不去计较，以前麻山还没有实行计划生育的时候，每生一个孩子寨上的人都要吹唢呐庆祝。

　　回来说遗址的话题，我们这里大部分的遗址是不被知道的，只有一小部分的遗址是我们知道的。我们在田野的时候拍摄了很多相关的图片，有一些物件是近代还在使用的那种，比如说这个刀，在新中国成立初期还是最后一代苗王杨排风使用的，他死的时候才21岁。因为他在红军长征路的时候被发展成地下党员，红军走了之后他就被地方国民党残余势力杀害，他是守护麻山的最后一代王。

　　关于吃饭的习俗呢，日常生活当中没有，但是葬礼当中就有。在葬礼上，亡者去世后，他整个家族的族老都要过来和这个亡灵共食最后一餐饭，在这餐饭上，碗的摆放就有讲究，实际上这些碗都是在座客人的碗，在他们还没有入座之前，要先把碗摆好，其中有一副碗筷的摆放就有所不同，这个碗上的筷子是交叉叠放的，代表亡灵的碗筷。所以现在在麻山吃饭，我们有个习俗就是，你吃饭的时候筷子不能交叉放在碗上，那样的话就代表你是亡灵。杨光应他家现在都还有这种习俗，就是一旦有肉吃的就吃得狠（吃得很多），以前有米饭吃就算好的，有大米饭吃、有肉吃的时候，就要把祖宗请回来和大家一起吃，然后在吃饭的餐桌上放这么一个碗，筷子交叉一放，就代表祖宗和我们一起吃饭了，如果在麻山吃饭的时候你这么放，一方面你代表亡灵，另一方面你又代表他家祖宗，这样是很不尊重人的。

《亚鲁王》主要是在葬礼上唱，那么葬礼也是我们田野作业的重点，在葬礼中，我们有打糍粑的程序，这个糍粑是给亡灵的，大家都不能吃。葬礼上，人们来吊丧的时候有个规矩，来到大门口你不能直接把糯米饭送到棺材前，葬礼那天办丧事的这家人会专门安排一个老人，拿一个盖子在门口迎接，来人以后就夹一点放在里面，实际上他的糯米饭不用做这么多，只要一点就够了。但是为什么他要拿这么多呢？说明现在他还保持原来的习俗，以前糯米饭和大米饭不是随时都可以吃到的，有葬礼的时候就必须要去买，到集市或者走到山外面去买，然后就会多买一点，这种情况下你要煮这么一大箩糯米饭，除了夹这么一坨给亡灵之外，剩下的你还要捏成若干坨分给这些内亲，就是这些孝子、孝女们，他们排着队在那里跪拜的时候你要送他们每人一坨，就相当于见面礼。于是在那个葬礼上他就可以既吃大米饭，又吃糯米饭了。实际上办葬礼必须要大米饭，必须吃鱼、大米、豆腐、豌豆，在葬礼上是不能吃玉米的，苞谷饭、小米和红稗饭都不能吃，这是规定。他要吃祖宗的饭，大米饭、鱼才是祖宗的饭菜。

就算人很多，也必须人人都带鱼，这些鱼都是自己去弄的，或者去小街上买的，以前小街上没有卖的，但是麻山不是有一条河嘛，穿过麻山，你想办法嘛，实在没有就吃豆腐。那个鱼就是一点点，一个鱼头放进去,有一个汤味就行了,有的人家都不怎么吃,不过没有的话就是败笔嘛,所以鱼是必须要有的。然后就是每户去吊丧的人,都要自己买米去做米饭,这个米饭是自己带的,不论是你还是你带去的客人,都需要自己做好了,挑一大挑米饭去吊唁,那个时候挑去的米饭像一座山一样,2009 年的时候,这边都还是这个样子,我们都保存有图片的。

四大寨的葬礼仪式很隆重,在葬礼上有一张四方桌,桌上有一根竹竿,上面穿了一件女人的衣服,这个很有意思,那个《创世纪》里面是这样说的"造天的时候,有个女人,是女的祖宗来。造的天她使用那个竹篾做骨架,骨架支好了之后她就用自己的衣服盖上成了个天盖",所以这个就比喻女人的衣服,下面这个就是大地,大地是簸箕形的,我们就是在这里面造的天地,也就是我们如果走出去,首先遇到的就是像铜鼓这样的一个东西。这个东西罩着我们,我们从这边爬,走到顶上,就是祖奶奶的位置,这就是我们苗族对整个宇宙模型的想象。敲铜鼓,是敲这个鼓魂,但他不知道为什么鼓魂在这里,我们这边就不具体描述了。下面是老祖宗所在的地方,代表他有小米、红稗、糯米、稻谷的种子,这些种子呢要放在罩的那个天地里面,也就是我们在下面吃的那个粮食。是我把那个衣服掀开的,实际上那个衣服要罩着那个铜鼓。你看这个竹桌就是一个铜鼓,这个也是我们吃饭的桌子,那么我们为什么要拿这个来吃饭呢,实际上我们每天都要拜,我们是祖宗崇拜,也是一种信仰,每天吃饭都要和祖宗一起吃,所以把碗筷摆在这里再吃。我们这边的那个祖宗崇拜呢没有指定是哪一个,反正自然万物都是我们的祖宗,树我们也称之为祖宗,石头也是祖宗,连牛、老鼠、羊啊这些都是祖宗,所以自然万物实际上都是我们的老祖,为什么呢?因为他们是和我们的老祖同时代诞生的。也就是说《亚鲁王》史诗里面的万事万物都属于我们的祖先。

我们这边的老人都没怎么外出过,他们对史诗中所描述的一些事物,很容易就能在自己周边找到相对应的。图片中的这座山,被方圆十几里的东郎们称作地钉,这个地钉是史诗中老祖宗在补地的时候留下的。唢呐是我们麻山苗族最重要的乐器,我们团队当时还专门搞了一次唢呐演奏，请来了张东孝老师，张东孝是搞民族音乐的，负责给我们指导。两支唢呐队集中演奏了两天，我们团队全部人员都做餐饮服务员，杀了一头猪作为主菜，包吃包住两天。我们给这些吹奏唢呐的人取了个名字叫唢呐匠，在那期间，我们利用这个难得的机会，给他们拍照建档，我也想做这么一个普查记录登记。

去年的时候，中央电视台新闻中心不是有一个记者走基层吗，蹲点守我们将近二十天，就跟随我们走麻山，在麻山生活，来了一路他们哭了一路，我们又在麻山做了一个讲学团。在央视首席记者徐梦莹的跟踪采访下，我和我的团队成为她关注的焦点，她说要做成四集内容上新闻联播，但是一直没有排上队，上面也打电话来说估计年底能上新闻联播，每晚上有个四五分钟，一集只有几分钟，连播四集（2017 年已经成功播出）。然后我们就开展总动员大会，总动员大会结束之后就没有精力搞分班了，所以今年五月份才勉勉强强在工作站建了一个小小的培训班，但没精力一个人做了，就交给杨正兴和杨正超做。

其实我们这个团队的工作很艰辛，一路走来，都是踏踏实实、认认真真地干事，没有多少工资，他们都是临时聘用的人员，但是为了这份民族情感，他们放弃了在外打工的几千元高薪。长时间的高负荷工作，他们心中肯定积压了不少情绪，所以在一场教学展示中，我就想让他们释放一下。那天不是下午就升国旗吗，我就想号召这些人把他们内心的压抑发泄出来，我想要这种效果，结果他们全部爆发了，我有点控制不住现场了，我就让大家做了一个宣誓，这个宣誓是用苗语进行的，不过这种宣誓不像我们共产党宣誓，我们是对祖宗宣誓。当时，我又担心他们说我们政治方面的什么东西，所以我要在国旗下完成，因此我先把国旗升起来，接着我们就在国旗下做了这么一个宣誓："我们是亚鲁的后代，我们是他的鱼种子，我们是他的苞谷种子，我们要来寻找亚鲁的根，要来寻找他的历史，让他的村庄像茅草像棉花盛开。"进行这样一个宣誓，最终就是想说，作为知识分子我们都要行动起来，不要老是说那些都是我一个人的事或者是与我们无关抑或是你们无聊的话，大家都应该保护我们的民族文化，要一起来做这个事而不是某一个人的责任，所以就做那么一个宣誓。

　　我们工作组在过去一年和今年年初，被县委、县政府委派做两件大事。苗族地区的移民工作，他们做不了就让我们去做工作，当时是为了修建水电站。我们接手这项工作后，就在一个乡场举行了一个舞台剧表演，是由我们老百姓来排练的，表演的是战败迁徙南下的一段。这个是我们工作团队在移民工作之前先给他们做的一场移民工作晚会，先走进他们的内心然后再开展工作。我们也可以被称为田野工作团队，即"亚鲁王工作团队——走进苗乡慰问演出队"。最后这个移民工作还算顺利，党的十八大召开的时候，我们主要做村民们的安抚工作，最终的效果很好，后来又帮他们做景区开发的征地工作，鉴于之前的经验，我们再次获得成功。我们苗族人非常纯朴，你只要告诉他们真实情况，动之以情晓之以理，他们也会理解的。我们的队伍为了做好这些工作，都是自己搭建舞台，自己做搬运工，自己找演员，一般都是当地的一些学生。我们在2010年的时候，拍了一个规模较大的舞台剧《亚鲁王剧目》，那年我充当祭师，走在前面。歌师有一百名，她们充当《创世纪》里面的祖奶奶，表演祖奶奶的礼仪天下。这场演出中演员的衣服、道具都是我们自己做的，祖奶奶的服装是用买来的一块窗帘布做的，我们还做了很多其他的服装。像仪式上的道具——拱门是用竹篾做好之后，用水彩将买来的布涂上颜色缠绕在竹篾上，这些都是自己做的。

　　我们的这个剧目讲的是亚鲁王战败迁徙的故事，团队的人扮演的是亚鲁王，亚鲁王的两个王妃是请人扮演的，家园破碎也源于这两个王妃，因为两个王妃没把家园管好，没把家财管好，这个龙心才被敌对部落偷走，后来这两个王妃战死沙场，亚鲁王战败迁徙南下到江南以后就派他的儿子冈塞谷带人重返家园，但是这个部队一去就杳无音讯，变成了虫人、蛇人了。这个冈塞谷当时留下了六个儿子在南方，其中一个儿子跟随欧德烈和迪德伦来到麻山，就是现在龙姓家族的老祖宗，实际上他是我们一个家族的，这不是我胡编乱造的故事，就是我们纯正的家谱，哪怕是在"文革"期间，政治争斗那么厉害，大家都还冒着生命危险来传承，正是因为这是我们的家谱。我们每场演出的舞蹈都是我们自己编的，演员也是我们当地的高中生，当时去高中点了几百号人。编排这些舞蹈花了一个礼拜的时间。这个舞台剧其实就是场景剧，有7—8个场景，每个场景就是一些简单的动作，主要展现整体的感觉，全部表演完大概需要半小时。

亚鲁王文化旅游节的时候上面给我交代了任务，要做一个文化展厅，就给我三天的时间，我不知道要展示什么，所以我就来个现场葬礼模拟，把一块木头立起来扮演亡灵，他的头上盖着这么一个东西，然后肩上挑着那么一些东西，没有歌师给他唱史诗，就妇女给他哭丧，打鼓。另一边就陈列亡灵，他在出生之前、出生之后用了什么东西，然后成长的过程当中又使用了什么东西，即从出生到死寂所用的东西。就因为在这种大的场合，我们也能当演员，所以就造成一些误解，乡亲们就认为我们亚鲁王研究中心是搞歌舞的，唱亚鲁王的歌，跳亚鲁王的舞蹈，包括我们这个工作站，我们村寨的乡亲都认为我们是唱歌的，就是做苗歌的。因为有客人、专家来我们都要演唱，演示一下，有一些人就以为我们是唱客。

在2012年北京史诗峰会上，我们带了一个歌师去演唱，这次峰会专门给我们一个发言的机会，我们很激动，也很感激。然后，还有关于《格萨尔王》《江格尔》《玛纳斯》的发言，我2013年还到那边去锁定学习三个月，之后要求继续学习，他们也欣然同意，说让我有时间就去学。当时去的还有我们县委宣传部部长，她的英语很好，代表我们整个县在史诗峰会上发言介绍这个演唱，我一句都没听懂，但是一个县级干部能说一口流利的英语已经很不错了。贵州日报的王晓梅，也跟着去作了报道。

我们田野普查的时候是冬天，天气很冷。为了保证不挨饿受冻，在下乡之前我们都会准备好吃的以及一些行李，全副武装，骑着摩托打起横幅就下乡。以前我们每天出发之前都有一个宣誓，即按照"立正！报数！宣誓！出发！"的程序来一次，然后就出发了。冬天骑车确实难受，风吹得很冷，为了有点乐趣，他们就爱写"到此一游"。在进入麻山腹地进茅草村的时候，我们会先找群众，询问谁是歌师，问清楚信息之后再去找。杨正兴他去的是学校，他以前是从这个学校出来的所以返回去。当年我们投票选举梁启发为团队队长嘛，所以现在田野队也全部服从他。下去做调查呢，如果遇到热心肠的人家，就能得到一口热饭吃，如果遇不到就只能饿肚子，在麻山是没有商店的，就是拿着钱也买不了东西。有时候在路上，一边走一边问，要是能偶遇歌师那就是运气太好，有时候一家有几个歌师的，就要节省很多时间。找到一个歌师不容易，走得太远，太累了。去卡坪镇还遇上一桩葬礼，当然了这是卡坪镇的葬礼，还是砍马的葬礼。马的装束，也是一样的，在葬礼中先把马牵出去，穿过这条小巷，马在前面。麻山很多人平时都是穿汉装，方便点，但葬礼的时候要穿盛装。砍马开始了，要转着跑不能把它固定死，假如马被砍倒了，但是马头不在东方就要抬它的腿，把马头转向东方。在砍马之前妇女们都要拿这个稻谷出去喂马，每个几乎都要喂，所以她们手上拿的东西都是喂马的。东郎们扛的那个刀特别经典，特别长，也特别大。他手里的那个红缨枪，在英雄史诗里面就反复地唱到，"亚鲁"的几代包括他本人和他儿子都是用这个红缨枪来打仗的。砍马开始时，砍马师要向东南西北这几个方向行礼，行礼之后才开始（砍马）。为了拍这场葬礼，摄影协会主席卢先义老师的车子，差点翻下深山去，请当地很多人帮忙才弄起来。

团队的成员们行走时间太长已经麻木了，很少有让他们内心感动的地方。他们和我闲聊的时候无意之中透露出的一些细节，我就非常感动，我问他们为什么不写下来，把这些东西记录下来呢？他们就说觉得很平常很平淡，没有必要记录。比如他给我描述他走到一个农户家，他吃的那餐饭是怎么吃下去的，那个过程是如何的。还有他描述他爬到一个山坡上又下来，反复几次地爬，都是因为那个歌师一直骗他说他不是歌师，他返回来村民又说他（歌师）就在那个山头上，他又转回去，最后一次主动把他扛起来，扛到山脚下他才承认他是歌师。歌师们不知道我们的来历，不认识我们，所以不愿意承认也是情有可原的，比如你在山上砍柴，突然来个陌生人拿着笔和照相机问你是不是歌师，你肯定也担心对吧？

　　在麻山有时候走的时候，小车的轮胎经常被卡住，像这种路也只能骑摩托车，我们下乡的时候就在摩托车上插一个旗帜，上面写着"亚鲁王团队"，然后带着我们制作的亚鲁王宣传碟子，有条件的人家我们还放那个宣传片给他们看，然后再和他们谈话。这个路线太长，困了就在车上睡觉，他们还练就了在车上做笔记的技术，一路跟随着记。像这种路的话可能一般的车都到不了，得要四驱，两驱的都打滑。我们的是两驱，后面车厢太轻，走不了，然后我们就找石头，找一车的石头装上去，后面一重车子就能走了。要是遇到轮胎陷到泥巴里面要人多才有办法。我们还曾经抬过一辆轿车，那辆车坏了，堵着路了，主人也不在，我们就自己移动，把那个车抬到一边去，然后我们的车就过去了。我们还有一支骑队，应该叫轻骑队，这边的山很高很悬，我们在普查的时候，安娜记者跟踪报道。

　　后面的普查没有前几年辛苦了，2011年是杨正兴和韦聪几个人去做的这个。大地坝村是杨正兴去做的，他一个人去的。前年做事的人少了，一个人做一个乡，一个人做一个村，沿途要把村落拍下来。2009年刚开始的时候为了这个工作，我们几乎都是吃住在办公室，不过我家离这里很近，那时候我的家人还带着孩子来看我，给我送饭吃。2010年启动田野普查的时候，就他们三个去，我还在家里做翻译工作，去之前还让他们三个合影，做个纪念，然后他们三个就开始下乡了，这个村落、那个村落去找。麻山的村子进口和出口都是这种砂石小路，村民们修建的水泥房，就是依靠自己挑、扛进去，根本没公路嘛，只能靠人力了，人力也经济划算。在寨子中，还有一些仪式痕迹，有一种符号叫把火星，把那个带着火的生灵拦在村外。这个符号全村每家都有，在做的时候每家都要凑米或者是一斤肉，然后做一个很大的仪式，搞一天的集体生活。麻山吃的水是露天接的雨水，现在植被不好了没水了。确实像这种深山里面最困难的问题就是吃水的问题，路也是问题，这些路都是麻山人自己修的，政府出钱买炸药，村民们就出人力。

　　在大营镇，好多歌师都说有亚鲁王和荷布朵征战的地方，说是亚鲁王和荷布朵征战，荷布朵战败后特别怀念他的家乡，走之前就在一个崖壁上挫了一些字，为了见这个东西我们专门到武装部队里面借了望远镜。然后我们专门爬到对面的那个山头上看，崖壁已经风化了，没有什么痕迹，但是上面隐隐约约能看到一些符号的痕迹，确实是人工挫出来的，但是绝对不会是亚鲁王和荷布朵征战的地方，可这些歌师们认为这就是他们打仗的地方，因为史诗里面说了，荷布朵和亚鲁王征战的时候有一个射箭的比赛，所以他们说射的就是这匹羊，就是这座崖石。

我们在大营乡做了一个仪式，是保护庄稼的仪式，唱了一个多小时的史诗。每年春耕的时候，麻山这边都会在粮食播种之后做这么个东西保护庄稼，当年那个亚鲁王和荷布朵征战的时候，荷布朵有一些残兵败将还躲在深山里面没走，等到种庄稼的时候他们就出来破坏亚鲁王这个部落的庄稼，然后偷他的这些粮食吃，庄稼就没有好收成。所以这个仪式实际上就是组织兵马进山里面去搜查，逮住一个敌人就杀掉，为了记录这些就唱这么一段史诗。后来还有一个铁链的舞蹈，里面就有用这个铁链拴住逮到的人，然后用刀杀的动作。

麻山苗族人尤其是歌师们都认为毛泽东是苗族，实际上他们并不是那样的意思，而是说他们非常感谢共产党，新中国成立以后生活环境变好了，麻山才结束了这么几千年的战乱和被外面的压迫历史。在封建王朝时期麻山就是生苗区，不受封建王朝的统治。你走到麻山，基本上每一户人家都有这么一幅毛泽东的相片挂着，所以摄影师说，如果真的是麻山人，就还崇拜着毛泽东，他们一般过年的时候就要换新的照片上去。麻山的人们现在都还有很多的仪式，有的歌师几乎天天都要做仪式，有个东郎他每天都要硬扯指甲，这种都有很多的解读，但是他已经无法解释了。

我做这个翻译做了整整三年，一直在办公室过着封闭式的生活，然后就开始长胖，这是生活不规律造成的。饿了就吃一个馒头、面包，喝一点水。在麻山这地方手机大部分没信号，所以下去调研的时候，很容易联系不上，这就需要我们随时跟随部队，不能走散。我们在出发之前每人发两瓶水，十几个蛋黄派就规定走一天。这点食物肯定不够一天吃的，主要是让他们多去和村民们交流，和村民同吃同住，听起来感觉有点悲壮。一般我们到一个村只需要几十分钟，在那里留三四天、五六天都说不定，有些时候一个村委会就有十多个村民组，要是运气好的话一天可能就做完了，运气不好的话可能两三天都做不完。这边就是按乡来分，分了之后按村，比如这个乡有十六个建制村，那就是几十个自然村，自然村至少有上百个自然村组，工作量很大的，现在我们附近所有的乡和村都走完了。以前我们都是请歌师到办公室录音的，要给他吃的，要给他饮料，饮料你不能买太高级的那种，他不知道，你要按他喜欢的那种给他买。满足了他们的要求，我们就给他录音笔简单录音，他就慢慢回忆，慢慢唱。这几年工作我们总结下来就有一个问题，你请歌师到县城来不现实，有的歌师一辈子没有进过城，有的歌师很少进城，他来了之后他想去办很多事，他想去走走玩玩，然后每天起来他就只唱几小时，下午他就想出去玩，你带他出去玩他想要的东西，我们没有经费，就不能老这样自己出钱，你要是给他买一双鞋，一件衣服之类的，有的歌师他会感恩，有的歌师他会觉得你买的这个东西太少啦，他们觉得我们请他们到这个地方应该是国家高度重视，应该是要拿他们的这些东西去干什么秘密的事情，有什么阴谋在里面，等等，所以后来我们就不接到工作站，先接到家里面去，还要伺候他洗脚，实际上我们就在办公室打地铺睡觉。

因为麻山是这六个县的交界，所以为了方便，我想做一个很大的歌师分布图，比如某一歌师居住在哪里，就在地图上进行标记，但是找不到这方面的技术人员，制作出来的就是在这个图上标记一个点，没有实际意义，我想做的是用符号标明某一个点有几个歌师，调研的线怎么走，调查的线怎么走，我们专家小组们沿着哪个线到哪个歌师家里，然后呢也要记录歌师的联系电话、联系人等。虽然现在我们可以由一个联系人找到大部分的歌师，但是还是想做这么一个分布图。

歌师们还会举行一种求子的仪式，这个在麻山经常用，反正只要你做好生孩子的准备，基本都会有。在求子仪式中，女人会睡在床上，连同她的床一起抬起来睡，女人的床顶上还有一把很漂亮的伞。这个是女人结婚之后为了多生孩子举行的一个仪式，就是我们所说的求子。以前有一对夫妇，到 26 岁还没生育，然后举行了这个仪式，第二年就有小孩了，这很神奇，神秘得说不清楚，现在科学无法解释，这种东西你也不能否认它。在这个求子仪式上，这户人家的外面，也就是路边要做这么一个符号，那个符号全是小人儿，还要搭那么一座彩桥。这是很规范，很传统的一种仪式了。

在葬礼上，有一些人给亡人挑糯米饭，在麻山我们吊丧就是拿上糯米饭送他一程。到后面的时候，歌师们会举行最后的团圆饭，然后丧家开始哭丧，蒙着面哭，歌师轮流唱诵了之后，就在观众的旁边打个地铺睡觉，剩余的几个歌师休息之后就接着唱。一般凌晨几点以后就没人了，只有几个歌师在那里不停地唱，旁边的人都打瞌睡了。我们当时去调研葬礼的时候，还挑水、喂猪，就是那种环境，又热又有蚊子，人也很多，我们还自己煮饭、做菜，做好所有的工作后就和他们在一起吃饭，然后请他们把录音笔挂在胸前全程录音。等他们把饭菜吃完后，他们就开始唱了。在送亡灵上山的时候，丧家的儿子头戴斗笠，手上拿着弓箭，然后用一些芭茅草打下草标，用这些草标做记号，最前面一个点火把的点火，这个一般都是由亡者的儿子来充当，要是家里只有女儿那就由寨上的人来充当，在行走的过程中，还要放箭，边走边放，动作很简单，就是重复射箭。在亡者的行李里面还要放上鱼啊，糯米啊，粑粑啊等一些路上要吃的干粮。还有水壶，就是路上装水的一种器皿。还要给他戴上烟叶，他在路途上要抽烟嘛，男女都有，然后还要给他戴上酒壶。一路上还要吹唢呐，麻山的这个唢呐队啊，没有完全统计，但是至少有 500 个团队。也就是说每个村寨都会有 2—3 个唢呐队，越大的村寨它的唢呐队越多。这边的唢呐曲调特别丰富，在前些年的时候，我们做了三天的录音，就已经有 400 多曲了，都是传统的，它全部是靠记忆的。前面带路的还要拿着一个鸡蛋，这个鸡蛋是用来指方向的，配上刚才的茅草他可以转，因为他没有指南针也没有罗盘，所以他只能用这个鸡蛋来辨别方向。整个葬礼都是很欢快的气氛，没有悲伤，一群人都是笑呵呵的。我们这个民族就是，看见别人用啥我们就用啥，要是见到别人用好的我们也学着用好的，借鉴别人的。麻山这里不是下山就是上坡，所以要拿着布，下坡的时候要在后面拉住，上山的时候也在前面拉一下，省力一点。像唢呐这样的队伍啊，就是六个人一个组，亡者的亲人越多，唢呐队就会越多，若干支唢呐队一起来欢送，太热闹了。

我们的唢呐是绝对不会有悲伤的，你听到的都是各种欢快的调子。像请唢呐队，就要看他的亲戚有多少。现在是看亲戚，以前只要是来吊丧的都要请，现在主要是内亲，即女儿或者是亲家。而且我们寨上本来就有这么一个队伍，谁家有事叫着就走了，不用开钱，现在的唢呐队还是要有一些费用的。在送葬队伍中后面的一个人，他手里会拿一些小米在后面撒，撒米就相当于祈福。唢呐在我们这个创世史诗里面就有，说明我们这个唢呐有很多年的历史了。谁制造的唢呐，谁制作的曲谱，创始史诗里面也有记录。这个唢呐一直是六个人一队，没有改变过。

在史诗唱诵现场，歌师的穿着十分正式，他肩扛大刀、宝剑，扮演的是一个将帅。他在开场打报告给这个亡灵，这是汉文化融入两种文化交叉所形成的现象，在麻山边沿一带基本都这样。有的人家既请道士先生，又请歌师，让他们一起做。这个道士先生有的人家是自家请，有的人家是设个灵房，他家女儿嫁给汉族或者布依族的，前来吊丧，如果没有唢呐队，就只有请先生，因为我们的礼节是这样的嘛，作为女儿你一定要请唢呐，请不了唢呐那你就请道士先生嘛。所以这种情况，还是要搭这个灵房，我们原本是没有灵房的，搭个灵房等待女儿，这种在灵房里面的亲戚就是女儿请来的。布依族那边的唢呐和我们的不一样，编配、编制、体裁都不一样，这些都是变迁了的。歌师们的唱诵是不能打断的，如果你在中途打断他，他就会从头再唱，其实他唱完之后并不知道唱的是什么，跟百分之八十的人不知道他唱的是什么一样。他在唱诵中已经描述了谁造的盆、谁造的鸡、谁造的马，他的唱诵是很连贯的，是一种程序性的东西，必须遵循。你不能打乱，你让他们乱来，他们不会同意，他们会说师父教我们的就是这样，必须这么唱。东郎本身会说汉语，但是他无法把苗语翻译成汉语，主要是他不知道怎么翻译，而且也不知道从哪里切断来告诉你，或者你想问他上一句，他也不知道是哪一句，他还得从头来，他的记忆一旦被中断他就找不到头绪，必须从头开始。

史诗中唱了谁来造那个铜鼓和唢呐，就是吒牧，昨天我说的那个，后来他为了让唢呐响、让铜鼓响，就把他那个儿媳妇给杀了。还有造月亮、造星星、造太阳，等等，全部排列好。在这个造天地、造星星、造月亮、造太阳的时候呢，有的成功有的失败，失败的人就变成了眉，就是后来我们生活中一直沿用的这个东西，比如你家有眉，你就会突然不舒服了。这是我们本土文化，到现在为止，这些失败的人变成的东西游离在这个空间，他没吃的、没住的，他有难的时候，饥饿的时候，就会求助于人，求助于人的时候他无法和人对话，比如说我是眉，某一个种类的惑，惑和眉有几千种，每一个种类呢有一个片段的史诗，这个是个很大的工程。比如说我是眉的一个种类，我有一个固定的法典，我要是饿了或者是怎么了，那我就通过规定好了的法典来找到这个人，而且只能让他的鼻子生病，其他的地方都不能乱动，所以当你的鼻子生病的时候你找到我这个宝目，我就看到了，我就说原来是这个来找你了，我就会根据法典，找到他要吃的东西，就按照这个调料，三种动物一起煮了给他吃，然后你的病就好了。一般这种就是去请宝目来主持，相当于帮你们进行交易，他有难求助于你，就是想来吃你一只鸭，然后你就得拿一只鸭给宝目，宝目就拿到集市上去卖给他，宝目就能从中获利，所以宝目就是商人，就是那个做买卖的。宝目在主持仪式时一般会得一点钱，一块两毛钱啊，三块六毛钱啊，我拿到钱了就表示我是商人，那么这个仪式呢，必须在集市上，什么是集市呢？三岔路的地方！三岔路就是人流量最多的地方，也就是集市了。所以你走在麻山，当你看见有人在举行这个小仪式时，你不要说你们在吃饭，你应该说，老乡你们在赶场啊，赶集市啊？然后他们就叫你吃饭，这个时候，你就不说你不饿，他不会叫你来吃饭，他说来大家一起赶集市。所以宝目不是巫师也不是鬼师，他是商人。我们本土文化缺少对这个苗语的直接语音的分析。"宝"是一个个体，就是一个有身份的人，"目"就是买卖，宝目就是做买卖的那个人，所以很直观的就明白了。

在葬礼上歌师有两种类型，一种是东郎，另一种就是宝目。我用那个宝贵的宝，目是眼睛的那个目，我觉得用这个够比较恰当，能够音译，比较直观。东郎，这两个词都是音译，东郎就是在葬礼上唱史诗的那个，他在葬礼上唱史诗的话要从创世纪开始唱到人类繁衍发展，然后到亚鲁王如何建国立国，如何战败，如何迁徙南下，以及他的儿女如何分开迁徙，其中的哪一个儿子又来到了我们这里繁衍了我们这群人，这就是东郎在若干葬礼场合，反复唱诵的这么一个史诗。然后宝目就是在仪式上、在生活上常用的唱片段的。就像刚才说的，针对这个生灵，就要用到关于这个生灵产生的相关史诗，比如他是如何产生的，他现在为什么要来找你，你要对他有个阐述，他从哪里来要到哪里去都要说清楚，因为这个是关于这个片段的史诗，那么关于这个片段的史诗大部分都与创世纪有关。

现在很多东郎在唱诵创世纪的时候会简化，实际上这段内容有一个演变的过程，苗语的史诗也提到变迁。有一部分是说牛、野牛，另一部分是说葫芦，变大了拿来舀水的那个葫芦，加起来大概有八段十行，每个东郎必须用这八段十行史诗来转述，作为人类和创世纪之间的界限，创世纪之前的人类，不像现在人类的这种体质，但是经历了这个变迁之后就到了我们现在的人，所以就教他亚鲁王的父亲是谁。史诗中古苗语特别多，讲述变迁的这些都是古苗语，你叫东郎来解释他也无法解释，我们也反反复复地考究分析它的意思，大概就是阳光和雨雾结婚，自然万物都是我们的祖宗。史诗中的亚鲁王部分讲述的就是亚鲁王的弟兄们，六个弟兄当时就开始分开治国，一个人治理一个国家。

我们都说东郎没有女的，但是我们在普查的时候就发现了一个女的会唱史诗，这里我就要说明一下，主要是她爸爸是这个区域里面最大的歌师，她现在的公爹，是他爸爸的徒弟，她就经常和他们一起出入各种场合主持仪式。她妈妈在她很小的时候就去世了，他爸爸一个人带她，因此无论走到哪里都把她背在肩上，所以从小就跟在爸爸身边听史诗，她在山上看牛的时候，自然而然地就把史诗唱出来了。他爸爸的徒弟，也就是她老公的父亲就说，你这个女儿啊非常聪明，以后就做我的儿媳妇，所以这个女孩长大以后就被他儿子娶回来做他的儿媳妇了。

她唱的是亚鲁王的王子欧德聂，她唱得非常清楚。所有的唱诵地名全部是有名字的，且都是苗语地名，几千个苗语地名，迁徙路线，若干个家族经历的几千个聚集的地方和现在的地名接不上，所以不知道是在哪个地方。大家一直在唱，在记这些地名，但是无法考证，有些东郎一辈子不出门就认为这些地方都在周围。她对战争也有记忆，她记得比较多。她这种描述，这种叙述的语言非常精美，她说你听到哪里有喊的声音他们就在哪里，这种简单的描述表达的就是到处都是战争。欧德聂这个人他走到哪个地方，就先把他的银子撒在清水湖里面，银子是漂起来的说明这个地方不能生存，他就继续往前走，如果这个银子沉入湖底，就可以在这个地方生存了。

还有一些版本是这么唱的，她唱的是欧德聂背一个铜鼓走，一路打铜鼓，然后用鼓来占卜这个地方能不能用来生存，另外一个版本就是带着几百只军犬走，这几百只战犬一直走在最前面，能不能生存会回过头来告诉他。但是欧德聂在这个过程中，是所有的王子当中最悲壮的一个，因为他是第一个迁徙的，他们是向南开拓的第一个队伍，进入南方之后他的儿子女儿都被野兽蟒蛇吃掉了，他一路上也和野兽毒蛇尤其是毒蛇搏斗，后来还有一个专题篇章唱他是如何和毒蛇征战的。她唱的时候村寨上所有妇女都来围观，都来听，前来的很多妇女都很感动，外面还有很大一群人，她说你把他们叫开我才唱，于是我就出去把他们全部赶走，主要是她不能主持仪式。她就是昨天看的那个照片里面的那个女歌师，要是在其他家庭可能会嫌弃她，但是她恰恰出生在一个歌师的家庭，她嫁的也是一个歌师家庭，只要她不出去主持，不出去唱就好，要是她嫁到其他家去，可能她连说都不敢说她会唱这种东西。

那么多人来围观她就是觉得很少听她唱，以前放牛的时候就在她家乡唱，嫁过来之后就没有在这边唱过。在麻山凡是歌师家庭都非常贫苦，我们到很多歌师家去，他们吃的和住的环境特别差，过得非常糟糕。他们一年四季出门在外都没时间在家料理，也没时间喂牛、喂猪，更没有时间发展经济，天天都有人找，而且他们出门也不收钱。他们出去的时候就是背东西吃，糯米饭什么的，拿回来放在通风的地方也不会变味的，可以吃时间很长，这是其一；其二就是葬礼结束后不是要杀很多猪，一斤肉两斤肉砍给你，你拿回家吃，就这样，东郎主持仪式就是保证有吃的。按理说这是他的天职，他学会了就从来不会在乎有钱没钱，他也没在乎过他的物质生活怎么样，他整天就在他的精神世界里面生活，他过得非常富足，每个歌师你到他家都会发现他非常健谈，如果他认定你是认真想学《亚鲁王》他会非常愉快地告诉你。这就是一些东郎的情况。

逐渐现代化的麻山　"亚鲁"的未来畅想

麻山石质化比较严重，基本上没有稻田，所以以前都是吃玉米，现在就是在外面买米吃。麻山没有土壤也没有水，基本上在一个山坳上有一小碗这样的土，在上面种一株玉米就这么生存，之前就全部吃玉米，常年饿饭，还没有解决温饱问题。我们小的时候我最怕去麻山走亲戚，因为我家爷爷是从山里面搬到山的边缘上来的，然后小的时候就会从山里面来很多亲戚，他们一来到这边最想吃的就是米饭，他们走的时候也要给他们包一点米饭回去，给其他的他们会不高兴的。你到山里面去走亲戚，还不能忘记一样东西，也就是必须要背一袋米回去。其实20世纪90年代的时候，我们这里还有很多人不会煮米饭呢，包括杨正兴，他以前也没用过电饭锅煮饭，现在可能大部分都会了。

现在大多都是用钱买米，现代化的电器也有了，因为2008年通电以后，人们也会使用一些电器了。麻山苗人精神状态特别好，只要全家人想要干某一件事，商量好之后就一起干了，比如说打工，他们想要盖这么一栋楼，然后全家都出门打工，五六年之后回来就请人背砖挑瓦，一小时路程的山路就靠人工挑、背材料给他盖楼。还有现在在山里面也存在攀比现象，很多人其实完全没有必要修一个五六十万的房子在山里面，但是家家这么比，一个比一个漂亮，还修一个很大的橱窗，还铺地板砖。但是我就觉得你在山里面你铺那个地板砖干吗，你一出门脚上踩的全是泥土，回家一点都不方便，但是他们还是要那么干。这个可能是他们的追求，就是不甘于落后嘛。从这个当中我们还可以看到另外一个文化背景，那就是苗族文化是一个包容性的文化，它能够兼容所有。为什么这样说呢，比如有一些人去某些东郎家调查，就会有很多歌师说："现在他们也用我们的这个了吗？"为什么他会说这句话，因为那些人告诉他们外面的人去世了也用这个东西，麻山的这些歌师们并没有苗汉布依土家族这些民族概念，就是天下一家，他们从来不说那边是你的，不是我们的，他们没有强烈地排斥外来的人，他们认为都是一家，因为在我们苗语里面自称是人，那么在麻山，就只有上方人和下方人这种概念。我们之前有一个老祖，距今有两三百年的历史，这个老祖叫迪独，这个人曾经在麻山这一带当兽王，保护整个群体，所以我们这里走去四大寨到紫云这边，和其他苗族在一起的时候，就称呼我们为他的部下，包括史诗唱出来的，亚鲁王的六个弟兄全部分开之后，他说变什么人就变什么人了，但是亚鲁王在南下迁徙当中不断地留下儿女，然后他的儿女到了什么地方，就变什么人了，包括那个欧德聂，也包括布依族还有其他一些民族，至于现在变成了什么族，我也不太清楚，但他的确就是亚鲁王这个支系下的。所以从麻山苗语中，我们就可以走进他们的世界，他们的一个小小的一个世界就是一个地球。

有一天我们为了找史诗中的这些地方，晚上我就和一个老人喝酒聊天，喝了之后呢他就告诉我说，我们拜师之后，老师们就一直在教我们，就说亚鲁王的一个儿子叫迪德伦，这个人的遗址还有，就在附近的某一个山头上，但是我们从来不信，也从来没去看过。我说那好明天咱们就去试一试，找一找，他还记着那个环境，左面、右面、上面是什么，他都能唱出来。第二天我们就带上村干部，带上一个团队以及几个老人就去了，边唱边走，当我们入了那个相似的环境之后他就唱，我们就根据方位来定，到下午的时候我们终于找到了。我们就在这边烧香，祭拜这个遗址，几个村干部和我们一起跪拜，他就说迪德伦这个人因为出去以后征战，然后死在外面，士兵把他抬回来以后就葬在那个城墙背面的一个山岭上，若干年之后，一场雷电，把这个山劈成两半，这个棺材就掉到了这个山的石缝中，变成了一副石棺，然后他说这个石棺每年都会往下降，这个石棺降到伸手可及的时候就天下太平，那个时候我们一帮人站到那里伸手，就摸到石棺了，那就是新中国成立的时候。所以这个史诗的内容在周围都有相应的物证。

史诗的唱诵有一个程序，比如说葬礼上我们要按照规矩来，从哪里唱到哪里都会有一个起点和终结点，然后进入下个程序，要转换这个程序的话又是下一个歌师来唱了，如果我们在他唱诵的时候问他属于这个程序的内容，他又得从头来，他的唱诵是完整的，不容打断的。歌师虽然唱的只是其中的一章，但是剩下的那些他都知道，别人唱他也知道，但有一些他不能唱，每个人都有他的强项，他哪一段唱得好他就唱哪一段。比如拜师的时候，我们两个从小玩得很好，我们就说好去拜陈世芳老师为师，并说好去拜他的时候你学他的什么，我学他的什么，完了之后陈世芳他也不是一个全人是吧，我们还要拜其他的师父，或者我们分开去拜师，最后两个是一个组合，就可以完整地唱完了。东郎们平时不是组合好的，有时候他也可以不去或不唱，比如说在某个葬礼上只能用单数的时候，我们有四个人，就有一个人不唱史诗，做其他的活。

在有砍马的葬礼上，有一些摆设，摆设和我之前给他们讲课用的那个道具实际上是一个原理。他为什么要拿一个女人的衣服，就是有一个女性的老祖啊，这个女王的位置最高，她永远统筹天下。葬礼最终是要砍这匹马，要这匹马带领亡人回到她的旗下去，回到她的怀抱。在女王那里，有着若干的子孙后代，因为麻山苗族，每一个人去世后都由马匹将他们驮回那里。

葬礼上吃的都是鱼、豆腐、黄豆，还有就是弓箭这些都要准备的，这些东西都是要配在马背上的。这个马在葬礼上会特别累，也特别忙，每来一拨亲人东郎都要牵它到村口去迎接。如果说亡者家的亲戚多，就会提前一个星期，由东郎牵着装备好的马（背上有火药枪、弓箭、宝剑），去通知每一家亲戚。而这些亲戚都要打粑粑等，然后让马把粑粑驮回来，相当于去告知亲戚，我这个人要回去了，你们要来送我一下。我们有一次拍摄的砍马葬礼，去世的那位老人近一百岁了，他的儿子们也都六七十岁了，来回牵马迎客会很累。到砍马的时候，马驮着路途上要用的东西，被牵到砍马的场地，这些孝子要拿着这个武器站在东方，他们背面这边就是东方。马匹被牵到砍马场后，就被拴在木柱上，这个木柱也很有讲究, 应该叫它擎天柱吧, 上面这个齿轮样子的东西, 就意味着宇宙天地就是由于这个齿轮的转动而运转的, 这个木柱只有这个老人会雕刻, 所以后面有人去世, 就没有雕刻成这样的柱子, 或许就只是一根简单的木柱了。这个上面是祖奶奶的地方, 这里是所有物种的起源点, 这里还要扎上小米、红稗、黄豆和糯米。这里还有天盖, 为什么用竹编的帽子, 是因为祖宗在造的时候用竹篾来编的天盖, 天盖下面放谷草, 用谷草主要是因为苗语里面, 说我们都是鱼的种子, 是糯米的种子, 是谷种, 那么这里面用谷草包在里面, 表示所有人都在里面了。

这匹马在这里, 意味着驮着天, 天上有十二个集市, 十二生肖围着它运动, 这匹马一直带着它转。整个宇宙就像是一棵树, 这棵树穿越了几个层面, 我们现在居住的还有祖奶奶在的地方都是由这么一棵树来表示的, 大概意思就是整个天体是由若干层面组成的, 第一个层面是祖奶奶的, 第二个层面是中间这个位置, 第三个层面是我们在的这个位置, 然后这三个层面组成一棵树, 立起来支撑着这个宇宙, 所以我们现在有什么东西都以树为准, 包括我们的子孙后代的发展都要按树的枝叶这么来细分。

葬礼的头一天白天, 这匹马被牵去走了很多亲戚, 到晚上一回到家就要在这个砍马场上给马唱史诗, 一唱就唱到天亮。首先要唱马和亚鲁王之间的渊源关系, 也就是亚鲁王是怎么发现马的, 怎么把马买回来, 过后怎么用马耕地犁田的, 后来发现不行, 又把马骑回来做征战的。那为什么要砍这个马呢? 亚鲁王战败南下迁徙, 一夜之间马群就发现亚鲁王不在了, 天亮之后追着王的足迹来到江边, 最后判断王应该过江到南方了, 然后马群就渡江, 来到南方, 到了夜里, 马饿了就在城墙外吃竹笋, 把栽种在城墙脚下的竹笋都吃了, 第二天早上王起来发现了, 特别生气, 准备拔剑刺杀这个马, 马就跪着求饶说: "我们之前带着你的士兵征战, 现在跟随你来, 希望你继续用我们来征战, 当你们的人死了之后我要驮着你们的尸体回家, 现在别杀我, 等你死了之后你杀我, 你的后代死了就杀我的后代。" 正是因为这个约定, 所以我们才砍它。因此现在就直接给它说："马，不是我们要杀你，那是你的老祖宗和我们老祖宗的约定，他们说好了，现在你细心地听。"然后就开始说这么一个经历。这个马，必须像在战场上一样，在鞭炮声中跑，然后用鞭炮轰炸它，还有就是用皮鞭猛抽它。在砍马之前还有一个宣判，要抬一张桌子，这个歌师就站在点将台上说："今天这个人他要回去了，他之前的欠下谁的债，欠下谁的这个战争还没有结束，仗还没有打完的，请你们今天统统来结算，把这个恩怨都化解了，你觉得今天应该和他斗一斗、战一战，你今天就过来。今天我们所有人都在现场啊，他的族中人，家中人都在，欠下谁的这个战争必须过来，你要讨债你就过来，如果你明天来的话，今天我们怎么砍这个马，明天我们就怎么杀你。"就是这么一个宣判，宣判完就对马说，让它驮亡灵回家，然后就开始砍马。

村与村之间的砍马仪式不太一样，同是一个区域的但是每个家族都不同，细节也不一样，像这边现场就不放鞭炮，而是用皮鞭抽，但是麻山宗地那边就用鞭炮来轰炸。后来我们总结了，宗地那边是最完整的，这边简化程序了，各有长处。这边程序上是简化了，但是在符号上又比那边明显，比如说柱子还有刀，很多规模很大，很壮观，但是你到了麻山宗地那边就没有这么壮观。这些属于麻山的边缘，他们有田了，所有的孝子孝女手上拿的都是稻谷穗，用来喂马，我们的史诗唱亚鲁王的士兵去建造市场，去种田，然后士兵们用稻谷养那些马，给马吃，它们有吃不完的鱼，吃不完的米。虽然在外面的人看来，我们这个仪式很残忍，但是当年我们老祖宗就是骑着马，战争的时候马就这样被杀死，人也这样被砍死的嘛，所以就是一个葬礼，实际上就是一场战争的模拟，一个战场的模拟。这个时候就是要教育后代，起教育警示作用。

唱《砍马经》最好的歌师是东郎黄老扭，在他身上有一个故事，他是这个区域当中，唱马的史诗最完整的一个，2010 年前后我们还带他到县文化馆录音，后来他回到家里面，在上山割草的时候，从山上跌下来脚断了，他的女儿们也不送他去医院，就用草药在家里自己治疗，后来消炎消好了，但是骨接不上就瘫痪了，他特别想主持这种葬礼，很想再去唱一唱，但是走不了，就算别人把他背到现场他也不能坐，然后他就给我说能不能给他一张轮椅，那天刚好省文化厅的下来了，我给他们说了这件事，然后就给了我们钱，在省里面买了直接送到他家里。

在婚礼上唱诵的史诗片段，主要是以前以女性为主的时代，因为那个时候只知道母亲不知道父亲，生出来的人呆板而且畸形。于是她就跑去问偌和婉原因，偌和婉就告诉她她哪样都行，不过做人的话还是要找一个当家的才行，之后她才生出了亚鲁王几哥弟。她在生亚鲁王之前生的男孩子都是奇形怪状的不成人样，后通过考察才决定养育亚鲁王。于是找了个男的，最后才造人成功的，所以办红喜事的时候就唱这段造人烟的根源。

史诗中的偌和婉是一种神灵，如果要说汉话，按照现阶段所讲的就相当于弥腊，不局限于男女，现在的弥腊确实是真实的人。唱这个红喜事的史诗时，除了婚姻的根源要讲清楚，也要交代这两个属于亚鲁王子孙后代的人，告诉他们要继承亚鲁王的遗志，发扬亚鲁王的优良传统，所以趁着良辰吉日来履行亚鲁王的这个传统，然后说些吉利的话，但是不会唱他们的族谱。祭祖的时候首先要交代这个问题，把要做的事情交代清楚，就说今天要来办这个喜事，请老祖公老祖爷来吃喜酒，然后就一一地敬。但是在这前头还有一个交代，就是交代它的根源。祭祖的时候还要唱他们家族的族谱，在交代了根源以后再唱，在办喜事的时候也要交代这个的。不管是祭祖还是祭祀都要交代，无非是前头交代清楚，要做什么事情。祭祖是麻山仪式中最常用的，在喜事的时候要有，修房子的时候要有，比如讲亚鲁王英勇强大、聪明智慧，占了很多地方，战到哪里就在哪里修房、修宫殿，今天的某某人，他也是亚鲁王的子孙后代，他要来继承亚鲁王的遗志，要发扬亚鲁王的优良传统，今天他也来修房了，过去亚鲁王修房作物什么的他就来点一点数一数，最后就庆贺今天搬进新房，请老祖公共同来庆贺。

七月半的时候祭祖就说今天是良辰吉日，过大年。七月半又称为过年，在敬老祖公的时候仍然要讲过年。我们当地七月半是非常隆重的，吃的东西、置办的东西很丰富，虽然只有一天，但这些人就像过年一样。平时要办什么事情也是要请老祖宗的，所以苗族人，几乎每天都要唱到

《亚鲁王》。不管做什么事情，不光是在葬礼上。祈求庄稼丰收我们做得比较简单，也就是细说一下种庄稼的种子的来历，洪水朝天的时候这个种子不是都被冲走了嘛，是蝴蝶从深洞里面把种子带出来。苗族人的世界里面每一样事物都有它的来历，但是当年的这个蝴蝶怎么来的我们也不知道，那个主人派了好多人去要种子都没要到，最后是这个蝴蝶带出来的。因为当时洪水滔天，主人相当穷，蝴蝶要报酬，他说我已经很穷了，你给我带来粮种，那以后你产卵就产在稻叶上吧，所以现在蝴蝶才会产卵在稻叶上。这是当时的主人给它许的愿，那个主人就是亚鲁王的上一辈，亚鲁王的祖先。开天辟地是在亚鲁王之前的，人们所说的亚鲁王射日射月并不是在那之后他真正做的，那只是一种神话，所以我们在唱的时候这个可唱可不唱。

史诗里面描述的射完日月之后他又要造日月是因为当时亚鲁王的幺儿去世了，他很生气，而且亚鲁王当时还受了惩罚，他一怒之下把日月损伤了，后来说的造日月都是神话，是为了解释这个。损伤以后具体是谁来造的，因为不知道，所以讲的是亚鲁王来造的。当时亚鲁王把儿女都分派下去了，而他这个幺儿比较奸诈，就不走。他在周围听到这个消息就假装哭的样子跑进来说，兄弟姐妹们去找地方了，我一个人实在是出不去，然后就顺着亚鲁王的口气说我回来给你养老。当时的亚鲁王就说他们找到地方他们就去，你找不到地方你就回来，我找个人来和你做伴。于是亚鲁王就抱养了一个儿子，但是这个儿子对亚鲁王很忠诚，亲的儿子却很狡猾，亚鲁王就给这个抱养的儿子安排事情多一些，这个亲儿子就好吃懒做，悄悄偷吃。亚鲁王问这个亲儿子，你出去怎么没有收回粮食来，他就支支吾吾，想陷害这个抱养来的人，说因为我去的时候，他们在上坝烧火，可能是他们偷了，实际上是他吃的。亚鲁王听信了他的亲儿子。后来他就做了个仪式，第二天早上就喊两个人来问他们昨天晚上做的是什么梦，这两个人说了做的这个梦，确实是这个亲儿子的责任。所以当天他（亚鲁王）就让他们两兄弟不要出去了，等他回来，他要买九种蛇来解除这个法。但是他的亲儿子已经养成习惯了，他的德行已经改不了了。他父亲去赶场买东西的时候，那些雀鸟来吃果子，他就用亚鲁王的箭射鸟来吃，之后被毒蛇咬死。死了之后，他媳妇很聪明，他媳妇和亚鲁王说，牛断角了牛走了，男人去了女的就走了，用苗话形容呢很好听，但是用汉话翻译呢就是这个意思，按规则男人死了后他的女人应该要离开，就是离开那里，另外成立家室。

　　亚鲁王对她说你还年轻我也理解，你可以走，但是由于幺儿死了以后我们帮他办理后事衣服裤子都脏了，那能不能帮我们最后一个忙，把这些衣服裤子洗了再走。他们把很多钱塞在衣服里面，意思是感谢这个媳妇，给她钱让她带着走，交代她洗在浅处，不要洗在深滩和河里，要不然龙吸了我的汗，我会感冒或者我会成疾。实际上不过是想让她发现这些钱让她拿走，但这个媳妇心太好了，这些钱她一分不少地物归原主，她说她命短，所以她应该离开，并说这些金银财宝是亚鲁王的血汗钱，她不能用。因此亚鲁王更加感动，这个媳妇真的很难得，然后他就用了各种招，给她说我们的粮米都晒完了，让她把仓库的粮米都打扫干净，整顿完了再走，然后用计让他抱养的儿子与自己的儿媳妇组成家庭。他儿媳妇感到很不高兴过来给他告状，然后亚鲁王就顺着说，不要张扬，家丑不可外扬，既然已经这样了你们两个就赶快和好吧。这个章节讲的就是善有善报，这是一层意思，另外一层意思，他这个媳妇怀孕三个月之后亚鲁王才说这个是好事，亚鲁王亲儿子的种没有断，这个听他的安排，把他的名字定下来，孩子出世以后就是他亲儿子的，就定姓为韦，这就是现在韦家的来历，他们是亚鲁王小儿子的亲后代。这一章的篇幅有点长，说明善有善报，恶有恶报，另外就是说明韦姓的来历。所以现在就流传这样的话，就是客家不姓韦和汉族不姓韦，苗家不姓雷，但是姓雷的这个根源我就不知道了。姓韦的要记住你是苗族，但是你不能忘记你不是布依族抚养长大的就是汉族抚养长大的，因为当时他没说清楚，yi 就是布依族，wu 就是汉族，弟兄就用 yi 或 wu 来代替，但是，不是布依族就是汉族，体现了民族团结，都是一家。

　　对于苗家不姓雷的说法，到底是不是一种顺口溜，我也不清楚，但是这个韦家是有根据的，雷家的这个说法无法考证。亚鲁王家的兄弟有十二个也好十七个也好，这些都不是绝对数字，史诗里面的数字只是表达数量之多，在史诗当中有的讲十二个，有的说七十个，有的讲十三个，有的讲十八个，这是一种比喻，比喻很多。亚鲁王史诗中的数据都不是绝对的数字，而且现在史诗中出现的七十很多，因为七十和几十在苗话中是同音，后人分不清楚有多少，才定下来用七十表示很多的意思。只要理解就好了，你一个人想要改变唱词这个不现实，因为大多数人都能理解。比如，牛十三、马十八，这个讲的是价格，但并不确切的数字，只是形容很多。有的讲亚鲁王的爱人有七十个，有九十个，有十二个，这些都不是绝对数。就像我们唱的他有十二个儿子，但好多东西各人唱的都不同，大家为了应付就拼命凑出十二个来，是这个样子的，实际不是这个数字。

史诗中亚鲁王总是被三哥和四哥欺负，每到一个地方就去追杀他。追杀他其实是因为亚鲁王不好战，其实他是有能力制服他们的，但是因为是亲哥弟，所以他就不愿意开战。他们到底有什么矛盾呢？首先，亚鲁王也是很穷的，但是由于他勤奋努力，而且他既经商，又学农，大搞农业生产，在大搞农业生产之时就得宝了，得了盐井，这就引起了他兄弟的嫉妒。实际上这就是亲兄弟之间的战争，早些时候他战败之后就南下，南下之后又来侵占其他人的土地。当时是没有族别之分的，现在大家分析可能是怕影响民族团结，因为三哥和四哥是汉族，之前一直分开就是为了避免矛盾。还有就是大哥、二哥是走出外界、外县的。当时亚雀王来协助亚鲁王，在战争中又莫名其妙地消失了，找不到了。有两个是到外国去了，当时不叫外国而叫作边界，找也找不到了。现在分析的是去外国了，不是很正确，但是推测大概是美国，因为现在美国也在关注亚鲁。美国上次来了一个马克，前几年来的时候还和我们通话，他是从紫云过来的。那天我接触他的时候发觉他很聪明，他和你坐着的时候，认认真真地听你讲话，他会记录，记下来以后慢慢地和你讲，他确实能发很多音。当然其他来的我没有接触，不过姓马的这个我是接触了的，这个我是真佩服，他会点简单的苗语，然后现场和你学，也善于问和记录。史诗中有一些亚鲁王夫妻之间的称谓可能大家都不理解，亚鲁王的妻子会称亚鲁王为父亲，亚鲁王会称他妻子为女儿，这个其实是跟着娃娃喊的，不是他们互相称谓的，就像是小孩他爹小孩他妈这样。平时他们遇到不会称呼对方的名字，而是说"你家爹过来了嘛"或者"你家妈过来了嘛"这样，苗人有这么一种习惯，所以造成了一些误解，这也算是直译的一些问题吧。不过直译比较困难，先原原本本地剥离下来然后再慢慢意译成准确的意思，直译起着这么一种作用，如果你用直译来解释，苗人理解意思，但是不理解字面上的意思。亚鲁王迁过来之前，这个地方有很多荷布朵的人，现在他们的后代应该是全部到广西去了，我怀疑是广西壮族。在我们这里呢，继承人没有，只能看到有些坟墓，名字前面有荷，后面另外有名，有的地方也叫和，各个地方的发音可能不一样，但是大致相似。就好像亚鲁王的名字各个地方音调都不一样，还有叫杨鲁的，后来经过专家的统一才叫"亚鲁"，这是各个地方的语言习惯。

我们的东郎普查工作 2013 年结束后，遇到些瓶颈，一直没有突破，2013—2015 年一直是保护工作，所说的瓶颈就是工作的这个方向，我们现在不知道怎么去把握，还有坚守方面，我们守住了现状，但也进入了困难阶段。怎么突破呢，我们想做很大的传承保护计划，但政府的保护资金跟不上，政府想的和我们做的是两回事，我们想的是怎么把文化做扎实，政府考虑的是怎么带来经济效益。在守住和如何发展上，我们陷入了困难的境地，如果想着经济发展乱说一通，政府会投钱，但是对文化不利。比如前段时间要把一堆石像说成亚鲁王，我们就不同意，那是一个真实的事情又不是神话故事。政府基层的文化意识涵养和学识都有限，他们的想法我们能理解，但是我们想做的就是纯学术的研究。

对于亚鲁王的发展，我们想的是走两条路，产业和研究都搞，但是有经济头脑的对文化学识认识不深，我给他们指一条路，但他们一直持怀疑态度，没有这方面的意识。他们想干的是轰轰烈烈的大事，修山庄呀，买地盘呀，总认为我们这是小事，不放在心上，因此我们最大的困境是不知道何去何从，这么多年基本是我一个人在撑，弄来一些设备，目的是拍亚鲁王这个视频，但是仍然没有一个让我满意的结果，找不到一个好一点的视频，所以视频这块不行。那翻译工作这一块，我后来看了一下初稿，以我的观点他们的这些知识都跟不上，外界对一个团队完成的事情比较信任，会觉得这个文化的价值量大，但是对一个人做的就没那么信任了，如果几年下来我们的文化产业没搞起来，对公司这块没任何收入，可能明年就要解散了。我对亚鲁王这个计划是很长的，研究是几代人的事情。我现在把这个基础的翻译先做出来，力量有限，就慢慢做。如果用描述古经的角度来表达，就是很完整地来表达，我们现在这个基础翻译就是告诉外界麻山有什么。第二步对全省全国的《亚鲁王》史诗基地进行扩展，各个县区成立一个亚鲁王的研究基地，借助中国苗专委和省委的力量，以申报亚鲁王世界遗产为目标在全国铺开，像云南、广西、四川这些地方都可以设点，设点完后达到大一统。然后找到亚鲁王的儿子孙子在哪里，梳理出一条系统的线路来，最后形成同一个口号——祭祀祖先亚鲁王。这个是对国内苗学界认识的统一，这样分散分开的各个支系就可以统一起来，目前已经有很多基础条件。苗学界的知识分子已经认可这个，再往下铺开，需要拿出些骨架，硬性的东西。这个事情是完成一个民族在信仰上的认识统一，最后在紫云或贵阳形成一个祭祀亚鲁王的广场，一个点。我们的工作已经超越了紫云该做的工作，在收集整理上以申报世界遗产作为终极目标，目的是恢复西部苗族文化自信和信仰，提升民族的尊严，让我们更加有活力去参与。当完成这个工作之后，仍然搞研究，搞学术，这是全社会的事情了，那时候我也可以休息了，也不需要再提升我的学历了，这件事请让我意识到学历对我不那么重要，不管有多大的学问，最终的人生目标是做让自己觉得充实幸福的事情。如果你只是为了文凭坐在一个很高的舞台上，很多人仰望你是一种意义，但你始终需要办点实事。我花了很多精力来完成这些事情，你可以看到关于一些文化的东西，包括服装、语言、仪式这些。政府的重视加上我们经常去走动，大家有了这个意识，这是个好事，那在终极目标上我还是希望赶快成立一个亚鲁王保护基地，希望没有深入了解我们西部苗族历史文化的人不要乱加以批评指责，不要乱拍一些视频传上网络。

我也希望外界来干预，但不要在习俗上去干预，主要干预传承这块，现在对于《亚鲁王》，麻山人民很追捧，年轻人很浮躁，拿手机在学，兴起了学唱《亚鲁王》热潮，但是不清楚是怎么回事，总是学不精，只是参与其中。不单是《亚鲁王》，对于汉文化的普及，到下一代会不会出现照书念的情况也不一定，这是中国目前的一个大环境。我们的保护不是让《亚鲁王》普及到人人都可以当东郎，只是让这个民族能恢复自信，为民族的自尊心而奋斗。

九十

甘心支持兄弟工作
投身"亚鲁"事业不后悔:
杨正超

访谈人: 杨兰、刘洋

访谈时间: 2012 年 6 月 27 日、2017 年 7 月 13 日

(杨正超为右数第二个)

杨正超是杨正江的二哥,我们在很多年前就已经认识,他是一位摄影爱好者,中心的摄影工作就交给他来完成,他也希望用相机来记录东郎的生活,他也学习了苗文,能够熟练用苗文记录苗语,时常担任中心的苗文培训工作。

杨正超在家中排行第四,父亲叫杨再德,今年74岁,是退休教师,

曾在中洞小学担任校长；母亲王启英，今年75岁，以务农为生，现在负责在家带孙子孙女。杨正超家有兄妹5人，大哥叫杨正先，属狗，今年53岁，在外务工；大姐叫杨金兰，今年50岁，务农；二姐杨正秀，今年47岁，务农；兄弟杨正江，40岁，曾任亚鲁王研究中心主任，现为安顺学院教师。

我叫杨正超，家住紫云县水塘镇（现在称为格凸镇）坝寨村毛龚组，是紫云县亚鲁王研究中心的一名工作人员，负责的事情比较杂，有苗文培训、摄影、会务协助等。我们就是一块砖哪里需要哪里搬嘛，其实做这份工作，就是出于一种对民族的感情，我自己是苗族，是亚鲁王的后代，来做这个事情是我们的责任和义务，我的弟弟杨正江现在带头来做，我就更有义务来支持他。我的一生呢，也算是经历比较多的，一直到现在才算是找到了自己喜欢的事情，才稳定下来。我就来说说我的一些经历，说说我的工作和对未来的想法，我学习《亚鲁王》只是在调研东郎唱诵内容的时候，学得一些，不算是真正意义上的东郎，没有在葬礼上主持过仪式。

回忆正江传奇经历　心中仍有些许惶恐

我们那个年代开始读书可能是5岁吧，因为那时候我们毛龚有个小学，是民办学校，我当时年纪还小，走路如果走得太远就走不动，因此去坝寨读书太远了，而且我们小时候也不上什么幼儿园，我的爸爸就把我丢在那个民办学校里面去混（读），混得三年的一年级。三年的一年级读下来什么都学不到，读二年级的时候可能8岁了，那个时候能够走一些路，就去坝寨读书了。因为从我们以前的老家，现在的东拜王城上面那里翻去坝寨要翻一个大坡还要再下一个山头，如果年纪小的话去不了，所以只能在毛龚那里先混几年一年级，后面小学的几个年级都是在坝寨读的。初中是在宗地读的，去读初中也有一些故事，当年坝寨考紫云的名额有限，我考一中差几分没考上，当时的分数也可以去二中的，但是当时二中不收我们下面（乡下）的学生，觉得我们在乡下读书成绩不好，综合素质也不高，就是瞧不起我们的意思嘛。

所以我就和我们寨子的梁启华去了宗地，我们两个读的小学属于水塘片区嘛，分数在坝寨学校还算是高的，当时水塘学校和宗地学校就因为分数的原因抢我们。但我们填志愿的时候报了紫云，接着就是宗地，没有报水塘，水塘的这个校长叫汪明山，他来教育局看到我和梁启华的分数高，就说他要把我和梁启华抢来水塘，但宗地有个老师也是宗地的教导主任，他说他们既然报我们学校我们就要把他们带去宗地。所以，这两个学校的两个老师就一直在争，宗地的那个老师还认识我爹，那天正好他们教育局的局长在，就讲你们要的话去问一下他们的家长让他们在哪里读。我的老爹也是老师，了解一些情况，说宗地的学习风气好，就让我去宗地读书了，我和梁启华在我们进去的那一批学生中分数还算可以，去了之后我就当了班长，他就当学习委员。

在宗地读书的时候，其实也不是调皮，那时候去读书啊，在初一的时候成绩还可以，后来我在初二的时候转到了二中，为什么转到二中呢？那时候从我们家到宗地没有马路，是泥巴石头的那种小路，每个星期我们在家都要扛大米去学校做饭吃，要走两个半小时才能到宗地，那个时候我也才十多岁，每个星期都扛米扛菜去宗地，也是有点老火的，年纪小了身体吃不消，而且宗地的条件有点艰苦，那时候宗地没有水，学校住的地方也没有电灯，主要是在那个走廊点煤油灯，煮饭也是在走廊煮饭，没有灶台我们就一人去外面搞一块砖堆了一个小灶，就用这个小灶烧火煮饭。宗地缺水，我们就每天从学校背后的鱼塘翻过一个小山，山后面有一口水井，就在那里排队打水，每天一下课就拿着两个水壶和小茶缸跑去那里，因为那个水比较小，就是高年级的学生也要在那里排队，一天提这样的两壶水就够了。烧柴的话，那时候宗地有卖柴的，平时也是周围的那些扛柴来卖，我们就一人买一捆柴来我们宿舍那里烧火煮饭。后来我读到初二的时候，实在坚持不下去了，我就给我老爹讲我还是去紫云读算了，后来给紫云这边一讲就转到二中来读了，一直在这边读完初中，读完初中后，当时的话考不取中专嘛，就考得高中（那个年代读中专出来是分配工作的）。

当年正好遇到正江生病喽，所以我报考的是技校，也就是驾驶学校。当时技校那里是工会嘛，说驾驶学校出来可能要分配到各个单位开车或者搞工程方面的工作。后面高中录取通知书也来了，驾驶学校也录取了，其实我也挺为难的。那时候就是这样的，家中又困难，我姐刚刚读幼师毕业，正江又还在读初三，才刚刚上初三，也就是那一年，他生了病，所以在我读书这个问题上又有了一些小故事。当时我们这边有个叫苏明义的说正江是走火入魔了，用我们苗族的话说就是得了偌，是偌上身了，他生病大概折腾了半把月，本来那个时候家里计划让我读高中，因为正江初中的时候成绩都比我好，准备让他去读师范学校，但是那段时间他生病，就担心是不是考不上师范了。他在家住了半个月，家里请了很多东郎，很多宝目来帮他看。因为他当时意识是模糊的，怕他可能会翻窗户跑出去，就安排我和他住在一间房屋里面，看着他。因为我们两个从小就是睡一间房的，所以只有我了解他，只有让他和我在一个房间里面，才会安全一点。我们当时就住在以前的老房子里，就是现在的工作站那里，一间推磨用的房间里，说来也神奇，他当时力气很大，居然能够把那么大的磨提起来，才十多岁的娃娃，以前他是不可能提起来的。

当时他得焦病（偌上身）我最清楚嘛，我可以从他的这个病是怎么开始说起走（谈起），好像是在他即将读初三的时候，有一个作家来紫云讲课，上这个文学课嘛，上的时候这个作家说了要实地体验，比如说人家李白要写诗，人家不是关在屋子里面就能写出诗歌来，而是要进行实地体验，这就激起了正江后面的想法。正江当时由于年龄小听完课后就跟着那些人去紫云饭店吃饭，他穿得破破烂烂的从学校到一个大饭店里吃饭，因为一直都是在学校里面吃的，来到饭店后就吃得比较多，也没有注意别人的想法。就是那个星期六，我们回家去河边洗澡，洗澡回来我们在老坝那里正好遇到我们的老爹，他突然和我老爹讲了两句话，当时我老爹给我讲我搞忘记了，我老爹说这小伙是今天洗澡感冒了还是怎么了，怎么讲胡话哦？后来晚上回到家，可能是8点钟的样子，我刚好吃完饭，我们两个就准备睡觉了，他就给我讲他以后要当记者。那时候我老爹有一个小相机，他说完就立马把相机背起，说以后我当记者你跟着我去，说得好好的，也没有什么不对劲的地方，他就给我摆（聊）这个老师上课，所讲的这些情况，说着说着就说起了那些史诗的内容（苗语的内容），当时我也不懂东郎和宝目讲的那些内容，就以为他说的是胡话。他还说他感觉能听到一些东郎们经常唱诵的史诗内容，还说他要去采访，当时我们两个是住楼上，旁边有个走廊，我就问他从哪里去，他说他准备从走廊上跳下去，我就感觉有点不太对劲，后来他觉得头疼然后就一直睡，睡到半夜他又爬起来了，起来就讲"嗯，我要去采访"，还背起小相机，我就赶紧喊家里面的人，我们把他押着睡觉，当时他挣扎得厉害，我们毛龚有一个土医生，也就是现在所说的赤脚医生嘛，我们就请他来看看是什么情况，那个人看他挣扎得厉害，就给他打了一针，他就睡到第二天早上才醒来，他起来还是讲胡话，然后又叫那个人来打了一针，睡到中午就醒了，后面喊那个医生来打针他都不敢打了。他说不能再打了，这个不是感冒。医生走了，正江又起来要出去，他说："我要出去采访"，大家拦着他不准他下楼，那天我们差点不能出去。我家一个堂哥杨正和，当时他也是在教书，那个时候他在家，就跟着我们几个拦着正江，后面我们一不注意，正江就从楼上那个房间快速背起相机，扒着走廊差一点就跳下来了，我就一把把他拉下来，我老爹他们就把他关在另外一个有磨子的屋子里，这才好一些。

刚开始的时候还没有把我和他关在一起，他一个人在那间屋子里把那些磨全部抬翻，把地板打碎了，他大声说他要出去，当时大家不理解他，在我们农村就讲可能疯了，其实不是疯，就是把他关起来，他很生气，他想出来大家就都把他的门封得死死的，后来他在里面挣扎，家里面怕他出什么问题所以才把我和他关在一起。和他关得两天之后呢，当地的这个宝目来给他看，宝目看见我和他关在一间房里，就让我的家人不要把我和他关在一起，怕他神智不清醒的时候我拦不住他会受伤，当时那个宝目还拿着荨麻在他身上打，说在赶脏东西，但是后面一直都没弄好。我们就想他应该不是生病了，他应该是我们讲的那种偌上身，后来是喊了一个东偌来治好的。那个东偌好像是叫杨再红，当时是我家的一个三伯去请的，我们那里的路和到宗地戈枪那里的路是不通的，当时就只能走路喽，要走 10 小时左右才能到那里。杨再红来看之后就感觉不对，他说正江是偌上身不是疯，偌已经上他的身了。杨再红讲他年轻的时候也是像这样，那个时候他还年轻，有一天就从家跑到巴陇村，好多人都追不上他，过了一个月他好了以后就变成东偌了。杨再红就说正江以后可能是个东偌，接着他就给他看病了，来看过几次。第一次来看的时候举行了一个仪式，他举行的那个好像是叫"冥王破江"，他拿着一个梯子在我家门口那里架着，带一只羊和一把伞，喊正江坐在梯子脚那里，他不唱他的内容，而是从伞那里扔一段布下来，意思是要把他的魂魄拉回来，说他的魂在这个东偌上身的时候已经被勾走了，后来正江就老实了，开始听话了，过了一个星期他再来举行第二次，就这样正江就好了，好之后正江就对这个东偌举行的这些仪式感到稀奇，然后他就开始对"亚鲁王"感兴趣了。

他这个病好了之后，可能就不去紫云读书了，有一个叫杨正荣的歌师说他要休息一两个月才能去学校，那时候已经要开学喽，马上去学校也去不了，就只能复读一年。后来呢没有复读，他只是在家待了一个多月，去一中是不可能了，然后就只能让他来水塘，当时我老爹在水塘辅导站上班，也在水塘当过校长，他就和我老爹在水塘那里，也好看管他。后来他在水塘读书，我老爹还讲他都这样了成绩肯定会下滑，考师范可能没希望了，读高中的梦想就破灭了，就说我们两个只能一个读高中，一个送中专。他读师范中专的梦想已经破灭了，然后就说我考不到中专就考一个驾校，那个时候叫中技，说让我去读技校，反正以后这个也会分配的，以后回来去政府当工作人员，帮政府开车，我们读书的事情就是这样的。

上学经历　与车打交道

当时我讲我不喜欢开车，我不去读这个技校。我老爹就很奇怪问我为什么不愿意去呢，因为在我老爹心里面，他很崇拜开车的人，那个时候我们水塘只有一部车，开车的叫姚怀，只有他一个人开车，我老爹就感觉开车也牛气，是很有前途的职业，他就告诉我说你看人家姚怀好多人都找他们拉货，好多人过路都想拦他的车，想搭车，开车很好啊。后来我说不过我老爹，就这样去驾校了，去驾校第二天我差点就打背包回来了（不读了）。去的第一天是我姐带我去的，正好遇到我们这边好几个去读驾校的，有一个是格凸镇的，叫王海波，遇到我他就给我讲你们还要读什么驾校哦，你们这届可能不分配了，他讲上一届我们这里还有一个在政府那里上班的，叫吴秀平，他们那届就分配了，但是到你们这届可能不分配了，你赶紧回去读高中不要读这个了。我那天晚上犹豫了一晚上，当天我没有报名，和我去的那一群人都报名了，我姐就老是催我，她说明天把钱交了，我讲我想回去读高中，她就喊我不要听他（王海波）的，他是骗我的，我才定下心来，第二天就把钱交了，钱一交就在那里读书了，但是在那里的头个（第一个）星期我心里是很不舒服的，我还打了一场架，因为我本来就不想在那里读书，那天军训的时候呢又有几个人惹到我（发生矛盾），我当时正愁找不到地方发脾气，所以他们惹我的时候，我就发火了。事情是这样的，有个德江的一个小伙，那天军训我们学校有一个小树林，我在那里喝汽水，他坐在我的背后我不小心把汽水喷在他身上了，那个小伙有点跳（调皮），他们那种是签合同来读的嘛，他说他家是县里面的，读完回去就马上分配，那天我喝汽水淋着他，我没有讲对不起，他就开始找我的麻烦，他讲你的水淋着我了，我看他一眼，他就说你都不道歉啊，我本来那几天心里面就冒火，我懒得理他，他就讲你等一下，他就去找了几个男生要来打我，我们那里正好有个人在那读书就是王海波，王海波他们正在旁边练车，我就喊他们过来，和他们干了一架（打了一架），当时也没有打得很严重，还没怎么打就遭人家拉了（被人拉开）。当时很郁闷，本来就不想在那里读，现在又发生这种事，军训完的时候，我想打电话给我老爹，说我真的不想读了想回来。因为跟我一起去的有几个学生他们也回来了，他们回来的原因是被查出有乙肝，体检不合格，他们就回去读高中了，我讲我也回去跟他们一起读高中算了，我写信给我老爹，但是我老爹不同意，就说你读高中你也读不成的，因为我读初三那年和我们寨的有个学生都不好好学习，我们那一年的确有点跳（调皮），我老爹不信任我，他就不想让我回来读，就告诉我说你就好好在那里读，所以后来我还是在那里读了。

毕业之后我就在家，在达帮那里开车。我们毕业的时候不分配了，虽然读的这个还是公费的，但是毕业那年学校讲我们这批不分配了，让我们自己找工作，如果找得到单位接收，学校可以给我们提档案过去，后来也没有找到单位，我就去找其他地方实习，去的时候学校会给个名片。刚开始我就在达帮实习，在达帮实习两个月之后又被叫去保险公司，保险公司的经理是我老爹的一个同学，他说那里缺一个人开车就叫我过去，当时年轻不懂事，如果听话的话可能会在保险公司待下去，我待得半年之后觉得那里工资低，当时在那里开车才500块钱，我们水塘有几个在福建打工，他们一个月1000多块钱，我就想去打工，不想在这里开车了。所以那年我回家了，我姐也来家这边代课，出去打工的那些说外面工资高，我姐都想去。有一天他们来家吃饭，我和我姐就说，下次他们去的时候我们就和他们一起去，就这样过完年我就和他们去了，保险公司那里都没有说一下，直接就走了，后来那个经理才讲，他是打电话来给我老爹讲的，他说："这小伙咋去也不讲一声嘛，他留在这里挺好。他去打工也不一定是一件好事嘛，留在这里，慢慢弄的话以后还可以成合同工呢。"当时我老爹也认为打工嘛，反正只要挣到钱都是好事，当时不知道是哪一家，一家人在外面打工，我老爹去他家看到他家停满了摩托车，就说打工还是可以挣钱，买那么多摩托车，一定是赚了很多钱，我爹就说你要去打工就去你的嘛，他同意了，我才去的。哪晓得去打工两年一分钱捞不到（挣不了），回家的路费还是借的。我后悔哦，早晓得那两年去当兵就好了。那年我在保险公司上班的时候我们有个同学，他读师范毕业的嘛，那天村里面点兵的时候他跑来保险公司门口喊我说："正超我们两个当兵去？"我就问："走哪里去？"他说："走西藏去"，他讲只要是中专生毕业都可以去，我读这个是职高，是技校，当兵回来都有分配的，就喊我和他一起去。我一听觉得还可以，就给我老爹说我要去当兵，他喊我不要去了，但是也没有完全说不去。我后来一想在保险公司做好就行了，那时候我正好买了一双新皮鞋，穿新皮鞋脚被刮伤了，就想肯定当不了兵，就说算了，我干脆不去当兵了，过完年就和我姐去打工了嘛，去了两年什么都没有。后来听说我那个同学回来分配工作了，我好后悔。打工回来，正好正江高中毕业考上了北京的什么大学，学的是新闻专业，但是他去读了半年就回来了。就因为他考得这个大学我老爹他们高兴才打电话喊我回来，他说你在外面挣不到钱，干脆回来我借钱给你买一辆车开算了。他就感觉我是在外面浪着（无所事事）的嘛，怕越浪越坏了，现在最小的一个已经考取大学了，可能没有什么负担了，就说帮我借钱买个车。但是我回家的第一个月他还不得买车，就叫我和他以前的一个朋友学车，我们喊表叔，他买得一个货车，这个货车是个烂车，当时不晓得是烂车嘛，说学熟悉后就买个货车给我开。我就跟着他学，我和他跑得半个月，有一天望谟那里有一家人家搬家，好像要搬到册亨去，是开米粉店的，那天我有一种不好的感觉，我实在不想去了，我说我现在开车不熟，望谟册亨太远了，你们有三个人，我就不去了，我表叔开始的时候讲我不去也行，他另外找了一个老司机来吃饭，吃好饭以后人家货都装好要走了，那个老司机才说他也不得驾照，我表叔讲那我们两个都不得驾照怎么办呢？干脆就喊我跟着一起去，并就我现在刚刚摸车不熟悉到街上再让我开，预防交警检查。

那天晚上可能七点过一点，天黑了我们就准备出发，在那个卧铺前面有一个小位置可以睡觉，我们前面后面整整坐了6个人，6个人挤在那个驾驶室，顶棚上还要坐一个人，一共7个人。去的这个老司机对紫云到望谟的路线不熟悉，他不晓得哪里是陡坡，哪里是平路。我们半夜12点钟到凉风凹，过凉风凹的时候这些跑紫云望谟的老司机都晓得必须要停车加水，不加水的话车子一下子要下十多公里的坡路，会承受不住，但是这个老司机他不晓得要下这么长的坡，就没有加水，原来水箱有一些水，他放到坡路的一半，水箱里面的水被放干了。到打夜（地名）学校的时候，他感觉车子刹不住了，我和我表叔两个在后面睡觉，他就大喊："老陈，老陈起来！"我表叔姓陈，他讲："老陈，老陈起来，车子刹不住了，拐了拐了车子刹不住了。"然后我表叔噌地一下起来了，他刹的那最后那一下还可以，刹得慢但是刹不死，他讲："你看可不可以这样慢慢地梭下去哦？"我表叔也有经验，赶紧去拉方向去撞旁边的坎子，车子撞到坎子掉在边沟算了，但是一拉方向，驾驶员坐这边会撞坎子，可能会遭（受伤），他就用手拐我表叔一拐，说你快点，快点我抓紧方向盘就行了，快往左打，我表叔讲，这个坡还太长，等他讲到这句话的时候，他把他拐退回来，那个车就开始冲猛了，那时候你想撞边沟都不能撞了，如果去撞老坎全车就死了，他喊我家表叔让他他拉熄火拉杆，一个拉熄火拉杆，一个摸方向，那个随车子冲下去，车子冲的时候有哗哗的声音，转第一个弯的时候，我正好坐在这边，开始转弯的时候我感觉弯很大，我觉得我肯定要死了。但是我想到我读书的时候，我们教练讲如果你坐车，以前都是坐货车嘛，感觉车子刹不住，人不要死死地睡在那个床上，最好缩着脚，当时我想到这句话我马上缩成一团，求老祖宗保佑，我还没念完，车子过第一个弯没翻，后来就有点侧了，转第二个弯的时候正好有个石头垫着前门就侧翻了，车子全部翻转过来，翻转的时候呢，那个老坎很高嘛，头正好挂在一棵树上，我们这车人就没有翻下去。

　　但是当时有两个人重伤了，坐在邻边的有个妇女和她老公正好翻下来车子朝前面去，那个妇女的下身全部摔碎，那个男的脚断了，我当时坐在那个卧铺里面满身是血，但是他们都动不了，只有我动得了，我一拳就把那个小卧铺的玻璃打破从那里钻出来，当时我身上被玻璃划伤，现在还有印子，我就跳出来了捡得一条命，当时我已经麻木了，我不晓得我的脚断没断，当时跳下来我跑去路边坐着，后来有一辆大客车从那里过路，我就拦下来说这里出车祸了麻烦他们救一下人。那时候我不敢多讲话，气都出不了，我跑到路边去躺着，我赶紧摸我的脚断没有，我的脚没断、手也没断，但是我感觉我出不了气，当时没想到我的肋骨会断，我躺着人还能动但是就是讲不了话。我表叔他还在车上，他很紧张，到处喊我的名字，那时候我已经呼吸困难了就没有答应他，我表叔起不来，但是他摸驾驶室不见我，他讲拐了这个小伙怕死了，我该怎么向他老爹交代，小伙都还没结婚。后来大客车上的人下来去救人，他们又报警，派出所的来了去救人的时候我就起来了，他看到我心里高兴，他讲你没有死就好，那些派出所的人看到我满脸是血以为我是重伤就用担架把我抬着和那两个重伤的一起拉到望谟医院去，拉到重症病房去，他们两个从开始急救到死我都是亲眼看到的，所以从那个时候我特别害怕开车。后来是这个车主我叔娘把我带回来，那些重伤的带不回来喽，当时我的肋骨断了但是看不出来，干脆找个土医生来医了嘛，我们又是亲戚不可能喊他医，后来拍了个照把我带到水塘学校那里去，当时我老爹在水塘学校当校长，为了方便照顾我就让我和他在学校住，因为那个学校的廖老师会接骨，他找了点草药来，拿煮的药包伤口，砍了竹子做成夹板，我就在那里睡了一个月，身体就可以了，算是恢复了，但是现在冬天的时候还是有一小点影响，有点痛，是当时接骨头接错位了，骨头接歪了，但是一般情况下都没有问题。那时候第一次跑车就出车祸了，我调养好之后，我表叔家已经没有车了，但他还有点货源，我老爹讲干脆哪里倒哪里起，所以就到处借钱买了一辆车给我开，我说我真的不想开车了，我怕，他讲不行，最后还是花了一万多块钱买了一部旧车，买来以后就放在我表叔家那里，实际上车是我的嘛，但是在外面讲是他的，这样就能够得到货源嘛，车子买得一个多星期，我们的翻车事故开始处理了，有一天我们开车出去赶乡场，那时候没有什么货拉只是赶乡场，拉那些做生意的货，就像收货的一样，那天他在水塘桥头那里收货，望谟交警队的就把他抓回去了，虽然不是他开车但他是车主必须把他铐走，就剩下我一个人，我一个人把车开回来，开回来之后呢，我在紫云待了两天，我就开车回家了，到家我给我老爹讲我不开车了，表叔都被抓了，我开车一是出车祸，二是表叔他脚也断了，又被人家喊去坐牢，开车这个事情我觉得风险太大了，我把钥匙扔了说我不开了，我老爹就生气了，他讲你不开谁开，后来我们僵持了几天，我还是去开车了，刚开始开车技术确实不好。我表叔去了一个星期，只是拘留他，不是他开车，刑事责任他不用承担，他表态说："我的车子你们拿去卖废铁得多少算多少，我家里有什么东西你们自己去看自己去拿，我承认赔偿。"交警队的说他的态度很好，就把他放出来了，我老爹说正好有人和你带车，所以他就和我跑了，虽然有我表叔带着，但是跑车也不顺，我2003年结婚，2004年修房子，修房子那一年呢，为了省钱嘛，我车子的大灯有一边不亮，当时我都想着要换大灯的，但是因为修房子没有钱，就想先跑一段时间，后面再换。有一天晚上呢，我叫人来帮我修房子，一般我们这里请人来做活要请人家吃饭，那天晚上我老婆杀了两只鸡就喊帮忙的人来吃饭，那些人就老是讲你是主人家你要喝一小点酒，我讲不喝，他们就劝说你多少都要喝一点，我讲我等一下要去紫云拉沙，我不拉沙明天你们没有沙拌浆，我还是不喝，他们不依还是说让我喝一点，后头我喝了小半碗酒。六七点钟的时候，我们吃好饭我就开着车还带着两个匠人，他们是水塘这边的，他们说他们回家去，等我拉沙回来再顺便去喊他们，到水塘的时候我的车由于只有一个灯，在开车的时候对面来了一辆摩托车，这辆摩托车没有灯，他老远看到我只有一个灯以为我也是摩托车，我的灯正好是左边亮，他以为是我占线，他干脆走右面嘛，后来他离我很近的时候，我一看是个摩托车，我说这个摩托车怎么冲我来了，他从下面来走中间我赶紧把车头打去撞山崖，我撞的同时呢他也正好歪过来碰到我的这个保险杠，当时把他们两个人撞飞了，我的车子撞在鼻梁上前头断了，当时把我顶的差一点起不来，幸好没有坐在那里，我车上的人都没有伤，当时我老婆也在。我们就下来看，坐摩托车的那两个被撞到边沟去了，摩托车撞烂了，当时两个人撞的是骨头嘛，有个人的脚是粉碎性骨折，有个是手上受伤，我当时就慌了直接打120，把他们拉到医院去，先拉到小医院，小医院治不了必须转院就转到紫云医院去，我的车就放在外面不管了嘛，先把这两个人救了，到紫云医院的时候，有一个当时还可以爬楼，有个爬不动了，我就从一楼把他背到三楼去，后来在医院待了三个多月吧，把他们两个也治得差不多了。

我想起来了，之前说正江那个事情，还没有说全面，他当时是被捆住的，但是他自己会解开。说来也奇怪，你要是遇见杨再红，他肯定会说正江以前的时候就像他一样，如果当时杨再红没有给他弄，他自己好的话，就可以去下阴（另一个世界），可以自己预测很多事。但是如果不请东偌来看，就会有两种结果，一种是会疯，一种就是成偌。偌和宝目不一样，上次去贵阳学院搞表演的那个就是杨再红，偌就是会下阴会预测，我们这边偌不多，比较有名气的就是彭石塔，在麻山嘛，他能够治好很多人，说来也是很奇怪，他也没有人教，那个偖是自己变成的，我们这里说的偖和史诗里面的偖是不一样的，我们这里说的是东偖。

放下事业做"亚鲁"　兴趣使然难忘怀

我继续说我的事情，开车出事之后，2004年我还是决定继续把房子做完，他们两个出事之后我赔了一万多块钱，当时的一万多块钱也是很多钱了，但是能把他们救活，也就安心了。他们的骨头已经治好了，粉碎性骨折在医院是治不好的，后来就动员他们出来找土医生包，现在他们的脚都已经好了，走路都不瘸了。

当年嘛，反正是2004年过年的时候进新房，那时候在我们农村讲叫落难过后了嘛，进新房的时候和结婚的时候有一个很明显的对比。结婚的时候我认识的人也多，和我去接亲的人成大串（很多），认亲的时候有好多年轻人跟着去，也有好多团转（相邻）的朋友和外面的朋友一起去，火炮都专门由一个人来背，有两袋；2004年出事之后，过新房的时候好多朋友都不来了，基本上开始慢慢地远离我了。因为当时我出车祸，又赔钱车子又毁了，在很多人眼里我这个家伙以后就是一个败家子，如果和我玩得好可能就会被问借钱，当时我是又建房子又赔钱，也是到处借钱，因为我的车可能是坝寨村的第一辆车，那时候开个车交的朋友还多一点。

唉，从那次起我就不喜欢在外面交很多朋友，铁哥们儿就那几个，很多都是酒肉朋友，真正落难的时候不会有哪个伸手的。后来2005年过完年，我就去浙江打工了，首先去开小货车，开得一个月之后呢，我又应聘去开公交车，开公交车可能开得五六个月嘛，后来又去开大车，然后再应聘开那个大挂车，开大挂车开了几年，2009年就回来了，那时候正好有我家的第二个娃娃嘛。回到家就开始做养殖，喂兔子、喂山鸡，打工回来还带着一两万块钱回来，但是搞养殖把这一两万块钱赔进去了都还不够，还在银行贷了四万块钱，后头喂兔子和山鸡亏了三万多块钱，喂山鸡那一年，也就是2009年，我同时又喂兔子，喊家里面老婆喂。我又转来帮他们开中巴车，开紫云到猫场的中巴车，开中巴车又有一次车祸，所以我人生中出了三次车祸。有一天早上我从猫场这里拉了满满一车子的人，到水塘这里有个坡坡，那里路有点滑，车子的刹车不晓得为什么一下子抱死，甩了一个S形。那天下着毛毛雨，我看到一个女的打着一把粉红色的伞，开着车子这边甩的时候没看到，后来车子往那边冲的时候我才看到，她走的不是路边，她走的是路边过去一点，我心想要拐（要出事），再冲上去要撞到她了，我就再补踩一脚刹车，车子直接抱死了，一甩车头就直接甩下坎了，那个坎坎有点高，大概有十米高，我的车子直接横着冲过去了，我直接就冲下去，这边还有一个沟沟，车子从这里跨过去，当时我看到这边还有一棵树，差点就撞上这棵树了，后来就跨过这棵树栽到一块田里面去，车子平平稳稳地停在田里。

当时我车上还放着音乐，车子停在田头，还没有熄火，车子里面有几个人只是往前冲了一下，人都没有出事，车子也没有哪里坏，车子冲的时候我觉得可能要摔下去了，开到第一个S形和第二个补刹的时候，我心里面想老祖宗保佑啊！保佑不要撞到那棵树，车头一撞到那棵树它一侧翻全车人都要完蛋嘛。后来幸好没有撞着树，车子落到田里去，那时候田里秧子刚刚栽好泥还是软的，车子压在上面，田里的水还在咕嘟咕嘟的叫。我把他们带到医院去检查，第二天就回了家，车子掉落下去没有事，拉上来的时候因为那个坎有点陡底盘刮了一点。

解决完车祸的问题，我和老板讲我不想开这个车了，我觉得我真的在那里看到这么一个人，但是他们不相信，后来他们隔壁寨上有九个老人，他们讲，这里出车祸的不只我一个了，出车祸的多了，好多人在转弯那里都会看到一个女的，这是真的事情不是假的嘞，我开始以为他们讲的是笑话，有一天我就问我家姨爹，我家姨爹正好是旁边的那个寨子的嘛，他说真的有这回事，这里一年要出一两次车祸。后面车子老板还叫我继续给他开车，我就又开了七八个月嘛，之后过了年我就不开了。不开后，我就给正江讲干脆我来参加你们这个团队吧，那个时候将近2010年了，正江开始不同意，当时他们只有五个人杨正兴、杨光应、吴斌、韦聪，还有正江。当时他们就说，你来搞什么，每天我们就是去找一些老人，我告诉他们其实早些时候我就对这个感兴趣。在2009年我那时候开车正好和正江住在一起，那时候我们都租房子住，他租的那个房子宽敞一点我就跟着住进去，当时他们在弄申报视频，我就经常拿回家来放，我和我家老爹、老妈一起帮他们看，不是和他看，当时好多人都对这个不感兴趣，我就讲干脆我加入你们嘛，他讲现在你来也不会做什么，我们这个中心也没有车。我讲我可以搞其他的事情嘛，不过那个时候他们不相信我，在他的印象当中，我以前就是不听话的，因为以前读书的时候他被欺负，都是我喊人去打别人，他就觉得我这个家伙太调皮，来和这些老人坐在一起搞不成（说不了话），他这样说我，我就骂他，我说我可以搞得成的，当时他不要我，我还生他的气。

他晓得我生气了，那时候我还在喂山鸡，有一次他们去我家，我杀山鸡给他们吃，他还喊吴斌给我解释，吴斌讲的意思就是让我该干吗就干吗，那一年我没进来。2011年的时候我又去开泵车，开泵车那时候工资就比较高了，一个月能拿七八千块钱，后来去花果园在那里待了差不多两年，多的时候可以拿到一万多块钱，一般情况可以拿八九千块钱，但是感觉在外面还是在漂，虽然开泵车工资高，却没有归属感，我感觉这个不是我最终想做的事情。到2012年的时候我又跑去问正江说你们还要不要人，他说这边准备招人了，可能还要人，你自己看嘛你先考虑一下，这是我第二次问他嘛，后来过了一段时间他打电话给我，说你要来就来嘛。我记得2012年7月的时候我就过来了，刚开始的时候是来开车，但是我心里面想的是如果是开车的话我肯定不过来，我想进入团队肯定是以开车为跳板，但是当时正江怕我对苗文翻译这些没有兴趣，他觉得我在外面浪惯了，怕搞不来这些。我就讲我可以开车啊。当时我是想如果真的是专门开车的话我就没有必要来了，因为在大部分司机的眼里面，开小车其实是没有什么出息的，要开就开大车，中国最大的车我都开过了，我还来开你这个小车干什么，我觉得来这里第一是我对这个文化感兴趣想来学点东西，后来慢慢就参加学习啊，下乡普查啊，正江觉得我可以做这项活动了，我就又开车又参加苗语翻译。当时我进来的时候我就有个想法，首先我文化不高，写作水平最差，但是我想搞摄影，从摄影入手可能也是一条路，当时我这样想过，因为我对开车也有点厌倦了，还是想改行试一下，看看自己可不可以胜任，后来普查的时候遇到一件事，也算是一个故事，是我们刚开始搞普查时候的一个经历。第一次去的时候呢，这个东郎他对我们这个团队很抵触，就是到村寨去普查的时候嘛，问他这个寨子里面哪些是东郎这样的话，后面路边有人指，说下面坎子里的那个就是，所以在问他以后我们简单地把他的这些东西录入了，突然他家儿子过来讲了一句："你把你的信息给别人讲，哪天他们会开车来抓你们！"他一听这句话就发火了，他指着我讲："你把你家老爹老妈名字报给我听，还有你的名字，你是哪个村寨的，反正我要被抓了，我死了的话就算了，我不死我要回来找你，就算我死了变成鬼都不会放过你们，如果真的有这回事你们就是叛徒！"他当时的情绪很激动，我反正也不怕，我也不会抓他们，我就把我父母的名字讲给他听，说我是哪个地方的，他才放心了，才肯放我们走。当时普查的时候遇到很多抵触的东郎，这个是一方面。第二个方面我们去普查时看到很多东郎家里面很穷，越懂得多的人家里面越穷，不过他们很自信，也很淡定，这个是第二点。第三点就是对他们有一种很崇敬的感觉，从那时候起就想，如果有一天我们能改变东郎的传承方式，不光专门传承文化也要发展经济，让他们开路的时候也有收入，这样他们的生活可能会更好。所以那时隐隐约约就想，东郎的这个职责如果让下一代的年轻人来做，把它转换成能够赚钱的活可能学的人会多一点。我们遇到好多东郎，他们就说自己学会了唱这个，人家来喊你你不去，人家心里面会生你的气，这是事实。所以从那时候到现在，我们都在想怎么改变东郎的这个处境，一定要把这个文化传承下去，同时又能让他们赚一点钱，过好一点的生活。

未来的想法　生活的打算

对于未来，我现在也没有什么打算，刚开始的几年干这个工作动力很足，现在不知道为什么没有什么动力了，不知道是什么地方出了问题。可能像他们说的打江山容易，守江山难。2014 年的时候，我到武汉参加一个非遗摄影摄像的培训班，当时贵州只叫了几个地方的人去，一个雷山，一个兴义，第三个就是我们安顺，安顺指定亚鲁王中心去，当时是非遗中心的李岚主任点名的嘛，亚鲁王中心就指定我去，他讲摄影摄像这些我刚好合适嘛。我们去培训的时候有一个老师上课，他就讲的一些话，让我明白了自己想要做什么，我以前一直不晓得自己要干什么，但那个老师上课的时候讲，很多摄影摄像的人文化水平不高，也没有什么文凭，可能不会写很好的文章，可能想成为一个人类学学者会很难，但是可以从另一方面入手，可以成为一个影像人类学学者。我听了这话，觉得我又有目标了，我可以做这个影像，用影像来记录当今社会，这样就可以完成我的梦想，成为老师讲的影像人类学学者，所以后面我对这个摄影特别热爱。2013年的时候中心开始把相机交给我，交给我的时候我基本上都不会拍照，中心也没有叫我去拍什么，当时摸着一个单反，照的照片还没有傻瓜镜照得好，因为单反相机它其实很讲究对焦、光线，有时候你不会对焦照出来都是模糊的，我就开始自己学习，慢慢摸索，慢慢学会了拍照。

我七八岁开始读小学，读完小学读初中，初中去贵阳读的以前的交通学校，现在变为交职院了，毕业以后就去打工了，打工回来，2012年加入这个亚鲁王团队，就开始进入普查，普查的时候呢，就是昨天我讲的那个嘛，歌师对我们不理解，后来通过我们的努力，通过我们在乡间走串，歌师们就理解我们了，接受我们了。但是在2013的时候，当时中心要开展活动，让大家能够与歌师们打成一片。正江就叫大家跟着歌师走一个星期，看大家的适应能力，当时你去拜师也行，别的方法也行，看你怎么和歌师打成一片，只给你两包面条，看你如何和他们待一个星期或者两个星期。这段时间你拿到了什么东西，学到什么东西都要回来汇报。当时我们每个人都是自己选，想去找哪个歌师就自己找，我呢就选了杨光顺，因为我以前听过他的录音，我觉得他懂得史诗，在我认识的东郎当中，我觉得他唱诵的内容和语言比较好理解。而且我觉得我去找他，可以学得更多东西，所以我选了杨光顺。我第一天去找他的时候我说老哥今天我来找你拜你为师，他很高兴，但是他有个条件，说你拜我为师必须要喝酒，如果你不喝酒的话，我也不收你为徒弟，我也不教你东西，所以我就和他在那里待了七天，每天我都去找他，寨子里面来找他的人也很多，我就开始去看他弄的那个宝目仪式了，我们有时候天把天（一天）可以吃四只鸡，最多的时候，我就扮演他的服务员。但是在这七天中他举行了宝目仪式，有一次是在帮一个道士先生做，那天做的那个仪式是怎么一回事呢，是那位道士先生喊他去帮他看，看蛋的时候呢，这个先生没有说他家有什么东西来，只给他讲这段时间不顺利，请他帮忙看一下，后来光顺老哥去了后，就喊他舀了一碗米，要了他一件衣服，东西拿到以后就拿碗倒扣着，看米看蛋嘛，看完之后光顺老哥就给他讲，他说近段时间一定有一个动物来过你家，但是我这样讲呢，不知道对不对，反正我就是以我的这碗米和我的这个蛋来看讲的，如果你觉得对，那么我们下面的这个仪式就把它解了，如果你觉得不对你自己看着办嘛。后来那个道士先生讲："的确你说得很对，我家前段时间来了一只鸟，尾巴长长的，怎么赶都赶不走。"他说他老爹因为刚刚去世几个月，可能是他派来给他们要东西的，这个道士先生很佩服杨光顺，说你们苗族的这一套的确有根有底，根据这个人所说的，我们就举行了仪式帮他化解。杨光顺举行的这个宝目的仪式，我们讲的就是"气"，他说你想在几天之内，晓得我举行的这个用气的仪式的话是不可能的，如果要叫我把这些项目讲完，哪天你们把我喊去你们那个中心那里，我慢慢跟你们讲。过了几个月之后喊他来我们中心录，总共录了100支气，就是100个生灵了嘛，他说每一支生灵都是有祖宗的，这个就是跟随杨光顺老哥学习晓得的内容。亚鲁王研究中心现在对这个史诗架构基本上是清楚的，但是要喊我背出来，我现在只能背鸡的（《鸡经》）和上坡路的，其他的我也晓得但必须要翻书来看。这些都是我们在做亚鲁王工作时搜集整理学会的。

现在我主要是负责摄影和传承与保护，我现在对工作的一个想法就是熟练掌握摄影技术技能，把这个摄影提高到一定的技术水平，我现在有个期望，就是把这个亚鲁王文化以图片的形式表现出来，但以现在的摄影水平还是不够，我更加希望提高自己的写作水平，如果能够以图文展示出去更好，这个就是我对工作的一个想法。

九十一

敢想敢拼破瓶颈
活学活用译"马经"：
杨小冬

访谈人：杨兰、刘洋

访谈时间：2017 年 8 月 15 日

访谈地点：宗地镇打若村

（杨小冬为中间）

　　贫困阻止了他的求学路，而敢拼敢想不服输的品质，让他不断更新自己、突破自我，努力的人总会被眷顾，一路贵人相帮，从三尺讲台走向村主任再到翻译者，他见证了不一样的自己。勤思好学，让他从一无所知到娴熟运用，敢想敢拼破瓶颈，活学活用译"马经"。

穷且益坚　不坠青云之志

我叫杨小冬，我读过书，但是没有读过大学，因为家里面条件太差了，供不起就不读了。我还记得我小学是在鸡公山那边的妹场小学读的，当时就是杨光明老师教我们，后来我就去宗地读了。在宗地读书的时候，我弟弟也跟着我在那里读，他成绩很好，拿到了奖学金，学校还给他免了学费，但是后来因为他被宗地的那些小混混盯上，再加上我没在那里了，爸爸怕弟弟出事，就让他来巴陇读书了。我们和杨老师很有缘，我在妹场读的时候他教我，我弟弟去巴陇也是他教。杨光明老师先是在妹场小学教了12年，然后就去了巴陇，刚好我弟弟赶上了。

我家兄弟虽然成绩好，但是上学也不是太顺利，24岁了才读大一，但你看你们（被访者）十八九岁就读大一了，二十五六岁研究生就读出来了。昨天刚去我姨妈家看他，我们都担心他读完书出来找不到老婆，在我们农村二十三四岁就算大龄了，说起来也是很让人难受的。我们是没得办法，家里面很穷，你们是不晓得，我家兄弟考上大学的时候我的一个兄弟臣刚还专门打电话给我说，不要叫我家兄弟去读大学了，我们家家庭条件太差了，让他去读个技校出来找份工作要好点。但是我觉得已经到这种时候了，无论再怎么困难都要支持他去读，毕竟他也是苦读了多少个日夜才换来的大学录取通知书，不读就废了，无论如何必须要往前冲一冲，成功也好，失败也好无所谓。

我虽然无缘大学，但是我觉得学东西不一定只能在学校，只要心中有理想，自学也是可以的，俗话都说："活到老，学到老。"经过我自己的努力，我还去给学校代课了，就是当代课老师，那时候代课还一千五百块钱一个月。2013年的时候，村里面选领导，我就当选了副主任，那一届我们村里面选得的就只有我一个，选得副主任之后就我没去代课了，因为一个人不能一身兼数职，在村里面当副主任一个月是八百块钱。后来我不想再做村里面的工作了，一是不得老婆，二是村里面的工作很得罪人，因为计划生育这一块的事情必须做，虽然说现在政策放宽了，但还是有事情做的。所以后来我讲我要出去打工，亚鲁王中心的杨正江局长就来找我，我就跑去他那边了。

世上无难事 只要肯攀登

我学《亚鲁王》时间比较早，但是三年前才学得。因为那个时候我在代课，都没有多少时间去学。学的时候我是录音了的，因为凭找师父学的那一点时间我是记不住的，所以我就把它录下来，白天上课，晚上改完作业以后就当录音听，边听边用笔记写下来，用汉字和拼音来记，因为原来不会苗文，要是会就方便多了，放一节写一节，写完以后形成了一小本书，然后再抽时间背下来。

我去亚鲁王中心，大家都觉得有什么门路，实际上也没什么。杨局长自己也讲过，就是因为那一次亚鲁王葬礼，在灵柩前跪拜的时候，其他人都拿谷草来垫在膝盖下面跪，我就没有用，他就对我产生了深刻的印象，所以亚鲁王中心需要人的时候他就想起了我。说起来也是我运气好，因为那次举办亚鲁王葬礼，事前我是不知道的，是当天秀忠带我去的，他们通知了秀忠。那天，我和秀忠去宗地林业局填一些表，填完之后秀中就给说了这个事情，还要去开会，我就跟着去了。在工作站开会的时候，我就发言了，我们有时候水平不好但爱讲话，所以可能当时杨局长也记住了我。之后就是我看到亚鲁王的灵柩放在那里，很多谷草放在前面，人们去跪拜的时候就用谷草垫在膝盖下面，我觉得这个是我们自己的祖先，跪自己的祖先没有必要用这个东西，即便地上再脏，也应该直接跪在地上，所以我就把那个谷草扔到后面去烧香跪拜，正好杨局就在我后面，他就记住了这个事情。

杨局来找我的那天晚上，正是杨臣刚家兄弟来搞捐赠的那一天晚上，我喝酒实在是醉得不行，然后秀忠打电话给我，打了好几次我才听到，他就说杨局到宗地来找我，让我赶紧去。因为我醉酒了，就叫我弟弟带我到宗地和杨局见面，他还喊了两个村里的领导来。我去了之后呢，他们就讲了计划要修建亚鲁王陵园的这件事情，但这个事情后来也不得个准，后来杨局通知我去学苗文，刚开始的时候我还是有点担心，怕学不会，因为之前没有接触过，说苗话没问题，但用苗文记下来还是有点心虚，但我想着不学怎么知道自己会不会，而且还是杨局叫的，我就毫不犹豫地去学了，一学感觉还可以，这下信心就来了。学好苗文后我就搞翻译，就这样留在了亚鲁王中心。

我去亚鲁王中心的时候，杨正福还在给我说："你去亚鲁王那边稳不稳靠啊？"我当时是真心不想做村里的工作，所以我就说不管稳不稳我都要去试一下。但的确也是因为我杨正福才被调走的，这一点确实是我对不起他，他因为用得着我，一般选举这种情况如果出问题都有人受到连带的，我辞职不干，所以选支书的时候也存在矛盾了。我在选举的时候弃权，就对大家有影响，后来我还被谈话。

其实我去亚鲁王中心的时候，他们也在讨论引进人员的事情，当时有个杨灵全，他家住在打拢村，他们想留下他，但是杨灵全虽然是个大学生，却没有苗语的这个能力。所以他来得几个月后就走了，现在在上海。去了亚鲁王中心后，我就开始搞翻译，当时去的时候我翻译的是《砍马经》，我听了两个月，每天晚上都听，有时候直接听到在椅子上睡着了，但是效果不好，还没全部听懂。后来还是我请打若寨的杨小六唱给我听，我叫他六叔，我就听懂了他唱的这个内容，然后才慢慢地听懂其他人唱的内容。后来谢关艳来搞调查，我这个叔当时正好去大桥那边开路，然后我就邀请她们去我们中心参观，之后谢关艳采访他，我就把他唱的这个《砍马经》录下来。之后我就慢慢地把马经的内容翻译出来，《砍马经》有很多版本，我的翻译主要是以杨小六唱诵的为主。我其实很好奇杨小六唱的和山脚寨韦老五唱的一样不，但还没有时间去探索这个问题。因为他们师出一门，相当于一个师父教出来的，但是也有区别，他们在仪式举行上就有差别，韦老五他们这边还要做"偌门"（苗语）的仪式，我们那边不做这个仪式。从原来对苗文一无所知，到能用苗文翻译《砍马经》，虽然不能说搞得很好，但是基本上搞出来了，也算是成功挑战了自己。所以，我觉得啊，每个人都有无限潜能，只要不怕苦、不怕累，任何看似很困难的事，都会找到办法解决。

后　记

又到了写后记的时候，心情并没有想象那般轻松，既有没能将所有东郎呈现的遗憾，又有对未来研究的迷茫。"桃李春风一杯酒，江湖夜雨十年灯"，十余年的时间仿佛隔山越海，又好像弹指一挥间。回首初入麻山，那是 2012 年的夏天，与东郎陈小满的第一次访谈在他家开展，出于对东郎身份的好奇，我们围绕如何传承《亚鲁王》开始，他给我们讲解了史诗的大概内容，并进行了片段唱诵。在堂屋，陈小满高亢的歌声一下把我们拉进亚鲁的神秘世界，似乎在此就注定了与《亚鲁王》的不解之缘。陈小满的身份不只东郎，他还是有名的"偌"，"偌"在麻山地区的地位高于宝目，因此他为自己偌的身份感到非常自豪，也经常为寨邻治病行善。这是我们第一次跳出书本，走近亚鲁文化，看到了它在这片土地强劲的生命力量，惊叹于《亚鲁王》并非是一部民间文学作品那么简单，它是麻山苗族人的历史传承、文化核心与精神支柱。

如果说初入麻山是一种对活态文化感悟的震撼，那将东郎带出麻山便是一种传统与现代的情感冲击。2013 年初夏，年逾古稀的东郎韦老王第一次坐上班车离开紫云来到贵阳，我们陪着他去龙洞堡机场，他说总是在电视上看飞机，想在有生之年能亲眼看一下飞机长什么样子，在龙洞堡机场隔着护栏韦老王看着眼前的飞机激动得落泪。看着这一幕，发现平日活泼幽默的老人在岁月的侵蚀下已慢慢佝偻，于是决定要将他们的经历通过文字记录下来。由于种种原因，我们于 2017 年才正式开展专门访谈东郎这项工作，因东郎主要集中在紫云县的猴场镇、宗地镇、大营镇、四大寨乡、格凸河镇五个乡镇，我们根据亚鲁王研究中心普查的东郎情况，选定了一批访谈对象，开始步入比较正规的东郎访谈之行。

在麻山寻访东郎并不都是顺利的，记忆最深刻的一次就是和杨小冬一起去找东郎杨小东和杨再明。那天天气非常热，我和小冬驱车去往歪寨村，因为事先没有联系两位东郎，所以心里一直打鼓，害怕这次前来拜访成为泡影。山路曲折，车辆已经无法行驶，我们将车停在一块空地，便带上访谈用的物品徒步进山。山里的热气蒸腾着，上山的路还能勉强爬上去，下山却是寸步难行，我们只能蹲着一步步向下挪动，大概一个小时左右才到了杨小东家，但门紧锁，小冬拿出手机拨了过去，由于信号太弱，一次次的拨打都变成了忙音。询问隔壁邻居，才知道他去山上收玉米一时半会儿回不来，我们谢过邻居便离开了。谁知刚下山，就听见有人喊，停下脚步远远望去，是两位东郎往我们的方向边跑边喊。泪水浸湿了我的眼眶，两人的身影越来越模糊，只觉得身上的担子似乎更加沉重了，跟随他们再一次翻越山岭回到家中，吃过晚饭屋内昏黄的灯光亮了起来，我们才开始这次访谈，他们滔滔不绝说了很多，眼中的光越来越亮，直至深夜困意席卷而来，我们才不得不结束。

冯骥才先生认为，"非物质文化遗产是无形的、动态的、活动的，是不确定的，它保存在传承人的记忆和行为中，想要把'非遗'以确定的形式保存下来，口述史是最好的方式。"

史诗从发掘至今天，经历了搜集整理—田野调查—学术研究等几个阶段，视野观照了史诗的文化场域和文学文本，但是围绕史诗传承人——东郎的研究成果却少见。作为一种民俗事项嵌合于麻山苗族生产生活的"亚鲁王"，其资料本身也极具价值，在麻山这个曾经交通闭塞之地，"亚鲁王"的存在、成长、发展均依靠东郎，"亚鲁王"的重要价值通过东郎体现，东郎的特性势必会在口述文本中呈现出来。但是，曾经普查的1778名东郎，如今能够完整诵唱"亚鲁王"已然不多，有的东郎年老逝去，有的东郎受限于生存与生活的需要、多元文化的精神需求而未能完整学成，东郎的生存发展空间逐渐缩小。因此，对东郎口述内容的抢救性保护十分紧迫。

为了让更多的人看到亚鲁王研究中心对史诗抢救性保护所做的工作，我们在书稿里面特别增加了杨正江、杨正超、杨小冬三位工作人员的访谈内容，他们出生在麻山，成长在麻山，伴随亚鲁文化的发掘到面世，他们是亚鲁文化的亲历者、传承者和弘扬者。"从传播学角度来说，口述史已不仅是研究的需要，更是一种呈现方式的需要，其价值就在于追忆经历过的可感历史。对于那些记录缺失的事件，口述历史能够成为新的资料来源。"当然对亚鲁文化有着重大贡献的不止书稿中所呈现的部分，还有麻山一千多名东郎，中心的杨光应、杨正兴、梁朝艳等，以及为书稿付出大量心血的编辑吴丽平女士，在此一并感谢。

最终将书名确定为《苗族史诗〈亚鲁王〉百名东郎传承史》是因为它的形成过程不局限于口述，还涉及麻山地区的生产生活，将东郎的个人经历与历史背景、社会环境紧密联系在一起，向读者呈现出一幅跨越古今、波澜壮阔的历史图景。对东郎进行传承史的梳理，不仅是记录历史，也是追溯历史。因此，本书在理论研究与实践价值两方面有着一定意义。理论价值在于，以史诗传承的核心区为轴，辐射周边传承区域，通过核心区与辐射区东郎口述的对比，展示史诗传承的深层动因，将拓展史诗"亚鲁王"的研究视域，丰富"亚鲁王"的研究内容。实践价值在于，通过实地调研，获得麻山东郎群体相关的生存环境、传承环境、传承经历、人生经历等第一手资料活态灵动地展现麻山东郎与史诗"亚鲁王"之间的互动图景，为学者们的后续研究提供基础性研究材料。

从2017年访谈完毕，到2018年开始整理录音，到2021年初稿形成，再到2022年调改整理交付出版社，书稿虽然完成，有的东郎却已回去"东方故国"，带上书再次去看望他们的承诺，我们没来得及兑现。是遗憾，也希望是激励，他们"是民间文化传承过程当中的主角，是民间文

化的领军人物，一个地域的民间审美、民间技能在他们身上体现，一个
地方的民间文化最大的信息量也保存在他们身上"，他们是民间文化薪火
的传承者，是中华文化的赓续者，我们将再一次踏上非遗保护的征程，
为那些被现实所困的传承人摇旗呐喊，让世界看见他们的声影，让世界
听到他们的声音！

2024 年 9 月于花溪